※ IV ※

꿀이 흐르는 장편소설

IV

초판 1쇄 인쇄일 | 2018년 07월 13일
초판 1쇄 발행일 | 2018년 07월 24일

지은이 | 꿀이흐르는
펴낸이 | 박성면
펴낸곳 | (주)동아

출판등록 | 제406-2007-000071호
주소 | 경기도 파주시 문발로 115, 세종출판벤처타운 201-A호
전화 | (031)8071-5201
팩스 | (031)8071-5204
E-mail | bear6370@hanmail.net

정가 | 12,800원

ISBN 979-11-6302-051-6 (04810)
　　　979-11-6302-026-4 (set)

ZERONOVEL

슈공녀

※ IV ※

꿀이 흐르는 장편소설

동아

‖ 목 차 ‖

당신을 만난 이유 ii   7

마지막으로, 그대에게   49

외전 1. 모자이크   201

외전 2. 은회색 눈동자   371

외전 3. 에덴Eden   503

당신을 만난 이유 ii

상자 안에는 성물의 상징인 황금빛이 은은하게 감돌고 있었다. 물끄러미 보랏빛 불꽃을 내려다보던 슈덴이 입을 열었다.

"영혼에 중독된 독을 해독시킬 수 있는 성물은 없다고 들었는데."

"……예, 각하."

필레몬이 착잡한 얼굴로 말했다.

"저 성물은 해독하는 성물이 아닙니다."

"해독하는 게 아니면 뭡니까."

필레몬은 애초에 저 성물을 사용하는 것에 회의적이었다. 감수해야 할 위험이 너무 컸다. 다른 방법이 하나라도 있었으면, 필레몬은 물론 바이나나도 결코 이 성물을 뒤져 찾아오지 않았을 것이리라.

"각하. 먼저 말씀드리겠습니다만……, 이 성물은 위험도가 무척 큽니다. 사용하실 분이 공작 부인과 각하라고 치면, 두 분 모두 무사하시거나 또는 두 분 중 하나의 목숨이 위험하시거나 그도 아니면……."

필레몬의 목소리가 조금 가라앉았다.

"……두 분 다 육체와 영혼이 분리될 수도 있습니다."

절반의 확률도 아니고 삼분지 일의 확률. 그렇지 않으면 둘 중에 하나는 반드시 목숨을 잃었다. 슈덴은 대답 없이 성물을 바라보았다.

"어떻게 쓰는 건지 들어나 봅시다."

필레몬은 나지막하게 한숨을 내쉬었다. 사실 예상하고 있었다. 방법이 있다는 걸 알게 되면 가르트 공작은 어떻게든 그 방법에 매달릴 것이라고.

메르실은 대신관이었다. 그가 참고하고 동원할 수 있는 가장 정확하고 완벽한 문헌은 당연히 신전의 고대 연구 기록서.

실제로 메르실은 이카스에게 그 기록물들도 아낌없이 지원했다. 이카스는 신전의 기록서를 기초로 해 독과 성물을 결합해 내는 데 성공했다.

이 기록서들을 바이나나와 필레몬 역시 모조리 꿰고 있었다. 같은 대신관이니 당연했다. 덕분에 그들은 율리안보다도 정확하게 이 끔찍한 연구물에 대해 파악할 수 있었다.

가장 중요한, 해독하는 방법도.

수백 점의 성물에게는 공통점이 있었다. 바로 신성력에 대한 절대적인 반응이었다.

성물을 통해 저지른 악행은 반드시 신성력을 통해 복구가 되었다. 그 역시 신의 보살핌 중 하나였다. 그러나 '독'이라는 변수가 이 진리를 방해했다. 아무리 신성력을 부어도 독은 사라지지 않았다.

결국 대신관들은 발리아를 관에까지 데려와 눕혀 보았다. 눕힐 수 있다는 걸 알고는 바로 축성한 성수를 들이붓고 신성력 덩어리도 아낌없이 넣었다.

　　바이나나와 필레몬의 예상대로였다. 신성한 관에서 출렁이는 신성력은 느린 속도로나마 발리아의 영혼에 반응했다. 하지만 그게 전부였다. 신성력은 영혼에 독이 퍼지는 속도를 늦출 뿐, 근본적인 해결 방법은 되지 못했다.

　　그러니 방법은 하나였다.

　　독이 영혼에 침투하기 전에, 신성력으로 그녀의 영혼을 감싸는 것.

　　그래서 두 대신관은 이 성물을 꺼내 오기로 결정했다.

　　"각하. 이 성물을 사용하면 공작 부인의 기억을 통해 과거로 돌아갈 수 있습니다. 실제로 육체적인 시간을 되돌리는 건 아니지만, 영혼의 시간에는 영향을 끼칩니다."

　　이것은 영혼에 공명하는 또 다른 성물. 이 불꽃을 이용해 이미 일어난 역사를 바꿀 수는 없다. 들어가는 시간 자체가 실제로 있었던 일이 아니라, 사용하는 자의 기억 속이기 때문이었다.

　　"각하가 과거로 들어간 사이, 저희가 그 길을 통해서 공작 부인의 영혼에 신성력을 미리 둘러놓는 게 계획입니다. 그렇다면 메르실의 독에도 끄떡없을 테니까요."

　　기름을 미리 발라 두면 물을 쏟아도 젖지 않는 것과 같은 이치였다.

　　"다만……, 이건 가장 희망적인 결과일 뿐 실제로는 실패할 수도 있습니다. 두 분 중 누군가의 죽음뿐 아니라, 각하께서 무사히 살아 돌아온다고 하신대도 공작 부인의 영혼에 신성력을 두르는 일을 실패할지도 모릅니다."

"그래서."

흘러나오는 목소리가 조금 거칠었다.

"그래서 그 외에 방법이 있습니까?"

필레몬이 무겁게 고개를 저었다. 사실 메르실이 몰래 연구해 만들어 낸 독에 이 정도 대응책을 떠올린 것만도 대단한 일이었다. 정말로 더 이상의 해결 방안이 없었다.

"그럼 합시다. 마음 바꿀 생각은 없으니."

하나뿐인 선택지 앞에 슈덴이 할 수 있는 선택도 하나뿐이었다.

준비는 신속하게 진행이 되었다. 제단에 성물함이 통째로 올라갔다. 열린 뚜껑 사이로 작은 불꽃이 보라색으로 타올랐다.

"보시다시피 이 성물은 불꽃으로 이루어져 있지요. 그래서 성수를 통해 효능을 발휘할 수는 없습니다."

성수를 통해 신성력을 주입하지 못하는 성물. 그렇게 까다로우면서도, 들여야 하는 신성력은 또 어마어마했다. 대신관 한 명분의 신성력을 고스란히 태워야 했다.

그리고 때마침, 대신전에는 대신관 한 명과 맞먹는 성력이 보관되어 있었다. 바이나나가 메르실에게서 거두어 왔던 대신관의 증표가 그것이었다. 목걸이에나 들어가는 작은 증표는 대신관 한 명분의 신성력이 집약되어 있었다.

본래 메르실의 몫이었던 성력을 이용해 발리아를 살리는 아이러니한 상황. 속죄라면 속죄였다. 이런 운명의 장난 같은 일은 심지어 하나 더 있었다.

'그때 공작 부인에게 축복을 내리지 않았더라면…….'

종류는 바뀌었지만, 어쨌든 메르실의 강력한 주장으로 인해 내리게 된 축복이었다. 만약 그 축복이 아니었더라면, 발리아는 독에 이미 거의 먹혔을 것이리라. 대신전까지 올 동안 살아 있을 수 있던 것도 축복의 덕이 적지 않았다.

"각하. 노파심에 마지막으로 드릴 말씀이 있습니다."

연속해서 신성력을 쓴 바이나나는 지친 얼굴로, 그러나 확실한 목소리로 말했다.

"이 성물은 말 그대로 불꽃이라, 사용하는 사람의 영혼을 조금씩 태웁니다. 차라리 고통스럽게 태우면 자각이라도 있을 텐데, 성물로 만들어진 안온한 불꽃이라 점점 포근함에 감싸이게 됩니다. 그러다 보면 이곳의 일을 점점 잊게 되지요."

그러기 전에 반드시 돌아와야 한다는 말이었다. 슈덴은 고개를 끄덕였다. 그사이 준비가 모두 끝났다. 필레몬은 신성력을 쓸 준비를 하고 말했다.

"추측하건대 각하께서는 공작 부인이 제게 축복을 받기 전으로 돌아가실 겁니다. 신성력이 조금도 묻지 않았을 때로요."

발리아는 공식적으로 신성력을 받은 기록이 없었다. 신성력으로 어떤 치료를 한다고 해도 얼마 가지 않아 몸에서 증발했다. 오직 축복만이 영원히 유효했다. 발리아의 몸에는 필레몬이 축복을 내려 준 것이 최초이자 최후로 기록되어 있었다.

'겔 제국으로 오기 전이라.'

슈덴은 다시금 발리아를 돌아보았다. 예전에는, 아니 바로 오늘 아침까지만 하더라도 그 은회색 눈동자에 자꾸 시선을 뺏긴다고 생각했지.

이렇게 잠든 모습에도 슈덴은 눈을 뗄 수 없었다. 아마 영원히 이러겠지.

불꽃이 타오르기 시작했다.

＊＊＊ ＊＊＊ ＊＊＊

"

불꽃이 꺼졌다.

끊겼던 의식이 되돌아오는 것은 한순간이었다.

뭔가 둔탁한 것에라도 얻어맞은 듯 머리가 아팠다. 슈덴은 눈도 잘
뜨지 못한 채 이마를 찌푸렸다. 다행히 그를 괴롭히던 두통은 금세 가
라앉았다.

슈덴은 그제야 눈을 떴다. 생전 처음 보는 광경이 눈에 들어왔다.

'여긴 어디지.'

발리아는 또 어디에 있고. 슈덴은 주위를 휘휘 둘러보다가 자리에
서 일어났다. 그런데 뭔가 많이 이상했다. 그 이상함의 정체를 제대로
파악하기도 전에, 등 뒤에서 기척이 느껴졌다.

슈덴이 홱 몸을 돌렸다.

"……."

작은 소녀가 자신을 응시하고 있었다.

반을 그러모아 묶은 검은 머리카락에 푸른빛이 은은했다. 새벽같이
깨끗한 은회색 눈동자와, 아이 특유의 보들보들한 뺨. 기억 속의 그녀
보다 훨씬 자그마한 모습이었지만 아무리 봐도.

발리아.

슈덴, 그의 아내였다. 왜 저렇게 작고, 어려 보이지? 스치는 의문보
다 먼저 몸이 반응했다.

눈을 뜨고 자신을 바라보는 발리아가 있어서. 모든 의문과 생각이

거짓말처럼 소거됐다. 타들어 가 재만 남은 심장이 순식간에 차오르는 느낌이었다.

순식간이었다. 슈덴은 발리아를 와락 끌어안았다.

따뜻한 체온. 익숙한 두근거림. 모든 게 현실감이 없었다. 그때였다. 아무 반응 없이 슈덴에게 안겨 있던 발리아가 입을 열었다.

"있잖아. 혹시 머리 아프니?"

잘못 들은 줄 알았다.

"⋯⋯음?"

"너 이러면 수도 치안대에 잡혀 가."

그렇게 말한 발리아는 너무 손쉽게 슈덴을 밀어냈다. 그 힘이 보통 센 게 아니었다. 깨닫는 순간 슈덴은 아까의 이질감의 정체도 알 수 있었다.

그래. 눈높이가 너무 낮아져 있었다. 슈덴은 혹시나 싶어 손을 내려다보았다. 왜 이렇게 작지?

모든 것이 의아할 때였다. 발리아를 바라본 슈덴이 조금 당황했다.

"⋯⋯."

발리아가 미친 아이를 보듯 자신을 보고 있었다. 그녀에게 일평생 받아 본 적 없는 눈빛인데.

그제야 슈덴은 발리아가 자신을 알지 못한다는 걸 알았다. 게다가 자신이 그녀가 아주 어릴 때로 되돌아온 것도.

'신이 과거로 되돌려 준 것 같다고 그랬던가.'

발리아가 했던 말은 아직도 기억하고 있었다. 죽었다가 눈을 다시 뜨니 열세 살로 되돌아와 있었다는 이야기를.

지금의 발리아는 딱 그 나이 때로 보였다. 혹시나 해서 물어보니 열두 살이라고 했다. 신성력은 원래 신의 힘이다. 그걸 감안하면, 발리아에게 최초로 쓰인 신성력은 필레몬의 것이 아니라 신 그 자체의 것일 터다.

슈덴은 발리아가 아예 과거에서 돌아오기 전의 시간으로 되돌아왔다고 결론을 내렸다.

"……너 왜 자꾸 날 따라오는 거야?"

덕분에 슈덴은 처음부터 난관에 봉착했다. 발리아의 질문에 잠깐 멈칫했던 슈덴은 천천히 대답했다.

"집이 없어."

"……."

"며칠만 재워 주면 나갈게."

"……그래?"

과거를 경험한 기억도 없는 열두 살의 발리아는 너무 순진했다. 그냥 딱 그 나이대의 아이였다.

슈덴은 발리아의 집은 처음 와 봤다. 어차피 기억 속이긴 했지만. 발리아의 부모님은 어릴 적에 돌아가셨다고 알고 있고. 대신 키워 주었다는 용병 노인이 같이 있을까 했는데.

"발리아!"

용병은 없고 대신해서 하녀가 한 명 있었다. 문제가 있다면 그 하녀가 지나치게 버릇이 없다는 것이었다. 부모를 여읜 어린 발리아를 얼마나 깔보고 있는지 몇 마디만으로도 느껴질 정도였다.

발리아는 슈덴에게 과거에 대해서 털어놓을 때도 하녀에 대한 이야기는 자세히 하지 않았다. 자신에게 조심스럽게 이야기해 주었던 불행이 외려 축소되어 있었다는 걸 알았을 때의 분노란.

"발리아."

"응?"

더 있다간 하녀의 시체를 치우게 될 것 같아, 슈덴은 입을 열었다.

"저런 하녀는 쫓아내는 게 좋겠어."

"쫓아내라고?"

"그래."

발리아는 잠깐 고민하는 눈치였다. 천성이 무례한 줄 알았던 하녀
는 슈덴에게는 쩔쩔맸다. 귀족 특유의 고압적인 태도에 아주 약하게
굴었다.

"으음, 그런데 슈덴."

어린 발리아는 슈덴을 애칭으로 불러 주지 않았다. 처음부터 '슈'라
고 이름을 속일 걸 그랬나.

머뭇거리던 발리아가 작은 손을 꼼지락거렸다. 그녀에겐 하녀를 내
쫓지 못하는 아주 중요한 이유가 있었다.

"나 말이야. 요리를 잘, 아니 많이 못 해……."

"……."

문득 발리아가 구웠던 과자가 생각났다. 몰래 구웠다가 거하게 실
패하고, 고용인들이 들고 살금살금 옮기다가 슈덴에게 그대로 들키기
도 했었지.

슈덴은 잠깐 그 맛을 떠올려 보다가 말했다.

"나라도 괜찮으면, 내가 해 줄게."

"요리 할 줄 알아?"

"……어느 정도는."

은회색 눈동자가 반짝반짝 빛났다.

"그럼 스튜 끓일 줄 알아? 나 크림 스튜 좋아해."

그 반짝이는 눈빛에 넘어가, 슈텐은 스튜를 끓이고 있었다.

조금, 아니 많이 이해가 안 가는 상황이었다. 나쁘진 않았다. 사람이라면 대부분 그렇겠지만, 발리아 역시 어릴 때는 성격이 많이 달랐다. 솔직히 말하자면, 미처 알지 못했던 그녀의 이면을 보는 것 같아 꽤 재밌었다.

어쨌든 슈텐은 생각보다 음식을 잘했다. 어릴 적도 그랬고, 돌이켜보니 군대에서도 몇 번 했었던 것 같았다. 상황이 그 어느 때보다 획획 바뀌는 곳이니 그럴 때도 가끔 있었다.

"슈텐."

다행히 발리아는 잘 먹었다. 스튜가 무척 마음에 든 모양이었다.

"넌 나중에 결혼하면 부인한테 사랑받을 것 같아."

슈텐은 웃음이 터지려는 걸 참았다. 내 부인이 당신인데.

"요리 잘하는 거로 사랑받을 수 있어?"

"응. 난 남편이 요리를 잘했으면 좋겠거든. 넌 안 그래?"

"글쎄. 난 내 아내가 요리를 전혀 못 해도 사랑할 것 같은데."

"하긴, 네가 잘하니까 괜찮을 것 같아."

발리아가 그렇게 말하며 빙긋빙긋 웃었다. 그 미소만은 어떻게 그렇게 여전한지. 슈텐은 그 뺨에 입을 맞추고 싶다고 생각하며 턱을 괬다. 발리아는 생각한 것보다 힘이 굉장히 셌다. 잘못했다간 집에서 쫓겨날 것이리라.

뭐라고 해야 할까.

두 눈 뜨고 있는 발리아를 다시 보게 된다면, 종일 끌어안고 있을 것만 같았다. 그녀의 이마에 입술을 묻고 두근거리는 심장 고동 소리를 하루 내내 느껴도 모자랄 테니. 그런데 지금의 상황은······.

슈덴은 깜깜한 천장을 바라보았다. 그는 손님방의 침대에 누워 있었다. 이곳이 현재하지 않는, 발리아의 기억 속인 건 알았다. 실제로 그녀는 자신과 보낸 이 시간을 전혀 기억하지 못하겠지.

그래서일까. 모든 게 그저 꿈같았다.

평화로운 한때의 꿈.

일어나면 죽음일지 아닐지도 모르는 상황인데도. 이렇게 안온해도 되는 것인지.

"슈덴. 과자 구울 줄 알아?"

"과자? ······그런 건 안 만들어 봤는데."

발리아가 시무룩해졌다. 슈덴은 바로 구워 보겠다고 대답했다. 과자는 크림 스튜보다 몇 배는 어려웠다.

슈덴은 평생 단것을 잘 먹지 않았다. 그나마 발리아와 티타임을 가질 때 먹은 게 거의 전부였으니까. 자주 맛보지 않은 걸 잘 만들려 하니 꽤나 고역이었다.

의외였던 건 발리아가 그 과자를 무척이나 잘 먹었다는 것.

슈덴은 과자를 얌얌 먹는 발리아를 보면서 슬쩍 웃었다. 이럴 줄 알았으면 가죽을 선물하는 대신 과자라도 구워 선물할 걸 그랬나.

"슈덴. 왜 자꾸 쳐다봐?"

"그냥 봤어."

발리아는 고개를 갸웃하더니 다시 책으로 시선을 내렸다. 조용한 저녁, 한가로운 시간. 티타임이라면 티타임이었다. 발리아는 우유에 꿀을 섞은 것을 마시고 있었다.

아직 어려서인지 쓰고 떫은 허브차를 잘 먹지 않았다. 발리아는 슈덴이 구워 준 과자를 오독오독 함께 먹으면서 우유차를 마셨다. 딱 그 나이대의 입맛이었다.

슈덴은 그만 좀 쳐다보라는 발리아의 말을 듣고서야 어쩔 수 없이 시선을 옮겼다. 정말이지, 말도 안 되게 평화로웠다.

다음 날이었다.

발리아는 편지 한 장만 덜렁 남기고 외출을 했다. 과자 재료를 사올 테니까 구워 달라고. 이쯤 되니 궁금해질 지경이었다. 그저 단순히 어릴 때라서 단것이라면 다 좋은 건지, 아니면 유독 슈덴 자신이 구워 주는 과자를 좋아하는 건지.

슈덴은 발리아를 기다리며 탁자에 엎드렸다. 온 사위가 고요했다.

바이나나의 말이 맞았다.

그 기억에 너무 젖어 들면 안 된다던. 그러다 보면 실제를 잊게 된다고.

처음엔 그 말이 이해가 가지 않았다. 여긴 그저 기억 속일 뿐인 것을 뻔히 인지하고 있는데. 그런데도 이곳에 있는 작은 발리아가 지나치게 평화로웠고 사랑스러웠다. 고작 그사이 생생한 은회색 눈동자가 그렇게 그리웠던 모양이다.

차라리 환상이었다면 좋을 텐데. 발리아가 실제로 겪었던 과거인 게 문제라면 문제였다. 하나부터 열까지 신경이 쓰여 도무지.

슈덴은 탁자를 툭툭 두드렸다. 발리아의 영혼에 신성력은 제대로 둘렸을지 슈덴이 알 수 있는 방법은 없었다. 그는 성직자가 아니어서, 실질적으로 신성력을 붓는 것은 필레몬과 바이나나가 도맡아 하고 있으리라.

성공할지 아닐지. 슈덴이 눈을 뜨기 전까지는 알 수 없었다. 모른

채로 죽음을 맞이할 수도 있겠지. 어떤 쪽이든 성물을 다시 불태워야 했다. 돌아갈 시도라도 해야 하니까.

다만 첫날은 하녀가 너무 건방져서 발리아를 두고 나올 수가 없었지. 다음 날은 발리아가 과자가 먹고 싶다고 했고. 그리고 오늘은…….

발리아.

그녀를 생각하면서도 다시 그녀가 떠올랐다.

아직도 관에 누워 있을 발리아가.

정말로 거짓말처럼, 불현듯 현실감이 들었다. 당장 돌아가야 한다는 생각이 거짓말처럼 슈덴의 머리를 지배했다.

위험 신호이자 마지막 경고였다.

더 있다가는 슈덴이 느리게, 그러나 확실하게 이 안온함에 빠져들고 말 거라고 몸은 직감적으로 알았다.

차라리 발리아가 외출한 게 잘된 일처럼 느껴졌다. 그녀가 앞에 있었다면 오늘도 결국 돌아가지 못했으리라.

슈덴은 머리가 정리된 즉시 성물에 불을 피웠다. 몸속에 파고든 성물은 아무런 불씨도 없이 홀로 타오르기 시작했다. 불길이 완벽하게 일어나기까지는 시간이 조금 걸렸다.

그때였다. 운도 나쁘게 그 타이밍에 맞춰 창밖으로 빗방울이 뚝뚝 떨어지기 시작했다.

소나기였다.

황금색 눈썹이 홱 찌푸려졌다. 슈덴은 살아오면서 특별히 날씨 탓을 해 본 적이 없었다. 급박한 전투 때가 아니라면, 별달리 관심조차 두지 않았는데. 오늘 그 기록 아닌 기록이 깨졌다.

쨍하니 맑았던 날씨였으니 발리아는 우산을 가져가지 않았을 것이다.

그냥 이대로 되돌아가면 없는 일이 되지 않을까도 싶었지만.

어쩌면 발리아와의 마지막이 될지도 모른다는 미련이 슈텐을 그림자처럼 붙잡았다. 평생 죽음을 두려워한 적이 없었는데, 이렇게 될 줄이야. 스스로가 한심했다.

어느새 슈텐은 우산을 챙겨 들고 있었다. 문을 열고 나가자 쏴 하는 시원한 소리가 귓가를 울렸다. 슈텐은 바로 걸음을 옮겼다.

과자 재료를 사러 간다고 했으니 시장에 갔을 거고. 발리아가 사는 집은 시장과 그리 멀지 않았다. 그래도 한 왕국의 수도라 표지판이 잘 세워져 있어 금세 찾을 수 있었다. 소나기였지만, 빗방울이 제법 굵었다.

물건 위로 급하게 천을 뒤집어씌우는 상인들. 우산을 미처 챙기지 못해 서둘러 달리는 행인들. 의기양양하게 펴지는 몇몇 개의 우산.

관목, 골목. 그리고 담벼락.

붉은 눈동자는 그 수많은 광경 중에서 그저 한 사람을 찾고 있었다.

얼마간 뛰었던 것 같다.

소나기가 쏟아지는 그 어린 날의 오후.

거짓말처럼 눈에 들어오는 검은 머리카락이 있었다.

발리아였다. 그녀는 잎이 무성한 나무 밑에서 비를 피하고 있었다. 혼자는 아니었다. 몇몇 사람들도 함께였다. 그러나 그들은 곧 우산을 들고 데리러 온 사람들과 함께 돌아갔다.

슈텐은 문득 알고 말았다. 발리아의 표정이 다른 사람들과 묘하게 달라 보이는 이유에 대해서. 비가 오는 날 데리러 와 줄 누군가가 있는 사람과, 그렇지 않은 사람.

어린 발리아는 후자였다.

아직 앳된 은회색 눈동자가 하늘을 향해 깜빡였다. 나무에 등을 기대고 있는 작은 몸. 가르트 저택에서도 이런 상황이 있지 않았나.

그때의 발리아는 저렇게까지 외로운 얼굴은 하지 않았는데. 왜 지금은 다른 걸까. 아직 아이라서 그런 건지. 슈덴이 걸음을 옮겼다.

"발리아."

둥근 어깨가 살짝 움찔거렸다. 은회색 눈동자가 옆을 향한다.

"슈덴?"

"다 젖었잖아."

슈덴은 우산을 씌워 주며 그렇게 말했다.

마른 수건이라도 가져올걸, 하는 후회가 들었다. 슈덴은 입고 있던 외투를 벗었다. 얇긴 하지만 젖은 옷보단 따뜻할 테니까. 막 발리아의 어깨에 외투를 걸쳐 주었을 때였다.

비에 젖은 작은 몸이 와락 안겨 왔다.

온화한 체온. 불규칙적으로 뛰는 맥박. 슈덴은 제 어깨에 얼굴을 푹 파묻은 발리아를 마주 끌어안았다.

그 와중에도 성물은 착실하게 불타고 있었다. 발리아를 찾느라 시간이 너무 지체됐다. 두 대신관들이 몇 번이나 이야기하고 걱정했던 죽음이 떠올랐다.

이게 마지막일지도 모른다고.

차마 떨어지지 않던 걸음이 발리아의 온기에 거짓말처럼 녹았다. 그 작은 소녀가 울 듯한 목소리로 조그맣게 고백했다.

"……누가 나 데리러 온 거 처음이야."

이게 마지막이어도, 괜찮을 것 같다고.

"있잖아."

예리는 손을 꼼지락거렸다. 온통 하얗기만 한 곳. 나무가 있고 꽃이 피었으며 구름까지 떠다니지만 묘하게 시간이 정지한 것 같은 이 신성한 장소에서.

"이미 알고 있을지도 모르겠지만……, 신관들은 널 정말 맹목적으로 숭배하거든. 뭐든지 하시는 분이라고 막."

신이 조금 웃었다. 예리는 그 웃음소리에 용기를 얻어서 물었다.

"그런데 왜 나는 이렇게까지 돌아가야 해?"

"내가 왜 쉽게 해결해 주지 않는 거냐고 묻고 싶은 것이니?"

"응……."

예리와 똑같은 얼굴을 한 신이 그녀를 돌아봤다. 닮아도 너무 닮았다. 예리는 꼭 거울을 보는 것만 같았다.

간혹 궁금해하는 사람들이 있었다. 성녀님께서는 혹시 신을 직접 뵌 적 있냐고. 그렇다면 신께서는 대체 어떻게 생기셨냐고. 오히려 신관들은 이런 질문을 하지 않았다. 귀족들 중 몇몇이 은근히 물어보고는 했다.

대답은 할 수 없었다. 신이 실은 자신과 똑같이 생겼다고 어떻게 말하겠는가. 불경한 질문이라서 답할 수 없다고 대답하면, 물어본 사람이 얼른 사과를 하고 물러났다.

"나는 운명을 관장하지도, 운명 그 자체도 아니란다."

사과나무의 잎사귀를 닦아 주고 제때 물을 뿌려 준다고 해서 사과나무 그 자체가 되는 것은 아니듯이.

"내 전언은 인간에게 온전히 전해지질 않으며, 나는 직접 그곳에 거할 수도 없지."

그래서 신은 신성력으로 존재를 증명했다. 하지만 신성력을 허락받은 자들도 신의 뜻을 거역할진대 없는 자들은 오죽하겠는가. 인간사의 수많은 비극은 거기서 탄생했다.

"무슨 말인지 알겠어."

예리는 조금 시무룩해져서 고개를 끄덕였다. 신은 물끄러미 예리를 바라보다가 말했다.

"너도 이만 돌아가야 하지 않겠니."

"응. 돌아가야지. 빨리 돌아가고 싶어."

예리가 의욕을 보이며 벌떡 일어섰다. 살아 있는 인간에게 공통적으로 나타나는 현상이었다. 이 신성한 공간을 낯설어 하며, 본래 살던 세계로 돌아가고 싶어 하는 것.

신은 가만히 왼손을 들어 올렸다. 손바닥 위에서 푸른 불꽃이 타올랐다. 예리는 저 불꽃이 무엇인지 알지 못했다. 아무도 알지 못한다. 신이 바이나나에게서 게트투르드에 관한 기억을 걷어 갔듯이.

이 불꽃이 무엇인지 아는 것은 오직 신과 또 다른 메시아가 전부였다. 메시아가 염원하며 바라 왔던 게트투르드의 영혼이었으니까. 바이나나와 필레몬이 꺼내든 성물은 게트투르드의 영혼만을 불태워 마침내 신의 품으로 돌아오게끔 했다.

"네가 원래 있는 곳으로 돌아가면 77일이 훌쩍 넘어 있을 거란다."

"응? 그렇게 많이? 나 눈 뜨니까 여기였는데……?"

"내가 있는 곳과 네가 있는 곳은 아주 멀리 떨어져 있어."

"……아무리 멀리 떨어져 있어도 그렇지."

두 달이 훨씬 지나 있을 거라니? 시체라고 여기고 벌써 흙바닥에 파묻었으면 어쩌나 싶었다. 예리는 조금 걱정이 되었다.

"우리, 이번에 보는 게 마지막이야?"

"네 수명이 다해 내 품으로 돌아오기 전까지는 그렇단다."

고개를 주억거리던 예리가 머뭇거리며 물었다.

"나 말이야. 이제까지 계속 실패만 했는데."

항상 미안한 마음을 갖고 살아야 했는데.

"이번엔 정말 행복해질 수 있을까? 아무도 잃지 않을 수 있을까?"

신은 대답 없이 예리의 머리를 쓰다듬어 주었다. 이 아이는 '아무도 잃고 싶지 않다'는 욕망이 유독 강했다. 가장 최초의 기억은 가족들의 죽음이며, 최후의 기억은 본인의 죽음이라 그렇겠지.

"인간의 삶이 항상 봄부터 시작되진 않아. 겨울이 봄보다 먼저 찾아올 때도 있지."

"……."

"겨울이 지나가면 봄이 올 거란다."

그러니 이번에야말로 꼭 행복해지렴. 도망친 메시아의 영혼을 마침내 거둬 간 신은 성녀에게 그렇게 웃어 주었다.

⚔⚔⚔

밤이었다.

슈덴은 느리게 눈을 떴다. 붉은 눈동자는 어둠 속에서도 짙었다. 그는 물끄러미 천장을 올려다보았다. 평범한 나무 천장과 대비되는 엄숙하고 화려한 천장이 눈에 들어왔다.

대신전이었다. 슈덴이 이 사실을 인지하기까지는 얼마 걸리지 않았다. 그는 누워 있는 그대로 손부터 움직여 보았다. 삶 특유의 감각이 손끝에서부터 어색하게나마 전해졌다.

슈덴이 이마를 찌푸린 채로 상체를 일으켰다. 그는 커다란 침대에 누워 있었다. 방의 구조와 모양을 보건대 대신전의 객실인 것 같았다.

"각하? 괜찮으십니까? 일어나신 건가요?"

침대와 조금 떨어진 곳에 앉아 있던 신관이 놀라서 벌떡 일어났다. 그의 눈은 동그랗게 커져 있었다.

"오, 하필이면 지금 일어나시다니! 신이시여! 가르트 공작 각하, 잠시만 기다리십시오! 공작 부인을 모셔 오겠습니다!"

혼자 횡설수설하던 신관은 서둘러 자리를 떴다. 많이 놀란 모양이었다. 황궁이었으면 경을 칠 만큼 경망된 행동거지였지만, 이곳은 대신전이었다. 신관 역시 시종이 아니었고.

무엇보다 슈덴은 현실감이 잘 들지 않았다. 성물을 사용한 부작용인가 싶을 정도였다. 머리도 조금 울렸다. 발리아의 기억 속으로 막 떨어졌을 때만큼은 아니지만, 안개처럼 두통이 잔재했다. 두통이 가라앉기를 기다리던 슈덴은 침대 옆으로 손을 뻗었다.

신관이 가져다 놓았는지 찻주전자와 찻잔이 놓여 있었다. 알맞게 식은 차는 향이 시원해 머리를 맑게 해 주었다. 한 잔을 다 비우고 나니 허공에 붕 떠 있는 것 같던 느낌이 좀 줄어들었다.

슈덴은 찻잔을 내려놓았다. 중추 신경을 완전히 마비시키는 지독한 마취약에 절여졌다가 겨우 깬 사람 같았다. 제정신을 수복하는데 시간이 소요됐다. 물끄러미 허공만 노려보던 슈덴이 자리에서 벌떡 일어났다.

[공작 부인을 모셔 오겠습니다!]

원체 현실감이 들지 않아 신관의 그 말도 뒤늦게 생각해 냈다.

공작 부인이라고.

잘못 들은 건가. 잘못 상기하는 걸 수도 있었다. 지금 슈덴은 본인의 모든 반응과 기억을 믿질 못했다. 듣고 싶은 말로 바꿔 들었을 수도 있었다.

그렇게 생각하면서도.

슈덴의 발걸음은 어느새 문 쪽을 향하고 있었다.

신관은 그 와중에도 문은 잘 닫고 갔다. 슈덴의 손이 닿는 것보다 먼저 문이 벌컥 열렸다. 혹시나 싶었다. 발리아가 온 게 아닌가 하고.

"각하! 왜 일어나 계십니까?"

기대도 무색하게 뛰어나갔던 신관이었다.

저렇게 방방 뛰는 걸 보니 그의 상태가 많이 안 좋긴 한가 보다. 혹은 오래 잠들어 있었거나.

하지만 슈덴에겐 이딴 게 중요한 게 아니었다. 아까 신관이 말한 공작 부인에 대해서 물어보기 위해, 입을 막 떼려던 순간이었다.

신관이 옆으로 고개를 돌리고 말했다.

"공작 부인, 각하께서 일어나 계시는군요!"

"일어나 계신다고?"

순간 가슴을 뻐근하게 만드는 그 목소리는 대체.

슈덴이 문을 잡아 젖혀 확인하는 것보다, 그녀가 그 앞에 나타나는 시간이 조금 더 빨랐다. 붉은 눈동자가 허공에서 그대로 멎었다.

살아 있는 발리아.

얼굴이 조금 창백하지만 분명히 두 눈을 뜨고 있는 그녀였다. 발리아가 형용할 수 없는 표정으로 자신을 응시하고 있었다.

"……."

언젠가 그런 말을 들은 적이 있었다. 너무 그리워하던 사람을 실제로 보게 되면, 기쁨이나 환희보다 다른 생각이 먼저 들게 된다고.

내가 또 꿈을 꾸는 게 아닌가, 하는.

꿈이라면 차라리 영원히 깨지 않았으면 했다. 건드리는 순간 환상처럼 흩어질까 두려워 차마 손도 뻗지 못했다. 등신 같은 새끼가 따로 없다고 스스로를 비난하면서도 어쩔 수 없었다. 슈덴은 겨우 한 마디만 할 수 있었다.

"……발리아."

그 이름이 얼마나 꿈같았는지. 직후 거짓말처럼 현실감이 들었다. 슈덴이 발리아에게 손을 뻗는 동시에 발리아가 슈덴의 품에 안겨 들었다.

순식간에 안겨 오는 따뜻한 몸. 제 목에 팔을 감고, 가슴에 뺨을 파묻고 울음을 터뜨리는 발리아를. 살아 있다는 걸 확인하는 순간 느끼는 안도감. 이 맹목적인 감정이 말이나 되는 것인지.

발리아가 눈물을 뚝뚝 흘리며 말했다.

"또 그런 성물 쓰시면 정말 다시는 당신 안 볼 거예요."

슈덴이 저도 모르게 웃었다. 그녀의 말 한 마디에 찌꺼기처럼 남았던 불안감과 두려움들이 씻겨 내려가는 것 같았다. 이유는 자신도 잘 몰랐다.

"무서운 말씀을 하시는군."

"농담 아니에요……."

발리아도 필레몬에게 들어서 알고 있었다. 그 성물을 쓰는 게 유일한 방법이었다는 것을. 아니었으면 영원히 재회하지 못했으리라는 것도.

다 들어 알면서도 눈물이 났다. 다신 그런 위험한 성물은 쓰지 말라고 말하고 싶었다. 슈덴에게 발리아가 목숨보다 소중한 것처럼, 발리아도 그랬다. 이 남자를 진심으로 사랑했다.

"그런 말씀 말고 다른 건 없습니까."

"……다른 말이요?"

오랜만에 보는 것 같은데, 부인에게 처음 듣는 이야기가 다신 안 보겠다는 말이었다. 발리아가 말하는 것이면 어떤 것이든 좋지만, 그래도 다른 말이 듣고 싶었다.

가령 보고 싶었다든지. 이제 아픈 곳은 없다든지.

발리아는 눈물이 그렁그렁 맺힌 눈으로 슈덴을 올려다보았다. 슬퍼서 우는 건 아닌 것 같은데. 왜 우는지는 몰라도. 슈덴이 발리아의 볼을 조심스럽게 닦아 주었다.

"……아. 하나 있네요. 참."

물기 가득한 목소리가 흘러나왔다.

"사랑해요, 슈."

문득 해 오는 다정한 고백에 마음이 아렸다. 그때의 슈덴은 몰랐다. 발리아가 잠들어 있는 내내 얼마나 이 말이 하고 싶었는지.

슈덴은 그저 제 품에 안긴 발리아의 머리에 입술을 묻을 뿐이었다.

�֍✦ ✦֍✦ ✦֍✦

"필레몬 대신관님. 성녀님께서 오래 누워 계실까요?"

발리아의 물음에 필레몬은 관을 내려다보았다. 관 속에서 여전히 잠들어 있는 예리. 그러나 그녀의 안색은 확연히 좋아져 있었다.

"너무 걱정 마십시오. 공작 부인. 성녀님께서는 곧 일어나실 테니까요."

"하지만……."

발리아는 걱정스러운 표정을 지우지 못했다. 예리가 누워 있는 게 벌써 두 달이 넘었다.

발리아는 대신전에 머무는 사흘 내내 매일매일 예리를 보러 왔다. 혹시 자신이 잠을 많이 자면 예리가 회복하는 게 빨라질까 싶어서 일부러 더 잠을 자 보기도 했다. 거의 하루의 절반을 자 보았지만 달라진 게 없다고 해서 포기했다.

"그럼, 이따가 또 뵈러 올게요."

"예. 저녁에 뵙지요."

발리아는 걸어왔던 길을 돌아 나왔다. 거목이 숨겨져 있는 대신전의 심장부에서 올라오자 수십 명의 성기사가 보였다. 물 샐 틈 없는 경비. 이 대륙에서 황궁만큼이나 안전한 곳이 아닐까 싶었다.

바깥으로 나오자 이제 또 발리아의 호위를 전담하는 성기사 넷이 따라붙었다. 필레몬이 붙여 준 기사들이었다. 대신전을 방문한 왕족조차 성기사의 호위까지는 받지 않는다.

이 고귀한 대신전에서 발리아 혼자 성기사 넷의 호위를 받았다. 좀 과하지 않느냐고 슈덴에게 농담조로 말했는데, 그는 외려 부족하다는 눈치였다.

딱딱하고 철통같은 성기사 네 명의 호위. 발리아는 그들과 함께 정원까지 왔다. 허락받은 사람들만 출입이 되는 곳이었다.

이곳에 슈덴이 있을 것이다. 그리고 오늘은…….

레오도 있었다.

슈덴보다는 조금 작지만 훤칠한 편인 키. 아주 짙은 흑발과 슈덴과 꼭 닮은 붉은색 눈동자. 전에 보았을 때에는 기사라기보다는 전쟁터를 전전하는 용병에 가까운 분위기라고 생각했는데, 지금은 꽤 완화되었다.

사실 발리아는 며칠 전에도 레오를 보았다. 슈덴이 아직 일어나지 못하고 있을 때였다.

[가르트 후작 부인?]

신전 복도를 툴툴대며 걸어 다니고 있는 레오를 우연찮게 만났을 때 얼마나 놀랐는지. 잘못 본 줄 알았다.

레오도 약간 놀란 눈치였다.

[아, 이젠 공작 부인이셨던가? 멀쩡하시군요?]

예전이라면 경계했을 것이다. 슈덴이 레오와 함께 있는 걸 내켜 하지 않았으니까. 그런데 이젠 아니었다. 발리아는 레오에게 미소를 지어 주었다. 얼마나 다정하게 웃어 주었느냐면, 레오가 당황해 슈덴에 관한 건 묻지도 못하고 사라질 정도였다.

'음…….'

발리아는 눈을 깜빡였다.

'지금도 별로 분위기는 안 좋아 보이네.'

멀리서 봐도 그랬다. 재미있는 것은 슈덴은 느긋하니 여유로워 보이는 반면, 레오는 혼자 부들부들 떤다는 점이었다.

레오가 버럭 외쳤다.

"몇 번을 말하는지 모르겠군! 나는 대신전에 기도를 하러 온 거다."

"네가 기도를 한다고?"

슈덴이 한쪽 입꼬리를 끌어 올렸다.

"차라리 개가 장미를 씹어 먹는다는 농담이 믿을 만하겠군."

레오가 이를 부득부득 갈았다.

"제국 공작께서 농담 한 번 고상하게 하십니다, 그래."

"자작이 자꾸 거짓을 고하니 이러는 것 아니겠나."

레오는 슈덴의 멱살을 잡아 흔들고 싶은 걸 겨우 참았다. 저 잘나고 뻔뻔한 얼굴 때문에 지금 복장이 몇 번째 뒤집어지는지 모르겠다. 결국 레오는 품속에서 편지를 꺼냈다. 봉투는 저택에 두고 왔고, 알맹이인 편지지만 쪽지처럼 접어 챙겼었다.

"젠장! 네놈이 나한테 이딴 걸 보냈잖아!"

레오가 홱 던진 편지를 슈덴은 손쉽게도 받았다. 붉은 눈동자가 꼬깃꼬깃 접힌 편지를 훑었다. 새삼스레 펼쳐 보진 않았다. 제정신으로 쓴 건 아니었으니까.

"내가 여기에 대신전으로 와 달라고 적었나?"

"그딴 말은 없지만!"

"없지만?"

"없지만……, 젠장!"

결국 레오는 자리에서 벌떡 일어났다. 저 재수 없는 놈은 모른 척 그냥 넘어가도 될 일을 굳이 "어지간히 걱정을 한 모양이군. 카누트 자작."이라고 말해 펄쩍 뛰게 만들었다.

걱정은 얼어 죽을! 누가 걱정을 해? 저 자식을 걱정할 바엔 지나가던 똥개의 동사 여부를 걱정하는 게 보람찬 일일 텐데?

'온 내가 미친놈이지!'

기껏 로드 워프까지 타고 왔더니, 대신전에서는 타국 귀족분에게 가르트 공작이 어디에 묵고 계신지는 알려 드릴 수 없다고 하고. 그냥 돌아가기엔 꿈자리가 뒤숭숭할 것 같아서, 거대한 대신전을 마냥 배회만 하고 있었는데.

씩씩대며 가 버리려는 레오를 향해 슈덴이 말했다.

"차는 다 마시고 가는 게 어떻겠나. 카누트 자작. 신성국의 성의를 무시하는 건 동부에도 좋지 않을 텐데."

"……여기저기 짜증나는 것투성이군."

레오는 투덜대면서도 결국 다시 앉았다. 슈덴 가르트 저놈 면상도 보기 싫은 것과는 별개로, 대신전에서 특별히 준비해 준 차는 다 마시는 게 맞았다. 시중 들 이도 모조리 물린 만큼, 평화롭게 보여야 한다는 걸 잠깐 간과하고 있었다.

벌써 1년도 지난 일이지만, 겔과 동부 연합의 전쟁은 역대 대륙 전쟁 중에서도 손에 꼽을 만한 규모였다.

제국의 총사령관이었던 남자와 왕국의 선두 지휘관이었던 남자가 덜컥 신성국에서 만났으니, 신전 측에서는 긴장할 수밖에 없었다. 필레몬이 발리아에게 넌지시 물어보기까지 했으니 말 다 한 셈이었다.

'차는 왜 이렇게 안 식어?'

벌컥벌컥 마시고 일어나고 싶은데. 뜨거워서 잘 못 마시겠다. 레오는 괜히 애꿎은 찻잔만 흔들었다.

***** ***** *****

발리아는 정원 입구에서 기다리고 있었다.

처음엔 바로 들어가 함께 차를 마실까 했다. 그런데 그녀가 발을 떼는 순간, 레오가 슈덴에게 버럭 소리를 쳤다. 뭐라고 하는지는 잘 들리지 않았다.

레오의 고함에도 발리아는 별로 놀라지 않았다. 그냥 좀 말다툼을 하겠거니 생각했다. 오래 가진 않을 터였다.

이렇게 혼자 평화로운 발리아와는 달리, 그녀를 호위하는 성기사들은 기민하게 무기를 고쳐 잡았다. 그들은 매우 긴장하고 있었다. 비단 신성국에서뿐만 아니라, 대륙 어디에서 성사되어도 위험할 만남이 대신전 중앙에서 떡하니 이루어지고 있었으니까.

심지어 상황도 안 좋아 보였다. 성기사들에게 슈덴과 레오는 활활 타기 직전의 불씨나 마찬가지였다. 여차하면 몸을 던져서라도 두 남자를 떼어 놔야 한다고. 대신전에서 전쟁의 시발점이 일어나는 끔찍한 상황은 반드시 막아야 했다.

신전 정원을 빙 둘러싸고 서 있는 수많은 성기사들이 이곳만을 주시하고 있었다. 발리아는 성기사들이 어떤 심정인지는 전혀 몰랐다. 그녀는 레오의 목소리가 잦아들기만을 기다렸다가 사뿐사뿐 걸음을 옮겼다.

발리아가 티 테이블에 가까이 가는 것보다 슈덴과 레오가 돌아보는 게 빨랐다. 자신을 향하는 두 남자의 붉은 눈동자가 얼마나 비슷한지. 이런 말을 하면 분명히 둘 다 싫어하겠지만.

살짝 웃음이 나왔다.

발리아를 본 슈덴이 바로 일어섰다. 그 짧은 거리에 무슨 에스코트가 필요하다고. 성큼성큼 걸어가 손을 내미는 모습이 아주 눈꼴셨다. 속으로는 온갖 비난을 다 퍼부으면서도 레오는 일단 자리에서 일어섰다. 예의는 예의였다.

티 테이블에는 벌써 한 명분의 자리가 생겨났다. 의자에 앉은 발리아는 미소를 지으며 레오를 바라보았다.

"3일 전에 보고 또 보네요, 카누트 자작. 벌써 돌아간 줄 알았어요."

"그러……."

"모레 동부로 돌아간다고 하더군요."

질문은 레오에게 했는데 대답은 슈덴이 했다. 레오는 기가 찼다. 아내가 나타났다고 갑자기 온순해지는 저놈이 너무 재수 없었다.

"벌써 간다니 아쉽네요. 다음에 또 볼 수 있으면 좋겠어요."

"아, 뭐. 저도 그렇습니다."

"언제 겔 제국에 한 번 오실 수는 없나요? 쉬었다 가셔도 좋을 텐데요."

"겔 제국으로요? 수도는 좀 눈치가 보이겠지만 뭐, 가르트 영지로는 괜찮지 않을까 싶습니다."

"영지면 더 환영이죠. 해바라기가 만개하는 후원도 있어서 늦여름엔 아주 예쁘답니다."

"해바라기요? 해바라기라. 좋지요. 저도 아주 좋아하는 꽃입니다."

전부 예의상 하는 말이라고 여겼다. 레오는 줄지 않는 찻잔을 응시하면서 의식의 흐름대로 대답했다. 그러다가 별생각 없이 고개를 들었다.

'……뭐야.'

당황하는 것은 직후였다.

자신을 바라보고 있는 은회색 눈동자가 무척이나 따뜻했다. 입가에 머문 미소가 어찌나 깊은지 며칠 전 우연찮은 만남이 절로 떠오를 정도였다.

그때도 너무 다정하게 웃는 나머지 얼떨떨했는데. 얼떨떨해하다 못해 도망칠 정도였다.

'설마 저 자식이 내가 지 형제라고 말한 건가?'

이런 착각마저 들 정도였다. 레오는 혹시나 싶어 슈덴을 바라보았다가 바로 착각을 털어 냈다.

내내 느긋하기만 해 짜증나던 슈덴의 얼굴에 처음으로 금이 가 있었다. 드러내 놓고 불쾌해하는 건 아니었지만, 기분은 안 좋아 보였다.

반대급부로 레오의 기분이 굉장히 나아졌다. 한편으로는 의아했다.

'겔 황궁에서 만났을 땐 딱 선을 긋더니.'

의례적인 미소에 형식적인 태도가 전부이던 가르트 공작 부인이다. 무슨 심경의 변화라도 있었기에 말뿐이지만 초대까지 하는지. 레오는 티타임이 이어지는 내내 머리를 굴렸지만, 결국 찻잔을 다 비울 때까지 궁금증을 풀지 못했다.

❧ ❧ ❧

그날 저녁이었다.

레오는 예정보다 급하게 동부 왕국으로 돌아갔다. 루드베키아가 편지를 보낸 것이다. 그녀가 직접 쓴 편지에는 '내일까지 돌아오지 않으면 내가 신성국으로 가겠다.'라고 적혀 있었다. 레오가 루드베키아에게 꼼짝 못 한다는 것을 잘 알고 있는 부하 기사가 일러바친 게 틀림없었다.

슈덴과 발리아도 겔 제국으로 돌아갈 준비를 마쳤다. 발리아는 이

웅장하고 예스러운 대신전이 마음에 들었지만 슈덴은 아니었다. 이 대신전이 지금보다 몇 배는 더 아름답고 고풍스러워진다고 해도 길게 머물 생각이 없었다.

이유는 다른 게 아니었다.

"슈, 여긴 대신전이잖아요?"

발리아가 자꾸 자신을 밀어내는 것. 그 하나 때문이었다. 그나마 포옹과 뺨에 하는 키스는 허락해 줘서 다행이었다.

발리아는 슈덴의 품에 폭 파묻혀서 책을 읽었다. 등과 허리는 그의 가슴에 기댄 채, 무릎은 세워 책을 가볍게 얹고. 슈덴은 두 팔로 발리아의 허리를 감싸 안고 있었다. 이게 그녀가 괜찮다고 말해 준 유일한 스킨십이었다.

그나마도 시간이 지나면 얄짤없었다. 정결함을 중요한 덕목으로 내세우는 신전에서는 부부라도 혼숙을 금지했다. 발리아가 잠들 시간이 되면 슈덴은 배정된 침실로 떠나야 했다.

그다지 좋은 곳은 아니다. 슈덴이 이 장엄한 대신전에 갖는 유일한 감상이었다.

"슈."

발리아는 책을 읽다 말고 말했다.

"저 궁금한 게 있는데요."

발리아는 머리를 젖혀 슈덴의 어깨에 턱 갖다 댔다.

"필레몬 대신관님이 그러셨는데, 당신이 제 옛날 기억으로 갔다고 하시더라고요. 제국으로 가기 직전의 저와 만났을 거라고 하시던데…… 진짜예요?"

필레몬은 그렇게 말했나. 슈덴은 새삼 그때의 발리아는 어떤 모습이었을지, 무슨 말을 했을지 궁금해졌다. 사실 그녀의 모든 시간이 궁금한 게 아닐까. 일단 슈덴은 입을 열었다.

"그보다 더 어릴 때의 당신과 만났습니다."

"더 어릴 때요?"

"물어보니까 열두 살이라고 하더군요."

"열두 살……."

발리아가 눈동자를 빙그르 굴렸다. 곰곰이 무슨 생각을 하는 듯한 그녀를 보며 슈덴이 슬쩍 웃었다.

"기억은 하지 못하시겠지만, 당신이 제게 크림 스튜를 끓여 달라고 했습니다."

"크림 스튜요?"

갑자기 웬? 혹시 슈덴이 칼의 몸에 빙의라도 해서 자신을 보러 온 걸까? 발리아는 눈을 동그랗게 떴다.

"그 다음엔 과자를 구워 달라고 했고."

"네?"

"그런 건 만들어 본 적 없다니까 저를 집에서 쫓아내려 하시고."

"……제가요? 당신을요?"

"리사 왕국엔 연고가 없어서 난감했습니다. 노숙이라도 해야 하나 했지요."

"노숙이요……?"

발리아는 정말 당황해서 몸을 바로 세웠다. 그녀가 슈덴을 돌아보았다. 열두 살 때의 자신이 그렇게 악독했나? 과자를 안 구워 줬다고 쫓아내려고 해?

혼란스러운 은회색 눈동자. 생각하는 게 표정에 고스란히 드러났다.

"제가 진짜 그랬어요?"

말하는 내내 웃음을 참고 있던 슈덴은 결국 고개를 숙이고 웃음을 터뜨렸다. 어리둥절해하던 발리아는 금세 그가 장난을 쳤다고 알아차렸다.

"정말, 당신……."

콧잔등을 찡그리던 발리아의 눈이 순간 반짝 뜨였다. 슈덴의 손이 눈에 띈 까닭이다. 장난스럽게 웃는 와중에도 발리아에게서 도통 떨어지지 못하는 그의 손이.

발리아는 무릎을 꿇은 상태로 허벅지와 등을 바로 세웠다. 슈덴보다 조금 더 높아진 눈높이. 무릎걸음으로 그에게 바짝 다가가 붙은 발리아가 나지막한 목소리로 그를 불렀다.

"슈."

부르는 목소리가 묘하게 유혹적이다. 심지어 발리아는 손가락 끝으로 슈덴의 턱을 들어 올렸다. 그녀는 순간 혼이 나가게 잘생긴 얼굴을 향해 고개를 숙였다. 푸른빛 감도는 검은 머리카락이 어깨에서부터 차르르 떨어졌다.

예기치 못한 키스에 약간 굳었던 것도 잠시였다.

오랜만에 하는 키스는 정말이지 아찔할 정도로 달았고 매혹적이었다. 슈덴은 발리아의 머리를 한 손으로 받쳐 잡았다. 분명 처음 입을 맞춘 건 발리아였는데, 어느새 그녀가 뒤로 밀려나고 있었다.

다른 쪽 손이 발리아의 몸을 건드리기 시작했다. 희게 드러난 발목을 쥐어 보았다가 종아리를 훑고, 마침내 허벅지까지. 보들보들한 살갗을 쓸어 보는 단단한 손바닥이 점차 안쪽으로 파고들 때였다.

발리아가 턱을 살짝 뺐다.

두 입술 사이로 생기는 작은 틈. 감겨 있던 붉은 눈동자가 느리게 떠졌다. 슈덴의 눈에 발리아가 온전히 비쳤다. 호흡을 진정할 시간도 없이 다시 고개를 기울이려는 그를 그녀가 돌연 밀어냈다. 순식간이었다.

"……."

발리아는 슈덴을 당황시키는 데 특별한 재능 같은 걸 가지고 있는 게 분명했다. 아니, 그런 재능이 있는 거의 유일한 사람이 아닐까?

심지어 그녀는 도리도리 고개를 저어, 제 뒷머리를 받치고 있던 그의 손마저 치우게 했다. 허벅지를 만지고 있던 다른 손은 덤이었다.

한순간 아내에게 밀려난 남자는 조금 얼떨떨해졌다.

"……발리아?"

"슈."

산뜻한 목소리가 돌아왔다.

"앞으론 저 놀리지 마세요."

살다 살다 그런 복수는 처음이었다. 곧바로 슈덴이 이젠 그런 농담을 하지 않겠다고 했는데도, 발리아는 냉정했다. 바로 뒤돌아 앉더니 그의 품에 다시 폭 기대 버린 것이다.

부드러운 몸은 그대로 닿아 오는데 그 외의 접촉은 허락해 주질 않는다니. 농담의 대가치고는 너무 혹독하질 않나. 고문이 따로 없었다. 슈덴은 애가 타다 못해 말라 죽는 것 같았다.

"부인."

"네."

"좀 너무하다고는 생각하시지 않습니까."

이게 얼마 만에 당신한테 키스하는 건데. 발리아가 슈덴의 어깨에 머리를 기댄 채로 눈을 깜빡였다.

"당신이 먼저 놀리셨잖아요."

"……."

슈덴은 할 말을 잃었다. 몇 번이나 달랬지만 발리아는 새침했다. 심지어 그녀는 마저 읽어야 한다며 옆에 잠깐 놓아두었던 책을 다시 집어 들기까지 했다.

슈덴은 결국 발리아를 뒤에서부터 껴안는 걸로, 정말 애써서 만족을 해야 했다.

한동안 책장을 사각사각 넘기는 소리만 들렸다. 슈덴의 눈길은 발리아가 넘기는 책에 향해 있었지만, 머릿속으로 다른 생각을 하고 있었다. 신성국의 로드 워프를 이용하면 얼마나 빨리 저택으로 돌아갈 수 있는지에 관한 것이었다.

이럴 줄 알았으면 좀 무리를 해서라도 아까 저녁에 출발했을 텐데. 그런데 발리아가 성녀를 자꾸 보러 가고 싶어 했다. 내일 아침, 출발하기 직전에도 한 번 더 얼굴을 확인하고 오겠다고 할 정도였다.

"슈."

발리아가 책을 넘기다가 말고 그를 불렀다.

"레오 카누트 자작이랑 친하시죠?"

"음?"

갑자기 왜 레오 이야기가 나오나. 발리아가 말을 이었다.

"사이가 각별해 보여서요. 당신이랑 카누트 자작이랑 닮은 점도 많고요."

가벼운 목소리였다. 슈덴은 미처 알지 못했다. 발리아가 이 말을 꺼내기까지 얼마나 고심하고 있었는지. 그저 대수롭지 않게 대답했을 뿐이다.

"레오 카누트가 들었으면 펄펄 뛰었을 얘기군요."

"그래요?"

발리아의 입가에 미소가 맺혔다. 책 쪽으로 고개를 약간 숙이고 있는지라, 슈덴은 미처 보지 못한 미소였다. 다만 궁금해지긴 했다.

"카누트 자작과 제가 닮았습니까?"

"네. 닮았어요."

"어디가 닮았습니까. 전 잘 모르겠는데."

형제로 함께 붙어 지낸 어린 시절에도 얼굴 빼닮았단 소리는 별로 못 들어 봤다. 그나마 붉은 눈동자가 공통점이긴 했지만, 눈 색깔 비슷한 사람이야 대륙엔 널렸다.

붉은색 눈동자가 아주 드물다는 건 차치하고서라도.

"음……."

발리아는 책을 덮었다. 그녀가 슈덴을 돌아보며 말했다.

"일단 두 분 다 동생을 많이 좋아하시더라고요."

"……동생?"

갑자기 뚝 떨어지는 '동생'이라는 말이 무슨 뜻인지. 슈덴이 제대로 파악하기도 전이었다. 발리아가 나지막하게 말했다.

"네. 에덴 말이에요."

순간 꿈을 꾸고 있는 게 아닐까 싶었다. 슈덴은, 일평생 발리아의 입에서 그 이름이 나올 거라고 생각해 본 적이 없었다.

에덴.

슈덴의 죽은 동생. 아니, 엄밀히 말하자면 슈덴 때문에 죽은 것이나 다름없는 어렸던 그 애.

붉은 눈동자가 굳은 채로 발리아를 바라보았다. 슈덴은 혼란스러워하고 있었다. 이미 오래전에 죽은 에덴을 대체 발리아가 어떻게 알고 있는 걸까.

에덴을 기억하고 있는 사람은 대륙을 통틀어도 몇 되지 않았다. 슈덴을 제외하고는 레오가 유일무이할 것이다. 그 외에는 예전에 이미 다 독살당해 흙으로 돌아갔으니까.

"……레오가 말해 준 겁니까?"

슈덴이 그리 묻는 것도 무리는 아니었다. 발리아는 고개를 가로저었다.

"저 카누트 자작이랑 그렇게 안 친해요."

발리아는 레오에게 에덴에 대한 이야기를 들은 적이 없다. 그런 대화를 나눌 사이도 아니었고.

다만.

그녀는 어느새 책을 내려놓은 상태였다. 발리아가 몸을 틀어 앉은 후 슈덴을 마주보았다.

"슈, 당신이 성물을 쓰셨을 때 말이에요."

슈덴이 열두 살의 발리아를 만나고 있을 때. 정작 의식이 없던 발리아는 어디에 있었을까.

일어나지 못하는 성녀는 신을 대면하고, 붉은 눈동자의 소년은 은회색 눈동자의 소녀에게 우산을 씌워 줄 때.

성물은 메시아의 영혼을 활활 불태우며, 슈덴과 발리아에게 너무 많은 기적을 선사했다. 그녀는 다른 기억에 잠겨 있었다. 슈덴의 유년기였다.

"처음엔 꿈인 줄 알았어요. 아니면 당신이 그렇게 어린 모습일 리가 없으니까요. 신기해서 아무것도 안 묻고 계속 따라다녔는데…….”

발리아는 해바라기 들판에서 철퍼덕 넘어지고 난 후에야 알았다. 이게 꿈이 아니라는 걸. 흙바닥에 쓸린 무릎이 그렇게 아팠으니까.

[허어, 통각까지 느끼셨다면 절대 꿈이 아닐 겁니다. 공작 부인. 성물은 아주 신비로운, 그야말로 신의 은총이지요. 공작 부인이 각하의 기억으로 들어갔다 나오신 것 같습니다.]

슈덴이 발리아의 기억 속으로 들어갔으니, 발리아 역시 그런 게 틀림없다고.

그런 게 가능한 일이냐고 묻는 발리아에게 필레몬은 당연히 가능하다고 대답했다. 원래 성물은 이성적으로는 설명하기 힘든, 형상화된 작은 기적이라 불가능이 없다고.

“그때 에덴을 보셨습니까?”

“네. 레오 카누트 자작도 그때 봤고요. 음, 그 사람은 지금이랑 비슷비슷한데 에덴은 특히 사랑스럽더라고요. 저한테 어디서 왔냐고 묻는데 목소리가 아주 귀여웠어요.”

에덴에 대해서 이야기하는 발리아의 입매에는 옅은 미소가 감돌고 있었다. 그녀의 목소리가 다정해 슈덴은 조금은 안도할 수 있었다.

어쩌면 발리아는 에덴의 최후를 보지 못했는지도 몰랐다. 그저 어린 에덴과 재미있게 잘 놀다가, 혹은 특별한 추억을 쌓다가 즐겁게 돌아왔을지도 몰랐다.

“에덴이 어릴 때부터 유독 붙임성이 좋았습니다. 막내라서 그런지, 천성인지는 모르겠지만.”

“음, 제가 볼 땐 천성 같았어요. 저보고 결혼하자고도 하더라고요.”

“……결혼?”

발리아의 이야기는 슈덴이 웬 귀족한테서 케이크를 받아 왔다는 말에서 뚝 끊겼다. 거기까지만 봤다고 했다.

"그러십니까."

슈덴이 간절히 바랐던 것처럼.

"네. 그다음엔 갑자기 몸이 이상하게 투명해지는 것 같더니……."

그러나 간절함은 금세 사그라진다. 슈덴은 물끄러미 발리아를 바라보았다. 그녀도 마찬가지였다. 그들은 한동안 서로를 말없이 응시했다.

발리아가 먼저 입을 열었다.

"제 말 안 믿으시는 것 같네요."

"당신은 침대 위에선 거짓말을 잘 못하시니까."

"……."

농담조였지만 담긴 말은 진심이었다. 누군가를 사랑하게 되면 그 사람의 표정, 눈빛, 호흡에까지 온 신경이 쏠리게 된다. 슈덴은 사랑하는 여자의 낯빛이 우울해진 것을 어렵지 않게 눈치챌 수 있었다.

그녀는 거짓말을 하고 있었다. 분명히.

"……슈."

발리아는 조금 가라앉은 목소리로 슈덴을 불렀다. 어느새 그녀는 그의 목에 팔을 감고 있었다. 안아 주는 당신의 품은 왜 이렇게 따뜻한지.

"제가 뭘 보았든 당신에게 하고 싶은 말은 하나예요."

발리아는 어린 날의 슈덴이 어떤 표정으로 서 있었는지 아직도 기억하고 있었다. 그는 자신 때문에 에덴이 죽었다고 생각했다. 아니, 자신이 에덴을 죽인 거라고 여길 정도였다.

어린 날, 아직 표정을 감추는 데 서툴렀던 소년은 슬프게도 그렇게 생각하고 있었다. 그 명백한 자기혐오가 어찌나 선명했는지.

"당신이 잘못한 건 없어요. 정말로, 아무것도."

그 한 마디를 해 주지 못하고 돌아와 마음이 쓰리게 아팠다. 눈 뜬 슈덴에게 사랑한다고 말해 주고 싶었던 이유도. 발리아는 슈덴을 꼭 끌어안았다.

자신보다 머리 하나는 훌쩍 크고, 건장하며, 근육으로 뒤덮인 이 단단한 몸이. 전쟁을 휩쓸고 다니며, 겔 제국에 다시없을 명예를 안겨 준 이 남자가.

지금은 그저 어릴 때의 슈덴 같았다. 작고, 어리고, 머리는 빛나는 황금색에. 동생을 잃고도 울지 못해 처량하고 서럽게 서 있던 어린 날의 소년을.

"거짓말해서 죄송해요. 어떻게 말을 해야 하는지 모르겠어서 계속 고민했는데……."

애틋함을 목소리로 자아낼 수 있다면 꼭 이러지 않을까. 당신은 왜 날 한 마디 한 마디가 그렇게 신심인지. 이 작은 온기에서 슈덴은 얼마만 한 위로를 받는 것인가.

에덴을 잃고 줄곧 지옥에서 살았다. 그런데도 에덴은 자신에게 죽지 말라고 했었지.

어쩌면 에덴은 알고 있었을지도 모른다는 생각이 들었다. 자신에게 이런 말을 해 줄 사람이 기어이 나타나는 미래를.

그녀를 만나기 위해 슈덴은 그 처참한 세월을 버티며 지내 왔던 걸까.

슈덴은 말없이 발리아를 끌어안았다.

"그런데 슈."

슈덴의 품에 얌전히 안겨 있던 발리아가 입을 열었다.

"당신은 정말 과자 굽고 스튜 끓인 이야기밖에 없어요?"

"흠."

그 외에도 몇 개 더 있긴 했다.

"더 있긴 합니다. 당신이 혼자 나가셨는데, 비가 갑자기 오는 바람에."

은회색 눈동자가 기대감으로 반짝였다. 비가 갑자기 왔다고 하고 끊으니 궁금했다. 슈덴의 이야기를 더 듣고 싶었다.

귀를 쫑긋 세우고 있는 그녀를 본 슈덴이 슬쩍 웃었다.

"듣고 싶으십니까?"

"네!"

슈덴은 엄지손가락으로 발리아의 입술을 쓸어 보기 시작했다. 듣고 싶으면 키스를 해 달라는 노골적인 손짓. 발리아는 얼떨결에 슈덴에게 키스를 해 주어야 했다.

❋ ❋ ❋

제비꽃 같은 불꽃이 영혼을 천천히 태우던 그 시간.

"다음에는 내가 꼭 우산 가지고 갈게."

앳된 목소리. 그러나 내용은, 예전에도 한 번 들은 적 있는 말이었다. 말하는 내용도, 말하는 사람도 그대로인데.

정작 듣는 슈덴은 그제야 짐작을 할 수 있었다. 발리아가 왜 그런 말을 하는지. 그리고 왜 했는지.

발리아는 그저 익숙하지 않았던 것이다. 누군가에게 받는 애정을, 갚아야 하는 빚처럼 여긴 것이다. 어린 날의 그녀도, 결혼을 하고 난 후의 그녀도.

그 와중에도 성물은 계속 타올랐다. 불꽃이 강하게 타오르면서 슈덴의 시야도 점차 좁아졌다.

세상은 그대로이고 발리아도 그대로인데, 가장자리가 점화되어 새까맣게 변했다. 테두리가 천천히 타들어 가는 것 같았다.

"발리아."

점차 좁아지는 세상에서 슈덴은 입을 열었다.

"날 데리러 올 필요는 없어."

여전히 내리는 비. 그리고 이대로 두고 가야 하는 은회색 눈동자. 그녀는 조금 혼란스러운 눈치였다.

"왜? 내가 데리러 가는 게 싫어?"

슈덴은 피식 웃었다. 싫을 리가 있나.

"그럴 리가."

"그래? 음……, 그럼 난 뭘 해 주면 될까?"

"글쎄."

이게 마지막이어도 괜찮을 거라고 생각했던 게 아까 선이었는데.

생각이 바뀌었다. 발리아의 말을 듣는 순간 깨달았다. 깨달음인지, 이기심인지는 사실 잘 몰랐다. 한 가지만 확실했다. 슈덴은 발리아의 곁으로 살아서 돌아가야 했다.

"발리아."

당신은 기억하지 못할, 아니 이 시간 자체가 실제로 있는 건 아니지만. 금세 사그라질 꿈결에서라도 말해 주고 싶었다.

"다른 건 괜찮으니까."

그냥 두 눈 뜨고 자신을 바라봐 주기만 해도 되는데. 그게 이토록 간절할 줄은. 슈덴은 은회색 눈동자를 물끄러미 바라보았다.

"내 옆에 있어 주면 돼."

"……응? 응. 알겠어. 그거면 돼?"

"그래. 그거면 돼."

되게 별거 아닌 걸 이야기한다고. 어린 발리아의 표정은 그렇게 분명히 그렇게 말하고 있었다. 슈덴은 슬쩍 웃었다.

"잘 있어."

비 오는 날의 마지막이었다.

마지막으로, 그대에게

햇볕 온화한 오후였다.

겔 제국의 수도. 대륙에서도 유일한 황궁이 거하고 있으며, 수많은 귀족들의 저택이 자리하고 있는 거대한 제도.

수도 한쪽에 커다랗게 마련되어 있는 로드 워프에서는 마차며 사람들이 끊임없이 나타나고 사라졌다. 늘 있는 풍경이었다.

유독 시선을 끄는 마차가 나타난 것은 얼마 후였다. 네 마리의 말이 끄는 검은색 마차에는 문양이 새겨져 있었다. 겔 제국의 귀족이라면 누구나 알아볼 화려한 문양이었다.

가르트 공작가의 마차였다.

"폐하, 가르트 공작이 방금 도착했습니다."

이제나저제나 기다리고 있던 황제가 반색을 했다.

"어서 들라 하게."

"예."

황제의 명이 떨어지자마자 시종이 슈덴을 데리러 갔다. 조금 후 알현실의 문이 열렸다.

"신, 슈덴 가르트. 황제 폐하께 인사 올립니다."

"일어나게나."

"황공하옵니다."

황제는 슈덴이 자리에 앉자마자 입을 열었다.

"가르트 공. 이게 당최 얼마 만에 보는 것인가?"

따지고 보면 기껏 일주일 남짓한 시간이 지났을 뿐이었다. 하지만 황제는 이렇게 물을 수밖에 없었다. 그도 그럴 것이 공작 부부의 마지막이 어떠했는가. 슈덴 가르트의 부인인 가르트 공작 부인이 돌연 단검에 찔려 신성국으로 가질 않았던가.

"공작 부인은 어떤가, 좀 성한가?"

"예. 괜찮습니다."

"참으로 다행일세."

이미 인편을 통해 발리아가 괜찮다는 말을 들었지만 슈덴에게 직접 듣는 것은 또 달랐다.

이카스와 그가 관여한 사건 경위는 이미 슈덴이 보고한 후였다. 독에 대한 것은 언급하지 않았다. 메르실과 얽힌 이야기만 해도 충분했다. 메르실이 가담한 반란을 진압하고 사후 처리를 맡은 자 중 가장 큰 책임자가 슈덴이었으니. 메르실에게 은혜를 입은 자라면 충분히

원한을 품을 수도 있다고 황제도 납득했다.

"이카스 이안이라고 했던가. 그자는 공의 기사단장에게 신병을 인 도했다네."

"폐하의 은혜에 감사드립니다."

"무얼. 가르트의 안주인이 다쳤는데 당연한 일이지."

이카스는 불과 몇 시간 전 황궁에서 가르트 저택의 지하 감옥으로 옮겨진 상태였다. 이카스를 어떻게 처리하든 황제는 관여하지 않겠다 는 뜻이기도 했다.

사실 황제는 슈덴의 편의를 정말 많이 봐주었다. 이 일에 연루된 아 벨 왕국의 왕자는 고문 비슷한 고초까지 겪었다. 하지만 왕자는 정말 로 모르는 일이라고 질질 짜기만 했다. 쓸모가 없었다.

정작 일의 원흉인 이카스는 사지도 멀쩡했다. 심문은 받았지만 고 문은 받지 않았다. 슈덴이 이카스만은 격리해 달라고 보좌관을 보내 부탁을 했으니, 황제로서는 앞뒤 사정 몰라도 들어줄 수밖에 없었다.

그걸 아니까 슈덴도 순순히 황궁으로 온 것이다. 아니었으면 무슨 핑계를 대서든 일단 발리아와 저택으로 직행했을 텐데.

"메르실 파문 신관과 연관이 되는 일이었으니 신성국에도 공식으로 항의했네."

아니었으면 이렇게 황제의 이야기를 고분고분 듣고 있지도 않았을 터다.

"답이 왔습니까?"

"사흘 안으로 사절단을 파견한다더군."

황제는 표정이 영 좋지 못했다. 발리아는 현재 겔 제국에서도 가장 높은 신분의 귀부인이다. 그런 그녀가 파문 신관의 끄나풀 때문에 다

치다니? 게다가 장소는 황궁이요, 시기는 각국의 왕자와 공주들이 수도 없이 초빙되어 있을 때였다.

황가의 명예와도 관련이 된 일이다. 소문은 퍼져 나가지 않게끔 황제가 직접 수습했다. 그 덕분에 이 사고를 아는 이는 사실상 열 명도 채 되지 않았다. 하지만 수습이 잘 된 것과 황제가 불쾌한 것은 별개의 일이었다. 이카스의 행동은 황제의 권위에도 도전하는 일로 비추어질 수 있었다.

황제는 결심했다. 이번에야말로 제대로 으름장을 놓겠다고. 솔직히 보자면 약간 화풀이 같은 감도 없잖아 있었다.

실제로 아벨 왕국은 사신이 하루가 멀다 하고 겔 황궁에 드나들고 있었다. 황제의 진노 앞에서 아벨 왕국의 사신들은 쩔쩔맸다. 물론 신성국도 그와 비슷한 처지가 되리라.

평소의 슈텐이었다면 알 바 아니라고 무시했을 것이다.

다만, 필레몬과 바이나나의 몰골이 생각났다. 신성력을 거의 죽기 직전까지 짜내서 두 사람 모두 시체 비슷한 모습이었다. 산송장처럼 보일 정도였다.

슈텐은 잠깐 고민하다가 결정을 내렸다. 어쨌든 발리아를 구하느라 그렇게 되었으니, 제국에 도착하면 좀 거들어 주기는 하겠다고.

✳︎✳︎✳︎ ✳︎✳︎✳︎ ✳︎✳︎✳︎

슈텐이 황제에게 붙잡혀 이야기를 나눌 때였다. 발리아는 저택 정원에서 얌전히 걸음을 옮기고 있었다. 그녀의 옆에는 숀이 있었다. 숀의 임무는 오직 하나. 발리아를 호위 겸 에스코트하는 것.

"마님."

숀이 조심스럽게 입을 열었다. 항상 임무에만 충실하던 그로서는 기념비적인 일이었다.

"거듭 같은 질문을 드려서 죄송합니다. 그런데 정말 괜찮으십니까?"

발리아는 사뿐사뿐 걸으며 대답했다.

"그럼요."

"……."

어느 상황에서든 근엄한 숀이 말문을 잃는 경우는 잘 없다. 잘 없다 못해 정말로 드물고 희귀했다. 그의 눈동자가 기척도 없이 민첩하게 밑을 향했다.

숀의 눈길이 닿은 곳은 다름 아닌 발리아의 오른쪽 손이었다. 하얗고 보드라우며 연약해 보이는 귀부인의 손.

방금 전 발리아는 저 손으로 이카스의 뺨을 때렸다.

손바닥으로 따귀를 올려붙인 것도 아니었다. 숀을 비롯하여 지하 감옥에 함께 있던 보좌관들은 분명히 보았다.

가녀리기 그지없어, 바람 불면 날아갈 것 같던 마님이 주먹으로 이카스의 뺨을 퍽 때리는 광경을.

지하 감옥을 울리는 소리가 얼마나 둔탁했던가? 멀쩡히 살아 있는 발리아를 보고 온몸을 흔들며 발작하던 이카스는 입 안쪽 살이 다 터졌다. 입에 물려 있던 헝겊이 금세 시뻘겋게 젖었으니 알 만했다. 어금니가 두 개 빠진 것은 덤이었다.

안 그래도 탈진해 있던 이카스는 괴상한 비명을 흘리고 축 늘어졌다. 무슨 생각을 하는지 이카스를 가만히 응시하던 발리아는 평소와 다름없는 표정으로 뒤돌아서 나왔다.

마님께 감히 단검을 휘둘렀으니 마땅한 응징이다. 다만 그 응징을 내린 분이 너무 가냘파서 괴리감이 심할 뿐.

손은 본채까지 가는 내내, 발리아의 손을 흘긋거렸다.

❧ ❧ ❧

발리아는 침대에 엎드려 눈을 깜빡거렸다.

'음……, 아무리 생각해도 그 독을 만들었던 놈이 맞아.'

발리아는 자신이 누구에게, 무엇으로, 왜 찔렸는지 궁금해했다. 누구나 그럴 터였다. 슈덴의 이야기를 듣다 보니 한 단어에 신경이 확 쏠렸다.

생살을 썩게 만드는 독.

지나가듯 나왔던 말이지만 뇌리에 콕 박혔다. 발리아는 독에 대해서 아는 게 거의 없다. 하지만 그 독에만큼은 꽤 알고 있었다. 칼의 팔을 중독시켰던 독이니 당연했다.

기존에 없다가 전쟁이 일어났을 때 갑자기 등장한 독이라고 했다. 치료제가 그렇게 비쌌던 이유도, 독을 만든 놈의 독과점 때문이라고도 들었다.

이렇게 기억들을 고려해 보았을 때 아귀가 맞았다. 이카스는 분명 그 독을 만든 놈이었다.

'한 대 더 때릴 걸 그랬나?'

칼의 복수로 뺨을 한 대 치긴 했지만 많이 부족했다. 메이스가 있었으면 팔을 때렸을 텐데. 발리아는 얌전한 은회색 눈동자를 굴리며 생각에 잠겼다.

어느 순간 발리아는 눈을 감았다.

✷⸺✷ ✷⸺✷ ✷⸺✷

슈덴이 저택에 돌아온 것은 한밤이 다 되어서였다.

예상보다 처리해야 할 일이 많았다. 그만큼 큰일이긴 했다. 아벨 왕국의 왕자가 지나가듯 생각했듯이, 까딱 잘못했다간 양국의 전쟁으로 비화될지도 몰랐다. 발리아는 멀쩡했지만 국가 간의 일은 그랬다. 그래도 슈덴은 급한 일만 처리하고 저택으로 돌아왔다. 남은 일은 내일 입궁해 처리하기로 마음먹었다.

그만큼 슈덴은 발리아가 보고 싶었다.

"안주인께서는?"

"주무시고 계십니다. 많이 노곤하셨던지 곤히 잠드셨습니다."

발리아가 잠들어 있을 거라고 예상은 했다. 시간이 시간이니까. 폴은 슈덴을 따라 종종 따라오며 물었다.

"각하, 저녁 식사는 하셨는지요?"

궁에서 간단하게 저녁을 먹고 온 슈덴은 고개를 끄덕였다. 폴은 그러실 것 같아 목욕물을 미리 준비해 놓았다며 욕탕으로 안내했다.

주인 부부가 대체 얼마 만에 귀환하는지. 고용인들은 아무것도 묻지 못했지만 엄청나게 감격했다. 정작 슈덴은 고용인들이 오열하든 환호하든 전혀 관심이 없었지만.

슈덴은 그저 목욕을 끝낸 후 침실로 향했을 뿐이다.

"안녕히 주무십시오, 각하."

등 뒤에서부터 문이 닫혔다. 마법 등 몇 개만 희미하게 켜진 부부 침실. 안쪽으로 걸어 들어가니 침대 위에서 잠들어 있는 발리아가 보인다. 마차 안에서 있던 시간이 길긴 했던 모양이다. 정말 곤히 자고 있었다.

어쩔까, 하는 생각이 잠깐 스쳤다. 발리아를 깨우고 싶은 욕망이 얼마나 컸던지 낮은 한숨까지 나올 정도였다.

슈덴은 발리아의 옆에 비스듬히 누웠다. 그는 그녀 곁으로 몸을 돌린 채, 한쪽 팔을 세워 손등으로 턱을 팼다. 붉은 눈동자가 발리아를 물끄러미 바라본다.

"부인."

슈덴이 입을 열었다.

"언제까지 주무시는 척할 겁니까."

검은색 속눈썹이 움찔거렸다. 정말 잠든 사람처럼, 아주 천천히 이어지던 호흡이 갑자기 뚝 멎었다.

슈덴은 아무 말 없이 고개를 숙였다. 그리고 열심히 자는 척을 하고 있는 발리아의 귓불을 혀로 핥았다.

발리아가 꺅 소리를 내며 몸을 움츠렸다. 꼭 감겨 있던 그녀의 눈은 어느새 활짝 벌어진 상태였다. 잠기운 하나 없는 은회색 눈동자가 슈덴을 향했다.

"언제 오셨어요? 잠들어 있어서 오신 줄도 몰랐네요."

아내의 뻔뻔한 목소리에 슈덴은 결국 피식 웃었다. 그가 발리아의 이마에 흩어진 머리카락을 넘겨주며 물었다.

"왜 주무시는 척을 하셨습니까. 아이도 아니시면서."

"저 정말 잤어요. 당신 올 때 깬 거예요."

발리아는 진짜로 잤다. 이른 저녁을 먹고 아주 일찍 잠자리에 누워 네 시간은 족히 잤다. 다만 슈덴이 올 즈음하면 미리 깨워 달라고 하녀들에게 일렀다. 발리아가 미리 수면 시간을 든든하게 채워 둔 이유는 다른 게 아니었다.

"주무셨다니 다행이군."

슈덴, 그녀의 남편 때문에. 그의 목소리는 어느새 낮아진 상태였다. 슈덴의 손은 실크 가운 안쪽으로 들어오고 있었다. 단단한 손바닥이 아무것도 입지 않은 가슴을 야하게 그러쥐기 시작했다. 피부에 와 닿는 손이 얼마나 노골적이었는지.

발리아의 빨라지는 심장 박동이 슈덴의 손에 고스란히 전해졌다. 슈덴은 그녀의 두근거림이 좋았다. 발리아의 목소리 다음으로 이 고동 소리를 가장 좋아했다.

슈덴이 발리아에게 키스를 했다. 입술을 머금고 틈을 갈라 혀로 파고들었다. 익숙한 따뜻함이 슈덴을 자극한다. 맛보듯 시작했던 입맞춤은 금세 혀뿌리를 옭아 버리며 뜨거워진다. 틈도 주지 않고 밀어붙이는 키스에 나지막한 신음이 새어 나온다 싶더니, 그마저도 먹혔다.

입맞춤이 유독 깊고 진했던 것 같았다. 혀는 녹아 버릴 것 같은데 반대로 다른 곳은 심하게 단단해져 슈덴은 턱을 들었다. 젖은 은회색 눈동자가 그를 올려다본다.

"슈⋯⋯."

발리아는 거의 모든 것으로 슈덴을 심하게 자극시키지만, 그중에서도 특히 미칠 것 같은 부분들이 있었다.

예컨대 저런 목소리. 제 이름을 부르는데 신음이 섞여 물기가 찰박했다. 슈덴의 목울대가 울렁였다. 발리아가 입고 있던 가운은 이미 허리끈이 풀려 스르르 내려앉은 상태였다. 보이는 것은 그저 그녀의 보드라운 몸.

목욕을 했음에도 붉은 자국은 하나도 보이질 않았다. 맑은 살갗. 마지막으로 흔적을 새긴 게 일주일도 전이니 다 가라앉을 법도 했다. 평소라면 고개를 숙이고 입술을 갖다 댔겠지만, 지금 슈덴은 참기가 어려웠다. 심할 정도로.

슈덴은 붉은빛 감도는 금발을 한 번 쓸어 넘겼다. 그는 그녀의 허벅지를 잡아 벌린 후, 곧장 허리를 숙였다.

양 허벅지 사이로 파고드는 입술. 붉은 혀가 사이를 가르더니 클리토리스를 핥고 굴리기 시작했다. 발끝부터 오싹해졌다. 온몸에 키스를 받는 것 같아 견딜 수가 없었다.

언제쯤 이 쾌감이 익숙하게 느껴질까. 낯설지는 않았지만 편하지는 않은 아찔한 감각에 다리가 자꾸 오므라들었다.

"흣……."

슈덴은 자꾸만 움츠러드는 발리아의 다리를 단단하게 붙잡았다.

사실 발리아는 언제나 잠자리에서 슈덴의 힘을 제대로 체감하곤 했다. 분명 표면적으로는 부드러운데, 조금만 파고들어 보면……. 발리아의 입에서 신음이 터졌다.

슈덴에게 붙잡혀 있는 침대 위에서, 그녀는 어디로든 도망가지 못할 것 같았다. 손목이면 손목, 다리면 다리. 다른 곳도 마찬가지였다. 어디든 슈덴에게 잡힌 곳은 옴짝달싹도 할 수가 없었다.

어느새 발리아의 안쪽이 푹 젖어 들었다. 흘러나오는 애액이 슈덴의 손을 적셨다. 그는 습한 질내로 손가락을 밀어 넣었다가 느리게 숨을 들이켰다. 뜨겁고 말랑한 감촉이 슈덴을 자극하는데, 대체 얼마나 위험했는지. 그래, 사실 손가락 따위가 아니라 다른 걸 넣고 싶었다.

솔직히 말하자면 이젠 정말 미칠 것 같았다.

슈덴은 고개를 들었다. 그는 아직까지 걸치고 있던 실크 가운을 홀 링 벗어 한 손으로 말아 던졌다. 은회색 눈동자가 고스란히 드러난 남 체에 고정된다. 실오라기 하나 걸치지 않은 슈덴의 몸은 얼마나 자극 적인지. 발리아가 그 몸을 제대로 감상할 시간은 없었다. 이 남자는 그런 여유도 주지 않았다.

미끈한 질구에 페니스가 닿았구나 싶었던 때였다. 딱딱한 힘 그대 로 그 거대한 물건이 짓쳐들어왔다. 활짝 벌려져 있던 붉은 속살이 급 하게 수축됐다. 이 남자의 페니스는 매번 버겁다. 안쪽이 단숨에 꿰뚫 리는 기분에 숨까지 턱 막히는 것 같았다.

숨이 막힐 것 같은 건 슈덴도 마찬가지였다. 푹 젖어 부드러운 발리 아의 몸은 삽입 직후에는 놀랍도록 변한다. 페니스를 말도 못하게 물 고 죄어들어 밀어대는데.

"슈, 응……, 홋! 흐윽!"

온갖 원색적인 감각이 신음으로 표출된다. 처음에는 탐색하는 것처 럼 느껴졌던 움직임이, 고작 몇 번 사이에 침대가 흔들릴 정도로 변 했다. 단단하다 못해 딱딱한 페니스가 안쪽 예민한 살을 남김없이 비 비며 금세 발리아의 허리를 바르르 떨게 만들었다.

부드러운 시트 위에 편하게 놓여 있던 발리아의 두 손이 저도 모 르게 슈덴의 팔목을 잡았다. 그 와중에도 그는 멈추지를 않았다. 발 리아가 붙잡았음에도 힘줄 돋은 팔은 흔들림조차 없었다. 외려 움직 임이 격렬해지기만 해 그녀의 머리가 하얘졌다.

"아!"

창밖은 추운데 침실은 따뜻했고 침대 위는 뜨거웠다. 발리아의 몸에 열이 올랐다. 온통 휘젓는 것 같은 흉포한 움직임이 너무 버거웠다. 만지는 손길도, 자신을 내려다보는 그 붉은 눈동자까지.

슈덴의 사소한 행동에서마저 발리아를 향한 욕망이 뚝뚝 묻어나 온몸이 덜덜 떨렸다.

"으응! 흑!"

절정. 참지 못한 신음과 함께 발리아의 몸이 심하게 반응했다. 경련까지 할 정도였다. 흑 하며 떠는 발리아로 인해 슈덴의 거칠었던 움직임도 조금 잦아들었다. 반쯤은 타의적인 행동이었다. 그도 그럴 것이 발리아의 안쪽이 요동을 쳤기 때문이다. 정액을 쥐어짜려고 하는 듯한 압박감이 너무 심해 금방이라도 파정해 버릴 것만 같았다. 슈덴은 낮은 신음을 흘렸다.

아마 슈덴에게 조금만 더 여유가 있었다면, 분명 발리아에게 이야기해 놀렸을 것이다. 하지만 지금의 그는 그럴 정신도 없었다. 근육으로 잘 짜인 넓은 등에 땀방울이 송골송골 맺혀 있었다. 떨림이 조금 잦아들었다 싶을 때 그는 다시금 페니스를 짓쳐 올렸다. 움직임이 어찌나 난폭했던지 발리아가 숨을 들이켜며 매달릴 정도였다.

"흐윽! 훗, 슈, 아, 제발……."

열이 올랐던 몸을 그대로 두면 점차 식는다. 하지만 계속 자극이 가해지면 아이러니하게도 더 예민해졌다. 더군다나 오늘 그녀의 남자는 유독 사나웠다. 발리아의 양 손목을 잡고 놓아주질 않았다. 이미 한 번 느낀 몸은 어느새 슈덴에게 휩쓸리고 있었다.

무덥던 공기가 조금 가라앉은 것은 한참 후였다.

발리아는 슈덴의 몸 위에서 축 늘어졌다. 발리아는 슈덴을 잘 알았다. 아직 끝이 아니었다.

열기로 발그레해진 뺨. 그만큼 달아오른 은회색 눈동자가 자연스레 슈덴의 몸을 향했다.

아까는 제대로 보지 못했지만, 정말이지 이 남자의 몸은 지나치게 근사했다. 예전의 발리아는 이 남체를 제대로 바라보지도 못했다. 슈덴의 나신은 똑바로 바라보기엔 정말 너무 부끄러웠다. 지금은 아니었다. 부끄러움이 희석되자 남은 것은, 슈덴의 몸에 홀리고 마는 발리아였다.

그녀는 어느새 그를 만지고 있었다. 탄탄한 근육과 완벽하게 새겨진 복근을 손끝으로 건드리다 저절로 침을 삼켰다. 몸 안에 열기가 고이는 것 같았다.

유혹당하는 게 이런 기분일까? 그런데 유혹당한 다음엔 어떻게 해야 하지?

발리아는 판단이 빨랐다. 슈덴이 하는 대로 하기로 했다. 그녀는 그의 가슴에 기대고 있던 뺨을 들어올렸다.

퇴폐적인 분위기가 물씬 풍기는 붉은 눈동자와 바로 마주친다. 바라보기만 해도 뜨거운 정사가 연상되는 그런 눈빛.

발리아는 슈덴의 얼굴로 고개를 숙였다. 젖은 입술을 벌리고 혀를 건드렸다. 수도 없이 했던 키스인데 발리아가 하면 또 특별한 모양이다. 페니스가 순식간에 부피를 키우는 게 허벅지를 통해 선명하게 느껴졌으니까.

굳이 키스를 할 필요가 없었던 것 같기도 하고. 사실 발리아가 손만 뻗어도 됐던 것 아닐까. 그녀는 입술을 뗐다.

발리아는 슈덴의 가슴에 손을 짚고 하반신을 움직였다. 정액과 애액으로 흥건한 질구에 맞춰진 페니스가 천천히, 빠듯하게 삽입됐다.

숨결처럼 옅은 신음 소리가 새어 나왔다. 그리고 마침내 슈덴을 삼킨 발리아가 허리를 움직이기 시작했다.

질내를 꽉 채운 느낌은 야릇하게 무거웠다. 배 아래쪽이 움찔거리는 기분이었다. 슈덴의 위에서, 그녀가 직접 움직이고 있다는 것도 색다른 자극으로 느껴졌다.

이게 처음이었다면 좀 더 이어 갈 수 있었을 텐데. 긴 밤 내내 체력의 절반을 넘게 썼기 때문일까. 고작 몇 번 움직였다고 발끝이 슬며시 떨리기 시작했다. 발리아가 잠시 허리를 멈췄다. 그리고 숨을 고를 때였다.

발리아의 뒷머리를 잡은 슈덴이 입을 맞춰 왔다.

순식간에 상황이 역전되었다. 잡아먹을 것 같은 키스에. 허리만 일으켜 세운 슈덴은 다른 쪽 손으로 발리아의 등을 확 감싸 끌어안았다. 그녀는 금세 그의 품에 갇혀 버렸다. 그대로 접힌 두 팔 역시 꼼짝도 할 수 없었다. 발리아가 하던 키스와는 차원이 달랐다. 정말로 혼을 빼앗아 버릴 것 같은 격렬한 입맞춤.

그러면서도 안쪽을 찔러 올리는 페니스는 어찌나 거칠었는지. 슈덴은 발리아를 놓아주질 않았다. 그녀를 품에 가둔 채로 쉴 새 없이 발리아의 허리를 쳐올렸다. 나름대로 부드러웠던 분위기가 금세 위험하고 진득하게 변했다.

"흑……! 슈, 으응!"

끝까지 밀고 들어오는 슈덴 때문에 어떻게 할 수가 없었다. 옴짝달싹도 할 수 없는데 아래에서부터 치고 올라오는 힘은 너무 강했다. 쾌감이 너무 심해 울음이 나올 것만 같았다.

눈물이 그렁그렁 고인 채로 발리아가 헐떡였다. 벌써 몇 번째 느끼

느지 모를 오르가즘. 발리아를 사정없이 밀어붙이던 슈덴은 한참 후에야 그녀를 놔주었다.

발리아는 느리게 눈을 떴다. 온몸에 힘이 없었다. 축 늘어진 그녀의 손을 슈덴이 감쌌다. 그의 손은 언제나 서늘한 편이었는데, 지금은 아니었다. 발리아만큼은 아니었지만 뜨거웠다.

원인이야 당연히 오랫동안 이어진 정사 때문이겠지만, 다른 생각이 먼저 들었다. 슈덴의 몸에 제 체온이 옮겨간 것 같다는, 조금은 엉뚱한 생각이었다.

"슈."

"음?"

발리아가 불러 놓고 대답이 없자 슈덴이 입을 열었다.

"발리아."

"네."

"왜 부르십니까."

"그냥요."

슈덴이 피식 웃는 것 같다. 가끔 이렇게 엉뚱하게 굴 때마다, 그가 재미있어 한다는 걸 발리아는 모르고 있었다. 몰라도 상관없었으니까. 발리아의 사소한 모습마저 각막에 새기려는 건 슈덴의 습관 아닌 습관이었다.

발리아는 슈덴의 품으로 파고들었다. 깜깜한 창밖, 푹신한 침대, 안락한 이불. 따뜻한 공기와 나른한 몸. 그리고 사랑하는 남자.

슈덴이 이만 주무시라고 속삭이며 등을 토닥여준다. 귓가를 울리는 낮은 목소리는 또 왜 그렇게 듣기 좋은지.

잘 자라고, 그에게 대답하기 무섭게 발리아는 수마에 빠져들었다.

그날, 이른 아침이었다.

발리아는 깊은 잠에 빠져 일어나지 않았다. 누가 업어 가도 모를 정도였다. 점심은 다 되어야 겨우 일어날 것 같았다.

슈덴은 발리아의 이마에 입을 맞추고 침대에서 일어났다. 오늘 그는 황궁으로 입궁하기 전에 확인해야 할 인물이 있었다.

“각하.”

이미 나와 있던 숀이 고개를 숙였다. 그와 함께 다른 보좌관들도 허리를 굽혔다.

“각하를 뵙습니다.”

저택 본채와 가장 멀리 떨어져 있는 별채. 다른 별채들과는 달리 상주하는 고용인이 없고, 경비병들만 지키고 선 이 별채 지하에는 이카스가 갇혀 있었다. 그는 쇠사슬에 꽁꽁 묶여 매달린 채 기절한 상태였다.

슈덴이 이마를 약간 찌푸렸다.

이카스가 온전한 모습이 아니었다. 뺨에 붉고 퍼런 멍이 크게 들어 있었다. 무슨 쇠망치 같은 것으로 후려쳐 맞은 듯한 모습이었다. 입가에도 피딱지가 앉아 있었다. 입 안쪽이 터진 게 분명했다.

“상태가 왜 이러지. 누가 손을 댔나.”

슈덴의 뒤에 서 있던 숀이 헛기침을 했다. 각하께서 이카스의 모습을 보고 물어보실 줄 알았다. 다만…….

"마님……께서 손을 올리셨습니다."

참 이상한 기분이었다. 분명 본 것을 그대로 고하는데도 스스로가 거짓말을 하는 것 같았으니까. 손뿐만 아니라 뒤에 서 있는 보좌관들도 그랬다. 각하께서 쉽게 믿어 주지 않으실 것 같아서 상세한 부연 설명도 준비해 온 참이었다.

그랬는데.

"메이스로 때린 건가?"

숀은 잠시 본인의 귀를 의심했다.

"뭐로 친 거지? 메이스치고는 패인 흉터가 적은데."

질문이 한 번 더 반복되고서야 숀은 정신을 차렸다.

"주먹……, 으로 치셨습니다."

"흐음."

주먹이라. 조금 의외였다. 발리아라면 메이스로 때렸을 줄 알았는데.

슈텐은 이카스의 턱을 잡아 벌렸다. 자살 방지용으로 물려 둔 천을 빼내고 입 안쪽을 살폈다. 뺨뿐만 아니라, 이도 온전치 않다는 걸 바로 알 수 있었다. 잘게 조각난 이 조각들이 입 안에서 맴돌고 있었다.

"이 정도면 치료할 필요는 없겠군."

저 반응이 다인가? 왜지? 왜 안 놀라시지? 마님께서 주먹으로 치셨다는데 왜?

보좌관들의 머리가 핑핑 돌았다. 하지만 세상엔 묻고 싶어도 묻지 못하는 질문이 많았다.

숀의 표정은 좀 달랐다. 육감이 아주 좋은 그는 각하께서 말씀하신 '메이스'를 놓치지 않았다. 저번에도 가르트 기사단원들에게 돌아가며 메이스를 들어 보게 시키시더니. 이번에도 메이스를 먼저 이야기하시고.

'혹시 마님께서 메이스를 휘두르시나?'

검도 아니고 메이스를? 그 무거운 철퇴를 호리호리한 마님께서? 설마 싶었다. 확신할 수도 없었고.

"슌."

"예, 각하."

슈덴은 다시 이카스의 입에 천을 쑤셔 넣으며 말했다.

"3일간 네가 여기를 지키고 있어라. 그동안은 연무장에 나오지 않아도 좋다."

"알겠습니다."

슈덴은 오늘부터 며칠간 황궁을 바쁘게 오갈 예정이었다. 아벨 왕국과의 협의며 신성국 간의 일까지. 일정이 마무리되면 직접 고문을 가할까 했는데, 그때까지 이놈을 살려 두고 싶지가 않았다.

슈덴이 지하 감옥에 없어도 이카스는 곱게 죽지 못할 것이리라. 차라리 죽여 달라고 애원하게 될 테지. 일전에 슌이 이를 뿌득뿌득 갈면서 이카스에게 경고했던 것처럼.

몇 시간 후였다. 이카스는 슌의 말이 틀리지 않았음을 뼈저리게 알게 되었다.

"크아악!"

핏물과 비명을 동시에 토하는 이카스를 슌은 눈도 깜빡이지 않고 지켜보았다. 주군인 슈덴을 따라 온갖 전쟁터에서 굴렀던 가르트 기사단장에게 이 정도는 일도 아니었다. 슌은 무시무시한 표정으로 이카스를 노려보면서 한편으로는 딴생각을 했다.

'마님께서 정말 메이스를 휘두르시는 걸까.'

그로부터 사흘 후였다. 시체 한 구가 가르트 저택 지하 감옥에서 치워졌다. 몰골 알아보기 힘든 시체는 구멍마다 검은 피가 흐르고 있었으며 살갗도 시퍼렇게 변해 있었다. 아주 심각한 중독의 흔적이었다.

전부 이카스 본인이 만들고 완성했던 독.

그는 그렇게 최후를 맞았다.

✼ᵕ✼ ✼ᵕ✼ ✼ᵕ✼

"가르트 공작!"

슈덴은 자신을 부르는 목소리에 멈춰 섰다. 황궁. 아벨 왕국과의 협의를 막 결정짓고 나온 후였다.

"1황자 저하."

구스토였다. 그는 안색이 전보다 괜찮아 보였다. 슈덴과 의례적인 안부를 몇 마디 주고받은 구스토가 본격적인 용건을 물었다.

"공작 부인은 어떠시오?"

"걱정해 주신 덕에 괜찮습니다."

대다수의 귀족과 왕자들은 왜 갑자기 아벨 왕국의 사신들이 드나드는지 몰랐다. 아벨 왕국의 왕자가 큰 결례를 저질렀다고만 알음알음 알려져 있을 뿐이었다.

구스토는 아니었다. 그는 좀 더 상세한 사건을 알고 있었다. 아벨 왕국 왕자의 보좌관이 회까닥 돌아 단검을 휘둘렀다고. 이유는 가르트 공작 부인이 왕자의 마음을 받아 주지 않아서. 별 미친놈이 다 있나 싶었다.

"신성국에 다녀왔다고 들었소."

"예."

슈덴은 별로 숨길 생각도 없었다. 어차피 가르트는 1황자를 지지하기로 했다. 이 정도는 말해 줘도 좋았다.

"혹시……, 대신전에서 성녀님을 만났소?"

정확히 말하면 관에 잠들어 있던 성녀를 보기는 했다. 슈덴은 가볍게 대답했다.

"못 만났습니다."

"그렇소……."

구스토는 말끝을 흐렸다.

"공작. 하나 부탁할 게 있소."

"말씀하십시오."

"며칠 후 신성국에서 사절단이 온다고 들었소."

원래 사절단이 오기로 한 예정일은 내일 모레였다. 그런데 무슨 일인지, 갑자기 신성국에서 사절단 파견을 미룬다는 연락을 해 왔다. 이유는 내부적인 문제 때문이라고 했다. 황제가 한층 부글부글 끓은 것은 두말 할 것도 없었다.

"내가 직접 그들을 맞이하고 싶은데, 괜찮겠소?"

슈덴이 눈썹을 약간 치켜 올렸다.

"저야 상관없지만, 황제 폐하께서 좋아하지 않으실 겁니다."

슈덴은 황제와 신성국 사절단에 관한 이야기를 이미 나누었다. 그때 미묘함을 느꼈다.

황제는 구스토를 신성국 사절단과 접촉시키고 싶지 않아 했다. 맞이하는 것은 물론 협상에서도 완전히 배제했다. 이유야 알 바 아니어서 묻지도 않았지만.

"괜찮소. 부황께는 내가 직접 허락을 받을 테니까. 공작이 선뜻 응해주니 고맙군."

붉은 눈동자가 탐색하듯 구스토를 훑었다.

그러고 보니까 발리아가 이미 겪은 과거에서는 구스토가 성녀와 결혼한다고 했던가. 정략혼이겠거니 생각했는데 이제 보니 감정이 꽤 깊었던 모양이다.

그러게 신성국으로 떠나기 전에 잘 좀 해 보지 그랬나.

슈덴은 걸음을 옮기며 나지막하게 혀를 찼다. 솔직히 말해 구스토의 미련이 미련해 보였다. 그간 구스토를 둘러싸고 있던 정치적 배경이 복잡했다지만, 슈덴이 알 바 아니었다. 그런 것도 제치고 성녀를 잡았어야 할 것 아닌가.

사랑하는 여자의 마음을 얻는데 성공한 남자는 빈징거릴 자격이 있었다.

슈덴은 그렇게 생각했다.

❊❊❊

황제는 기분 좋게 웃었다.

"그대가 국왕에게 꼭 전해 주게. 짐이 이리도 흡족해하고 있다는 것을."

"황공합니다, 황제 폐하. 부왕도 매우 기뻐하실 겁니다."

북부의 왕국에서 온 공주는 예의바르게 대답했다.

수많은 왕국에서 겔 제국으로 초청받아 왔으니, 당연히 많은 선물들도 함께 진상되었다. 이 공주는 그중에서도 특히 돋보이는 것을 가지고 왔다. 북부의 통상 무역 권리. 어떤 보석보다도 값나가는 것이다.

"폐하. 1황자 저하가 도착했습니다."

"오, 그래."

공주가 눈치껏 말했다.

"저는 물러가 보겠습니다. 황제 폐하."

황제가 고개를 끄덕였다. 공주가 나가고도 황제는 일부러 구스토를 바로 부르지 않았다. 황제를 아주 오랜 세월 모신 시종장 램튼만 그 의도를 파악하고 있었다.

'1황자 저하와 공주님이 인사라도 나누게 하실 요량이시군.'

이제 슬슬 궁 안도 정리가 되어 가고 있었다. 원래 황위를 잇지 못한 황손들은 골칫덩이였다. 대부분 정략적인 목적으로, 또는 지참금을 높게 부르는 쪽으로 팔려 가곤 했다. 이게 일반적이었다. 황제 역시 그런 비정한 황가에서 나고 자랐다.

깨물어도 아프지 않은 손가락. 황가에서는 가능한 말이었다.

하지만 이젠 아니었다. 황제는 너무 많은 자식을 눈 깜짝할 새 잃었다. 데면데면하던 황녀들조차 그렇게 아까울 수가 없었다. 황제는 왕자들을 초청하기 전, 황녀들과 시간을 가져 보았다.

지금이라도 친근히 굴면 괜찮을 것이라고.

게으른 합리화였던 것 같다. 황녀들은 황가의 핏줄답게 깍듯하고 예의 또한 발랐다.

하지만 그뿐이었다.

어릴 때부터 황제가 예뻐하던 몇몇 자식들과 황녀들은 달랐다. 그 어색한 선을 황제는 어렵지 않게 알 수 있었다.

후회는 항상 뒤늦게 온다고.

그 선을 긋게 한 것도 결국 황제 본인임을.

어쩔 수 없었다. 황제이니만큼 평범한 아버지처럼 굴 수는 없었다. 이제 와서 남들처럼 지내자 하는 것도 폭력일 것이리라. 그래도 최소한 좋은 반려를 만나게는 해 주고 싶었다. 그게 부친의 도리라고 생각했다.

황제의 태도가 이토록 명확하니, 부마 자리를 노리고 온 왕자들도 눈치를 볼 수밖에 없었다. 신분 높고 핏줄 고귀한 황녀는 여러모로 탐이 난다. 간혹 하자 많은 몸뚱이를 지참금으로 때워 보려던 왕자들은 고배를 마셔야 했다.

"구스토. 가르트 공작이 올린 명단을 보았지?"

"예. 보았습니다."

황실 파티 첫날, 제노가 열심히 만들었던 명단이었다. 황제는 슈덴이 올린 명단을 수리했다. 이유도 합당했다. 그들은 부마 후보에 오르는 영광까지 박탈당했다.

"공작이 황녀들의 혼인에 그렇게까지 신경을 기울이고 있는 줄은 몰랐지. 구스토, 네가 나중에 짐 대신 직접 공작을 치하하도록 하거라."

"알겠습니다. 부황."

"흠흠. 구스토, 그건 그렇고."

황제는 지나가는 목소리로 말했다.

"짐이 어제 이야기해 보았던 것은 어찌 생각하느냐."

"……."

황제는 구스토를 이곳으로 부르며, 일부러 북부의 공주도 함께 불렀다. 공주는 더할 나위 없이 구스토와 잘 어울려 보았다. 가장 큰 것은 역시 정치적 배경이었지만, 다른 요소들도 나쁘지 않았다. 황제가 마음속으로 점찍은 며느릿감이었다.

구스토는 부황의 마음을 모르지 않았다. 아마 예전의 구스토였다면 별 고민도 없이 혼인에 응했을 것이리라.

그런데 왜 지금의 구스토는 예전과 같지 않은 걸까.

"청이 있습니다, 부황."

"청? 무엇이냐?"

구스토는 조금 느리게 입을 열었다.

"신성국 사절단을 제가 맞이하고 싶습니다."

✦✦✦

"저하."

구스토의 보좌관, 요안이 걱정스럽게 물었다.

"정말 괜찮을까요?"

"안 괜찮으면 어쩌겠어. 이미 혼날 만큼 혼나고 왔는데."

"그게 무슨 혼난 수준입니까……."

황제는 불같이 화를 냈다. 안 그래도 아벨 왕국과 신성국 때문에 신경이 예민하던 참이다. 구스토는 황제의 진노를 묵묵히 받아 냈다. 그냥 안 그러겠다고, 말실수를 하였으니 노한 걸 푸시라고 한마디만 하면 될 것을.

버티고 서 있으니 황제는 화를 내면서도 속으로는 조금 당황했다. 구스토가 이런 적이 처음이었기 때문이다.

"저하도 은근히 고집이 있으십니다."

"나처럼 순한 황자가 어디 있다고."

"……재미없습니다."

"농담 아니라고. 요안."

시종들이 재빠르게 구스토의 옷매무새를 가다듬었다. 단순히 사절단을 맞는 것치고는 입은 옷이 화려했다. 연회용 슈트였다.

"부황께서 그러시더라. 오늘 파티 내내 명단에 있는 공주 열 명과 춤을 추라고."

"열 명이요? 황제 폐하께서도 가혹하시군요."

"어쩌겠어. 덕분에 허락 비슷한 건 받았으니까 감사해야지."

요안은 한숨을 내쉬었다.

"……그런데 저하. 신성국 사절단이 왜 황실 파티에 참석한다는 겁니까? 신관들도 춤을 추나요?"

"시간이 애매해져서 그래. 파티가 열리는 시간이랑 사절단이 황궁에 도착하는 시간이 겹쳐. 파티에 참석하는 왕족이 너무 많으니 시간 조정도 어렵고."

"그러면 홀에는 얼굴만 보이시겠군요. 적어도 고위 신관분이 오실 테니까요."

"그래, 그렇겠지."

사절단 명부는 아직도 오지 않았다. 누가 되었든 상관없었다. 고위 신관이든, 하다못해 대신관이 오든. 구스토는 이번 기회를 통해 어떻게든 신성국의 마음을 돌릴 생각이었다. 그는 무슨 일이 있어도 예리를 봐야 했다.

❀❀❀ ❀❀❀ ❀❀❀

"안녕하세요, 가르트 공작 부인."

"몸은 괜찮으신가요? 저번에 가르트 공작 각하께서 급하게 공작 부인과 함께 퇴궁하셨다고 소문이 났던데…….

"맞아요. 저도 들었어요."

"괜찮답니다. 그날은 머리가 아파서 그랬어요."

발리아는 아무렇지 않게 둘러댔다. 귀부인들은 그런가 보다 하고 납득했다. 발리아는 새삼 파티에 참석하기를 잘 했다는 생각이 들었다. 이렇게 그녀가 직접 해명을 하지 않았다면 분명 여러 소문이 번져 나갔을 것이리라.

발리아는 귀부인들과 한참 이야기를 나누다가 걸음을 옮겼다. 슈덴은 황제의 부름으로 잠시 자리를 비웠고, 사람들이 와글와글한 홀 안은 조금 더웠다. 와인도 조금 마셔서 더 더운 것 같았다.

발리아가 홀 밖으로 나가려고 하자, 그녀의 주변을 매의 눈으로 지키고 서 있던 기사들도 함께 움직였다. 슈덴이 붙여 놓은 가르트의 기사들이었다. 발리아에겐 두 명만 붙여 놓겠다고 했지만 사실은 네 명이었다. 갑자기 천지가 개벽하지 않는 이상 발리아는 무척이나 안전할 것이리라.

"가르트 공작 부인. 여기 있습니다."

시종이 맡아 놓은 망토를 가져와 주었다. 발리아는 망토를 걸치고 복도를 사뿐사뿐 걸었다. 황궁의 화려한 복도는 물론, 정원으로 이어지는 길까지 사람들이 잔뜩 있었다. 발그레했던 뺨이 차가운 공기와 마주하자 조금 식었다.

그때였다.

"레이디."

독특한 목소리가 발리아의 귓가를 울렸다. 분명히 그녀를 부르는 말이었다.

"뒷모습이 무척 아름다우신데."

일부러 목을 박박 긁는 것 같은, 이상한 음성이었다. 발리아는 처음 듣는 목소리였다.

"저와 춤 한 곡 추시겠습니까?"

소름이 돋을 정도로 뻔한 멘트였다. 발리아가 뒤를 돌아보았다. 흰 낮에 은은하게 깔려 있던 경멸이 상대를 보는 순간 그대로 사라진다. 은회색 눈동자가 삽시간에 동그래졌다.

금실이 수놓아진 흰색 드레스. 추운 날씨 때문인지 제대로 단추까지 채운 대신관의 예복. 그리고 언제나처럼 어깨에서 찰랑이는 검은색 머리.

"……성녀님?"

예리였다. 배시시 웃고 있던 그녀가 발리아에게 와락 달려들었다.

"발리아!"

그대로 발리아를 끌어안으려던 예리는 1초도 걸리지 않아 실패했다.

"……응?"

예리가 끌어안은 것은 발리아가 아니라 번개처럼 움직인 가르트 기사였다. 온몸으로 마님을 사수하겠다는 의지를 활활 불태우는 기사. 예리가 어리둥절한 표정을 지었다. 발리아가 뒤에서 말했다.

"경, 물러가요."

"죄송합니다."

기사는 즉각 고개를 숙이고 물러갔다. 예리는 기사가 물러나는 걸 보고 다시 발리아를 바라보았다.

곧 예리의 얼굴에 웃음이 한가득 피어올랐다. 그녀는 다시 한번 발리아에게 포르르 달려들었다.

예리는 발리아를 꼬옥 끌어안았다. 서로 입고 있는 옷이 두꺼워, 심장 두근거리는 소리까지는 들리지 않았지만. 그래도 무척 가까운 거리였다.

발리아는 두 팔을 뻗어 예리의 등을 토닥여 주었다. 항상 슈덴을 안거나 그에게 안기기만 해서 그런 걸까? 품에 매달린 예리가 너무 자그마하게 느껴졌다. 정작 예리와 발리아의 키는 엇비슷한 편인데.

예리가 발리아의 어깨에 턱을 묻은 채 속삭였다.

"잘 지냈어? 아니, 잘 지내셨어요?"

"말 편하게 하세요."

"그래도 돼?"

"그럼요."

발리아는 예리의 공대보다 평대가 편했다. 예리가 편하게 말을 하는 게 특별하게 느껴졌다. 뭐라고 해야 할까, 자신이 겪었던 '과거'가 허상이 아님을 단적으로 알려 주는 역할 같다고 해야 할까.

"나만 말 편하게 해……?"

발리아라면 자신한테 야라고 해도 괜찮다고. 예리의 말에 발리아가 웃음을 터뜨렸다. 노력해 보겠다고 대답한 발리아가 물었다.

"언제 오신 거예요?"

"아까 전에 왔어. 오늘 신성국 사절단이 왔거든. 나 급하게 얹혀 왔다?"

발리아가 빙그레 웃었다. 명색이 성녀님인데 얹혀 오다니. 국왕이 얹혀 왔다는 말과 뭐가 다르단 말인가.

정원은 이야기를 나누기에는 추웠기 때문에 둘은 자리를 옮겼다.

휴게실 중 하나를 골라 앉아 이야기를 나누려고 했는데 빈 곳이 없었다.

결국 예리와 발리아는 좀 더 걸어서 가까운 궁으로 향했다. 원체 파티 규모가 커서 이쪽에도 임시지만 휴게실이 마련되어 있었다. 사람도 적어 한산한 편이었다.

예리와 발리아는 긴 소파에 나란히 앉았다. 잘 지내셨냐고, 안부 묻기로 시작했던 인사는 어느새 그간 있었던 일을 이야기하기까지에 이르렀다.

"메르실이 파문됐다는 말은 들었는데. 그게 반역 때문이었어⋯⋯?"

내내 잠들어 있던 터라, 반역 사건에 관한 정확한 경위를 듣지 못했던 예리는 놀란 표정을 감추지 못했다. 반역의 주모자가 엘반인 건 예상했지만, 메르실도 관여했으리라고는 짐작도 못했다.

그냥 인성 파탄자인 게 들통나 파문을 당한 줄 알았는데.

"어쩐지. 난 옛날부터 메르실이 괜히 싫더라. 대신관이라는 게 진짜 왜 그렇게 쎄하고 또라이 같은지⋯⋯."

"네?"

"아니, 아니. 성격이 이상하다고."

분개하던 예리는 바로 표현을 순화했다. 그녀는 헛기침을 했다. 그 후로도 몇몇 이야기를 풀어놓다 보니 시간이 훌쩍 지났다. 담소를 나누는 건 즐거웠지만⋯⋯, 발리아는 고개를 갸웃하며 입을 열었다.

"성녀님."

"응?"

"저랑 계속 계셔도 되는 건가요?"

"어? 헉!"

반사적으로 벽에 걸린 시계를 확인한 예리는 화들짝 놀랐다. 왜 벌써 두 시간이 지난 거지?

'한 시간 안에 돌아가겠다고 했는데!'

신성국의 고위 신관들은 아직도 구스토를 매우 싫어했다. 예리가 얼굴만 급하게 보고 올 사람이 있다고 혼자 가려고 하자, 아주 꺼림칙한 얼굴로 물었다.

[혹시 만나시려는 분이 남성분이십니까?]

[응? 아니? 여잔데? 왜?]

그 말에 고위 신관의 얼굴이 바로 환해졌다. 그는 큼큼 목을 가다듬으며 잘 다녀오시되, 일찍 들어오시라고 했다. 안 그래도 사절단이 도착하는 시간과 황실 파티가 열리는 시간이 겹쳐 버려 신경 쓸 게 많은 참이었다.

'나 엄청 찾고 있겠네…….'

발리아와 단둘이 이야기를 나누고 싶어 따라오려는 신관도 일부러 물리고 왔다. 대연회홀이 있는 궁에서 금방 보고 올 거라고 했다.

'그런데 난 다른 궁에 있고. 큰일 났다.'

잘 차려 입은 레이디와 신사들 사이로 신관들이 발발 뛰어다니고 있을 꼴을 생각하니 눈앞이 아득해졌다. 예리는 바로 자리에서 일어났다. 발리아도 따라서 일어났다.

"발리아."

마음은 급해 발을 동동거렸지만, 그래도 해 주고 싶은 이야기가 있었다.

"내가 잠들어 있는 동안 신을 만나고 왔다고 하면, 믿을 수 있겠어?"

은회색 눈동자가 깜빡거렸다.

"그럼요. 성녀님이시잖아요."

"신한테 심한 말을 하고 왔대도 믿을 수 있어?"

"……네?"

발리아가 약간 당황했다. 예리가 키득키득 웃었다. 신한테 별의별 말(거의 폭언에 가까운)을 다 하고 왔다는 걸 말해 주면 많이 놀랄 것 같았다.

"공녀 선발 전에 내려왔던 신탁 알고 있지? 필레몬 대신관님이 이야기해 줬다는데."

"네. 저번에 들은 적이 있어요."

진짜를 위한 가짜. 가짜를 위한 진짜. 예리는 이 신탁이 참 미묘하다고 생각했다. 왜 메르실은 '진짜'와 '가짜'라는 단어에만 집중했을까. 게다가 예리는 발리아가 있어야 신성력을 쓸 수 있는데.

"어차피 서로를 위하는 존재잖아."

그런데 진짜와 가짜를 구별하는데 의미가 있는 것인지. 그런 게 있기는 한 건지.

"그럼 내가 가짜일까, 네가 가짜일까?"

"글쎄요……."

"별로 안 궁금하지?"

"음……, 네. 사실 안 궁금해요."

솔직한 대답이다. 예리는 고개를 주억거렸다.

"사실 나도 그랬어."

정작 둘은 이렇게 생각하며 서로 평온했는데, 주변에서 그렇게 편견을 갖고 흔들어 댔었지.

왜 그랬을까?

"있잖아, 발리아."

중요한 건 서로에게 없어서는 안 된다는 사실일 텐데.

"우린 운명 때문에 만났지만, 내가 발리아 널 좋아하는 건 운명 때문이 아니야."

발리아가 웃음을 터뜨렸다. 연인들 사이에서 고백으로 쓸 법한 달콤한 말이었다.

"그런 말 밖에서 하시면 오해 사요."

"그럴까 봐 여기서 하는 거야."

'가르트 공작한테 질투 사고 싶지는 않으니까.'

예리는 아직도 슈덴 가르트 그 남자가 좀 무서웠다. 그녀는 뒷말을 삼키는 대신 발리아를 끌어안았다. 그리고 내내 하고 싶었던 말을 속삭였다.

"있어 줘서 고마워. 발리아."

아주 먼 길을 돌아, 마침내 행복해 보이는 그녀에게.

✦⸜ ✦⸜ ✦⸜

가르트 저택의 요리사들은 요즘 은밀한 실험 중이었다.

버터에는 잘게 다진 땅콩을 듬뿍 섞었고, 쿠키에도 반드시 아몬드를 얹어 구워 냈다. 파이 속은 호두로 가득 채웠으며 샐러드에 끼얹을 드레싱에도 헤이즐넛 조각을 뿌렸다.

이 독특한 견과류 잔치. 이것은 다름 아닌 요리사들만의 민간요법이었다. 짧았던 머리를 금세 기르게끔 하는 비밀 치유법!

발리아의 긴 머리카락이 뎅겅 잘려서 충격 받은 고용인들이 어디 한둘이었던가? 겔의 귀부인들은 거의 대부분 머리를 길게 길렀다. 그런데 마님께서 돌연 머리가 싹둑 잘려 오시고.

주치의는 한심하게 헛수고를 한다며 고개를 절레절레 저었지만, 요리사들은 혹시나 하는 기대를 버리지 못했다.

다행히 마님께서는 가리지 않고 다 잘 드셨다. "오렌지 주스에도 말린 콩가루를 섞어서 올려 볼까?" 하고 의견을 냈던 요리사는 뒤통수를 얻어맞긴 했지만, 순조로운 나날이었다.

'가르트 영지 특산품이 견과류였나?'

예리는 볶아 낸 아몬드를 오독오독 씹으며 의문에 빠졌다. 그녀가 이런 착각을 할만도 했다. 가르트의 고용인들이 접대용 차와 함께 내온 티 푸드가 온통 고소하고 바삭바삭했으니까. 어디든 호두, 헤이즐넛, 아몬드, 해바라기씨 등이 콕콕 박혀 있었다.

맛은 좋았다. 이게 입으로 들어가는지, 코로 들어가는지 모르는 것 같은 게 문제지. 예리는 차를 마시는 척 시선을 움직였다. 그녀의 맞은편에는 슈덴이 홀로 앉아 있었다.

그래. 슈덴 홀로.

'앞에 앉아 있는 게 발리아면 좋겠다.'

예리의 마음을 누가 알까? 폴은 정중한 어조로 말했다.

"성녀님. 마님께서 파티 준비 때문에 바쁘셔서, 각하께서 대신 오셨습니다. 조금만 기다려 주십시오."

예리가 고개를 끄덕였다. 사실 가르트 공작과 이렇게 마주 보고 앉아 차를 마시느니, 혼자 있는 게 백배는 더 편했다. 슈덴이 이상할 정도로 예리에게 벽을 쳤기 때문이다.

대륙의 유일한 성녀와 제국의 유일한 공작.

의례적인 안부 인사만 주고받은 게 둘이 나눈 대화의 전부였다. 예리는 눈치를 보다가 괜히 찻잔만 몇 번 기울였다. 응접실이라기보다는 도서관에 어울리는 길디긴 침묵이 오후 햇볕처럼 깔렸다.

"성녀님? 제가 너무 늦었죠."

"발리아!"

예리가 벌떡 일어났다. 반가움을 잔뜩 담아 발리아를 보았다가, 앗하고 입을 가렸다.

발리아의 머리가 짧았다.

'그러고 보니 행궁에서 도망칠 때 싹둑 잘랐었지?'

파티에서 만났을 땐 발리아가 머리를 틀어 올리고 있어서 깜빡하고 있었다. 지금은 화장만 겨우 하고 와서, 연회장에서처럼 깔끔하게 틀어 올리질 못했다.

"머리 어떡해……?"

"괜찮아요, 머리는 자라는걸요."

따지고 보면 예리를 구하려다가 싹둑 잘라 버린 게 아니던가. 예리는 미안한 표정을 감출 수가 없었다. 푸른빛이 감도는 매끄러운 검은색 머리는 몇 년을 족히 길러야 전처럼 길어질 텐데.

예리는 심각하게 말했다.

"역시 야한 생각을 많이 하는 수밖에 없는 건가……."

"……네? 무슨 생각요?"

"아니, 야한 생각을 하면 머리가 빨리 기르……."

발리아의 표정을 본 예리가 서둘러 헛기침을 했다.

"흠흠, 여기엔 그런 말이 없나 보네. 원래 내 세상엔 그런 말이 있었어. 야한 생각을 열심히 하면 머리도 빨리 기른다고. 절대 내가 지어낸 말이 아니야!"

"……."

성녀님이 원래 사시던 세상. 아주 흥미롭고 재미있는 이야기지만, 발리아는 지금 옆에 앉아 있는 남자가 더 신경 쓰였다. 예리의 말을 듣는 순간 반사적으로 슈덴을 보았다가, 당황해서 고개를 홱 돌렸으니까.

스쳐 가듯 시선이 마주친 붉은색 눈동자가 어찌나 묘했는지, 순간 침대 위가 생각이 날 정도였다.

'눈빛 진짜 장난 아니다…….'

발리아가 부끄러워하는 동안 예리도 슈덴의 눈을 보았다.

'시녀들이 왜 그렇게 속닥댔는지 알겠어.'

사람 눈이 저렇게 퇴폐적인 빛을 띨 수 있나 싶었다. 짙고 나른해 이상한 상상을 불러일으키는 붉은 눈동자. 제삼자인 예리조차 뺨이 붉어질 정도인데, 저 눈빛을 받는 발리아는 어떨까?

"이따 모시러 오겠습니다. 자리를 비워 드려야겠군."

"네……."

슈덴은 발리아의 뺨을 살짝 만지고 일어섰다. 고용인 몇이 따라 나갔다. 금세 전환되는 분위기에 예리가 큼큼 헛기침을 했다.

"그, 나 이젠 돌아갈까?"

"아뇨!"

발리아의 얼굴이 새빨개졌다. 왜 예리가 갑자기 돌아가겠다고 말하는지, 의도가 너무 명확했기 때문이다.

발리아는 붉어진 뺨으로 말했다.

"어차피 파티 참석하실 거잖아요. 같이 있다가 함께 궁에 가요."

'그러면 안 될 것 같은데……?'

예리는 눈치가 있었다. 눈치는 있는데 발리아가 너무 부끄러워했다. 뺨이며 귓가며 목덜미까지 어찌나 빨갛게 달아올랐는지 잘못하다가는 쓰러질 것 같았다. 예리는 얼른 말을 돌렸다.

"발리아, 나 이대로 야회에 입장하면 큰일 나지 않을까?"

예리는 파티용 드레스가 아니라, 편한 일상용 드레스를 입고 있었다. 이런 상태로 파티에 참석할 수는 없는 노릇이다. 발리아는 어쩔 수 없이 고개를 끄덕였다.

"그러면 점심이라도 같이 드시고 가세요."

"어? 아니, 아니야. 나 점심도 같이 못 먹을 것 같아."

"그렇게 일찍 들어가 보셔야 해요?"

"그게, 구스토가 보자고 해서……."

"네? 1황자 저하요?"

예리는 아뿔싸 하며 입을 다물었다. 허둥지둥 화제를 돌리려다가 엉겁결에 구스토 이야기를 해 버렸다.

발리아는 고개를 갸웃했다.

'그러고 보니까 왜 갑자기 오신 건지 묻지도 못했네. 1황자 때문인 건가?'

예리 표정을 보니 딱 그랬다. 발리아가 궁금증을 가득 담아 바라보자, 예리는 결국 입을 열었다.

"사실은 구스토한테서 편지를 받았거든. 야회가 시작되기 전에 만나러 와 달라고."

예리는 겔 황궁에 왔지만 성녀궁을 쓰지는 않았다. 쓰지 못했다는 말이 맞았다.

고위 신관들은 예리를 아주 철저히 보호했다. 구스토는 예리를 만나지도 못했다.

예리는 예리대로 오해를 하고 있었다. 구스토가 자신을 만나러 오지 않는 것은 그렇다 쳤다. 그런데 수행 신관들에게 듣기로는, 구스토가 파티마다 공주들이랑 춤을 추느라 정신이 없다고 했다. 공주들 중 하나랑 결혼할 거라는 소문은 또 뭔지.

서운하기도 하고, 화가 나기도 하고. 불안하기도 했다.

돌이켜 보면, 예리가 구스토를 여전히 사랑한다고 해도 구스토 또한 그러리라는 보장은 없는데.

직접 가서 물을 용기는 없었다. 그러던 차에 편지를 받았다. 구스토에게 직접 받은 건 아니고, 건너 건너 전해 받았다.

편지 내용은 간단했다. 오늘 마지막 파티가 열리기 전, 잠시만 자신을 만나러 와 달라고. 예리는 이 편지에 담긴 우여곡절을 전혀 몰랐다. 구스토가 갖은 묘수를 써서, 겨우 예리에게 편지를 보내는 데 성공했다는 것도.

별 내용 없는 편지지만, 읽고 난 다음에는 가슴이 심하게 두근거렸다. 예리는 편지를 받고 잠도 자지 못했다.

"그럼 보러 가시지 왜……."

예리는 괜히 티스푼을 들어 찻물을 휘휘 저었다.

"……긴장돼서. 편지에 별 말이 없으니까, 괜히 기대하고 나갔다가 감사 인사만 받고 돌아오는 건 아닐까 걱정도 되고……."

발리아는 미소를 지었다. 그래서 도피 차 저택에 급하게 방문한다고 했구나.

"그래도 안 가시면 나중에 후회하지 않으실까요?"

"……역시 그렇겠지?"

등 떠밀어 줄 사람도 필요했나 보다.

"아니면 궁까지 바래다드릴까요?"

"응? 아냐!"

예리는 화들짝 놀라 고개를 저었다. 발리아 말 덕분에, 결국 구스토를 보러 가기로 마음먹었다. 마음을 정하고 나니 갈팡질팡하던 것도 좀 가라앉았다.

'발리아는 되게 신기해. 같이 있으면 마음이 차분해져.'

사람을 아프게 만드는 냉정함이 아니라, 기분이 편안해지는 차분함이었다. 싱숭생숭하던 것도 발리아와 함께 있으면 괜찮아지곤 했다. 과하지 않은 포근함. 예리가 발리아를 좋아하는 이유 중 하나였다.

발리아를 바라보던 예리가 입술을 쭉 내밀었다. 발리아의 머리카락 때문이었다. 아무리 생각해도 저 짧아진 머리가 너무 아깝고 미안했다. 그러다가 문득 떠오른 게 있었다.

'화상 자국도 신성력으로 없앨 수 있었는데. 머리카락은 안 되나?'

신성력이 너무 귀해서 머리카락에 쓸 생각은 하지 못했다. 예리는 혹시나 싶어서 입을 열었다.

"발리아, 나 뭐 하나만 해 봐도 돼?"

"그러세요."

예리는 일어나서 발리아의 뒤로 걸어갔다. 예리는 발리아의 어깨 부근에서 찰랑거리는 머리카락을 조심스럽게 그러모았다. 그리고 신성력을 발휘해 보았다.

"헉."

숨 들이켜는 소리. 예리만 놀란 게 아니라 응접실에서 대기하고 있던 고용인들도 함께 놀랐다. 발리아는 눈을 깜빡이며 고개를 돌렸다.

"왜 그러세요?"

푸른빛 감도는 검은 머리카락이 허리께까지 길게 쏟아져 내렸다.

❋❋❋ ❋❋❋ ❋❋❋

"안녕히 가십시오. 성녀님."

"부디 살펴 가십시오."

예리는 고용인들의 극진한 배웅을 받으며 저택을 떠났다. 고용인들이 얼마나 허리를 굽신거렸는지 예리가 다 의아해질 지경이었다.

'쟤네 왜 저래?'

명문가에서 일하는 고용인들은 그들 나름대로의 자부심을 가지고 있다. 배운 대로 깍듯이 예를 갖추나 저렇게 굽실거리진 않는다.

아까 예리가 저택에 방문할 때만 해도 이 정도는 아니었는데. 갑자기 왜 저러는지 알 수가 없었다.

어쨌든 예리는 마차를 달려 궁으로 돌아갔다. 그녀는 처소로 돌아오자마자 드레스부터 갈아입었다. 신관들이야 구스토를 싫어하고 경계했지만 예리의 측근 시녀들은 아니었다. 그녀들은 예리가 구스토를 만나러 간다는 걸 알고 아주 들떴다.

"이 리본은 어떠세요? 디자이너 로제의 작품이에요."

"귀걸이는 자수정이 좋지 않을까요?"

신이 나서 바쁘게 보석 장신구들을 꺼내는 시녀들을 보며 예리가 한숨을 내쉬었다.

"다들 왜 그렇게 들뜨는 거야? 그냥, 내가 저번에 신성력 써 줬으니까 고맙다고 말하려는 거겠지. 너무 기대하지 마.”

‘성녀님…….’

안젤라는 황망한 눈으로 예리의 뒷모습을 바라보았다.

말씀은 그렇게 하시면서.

‘머리에 보석 핀을 몇 개나 올리시는 건가요……?’

가뜩이나 구두도 굽 높은 걸로 갈아 신으셔서, 그렇게 무겁게 달다간 넘어지실 텐데.

안젤라의 걱정도 무색하게, 예리는 벌써 열두 개가 넘는 보석 장신구를 골랐다. 예쁜 건 다 골라내는 것 같았다.

시녀들이 예리가 고르는 것들을 전부 머리에 꽂아 주었다. 시녀들 감각이 원체 좋다 보니 그렇게 꽂아 넣었음에도 조화를 이루었다. 희한했다.

“좋아!”

예리는 만족한 표정으로 화장대 의자에서 일어났다. 두 손을 꽉 쥐고, 전투라도 치르듯 씩씩하게 걸어가던 그녀는 얼마 가지 못해 기우뚱 휘청거렸다.

“성녀님!”

안젤라를 비롯한 시녀들이 깜짝 놀라 우다다 달려갔다.

공주는 나지막하게 한숨을 내쉬었다.

“알겠습니다, 저하.”

북부의 공주. 황제가 마음에 들어 하여, 구스토와 짝을 지어 주기 위해 은근히 밀었던 그녀는 어깨를 으쓱했다.

"황제 폐하께서 그러셨지요. 오늘 마지막 야회에 저하와 함께 입장 하라고요."

공주는 일부러 구스토와 옷도 맞춰 입었다. 화려한 은빛 드레스. 북부에서부터 함께 따라온 수행 시녀는 공주님이 겔의 차기 황후가 되실 게 틀림없다며 방방 뛰었다. 하지만 공주의 생각은 전혀 달랐다.

'이 남자는 이미 마음에 품은 사람이 있어.'

"그 틈을 타 마음에 두신 분을 보러 가실 셈이지요?"

"……그건 어떻게 안 거지?"

"저하께서 춤을 추는 내내 그렇게 딴생각을 하시는데 어떻게 모를 수가 있겠어요?"

"내가 그렇게 티를 냈나?"

"그건 아니에요. 걱정하지 마세요. 다른 공주님들은 모르실 테니까요."

"다른 공주들은 모르는데, 그대는 어떻게 안 건가?"

공주가 싱그럽게 웃었다.

"원래 사랑에 빠진 사람이 사랑에 빠진 사람을 알아보는 법이랍니다. 저도 고국에 연인이 있어요. 부왕께서 노발대발하실 정도로 신분이 낮아서 그렇지. 제 호위 기사거든요."

해는 어느새 저물어 깜깜해진 하늘. 마법 수정구가 수도 없이 달려 연말 분위기가 물씬 나는 황궁의 아름다운 정원에서 두 사람은 나지막하게 대화를 나누었다.

"원래는 저하께 제안을 하려고 했어요. 자세히는 몰라도, 황제 폐하께서 저하가 원하는 이를 탐탁지 않아 하시는 것 같았거든요. 제 추측이 맞죠?"

구스토는 천천히 고개를 끄덕였다.

"어떤 제안을 생각했는지 궁금하군."

"별건 아니에요. 혼인을 해 완벽한 부부를 연기하는 대신, 서로의 연인은 묵인하자고요. 저하께서 마음에 들어 하실 제안이라고 생각했는데……."

공주는 시선을 옆으로 옮겼다. 구스토의 뒤에 서 있는 보좌관. 요안이라고 했던가? 요안의 손에 검은 천을 씌운 덩어리가 조심스럽게 들려 있었다. 눈썰미 좋은 공주는 바로 알았다.

"꽃다발이죠?"

"……맞아."

"궁에서 꽃다발을 건넬 수 있을 정도면, 적어도 귀족 이상의 신분이겠네요. 제 연인처럼 몰래 숨겨 둘 수 있는 신분이 아니라는 뜻이고요."

영리한 추측이었다.

"북부에서 그대를 겔까지 보낸 이유를 알겠어."

"감사해요."

"여기까지 따라와 준 것도 고맙군. 램튼이 원체 빡빡해서 말이지. 속여 넘기기 어려울 것 같았는데 덕분에 수월했어."

램튼은 황제의 지시대로 구스토의 궁에 함께 있었다. 구스토가 황명을 어기지 않고 공주를 잘 에스코트해 대연회홀로 가는지 확인까지 했다.

구스토는 대연회홀로 들어서자마자 바로 옆문으로 빠졌다. 장소는 예리와 만나기로 한 인적 드문 정원.

램튼은 그마저도 따라와 지키고 서 있다가, 방금 전에야 돌아갔다.

공주가 함께 있어서 안심하고 돌아간 게 틀림없었다.

"답례라고 하기엔 뭐하지만, 그대가 고국으로 돌아가면 연인과 살 수 있게 돕도록 하지. 원하는 게 있다면 뭐든지 요안에게 청하도록 해."

"답례로 충분하네요."

겔 제국의 차기 황태자로 거의 확정된 1황자의 도움이라. 그 정도면 충분하고도 남았다. 공주는 구스토가 오기 전까지 제 처소에 숨어 있겠다고 말하다가 웃었다.

와중에도 구스토의 눈은 흘긋흘긋 꽃다발을 향하고 있었다.

"왜 그러십니까? 저하."

"꽃이 얼지 않을까 걱정되는군. 날씨가 쌀쌀하고 춥잖아."

요안이 아, 하고 고개를 끄덕였다. 저녁이 되면서 갑자기 날씨가 확 추워졌다. 꽃다발에 씌워 놓은 검은색 천은 얇아서 보온은 되지 않을 터였다.

"어쩌지요? 제가 가서 두를 천이라도 가져올까요?"

"아니다, 요안. 램튼이 어디 있을지 모르니 관둬."

"그럼……."

"내 망토라도 둘러야겠어."

아주 지극정성이 따로 없었다. 구스토는 요안의 도움을 받아 두르고 있던 망토를 풀었다. 그리고 꽃다발에 둥글게 덮어씌우듯 말아버리자 요안이 기겁했다.

"저하! 그리 하시면 꽃이 뭉개질 수도 있습니다!"

구스토처럼 지고한 신분의 황자가 이렇게 애지중지 꽃다발을 만져 본 적이 있었겠는가. 꽃잎이 얼마나 연약하고 꽃다발의 모양새가 어찌나 흐트러지기 쉬운지 알 리가 없었다.

결국 망토는 물론 검은색 천까지 벗겨 꽃다발을 확인해 보았다. 다행히 작은 꽃잎들이 조금씩 눌린 게 전부였다. 요안은 안도의 한숨을 내쉬었다. 본의 아니게 꽃다발을 보게 된 공주는 순수하게 감탄했다.

"정말 예쁘네요. 받는 분이 아주 기뻐하시겠어요."

"기뻐만 해 준다면 더없이 좋겠지."

예리가 무슨 꽃을 좋아하는지 몰라서, 대신 그녀가 평소에 즐겨 뿌리는 향수와 비슷한 향을 내는 장미꽃들을 한 아름 골랐다.

"저는 슬슬 가 보겠습니다. 부디 행운이 따르시기를 바랄게요."

"그대에게도."

공주는 미소를 지으며 자리를 떴다. 구스토는 정원에 마련된 정자 의자에 앉았다.

"저하."

요안이 입을 연 것은 30분이 지나서였다.

"성녀님께서 왜 안 나오실까요?"

"조금 늦어지는 모양이지."

평온한 대답과는 달리, 정작 구스토의 손끝은 초조하게 탁자를 두드리고 있었다. 나와 달라고 편지에 적어 둔 시간은 이미 한참 전에 지났다.

왜 예리는 나오지 않을까. 분명히 편지를 받았다고 들었는데.

정원에 장식된 수많은 수정구들이 동그랗게 빛난다. 그 작은 빛무리들에 의미 없는 시선을 보내며 예리를 기다리던 구스토는, 그로부터 무려 한 시간이 더 지나서야 자리에서 일어났다.

"저하. 슬슬 들어가 보셔야 합니다. 벌써 황제 폐하께서도 입장하셨다고……."

싸늘하게 식은 손, 한기가 감도는 낮.

구스토는 말없이 테이블에 올려놓은 꽃다발을 응시했다. 꽃다발을 향해 뻗은 손이 어느 순간 멈칫한다. 구스토는 걸음을 옮겼다. 꽃다발은 그곳에 그대로 버려둔 채.

요안은 어쩔 줄 몰라 하다가 일단 버려진 꽃다발을 챙겼다. 급하게 검은 천을 다시 씌우고 구스토의 뒤를 종종 쫓았다.

"1황자 저하 아니십니까!"

대연회홀. 구스토를 본 왕족과 귀족들이 앞다투어 인사를 했다. 마주 인사를 하면서도, 구스토의 눈은 계속 움직이고 있었다. 겔의 귀부인들과 함께 있지 않을까 싶었는데 예리는 그녀들의 곁에도 없었다.

구스토가 예리를 발견한 곳은 다름 아닌 홀의 중앙이었다. 댄스 플로어. 예리는 다른 남자와 춤을 추고 있었다.

순간 가슴이 서늘해졌다.

왜 거기에 있는 건지. 뭐라고 말을 해야 하는 건지. 예리는 한 번 춤을 추고도 쉬지 않았다. 계속 해서 들어오는 춤 신청을 거절도 하지 않았다.

벌써 네 번째 춤. 긁어모으고 있던 인내심이 바닥나는 순간이었다. 구스토는 걸음을 옮겼다. 음악이 끝나기만을 기다렸다가, 예리의 앞으로 걸어갔다.

"성녀님, 이번엔 저와 춤을……."

"저와 추시는 건 어떠십니까. 성녀님."

예리에게 춤을 신청하던 젊은 백작은 짜증을 풀풀 풍기며 뒤를 돌아보았다. 어떤 놈팡이가 순서도 모르고 들이대느냐고 한 소리 하려던 백작은 구스토를 확인하자마자 꼬리를 말았다.

"1, 1황자 저하!"

"순서를 양보해 줄 수 있겠소?"

"물론이지요!"

백작이 후다닥 사라졌다. 구스토는 시선을 옮겼다가 당황했다. 방금 전까지 있던 예리가 그 자리에 없었다.

그 짧은 사이에 어디로 간 건지. 왜 사라진 건지. 숫제 미로에 갇힌 기분까지 들었다. 마지막 야회라 그런지 사람은 북적거렸고 대연회홀은 지나치게 넓었다. 게다가 구스토에게 인사하고 말 붙이려는 사람도 너무 많았다.

"저하, 왜 이리 늦게 오셨습니까."

"안색이 좋지 않으신 것 같은데……."

"밖이 상당히 추워서 그러신 모양입니다."

하나하나 대답하는 것도 일이었다. 구스토가 다시 예리를 찾은 건은 10분 정도가 지난 후였다.

"성녀님, 너무 많이 마시는 것 아니신가요?"

"취하실지도 몰라요."

귀부인들의 걱정 어린 목소리가 들렸다. 그만큼 예리의 얼굴이 붉게 변해 있었다. 독한 와인을 벌써 몇 잔째 마시는지. 레이디 한 명이 부채로 입가를 가리며 픽 웃었다.

"성녀님, 오늘 기분이 유독 좋으신가 봐요?"

"네. 기분 좋네요."

"하지만 체면도 좀 생각하셔야 하지 않을까요. 혹여 성녀님의 명예에 누가 갈까 걱정이 되네요."

예리는 잔을 기울이다 말고 레이디를 돌아보았다.

"내 명예에 어떻게 금이 간다는 건가요? 겔 제국의 황제 폐하께서 친히 주최하신 야회에서 술을 좀 마셨다고요?"

"설마요. 저는 그저 이 파티에 참석한 왕족들이 성녀님의 경망된 행동에 실망이라도 할까 걱정되어 말씀 드린 거랍니다."

"그래요? 그러면 레이디가 내 앞에 데려와 볼래요?"

"……무엇을요?"

"나한테 실망한 왕족들 말이에요. 정말 그런 왕족이 있다면 사과를 할 테니까요. 레이디가 직접 데려와 봐요."

"제, 제가 어떻게 감히……."

"못할 일이면 처음부터 입에 담지도 않는 게 어때요?"

"……."

레이디가 입을 다물었다. 뭐 때문에 덤빈 건지. 예리가 흥 하고 코웃음을 쳤다. 사교계는 무릇 승자의 편. 근처에 있던 귀족들이 픽 웃으며 조롱했다.

"아까 성녀님과 춤췄던 빈첸시오 공자가 레이디 세레나의 약혼자 아니었던가요?"

"참. 맞네요. 공자가 첫 춤을 성녀님과 췄다고 얼마나 자랑을 하고 다니던지……. 그런데 약혼녀가 뻔히 홀에 있는 줄은 몰랐네요."

부채를 쥔 레이디의 손등이 하얗게 도드라졌다. 빈첸시오 공자라. 예리는 술기운이 올라 붉어진 뺨으로 레이디에게 가까이 다가갔다. 그리고 나지막한 목소리로 말했다.

"빈첸시오 공자가 레이디의 약혼자였나요? 그 붉은 머리 공자?"

"……맞습니다."

"파혼하는 게 어때요?"

"네?"

"춤추면서 여자 허리를 집요하게 더듬는 게 정상적인 귀족 영식의 행동은 아니잖아요? 심지어 성녀인 내 몸도 그렇게 만져 대던데, 집 안 하녀들은 벌써 한 명씩 다 건드리지 않았을까요? 그런 놈이랑은 결혼해 주면 안 돼요."

레이디의 얼굴이 새파래졌다. 작게 속삭이던 예리는 고개를 들었다.

"모레 공자네 저택으로 신관을 보내서 가만 안 둘 거니까 그 안에 파혼해요. 못하겠으면 그냥 있어도 되고요."

"서, 성녀님……."

예리는 미소를 지으며 다시 잔을 기울였다. 그녀는 술이 센 편이었지만, 이렇게 독한 와인은 오랜만이었다. 쉬지 않고 연거푸 들이켜자 금세 취기가 올라 어지러워졌다. 예리는 만류하는 사람들을 물리고 테라스 쪽으로 걸어갔다.

운 좋게 빈 테라스를 차지할 수 있었다. 앞에서 대기하고 있던 시종은 창문을 반쯤 닫고 커튼을 내렸다. 혼자 계시면 위험할지도 모른다고 그랬다. 맞는 말 같아서 예리는 순순히 따랐다.

따뜻한 내부와는 달리 바깥바람은 차가웠다. 예리는 난간에 몸을 기댄 채 눈을 감았다. 그리고 한숨을 내쉬었다.

'이젠 뭘 해야 하지?'

남자들이랑 춤도 열심히 추고, 술도 많이 마셨다. 할 수 있는 건 다 했는데 전혀 속이 시원하지 않으면. 이다음엔 뭘 해야 하지?

혼자 웅크리고 있던 어깨에 온기가 느껴진 것은 얼마 후였다. 술기운 때문에 꿈처럼 느껴지는 온기였다. 잠시간의 침묵. 예리는 당황해서 벌떡 일어났다. 꿈이 아니었다.

예리의 어깨에 걸쳐 있던 재킷이 바닥에 뚝 떨어졌다. 예리는 황망한 눈으로 재킷을 주워 드는 구스토를 바라보았다.

"뭐예요?"

"오늘 만나기로 했지 않습니까."

"그건 아까잖아요! 지금이 아니라!"

"그럼 아까는 왜 안 나오셨습니까?"

"……뭐라고요?"

구스토는 본인이 물어보고도 조금 놀랐다. 그는 과연 차기 황위를 노려 온 황자답게, 정중하고 교묘한 언사가 몸에 배어 있었다. 상대의 의중을 둘러 물어보면 물어봤지, 이렇게 직접적으로 물어보는 경우는 거의 없었다. 마음이 많이 급하기는 했던 모양이라고 구스토가 자조적인 생각을 했을 때였다.

"너 진짜 짜증난다."

평생 들어 볼 거라 생각도 못한 말이 구스토의 귓가를 강타했다. 너라는 호칭. 짜증난다는 말까지. 잘못 들은 건가 의심할 여지도 없었다.

예리가 구스토를 한껏 노려보고 있었으니까.

"……성녀님?"

"왜? 내가 안 나와서 불만이야? 내가 거기서 그 여자랑 인사라도 하기를 바랐어?"

그 여자……. 예리의 말이 구스토의 귀에 박혔다.

"그 여자라니요?"

"네가 꽃다발 건네주던 여자 말이야!"

예리가 버럭 소리쳤다. 그제야 구스토는 예리가 뭘 보았고 무슨 오해를 하는지 알았다.

"성녀님."

"나한테 편지 왜 보냈어? 다른 여자한테 청혼하는 거 보여 주려고? 내가 성녀니까 둘이 결혼하는데 축복이라도 내려 달라고 하고 싶었어?"

예리는 숨도 쉬지 않고 쏘아붙였다. 그녀의 두 눈에는 어느새 눈물이 잔뜩 고여 있었다. 뭐 때문에 예리는 그렇게 먼 길을 돌아와야 했나. 고작 그딴 모습이나 보려고, 내가.

"내가 무슨 호구로 보여? 잘 살라고 축복 같은 거 내려 줄 줄 알아? 너 진짜 짜증나고 싫어! 세상에서 제일 싫어!"

"성녀님!"

구스토가 처음으로 목소리를 높였다.

"제가 그렇게 경우 없는 사람처럼 보이십니까?"

"뭐라고?"

"당신을 부른 자리에서 왜 다른 여자한테 꽃다발을 줄 거라고 생각하시는 건데요?"

꽁꽁 얼어붙어 있던 손이 뜨거운 열기에 갑작스레 녹을 때처럼. 온통 정신이 없었다. 가슴 한쪽이 쉬지 않고 따끔거렸다.

"꽃다발은 당신한테 드리려고 준비해 온 겁니다! 그 공주가 아니라! 당신한테 청혼하고 싶어서 그랬습니다! 제가 당신을 좋아하니까요!"

"청혼……이라고?"

"……그래요."

한 차례 태풍이 지나가 버린 자리 같았다. 구스토는 물론 예리조차 말이 없었다. 그저 서로를 바라보기만 할 뿐.

"정식으로 말씀드리겠습니다."

구스토는 평소처럼 단정한 황자의 모습으로 돌아와 있었다. 그러나 목소리는 조금씩 흔들렸다.

"성녀님."

구스토가 손을 내밀었다.

"저와 결혼해 주십시오."

✻✻✻ ✻✻✻ ✻✻✻

시곗바늘이 자정을 가리킬 때까지 예리와 구스토는 나타나지 않았다.

규모가 작은 파티였다면 바로 티가 났을 성녀와 황자의 부재. 하지만 원체 대연회홀이 붐비고 성신이 없다 보니 그마저도 가려졌다.

발리아는 성녀님이 아까부터 안 보인다며 고개를 갸웃했지만, 구스토와 함께 있는 걸 보았다는 슈텐의 말에 안심했다.

'잘 되고 있겠지?'

아마 조만간 두 사람의 결혼식을 가야 할지도 모르겠다.

아무에게도 못 할 이야기를 혼자 생각하며 발리아는 조금 들떴다. 마차를 타고 저택으로 돌아오는 내내 그랬다. 자꾸 빙긋빙긋 웃는 발리아 때문에 슈텐도 피식 웃었다. 아내가 웃으니 덩달아 그랬다.

"왜 자꾸 웃으십니까."

"음……. 샴페인을 마셔서 그런가?"

황실에서 마지막 파티라고 야심차게 내놓은 샴페인은 폭발적인 반응을 불러냈다. 북부의 특산품인 하늘색을 띤 포도로 만들었다고 하던데, 발리아의 입맛에도 꼭 맞았다. 맛은 달콤한데 의외로 도수가 높았다.

"별로 안 드시지 않았습니까."

"모르겠어요. 그냥 기분이 좋아요."

적당히 오른 취기가 발리아의 뺨을 발갛게 만든다. 고조된 기분. 발리아는 슈덴의 어깨에 머리를 기댔다. 그는 고개만 조금 기울여 그녀의 이마에 가볍게 입을 맞췄다. 발리아는 제 어깨를 감싸는 온기를 느끼며 눈을 감았다.

어느 순간 잠이 들었던 것 같다. 발리아가 눈을 떴을 땐 저택의 욕실이었다.

"마님?"

"일어나셨어요?"

잠든 발리아를 열심히 씻기고 있던 하녀들이 물어 왔다. 분명 마차 안이었는데. 발리아는 언제 여기까지 왔는지 알 수 없었다.

"마님이 마차 안에서 잠드셔서, 각하께서 안아 들고 오셨어요."

"그래?"

안겨 오는 와중에도 한 번을 안 깼다니. 꽤 피곤했던 모양이다.

'마지막 파티라고 오래 있기는 했지.'

마차에서는 몸이 좀 무거웠던 것 같은데, 지금은 아니었다. 기분 탓인지 가뿐했다. 조금이지만 푹 자서 그런지, 아니면 따끈한 욕탕에 몸을 담그고 있어서 그런지.

발리아는 목욕을 끝낸 후 침실로 향했다. 물기가 아직 촉촉하게 남아 있는 긴 머리카락이 조금은 어색했다.

"안녕히 주무십시오, 마님."

"잘 자렴."

고용인의 인사를 뒤로 하고, 발리아는 침실에 들어섰다. 안은 어두웠다. 포근한 불빛만 몇 개 켜 있을 뿐, 조용했다. 발리아는 사박사박 걸음을 옮겼다.

'그 사람, 침실에 없는 걸까?'

혹시 슈덴이 집무실에라도 간 걸까. 그는 종종 일을 하러 3층으로 올라가곤 했으니까. 발리아의 예상은 빗나갔다.

슈덴은 침대에 있었다. 발리아는 눈을 깜빡였다.

'잠들어 있네…….'

발리아는 슈덴이 깨지 않게끔 발꿈치를 들고 조심조심 걸었다. 다행히 그녀가 침대에 누울 때까지 그는 일어나지 않았다.

은회색 눈동자가 잠든 슈덴을 바라본다.

벌써 2년 가까이 이어진 결혼 생활이었지만, 발리아는 슈덴이 잠든 모습을 제대로 본 적이 없었다. 항상 슈덴보다 발리아가 먼저 잠들었다. 일어나는 건 정반대였다. 슈덴은 수면 시간이 무척 짧았다. 하루에 대여섯 시간을 겨우 자는 정도였다.

처음엔 너무 조금만 자는 게 아닌가 싶어 걱정스러웠다. 오래가지는 않았다. 슈덴이 피곤해하는 걸 한 번도 본 적이 없었다. 그는 정말 그만큼만 자도 충분한 남자 같았다.

발리아는 두 손으로 턱을 괴고 잠든 슈덴을 응시했다. 머리색과 꼭 같은 금빛 속눈썹. 타국의 수많은 공주님들이 눈을 못 떼던 수려한 낯.

아무것도 안 하고 얼굴만 보고 있는데도 괜히 가슴이 두근거렸다.

'진짜 왜 이렇게 잘생겼지?'

온종일 슈덴의 얼굴만 보고 있으래도 그럴 수 있을 것 같았다. 발리아는 아주 조심스럽게 고개를 숙였다. 굳게 다물린 입술에 살며시 입을 맞추고 턱을 들어 올렸을 때였다.

두 팔이 발리아의 등을 감싸 홱 끌어당긴다. 앗 하는 짧은 비명과 함께 그녀가 슈덴의 품으로 와락 무너져 내렸다.

"슈!"

발리아는 슈덴의 품에 폭 갇혀 외쳤다. 그는 그녀를 끌어안은 채로 웃음을 터뜨렸다. 살짝 젖은 발리아의 머리카락이 슈덴의 뺨을 간지럽혔다.

"부인께서 왜 매번 이러시는지 알겠군요."

생각보다 재미있다. 발리아가 깜짝 놀라는 것도 귀여웠다.

"당신 정말!"

심장 멎을 줄 알았다는 둥, 자긴 이렇게 오래 잠든 척한 적은 없다는 둥. 투덜거림은 오래가지는 않았다. 슈덴의 품이 좋았던 발리아는 몇 마디 하다가 말았다. 그녀가 다시 입을 연 것은 슈덴이 제 손가락을 가볍게 깨물기 시작하면서부터였다. 혀끝으로 핥아 올리는 감촉이 야릇해 몸이 움찔거렸다.

"……슈?"

"성녀가 그랬잖습니까. 짧아진 머리를 길게 하는 방법이 있다고."

"네?"

발리아는 황당해졌다. 지금 빤히 보이는 이 긴 머리카락은 안 보이는 건가?

"저 머리 다시 길어졌잖아요?"

슈덴은 대답이 없었다. 그가 발리아를 제대로 눕혔다. 슈덴이 발리아의 가슴으로 고개를 숙였다. 동그랗게 모양이 져 있는 부드러운 살갗. 슈덴의 단단한 손이 말랑한 살을 야하게 그러쥐었다. 말랑한 정점을 혀끝으로 덧그리자 보드랍게 내려앉아 있던 유두가 금세 뾰족 섰다.

슈덴의 혀가 피부를 물고 빨아올릴 때마다 발리아가 흣 하고 발끝을 오므렸다. 간지럽기도 하고 짜릿하기도 한 묘한 감각에 금세 아래쪽이 젖어 들어갔다.

발리아가 슈덴에게 하는 스킨십은 고작해야 키스 정도인데, 슈덴은 전혀 아니었다. 그는 정말이지 발리아의 온몸을 탐하고 싶어 하는 것 같았다. 그녀의 피부에 꿀이라도 발린 것처럼.

슈덴은 발리아의 민감한 귓불을 핥고 목 줄기에 점점이 키스 마크를 만들어 냈다. 가슴을 한 입에 물고 연약하고 예민한 부위를 혀로 굴리더니, 발리아가 특히나 반응하는 곳은 무섭도록 빠르게 알아채 자극하고 괴롭혀 댔다.

온몸이 달아올라 아래쪽이 움찔거렸다. 아랫배에 열기가 가득 고인 듯 애가 타서 손끝이 절로 달싹거렸다. 젖을 대로 젖은 입구에 슈덴의 혀가 파고들 듯이 들어가 그대로 애무했다.

발리아가 손을 들어 슈덴의 몸을 만졌다. 탄탄한 근육을 손끝으로 만지고 올라가 넓은 어깨에 팔을 감았다. 살짝 들리는 발리아의 등을 슈덴이 곧바로 한쪽 팔로 감싸 끌어당겼다. 발리아가 고개를 약간 들어 올려 입을 맞춰 온다.

슈덴이 턱을 기울였다. 두 혀가 엉켰고 섞였다. 먼저 키스를 해 오는 건 발리아인데 숨이 가빠지는 쪽도 발리아다. 애초부터 그녀의 호흡이 달떠 있었다. 슈덴은 발리아가 왜 중간에 굳이 키스를 해 오는 건지도 알고 있다.

쏟아지는 애무가 너무 벅차니 좀 진정하라고 하는 행동이었다. 덧붙여 잠깐 시간도 벌겠다고. 나름대로 귀여운 행동이긴 했지만.

귀여운 건 귀여운 거고. 이 자세에서, 이 상황으로.

슈덴의 인내심에도 한계가 있었다. 키스를 해 주고, 몸 이곳저곳을 유혹적으로 더듬으면서. 정작 안달 내는 슈덴은 자꾸만 모르는 척하는 새침한 아내.

그렇게 젖은 눈을 하고서는.

슈덴은 발리아의 한쪽 허벅지를 손으로 잡아 위쪽으로 조금 젖혔다. 벌어진 몸은 서로로 인해 엉망으로 젖어 있었다. 발리아의 안쪽은 애액으로 흥건했다. 당장이라도 파고들고 싶었다. 단단히 기립한 페니스를 거침없이 밀어 넣고 헐떡이는 신음 소리를 듣고 싶었다. 욕망에 온몸이 반응했다. 발리아는 허벅지를 움츠리려고 했지만 단단히 붙잡혀 소용이 없었다.

발리아가 입고 있던 실크 가운은 어느새 잔뜩 흐트러져 있었다. 가슴이 고스란히 드러난 것은 물론, 슈덴의 입술이 지나간 곳만을 따라 흐트러져 엉망이었다. 어깨 밑으로 약간 흘러내린 가운이 아슬아슬했다. 그 모습이 어찌나 자극적인지.

"슈……."

애타는 듯한 신음 소리에 슈덴은 허리 아래가 뻐근해졌다. 그는 그녀의 허벅지를 잡아당겨 제 쪽으로 바짝 붙였다.

바로 맞닿는 부위. 슈덴이 발리아의 세워진 무릎에 가볍게 키스를 했다. 그리고 그녀의 다리를 들어 제 양 어깨 위로 올렸다. 발리아의 발이 슈덴의 어깨에 걸쳐지고. 젖은 입구에 페니스의 끝이 맞닿다 싶더니, 그대로 틈을 열고 빠듯하게 들어온다.

"흑! 으응!"

발리아가 숨을 들이켰다. 페니스가 처음부터 너무 깊숙이 들어왔다. 이 자세가 원래 그랬다. 처음 이렇게 할 때는 너무 심한 쾌감에 울 뻔했는데. 정말로 안쪽까지 닿고도 남아 퍽퍽 찌르는 기분이었다. 발리아가 긴장하자 자연히 페니스를 물고 있던 몸에도 힘이 들어갔다. 슈덴이 순간 낮게 신음을 뱉었다. 그가 그녀를 내려다보며 달래듯 말했다.

"……발리아."

분명 달래는 목소리인데. 발리아는 그 목소리마저 야하게 들려서 침을 꿀꺽 삼켰다.

"천천히 할 테니까."

힘 좀 빼시라고. 발리아의 안쪽이 얼마나 슈덴을 강하게 죄고 있는지 표현이 어려울 정도였다. 쫀득한 점막이 부풀어 오른 페니스를 심하게 압박해 숫제 정액을 쥐어짜는 듯했다. 긴장해 있던 발리아의 몸에서 힘이 조금 풀렸다. 그녀는 슈덴의 손을 더듬어 잡았다.

슈덴에 비하면 한참 가느다랗고 부드러운 손. 슈덴은 발리아의 손을 깍지 껴 잡은 후 내리눌렀다. 그가 상체를 조금 숙여 그녀의 입술에 키스를 했다.

자신을 바라보는 붉은 눈을 마주할 자신은 없어 발리아는 시선을 조금 피했다. 곧 그녀의 안쪽으로 그가 깊숙이 들어간다.

"흐윽! 아! 응!"

슈덴이 제대로 움직이기 시작하면서 발리아는 바로 깨달았다. 천천히 한다는 말이 약하게 한다는 말은 아니었다는 걸.

아니, 외려 힘이 더 들어간 것 같았다. 진퇴가 조금 느려진 만큼 거칠게 치고 올라오는 힘이 너무 강해서 몇 번 움직이는 사이 절정 가까이에 올라갈 정도였다.

슈덴에게 잡힌 손이며 팔뚝으로 감싸진 다리며 꼼짝도 할 수 없었다. 슈덴에게 안길 때면 언제나 그랬다. 온몸을 휩쓰는 듯한 쾌감과

자극을 그대로 받아 내야 하는 상황 탓인지 발리아의 몸이 한층 예민하게 달아올랐다. 흉포한 움직임이 내는 소리가 색정적으로 침실을 울렸지만, 신경 쓸 겨를도 없었다.

찰박하게 젖은 소리가 잦아든 것은 한참 후였다.

발리아는 몸을 바르르 떨고 있었다. 절정을 느끼기 전도 좋고, 느낄 때도 좋고, 느끼고 난 직후도 좋았다. 다만 그게 몇 번이나 반복되면…… 몸이 심하게 예민해져서 힘들었다. 슈덴의 손만 닿아도 몸이 흠뻑 젖어 들어가니 경련이 날 지경이었다.

슈덴은 발리아의 가운을 벗겨 내 바닥으로 떨어뜨렸다. 그녀를 엎드리게 한 후 희게 드러난 등줄기에 입을 촉촉 맞췄다. 슈덴의 입술이 내리눌리는 것만으로도 발리아는 옅은 자극을 느낄 정도였다.

쾌감의 잔해가 이렇게 심해서. 발리아는 신음과 함께 시트를 꽉 그러잡았다.

몇 번이나 질펀하게 해 놓고도 이 남자의 물건은 언제나 강건하다. 제 골반을 잡고 허벅지 아래를 벌리는 손에 발리아는 바들바들 떨면서도 응했다. 사실 정신이 거의 없었다. 세워진 엉덩이. 그 사이로 딱딱하고 거대한 페니스가 다시금 짓쳐 들어온다.

"슈, 아……!"

헐떡이며 부르는 제 이름마저도 이렇게 매혹적으로 들려서. 쾌감을 못 이긴 발리아가 몸을 비틀려고 할 때마다 슈덴은 놓아주질 않았다. 놓아주지 못했다는 말이 맞을 것이다. 그녀의 반응이 그를 심하게 자극했다. 슈덴은 신음을 뱉으며 발리아를 세게 안았다.

발리아가 풀려난 것은 그로부터 한참 후였다.

정사를 끝내고도 발리아를 놓고 싶지는 않았던 슈덴은 그녀를 아예 품속으로 끌어안았다. 몸이 나른해 손도 까딱하고 싶지 않았던 발리아는 고분고분 있었다. 뜨겁게 달아올랐던 체온이 천천히 가라앉았다.

이윽고 발리아가 깊은 잠에 빠져들었다.

꽃무늬 장식

일주일 후였다.

황제의 바람대로, 황녀들의 신랑감이 모두 뽑혔다. 혹시라도 순진한 황녀들이 반반한 외모나 말솜씨에 홀려 이도 저도 아닌 돌들을 골라오면 어쩌나 했는데, 대부분 흡족한 선택지를 골라내 왔다. 정략적인 부분을 거의 고려치 않았음에도 황녀들의 수준에 걸맞은 부마들이 많았다.

"황녀들이 참 눈썰미가 좋아. 그렇지, 램튼?"

"전부 폐하를 닮으신 거겠지요."

"예끼, 자네는 침이나 바르고 거짓말을 하게."

황제는 램튼에게 웃으면서 타박을 했다. 이런저런 이유 덕에 요 며칠 황제의 기분은 아주 최고점을 찍고 있었다.

"흠, 가르트 공의 말도 있고 하니 신성국 탓은 그만두겠네. 가르트 공작 부인도 무사하니 이번 일은 더 추궁하지 않겠어."

"자비는 군주의 덕목이지요. 대신관님들 또한 기뻐하실 겁니다."

고위 신관의 말에 황제가 턱을 쓰다듬었다.

"해묵은 옛 감정은 이만 뒤로하고, 이젠 새로운 이야기를 해야 하지 않겠나."

고위 신관의 낯이 바로 어두워졌다. 황제가 무슨 이야기를 꺼내려고 하는지 아주 잘 짐작하고 있었기 때문이다.

"성녀님을 우리 겔 제국의 황태자비로 봉하고 싶네."

☙ ☙ ☙

얼마 전, 황제는 내궁에 유리로 벽을 세우고 지붕을 덮은 작은 정원을 새로 만들었다. 황녀들을 위한 것이었다. 겨울이긴 해도 매번 건물 안에서만 티타임을 가지면 답답하지 않겠느냐는 이유 때문이었다.

[이제 와서 친근하게 군다는 게 짐의 이기심임을 모르지는 않아. 하지만 램튼, 늦게 깨달았으니 늦게나마 잘해 주고 싶네.]

대부분의 황녀들은 이 유리 정원을 몇 번 이용하지도 못하고 황궁을 떠났다. 약혼식은 겔 제국에서 치렀지만 결혼식은 남편이 머무는 왕국에서 거행하기 위해서였다. 황제는 황녀들의 결혼 축하 선물로 각국 왕궁에 유리 정원을 세워 주기로 했다.

셀마는 아직 황궁에 머무르는 몇 안 되는 황녀들 중 하나였다. 결혼 날짜를 늦게 잡은 까닭이다. 그래도 몇 달 후에는 셀마도 겔을 영영 떠나게 된다.

로드 워프가 연결되어 있기는 했지만, 국가와 국가를 왔다 갔다 하는 일은 번거롭다. 셀마는 멀리 떠나기 전 친구인 발리아와 예리와 자주 티타임을 가졌다.

"이상하네요. 분명 부황 폐하께서는 저희 황녀들의 반려를 찾기 위해 파티를 여셨는데."

셀마가 고개를 갸웃했다.

"구스토 오라버니도 황녀였던가요?"

푸흡. 셸마의 말에 예리가 마시던 차를 그대로 내뱉었다. 발리아는 손으로 입을 가리고 웃었다. 그녀들의 뒤에 서 있던 안젤라가 서둘러 달려왔다. 예리는 한 손으로 안젤라를 물린 후 손수건으로 입가를 닦았다.

"어쨌든 축하 드려요. 두 분이 이렇게 되실 줄 정말 몰랐어요."

"……나도 이렇게 빨리 결혼하게 될 줄은 몰랐어요."

구스토에게 울면서 소리쳤던 것이 벌써 한 달도 전의 일이었다.

등신같이 머뭇거렸던 지난날을 사죄하기라도 하듯이, 구스토는 놀라운 추진력으로 일을 진행시켰다. 황제는 쌍수를 들고 환영했다. 구스토가 진실로 예리의 마음을 얻었다면 그 외에는 아무것도 문제가 되지 않았으니까.

정신 차려 보니 예리는 겔 세국의 예비 황태자비가 되어 있었다. 두 달 후 구스토의 황태자 책봉식과 예리의 결혼식이 함께 거행될 예정이었다.

덕분에 예리는 요즘 정신이 없었다. 과거에는 이렇게 빡세게 결혼 준비를 하지 않았다. 원래 겔의 결혼식은 지나칠 정도로 느긋하게 준비하는 게 특징이었다.

"구스토가 그러던데, 발리아는 가르트 공작이랑 한 달도 안 걸려서 결혼했다면서요."

예리는 요즘 다시 발리아에게 공대를 했다. 발리아가 공대를 하는데 혼자 평대를 하는 게 불편하다는 이유에서였다.

"그때 어땠어요? 머리 핑핑 돌지 않았어요? 직접 봤으면 좋았을 텐데!"

예리의 물음에 셸마가 짓궂은 표정을 지었다.

"예전에 비전하에게 들은 적이 있는데, 가르트 공작이 공작 부인한 테 홀딱 반해서 고용인들을 쥐어짰대요. 디자이너 플뢰르는 감금돼서 웨딩드레스를 만들었다던데요?"

"네? 아니에요!"

발리아가 깜짝 놀라 펄쩍 뛰었다. 세상에 황궁에 그런 소문이 돌았을 줄이야! 발리아는 열심히 해명을 했지만 예리는 쉬이 믿지 못하고 고개만 갸웃했다.

'가르트 공작이라면 그러고도 남을 것 같은데?'

발리아한테만 아닌 척 내숭 떤 거 아니야? 그렇게 말하지는 않았다. 발리아의 얼굴이 벌써 빨갛게 변해 있었기 때문이다.

※ ※ ※

"마님!"

발리아가 저택으로 돌아오자 주치의가 후다닥 달려왔다.

"어찌, 오한은 들지 않으십니까? 몸 불편한 곳은 없으시고요?"

질문 공세가 쏟아졌다. 발리아는 하나하나 괜찮다고 대답해 주었다. 날이 본격적으로 추워지면서 주치의의 걱정은 이만저만이 아니었다.

'내가 아팠던 건 벌써 일 년도 전인데.'

재발 안 되는 열병이라고 본인이 말해 놓고는, 주치의는 걱정을 떨치지 못했다. 과보호도 이런 과보호가 없다.

체온을 재고 맥 짚어 보는 건 기본이었다. 발리아는 주치의의 호들갑이 익숙했기 때문에, 얌전히 손목을 내밀었다. 주치의는 세상에서 제일 신중한 표정으로 발리아의 맥을 짚기 시작했다.

발리아는 그동안 눈을 굴리고 있었다. 셀마가 약혼자에게 사냥매를 세 마리나 선물 받았다며 귀부인들과 함께 매사냥을 가자고 했다. 가죽이 훌륭한 선물로 취급되는 겔 제국의 풍습과는 별개로, 정작 사냥 자체는 별로 활성화가 되어 있지 않았다.

이유야 당연히 위험하니까. 그보다 좋은 여흥거리가 겔에는 차고 넘쳤다. 이번 매사냥 역시 뒤에 있는 티 파티를 위한 일종의 애피타이저였다. 포획물보다는 매가 얼마나 멋지게 나는지를 구경하러 가는 것이나 마찬가지였다.

물론 귀족 남자들이 연인에게 바치겠다고 사냥하러 가는 것은 별개였지만.

문득 옛날에 했던 생각이 떠올랐다. 슈덴에게 과자를 구워 주고 싶은데, 요리 실력에 하도 자신이 없어 대신 동물을 사냥할까 했지.

발리아가 옛날 생각을 하면서 웃을 때였다.

"마님……."

주치의의 표정은 심각했지만, 발리아는 평온했다. 주치의의 표정은 항상 저랬다.

'다음에는 몸 상태는 지극히 정상이시나 혹시 모르니 제가 미리 달여 둔 탕약을 드시고……, 라고 말하겠지?'

주치의의 말은 언제나 똑같이 시작한다. 발리아가 귀에 익다 못해 익숙해진 그 말을 기다릴 때였다.

"임……."

주치의의 손이 덜덜 떨렸다. 그가 침을 꿀꺽 삼켰다.

"임신하셨습니다."

"응?"

로건 후작은 작게 한숨을 내쉬고 있었다.

"이거, 아무래도 조엔 후작을 불러와야 하겠습니다."

"동의합니다."

황궁, 귀족 소회의실. 거투르드 백작이 얼른 찬성했다. 로건 후작의 맞은편에 앉아 있는 이 연로한 백작은, 며칠째 이어진 강행군 회의가 무척 힘겨운 듯 보였다.

"가르트 공작 각하, 어떻게 생각하십니까?"

로건 후작은 슈덴을 보면서 물었다. 앉아 있는 귀족들의 시선이 일제히 슈덴을 향한다. 슈덴은 흐음 하면서 문서를 내려놓았다.

"수가 모자라 자꾸 사안이 결렬이 되긴 하는데."

사실 사안 결렬은 일도 아니었다. 그보다 더 시급한, 소회의의 공석을 메꾸는 일부터가 난항이었다. 귀족 소회의. 총 아홉 명으로 구성된, 겔의 막강한 거물들. 그러나 꽉 차 있어야 할 자리에 공석이 많았다. 총 아홉 자리 중 무려 네 자리가 비어 있었으니.

'반역만 아니었더라도 말이지.'

전부 2황자의 반역 때문에 생긴 일이었다. 로건 후작은 또 터져 나오려는 한숨을 애써 삼켰다. 공적인 자리에서 지난 반역에 대해 사사로이 논할 수는 없었다.

귀족 소회의에 들어오기 위해서는, 기존 소회의 귀족들 중 다섯 명 이상의 찬성이 반드시 필요했다. 귀족 소회의가 갖는 정치적 영향력이 매우 크기 때문에, 새로운 인물을 들이는 일은 매우 신중하게 진행이 되었다.

현재 소회의실에 앉아 있는 귀족은 총 다섯 명.

다시 말해 만장일치를 끌어내야 겨우 한 명의 소회의 입성에 성공한다는 뜻이다. 그러나 원체 정치적인 부분이 복잡하게 얽혀 있다 보니, 만장일치를 보는 건 하늘의 별 따기처럼 어려웠다.

다섯 명 중 다섯 명이 찬성표를 던지는 것보다, 여섯 명 중 다섯 명이 찬성을 하는 게 확률적으로나마 더 가능성이 있다. 벌써 며칠째 이어진 강행군 회의에 지친 귀족들이 조엔 후작의 부재를 아쉬워하는 건 당연한 일이었다.

로건 후작이 덧붙였다.

"조엔 후작이 있으면 열흘 걸릴 회의를 이틀은 단축시킬 수 있을 겁니다."

거투르드 백작은 속으로 '잘 한다 잘 한다' 하고 응원했다. 나이 많고 체력 여린 이 백작은 누구보다 간절히 조엔 후작의 귀환을 바라고 있었다.

"조엔 후작 부인이 회임 중이지 않습니까? 그런데 불러오는 건 좀 그렇지 않나요?"

다른 귀족이 묻자 로건 후작이 바로 대답했다.

"수도에 종일 있으라고 하는 게 아니니까 괜찮지 않겠습니까? 일단 급한 불만 꺼 주고 다시 영지로 내려가라고 합시다."

"말씀을 들으니 열흘 정도는 괜찮을 것 같긴 합니다."

"여기 계신 분들 대부분이 이미 겪어 봐서 아실 거 아닙니까? 지금쯤이면 안정기입니다. 회임 초반과 달리 안절부절못할 이유가 없다고요."

"그건 그렇지요……?"

머뭇거리면서도 의견 합치가 되어 간다. 로건 후작은 슬쩍 슈덴의 눈치를 보았다. 이제 저 심드렁해 보이는 젊은 공작의 찬성만 끌어내면 된다.

"비단 저희 좋으라고 이러는 것도 아닙니다, 각하. 혹시라도 우리들 중 갑자기 급한 일이 생겨 피치 못하게 부재할 때도 대비해야 하지 않겠습니까?"

"글쎄. 그럴 일이 설마 생기겠습니까."

흥미가 전혀 없어 보이는 목소리였다. 반역 뒷수습을 할 때도 조엔 후작을 부르지 않았던 슈덴이다. 고작 며칠 강행군 회의를 했다고 조엔 후작을 부를 생각은 전혀 없었다.

결국 조엔 후작을 부르는 건 수포로 돌아가는 걸까? 몇몇 귀족은 실패를 예감했고 거투르드 백작은 울상을 지었다.

또다시 회의가 이어졌다. 연로한 귀족 몇이 앉은 채로 기절할 지경이 되어, 잠시 쉬는 시간을 가질 때였다.

회의실 바깥에서 대기하고 있던 시종 한 명이 종종걸음으로 들어왔다. 무슨 일이지? 귀족들의 눈길이 쏠렸다.

"가르트 공작 각하."

시종은 슈덴을 불렀다.

"저택에서 사람이 왔습니다."

"음?"

"각하께 전해 드릴 말씀이 있다는데, 들일까요?"

"들여라."

시종이 고개를 꾸벅 숙이고 다시 나갔다. 슈덴의 얼굴이 미미하게 찌푸려졌다. 기시감이 들었다. 전에도 이런 적이 있지 않았나. 귀족 소회의 중에 저택에서 급히 사람이 왔었지. 그때 발리아가 아팠었는데.

낯익은 얼굴의 고용인이 시종과 함께 들어왔다. 슈덴은 자연히 고용인의 안색부터 살필 수밖에 없었다.

그런데 좀 이상했다. 고용인의 표정이 아주 미묘했다. 뭐라고 딱 꼬집기 힘든데, 이상하게 황제가 떠오르는 낯이었다.

깜짝 선물이라며 비싸고, 되도 않으며, 쓸데도 없는 장미꽃 한 다발을 슈덴에게 내리던 황제. 씰룩거리다 못해 경련이 난 광대를 겨우 숨기는 듯한 얼굴.

'착각인가.'

"각하."

고용인은 고개를 숙이고 작은 목소리로 슈덴에게 몇 마디를 전했다. 무슨 일인가 싶었다. 그 직후 가르트 공작을 쳐다보고 있던 귀족들의 표정이 요상하게 변했다.

툭.

슈덴이 들고 있던 서류가 떨어진 것이다.

"……."

질감 매끄러운 종이가 대리석 바닥으로 떨어진 건 둘째 치고, 붉은 눈동자가 번개라도 맞은 듯 움직이지 않았다.

정말 이상했고, 의아했으며, 생소하게 느껴지는 광경이었다. 저 남자가 언제 저런 적이 있었나?

대체 무슨 소식이기에? 로건 후작이 실례도 무릅쓰고 물어보려고 했을 때였다.

슈덴이 자리에서 일어났다.

"각하? 무슨 일이……."

슈덴이 손을 들어 로건 후작의 말을 막았다.

"아까 이야기가 나오다 말았는데."

말을 하면서도 슈덴은 귀족들에게 시선도 주지 않았다. 그의 눈길은 고개를 숙이고 있는 고용인에게 붙박여 있었다.

"조엔 후작을 부릅시다."

"예?"

"최대한 빠른 시일 내로 수도로 올라와 소회의에 참석하라고 전하십시오. 성으로 돌아가는 로드 워프는 가르트에서 지원해 주겠다고도 전하고."

"······로드 워프를요?"

굳이 그렇게 할 필요까지 있나······? 로드 워프의 값을 잘 알고 있는 다른 귀족들은 당황할 수밖에 없었다. 미안한 마음에 베푸는 호의라고 해도 너무 과한 것 아닌가?

로건 후작이 크흠흠 헛기침을 했다.

"아, 그렇다면 오늘 회의는 이만하는 게 어떻겠습니까? 조엔 후작이 함께 있을 때 처리하는 게 훨씬 효율적······."

로건 후작의 말은 끝까지 이어지지 못했다. 슈덴 가르트. 그 남자가 회의실에서 그대로 걸어 나가 버린 것이다.

"······."

말이 걸어 나간 것이지 실상은 뛰어 나간 것이나 다름없었다. 심지어 앞에 있는 서류는 챙기지도 않았다. 고용인은 주인의 뒤를 후다닥 쫓았다.

저택에 불이라도 났나? 아니면, 공작 부인한테 무슨 일이라도 생긴 걸까? 귀족들은 말문을 잃고 눈만 끔뻑거렸다.

발리아는 침대에 앉아 있었다.

정신이 없었다. 주치의가 임신이라고 말하는 순간 멍했다. 현실감이 잘 들지 않았다. '내가 아이를 가졌구나.' 하고 제대로 인지하기도 전에 여기저기 끌려다녔다.

따뜻한 물로 목욕을 하고, 달콤한 향기가 나는 향유를 온몸에 발랐다. 평소 입던 검은색 실크 가운은 어쨌는지, 하녀들은 단이 길고 천이 보들보들한 잠옷을 새로 준비해 왔다.

얼떨결에 갈아입고 난 후에는, 버섯과 양파를 볶아 넣은 따끈한 스프에 흰 빵을 조금 곁들여 허기를 채웠다. 입가심으로는 새콤한 맛이 나는 차를 마셨다.

이 모든 행위를 반쯤 넋을 놓고 했던 것 같다. 서서히 정신이 돌아오면서, 가장 먼저 눈에 들어온 것은 고용인들의 표정이었다. 하녀며 하인이며 사라며 폴이며 가릴 것 없이 하나같이 싱글벙글 웃고 있었다. 다들 좋아서 어쩔 줄 모르는 얼굴이었다.

웃음은 금세 전염된다. 그리고 점차 현실감도 들기 시작했다. 발리아는 한 손으로 아랫배를 만져 보았다. 아직 납작하다.

"왜 그러십니까? 마님? 혹시 배가 아프신가요?"

"아니, 그냥. 신기해서. 아직 아무 느낌도 안 나는데……."

주치의가 허허허 웃었다.

"겨우 한 달 정도 되었으니까요. 아직은 복중 아기씨가 아주 작으실 겁니다. 그래도 17주가 넘어가면 슬슬 태동을 느끼실 수 있을 겁니다."

"그런가?"

태동이라니. 너무 궁금했다. 아기가 이 배 속에서 우당탕탕 움직일까? 발리아의 얼굴에는 어느새 미소가 한가득 걸려 있었다.

"배는 언제부터 나오지?"

"사람마다 다르지만 3, 4개월 정도부터 티가 나실 겁니다."

"아직 많이 남았네."

"예. 또한 마님, 이런 말씀 드리기 참 그렇지만."

"응?"

"임신 초기는 불안정하니 각별히 주의하셔야 합니다. 특히."

주치의는 정말 진지한 얼굴로 말했다.

"잠자리는 적어도 12주는 넘기고 가지셔야 합니다."

"……."

"그리고 자극도 심하게 가하시면 안 되고, 너무 깊이 들어가는 것도 절대 금물입니다. 그러니 잠자리를 가지시려면 반드시 저와 미리 상담을 하시고……."

말은 안 했지만 주치의는 그간 마음고생을 꽤나 했다. 마님께 아이가 들어서도 벌써 들어서야 하는데, 좋은 소식은 계속 없으니까. 각하의 정력을 한층 불태우는 약재라도 달여 올려야 하나 싶었는데, 그러다간 마님이 걷지 못할 것 같아서 포기했다. 사실 임신 확진을 내리면서도 한동안은 믿기지가 않았다.

주치의의 당부에 뒤에 서 있던 하녀들 역시 열정적으로 고개를 끄덕였다. 주인 부부의 사이가 좋다 못해 화르르 불타오른다는 걸 모르는 고용인은 적어도 이 저택에 없다. 거의 매일 침대 시트에 묻어나오는 체액 자국만 봐도…….

주치의의 말이 끝날 즈음 발리아의 얼굴은 사과처럼 붉게 변해 있었다.

“각하!”

“각하를 뵙습니다!”

슈덴을 본 고용인들이 오늘따라 열정적으로 인사를 했다. 1층 홀에서부터 올라오는 내내 이랬다. 정도의 차이만 있을 뿐, 대부분이 들떠 있었다. 고용인들의 분위기를 특별히 살펴본 적 없는 슈덴이라도 쉬이 알 수 있을 정도로.

“마님은 안쪽에 계십니다!”

너무나 당연하게 알려주는 발리아의 거취. 슈덴은 더 묻지도 않았다. 뭐라고 해야 할지. 침실 문이 열리는 동안에도 조금 긴장했던 것 같다.

[마님께서 회임하셨습니다. 주치의가 확진을 내렸습니다.]

저택까지 오는 내내 그 말 한 마디만 머릿속을 맴돌았다. 아내가 아이를 가졌다는 소식을 들으면 말도 못하게 기쁘다고만 들었는데, 아니었다. 당황스럽고, 갑작스러운 감정이 더 컸다. 다른 건 생각할 틈도 없었다.

이쯤 되니 슬슬 걱정이 될 정도였다.

이렇게 당황스럽기만 한데, 생겼다는 아이를 사랑하지 못하면 어떡하나.

긴 세월 평범한 사람들처럼 살지 못했던 슈덴이다. 보통의 남자들처럼 기뻐하지 못하면 그땐 어떡해야 할까. 발리아가 실망할까 봐 염려스럽고, 또…….

저택까지는 그리 조급하게 왔으면서, 정작 침실 안쪽으로 들어서는 걸음은 무겁고 느렸다. 그래도 멈추지는 못했다. 꽃이 햇볕에 이끌려 피어나는 것처럼 슈덴은 발리아가 있을 곳으로 향하고 있었다.

"슈!"

슈덴을 본 발리아가 침대에서 일어났다. 만면에 미소가 가득한 채로, 그녀가 슈덴에게 달려가 와락 안겼다. 슈덴이 발리아를 마주 안아 주었다. 찬 바람 묻은 품에 뺨을 비비적대던 그녀가 고개를 들어 올렸다.

슈덴은 평생 그 광경을 잊지 못할 것이다.

따뜻하게 흘러내리는 불빛, 길고 포근한 잠옷. 느슨하게 묶어 넘긴 긴 머리카락과 환하게 웃는 그 얼굴. 웃음기 가득한 눈동자에 고스란히 비치는 제 모습까지.

"듣고 오신 거죠? 우리 아이가 생겼대요! 아직 너무 작다고 하지만……."

은회색 눈동자에 비치는 슈덴은 정말이지 한심할 정도로.

"그래도, 슈. 아기 아빠가 되신 걸 축하해요."

한심할 정도로 기뻐하고 있었다.

그날 저녁이었다.

발리아는 온종일 기분이 간지러웠다. 슈덴은 그녀에게 손도 뻗지 못했다. 발리아를 어떻게 다루고 보살펴야 하는지 모르는 눈치였다.

발리아가 두 발로 걷기는 해도 되는지, 안아서 식당까지 데리고 내려가고 싶은데 배가 눌리면 큰일 나는 건 아닌지. 결국 주치의가 옆에서 진지한 얼굴로 "그 정도는 괜찮습니다. 각하."라고 대답해 주기까지 했다.

지금도 그랬다.

침대 위. 슈덴은 발리아의 곁에 앉아 그녀의 배를 물끄러미 바라보고 있었다. 그렇게 온종일 바라볼 거면 한 번 만져 보기나 하지, 그저 응시만 하고 있었다. 슈덴이 손을 안 대려는 게 아니라, 못 대고 있는 거라는 걸 발리아는 알고 있었다. 웃음이 나왔다.

'내가 아기를 가진 건데, 나를 아기처럼 대하면 어떡해.'

저 단단한 손이 이렇게 귀여워 보일 수가 있을까. 결국 먼저 입을 연 건 발리아였다. 배 좀 만져도 큰일 나는 건 아니라고. 그 말에 슈덴이 바로 손을 뻗었다. 궁금하긴 했던 모양이다.

발리아의 배를 쓰다듬는 슈덴의 손이 굉장히 조심스러웠다. 그나마도 잠옷 위로 만져 보는 거라서 보들보들한 감촉만 느껴질 뿐이었다.

이 안에 정말 아이가 있는 걸까. 잘 모르겠는데.

'작다더니.'

얼마나 작은 걸까. 아홉 달은 족히 있어야 태어난다는데, 그때도 아주 작을 텐데. 지금도 이렇게 염려스러운데 태어난 후에도 제대로 안아 볼 수 있을지 모르겠다. 슈덴은 발리아의 배에서 손을 떼지 못했다.

"주치의가 그랬는데, 17주가 넘어가면 태동을 느낄 수도 있대요. 나중엔 아기가 안에서 발로 찰 수도 있고 그렇대요."

"……발로 찬다고?"

슈덴이 발리아의 배에서 손을 뗐다. 그가 이마를 찌푸리고 물었다.

"그럼 당신이 아픈 거 아닙니까?"

"글쎄요? 주치의가 그런 말은 안 했어요."

발리아는 산뜻하게 대답했지만, 슈덴은 슬쩍 걱정이 되었다.

막연히 아기가 발리아를 닮았으면 좋겠다고 생각했는데, 이젠 그 생각이 확고해졌다. 아기는 무조건 발리아를 닮아야 했다. 그녀처럼 차분한 성정이어야만, 발리아가 덜 고생할 것 같았기 때문이다.

발리아가 알았으면 아기가 차분한 게 말이 되냐고 타박을 했겠지만. 슈덴이 무슨 생각을 하고 있는지 그녀는 전혀 모른다. 그저 슈덴과 한동안 더 대화를 하다가 스르르 잠에 빠졌을 뿐.

발리아가 깊게 잠든 걸 확인한 슈덴은 침실을 나와 집무실로 향했다. 얼마 후 주치의가 불려 왔다.

"아까 말한 건 가져왔나?"

"예, 각하. 여기 있습니다."

주치의는 공손한 손길로 책을 한 권 올렸다. 말이 한 권이지 두께가 상당히 나갔다. 슈덴은 책을 살펴보았다.

"이것만 읽으면 되나."

"물론이지요, 각하. 제가 무려 1년 반 동안 공들여 편찬한 자료집입니다."

주치의는 뿌듯한 목소리로 말했다. 1년 반이었다. 주치의는 그간 열심히 임신 및 육아와 관련된 서적을 엮어 책을 만들어 놓았다. 원래는 마님께 보여 드리려고 만든 거였는데, 각하께서 손도 못 뻗는 걸 보고는 알았다. 본인이 편견에 차 있었음을.

이런 서적은 각하가 읽으셔야 한다.

"일독하시면 아까처럼 당황하실 일도 적으실 겁니다."

"흐음."

슈덴이 책장을 슥슥 넘겼다. 두께가 두께라 완독하시려면 시간이 꽤 걸릴 터였다. 주치의는 각하께서 가장 먼저 반드시 인지하고 계셔야 할 것부터 알려 드리기로 했다. 아주 현명한 생각이었다.

"각하. 이런 말씀 드리기 참 외람되지만……."

"뭐지?"

슈덴의 시선은 책장에 붙박여 있었다.

"당분간 마님과 잠자리는 가지시면 안 됩니다."

"아, 그래."

슈덴도 그 정도 자각은 있었다. 임신 이전에도 달거리가 있었으니까. 한 달에 며칠 정도. 그때에도 발리아를 손도 안 대고 끌어안고만 잤다. 이번엔 다른 것도 아니고 아이를 가졌으니, 적어도 한 달 정도는…….

"마님께서 회임하신 지 한 달이 조금 지났으니, 최소한 두 달은 금물입니다."

"두 달?"

슈덴이 바로 시선을 들어올렸다. 붉은 눈동자가 주치의에게 곧장 날아와 박힌다. 혹시 화를 내시면 어쩌지? 주치의가 저도 모르게 손을 떨었을 때였다.

"그 정도는 어쩔 수 없지."

그러나 정말 의외로, 슈덴은 순순히 대답했다. 더 올릴 보고가 없으면 이만 물러가라는 말에 주치의는 얼른 고개를 꾸벅 숙였다. 조심스럽게 집무실에서 나와, 약제실로 향하면서 주치의는 되새겼다.

싸늘하게 꽂히던 그 붉은 눈동자.

머리로는 납득하는데 마음으로는 납득하지 못한 눈빛이었다. 분명히.

그로부터 얼마 후였다.

"공작 각하."

슈덴은 시종이 따라 올리는 차를 한 모금 마셨다. 상석에 앉아 있던 황제가 허허허 웃었다. 공작 부인이 회임했다는 소식을 들은 게 방금 전이었다.

"공이 공작 부인에게 꼭 전해 주게나. 짐 또한 이리 기뻐하고 있다는 사실을."

"황공하옵니다."

"오전에는 조엔 후작이 오랜만에 얼굴을 비추더니, 오늘은 연달아 즐거운 소식만 들리는구나."

빈말이 아닌 듯, 황제는 정말이지 기분 좋은 표정을 짓고 있었다. 슈덴에겐 긍정적인 일이었다. 황제에게 청할 게 있어서 온 것이니.

"폐하, 청이 하나 있습니다."

"무엇인가? 마음 편히 말해 보게."

"휴가를 청하고 싶습니다."

어느 정도 예상했던 말이다. 황제는 고개를 끄덕였다.

"그래. 공작 부인이 아이를 가졌으니 공이 옆에 있어야겠지. 얼마나 주면 되겠는가?"

사실 이렇게 너그러이 허락할 만큼 황궁 사정이 한가롭지는 않았다. 에드가 7세의 등극 이후 다섯 손가락 안에 꼽히게 바쁜 시기가 요즘이었다.

'몇 개월은 쉬라고 하는 게 도리에 맞지. 첫아이이니까.'

다른 고위 귀족들도 그 정도는 받아 갔다. 말이 좋아 휴가지 황궁에서의 직무만 잠시 내려놓을 뿐, 큰 영지를 다스리는 일은 계속해서

병행해야 한다. 그래도 지금보다는 훨씬 유유할 터. 황제가 관대한 웃음을 지을 때였다.

"1년을 주시면 될 것 같습니다."

황제는 귀를 의심했다.

"1년? 1년이라고? 공. 농담을 하는 게지?"

"폐하께 이런 농담을 왜 올립니까."

"……."

황제는 헛웃음을 지었다.

'갓난아기를 자기가 키우다가 오겠다는 건가, 뭔가?'

황제의 추측은 슬프게도 사실에 가까웠다. 황제가 할 말을 찾지 못하고 근심하자 슈덴이 물었다.

"허락해 주시는 겁니까?"

"아니, 아닐세. 침착하게 기다려 보게나. 공."

황제는 끄응 하며 팔걸이를 두드렸다.

현재 겔 제국의 공작은 달랑 한 명. 후작은 두 명이 전부였다. 원래는 여섯 명으로 꽉 차 있어야 할 자리가 이렇게 텅텅 비어 있었다.

수도 백작 작위 이하로 내려가면 더 심했다. 작위가 애매한 귀족들은 눈앞에서 흔들리는 신분 상승의 기회를 놓치지 못했다. 많은 귀족들이 반역에 직접 혹은 간접적으로 가담하여 죽거나 물러난 상태.

새로운 귀족들이 속속 올라 자리를 잡고 있었지만, 과도기야말로 가장 혼란스러운 법. 이럴 때 최고위급 귀족이 떡하니 중심을 잡고 자리를 지켜 주고 있어야 했다. 특히 군부에 군림하는 슈덴의 위압감과 중압감은, 대체할 수 있는 사람도 없었다.

최대 6개월 정도는 어떻게 할 수 있을 것 같은데, 1년?

조엔 후작도 고작 몇 주 후에 다시 내려가겠다는 마당에. 로건 후작을 비롯한 소회의 귀족을 닥닥 그러모아도 거물급 인사는 네 명이 고작이다. 황제는 골치가 아파졌다.

"가르트 공. 이제 아이도 생길 텐데 잘 먹이려면 더 열심히 일을 해야 하지 않겠나?"

"제 아이를 먹여 살릴 능력은 있습니다."

"허허허. 물론 그렇겠지, 농담이네."

돈으로 회유하는 건 실패.

작위? 슬프게도 작위조차 오등작 중 제일 높다. 그러니 실패. 구저분하게 매달릴 수도 없고.

고심하던 황제는 결국 묘수를 자아냈다. 아무것도 안 된다면 차라리 태어나지 않은 아이에게 좋은 칭호라도 주겠다고 하면서 회유해 보자.

"공, 가르트 공. 들어 보게나. 자네 아이가 태어나기만 하면 짐이……."

⁕⁕⁕⁕ ⁕⁕⁕⁕ ⁕⁕⁕⁕

요즘 가르트의 주방은 바빴다.

발리아가 이것저것 잘 먹었다. 원래도 맛있는 걸 좋아하던 그녀다. 임신을 한 후에는 부쩍 먹고 싶은 게 늘었다. 요리사들이야 신이 났다.

겨울에는 구하기 어려운 과일도 어떻게든 공수해 왔다. 겨울 과일은 금값이나 마찬가지였지만 전혀 아깝지 않았다. 맛과 영양을 고려해 만들어 올리는 음식을 맛있게 드셔 주시니 의욕이 넘쳤다.

"과자 더 있니?"

"네, 있습니다!"

발리아는 요 며칠 과자를 자꾸 찾았다. 제과에 특화된 요리사는 솜씨를 뽐내느라 바빴다. 각종 잼이며 꿀, 건과일이 예술적으로 뿌려지고 장식된 과자는 모양부터가 아기자기하고 예뻤다. 발리아는 물리지도 않는지 과자를 잘 먹었다.

"입덧이 오면 잘 먹지도 못한다고 그러던데."

심하면 물 냄새도 비려서 토한다고 들었다. 주치의는 옆에서 자신 있게 말했다.

"걱정 마십시오, 마님. 제가 입덧에 좋은 탕약도 벌써 준비해 놓았습니다."

"……그런 탕약도 있나?"

"그럼요. 저만 믿으시면 됩니다."

그때만 해도 주치의는 그 약을 누구에게 먹이게 될지 예상을 하지 못했다.

❧❧❧ ❧❧❧ ❧❧❧

며칠 후였다.

늦은 밤, 발리아는 잠들어 있었다. 그녀의 머리맡에는 슈덴이 앉아 있었다. 그는 침대 헤드에 등을 기댄 채 서류를 검토하는 중이었다. 슈덴의 한쪽 손이 잠든 그녀의 뺨을 이따금씩 쓰다듬었다. 그 단단한 손이라고는 믿을 수 없을 정도로 만지는 손길이 부드러웠다.

거의 한 시간 넘게 서류를 확인한 슈덴이 목을 좌우로 까딱거렸다.

붉은 눈동자가 곤히 잠들어 있는 아내를 내려다보았다.

많이 잔다.

발리아는 요즘 잠이 부쩍 늘었다. 주치의가 올린 책에도 나와 있긴 했다. 임신하면 잠이 많아질 수 있다고. 나쁜 게 아니라고 했다.

발리아의 마음이 편하다는 증거이니 다행이다 싶다가도, 조금 아쉽긴 했다. 잠자리는 가지지 못하더라도 대화는 할 수 있는데. 발리아가 종일 잠들어 있으니 이렇게 잠든 모습만 봐야 한다는 게.

슈덴이 발리아의 뺨만 만지작거릴 때였다. 그녀가 부스스 눈을 떴다.

"일어나셨습니까."

아내가 드디어 일어났다. 슈덴의 목소리에는 숨기지 못한 반가움이 묻어나고 있었다. 발리아가 잠기운 어린 얼굴을 느리게 들어 올렸다. 은회색 눈동자가 슈덴을 바라본다.

슈덴이 이마를 약간 찌푸렸다. 그를 바라보는 발리아의 표정이 묘하게 어두웠기 때문이다. 뭔가 이상한데. 슈덴이 그렇게 생각했을 때였다.

은회색 눈동자에 눈물이 그렁그렁 고이기 시작했다.

"발리아?"

부르는 이름이 기폭제라도 됐는지, 눈가에 글썽거리던 눈물이 둥근 뺨을 타고 뚝뚝 떨어진다. 슈덴은 정말 당황해 발리아에게로 고개를 숙였다. 심지어 그녀는 그를 아예 등지려고 했다. 돌아누워 혼자 훌쩍거리려는 것 같았다.

왜? 자신이 무슨 잘못이라도 했나?

슈덴은 꿈틀거리는 발리아를 일단 안아 들어 품에 안았다. 다행히 그녀는 그를 밀쳐 내지 않았다. 물론 그게 전부였다. 발리아는 슈덴의 어깨에 턱을 올린 채로도 흑흑 서럽게 울었으니까.

"발리아."

슈덴은 발리아의 등을 일단 토닥여 주었다. 안 좋은 꿈이라도 꿨나 싶었다.

"갑자기 왜 울고 그러십니까. 악몽이라도 꾸셨습니까."

발리아가 안긴 채로 고개를 도리도리 저었다. 그러면서도 왜 갑자기 우는지 쉽게 말을 해 주지 않았다. 슈덴이 몇 번 더 달래자 발리아가 겨우겨우 입을 열었다.

"저 과자가 먹고 싶어요."

"……과자?"

그야말로 뚱딴지같은 소리였다. 슈덴은 순간 자신이 잘못 들었나 싶었다. 아니 그래 일단, 하녀부터 불러야겠다. 슈덴이 줄을 잡아당기려고 하자 발리아가 막았다. 그녀는 요리사가 만든 과자가 먹고 싶은 게 아니었다.

"……제가 만든 걸 드시고 싶다고?"

발리아가 얕게 고개를 끄덕였다.

"그래서 우신 겁니까?"

"네……."

서러움이 뚝뚝 묻어나는 목소리로 발리아가 대답했다. 그녀 자신도 본인의 이 들쭉날쭉한 감정이 이해가 가지 않았다. 하지만 정말 슈덴이 만들었다는 과자가 먹고 싶어 눈물이 주르륵 났다. 진짜로 먹어 본 것도 아니면서, 자꾸 그 과자가 궁금하고 아른거렸다.

바쁜 사람한테 만들어 달라고 하기엔 또 그렇고. 과자 생각을 하니 또 눈물이 났다. 슈덴은 발리아의 뺨을 닦아 주며 울지 말라고 달랬다.

그리고 조금 후였다.

"……."

당직이었던 요리사는 귀신을 보나 했다.

"……각하?"

슈텐은 시선을 잠깐 들어 올렸다가 다시 내렸다. 요리사의 눈길도 자연히 그쪽을 향했다. 조리대였다. 조리대 위에는 별 게 다 있었다. 요리사는 재빠르게 그것들을 훑었다.

'밀가루……, 그리고 밀가루……, 또 밀가루……?'

요리사의 머리가 팽팽 돌 때였다. 슈텐의 목소리가 뚝 떨어졌다.

"주방에 뭐가 많군."

"예? 예. 마, 많습니다……."

얼간이처럼 대답하면서도 요리사는 바짝 긴장했다.

요리의 기본은 청결. 주방은 깨끗하게 관리가 되고 있었다. 하지만 원체 사용하는 식재료가 많았다. 향신료나 양념만 하더라도 스무 가지 종류가 족히 넘었다. 외국에서부터 들여온 후추, 각종 허브, 바닷소금, 정향, 샤프란…….

주방 사정을 잘 모르는 사람이 보기에는 약간 난잡해 보일 수도 있었다.

'더 깔끔하게 정리할 걸 그랬나?'

지금이라도 다시 치우는 시늉을 해야 하는 걸까? 요리사의 손에는 어느새 식은땀이 배어나오고 있었다.

"설탕이 어디 있지?"

"……설탕이요?"

"그래."

"자, 잠시만 기다려 주십시오!"

요리사는 허둥지둥 향신료들 사이에서 설탕을 찾아왔다. 이해를 하고 한 행동은 아니었다. 물어보시니까 일단 갖다 바쳤다.

심지어 설탕이 끝도 아니었다. 슈덴은 여러 가지 재료의 위치를 물었다. 요리사는 슈덴이 묻는 것을 하나씩 공수해 왔다.

이마에 땀이 뻘뻘 날 때까지 긴장했으면서도, 재료의 조합을 생각해 보는 건 요리사로서 어쩔 수가 없었다.

'설마……, 과자를 구우시려는 건 아니겠지? 설마……?'

설마가 사람 잡는다고. 요리사는 오븐 앞에 서서 기다리는 슈덴을 형용할 수 없는 표정으로 바라보았다.

'지금이라도…….'

지금이라도 소금을 가져와 뿌려야 하는 게 아닐까……?

✵ ✵ ✵

"……괜찮으십니까?"

발리아는 고개를 끄덕였다.

"엄청 맛있어요."

빈말은 아닌 것처럼 보였다. 미소 머문 입매만 봐도 충분히 알 수 있었다.

"슈. 좀 드셔 보실래요?"

발리아가 과자를 하나 내밀었다. 슈덴은 순순히 받아먹었다. 과자를 천천히 씹으면서도 그는 여러모로 의아했다.

'그냥 그런데.'

단것을 굳이 찾아 먹지 않던 슈덴이지만, 미각은 정상이었다. 아무리 높게 평가해 줘도 자신이 만든 과자보다는, 저택의 요리사들이 구워 낸 과자가 훨씬 맛이 좋았다. 슈덴이 만든 건 모양도 평범했다.

그저 투박하기만 한 이 과자를 발리아는 아주 잘 먹었다.

슈덴이 과자 하나를 느릿느릿 맛보는 동안 발리아는 세 개를 오독오독 먹었다. 아까 훌쩍거리던 모습은 간데없어 슈덴은 안심했다. 아내가 하도 서럽게 울먹여서 정말로 심장이 덜컥 내려앉는 것 같았다.

아이를 가지면 입맛이 독특해질 수도 있다고 주치의의 서적에 적혀 있었다. 평소엔 먹지 않던 음식을 먹고 싶게 될 수도 있고, 새콤한 걸 맛보고 싶어 할 수도 있다고 했다.

'이런 건 나쁘지 않지.'

잘 먹는 거야 상관없다. 슈덴을 염려스럽게 하는 건 제대로 먹지도 못한다는 입덧이었다. 심하면 빈속에도 토할 정도로 무척 괴롭다던데.

안 그래도 연약한 아내가 먹지도 못한다고 생각하니, 신경이 자꾸 쓰였다. 쓰러지면 어떡하나.

그 사이 발리아는 과자를 그만 먹기로 결정한 모양이다. 아직 과자는 절반이나 남아 있었는데. 슈덴이 물었다.

"더 안 드시고?"

"오늘 다 먹으면 내일 못 먹잖아요."

"……그렇게 입맛에 맞으십니까?"

발리아는 따뜻하게 데운 우유를 마시며 고개를 끄덕였다. 슈덴 옆에서 한참 동안 어쩔 줄 몰라 하던 요리사가, 겨우 정신을 차리고 곁들여 낸 우유였다.

"내일도 만들어 드릴 테니, 그냥 다 드십시오."

"정말요?"

저도 모르게 환하게 대답해 놓고는, 정작 발리아는 과자를 향해 쉬이 손을 뻗지 못했다. 그녀가 왜 머뭇거리는지는 대충 짐작이 갔다. 걱정하는 거겠지. 그가 바빠 보이니까.

하지만 뭐든지 당신 우는 것보단 낫지 않나.

슈덴은 직접 과자를 집어 들었다. 은회색 눈동자가 바로 앞까지 온 과자를 한 번 쳐다보더니, 망설이는 기색으로 아 하고 입을 벌렸다. 과자를 입 안으로 넣어 주는 슈덴의 손끝이 발리아의 입술에 닿았다.

그렇게 몇 번 반복했다. 거의 열댓 개는 먹인 것 같은데, 발리아는 물리지도 않은지 얌냠얌냠 잘 먹었다.

그 모습이 꼭 겨울날 도토리를 뺨 안으로 밀어 넣는 다람쥐처럼 보여서, 슈덴은 슬며시 웃었다. 자꾸 볼록해지는 볼을 한 번 콕 눌러 보고 싶었다. 먹는 건 그녀인데 왜 그가 재미있는지.

다음 날이었다.

가르트 저택의 주방은 하루에도 몇 번씩 분주해졌다. 특히 하루 세 끼를 본격적으로 준비하는 동트기 전 새벽이 가장 바빴다.

미리 만들어 놓은 육수를 커다란 냄비에 부은 후 펄펄 끓인다. 감자와 당근, 양파를 다듬고 해감시켜 놓은 조개도 꺼내 왔다. 전날 후추와 소금, 바질을 뿌려 숙성시킨 소고기 여러 덩이는 무쇠 팬에 지글지글 굽고, 통후추를 넣은 우유에 재워 놓은 닭고기도 먹기 좋게 손질해야 했다. 물론 빵 굽는 일도 함께였다.

이렇게 종일 바쁘기 그지없는 주방이, 오늘은 일찍 정리가 되었다. 아침 준비만 간신히 끝낸 요리사들은 눈앞의 슈덴을 지켜보았다. 다들 아무 말도 하지 못했다.

할 수가 없었다. 할 말도 없었고.

각하께서 과자를 굽고 계셨으니까.

"……."

슈텐 가까이에 서 있던 요리사는 팬을 내려다보았다. 김이 모락모락 나는 과자가 한가득 담겨 있었다. 잘 식혀서 담으면 작은 바구니가 꽉 찰 정도로 넉넉한 양이었다.

슈텐은 밀가루 묻은 손을 닦으며 시계를 흘긋 보았다. 슬슬 준비를 하고 황궁으로 가야겠다 싶었다. 황제가 제안했던 게 나쁘지 않았던 슈텐은, 제안을 받아들이는 대신 휴가 일수를 줄이기로 했다.

"나중에 안주인이 찾으시면 그때 올려라. 가 봐야겠군."

"예……."

멍하니 대답하던 요리사가 핫 하며 물었다.

"가, 각하! 아침 식사는 어떻게 하시겠습니까? 바로 나가시는 거라면, 간단하게라도 만들어서 올릴까요?"

"아니. 됐다."

시간이 부족해 궁에서 드실 모양이다. 자주 있는 일이라, 아무도 의심하지 않았다. 고개를 숙이는 요리사들을 뒤로하고, 슈텐은 이마를 약간 찌푸렸다.

'왜 이러지.'

아까부터 이상하게 속이 좋지 않았다.

책을 읽고 있던 발리아가 고개를 들었다.

"할아버지를?"

"예, 마님."

폴은 공손한 목소리로 말했다.

"슬슬 모셔 오시는 게 좋지 않을까 싶습니다."

발리아는 눈동자를 굴렸다.

'아이를 낳으면 온다고 하셨는데.'

그녀가 임신하자마자 보러 온다고 한 게 아니라. 발리아는 칼의 성격을 잘 알고 있다. 방랑벽이 있는 칼은 한곳에 오래 있는 걸 싫어했다. 과장해서 말하는 것도 싫어하고.

"할아버지가 어디 계신지 모르는데, 찾을 수 있나?"

"물론이지요. 대륙 어디에 계시든 한 달 안에 모셔 올 수 있습니다."

"그러면 일단 찾아보고, 꼭 의중을 여쭈어 보게. 바로 모셔 오지는 말고."

"알겠습니다. 마님."

발리아는 폴이 참 꼼꼼하다고 생각했다. 덧붙여 가르트의 총집사장답게 스케일이 참 대단하다는 생각도.

그도 그럴 것이, 발리아는 온 대륙을 뒤져 칼을 찾겠다는 생각은 전혀 없었다. 그저 아이를 낳으면, '할아버지. 손주가 태어났어요.' 하고 짧게 쓴 쪽지를 리사 왕국 집에 갖다 놓을 생각이었는데.

어떤 면에서는 한없이 대범한데 어떤 면에서는 특이할 정도로 소박한 발리아. 그녀는 눈을 깜빡였다.

다시 생각해 보니, 이번이 칼과 슈덴의 첫 만남이 되리라.

'기대되네.'

궁금했다. 과연 칼은 슈덴을 보고 뭐라고 할까? 발리아는 곧 성사될 두 남자의 만남을 고대하며, 다시 책으로 시선을 내렸다.

❧❧❧ ❧❧❧ ❧❧❧

물이 들어온 김에 노를 저으라고.

조엔 후작이 수도에 온 이후, 귀족 소회의는 쉬지 않고 열렸다. 아침부터 저녁까지 열리는 회의. 안건 처리와 새로운 인물 영입을 위한 투표. 고작 한 명이 늘었다고 막혔던 일이 전보다 속도감 있게 추진되었다.

로건 후작을 비롯한 다른 귀족들에겐 정말 다행인 일이었다.

"저는 가르트 공작 각하께서 홀연히 영지로 떠나실 줄 알았습니다."

"공작 부인이 아이를 가지셨으니 말이지요?"

소회의 귀족들은 전혀 몰랐다. 슈덴이 영지로 내려가다 못해, 아예 1년 후에나 올라오려고 했다는 것을. 로건 후작은 고개를 설레설레 저었다.

"또다시 다섯 명이었다면 정말……, 상상도 하기 싫군요."

"왠지 저 들으라고들 하시는 말씀 같습니다."

조엔 후작의 말에 웃음보가 터졌다. 안 풀리던 일이 잘 풀리니 귀족들의 기분도 전보다 너그러웠다. 여유도 생겼다.

"사람이 없는 게 탓이지 이게 어디 후작 탓……, 쿨럭쿨럭쿨럭! 크흠……."

마음에 여유가 생긴다고 몸까지 갑자기 건강해지는 건 아니다. 거투르드 백작이 격하게 기침을 토했다. 앉아 있던 귀족들은 안쓰러운 표정을 지었다. 연로한 백작은 요 며칠 기운에 차서 쉬지 않고 말을 하다가 이렇게 목이 쉬어 버렸다.

"오늘은 비교적 한가로우니 차나 한잔합시다."

"그래요. 조엔 후작이 좋은 차를 가져왔잖습니까."

조엔 후작이 고개를 끄덕이며 시종을 불렀다. 얼마 후, 찻잔이 내어져 왔다.

조엔 영지에서 나는 건 아니고, 디아나의 친정 영지에서 나는 특산품이었다. 향이 좀 알싸하고 독특하지만 몸에 좋아 노약자나 환자에게 인기가 좋았다. 다만 채취할 수 있는 양이 적어 값이 비쌌다.

"공작 각하."

슈덴의 앞에도 찻잔이 올랐다. 허브 민트처럼 시원한 향이 모락모락 피어올랐다. 맛이 개운하고 깔끔하다고 모두가 칭찬했다.

'영지에서부터 일부러 가져온 보람이 있군.'

조엔 후작은 뿌듯한 웃음을 지으며 슈덴을 돌아보았다.

"각하, 차가 어떠십니……, 각하?"

슈덴은 한쪽 손으로 입을 막고 있었다. 곧 구토라도 할 것 같은 표정에 다들 당황해서 벌떡 일어났다. 미간을 찌푸린 슈덴이 손을 들어 막았다.

"……소란 떨 거 없습니다. 속이 좀 불편한 것뿐이니까."

좀 불편한 표정이 아닌데!

차 때문인 건가 싶었다. 조엔 후작이 얼른 시종들을 시켜 찻잔을 치워 버리게 했다.

"각하. 깨끗한 물입니다. 드시고 속을 좀 진정시키세요."

시종이 내민 물을 슈덴이 받아 들었다. 물을 마시려던 슈덴이 욱

하는 소리와 함께 잔을 내려놓았다. 말이 내려놓은 것이지 거의 떨어뜨린 것이나 다름없었다.

"각하!"

"공작 각하!"

결국 그 날 소회의는 그대로 파하고 말았다. 슈텐이 먼저 돌아가 버리고, 남은 귀족들은 놀란 표정으로도 주섬주섬 서류를 챙겼다.

"공작 각하가 갑자기 왜 그러신 걸까요?"

"속이 많이 불편하신 모양입니다."

"아무리 속이 불편해도 물까지 못 드실 수가 있습니까?"

"그러게 말입니다. 꼭 입덧이라도 하시듯이……."

"입덧이요?"

차도 못 마시고 물도 못 마셔. 전날 폭음이라도 했다면 모를까. 그것도 아닌 것 같고. 단순히 속이 안 좋아 보이는 수준이 아니라, 거의 토하기 직전이던 슈텐의 모습.

[흔한 일은 아니지만, 간혹 남편이 아내 대신 입덧을 하는 경우도 있답니다. 속이 불편하시다면 반드시 말씀해 주시어요.]

여기 있는 귀족들이 주치의나 산파에게 한 번씩은 들어 본 말이었다.

'설마……'

*** *** ***

주치의는 그간 만반의 준비를 끝냈다.

토하는 입덧은 산모에게 너무 큰 고통이다. 마님의 입덧을 완벽히 책임진다. 직업의식에 불타오르는 주치의는 이미 입덧을 다스리는 탕약을 완벽히 연구해 놓았다.

덕분에 주치의가 사용하는 약제실에는 새로운 약재가 끊임없이 들어왔다.

"주치의! 안에 있나?"

똑똑 두드리는 소리가 들리더니, 약제실 문이 열렸다.

폴이었다. 본채에서부터 달려온 모양인지 나이 든 총집사장은 숨을 몰아쉬고 있었다. 주치의는 직감적으로 알았다. 총집사장을 여기까지 뛰어오게 할 정도면 한 분밖에 없다.

"마님께서 입덧을 시작하셨습니까? 탕약이 있습니다!"

당장 뒤돌아서 약을 데우려는 주치의를 폴이 만류했다.

"아닐세! 그게 아니라……."

폴은 암담한 표정으로 말했다.

"각하께서 드셔야 할 것 같네."

"예……?"

폴의 말은 맞았다.

"정말로 각하께서 입덧을 대신하시는군요."

평소보다 묘하게 초췌해진 슈덴을 본 주치의는 확신했다.

❈❈❈

레오는 소파에 앉아 검을 닦고 있었다.

동부 왕국의 수도, 아름다운 궁. 루드베키아는 레오의 맞은편에서 편지를 뒤적거렸다. 흥미롭거나, 그렇지 않은 소식들. 하나하나 읽어

가던 루드베키아의 눈이 반짝 뜨이는 소식이 있었다.

"레오, 레오. 이것 봐 봐."

"뭔데요?"

"가르트 공작 부인이 아이를 가졌다네?"

"아이를요?"

검을 닦던 레오가 고개를 들어올렸다. 흥미진진한 표정인 루드베키아와는 달리, 레오는 심드렁하게 대답했다.

"결혼한 지 좀 됐으니 가질 만하겠네요."

별로 관심이 없는 듯한 얼굴이다. 왕녀는 고개를 갸웃했다.

"반응이 그게 다야?"

"혼자 축하연이라도 열까요?"

"아니! 뭐 안 보낼 거냐고."

"뭘 보냅니까? 임신 축하 선물요?"

"축하 선물은 당연히 보내야 하고."

루드베키아는 여상하게 말했다.

"동부에서는 동기(同氣)가 아이 이름을 지어 준단 말이야. 너 이제 동부 사람이라고."

특히 뒤의 말이 또박또박하다. 동부 사람이라. 그래. 레오는 혀를 찼다.

"동부 사람인 건 그렇다 쳐도, 누가 제 동기라는 겁니까?"

"그야 당연히 가르트 공작이지!"

레오가 바로 질색을 했다. 당장이라도 토할 것 같은 표정이었다.

"그 자식이 왜 제 동기예요?"

"자기 입으로 그래 놓고는?"

태연히 돌아오는 반문에 레오는 끙 하고 입을 다물었다. 루드베키아의 말은 정확했다.

얼마 전 루드베키아 앞에서 레오는 너무 과음을 했다. 술독에 빠졌다 나온 수준이었다. 잔뜩 오른 취기에 별 얘기를 다 했던 것도 기억났다. 다시금 창피해졌다.

"……이래서 제가 왕녀님이랑 술 안 마신다고 한 겁니다."

"술 마시면 진심이 나오니까?"

"……"

반평생을 전쟁터만 전전했던 레오다. 사교계에서 갈고 닦은 왕녀의 화려한 달변은 평생 가도 배우지 못할 터였다.

한 마디도 못 이기는 게 일상이기는 한데. 레오가 한숨을 내쉬었지만 루드베키아는 아랑곳하지 않았다.

"빨리 정해서 보내는 게 어떨까? 애 낳기 전에는 편지해야지."

"안 보냅니다."

"예쁜 이름으로 골라서 보내. 여자애 이름 하나, 남자애 이름 하나."

"안 보낸다니까요?"

"편지지 여기 둘게."

"……"

❋❋❋ ❋❋❋ ❋❋❋

근래 가르트 저택에는 사람들이 쉴 새 없이 드나들었다.

가르트 영지의 가신들이나 수도 귀족들이 보낸 선물이었다. 보석, 레이스, 옷감, 악기, 꽃, 특산품 등이 작은 산을 이룰 정도였다. 슈텐도 황제에게서 선물을 하사 받았다. 저택으로 보내온 건 아니고, 황궁에서 직접 받아 온 것이었다.

[공이 입덧을 한다니 이 얼마나 마음이 아픈지 모르겠네. 짐이 특별히 입덧에 좋은 약재를 구해 왔으니 잘 달여 먹게나.]

[…….]

걱정 어린 목소리와는 달리 황제는 씰룩이는 광대를 참지 못했다. 슈덴은 기시감을 느꼈다. 언젠가 그가 장미꽃을 하사받을 때도 황제는 딱 저런 표정을 짓고 있었다.

"슈. 정말 괜찮으세요?"

"괜찮습니다."

사랑이란 것은 참 신기하다. 이 사람이 뭘 하든 멋있고 좋아 보이는 한편, 어딘가 안 좋아 보이는 부분은 기가 막히게 알아채 버리니까. 모순이라면 모순이었다.

발리아는 슈덴이 전보다 조금 핼쑥해진 것 같다고 했다. 정작 주치의는 그런 말이 없었는데. 슈덴이 거울에 얼굴을 비추어 봐도 그랬다. 전혀 달라진 게 없는 것 같은데, 발리아는 걱정을 내려놓지를 못했다.

"덕분에 휴가도 받았잖습니까."

"……그래도요. 이런 휴가는 안 받는 게 낫다고요."

슈덴이 피식 웃었다. 틀린 말은 아니다. 발리아가 이렇게 걱정하는 이유를 모르는 것도 아니었다.

입덧을 처음 시작하고 일주일, 슈덴은 빈속에도 토하러 가곤 했다. 본인의 몸 상태를 본인이 이해하지 못할 지경이었다.

주치의는 매일같이 탕약을 달여 올렸다. 마님께 올릴 것을 각하가 다 드시게 될 줄 꿈에도 몰랐는데. 요리사들도 무슨 음식을 해야 하는지 쩔쩔매는 눈치였다.

하지만 그것도 벌써 한 달 전의 일이다.

슈덴을 놀리고 싶었던 황제는, 제국의 군주답게 체면도 같이 챙기고 싶어 했다. 황제는 일부러 북부 땅 끝에서까지 귀한 약재를 공수한 후에 슈덴을 궁으로 불러들이곤 했다. 하사받은 약재에 주치의의 솜씨가 합쳐져 슈덴은 효과적으로 안정을 되찾을 수 있었다.

"내일 황궁에 가야 하지 않습니까."

"아, 네. 빨리 자야겠네요."

내일은 아주 중요한 예식 두 개가 황궁에서 거행될 예정이었다. 황태자 책봉식, 그리고 예리와 구스토의 결혼식이었다. 발리아는 괜히 두근거렸다.

"대신관님들도 오신다는데, 어느 분이 주례를 볼까요?"

"글쎄요. 당신 예전에는 누가 보았습니까?"

슈덴이 말하는 '예전'은 발리아가 한 번 겪었던 과거를 뜻하는 것이었다. 언젠가 발리아의 고백을 듣고 난 후부터, 슈덴은 늘 이랬다. 있었던 일을 이야기하는 것처럼 당연한 목소리. 그녀가 겪은 과거를 없던 일로 취급하지 않았다.

이럴 때마다 발리아는 괜히 가슴이 충만해지는 기분이었다. 이렇게 사소한 걸로도 슈덴은 그녀를 믿고 있다고 말하고 있는 것 같아서.

"음, 예전에는 주례가 없었어요. 두 분이 바로 하늘에 고했거든요."

"……두 번째 결혼식 말입니까?"

"네. 저랑 당신이 했던 것처럼요."

발리아는 미소 띤 얼굴로 조잘거렸다. 예리와 구스토가 올렸던 과거의 결혼식. 그게 발리아가 난생 처음 본 '두 번째 결혼식'이었다고.

"이번에도 똑같이 진행하지 않으실까요?"

발리아는 말하면서도 몰랐다. 가능성 있는 추측에 슈덴의 기분이 불쾌해졌다는 사실을.

'대신관이 주례를 볼 줄 알았더니.'

두 번째 결혼식이라면 이야기가 달라지지 않는가. 그건 슈덴이 먼저 한 것이다.

'따라하지 말라고 미리 말할 걸 그랬나.'

발리아는 남편이 이렇게까지 유치한 생각을 하고 있다는 걸 전혀 알지 못했다. 신부가 웨딩드레스를 입으면 따라한 것이라는 억지와 뭐가 다르단 말인가. 두 번째 결혼식은 아주 옛날부터 존재하던 결혼식 형식인데.

어쨌든 슈덴은 내일 있을 결혼식에 대신관이 주례를 서기를 내심 바랐다.

✻✽✾ ✻✽✾ ✻✽✾

"세상에, 두 번째 결혼식이네요!"

슈덴의 뒤에 앉아 있던 백작 부인이 작게 탄성을 내질렀다. 슈덴의 은근한 바람은 이렇게 이루어지지 못했다.

황궁의 아름다운 홀. 비록 날씨가 추워, 관례대로 정원에서 진행하지는 못했지만 들인 정성이 대단했다. 붉고 싱싱한 꽃이 여기저기 장식되고, 벽마다 예술적으로 늘어뜨린 리본은 우아하고 매끄러웠다.

주례 없이 무릎을 꿇고 절을 하는 남녀. 구스토와 예리였다. 하객들은 잔뜩 상기된 얼굴로 박수를 쳤다. 발리아도 예외는 아니었다.

특히 황제는 아주 귀가 입에 걸려 있었다. 결혼식에서는 반드시 정숙해야 했기 때문에 연신 박수만 칠 뿐이었지만 누구나 알 수 있었다. 황제의 기분이 좋다 못해 하늘을 찌르고 있다는 사실을.

아침부터 거행된 황태자 책봉식은, 뒤에 있을 결혼식을 고려해 비교적 소박하게 진행되었다. 일종의 메시지 전달이기도 했다. 겔이라는 대제국이, 황태자를 봉하는 일보다 성녀와의 혼인을 더 중요하게 여기고 있다고.

눈에 불을 켜고 있던 신관들이 만족했음은 두말할 것도 없었다.

예리 파이안 라겔뢰프. 성녀의 이름에 황가의 성이 붙는 역사적인 순간이었다.

수많은 하객들이 기뻐하며 즐거워했다. 물론 슈덴은 그 '즐거워하는 하객들' 가운데 포함되어 있지 않았다. 젊고 잘생긴 공작이 심드렁한 얼굴로 형식적인 박수만 치는 사이, 성대한 결혼식은 막을 내렸다.

※ ※ ※

며칠 후였다.

겔 수도의 온도가 영하로 뚝 떨어졌다. 날씨는 춥고 바람은 매서운 한겨울. 밖은 이렇게 추웠지만 가르트 저택은 따뜻했다. 슈덴은 집무실에서 서류를 읽다가 고개를 들었다.

"누가 왔다고?"

"마님을 양육하셨던 용병 어르신이 방금 도착하셨습니다."

"아. 그래."

해는 벌써 지고 하늘은 깜깜해진 초저녁. 예기치 못한 손님이 가르트 저택에 방문했다. 칼. 어린 발리아를 키웠다는 노인 용병.

슈덴이 물었다.

"어디에 모셨지?"

"별채에서 가장 좋은 방으로 모셨습니다."

공손히 말한 폴이 덧붙였다.

"그리고 어르신이 고용인들을 불편해하시는 것 같아, 제 임의로 물려 놓았습니다."

슈덴은 흠 하며 서류로 다시 시선을 내렸다. 그는 빽빽한 글자를 의미 없이 바라보며, 발리아의 오늘 일정을 다시금 떠올렸다.

'황궁에 가서 늦게 온다고 했지.'

오늘은 3황녀 셀마가 제국에서 보내는 마지막 날이었다. 내일이면 타국으로 떠난다고. 오늘 발리아가 황궁으로 간 것도 마지막 티 파티를 가지기 위해서였다. 저녁까지 황궁에서 먹고, 밤이 다 되어야 오겠다고 들었다.

"각하. 저녁 정찬은 어떻게 할까요?"

총집사장인 폴도 발리아의 일정을 훤히 꿰고 있었다. 마님이 계시지 않는 날의 주방은 눈에 띄게 한산했다. 각하께서 마님이 없는 날에는 간단하게 드셨기 때문이다.

그러니 당연히 오늘도 그럴 예정이었는데……. 칼이 저택에 도착하는 변수가 생겨 버린 것이다. 슈덴은 서류를 내려놓았다.

"손님이 오셨으니 저녁을 함께 들어야겠지. 준비해라."

"알겠습니다."

폴이 고개를 숙였다. 슈덴은 자리에서 일어났다. 칼을 보러 가기 위해서였다.

손님이 머무는 별채는 본채 건물과 가깝다. 얼굴을 꽁꽁 감싸고 바쁘게 지나가던 고용인들은 슈덴을 알아보고 허리를 꾸벅 숙였다.

별채 1층, 슈덴이 알기로도 가장 넓고 아늑한 방 앞에 하인이 앉아 있었다. 안에 사람이 들어 있다는 뜻이었다. 슈덴이 턱짓을 하자, 하인이 얼른 방문을 두드렸다.

"누구시오!"

안에서부터 꽥 들려오는 거친 목소리에 하인이 화들짝 놀랐다. 실로 용병다운 반응이었다. 생의 절반을 전쟁터에서 보냈던 슈덴은 칼의 태도가 낯설지 않았지만, 하인은 아니었다. 하인은 문을 열면서도 어깨는 잔뜩 움츠리고 있었다.

슈덴은 따라 들어올 필요 없다고 말하며 안으로 들어섰다. 하인은 그 지시가 반가웠는지 바로 고개를 숙이고 조심스럽게 문을 닫았다.

슈덴은 발리아의 기억 속으로 들어가서도 칼을 본 적은 없었다. 아내에게는 친할아버지나 마찬가지인 용병.

칼은 침대에 앉아 짐을 정리하고 있었다. 붉은 눈동자가 둔탁한 메이스에 잠시 머무를 때였다.

"응?"

슈덴을 본 칼이 눈썹을 치켜 올렸다. 가르트의 고용인들보다 확연히 고급스러운 복장. 오래 검을 쥔 것 같은 손과 단련된 어깨, 넓은 등을 보건대 쉬이 추측할 수 있는 사실.

"아이고야."

슈덴이 이름을 말하기도 전에 칼이 탄식을 했다.

"호위 기사는 필요 없다고 했는데 굳이 보냈구먼."

칼의 한 마디에서 슈덴은 바로 알 수 있었다. 칼이 착각을 하고 있음을. 하긴, 슈덴이 생각해도 할 법한 오해였다. 백작급 이상만 되어도 뒤에 고용인들을 줄줄 달고 올 테니까.

"예까지 오느라 수고했어. 추우니 난로 옆에 앉아."

하지만 굳이 오해를 두고 볼 이유는 없었다. 그리고 이런 오해 속에서는 무슨 말이 나올지 모른다. 슈덴은 장인이나 마찬가지인 남자를 굳이 불편하게 만들고 싶지 않았다.

그러나 슈덴이 입 여는 것보다 칼이 훨씬 빨랐다.

"왜 안 앉고 멀뚱히 서 있어? 엥?"

뒤늦게야 슈덴의 얼굴을 제대로 본 칼이 놀란 표정을 지었다.

"호위 기사가 그렇게 잘생겨서 어쩐단 말이야?"

칼은 혀를 찼다.

"내가 딸이 있었으면, 경 같은 남자에겐 절대 시집 안 보냈겠어. 너무 잘생겼구먼."

진심이 뚝뚝 담긴 목소리였다.

"하하하, 농담이야. 별로 재미없었나?"

슈덴이 대답이 없자 칼은 뒤늦게 웃으면서 말했다. 물론 그다지 설득력은 없었다. 슈덴은 바보가 아니었다. 농담과 진담 정도는 구분할 줄 알았다.

하지만 이런 말을 듣고 난 직후에 가르트 공작이라고 밝히는 건, 좀.

판단은 빨랐다. 슈덴은 일단 칼과 조금 더 대화를 나눠 보기로 했다. 오해 아닌 오해를 풀면 더 좋고.

어차피 저녁 정찬이 마련되려면 시간도 소요될 터였다. 함께 이야기를 나누다가 본채 식당으로 가는 게 효율적이기도 했고. 슈덴은 칼이 권하는 대로 소파에 앉았다.

"경, 결혼은 했나?"

"예. 했습니다."

칼은 그럴 줄 알았다며 고개를 끄덕였다.

"하기야 그렇게 잘생겼는데 여자들이 가만 놔뒀겠나? 결혼 전에도 인기 많았겠어."

"전혀."

슈덴이 정색을 했다.

"전혀 없었습니다."

"그래? 의외로구면."

의외라고 말했지만 믿기는 하는 눈치였다. 칼이 물었다.

"아이는 있고?"

"아내가 임신 중입니다."

"호오, 그래?"

마침 발리아도 임신 중인데. 칼은 재미있는 우연의 일치라고 생각했다. 궁금해서 몇 마디 더 물어보던 그는 이윽고 눈을 동그랗게 떴다.

"입덧을 대신했다고?"

"예."

"힘들지 않았어?"

"그럭저럭 버틸 만했습니다."

"아이고야. 경, 생긴 건 차갑게 생겨서 아내 사랑이 대단하구면."

"감사합니다."

슈덴이 그제야 약간 웃었다. 순간 칼은 슈덴에게 호감이 일었다.

칼은 용병 판에서도 저런 남자들을 몇 번씩이고 보았다. 묵묵히 의뢰를 수행하다가, 아내나 자식 이야기가 나올 때에만 조금씩 웃는 놈들. 가정에 충실한 녀석들은 대부분 성실하기도 해서, 칼은 좋게 보았다.

눈앞의 기사도 비슷한 부류 같아 보이고.

'애처가겠어.'

칼은 조금 부러워졌다. 발리아 남편도 그래야 하는데.

하필 발리아가 사랑에 빠진 놈이 평범한 남자도 아니고, 살인귀라고 악명 자자한 가르트 공작이어서. 칼은 티는 안 냈지만 여러 모로 근심이 많았다. 발리아가 임신했다는 말에 바로 제국으로 출발하자고 한 이유도 이 때문이었다.

"왜 그러십니까?"

칼이 자신을 빤히 바라보자 슈덴이 물었다.

"경, 아까 했던 말은 취소해야겠어."

"뭘 말입니까?"

"나한테 딸이 있었으면 경 같은 남자한테 시집보냈을 게야."

그 가르트 공작 말고.

"생각해 보니 경 얼굴도 잘생겨서 태교할 때도 좋을 것 같고."

그러니까 그 공작 말고.

"가르트 기사면 능력도 좋은 것 아닌가? 처자식 잘 먹여 살릴 테니 걱정도 없고."

아무튼 그 공작 말고.

"아내한테 잘해 주는 게 최고야. 늙은이 말이라고 괄시하지 말고 잘 들어 두게."

칼의 말에 슈덴이 피식 웃었다.

"마음에 새겨 두겠습니다."

"그래, 그래. 말이 좀 통하는구먼."

칼은 젊은 기사가 말도 잘 듣는다고 칭찬했다. 슈덴이 정말로 마음에 들기 시작한 칼은 그제야 발리아는 잘 지내는지 물어왔다.

슈덴이 의외였던 건, 칼이 자신을 호위 기사로 철썩 같이 믿고 있으면서도 정작 '가르트 공작'에 대해선 일절 묻지 않았다는 것이다. 용병으로 살아왔으니, 슈덴에 관한 소문은 나쁜 것이든 좀 덜 나쁜 것이든 반드시 들었을 텐데.

참 여러 모로 우직한 성격이었다.

"그 애가 어릴 적부터 크림 스튜를 좋아했어. 이번에 만나면 끓여 주려고 했는데, 여기 주방장들이 나보다 솜씨가 더 낫겠지?"

그러면서도 발리아를 아끼는 건 진심인 게 눈에 보여서. 슈덴이 대답했다.

"어르신이 해 주신 걸 더 좋아하실 겁니다."

"흠흠. 하긴, 리사에서도 내가 끓인 스튜가 아니면 쳐다도 안 봤지."

기분이 좋아진 칼이 뿌듯한 표정을 지었다. 크림 스튜를 끓이면 경에게도 좀 맛보여 주겠다는 칼의 말에 슈덴이 슬쩍 웃었다.

칼이 슈덴의 정체를 알게 되는 것은 조금 후였다.

"정찬 준비가 다 되어 모시러 왔습니다. 어르신."

공손하게 말한 폴은 칼의 뒤에 대고 고개를 숙였다.

"모시겠습니다, 각하."

"으잉?"

여기에 당신네 각하가 어디 있어?

정말 별 생각 없이 꺼낼 뻔한 말이, 아뿔싸 하는 직감에 막혔다. 뒤를 돌아보는 칼의 목이 끼긱 소리를 내는 것 같았다.

"폴에게 벌써 들으셨는지 모르겠는데."

슈덴은 어느새 자리에서 일어나 있었다.

"저녁은 저와 둘이서 드셔야 합니다. 발리아가 황궁에 가 있는 터라."

"……."

용병 생활만 몇 십 년. 날아드는 검도 피하고 도끼도 피하고 해머도 피해서 살아왔는데. 그 뛰어난 생존율이 무색할 정도였다.

"시간이 나면 함께 종종 이야기를 나눠도 좋겠군요."

정중한 목소리, 그러니까 살인귀……. 아니, 가르트 공작의 목소리가 귓가를 울리는데.

"오늘 해 주신 말씀들도 잘 기억해 두겠습니다."

칼은 정말 심장마비로 생을 마감할 뻔했다.

"할아버지?"

잠깐 사이 일 년은 폭삭 늙어 버린 칼. 밤늦게야 귀택한 발리아는, 할아버지를 보고 고개를 갸웃했다. 칼이 이상하게 기운이 없어 보였기 때문이다.

'고생을 많이 하셨나?'

❋❋❋ ❋❋❋ ❋❋❋

셀마가 떠나고도 시간이 꽤 지났다.

날이 갈수록 겔은 빠르게 안정되어 갔다. 새로운 물결로 파도를 치던 황궁은 순조롭게 체계를 잡아 갔고, 사교계 역시 완벽하게 부흥해 전성기를 누렸다.

다만 전처럼 평화롭고 고분고분한 흐름은 아니었다.

기존 수도 귀족들의 텃세에, 새로 올라온 귀족들의 반발이 뒤섞여 난장판이었다. 수가 비등비등하니 더 그랬다. 사교계의 일인자로 군림했던 빌리엄 공작 영애는 없어진 지 오래며, 딱히 대체할 만한 구심점도 없었다. 겔의 고위 귀족들 역시 듬성듬성 비어 있는 까닭이다.

덕분에 무도회에서 일어나는 기 싸움이 어찌나 심한지, 심약한 이들은 아예 티 파티만 골라 가곤 했다.

예리는 사교계의 현 상황을 재미있어했다. 성녀이자 황태자비. 막강한 신분과 지위는 물론이고 언행조차 심상치 않은 예리는 이상한 정복욕이 있었다. 이 혼돈 속에서 특히나 눈에 띄게 주제 파악 못하는 귀족들을 눈에 하나씩 새기고 있었다.

속으로는 음흉한 계획을 세우면서, 겉으로는 순수하고 밝게 웃는 성녀님. 그녀는 가르트 저택에 놀러와 있었다.

어느새 봄의 끝. 매섭던 한파는 사그라지고 틔우는 꽃망울이 사랑스럽던 하루하루. 예리는 발리아에게 짜잔 하면서 그림을 한 점 보여 주었다.

"신기하죠? 내가 예전부터 이거 보여 주고 싶었는데!"

예리는 잔뜩 들뜬 목소리였다. 그녀가 황궁에서부터 가져온 것은 다름 아닌 전(前) 황후의 초상화였다. 공식적인 목적으로 사용하는 거대한 전신 초상화가 아니라, 얼굴만 그린 손바닥만 한 초상화였다.

예리가 방방 뛰는 이유는 다른 게 아니었다.

"발리아랑 눈 색깔이 똑같잖아요!"

구스토의 친모이자 죽은 황후의 눈동자가 은회색이라고. 발리아는 예리의 말에 자세히 초상화를 들여다보았다. 확실히 눈동자 색깔이 비슷하긴 했다.

"이것 때문에 황태자 전하를 닦달하신 거예요?"

"아니, 나보고 자꾸 유치하다잖아요. 내가 얼마나 진지했는데 진짜."

발리아는 어이가 없기도 하고 예리가 재미있기도 해서 웃어 버렸다. 은회색 눈동자가 그렇게 드문 것도 아닌데.

발리아와 예리는 시간이 갈수록 급속도로 친해졌다. 예리는 진지하게 발리아와 자신이 운명이라고 믿는 것 같았다.

처음엔 농담이겠거니 했는데, 요즘은 발리아도 조금씩 의구심이 들었다. 예리와 함께 있으면 여름 나무 밑에서 쉬는 것처럼 기분이 청량해졌다. 이상하지.

"그런데 전하. 계속 저택으로 놀러 오시면 안 되지 않아요?"

발리아가 묻자 예리가 바로 우울한 표정을 지었다.

"사실 당분간 못 올 것 같아요. 구스토가 걱정하는 건 한 귀로 듣고 두 귀로 흘리면 되는데, 폐하께서도 은근히 염려하셔서……."

예리는 슬퍼하며 배를 쓰다듬었다. 사교계의 스테디셀러인 허리가 딱 붙고 치맛자락이 풍성한 드레스를 입고 있었지만, 이것도 당분간은 이별이다.

불과 한 달 전이었다. 예리가 아이를 가졌다. 덕분에 사교계는 고사하고, 안정이 될 때까지는 어디 놀러도 안 가고 황궁에서만 안전히 지내기로 황제와 약속했다.

예리는 손등으로 턱을 괴고 말했다.

"구스토도 공작 각하처럼 입덧 대신해 주면 좋을 텐데."

덕분에 요즘 구스토는 걱정이 많았다. 가르트 공작은 부인을 너무 사랑해서 입덧도 대신했다는데. 당신도 할 수 있지? 날 사랑하지? 그치?

이런 골자의 기대 어린 시선.

비단 구스토만 받은 게 아니었다. 임신한 아내를 둔 젊은 남자 귀족들은 생각지도 못한 고충으로 머리를 싸맸다. 구스토는 만약 입덧을 대신 못하면, 예리가 입덧하는 내내 같이 굶겠다고 했다. 그 말에 예리는 그럭저럭 만족했다.

"그래도 빨리 아이 가져서 다행이라고 생각 중이에요. 나이 차이가 너무 많이 나면 좀 그렇잖아요?"

"나이 차이요?"

발리아가 어리둥절해하자 예리가 응응 고개를 끄덕였다.

"아무리 생각해도 우리 아이들은 운명이에요. 결혼시켜야죠."

"……둘 다 아직 태어나지도 않았는데요?"

"그럼 일단 약혼부터 시키고 나중에 의중을 물어봐요."

너무 간단한 대답이다. 성사된다면 다른 곳도 아니고 황가와 공작가의 약혼인데. 황제도 저렇게 쉽게 말하진 못할 터였다. 물론 예리는 정치적 배경 때문이 아니라, 순전히 발리아와 사돈으로 얽히고 싶어서였지만.

발리아는 결국 웃었다. 게다가 얼마 전, 이 비슷한 말을 들은 적이 있어서 더 재밌었다.

〈발리아. 우리 나중에 사돈 맺을까요?〉

디아나였다. 얼마 전 영지에서 아들을 낳은 그녀는 편지를 부쳐 왔다. 이번 가을에 다시 수도로 올라올 거라고 했다. 발리아가 딸을 못 낳으면 어쩌느냐고 농담조로 답장하자, 편지가 다시 왔다.

〈제가 딸을 낳으면 되잖아요?〉

이번엔 퍽 진심 같았다. 왠지 예리도 비슷한 대답을 할 것 같은데. 태어나지도 않은 아기가 배 속에서부터 이렇게 인기가 좋으니 복이라고 해야 할지.

"발리아. 해산할 때 꼭 궁으로 사람 보내 줘야 해요. 한밤중에도 달려올 테니까."

"알겠어요."

발리아는 이제 많이 부풀어 오른 배를 쓰다듬었다. 피부가 트지 않게끔 하녀들이 순한 향유를 매일 발라 주었는데, 요즘은 슈덴이 직접 발라 줬다. 임신 중기를 넘어서며 부쩍 성정이 예민해진 발리아였지만, 남편이 하도 어화둥둥 해 주니 날카로워지지는 않았다. 그럴 틈도 없었다.

특히 첫 태동 때, 슈덴이 당황하여 돌처럼 굳었던 걸 생각하면 아직도 웃음이 나왔다. 나중에는 그것도 익숙해졌다. 태동이 있을 때마다, 혹은 시간이 날 때마다 슈덴은 발리아의 부른 배에 대고 말을 걸곤 했다.

그 모습에 행복해져서 저도 모르게 웃곤 했는데. 발리아는 미소를 지었다. 딸이든 아들이든 건강하게만 태어나 주면 좋겠다고. 성녀의 축복을 받았으니 괜찮을 거라고 생각하면서도 은근히 걱정이 되었다.

시간은 빠르게 지나갔다.

늦여름이었다. 하늘은 새파랗고 깨끗하며 만개한 녹음이 싱그러운 나날.

가르트 영지에서는 정원사들이 해바라기를 꺾어 보내 왔다. 가장 먼저 만개한 해바라기를 각하와 마님께 보여 드리고 싶다고 했다. 샛노란 해바라기를 보니 영지에서 머물렀던 그 날이 기억났다. 잘 손질된 해바라기는 화병에 꽂혀 주인 부부 침실에 장식되었다.

요즘 주치의는 안절부절못하고 있었다. 임신 초기 때처럼 발리아 곁에 달라붙어 있었다.

출산 예정일이 성큼 다가온 어느 날이었다.

"공작 각하!"

황궁에 있던 슈덴이 급하게 저택으로 되돌아갔다.

같은 날이었다. 예리는 마부석 쪽을 두드리며 재촉했다.

"더 빨리 가자."

"예, 비전하!"

예리의 독촉에 바퀴 굴러가는 속도가 금세 빨라진다. 예리는 마차 창문에 내려진 커튼을 걷었다. 창문 바깥 풍경이 시시각각 바뀌었다.

예리가 타고 있는 이 마차는 황실 보물 중 하나였다. 무려 일곱 가지의 보호 마법이 걸려 있는 마차로, 황제가 특별히 예리에게 하사한 것이다. 수도의 웬만한 귀족 저택 몇 채 값과 맞먹는 값비싼 마차.

예리는 이 마차를 타고 신성국에 다녀온 참이었다. 다름 아닌 대신관의 서품식 때문이었다. 메르실이 파문당하고, 내내 공석이었던 자리에 마침내 새로운 대신관이 추대된 날이었다.

'아니 그냥 지들끼리 하면 되지 왜 나를 부르는 거야?'

투덜대면서도 성녀가 할 일이라 가긴 갔다. 필레몬이 하도 간청을 하니 못 본 척 외면하기도 그랬다.

예리는 새로운 대신관인 포트도에게 손수 목걸이를 걸어 주었다.

대신관의 증표가 담긴 목걸이였다. 성녀에게 직접 목걸이를 받은 그녀는, 거의 울 듯한 얼굴로 감격했다.

회상을 하는 와중에도 마차는 쉬지 않고 굴러갔다. 예리가 탄 마차는 로드 워프를 건넌 후, 겔 수도 중심까지 열심히 달려왔다.

마차가 막 황궁에 입성했을 때였다.

"비전하! 비전하!"

예리가 미처 내리기도 전이었다. 바깥에서부터 애타게 부르는 소리에 예리가 커튼을 혹 걷었다. 창문까지 열고 바깥을 보자 익숙한 얼굴의 시종이 보였다.

이제나저제나 예리를 기다린 것처럼 보였다.

"왜 그래? 무슨 일이야?"

"가르트 공작저에서 급히 사람을 보내 왔습니다!"

"급히? 왜?"

"가르트 공작 부인이 진통을 시작하셨답니다!"

"히익!"

안 그래도 발리아 출산 예정일이라 불안불안했는데! 예리는 깜짝 놀라 외쳤다.

"공작저로 당장 가자!"

"예!"

마부가 신속하게 채찍을 휘둘렀다. 이랴! 하는 소리가 컸다. 황궁에 도착한 것도 무색하게, 화려한 황실 마차는 바로 돌아 나가 버렸다.

꽃무늬 꽃무늬 꽃무늬

주치의는 발을 동동 굴리고 있었다.

"아기씨는?"

"아직입니다!"

"허어……."

침실에는 사람이 적지 않았다. 노련한 산파 두 명에 바쁘게 수발을 드는 하녀들. 커다란 침대 쪽에는 평소와는 달리 목제 가림막이 줄지어 놓여 있었다. 시야 차단용이었다. 입구 쪽에는 큼지막한 태피스트리 천도 따로 쳐 놓았다.

"마님!"

"주치의 선생!"

숨 가쁘게 돌아가는 침실만큼, 바깥쪽도 대단히 웅성대고 있었다. 특히 칼이 매우 초조해하고 있었다. 그나마 그는 양호한 상태였다. 의자에 앉아라도 있었으니까.

슈덴은 아예 앉아 있지를 못했다. 붉은 눈동자가 침실 쪽에서 거둬지지를 못한다. 발리아가 본격적으로 진통을 시작하고 한참이 지났다. 그런데 한 번도 앉아 있는 모습을 못 봤다. 당장이라도 침실로 뛰어들어가고 싶은 모습이었다.

오죽할까 싶었다. 칼은 자꾸 차오르려는 한숨을 내쉬었다.

'괜한 농담을 했나.'

얼마 전 발리아와 정원을 거닐며 나누었던 이야기가 생각났다. 부른 배 때문에 허리를 잡고 느릿느릿 걷는 손녀딸과 속도를 맞춰 산책하는 한가로운 시간. 대화 주제는 자연스럽게 얼마 남지 않은 출산으로 이어졌다.

[애 낳을 때 네 남편을 옆에 두는 게 낫지 않겠냐?]

[네? 왜요?]

[남편 머리 쥐어뜯으면 좀 덜 아프다지 뭐냐.]

[머리를요?]

물론 농담으로 한 말이다. 발리아도 웃음을 터뜨렸으니까.

[슈. 할아버지가 말해 주셨는데요.]

그날 저녁이라고 했나, 밤이라고 했나. 발리아는 칼에게 들은 이야
기를 슈덴에게 조잘조잘 해 주었다. 그런데 돌아오는 반응이 당혹스
러웠다고 했다.

[괜찮군요.]

[네?]

[당신 손에 머리 갖다 대 드리면 됩니까?]

[……슈. 농담이시죠?]

[부인께 농담을 왜 합니까.]

[……전 농담이었다고요.]

[그러십니까.]

너무 태연한 대답. 발리아는 그때 확실히 알았다. 해산할 때 슈덴이
침실에 들어오면 안 되겠다고. 원래 사람이 심한 고통을 겪으면 판단
력도 흐려지는 법이다. 아예 건덕지도 없게끔 차단을 해야 했다.

[당신 절대 침실에 들어오시면 안 돼요.]

아이 가진 아내가 거듭 말하는 걸 어떤 남편이 거절할 수 있을까.
슈덴은 불만스러웠지만, 결국 알겠다고 대답은 했다.

그리고 슈덴은 그날의 대답을 몹시 후회 중이었다.

"아직 멀었나?"

"아무래도 첫 아이시다 보니 마님께서 많이 힘들어하십니다."

슈덴은 벌써 네 번째나 산파를 불러내 물었다. 번갈아 침실에서 나오는 산파들은 올리는 대답이 똑같았다. 짜 맞추기라도 한 것 같은 대답은 슈덴의 심기를 굉장히 건드렸다.

특히 "다들 이 정도는 겪으면서 아이를 낳습니다."라는 여상한 말투에 짜증이 일었다. 남들도 다 겪는 거니 당연한 게 되는 거냐고.

노련하기로 소문난 산파라더니 헛소문이 따로 없었다. 슈덴은 이딴 산파들을 추천해 준 백작을 가만 두지 않기로 결심했다.

"들어가 보면 안 되나?"

"마님께서 신신당부를 하셨습니다만……."

그런 당부는 또 언제 했는지.

슈덴은 결국 들어가 보는 걸 포기했다. 그가 길게 한숨을 내쉬었다. 사람이 너무 초조하면 폭발할 지경이 된다는 걸 슈덴은 몸소 체험했다. 차라리 갱신 안 된 군사 지도를 두고 사흘간 회의만 하는 게 덜 힘들겠다는 생각까지 들었다.

붉은 눈동자가 다시금 침실 문에 고정되었을 때였다.

"가르트 공작!"

낯설지 않은 목소리가 들렸다. 슈덴이 바로 뒤를 돌아보았다. 언제 온 걸까? 예리가 휘적휘적 걸어오고 있었다. 뱃속에 있는 아이만 아니었더라면 2층 계단을 한 번에 뛰어 올라 왔을 듯한 기세였다.

"발리아는요? 안에 있죠? 들어가 볼게요!"

물음, 물음, 통보!

"옆에 있어 주기로 약속했는데!"

마지막은 혼잣말 같았다. 예리는 침실 안으로 거침없이 들어갔다. 복도에 있던 고용인들은 어안이 벙벙해진 표정이었다. 칼도 그랬다.

칼은 예리와 인사조차 나눠 본 적 없었다. 하지만 저택으로 자주 놀러 온 터라 얼굴을 본 적은 있었다. 발리아와 친해 보이던 그녀는 이럴 수가, 다른 사람도 아니고 겔의 황태자비라더라.

여타 귀족답지 않게 발랄해서 어디네 집 막내 아가씨인 줄만 알았는데.

노인 용병에게는 마냥 신기하기만 한 신분들이었다. 신분과 매치가 안 되는 성격들은 덤이었다. 진짜 높으신 분들은 원래 다 저러나 싶었다. 침실 안으로 쏙 사라진 황태자비를 바라보던 칼이 다시 시선을 옮겼다.

제일 매치가 안 되는 건 물론 저 남자였지만.

'으이구. 서운해하고 있구먼.'

뒷모습만 봐도 알 수 있었다. 자기는 들어가지도 못하는 곳에 남들은 잘만 들어가니 그럴 법도 하지.

이해는 간다. 전혀 안 어울려서 문제지만. 멀쑥하게 큰 키며 기사다운 체격, 거기에 가르트 공작이라는 이름과도.

칼이 속으로 혀를 찬 직후였다. 그의 귀가 쫑긋 섰다. 칼뿐만이 아니었다. 이제나저제나 하던 슈덴도 우뚝 멈춰 섰다. 아기 우는 소리가 들렸던 것이다.

"각하! 각하!"

거의 동시에 하녀가 침실에서부터 후다닥 뛰어나왔다. 하녀가 입 떼기도 전에 슈덴이 조급하게 물었다.

"발리아는?"

"많이 지치셨지만, 괜찮으십니다! 주치의 선생이 안심하셔도 된댔어요!"

"들어가도 되나?"

"예, 물론이지요!"

슈덴은 번개처럼 안으로 뛰어 들어갔다. 칼은 따라 들어가려는 하녀를 쫓으며 물었다.

"아기는 어떤가? 괜찮나? 건강하지? 손가락 발가락은 다 있고?"

"그럼요, 어르신."

하녀가 환하게 웃었다. 그리고 슈덴이 아예 묻지를 않아 전하지도 못한 '그 소식'을 칼에게 알려 주었다.

"아주 건강한 따님이시랍니다!"

＊＊＊ ＊＊＊ ＊＊＊

침실 안은 분주했다.

탁해진 공기를 환기시키고, 젖은 물수건이 담긴 대야를 줄줄이 내어 갔다. 다행히 바람이 춥지 않아 창문을 열어 놔도 아늑했다. 하녀 몇은 침대에 달라붙어 발리아의 얼굴을 닦아 주고 있었다. 주치의도 옆에서 뭐라고 말을 하고 있었다.

겹겹이 쌓아 놓은 푹신한 베개에 등을 기대고, 지친 표정으로 있던 발리아가 시선을 옮겼다. 슈덴과 눈이 마주친 그녀가 보일 듯 말 듯한 엷은 미소를 그렸다.

슈덴이 성큼성큼 다가온다.

금세 침대 앞. 하녀들은 눈치 좋게 물수건을 챙겨 들고 비켜난 상태였다. 슈덴이 침대 맡에 앉았다. 호흡 내쉴 틈도 없이 두 손이 발리아를 향한다.

곧장 끌어안으려고 했던 것 같은데.

발리아에게 뻗던 슈덴의 손은 허공에서 딱 멈췄다. 잠시 잊고 있던 게 떠오른 것이다. 슈덴은 지척에 서 있는 주치의를 돌아보았다.

아내를 안아 봐도 되냐고. 아이를 낳은 직후니 혹시나 만지면 안 될까 봐.

"물론 포옹하셔도 됩니다. 각하."

근래 들어 눈치가 폭발적으로 성장한 주치의였다. 간결하며 정확한데, 묘하게 책을 읽는 것 같은 대답. 하녀들이 저도 모르게 품 하고 웃었다가 입을 막았다. 발리아가 민망해지려는 찰나, 슈덴이 그녀를 품에 안았다.

껴안는 손길이 하도 조심스러워서, 기분이 다 간지러웠다. 발리아는 한동안 얌전히 안겨 있었다. 땀을 많이 흘린 상태인 게 조금 신경이 쓰였지만……, 그렇게 말해도 슈덴이 놔주지 않을 거라는 걸 모르지 않았다.

발리아의 체온이 슈덴에게 조금씩 묻어날 즈음이었다.

"슈. 우리 아기는 보셨어요? 아직 못 보셨나?"

슈덴이 고개를 끄덕였다. 발리아가 빙그레 웃었다.

"목욕시키려고 하녀들이 데려갔어요. 비전하가 궁금하다면서 따라가셨는데, 마주치지 않으셨어요?"

'그러고 보니.'

황태자비도 없군. 발리아만 바라보느라 미처 살피지 못했다. 심지어 이 침실에 바깥으로 나가는 출입구는 하나뿐이라는 걸 감안했을 때.

아기는 물론이고 예리를 스쳐 지나간 기억도 없었다. 아예 발리아 말고는 눈에 들어오지도 않았던 모양이다.

심지어 슈덴은 태어났다는 아기가 딸인지 아들인지도 모르는 상태였다. 말해 주러 나갔던 하녀를 제치고 뛰어 들어왔으니 그럴 법도 했다.

그 사이 1층에서는 기력을 보충하는 탕약이 올라왔다. 약이라는 말에 바로 얼굴을 찡그렸던 발리아는, 조심스레 맛을 보고는 표정을 풀었다. 전혀 쓰지 않고 오히려 새콤달콤했다. 시원해서 마시기도 좋았다. 금세 탕약 그릇이 비었다.

"발리아."

슈덴은 빈 그릇을 하녀에게 넘기면서 물어보았다.

"아이가 딸입니까, 아니면 아들입니까?"

슈덴이 그리 묻자, 뒤에 서 있던 주치의와 하녀들이 고개를 갸웃했다. 분명 다른 하녀가 고하러 뛰어가는 걸 봤는데, 뭐지?

따뜻한 꿀물을 호로록 마시던 발리아 역시 눈을 깜빡였다.

'아직 못 들었나?'

대답해 주려던 발리아는 생각을 바꿨다. 탕약이 어찌나 효과가 좋은지, 금세 원기가 회복되는 것 같았기 때문이다.

체력이 조금이나마 보충되자 바로 슈덴에게 장난을 치고 싶어졌다.

"슈."

발리아가 나긋나긋한 목소리로 말했다.

"쌍둥이에요."

"……쌍둥이?"

"네. 남녀 쌍둥이요."

"……."

슈덴은 순간 말문을 잃었다. 쌍둥이는 상상도 해 본 적이 없어 당황한 것이다. 주치의와 하녀들까지 어리둥절해하고 있다는 걸 슈덴은 알지 못했다. 그가 한 박자 늦게 되물었다.

"정말 쌍둥이입니까?"

정말이지. 그답지 않게 얼떨떨한 목소리였다. 너무 어울리지가 않는다. 발리아는 결국 더 참지 못하고 키득키득 웃었다.

"농담이에요."

슈덴의 눈썹이 꿈틀거렸지만 무슨 말을 하지 못했다. 타이밍이 기가 막혔기 때문이다.

"발리아!"

예리의 뒤로는 하녀들이 종종 따라오고 있었다. 그 중 한 명은 특히 조심스럽게 걸어오고 있었다. 품에 소중하게 아기를 끌어안고.

"아기 목욕 다 시켰어요! 내가 본 아기 중에 진짜 제일 예쁜 것 같아요!"

흥분할 대로 흥분한 목소리에 발리아가 살며시 웃었다.

"아기 얼굴이 거기서 거기죠."

꽁꽁 싸매어진 아기 담요가 푹신하고 하얗다. 가려져서 얼굴은커녕 머리털 한 올도 보이지 않았지만.

침대 쪽으로 온 하녀는 발리아에게 조심스레 아기를 넘겨주었다. 슈덴의 시선도 따라 움직였다. 침실로 들어오는 순간부터 붉은 눈동자는 아기에게 붙박여 있었다.

"슈, 한 번 안아 보실래요?"

그 말을 듣고서야 슈덴이 손을 뻗었다. 편한 마음은 아니었다. 슈덴은 은근히 긴장까지 하고 있었다. 스스로도 이해가 가질 않았다. 고작 아기 안아 보는 일이 뭐가 대수라고.

"이렇게 안으면 된대요."

머리로는 그렇게 되뇌면서도, 마음은 아니었나 보다.

"당신 아이예요. 우리 첫딸."

피가 이어진 누군가를 안아 보는 건, 정말로 오랜만이어서.

"……."

슈덴은 아기의 모습을 막연히 그려 본 적이 있었다. 보통 사람들이 생각하는 이미지와 그리 다르지 않았다. 뽀얗고, 포동포동하고, 작고…….

그런데 직접 안아 본 아기는 상상했던 것과 참 많이 달랐다. 살갗은 온통 붉었고 쭈글쭈글했다. 잠들어 있는 터라 눈 색깔도 알 수 없었다.

성녀가 흥분해서 외쳤던 "내가 본 아기 중에 진짜 제일 예쁜 것 같아요!"라는 말이 이해가 가지 않을 정도였다.

원래 아기란 게 이렇게 생겼나.

슈덴은 도무지 알 수가 없었다. 주치의가 편찬한 서적에도 갓난아기의 외양에 대해선 서술되어 있지 않았다. 다만…….

아기는 너무 작았다.

정말로 작고 연약해서. 지나치게 무르고 여려서 잘못 건드리기만 해도 죽어 버릴 것 같았다. 뜨거운 체온은 또 어떠한지.

덕분에 슈덴은 차마 손 뻗을 엄두도 내지 못했다. 아기의 머리카락이 푸른빛 감도는 검은색은 맞을지 궁금했지만 가만히 있었다.

이마에 살짝 덮여져 있는 담요를 거두기만 하면 되는데, 그마저도 염려스러웠다. 과한 걱정이라는 걸 알면서도 그랬다. 이 작은 아기에 비하면 슈덴의 손은 너무 컸고 단단했으며 서늘했으니까.

'왜 저러지?'

슈덴이 아기를 보며 웃지도 않고 그저 뚫어져라 바라보기만 하자, 발리아는 고개를 갸웃했다.

'설마……, 긴장한 건 아니겠지?'

왠지 그런 것 같은데. 발리아는 슈덴에게 물어보고 싶었지만, 지금은 지켜보는 사람이 많아 가만히 있었다.

그 사이 예리가 입을 열었다.

"아기가 가르트 공작을 닮은 것 같아요. 그치?"

"맞아요! 각하랑 똑 닮으셨어요!"

예리의 말에 하녀들이 신이 나서 대답했다. 그 말에 슈덴이 처음으로 시선을 들어 올렸다. 이쯤 되니 제 눈이 이상한 건가 싶었다. 황태자비나 하녀들은 슈덴과 닮았느니 뭐니 하는데 제가 보기엔 전혀 모르겠으니까.

발리아도 어느새 웃고 있었다. 그녀가 물었다.

"어디가 닮았는데요?"

예리는 주저 없이 대답했다.

"눈이랑 코랑 입이요."

대체 어디가. 슈덴은 그렇게 되묻지는 못했다. 하녀들도 들떠서 동의했기 때문이다.

"맞아요. 각하랑 판박이세요."

"산파들도 말했는걸요. 원래 맏딸은 아버지를 닮는대요."

"그치? 맞지?"

예리는 의기양양한 표정이었다. 발리아는 결국 픽 웃음을 터뜨렸다. 슈덴만이 영 이해가 가지 않는다는 얼굴이었다.

황태자비의 말에 기분이 나빠진 건 아니었다. 아니, 이상하게도 꽤 좋게까지 들려 의아할 지경이었다.

슈덴이 종잡을 수 없는 감정 변화에 휩싸여 있는 사이, 장내는 정리가 되어 갔다. 가르트 저택까지 급하게 왔던 예리는 아쉬운 표정으로 말했다. 이만 돌아가 봐야겠다고.

발리아는 폴과 사라를 불러 예리를 직접 배웅하게 했다.

몇 명의 하녀들도 따라 나가고, 다른 몇 명은 앞에서 대기하겠다며 물러났다. 주치의도 약제실에 잠시 다녀오겠다며 일층으로 내려갔다. 북적북적했던 침실이 아까보다는 조용해졌다.

"슈."

발리아는 슈덴을 불렀다. 그가 자신을 응시한다. 그녀가 고개를 가웃했다.

"아기 머리색 확인 안 해 보세요?"

왜 그렇게 가만히 안고만 있는지. 잘생긴 석상이라도 되고 싶은 걸까?

"잘못 만졌다가 무슨 일이라도 나면……."

슈덴은 말하다 말고 미간을 슬쩍 일그러뜨렸다. 본인이 듣기에도 본인의 말이 과한 걱정으로 들리는데, 발리아는 오죽할까 싶었다. 역시나 그녀는 눈을 동그랗게 떴다.

"슈. 담요 좀 걷는다고 무슨 일이 나겠어요?"

결국 발리아가 직접 팔을 뻗었다. 슈덴은 차마 손도 대지 못한 아기의 이마를 그녀는 익숙하게도 쓸었다. 붉은 눈동자가 어느새 발리아의 손끝만 바라보고 있었다. 그녀가 담요를 조심스럽게 걷었다.

"전 아까 봤는데."

아기의 둥근 정수리에 가늘고 연약한 머리칼이 돋아 있었다. 그러쥐면 한 줌 정도나 될 것 같은 작은 양. 발리아의 손끝에서 머리카락이 살랑살랑 움직였다.

"당신 어릴 때랑 비슷한 머리색인 것 같아요."

발리아의 목소리엔 어느새 웃음기가 가득했다. 옅은 황금색 머리카락. 아직 아기니까, 자라나면 훨씬 진해질 터였다.

"당신처럼 붉은 금발이 돼도 너무 사랑스럽겠죠? 아니어도 좋겠지만요."

들뜬 기대감이며 애정이 듬뿍 담긴 목소리. 발리아는 아기를 바라보며 조잘거리느라, 슈텐이 약간 실망하고 있다는 걸 미처 알지 못했다. 그가 막연히 그리고 있던 아이는 아내의 축소판 그 자체였다는 사실도 물론 몰랐다.

딸이라고 해서 더 닮았을 줄 알았는데.

"발리아."

"네?"

"아이 눈동자도 보셨습니까?"

"아……, 네."

순식간에 발리아의 미소가 깊어졌다.

"아까 봤어요."

산파가 받아낸 아기를 품에 처음 안았을 때.

눈을 꼭 감고 있지 않을까 했는데, 의외로 아기는 눈을 동그랗게 뜨고 있었다. 발리아를 빤히 바라보던 그 눈.

처음으로 마주친 눈동자가 얼마나 깨끗하고 맑았으며 뭉클했는지. 그때의 먹먹했던 감정을 발리아는 영원히 잊지 못할 터였다.

"눈은 무슨 색입니까?"

'……응?'

슈덴의 목소리에 담긴 희미한 기대감을 발리아는 알아차렸다. 이상했다. 이 남자, 특별히 원하는 눈동자 색이라도 있었나?

"슈. 무슨 색이면 좋겠는데요?"

슈덴은 아무 망설임도 없이 대답했다.

"은회색이 좋겠군요."

발리아가 눈을 깜빡였다.

"은회색이요?"

"예."

"어……."

이렇게 확고하게 말할 줄은 정말로 예상도 못했다. 발리아가 임신해 있는 동안 그런 말은 일절 없었기 때문이다.

"발리아?"

"음, 있죠. 슈."

발리아가 막 말을 이으려고 했을 때였다.

"어?"

"음?"

어떤 순간은 기적처럼 멋진 타이밍에 찾아오곤 한다. 발리아가 눈을 동그랗게 떴다. 슈덴도 마찬가지였다.

"……."

꼭 감겨 있던 아기의 눈이 뜨인 것이다. 슈덴도, 발리아도 저도 모르게 숨을 참았다. 아니, 발리아보다 슈덴이 몇 배는 더 긴장했을 터였다.

처음으로 마주하는 아기의 눈동자가, 슈덴의 시선에 고스란히 담긴다.

그토록 깨끗한 붉은색 눈동자를.

"우리 딸, 당신 참 많이 닮았죠? 사실 생김새는 아직 잘 모르겠지만, 눈도 그렇고 머리도 그렇고."

발리아가 작게 속삭였다.

"정말 당신 판박이잖아요. 좀 억울해요. 낳기는 제가 낳았는데."

말은 그렇게 하면서 발리아는 행복해 보였다. 슈덴은 물끄러미 아기를 내려다보았다. 발리아와 닮지 않았다고, 검은 머리도 은회색 눈동자도 아니라고 실망 비슷한 감정부터 들긴 했다.

그걸 부인할 생각은 없었다. 정말로 실망했었으니까.

사실 슈덴은 자신이 없었던 것 같다. 그는 발리아를 마음 깊이 사랑하나 정작 본인에게는 최소한의 정도 없었다. 예전보다는 덜해졌으나 스스로를 씹어 먹을 듯 증오했던 시간은 지워지지가 않아서.

그래서 어디 한 군데라도 좋으니 아이가 발리아를 닮기를 바랐다. 그런다면 더 쉽게 사랑할 수 있을 테니까.

이 품에 안겨 있는 아기를 본다. 온전히 자신을 닮은 자그마한 아이. 태어날 아기에게서 제 흔적을 본다면 무슨 감정이 들지, 고민했던 적도 몇 번이나 있었는데.

이렇게 사랑하게 되어 버릴 걸, 그는 왜 그토록 걱정했나. 그렇게 깨닫는 순간 무섭도록 실감이 들었다.

이 아이가 내 아이라고. 발리아와 자신의 아이라고.

"아가, 엄마야."

아기를 내려다보며 속삭이는 발리아. 따뜻한 눈빛과 다정한 목소리.

가슴이 벅찰 정도로 행복했던 건 발리아였을까, 아니면 슈덴이었을까.

어쩌면 둘 다일지도 모른다.

슈덴은 발리아에게 더 가까이 다가가 앉았다. 그녀가 조금 더 편한 자세로 아기를 보게 할 수 있게끔 하기 위해서였다.

그때였다.

"으아아앙!"

슈덴의 품에 안겨 있던 딸이 갑자기 울음을 터뜨려 버렸다. 슈덴과 발리아가 깜짝 놀라 아기를 얼렀지만 소용이 없었다. 으앙으앙 하는 울음소리가 한동안 침실을 울렸다. 고용인들이 뛰어 들어올 때까지, 초보 부모는 아기를 달래느라 한참을 어쩔 줄 몰라 했다.

⁂ ⁂ ⁂

구스토는 예리 대신 입덧을 하지 못했다.

그럼에도 그의 빰은 전보다 홀쭉해져 있었다. 정작 예리는 임신 전과 비슷비슷한데. 제국의 황태자가 수척해진 데에는 그럴 만한 이유가 있었다.

예리는 으레 보통의 임산부들이 하는 것처럼, 먹는 입덧을 먼저 겪었다. 먹는 양도 늘었고 먹고 싶은 건 훨씬 다양해졌다. 그때 살이 좀 찌더니, 얼마 후 토하는 입덧을 극심하게 겪고 몸무게가 다시 줄었다.

쪘던 살이 비슷하게 빠지니 임신 전과 크게 차이가 없었다.

구스토는 아니었다. 예리가 먹을 때 곁에서 흐뭇하게 보긴 했지만, 그녀만큼 먹진 않았다. 그러나 예리가 구토를 시작하면서 상황이 달라졌다. 같이 안 먹겠다고 약속한 것도 있지만, 예리가 심하게 괴로워

하면서 토해 대니 음식이 들어가지도 않았다.

그래도 예리의 입덧이 끝나고 나니, 구스토도 전처럼 규칙적으로 식사를 할 수 있게 됐다. 황태자 부부가 함께 살이 빠졌으니 궁의와 황태자궁 요리사들만 진땀을 뺐다. 매일 같이 영양가 높은 푸짐한 식사가 차려졌다.

발리아가 아이를 낳은 그 날. 늦은 저녁이었다.

"구스토, 구스토."

구스토의 곁에서, 층층이 쌓은 베개에 기대어 누워 있던 예리가 입을 열었다.

"우리 애 아들이겠지?"

"어?"

웬 뚱딴지같은 질문인가 싶었다. 예리는 부른 배를 감싸 안고 중얼거렸다.

"아들 아니면 어쩌지?"

"갑자기 그건 왜……."

구스토가 혹시나 싶어 미간을 찌푸렸다.

"혹시 누가 아들 아니면 큰일 난다고 했어?"

"응? 아니?"

"누군데 그래. 말해 봐. 시녀야? 아니면, 시종?"

"아니라니까?"

"겔의 황태자비한테 누가 감히 그런 건방진 소리를 해."

"야! 아니라고 했잖아! 내 말 좀 들어!"

예리가 버럭 소리를 쳤다. 구스토의 의심 섞인 추궁은 한참 후에야 풀렸다.

사흘 후였다.

"조엔 후작. 차는 좀 어떤가. 입맛에 맞는가?"

황궁의 알현실. 황제의 질문에 조엔 후작이 대답했다.

"예, 폐하."

"후는 미사여구를 곁들일 줄을 몰라. 이게 얼마나 귀한 차인 줄 아는가?"

황제가 타박을 하자 조엔 후작이 다시 입을 열었다.

"황공하옵니다. 폐하. 마치 새벽녘 햇빛 한 줄기가 내려올 때처럼 은은하면서도 맥을 잃지 않는 알싸한 단맛에, 뒷맛은 갓 수확한 헤이즐넛을 맛볼 때처럼 고소……."

"됐네. 이 사람아."

황제는 어이가 없어져 말을 잘랐다. 확실히 수도보다는 영지가 편하긴 했나 보다. 사람이 이렇게 말도 안 되는 농담이나 치는 걸 보면. 영지에서 얼마나 잘 지내다가 왔는지 얼굴도 아주 반질반질했다.

뺨에 살도 좀 붙은 것 같았다. 그래봤자 석 달 후면 사라지겠지만. 황제는 일 잘 하는 신하를 편히 놔두는 성격이 아니었다.

이틀 전이었다. 조엔 후작은 디아나보다 먼저 수도로 올라왔다. 디아나는 갓난아기인 아들과 함께 조금 더 있다가 올 예정이었다. 수도에 왔다고 인사를 올리러 온 조엔 후작을 황제는 옳다구나 하고 붙잡았다.

명할 일이 있었기 때문이다.

"조엔 후. 가르트 공작가에 칙서는 잘 내려 주었지?"

"물론이지요. 폐하."

칙서는 다른 귀족을 시켜도 될 일이지만.

"가르트 공작 반응은 어땠는가?"

이런 걸 물어 보고 와하하 함께 웃을 수 있는 귀족은 몇 없었다. 방금 전 가르트 공작가에 황제의 칙서를 전하고 온 조엔 후작은 보고 들은 걸 전해주었다. 가르트 공작이 중간에 딸아이가 울자 직접 안아 달래기까지 했다고.

조엔 후작의 이야기에 황제가 크게 웃었다.

❊⸱⸱⸱ ❊⸱⸱⸱ ❊⸱⸱⸱

같은 시각, 가르트 저택이었다.

고용인들은 축제 분위기였다. 황제가 친필로 작성하고, 조엔 후작이 가져 온 칙서에는 그럴 만한 내용이 담겨져 있었다.

< 가르트 공작가의 장녀에게 공녀의 칭호를 내린다. >

"아기 이름은 아직도 없는데 그냥 '공녀님'이라고 부르면 되는 거요?"

칼의 물음에 폴이 바로 대답했다.

"그렇습니다. 어르신."

"좋은 겁디까?"

"물론이지요. 아무에게나 허락되는 칭호가 아닙니다."

대귀족 가문의 총집사장답게 폴은 귀족 사회에도 빠삭했다. 폴의 기나긴 설명을 듣고서야 칼은 "아하." 하고 고개를 끄덕였다.

✾✾✾ ✾✾✾ ✾✾✾

발리아는 칙서를 다시 읽으며 눈을 깜빡였다.

"신기하네요. 원래는 공작 영애라고 부르잖아요."

카니에 빌리엄이 딱 그랬다. 그녀는 지위에 맞게 '공작 영애'라고는 불렸지만 '공녀'로는 불리지 않았다. 간혹 카니에의 추종자가 그리 부르기는 했지만 그뿐이었다. 공식석상에서는 공작 영애라고만 불렸다.

겔 제국에서 공녀란 황제가 하사하는 칭호였고, 카니에는 칭호를 하사받은 적이 없기 때문이다. 또한 겔의 이러한 호칭 관습 때문에, 타 왕국에서도 공작 영애를 공녀라고 부르지 않았다.

"당신이 매일 일해서 받아 온 칭호인 걸 우리 딸이 알까요?"

슈덴이 피식 웃었다. 조엔 후작이 칙서를 읽는 동안 으앙 하고 울어 여러 사람을 철렁하게 만든 딸은 자기 방에서 새근새근 자고 있었다. 아기는 대체로 순한 편이었는데도 결정적인 순간에 울어 슈덴을 당혹시켰다.

그런 면에서는 발리아를 많이 닮은 것 같다고.

그래서 항상 자신을 눈 못 떼게 만들었지.

슈덴은 칙서를 고이 접어 상자에 담는 발리아를 가만히 바라보았다. 해바라기 꽂힌 화병. 그 아래 서랍에 칙서를 넣어두는 그녀를.

침대에 앉아 있던 슈덴이 일어났다. 뭐라 말하기도 전에 그가 발리아의 어깨를 뒤에서부터 끌어안는다. 폭 안기는 부드러운 몸.

"슈?"

발리아가 갑자기 왜 그러시냐고 물었다. 별달리 이유가 있어서 안은 건 아니었다.

그냥 발리아가, 그녀가 그곳에 있어서.

"신전에 기부를 좀 해야겠습니다."

"기부요?"

발리아는 어리둥절한 표정을 지었다. 곧 그녀가 참! 하면서 말했다.

"잊고 있었어요. 아이가 태어나면 신전에 공물을 바쳐야 하죠?"

슈덴은 대답 없이 웃었다. 공물은 당연히 따로 준비할 생각이다. 그가 기부하려는 이유는 아이 때문이 아닌데.

"대신전에 바로 바치는 게 나을까요. 아니면 2신전에 바치는 게 나을까요? 한 달 안에만 바치면 되니까, 아직 시간은 있네요."

진지하게 고민하는 발리아의 목소리는 왜 이렇게 듣기 좋을까.

아마 평생 좋을 것이다. 영원히 좋겠지.

슈덴은 턱을 가볍게 숙여 발리아의 어깨에 갖다 댔다. 그가 살면서 가장 잘한 선택이 뭐냐고 물어보면, 단연 하나를 이야기할 수 있었다. 저택으로 바리바리 찾아오던 필레몬을 내쫓지 않은 것.

슈의 공녀(貢女)가 슈에게 공녀(公女)를.

섞이는 체온이 이토록 따뜻했다. 슈덴은 발리아의 목에 입술을 묻었다.

사라는 혀를 내둘렀다.

"폴, 세상 보물들은 여기에 다 쌓이는 것 같아요."

"제 말이 그 말입니다."

총집사장과 하녀장이 괜한 엄살을 부리는 건 아니었다. 아까 하인들도 비슷한 말을 했으니까.

황제가 가르트의 갓난아이에게 공녀 칭호를 내리고 사흘이 지났다. 안 그래도 쉴 새 없이 오던 선물이 이제는 거의 쏟아지고 있었다.

폴과 사라는 아예 본채 1층 응접실 세 개를 치워 버렸다. 각지에서 온 선물들이 그득그득 쌓이고 있어 정리하는 것도 일이었다. 고작 하루가 지났음을 감안하면, 앞으로 일주일은 눈 코 뜰 새 없이 분주할 터였다.

'신성국에서 보내온 것만 해도 얼마인지 원.'

차출된 고용인들이 바쁘게 달라붙어 분류하고 기록했다. 많은 선물 중에서도 특별히 귀한 것이거나, 중요한 사람이 보낸 것은 또 따로 구분해 놓았다.

'허어, 이 이름은?'

한창 분류하던 중, 폴은 놀라며 선물 하나를 집어 들었다.

✱⸼⸳ ✱⸼⸳ ✱⸼⸳

"마님. 선물이 왔습니다만."

집무실에 앉아 있던 발리아가 고개를 들어올렸다. 폴이 정중하게 말했다.

"일전에 말씀하신 동부의 레오 카누트에게서 왔습니다."

"카누트 자작한테서?"

"예."

발리아는 설레는 얼굴로 상자를 받아 보았다. 묵직했다. 상자 크기도 제법 컸다. 상자 전체를 감싸고 있는 황금빛 실크는 굉장히 매끄러웠고, 단단히 묶인 리본에도 작은 보석들이 달려 있었다.

생각보다 더 신경을 쓴 것 같은 선물. 발리아는 의외라고 생각했다. 아니 그 전에 진짜 보낼 줄도 몰랐다.

'혹시나 싶었는데.'

가르트 저택에 본격적으로 선물이 들어오기 시작하면서, 발리아는 폴에게 미리 일러두었다. 혹시라도 동부의 레오 카누트에게서 선물이 온다면, 바로 자기한테 가져오라고.

물론 정말로 보내올 줄도 몰랐지만.

발리아는 리본을 당겨 풀어 보았다. 리본이 풀어지면서 상자를 감싸고 있던 실크도 스르르 흘러내렸다. 가볍고 튼튼한 흑단으로 조각한 상자가 드러났다. 척 보기에도 고급스러운 상자는 심지어 3단짜리였다.

가장 위쪽부터 열어 본 발리아가 눈을 깜빡였다.

"찻잔이네?"

황금빛의 고상한 무늬가 새겨진 우아한 찻잔과 찻주전자 세트. 발리아는 아직 몰랐지만, 이 다구는 아주 구하기 힘든 한정판이었다. 다기를 수집하는 귀족들이 보았다면, 눈이 절로 돌아갔을 정도로.

찻잔을 요리조리 살펴 본 발리아는 두 번째 단도 열어 보았다. 이번에는 찻잎이 들어 있었다. 크리스털 병에 소분되어 담긴 찻잎들을 본 발리아는 저도 모르게 픽 웃었다.

참 평화로운 선물이었다. 툭툭 쏘는 레오의 거친 말투와는 안 어울려서 그렇지.

그리고 마지막 단.

뭐든지 마지막이 가장 기대되고 두근거리는 법이다. 뚜껑을 열어 본 발리아가 응? 하고 고개를 갸웃했다.

마지막 상자에는 편지가 들어 있었다. 해바라기를 닮은 작은 꽃 몇 송이도 함께였다. 꽃잎 가운데는 붉고 가장자리는 황금색인 꽃은 무척 소담스러웠다.

'이게 무슨 꽃이지?'

꽃에 대해 잘 모르는 발리아는 일단 편지부터 꺼내 들었다. 찍힌 밀랍 인장을 해제한 후 편지를 열어 보았다. 편지를 읽어 내려가던 발리아가 "와." 하고 입을 벌렸다.

"마님, 왜 그러시는지요?"

폴의 물음에 발리아가 고개를 들었다.

"카누트 자작이 백작이 됐다네."

"백작이요?"

"이것도 자기 영지에서 난 찻잎이라는군."

"제가 알기로도 동부에는 좋은 차가 많이 난다고 합니다. 마님."

"그래?"

신기했다. 백작이라니. 보통 공을 세운 게 아니고서야, 이렇게 빨리 작위가 높아지는 경우는 거의 없었다. 어떻게 백작으로 봉해졌는지에 대해선 적혀 있지 않았다. 그냥 무뚝뚝하게 안부만 툭 전해 놓은 정도였다.

미소 띤 낯으로 편지를 읽어 내려가던 발리아는, 마지막 부분에 이르러서야 멈칫했다. 살짝 놀란 듯했던 그녀가 기어이 웃음을 터뜨렸다.

생각지도 못했던 게 있었다.

'세상에.'

이 긴 글의 진짜 선물은 마지막 부분이었다고.

'이건 그 사람 오면 말해 줘야지.'

발리아가 빙긋빙긋 웃으며 편지를 고이 접었다. 그녀는 차 맛이 궁금했다. 찻잎이 담긴 크리스털 병을 다시 보니 '카누트'라고 적힌 라벨이 붙어 있었다. 발리아에게 병을 건네받은 폴이 조심스럽게 말했다.

"마님. 외람되지만 차는 각하께서 오시면 함께 드시는 게 어떻겠습니까?"

"아, 그러는 게 좋겠군."

폴은 속으로 안도의 한숨을 내쉬었다. 사실 폴은 레오 카누트의 선물이 마뜩찮았다. 동부 전쟁의 선두 지휘관이었던 남자이니 무슨 앙심을 품었을지 모른다고 생각한 것이다. 찻잎에 무슨 짓이라도 했으면 어쩐단 말인가.

'마님께서 기분이 무척이나 좋아 보이시니…….'

모름지기 총집사장에게는 모시는 분의 기분을 지켜 드릴 의무도 있는 법. 각하께서 오시려면 시간이 조금 남았으니, 그 전에 찻잎 독성 테스트를 해 볼 생각이었다.

'신성국에서 아주 좋은 선물을 보내 주셨군.'

필레몬은 가르트에 독을 검출하는 효능을 가진 성물을 보내 주었다. 이렇게 바로 쓰게 될 줄은 필레몬도 몰랐겠지만.

"마님."

속내를 들키지 않기 위해 폴은 괜히 알고 있는 지식을 방출했다.

"동부에는 특별한 의미가 있는 단어를 귀족들의 성으로 쓴다고 합니다."

"특별한 의미? 카누트에도 의미가 있나?"

"물론입니다, 마님. 제가 알기로는."

폴이 실크 천을 접어 챙기며 말했다.

"'매듭'이라는 뜻이 있답니다."

"매듭?"

"예. 종지부라는 뜻이지요."

폴의 설명에 발리아가 웃음을 터뜨렸다.

세상에, 그렇게 절묘한 성일 수가 있을까. 본인이 고른 건지, 아니면 그 나라의 왕이 골라 준 것인지. 어느 쪽이든 슈덴한테 말해 줘야겠다는 생각이 들었다.

'음, 아니. 이미 알고 있으려나?'

그럼 예측하고도 있었을까? 레오와의 해묵은 감정도 결국은 매듭을 짓게 되리라는 것을. 어쩌면 그녀가 괜한 의미 부여를 하는 걸지도 몰랐지만.

발리아는 답장을 쓰기 위해 펜촉에 잉크를 묻혔다.

＊＊＊＊＊ ＊＊＊＊＊ ＊＊＊＊＊

같은 시각이었다.

귀족 소회의에서 분기의 마지막 회의를 끝낸 날이었다. 비어 있던 자리는 채워진 지 오래. 황제에게도 최종 보고가 올라갔다. 결과가 흡족하여 나무랄 데가 없었다.

만족한 기분이 되어 고개를 끄덕이던 황제는 얼마 후 귀를 의심하게 된다.

"……가르트 공. 지금 뭐라고 했는가?"

시작은 슈덴이 육아 휴직 명목으로 휴가를 청하면서였다.

솔직히 황제도 양심은 있었다. 그간 칭호니 뭐니 살살 구슬리며 슈덴을 끊임없이 일하게 했으니. 일도 그냥 일이었던가. 황제는 여러 모로 슈덴 덕을 톡톡히 보았다.

황궁도 적잖게 안정된 지금은 슈덴에게 휴가를 주기엔 적기였다. 겸사겸사 생색도 좀 내면 더 좋고. 그렇게 너그러이 말하려고 했는데.

"3년? 3년을 달라고?"

기간을 예상하지 못해서 그렇지.

"예. 폐하."

"아니, 공. 3년은 너무 길지 않은가?"

슈덴이 황제를 바라보았다. 붉은 눈동자에는 미세한 동요도 없다.

"갓난아기라 손이 많이 갑니다."

황제는 허허 웃었다. 어이가 없어서 웃는 것이었다.

'누가 들으면 직접 키우는 줄 알겠군.'

제국에서도 손꼽히는 대귀족 가문에 설마 아이 하나 봐줄 사람이 없겠는가? 하려며 하인이며 백 명은 우습게 넘어갈 텐데.

"공, 일단 차를 한 잔 마시게. 짐과 공은 대화가 많이 필요할 것 같아."

슈덴은 순순히 따랐다. 황제가 무슨 말부터 꺼낼까 싶어 곰곰이 생각하는 모습을 슈덴을 별말 없이 지켜보았다.

사실 3년은 마음에 없는 말이었다. 그 정도면 그냥 일선에서 물러나는 게 나으니. 슈덴은 그럴 생각이 없었다. 게다가 그는 군부에서의 위치, 황궁에서의 영향력까지도 계속 유지할 생각이었다.

이유는 단 하나. 작디작은 딸 때문이었다.

아이는 하루하루 사랑스러워졌다. 슈덴의 눈에만 그렇게 보이나 싶어서, 한 번은 아기를 어르는 사라에게 물어본 적도 있었다.

사라는 바로 대답했다. 아니라고, 자기도 이렇게 예쁜 아기는 처음 본다고. 역시 남들 눈에도 똑같이 예쁜 모양이다.

슈덴이 3년을 말한 이유는 그저 휴가 협상에서 유리한 고지를 점하기 위해서였다. 당분간 휴가가 필요한 건 사실이었으니까.

어린아이는 눈 돌리면 그새 자라 있다고 했지. 기분 탓인지는 모르겠으나, 슈덴이 보기에도 아직 갓난아기인 딸은 매일 조금씩 자라는 것 같았다. 급한 사안이 생겨 저택에 들어가지 못하게 되는 날은 얼마나 억울할까.

적어도 세 달은 그런 일이 없어야 했다.

"공. 짐이 절충안을 생각해 보았는데 말이야. 들어 보겠나?"

황제가 흠흠 헛기침을 하며 입을 열었다.

잠시 후였다. 슈덴은 본래 계획했던 대로 석 달이라는 휴가를 얻는 데 성공했다.

*** *** ***

이렇듯 좋았던 슈덴의 기분은, 저택으로 돌아오고 난 후 급속도로 가라앉았다.

"슈. 얼굴 좀 푸세요."

발리아의 목소리에 슈덴은 그제야 노려보던 것을 멈췄다.

"부인."

탁자 위에는 찻잎이 담긴 크리스털 병이 놓여 있었다. 찻잔과 찻주전자는 덤이었다. 모르는 사람이 봐도 꽤 값비싸 보였지만 그딴 건 알 바 아니었고.

"진짜 레오 카누트가 보낸 겁니까?"

"네. 진짜로요."

발리아가 빙그레 웃으며 대답했다. 슈덴은 미심쩍은 표정이었다.

왜 그 녀석이 갑자기 선물을 보내나.

발리아는 레오에게 호감을 가진 게 보였지만, 슈덴은 의심스러웠다. 영 탐탁치가 않았다. 마음 같아선 찻잎이고 찻잔이고 내다 버리고 싶었지만, 발리아가 웃고 있으니 그럴 수도 없었다. 새로 사다 준다고 할 수도 없고.

"각하, 마님. 차를 내왔습니다."

진하고 달콤한 향기가 퍼졌다. 폴은 직접 찻잔에 차를 따르며 지나가는 어조로 말했다.

"마님. 아까 말씀드렸던 독 감지 성물을 사용해 보았습니다."

"참, 어땠는가?"

"확실히 독을 감지하는 효능이 뛰어났습니다. 극소량에도 바로 반응하여 주치의가 놀라더군요. 마침 외부에서 선물도 많이 들어온 터라 그것들도 하나하나 검사해 보았습니다."

물론 독이 감지된 선물은 없었다고.

폴의 보고에 발리아는 신기해했다. 그렇게 효능이 좋을 줄이야. 정말 귀한 성물을 받았으니, 필레몬에게 감사 편지를 보내는 게 좋을 터였다.

슈텐은 다른 생각을 하고 있었다. 폴의 말인즉슨 이 찻잎도 안전하다 이거다. 우려서 마셔도 된다는 거고.

그래도 안심이 되는 건 아니었다. 슈텐은 발리아가 차를 마시는 것보다 먼저 찻잔을 들어 올렸다. 알맞게 우려낸 찻물이 입 안에서 맴돈다.

"어때요? 슈?"

발리아가 기대감 찬 얼굴로 물었다. 슈텐은 일단 솔직하게 말할 수밖에 없었다.

"나쁘지는 않습니다."

"그래요?"

발리아는 슈텐을 따라서 차를 한 모금 마셨다. 따뜻한 햇살이 생각나는 포근한 향기. 달콤하면서도 끝은 씁쓸한 차 맛은 그녀의 입에 꼭 맞았다. 무척 상등품의 차였다.

"와, 맛있네요."

"……마음에 드십니까?"

"네. 비전하한테도 좀 드려야겠어요."

슈텐은 이마를 슬쩍 찌푸렸다. 발리아의 마음에 드는 차가 하필이면 카누트 영지에서 나는 특산품이라니. 슈텐은 가명이라도 써서 찻잎을 수입해야겠다는 계획을 세웠다.

발리아는 차를 마시는 척하면서 속으로 웃었다. 슈텐이 레오가 보낸 모든 것을 아주 마음에 들어 하지 않는다는 걸 그녀는 알고 있었다.

솔직히 말해 귀여웠다. 슈텐의 과거를 보고 온 발리아에게, 이런 모습은 그저 형제간의 투닥거림으로밖에 보이질 않았다. 게다가 슈텐은 정말 싫은 것은 아예 저택에 들이지도 못하게 손을 쓰는 남자니까.

발리아는 남편을 잘 알았다.

'음, 근데 이 분위기에 어떻게 편지 얘기를 꺼내지?'

레오의 편지에는 놀랍게도 아기 이름이 하나 쓰여 있었다.

그마저도 쑥스러웠던 모양이다. 편지 중간 부분에다가 얼마나 구구절절 설명을 해 놓았는지. 동부에서는 원래 이게 관습이란다.

생각지도 못한 이름 선물. 심지어 마음에 들기까지 했다. 발리아는 이미 반쯤 넘어간 상태였다.

하지만 지금 말했다간 슈덴이 싫다고 할 게 분명하고.

발리아는 잠깐 갈등했다. 그냥 자신이 지은 이름인 척 말해 볼까도 싶었지만, 금방 포기했다. 슈덴을 속이는 건 싫었다.

'나중에 말해야겠어. 분위기 봐서.'

겔 귀족들은 아기 이름을 천천히 짓는 편이다. 특히 작위 높은 귀족들은 아주 신중히 공들여서 짓곤 했다. 적지 않은 고위 귀족 가문의 아기들이 한 달은 이름도 없이 지냈다.

'아직은 여유가 있지.'

그렇게 생각하자 마음이 편해졌다. 발리아는 살며시 웃었다.

"슈."

생각 정리가 되니 슈덴을 좀 더 놀리고 싶었다.

"예, 발리아."

발리아는 자신을 바라보는 그에게 차분한 목소리로 말했다.

"카누트 백작한테 답례는 뭐로 보낼까요?"

"무슨 답례입니까."

"안 보내면 안 돼요. 이 다구들도 무척 귀한 거란 말이에요."

슈덴은 내키지 않은 표정이었다. 발리아가 물었다.

"아니면 제가 골라서 보낼까요?"

"뭘 보내시려고?"

"글쎄요……."

곰곰이 생각하는 척하던 발리아가 아, 하면서 입을 열었다.

"슈. 해바라기 그림은 어떨까요?"

"음?"

"3층 서재에 걸려 있는 그림 있잖아요."

슈덴이 처음으로 얼굴을 홱 찡그렸다. 어쩌면 좋아. 발리아는 하마터면 웃을 뻔했다.

"그걸 왜 보내 줍니까?"

3층 서재에 전시되어 있는 해바라기 풍경화는 슈덴에게 아주 의미가 깊은 것이었다. 발리아가 그에게 선물해 준 것이기 때문이다.

황실 전시회에서 사 왔다고, 선물이라며 빙긋빙긋 웃던 해바라기 그림. 당신이 나한테 처음으로 선물해 준 그림인데 왜 그걸 그놈한테 줘?

"해바라기 씨앗이나 털어서 보내 줘도 충분합니다. 어릴 적에 좋아했으니까."

"네? 그건 답례로 보내기에는 좀 그렇지 않을까요?"

"값이 문제라면, 껍질에 금이라도 발라 보내면 되지 않겠습니까."

"……그럼 어떻게 먹는데요?"

"알아서 벗겨 내 먹겠지요."

발리아는 결국 풋 하고 웃음을 터뜨렸다. 슈덴의 말이 농담이 아니라 진심이었다는 사실을 알게 되는 것은 며칠 후였다.

꽃무늬 장식

칼은 발리아와 산책을 하고 있었다. 가르트의 정원. 발리아가 갓 결혼해 들어왔을 때도 어여쁘게 꾸며져 있던 정원은 매 계절마다 새롭게 장식되었다. 얼마 전에는 예쁘고 아기자기한 정자 하나를 새로 지어 들였다. 황궁 정원에 있는 것과 비슷한 것이었다.

"할아버지. 비 와요."

"으잉?"

칼은 하늘을 보았다. 아침부터 하늘이 흐리다 싶더니, 이젠 비가 조금씩 쏟아지고 있었다.

혹시 몰라 우산은 챙겨 왔지만…….

"저기 저 정자에 좀 앉았다 가자꾸나."

"그럴까요?"

주치의만큼은 아니었지만, 칼도 발리아의 건강을 은근히 신경 썼다. 아직 해산한 지 얼마 되지 않았으니 오래 걷는 건 안 좋을 것 같았다.

발리아와 칼이 마주 앉았다. 따라온 고용인은 없었다. 칼이 내심 불편해하는 걸 발리아가 바로 알아차렸기 때문이다.

"발리아."

"네?"

"흠흠. 네 남편이 생각보다 괜찮은 것 같더구나."

"정말요?"

은회색 눈동자가 반짝반짝 빛났다. 칼은 저택으로 온 이후, 한 번도 슈덴에 관한 이야기를 꺼내지 않았다. 원래 그런 성격이긴 했다. 남 이야기 잘 안 하는 과묵한 용병. 게다가 발리아는 두 남자 사이에 있던 작은 해프닝도 모르는 채였다.

"할아비가 네 남편 얘기 안 한다고 너도 안 해서 되겠어?"

칼이 보기엔 발리아도 만만치 않았다. 누굴 닮았는지 남 이야기를 참 안 했다.

"어디 남편 자랑 좀 해 보거라."

"자랑이요?"

"그래. 나도 네 남편한테 정 좀 붙여 놓으면 좋잖아."

칼은 요즘 친하게 지내는 주치의에게서 '산후 우울증'이라는 말을 들었다. 발리아가 앓을지도 모른다는 말에 헉 놀랐다.

그 덕택이라고 해야 할지. 칼은 당분간 세상 떠돌이를 안 하고 저택에 콕 박혀 있기로 결정해 발리아를 잔뜩 들뜨게 했다.

발리아는 발리아대로 눈동자를 굴렸다.

'자랑?'

슈텐만큼 자랑할 게 많은 남자가 또 있을까? 당장 파티에만 가도 레이디들은 물론 공주님들까지 도통 눈을 못 떼는 근사한 남편. 발리아는 바로 입을 열었다.

"일단 잘생겼어요."

참 솔직한 대답이다. 하긴 그 얼굴이면 이럴 법도 하지만.

'너무 잘생겼다고 딸도 안 보내겠다고 했지.'

칼은 한동안 한숨만 푹푹 내쉴 만큼 민망했던 기억이 다시금 떠올랐다. 며칠은 정신을 차리질 못 했는데.

"또?"

"음, 그리고……."

발리아는 어느새 재잘대고 있었다.

슈덴이 어떤 남자인지, 겔 귀족들 중에는 모르는 사람이 없었다. 자연히 물어보는 사람도 없었다. 발리아가 슈덴의 어디를 좋아하고, 어디에 빠졌으며, 어디를 사랑하는지.

이렇게 사소한 것마저 눈에 담고 있었는데.

예컨대 단단히 얽매이는 손끝. 참 묘해서 넋 놓고 바라보게 되는 붉은 눈동자며 귓불에 스치는 입술. 안겨 있으면 아무런 불안도 걱정도 없어지는 넓고 든든한 품. 발리아, 하고 부르는 낮고 근사한 목소리.

절반 이상은 할아버지에게 말하기엔 참 엄한 것이라 꺼내지 못했지만. 그래도 제법 자랑할 만한 게 많았다. 발리아는 어느새 슈덴 이야기에 푹 빠져 있었다.

"아! 또 있어요."

손녀딸의 끝나지 않는 남편 자랑. 칼은 그래그래 하고 경청해 주었다.

어느 정도 시간이 지났을 때였다. 칼은 발리아의 뒤를 바라보며 입을 열었다.

"그렇다고 하외다."

"네?"

발리아가 되묻는 것과 동시에, 뒤에서 익숙한 목소리가 들렸다.

"그렇군요."

발리아는 헉 하고 숨을 들이켰다. 돌아보지 않아도 알 수 있었다.

슈덴이었다.

"발리아."

덧붙여 확인 사살처럼 떨어지는 목소리.

'세상에.'

차마 뒤를 확인할 엄두도 나지 않았다. 발리아는 그 자세 그대로 석상처럼 굳었다.

꼼짝도 못하는 그녀를 실시간으로 보는 칼은 웃겨 죽으려고 했다. 으하하 하고 크게 웃지 않는 건, 얼굴 빨개진 손녀딸을 위한 마지막 배려였다.

'으으.'

애꿎은 입술만 뻐끔거리던 발리아는 스르르 자리에서 일어났다. 슈덴 쪽은 뒤돌아보지도 않았다. 그럴 용기도 나질 않았다. 얼마나 민망한지! 발리아는 슬금슬금 칼 쪽을 향해 걷다가, 어느 순간 재빨리 속도를 높였다.

팔짱을 끼고 기둥에 기대어 서 있던 슈덴이 몸을 바로 했다. 그와 칼의 시선이 마주쳤다. 칼은 발리아가 사라진(정확히는 도망친) 곳을 손가락으로 가리켰다. 다른 말은 굳이 할 필요가 없었다.

슈덴은 목례만 하고 곧장 발리아를 따라갔다.

그 걸음이 어찌나 재빨랐는지. 슈덴은 순식간에 칼을 스쳐 사라졌다. 칼은 고개를 절레절레 저었다.

'저게 어딜 봐서 살인귀란 말인가?'

아주 개똥에도 쓸데없는 소문이질 않아.

"우리 공주님이나 보러 가야겠구먼."

공주님. 칼이 증손녀를 부르는 애칭이었다.

아기는 아직도 이름이 없었다. 처음엔 의아했지만, 겔의 고위 귀족들 관습이라는 폴의 설명을 듣고 이해했다. 다른 고용인들도 다들 "아가씨, 아가씨." 하고 잘도 불렀다.

"비도 그쳤고."

내내 흐렸던 하늘이 맑아지기 위해 마지막으로 비를 뿌렸던 모양이다. 구름이 조금씩 개고 햇살이 드러나는 정경. 나이 먹은 노인의 감수성도 조금씩 되살아나게 하는 광경이었다. 칼은 우두커니 하늘을 구경했다.

문득 옛날 생각이 났다.

[할아버지. 여자의 행복이 뭘까요?]

[행복이면 행복이지 여자의 행복은 또 뭐냐.]

어느 날 식탁에서 발리아가 꺼냈던 이야기. 그 애가 행복에 관해 묻는 건 생전 처음이라 인상 깊었다.

[기왕 행복을 바랄 거면 좀 더 구체적인 걸로 빌어 봐라. 그런 고리타분한 소원 말고.]

[빌면 이루어질까요?]

[내 경우엔 그랬다.]

[할아버지는 무슨 소원을 빌었는데요?]

[남한테 말할 만큼 거창한 건 아니지.]

칼은 정말이지 단 한 번도 거창한 소원을 바란 적이 없었다. 그저 이 늙은 몸이 병치레 없이 건강하고, 또……

[또 뭐요? 역시 한 몫 크게 잡는 거?]

동료 용병이 물어 오던 목소리가 다시금 떠올랐다. 직업 특성상 미신을 많이 믿는 용병들은 이런 이야기를 나누는 것에도 거리낌이 없었다.

[손녀딸이 좀 행복해지면 좋겠구먼.]

[칼, 손녀가 있었는가? 자네처럼 데면데면한 할아비라니. 하나도 안 반갑겠슈.]

[나도 그럴 줄 알았지 뭔가.]

[엥?]

[됐다, 이놈아!]

서투르고 무뚝뚝한 노인 용병에게 어렸던 발리아는 서글플 정도로 다정했다. 부모는 죽고 가문은 몰락해, 온갖 불행을 두르고 있던 것 같은 아이는 그렇게 어른스러웠다.

행복하길 바란다는 말은, 단 한 번도 거짓이었던 적이 없었다. 발리아가 칼의 건강을 기원하듯, 칼은 발리아의 행복을 바랐다. 서로에겐 유일한 가족이었으니까.

"흠, 다시 생각해 보니 이젠 유일한 건 아니군."

발리아의 딸은 이미 칼의 가족 범주에 들었다. 또 발리아의 남편도……

"아무리 그래도 가르트 공작은 못 넣겠구먼."

동거인 정도로 생각해야겠어. 칼은 가벼운 발걸음으로 저택을 향했다.

✿⁓ ✿⁓ ✿⁓

"부인."

발리아의 눈동자가 불안하게 흔들렸다. 이상했다. 분명 슈텐보다 훨씬 빨리 움직인 것 같은데, 왜 금방 따라잡힌 걸까?

"생각한 것보다 상세하게 저를 뜯어보고 계셨더군요."

"음, 그게 아니라 할아버지가 물어 보셔서……"

"제가 그렇게 좋으십니까?"

"……."

"발리아?"

발리아는 아무런 대답도 하지 못했다. 못 들은 척 얼른얼른 걸음을 옮겼다. 하지만 아무리 속력을 높여도 슈덴은 바로 뒤에 딱 붙어 있었다. 심지어 느긋하기까지 했다.

벗어날 기미가 보이질 않았다. 발리아는 결국 걷던 걸 멈췄다. 큰 결심을 한 그녀가 슈덴을 돌아보았다.

그 와중에도 창피해서 눈은 못 마주쳤다. 내리깐 은회색 눈동자에 슈덴의 손이 보였다. 그는 우산을 들고 있었다. 혼자 쓰기엔 큰 우산.

'아까 비가 왔었지……?'

데리러 온 모양이다. 하지만 그건 그거고. 발리아는 지금 매우 민망했다. 고백을 꾹꾹 눌러 쓴 일기장을 들킨 것처럼 창피했다. 잠시 혼자 있고 싶었다.

"슈. ……왜 자꾸 따라오세요?"

"부부가 같이 산책을 하는 게 뭐 어떻습니까."

"……."

맞는 말이라 딱히 할 말이 없었다. 발리아는 그 와중에도, 칼에게 했던 이야기를 다시금 떠올려 보고 있었다. 하나하나 본인에게 말하긴 너무 부끄러운 이야기들이었다. 어디부터 어디까지 들었을까?

'……다 들었겠지?'

평소와 달리 웃음기 가득한 슈덴의 입매만 봐도 알 수 있었다. 발리아의 귓불에 다시금 열이 올랐다. 발그레하게 달아오르는 뺨. 슈덴이 막 손을 뻗으려고 했을 때였다.

"각하!"

슈덴을 찾고 있던 보좌관 하나가 달려왔다. 가까이 다가온 그가 고개를 숙이며 용건을 전했다. 별일은 아니었다. 슈덴의 기준으로는 그랬다.

"이따 올라가지."

"알겠습니다."

슈덴은 다시 고개를 돌렸다. 발리아는 당연하게도 이미 사라진 후 였다. 그녀가 슬며시 도망치는 걸 보좌관의 이야기를 들으면서도 알 고 있었다.

슈덴은 걸음을 옮겼다. 발리아가 도피한 곳은 후원이었다. 언젠가 슈덴이 우산을 들고 갔던, 그날의 후원.

그는 얼마 걸리지 않아 그녀를 찾아낼 수 있었다. 후원 안쪽을 사뿐 사뿐 거닐고 있는 사랑하는 아내를. 슈덴을 본 발리아는 놀라서 멈칫 했다.

"슈?"

대체 어떻게 이렇게 빨리 찾아낸 거지? 은회색 눈동자가 어찌나 당 황했는지. 슈덴이 슬쩍 웃었다. 붉은 눈동자에 어리는 웃음기. 슈덴이 손을 뻗어 발리아의 손을 잡았다.

"발리아."

이 온기를 그는 얼마나 사랑했던가.

"돌아갑시다."

또 놀릴 줄 알았는데. 눈만 깜빡이던 발리아는 결국 웃었다. 이상하 게도 그냥 웃음이 나왔다.

"돌아가요, 슈."

가여운 나날이었다.

어설픈 행복이라도 찾고자 어둠 속을 더듬던 발걸음들. 이 지난한 삶. 쉼표가 있기는 한 건지. 의심하면서도 떠밀리듯 걸어야 하는 당신을 위하여.

삶은 다시 반복되지 않는다. 단 한 번의 시간, 단 한 번의 생. 어떤 되새김마저도 결국은 누군가를 만나기 위한 여정이었기 때문에.

땅거미 같은 허무를 등지고, 마침내 한 사람을 마주쳤을 때.

비로소 영혼을 숨 쉬게 하는 미소는 얼마나 눈부시고, 또 얼마나 선명한가.

외전

모자이크

여름날의 바다를 본 적이 있는지.

빛을 은닉한 백사장, 관능적일 정도로 고요한 파도 소리. 그 어떤 것보다도 먼저 감겨드는 해풍. 소금기 머금은 대기는 지글지글 내리 쬐는 햇볕 아래 뜨거웠다.

이 아름다운 바닷가는 젤 제국 셰실론 백작가의 소유였다. 싱그러운 여름. 셰실론 저택에는 소식 하나가 막 전해진 참이었다. 저택 담벼락을 타고 올라오는 덩굴처럼 풋풋한 이야기였다.

"약혼이요?"

디아나는 스테이크를 썰다가 고개를 들어올렸다.

"저랑 조엔 소후작하고요?"

"그렇단다."

셰실론 백작은 빵에 꿀을 바르며 말을 이었다.

"네 조부께서 얼마 전 작고하신 조엔 노후작과 참으로 허물없는 사이셨어. 그렇지 않소, 여보?"

"맞아요. 그러니까 유언으로 당신 손자와 디아나를 결혼시키라고 하셨겠죠."

셰실론 백작 부인, 디아나의 어머니는 걱정스러운 목소리로 물었다.

"디아나. 혹시 놀라지는 않았니? 갑작스러운 약혼이라 염려가 많구나."

"아니에요. 괜찮아요."

디아나는 의외로 개의치 않은 모습이었다. 셰실론 백작 부부가 한시름 놓은 건 당연지사. 외려 옆에서 남동생이 "으웩!" 하고 해괴망측한 표정을 지어 혼이 났다.

디아나는 속으로 쌤통이라고 생각했다. 남동생은 다 좋은데, 가끔 저런 식으로 디아나의 혈압을 오르게 했기 때문이다.

셰실론 백작이 말했다.

"조엔 후작님이 소후작과 함께 일주일 후에 저택에 방문한다는구나."

"날짜가 맞아서 다행이지 뭐니."

셰실론 백작 부부는 모레부터 사흘간 집을 비워야 했다. 중요한 약속이 있기 때문이다. 다행히 조엔 소후작이 저택에 오는 것은 일주일 후. 셰실론 백작가의 충실한 집사는 백작 부부가 부재하는 동안 저택을 완벽하게 관리해 놓을 터였다.

디아나는 깜짝 놀라서 물었다.

"일주일 후라고요? 전 준비 하나도 못 했잖아요! 드레스는? 소후작한테 촌스러운 시골 영애라는 인상을 주면 어쩔 건데요!"

"무슨 준비가 필요하다고 그러니? 그 날 얌전히 있기만 하면 돼."

"어머니 말씀이 맞다."

어머니도 아버지도 태평했다. 세상에. 디아나는 이래도 되나 싶은 심정으로 생선살을 발라내 입 안에 밀어 넣었다. 그녀 혼자만 부산을 떠는 것도 웃겼으니까.

'약혼? 조엔 소후작?'

식사를 끝내고, 디아나는 제 방으로 돌아왔다. 그리고 창문을 활짝 열었다. 바깥에서부터 더운 바람이 불어왔다. 디아나는 창틀에 몸을 기대고 턱을 괬다.

얼굴도 모르는 약혼자라.

만약 디아나가 줄곧 수도에 머물렀다면, 언제 한 번이라도 조엔 소후작의 얼굴을 보았을 터였다. 사교계가 화술과 인맥이 중요하다지만, 기본 바탕인 지위를 무시할 수는 없으니까. 조엔 소후작 정도면 여기저기서 초청을 받았겠지.

하지만 아쉽게도 세실론 백작 부부는 바닷가를 낀 이 아름다운 영지를 무척이나 사랑했다. 덕분에 디아나 역시 수도에 몇 번 간 걸 제외하고는 줄곧 영지에서 나고 자랐다.

어떻게 생겨 먹었을까?

안면도 없는 남자와 결혼하기 싫다고 울며불며 난리를 피울 생각은 없었다. 귀족으로 태어난 이상, 결혼은 거의 반드시 해야 하는 일이었다. 굳이 정략이라고 말할 필요도 없다. 정략혼을 선택한 귀족이 한둘도 아니고.

'조엔 후작 부인이면 괜찮잖아?'

밑지는 장사는 아니었다. 아니 제대로 따지고 보면 아주 이득이지.

로맨스 소설을 좋아하는 꿈 많은 백작 영애는 스스로를 그렇게 다독였다. 어쩌겠나. 현실과 낭만이 항상 함께하지는 않는 게 세상의 이치인 법을.

조엔 소후작이 방문하면, 아주 도도하게 있어야겠다. 어머니와 아버지는 언제나 걱정이 많지만 디아나는 본인 정도면 괜찮은 레이디라고 생각하고 있었다.

디아나는 수도 사교계에서 보았던 기품 넘치는 레이디들을 떠올리며 창문을 닫았다.

❦❦❦

사흘 후였다.

백작 부부는 예고한 대로 저택을 비웠다. 디아나도 요 며칠 드레스룸에서 바쁘게 지냈다. 시간상 새 드레스를 맞추지는 못해도 구색은 갖추고 싶었으니까. 디아나는 가장 좋아하는 드레스를 꺼낸 후 몇 군데를 손보았다.

"수도 귀족들은 다들 반짝반짝하더라니까!"

하녀들이 갖은 재주를 다 부려도, 유명한 디자이너들의 억 소리 나는 드레스를 만들 수는 없었다. 디아나는 그 사실을 잘 알고 있었다. 그녀는 욕심을 부리는 대신 현실과 타협했다. 최대한 깔끔하고 단정한 드레스로 보이게 구식인 장식들을 뜯어내라고 했다.

"날씨도 좋은데 점심은 나가서 먹을까?"

"그러실래요?"

셰실론 가의 저택은 바닷가와 가까운 편이었다. 게다가 백사장의 출입을 통제해 두어 허락 받지 않은 이는 들어갈 수가 없었다. 영주 가문인 셰실론 가 식솔들은 당연히 예외였다. 셰실론 백작 저택의 후 원쯤으로 여겨지는 백사장에 디아나는 자주 놀러 가는 편이었다.

"갈아 신을 신발 안 챙겨도 돼. 점심만 먹고 와야지."

당장 사흘 후에 조엔 후작 부자가 방문한다. 예행연습이랄까, 디아 나는 오늘부터 우아한 레이디의 몸가짐을 표방할 생각이었다. 그녀는 즐거운 마음으로 마차에 올랐다.

⁎⁎⁎⁎⁎ ⁎⁎⁎⁎⁎ ⁎⁎⁎⁎⁎

"예?"

셰실론 백작가의 젊은 집사는 식은땀을 삘삘 흘렸다.

"소후작님이 직접 가시겠다고요?"

"그렇다네."

"그러지 마시고, 당장 사람을 보내면 되니까……."

"연통도 없이 일찍 방문한 건 객의 실수이질 않나? 내가 직접 가서 영애와 영식에게 인사를 해야 예의에 맞겠지."

집사는 선 채로 기절해 버릴 것만 같았다. 바로 몇 분 전, 조엔 소 후작이 셰실론 저택에 당도했다. 부득이한 사정이 있어서, 혼자 미리 방문했다는 소후작의 사과는 귀에 들어오지도 않았다.

당연한 일이었다. 지금 이 저택엔 아무도 없었으니까!

주인 부부는 내일에나 돌아온다. 심지어 아가씨와 도련님까지 바닷 가에 놀러 가서 여태껏 감감무소식이었다.

"난 최대한 예의를 지키고 싶네. 약혼을 맺을 가문이 아닌가?"

그러니까 그만 토 달고 길 안내나 하라는 말이다. 집사는 바닷가에 직접 가겠다는 소후작을 말리고 싶었다. 하지만 시골 영지의 집사에게는 그만한 말발도 담력도 없었다.

얼마 후, 소후작이 타고 왔던 마차의 바퀴가 다시 굴러가기 시작했다. 마부석에는 셰실론 백작가의 하인 한 명이 동석한 채였다.

'번거롭지 않은 게 없네.'

마차에 등을 기댄 소후작, 칼리드 조엔은 한숨을 내쉬었다.

그는 현재 굉장히 피곤한 상태였다. 디아나는 약혼에 의연했던 반면 칼리드는 아주 뒷목을 잡고 쓰러질 뻔했다.

정략혼은 흔한 편이니 그렇다 쳤다. 문제는 아버지 역시 셰실론 백작 영애를 만나 본 적 없다는 거였다.

[말이 됩니까? 아버지도 얼굴을 모르시면 어쩌자는 건데요!]

[오, 아니란다. 칼리드. 이 아비는 예전에 셰실론 백작 영애를 본 적이 있어.]

[……보셨다고요?]

[물론. 16년 전에 한 번 봤었지.]

[그게 뭐가 본 거예요! 그땐 핏덩이잖아요!]

[아무튼 봤잖아?]

말이 통하질 않으니 이길 자신이 없었다. 할아버지 유언이라더니, 아버지가 드디어 미친 건가 싶었다.

게다가 얼마나 뻔뻔한지! '네가 그렇게 난리를 치니, 같이 내려가서 얼굴 한 번 보자꾸나.'라는 아버지가 얄미워 죽을 것 같았다. 칼리드는 그날 아버지에게 말도 없이 홀랑 먼저 내려와 버렸다. 반항 섞인 탈주. 이로 인해 생기는 업무 공백은 모조리 아버지의 몫일 테니까!

게다가 뭐? 약혼? 매번 약혼녀의 생일마다 선물을 주문해 보내 줘야 하고, 달마다 안부 편지를 주고받아야 하는 그 약혼?

성가셔서 돌아 버릴 지경이었다. 결혼하기까지는 몇 년이 남았다지만 매달 그 짓거리를 해야 한다는 게!

이와 같은 상황 탓에, 칼리드는 미지의 약혼녀에 대한 감정이 매우 좋지 못했다. 화풀이 같은 면이 없잖아 있었지만, 냉정히 구분하기에는 칼리드도 아직 어렸다.

'딱딱하고 사무적으로 굴어야지. 안부 편지는 한 줄만 써서 보내 버릴 거다.'

비장했던 마음은 마차에서 내리는 순간 확 풀어졌다.

"……바닷가가 참 아름답군."

"저희 셰실론 영지의 자랑이죠. 소후작님, 저희 아가씨와 도련님은 저쪽에 계실 겁니다."

하인의 안내에 따라 걸음을 옮기면서도, 칼리드의 시선은 바닷가에 꽂혀 있었다. 여름날의 바다가 어안이 벙벙할 정도로 아름다운 까닭이었다. 고요하면서도 넘칠 듯한 생명력을 품고 있는 거대한 대자연. 감동적이기까지 할 정도였다.

어느 순간이었다. 까르르 웃는 소리가 들렸다. 인기척 없던 바닷가에 들리는 웃음소리니, 당연히 셰실론 백작 영애일 터였다.

어떤 모습일까? 좋은 인상은 아닐 게 뻔했다.

셰실론 영지는 수도와 거리가 꽤 있었고, 당연히 입고 있을 드레스도 구식이고 촌스러울 테니까. 이미 선입견을 가져 버린 칼리드였으니, 아주 대단한 미인이 나온대도 눈에 차지 않을 게 당연했다.

아주 낱낱이 구석구석 하나도 빠짐없이 평가해 주지. 칼리드의 굳은 결심은, 엄청난 몰골의 디아나를 본 그 순간.

"……."

와장창 박살이 났다.

"아이고, 아가씨! 도련님!"

하인이 허둥지둥 달려갔다. 칼리드는 그제야 '아가씨'뿐만 아니라 '도련님'도 함께 있다는 걸 알았다. 도련님의 얼굴은 볼 수 없었다.

디아나에게 깔려 모래 바닥에 파묻혀 있었으니까.

"아가씨!"

하인이 디아나를 짐짝처럼 안아 들어 옆으로 치웠다.

"이러다 도련님 죽습니다!"

"이 정도로 안 죽으니까 걱정 말아. 내가 한두 번 묻어 보는 줄 알아?"

흥 하면서 디아나는 두 손을 털었다. 하인은 모래에 얼굴이 파묻혀 엉망진창이 된 도련님을 일으키면서 쩔쩔맸다.

"도련님, 삼키시면 안 돼요. 뱉으세요!"

"푸엑!"

"한 번만 더 깝죽대면 다음에는 허리까지 묻을 거야."

"푸에엑!"

"어디 하늘같은 누님한테 까불어?"

"도련님! 정신 차리세요!"

난리도 이런 난리가 없었다. 칼리드는 말문을 잃었다. 디아나가 빙글 뒤로 돌지 않았다면 한참을 넋 놓고 서 있었을 것이다.

디아나와 칼리드. 두 남녀의 눈이 마주쳤다. 디아나의 얼굴에 활짝 자리하고 있던 웃음꽃이 급속도로 사그라졌다.

"……."

온 얼굴이 흰 모래투성이였다. 틀어 올린 금발은 강풍에 흔들린 꽃 묶음처럼 잔뜩 흐트러져 있었으며, 옷에 수두룩하게 붙은 모래 알갱이는 보석 조각처럼 반짝였다. 신발은 한참 전에 벗어 던졌는지 드러난 맨발도 모래 진창이었다.

칼리드에게는 한참 같은 찰나였다.

"……누…… 구……."

디아나의 목소리에는 묘한 불안감이 깔려 있었다. 그도 그럴 것이, 이 영지 근방에서! 저렇게 잘 차려 입은 또래 영식이 어디 있긴 했던가? 단언하건대 결코 없었다!

"아가씨! 도련님이 정신을 놓으셨습니다! 어서 지택으로 돌아가요!"

기절한 도련님을 업고 온 하인이 아니었으면, 그들은 영영 그렇게 어색하게 마주 보고 있었을 터다. 분명히.

"소후작님! 소후작님도 지금 같이 돌아가시렵니까?"

"……."

이날은 디아나 인생의 전환점이 되었다.

"우리 디아나가 이렇게 고상한 레이디가 될 줄 정말 몰랐소."

"아이들은 다 자라면서 철이 드니까요."

"그런데 부인. 디아나가 좀 심하게 갑자기 변한 것 같지 않소?"

"세간에서는 이런 걸 보고 영특하다고 한답니다, 여보."

"그렇소?"

우아하게 차를 마시는 디아나를 보며 셰실론 백작 부부는 이런 대화를 나누었다. 디아나가 밤마다 이불을 두 발로 먼지 내듯 걷어 찬다는 것을 아무도 몰랐다.

'그나마 다행인 건, 조엔 소후작 그 사람도 잊은 것 같다는 거. 딱 그거 하나야.'

그날 이후 칼리드는 단 한 번도 그들의 첫 만남을 언급하지 않았다. 사람이 너무 충격적인 걸 목격하면, 방어기제가 발동해 잊어버린다고 하지 않던가?

그는 그저 디아나에게 잘해 주었을 뿐.

약혼한 이후 칼리드가 매달 보내는 안부 편지엔 정성이 넘쳤다. 해마다 가져오는 생일 선물도 신경 쓴 티가 역력해서, 디아나는 시간이 갈수록 안심했다.

시간이 흐른 지금, 그날의 기억을 완전히 묻어 둘 만큼.

"칼리드. 어떻게 해야 공녀가 우리 에르만한테 반할까요?"

"……갓난아기가 갓난아기한테 어떻게 반하오?"

"당신도 봤잖아요. 가르트 공작이 얼마나 딸을 애지중지하는지! 나중에라도 약혼 얘기 꺼내려면 지금부터 미리미리 초석을 다져야 한다구요. 빨리 방안이나 생각해 봐요."

칼리드에게 성화를 부리면서도 디아나는 별 기대는 없었다. 칼리드라면 그저 "에르만을 잘 가르치면 되지 않겠소?"하고 말할 테니까.

"디아나, 내 생각에는……."

그래서 디아나는, 이어지는 칼리드의 말을 듣고 순간 귀를 의심해야 했다.

"에르만을 백사장에서 몇 번 구르게 하면 될 것 같은데……."

"……뭐라고요?"

심각하게 미간을 찌푸리던 칼리드가 결국 웃었다.

"그러면 누구든 반하지 않곤 못 배기지 않겠소?"

✳✳✳ ✳✳✳ ✳✳✳

"슈덴 가르트."

레오가 혀를 찼다.

"동부가 이젠 아주 네 앞마당으로 보이나?"

"글쎄."

슈덴이 등받이에 허리를 기대며 물었다.

"여기가 언제부터 동부였지?"

"뭐, 그래. 여긴 대신전이지. 하지만 동부 수도까지 심복을 보내는 미친 겔 귀족은 이 대륙에 너밖에 없을 거야."

"겔과 동부는 공식적으로 종전을 선포하지 않았다. 패자(敗者) 주제에 종전 협상을 깰 만큼 머리가 비어 있진 않을 텐데."

"진짜 말 하나는 재수 없게 잘해."

"칭찬 고맙군."

느긋한 대답에 레오는 혈압이 다 오를 지경이었다. 그는 몇 번이나 심호흡을 하며 찻잔을 들어 올렸다. 차를 마시니 그나마 좀 진정이 됐다.

"답례품이나 풀어 보는 게 어떤가. 카누트 백작."

"고작 이걸 주려고 날 신성국까지 불러낸 건가?"

"아니면 네 얼굴 볼 이유가 뭐가 있겠나."

레오는 어이가 없었다. 기껏 답례품 때문에 사람을 불러내? 신성국에서 만나? 졸지에 대신전의 성기사들만 긴장하고 있었다.

어쨌든 레오는 선물을 뜯어보았다. 대체 얼마나 대단한 선물을 주려고 불러낸 건가. 의심과 짜증이 9할이었고, 1할 정도는 기대감이었다. 누구든 선물을 받는다면 조금은 기대가 되는 법이다.

레오가 뚜껑을 열었다.

"……이게 뭔데."

레오는 손을 뻗어 내용물을 한 움큼 쥐어 보았다. 황금빛이 번쩍번쩍 눈이 부셨다. 뭐야 이거. 순금 같은데?

"순금으로 도금한 해바라기 씨앗이다."

레오가 약간 멍해져서 고개를 들어올렸다.

"……해바라기 씨앗?"

"좋아했잖나? 어릴 적에."

"……그래서, 이걸 먹으라고?"

"그래."

푸흡. 뒤에 서 있던 기사가 저도 모르게 웃었다. 레오는 심하게 경련하는 입꼬리를 간신히 붙잡았다.

이건 조롱인가? 조롱이 아닌가? 귀족들의 언사를 아직도 잘 모르는 레오는 도무지 가늠할 수가 없었다.

"그렇게 귀하면 네놈이 한 번 먹어 봐."

"멍청하긴. 답례품 뜻을 모르나?"

"너야말로 음식과 음식 아닌 것도 구별 못하나?"

"말 한 번 잘했군."

슈덴이 등을 바로 세웠다. 내내 여유롭게 빈정거리던 얼굴이 조금 변했다. 분위기가 달라지자 레오는 약간 당황했다.

저 자식 갑자기 왜 저래?

"이름을 그따위로 지어 보낼 거면 뭐 하러 보낸 거지?"

이름이라는 말에 레오는 바로 알아챘다. 레오가 발리아에게 보냈던 선물과 편지. 그 마지막에 적어 둔 이름을 말하는 모양이었다.

"그 이름이 뭐가 어때서?"

"딸 이름은 그렇다 쳐. 아들 이름도 똑같이 지어 보내는 게 조롱이 아니라고?"

"조롱?"

레오는 어이가 없어서 헛웃음을 지었다.

"못 배운 놈이라 그 이름이 제일 좋아 보여서 고른 거다."

레오는 억울했다. 제일 예쁜 이름을 고르라는 왕녀의 말에, 정말로 가장 예쁘다고 생각한 이름을 골라 보냈을 뿐인데.

그뿐이랴. 레오가 꽤나 고심해서 선택한 이름이었다. 물론 슈덴의 말대로 딸 이름과 아들 이름을 똑같이 지어서 보내긴 했지만……. 이상하고 평범한 이름을 짓느니, 하나로 통일해 보내는 게 레오 입장에선 나아 보였던 것이다.

'뭔가 이상한데. 투르는 아무 말도 없었다고.'

정말로 조롱의 의미로 해석될 여지가 있었다면, 편지를 보내기 전 집사가 한 마디라도 말을 보탰을 터다. 하지만 투르는 별다른 말을 하지 않았다.

그러면 답은 하나다.

"슈덴 가르트."

레오가 탐색하듯 슈덴을 살피며 물었다.

"왜 이렇게 과민 반응을 하는 거냐?"

슈텐은 대답이 없었다. 하지만 레오는 분명 보았다. 저 녀석의 미묘하게 찌푸려진 이마를. 레오의 머릿속으로 '설마······.' 하는 생각이 스쳐갔다.

"혹시 말이다."

레오가 정말로 혹시나 하며 물었다.

"네 아이 이름, 내가 보낸 걸로 지은 거 아니지?"

"······."

"설마. 네놈과 내가 어떤 관곈데 설마······."

슈텐이 처음으로 짜증을 냈다.

"입 좀 닥치지 그러나."

거친 언사는 곧 긍정의 표현이었다. 레오는 말도 못 하게 황당해졌다.

"······드디어 세상이 미쳐 돌아가는 모양이야."

설마. 예의와 정성을 다해 편지를 썼지만 그 이름을 고를 줄은 예상도 못했다. 절대 하지 못했다. 게다가 표정을 보건대, 그 이름을 고른 건 절대 슈텐 본인이 아닐 터였다.

'공작 부인 정말 엄청나구만······.'

레오는 감탄을 해야 하는지 경악을 해야 하는지 감이 잘 잡히지 않았다. 확연하게 썩어 들어가는 슈텐의 표정이 아니었더라면 박수를 쳤을지도 모른다.

"아니, 야. 야. 그래도 내가 정말 신경 써서 고른 이름이야. 진짜라고."

레오는 어느새 슈텐에게 변명 아닌 변명을 하고 있었다.

"네가 신경을 썼다고?"

"아, 그래! 에덴 이름 안 적어 보낸 것만 봐도 알 수 있잖아!"

"……뭐?"

젠장. 레오가 입 안쪽을 깨물었다. 너무 황당한 나머지 속마음이 툭 튀어나왔다.

둘 사이에 침묵이 흘렀다. 에덴이라는 이름이 가져오는 파급력이 강했다. 둘 사이에서는 금기나 마찬가지인 이름이니까. 서로 그러자고 정한 건 아니었지만, 암묵적으로 그러했다.

한동안 조용했다. 왜 레오는 에덴의 이름을 적지 않았을까. 생각지도 못한 이야기에 슈덴이 느리게 입을 떼려고 했을 때였다.

"에덴은 일찍 죽었잖아. ……나쁜 뜻으로 말하는 건 아니고. 그냥, 그렇다고."

레오가 머리를 벅벅 긁었다. 에덴의 삶이 길지 않았던 건 사실이었기에. 그 애가 생전에 행복했든 아니든. 더 오래 살았으면 좋았겠지. 더 예쁜 것도 많이 보고, 신기하고 맛있는 음식도 많이 먹고.

또 보여 주고 싶은 사람도 있는데.

슈덴은 물끄러미 레오를 바라보았다. 무슨 생각을 하는지 알 수 없는 표정이었다. 슈덴은 가만히 찻잔을 들어 올렸다. 별달리 할 말도 없던 레오도 따라서 차를 들이켰다.

산들산들한 바람이 불어온다. 대신전의 고아한 정원. 수십의 성기사는 긴장해 있고 주역인 두 남자는 차를 마시는 이때.

슈덴이 찻잔을 내려다보며 말했다.

"레오 카누트."

"왜."

"앞으론 내 아내에게 편지 보내지 마라."

그것도 마음에 안 들었던 모양이군. 레오는 결심했다. 일 년에 한 번씩은 공작 부인에게 반드시 편지를 보내기로.

레오의 생각을 아는지 모르는지, 아니면 그냥 관심이 없는지 슈덴은 자리에서 일어났다. 그리고는 인사도 없이 걸어가기 시작했다. 레오가 황당해져서 외쳤다.

"야! 딸인지 아들인지는 알려 주고 가! 궁금하잖아! 내가 이름도 지어 줬는데!"

저벅저벅 멀어지는 슈덴을 대신해서 숀이 고개를 숙였다.

"카누트 백작님. 제가 대신 말씀드리겠습니다. 따님입니다."

"딸? 그럼 공작 영애……."

"카누트 백작님."

숀이 근엄한 목소리로 가로막았다.

"저희 아가씨는 지고하신 황제 폐하로부터 공녀의 칭호를 받으셨습니다. 대륙 공통의 법에 의거하여 백작님 역시 공녀님이라고 호칭하셔야 옳습니다."

'너네 잘났다 진짜.'

레오는 속으로 중얼거리며 말했다.

"그럼 루드베키아 공녀님인가?"

"예. 그렇습니다."

담담하게 긍정한 숀이 말을 이었다.

"마님께서 이름을 지어 주셔서 감사하다고 전해 달라 하셨습니다."

"아니, 뭐 감사 인사를 받을 정도는……."

"그럼, 이만 실례하겠습니다."

머쓱해진 레오를 두고 숀이 고개를 숙였다.

요즘 동부 왕국은 분위기가 매우 좋았다. 왕비가 아이를 낳았기 때문이다. 결혼 후 한참 동안 자식이 없던 국왕 부처에게는 아주 귀한 자식이었다.

동부 국왕은 뛸 듯이 기뻐하며 성대한 연회를 열었다. 반평생을 영토 확장에 골몰하며 전쟁을 도모했던 국왕은 하루가 멀다 하고 아이를 찾아 들여다보았다. 내내 날카롭던 국왕이 너그러워지자 왕궁의 분위기 역시 유들유들해졌다.

"뭐?"

샴페인 잔을 들고 레오를 졸졸 따라다니고 있던 왕녀는 순간 귀를 의심했다.

"루드베키아라고 써서 보냈다고? 딸 이름 아들 이름 둘 다?"

"예."

왕녀가 경악해서 소리쳤다.

"그건 내 이름이잖아!"

레오는 뭐가 문제냐는 표정이었다. 슈덴 가르트는 그렇다 쳐도, 왜 왕녀까지 이러는지 이해가 가지 않았다.

"왕녀님이 예쁜 이름으로 골라서 보내라고 그랬잖습니까?"

되레 돌아오는 반문에 왕녀가 멈칫했다. 곧 그녀가 "호오?" 하며 되물었다.

"뭐야. 내 이름이 예뻤나 보구나?"

"……."

실수했다. 레오는 낯간지러운 말에 무척 약했다. 이런 레오에게 왕녀는 천적이었다. 한 번 잡으면 원하는 대답이 나올 때까지 탈탈 털기 때문이다.

"레……."

"국왕 전하께 인사 올립니다."

오라버니가 오셨나? 레오가 갑자기 허리를 숙이자, 왕녀가 따라서 뒤를 돌아보았다.

"으응?"

왕녀와 눈이 마주친 귀족 몇몇이 목례를 하긴 했지만, 어디에도 국왕은 없었다.

아뿔싸. 순간 속았다는 생각이 든 왕녀가 고개를 핵 돌렸다. 그녀의 짐작대로 레오는 이미 사라진 후였다.

"내 참. 그사이에 도망을 쳐 버리네……."

레오를 찾기 위해 두리번거리던 왕녀에게 귀부인 몇 명이 다가왔다.

"왕녀님! 요즘 결혼 준비는 잘 되어 가시나요?"

"비전하가 다 준비해 주시는데 제가 할 게 뭐가 있겠어요."

정말이었다. 국왕은 왕녀의 결혼식에 관심이 아주 많았고, 왕비도 성격이 꼼꼼하기로 소문이 나 있었다. 덕분에 결혼식 당사자인 루드베키아는 특별히 할 일이 없었다.

이렇게 사라진 약혼자를 찾는 일만 빼면.

"들러리는 전부 정해졌나요?"

귀부인들의 최대 관심사는 역시 왕녀의 시중을 들 들러리였다. 동부에서는 왕비의 들러리를 서는 게 굉장한 영예였다. 보답 명목으로 받는 하사품도 어마어마했고, 사교계에서의 위상도 달라진다.

루드베키아는 비록 왕비는 아니었지만, 국왕이 매우 아끼는 동생이라 그에 준하는 광영이 하사될 예정이었다.

"오라버니 뜻에 따라 카누트 영지의 레이디들로 뽑기로 했어요."

"역시 왕녀님은 너그러우시군요."

"그러니까요. 타 왕족의 귀감이시죠."

부의 재편성. 이미 가진 것 많은 수도 귀족들이 아닌, 가난한 귀족 레이디들 사이에서 뽑기로 한 것이다. 국왕의 제안에 왕녀는 순순히 그러라고 했다. 역시 오라버니는 성군이라고 칭찬해 주는 것도 잊지 않았다.

"마침 여러분들이 모였으니 제 들러리들을 소개시켜 주면 좋을 텐데……."

왕녀의 말에 눈치 좋은 시종이 얼른 뛰어갔다. 얼마 있지 않아 레이디 한 명이 종종 걸어왔다. 마침 근처에 있던 레이디였다.

"록시 양!"

록시라고 불린 레이디가 왕녀에게 인사를 올렸다. 왕비의 주관 하에 들러리로 선별된 록시는 예쁘고 하늘하늘한 드레스를 입고 있었다. 영지에서 수도로 올라오면서 부족함 없게끔 왕비가 신경을 많이 써 준 것이다.

"이리로 와요. 이 분들을 소개해 줄 테니까."

"영광입니다. 왕녀님."

록시의 뺨이 긴장감으로 약간 붉어졌다. 레오 카누트가 백작으로 승격되면서 격식에 맞는 영지가 새로 주어졌다. 록시는 이번에 카누트 영지로 새로 편입된 곳의 귀족 아가씨였다.

카누트 영지는 평화로웠다. 언젠가 있었던 겔과 동부의 전쟁 이후, 동부 왕국은 소모적인 국지전만 가끔 일어났을 뿐 이외에는 대체로 평화를 유지하고 있었다.

"참, 아까 카누트 백작이 근위대장이랑 이야기하고 있던데요."

"이번에 백작이 되셨으니 할 일이 많겠지요?"

왕녀의 귀가 번쩍 뜨였다. 귀부인들에게 양해를 구한 그녀는 신이 나서 걸음을 옮겼다. 잠시 후 돌아온 왕녀의 손에는 샴페인 잔 대신 레오의 손목이 꽉 잡혀 있었다.

✻∾✻ ✻∾✻ ✻∾✻

요즘 숀은 슈덴의 행보가 잘 이해가 가지 않았다.

가르트 저택의 3층. 슈덴이 사용하는 집무실이었다. 숀은 소파에 앉아 있었다. 등을 곧게 펴고 정좌해 있던 숀은 시선을 조금 움직였다. 벽 한쪽을 책장이 빼곡하게 메우고 있는 이 넓은 집무실에는 아무도 없었다.

심지어 슈덴마저도.

여기까지는 그렇다 쳤다. 황제의 신임을 한 몸에 받는 슈덴은 맡고 있는 중임이 많았기 때문이다. 숀은 종종 빈 집무실에서 슈덴을 기다리곤 했다.

문제가 있다면.

"숀 경."

하인이 집무실 문을 열고 들어왔다. 숀이 자리에서 일어나자, 하인이 정중하게 말했다.

"각하께서 4층으로 부르십니다."

"알겠네."

역시, 오늘도.

숀은 하인의 안내를 따라 4층으로 올라갔다. 이렇게 순순히 따라가면서도 속으로는 의문이 가득했다.

대체 벌써 몇 번째인지 모른다. 숀은 몇 주일 전부터 가르트 저택에 왔다 하면 4층으로 호출당했다. 예전에는 절대 없던 일이었다.

처음에는 집무실에서 오래 일하셨으니, 장소를 옮겨 기분을 환기하고 싶으신 걸까 싶었다. 하지만 슈덴이 기다리고 있는 방을 목도하고 난 후에 그런 생각이 싹 사라졌다.

"숀 경. 이걸로 손을 닦으세요. 외투는 벗어서 저를 주시고요."

방 앞에서 기다리고 있던 하녀가 따뜻한 물수건을 내밀었다. 숀은 별다른 말없이 수건을 받아 들어 손을 닦았다. 물수건에서는 독하면서도 청량한 냄새가 났다. 숀은 이 냄새가 무엇인지 알고 있었다. 의사들이 쓰는 소독제 냄새였다.

다시 말해 이 방에 들어가려면 손을 소독하고 들어가야 한다는 것이다.

"각하께서 고하지 말고 바로 들이라 하셨어요. 들어가세요."

하녀는 친절하게 말하며 직접 문도 열어 주었다. 숀의 눈길이 잠시 문고리 쪽에 머물렀다. 하녀의 손을 훔쳐보는 게 아니었다. 문고리에 달려 있는 분홍색 리본을 보는 것이었다.

숀이 불려온 이 방은 다름 아닌 아가씨의 방이었다.

가르트 공작가의 작은 공녀님. 세상의 빛을 본지 이제 세 달이 되어 가는 아기가 새근새근 잠자는 곳.

슈덴은 아기 침대 옆에 앉아 있었다. 늘 그랬듯이.

처음 저 장면을 보았을 때는 아무리 숀이라도 당혹할 수밖에 없었다.

이제는 아니었다. 충격도 반복되면 익숙해지는 법. 슌은 그럭저럭 적응한 상태였다.

아기 침대 옆에 비스듬히 앉아 서류를 보고 있는 각하도. 협탁에 차근차근 쌓인 문서 뭉치 옆에 자리한 딸랑이도.

"각하."

"왔나."

그래 모든 게 이해가 갔다. 하나만 빼고.

"거기 펜 좀 주지."

"아, 여기 있습니다."

왜 각하의 왼쪽 손은 아기 침대에서 꼼짝도 안 하시는 걸까. 그것도 벌써 몇 주째. 슌이 건넨 펜을 받아 든 슈덴은 서류에 서명을 했다. 그 와중에도 왼쪽 손은 아기 침대에 쏙 들어가 미동도 없다. 왜 항상 저기에 왼쪽 팔을 두시는 걸까.

"더 보고할 건 없나?"

없다고 대답하려던 슌은 직전에 마음을 바꿨다. 목석같은 기사단장도 이렇게 궁금한 건 참을 수 없었다.

"외람되지만 여쭤 보고 싶은 게 있습니다."

"말해."

"혹시……, 왼쪽 팔이 불편하십니까?"

슈덴은 문서에서 시선도 떼지 않고 심드렁하게 되물었다.

"내가 언제 왼쪽 팔을 다쳤었던가?"

"그게 아니시면 왜 팔을 아가씨 침대에 두십니까?"

슈덴이 심드렁하게 대답했다.

"딸아이가 손을 안 놔줘서."

"……."

앙증맞은 아가 주먹이 슈덴 손가락을 꼭 붙들고 있었다. 딸이 놔주질 않으니 어쩌겠는가. 여기서 일도 하고 부하들도 여기로 불러야지. 감정 표현이 드문 이 덩치 큰 기사는 오늘만큼 자신의 포커페이스에 감사한 적이 없었다.

❀❀❀ ❀❀❀ ❀❀❀

발리아는 한숨을 내쉬었다. 원인 제공자는 놀랍게도 슈덴, 그녀의 남편이었다.

'이 사람이 정말.'

오늘은 가르트 저택의 내부 예산금을 정리하는 날이었다. 분기에 한 번씩 결산한 금액을 최종적으로 확인하는 게 안주인의 몫이었다. 지난 분기는 폴이 대신 처리했다. 발리아가 회임 중이었기 때문이다. 폴의 일 처리는 흠 잡을 곳이 없었다. 만약 '그 문서'를 보지 못했다면 발리아도 흡족해했을 것이다.

"루아. 너희 아빠를 어쩌면 좋을까."

루드베키아는 발리아의 품에 안겨 눈을 똥글똥글 뜨고 있었다. 통통한 뺨이 사랑스럽다. 아기 특유의 젖내가 희미하게 났다. 대답하기는커녕 말도 알아듣지 못 할 딸을 안고 발리아는 속삭였다.

"세상에, 네 생일 선물로 줄 거라고 숲을 매입하셨대. 말이 되니?"

처음 숲 매매 문서를 본 발리아는 눈만 몇 번 깜빡였다. 심지어 어디 시골 영지의 숲도 아니었다. 수도 외곽에 위치한 숲을 고스란히 사들인 것이다.

수도 중심부만큼은 아니었지만, 수도라는 이름값은 무시할 수가 없었다. 숲을 사들이느라 슈텐이 얼마만큼의 지대를 지불했는지는 굳이 알고 싶지도 않았다. 이게 고스란히 루드베키아의 명의로 돌아가 있었다.

"지금이라도 한 말씀 드려야지. 아니면 나중엔 왕국을 사들여서 선물하실지도 몰라."

진담이다. 발리아는 슈텐의 씀씀이를 잘 알고 있었다. 그는 본인에게는 별로 돈을 쓰는 편이 아니다. 하지만 발리아에게 쓰는 돈은 단위가 남다르질 않았던가? 새 보석을 선물 받고 싶다는 아내의 말에 경매장을 털어 오던 남자가 슈텐 가르트였다.

게다가 이미 전적도 화려했다. 지금 루드베키아가 사용하는 아기 침대만 해도 온갖 마법이 걸려 있었다. 슈텐이 황궁의 마법사들에게 개인 의뢰를 넣어 주문한 물건이다. 바깥의 소음을 어느 정도 차단할 수 있음은 물론, 온도 유지 마법에 보호 마법, 경보 마법까지 걸려 있었다.

가격? 말할 필요도 없었다. 괜찮은 마차 서른 대와 비슷한 값어치의 아기 침대가 가르트 저택에는 있었다.

이뿐인가. 발리아는 왜 한 살도 안 된 딸에게 영지의 가신들이 로드워프를 타고 인사를 하러 오는 것이며, 걷지도 못하는 아기한테 값비싼 명마가 필요한지 이해를 할 수 없었다. 인사를 받고 선물을 받아도 루드베키아가 뭘 알겠는가. 그냥 엄마 품에 안겨만 있을 뿐이지.

이렇게 슈텐이 지난 세 달 간 루드베키아에게 쓴 돈을 종합해 보면 실로 어마어마했다.

물론 그중 최종판은 숲이었지만.

"각하. 마님께서 아가씨랑 함께 기다리고 계세요."

발리아가 한 마디 하려고 벼르고 있다는 걸 슈덴은 몰랐다. 아내와 딸이 같이 있다니 곧장 올라갈 생각부터 했을 뿐이다. 슈덴은 계단을 오르기 전 폴에게 말했다.

"율리안이 도착하면 바로 4층으로 오라고 전해라."

"알겠습니다. 각하."

이때까지만 해도 슈덴의 기분은 평소와 비슷했다. 아니, 엄밀히 따지면 평소보다도 좋았다.

"슈."

발리아의 목소리가 약간 다르다는 걸 슈덴은 바로 감지했다. 무슨 일이지? 상황을 파악할 겨를도 없었다. 발리아는 먼저 루드베키아를 아기 침대에 내려놓았다. 그녀가 본격적으로 이마를 찡그렸다.

"당신, 우리 루아가 몇 개월인지 알고는 계신 거죠?"

"……89일째 아닙니까?"

"그렇게 잘 아는 분이 애한테 숲을 선물하시는 게 말이 돼요? 한 살도 안 된 애한테 숲이 왜 필요해요? 루아가 숲을 선물 받으면 기뻐하겠어요? 숲은커녕 나무도 모를 아기한테!"

한 마디 한 마디 대답할 수 있는 게 없었다. 심지어 슈덴의 고난은 이게 끝이 아니었다.

"각하, 마님. 저 율리안입니다."

문 두드리는 소리와 함께 율리안이 들어온 것이다. 들어오자마자 꾸벅 고개를 숙인 율리안은 막을 새도 없이 상자부터 내밀었다.

"각하. 주문하셨던 아가씨 선물을 가져왔습니다! 여기 둘까요?"

발리아가 슈덴을 돌아보았다.

"선물이라뇨?"

"......"

슈덴의 얼굴에 낭패감이 스쳤다. 금세 분위기가 미묘해졌다. 가공할 두뇌만큼이나 눈치도 뛰어난 율리안은 바로 발을 뺐다.

"각하, 마님. 전 나가서 기다리겠습니다. 아! 상자는 두고 가겠습니다."

율리안은 발리아의 심기를 살필 줄 알았다. 마님의 시선이 고정되어 있으니 알아서 두고 간 것이다. 발리아는 제 앞에 놓인 상자로 손을 뻗었다. 딸칵.

"......이게 뭐예요?"

상자 안에는 작은 보검이 들어 있었다. 조그마한 크기로 보건대 누가 봐도 어린아이가 쓸 법한 물건이었다. 가격은 그렇지 않았다. 동그랗고 반짝이는 루비가 정중앙에 떡하니 박혀 있는 게 딱 봐도 특정 인물을 위해 맞춤 주문한 검이었다.

"당신 정말."

발리아는 기가 차다는 표정을 지었다.

"태어난 지 3개월 된 애한테 보검을 주문해 준 거예요?"

슈덴은 속으로 좀 억울했다. 그는 나름대로 루드베키아에게 어울리는 선물을 고른 것이다.

[각하. 아가씨가 나이에 비해 손힘이 무척 세신 것 같습니다.]

숀이 얼마 전 그런 말을 했다. 듣고 보니 맞는 말 같았다. 자연히 발리아가 메이스를 휘두르던 기억도 떠올랐다. 슈덴은 딸이 발리아의 악력을 그대로 물려받았다고 확신했다. 게다가 슈덴 본인도 기사가 아니던가.

슈덴은 바로 수도 외곽에 있는 숲을 매입했다. 루드베키아의 사냥터로 선물할 작정이었다. 숲의 경계선에 울타리를 치고 가꿔 놓기 위해서는 지금 당장 작업에 들어가야 했다.

그 후에는 당연히 검을 주문했다. 슈덴은 북부의 유명한 대장장이를 수소문했다. 예약이 꽉 차서 2년은 걸릴 거라는 보고를 전해 듣고는, 바로 검 주문 예약을 넣었다.

그러나 슈덴이 간과한 게 있었으니, 그의 수석 보좌관인 율리안은 능력이 너무 좋았다. 허세는 덤이었다. 각하가 아가씨 선물에 돈을 아끼지 않는 것을 율리안은 잘 알았다. 그래서 호기롭게 원래 시세의 열 배를 불렀다. 어차피 각하 돈이니까 상관없었다.

이 놀라운 씀씀이에 감동한 대장장이는 2년 치 예약을 모조리 제쳐 주었다. 한 달도 되지 않아 멋진 보검이 겔 제국으로 전해졌다. 이렇게 다 이유가 있는데. 하지만 지금 말해 봤자 변명으로밖에 들리지 않을 터였다.

결국 슈덴은 '앞으로는 선물을 사기 전 반드시 상의를 하겠다.'라는 약속을 하고서야 한숨 돌릴 수 있었다.

＊＊＊ ＊＊＊ ＊＊＊

황태자궁에는 꽃이 무척 많다.

어느 정도였냐면, 이곳이 꽃을 키워 납품하는 농장인지 황태자가 머무는 처소인지 구분이 안 가는 수준이었다.

각종 장미, 수국, 백합, 라일락, 데이지. 겔 제국에서 심을 수 있는 꽃은 모조리 심어 두었다고 해도 과언이 아니었다. 한 계절이 지나면 새로운 계절에 맞는 꽃이 망울을 터뜨리니 사시사철 궁이 알록달록했다.

황태자궁이 왜 저런 풍경이 되었는가. 그 이유를 알기 위해선 구스토가 황태자로 봉해지기 전으로 거슬러 올라가야 한다.

발단은 구스토에게 있었다. 외국의 공주에게 보답의 의미로 꽃다발을 보여 준 게 화근이었다. 당시 구스토가 정원에 그대로 두고 떠난 꽃다발을, 보좌관인 요안이 챙겨 왔다.

주인이 이런 부분의 대처에는 미숙해서일까? 보좌관까지 이쪽 눈치를 말아먹은 수준이었다.

[지금 그 꽃다발로 널 후려쳐 달라는 거지? 아니면 당장 치워!]

가뜩이나 예민했던 예리는 기어이 폭발했다. 꽃다발을 들고 온 건 요안인데 욕은 구스토가 다 먹었다. 지고한 성녀에게 야만적인 살해 협박을 당하던 구스토는 하루가 꼬박 걸리고 나서야 가까스로 용서를 받아 낼 수 있었다.

당시 일로 인해, 예리는 구스토가 꽃다발을 들고 있기만 해도 분노했다. 하지만 남들 다 받는 꽃을 받지 못한다면 그건 그것대로 나를 아주 화나게 할 거야.

처신 잘 해라.

예리의 요동치는 경고에 결국 구스토는 처소 전체를 꽃으로 뒤덮는 방안을 택했다. 황태자궁이 전례 없는 꽃밭이 된 데에는 이와 같은 사연이 숨어 있었다.

황태자궁의 정원을 한 바퀴 걷기만 해도 온몸에 꽃향기가 은은하게 배어날 지경이었다. 준엄한 황태자궁이 황궁의 숨은 명소 아닌 명소가 되어 가던 어느 날이었다.

"흠흠, 필레몬 대신관. 포트도 대신관."

에드가 7세는 두 대신관에게 상투적인 어조로 감사를 표했다.

"짐이 황태자를 대신해 감사하리다. 성녀님의 출산을 축하하기 위해 대신관 두 분이 예까지 발걸음 해 주어 고맙소."

내용은 정중한데 정작 황제의 표정은 별로 좋지가 못했다. 목소리만 들어도 그랬다. 은근한 가시가 느껴졌다. 필레몬은 고개를 갸웃했다.

"폐하. 저희가 혹 폐하의 심기를 어지럽혔습니까?"

"그럴 리가 있겠소? 다만……."

에드가 7세는 찝찝한 얼굴로 손짓을 했다. 말하지도 않아도 황제의 뜻을 헤아릴 줄 아는 램튼은 바로 편지를 가져와 올렸다.

황제는 편지를 펼쳤다. 이 편지에는 바이나나가 정성껏 적은 이름이 적혀 있었다.

"이게 문제요, 이게."

뭐가 문제라는 거지? 필레몬은 되물었다.

"훌륭한 이름이지 않습니까?"

"짐이 알기로 이 이름은, 분명 옛 대신관의 것이지 않소?"

"그렇습니다만……."

필레몬과 포트도는 여전히 뭐가 문제인지 모른다는 표정이었다. 답답하다. 결국 황제는 떠보는 것을 중단하고, 직설적으로 말하기로 마음먹었다.

"대신관. 짐이 돌려 말하지 않고 그대로 묻겠소. 혹시 라겔뢰프의 적장손을 신성국으로 데려가려는 건 아니겠지?"

"예?"

"아니면 왜 굳이 대신관의 이름을 선물한단 말이오?"

그랬다. 바이나나가 지은 이름은 몇 백 년 전에 작고한 대신관의 이름이었다. 빈민들을 위해 평생을 보내 많은 사람들에게 존경 받는 대신관이었다. 뜻 자체는 좋았다.

다만 황궁과 대신전 사이에는 무시 못 할 과거가 있었다.

메르실.

"필레몬 대신관. 짐은 신중하고 싶소. 혹 성녀님까지 모셔 가려는 건가 불안하오."

메르실이 죽은 지 시간이 흘렀음에도, 이렇게 예기치 못한 곳에서 잔재가 나타났다. 메르실이 생전 부린 정치적 수작이 어마어마했던 탓이다. 덕분에 신성국에서 순수한 의도로 준비한 선물도 이렇게 의심을 받았다.

"폐하."

필레몬은 불쾌하지도 않았다. 그저 미안할 뿐이었다.

"저희에겐 이 이름도 성녀님께 드리는 선물 중 하나일 뿐입니다. 강요하려는 것도 아니고, 다른 의미도 없습니다."

"흠. 그렇다면 다행이오."

아마 분위기는 이렇게 얼기설기 마무리가 되었을 터였다. 내내 조용히 있던 포트도가 입을 열지 않았더라면.

"지엄하신 황제 폐하. 제가 감히 한 말씀 올려도 되겠습니까?"

"말하시오. 포트도 대신관."

떨어진 허락에 그녀가 자리에서 벌떡 일어났다. 황제가 움찔 놀랐을 때였다.

"폐하! 저희는 비겁한 쓰레기 메르실 파문 신관과는 지향하는 목표가 완전히 다릅니다!"

'아아······.'

필레몬은 주름진 손으로 얼굴을 가렸다.

포트도. 이 젊은 대신관은 메르실을 아주 싫어했다. 저런 게 어떻게 성직자였냐고. 잊을 만하면 씩씩댔다. 얼마 전부터는 메르실의 생전 행태를 낱낱이 비판(비난)하는 책을 집필하기 시작했다더라. 예상 페이지가 1,024장에 달했다.

"아시겠습니까? 폐하! 성녀님이 택하신 곳이 겔의 황궁이 아니라 설령 타오르는 불길 속이라 해도! 저희는 그분의 거취를 강제하지 않을 것이란 말입니다!"

'그건 좀······.'

성녀님이 화마에 뛰어들겠다고 하시면 막는 봐야 하는 게 아닌가?

그러나 대신관은 기본적으로 동등한 법. 필레몬은 포트도의 말을 가로막을 수는 없었다.

"흠흠, 포트도 대신관. 뭐 그렇게까지 말하시오? 짐이 과민했소. 사과하리다."

황제가 헛기침을 했다. 그는 새로운 황손의 이름에 관해서는 시간을 들여 차차 논의해 보자고 마무리를 지었다. 분위기는 한결 나아졌다.

"필레몬 대신관님."

황제와 함께 황태자비궁으로 가는 길이었다. 포트도는 필레몬에게 작은 목소리로 물었다.

"바이나나 대신관님이 지으신 이름이, 제 눈에만 괜찮아 보이는 건가요?"

"아닙니다. 제 눈에도 괜찮습니다."

"그렇죠?"

올리비아. 대신관들의 마음에는 쏙 든 이름인데. 필레몬과 포트도는 은근히 황제의 뒷모습을 곁눈질했다.

✽ ✽ ✽

어느 화창한 오후였다. 제노는 서러운 표정으로 짐을 싸고 있었다.

"아니, 이게 말이 됩니까? 아무리 그래도 3년간 가르트 영지에 내려가 있으라니요! 선배님이 어떻게 좀 해 보세요!"

로빈은 곤란한 기색이었다.

"내가 뭘 어떻게 해? 각하께서 넌 수도에 발도 들이지 말라고 하신걸?"

"그게 제 잘못이냐고요!"

"네 잘못이 아예 없다곤 못 하지. 아가씨 앞에서 자꾸 네 이름 읊었잖아."

"흐흑……."

"울지 마. 청승맞게."

로빈은 제노의 어깨를 토닥여 주었다.

"영지가 그렇게 나쁘진 않아. 거기 연무장 넓어서 수련하기 좋거든."

"지금 그걸 위로라고 하는 거예요? 선배님이 마님한테 말씀 좀 드려 보세요!"

"뭐라고 말씀드려야 하는데?"

"각하가 저택 출입을 금지시켰다고요! 아가씨가 제 이름 좀 부른 거 가지고!"

"어, 음……."

로빈이 볼을 붉적였다. 그 와중에도 제노의 성화는 여전했다. 결국 로빈은 대답을 해 줄 수밖에 없었다.

"노력은 해 볼게."

"꼭이에요!"

❊❊❊ ❊❊❊ ❊❊❊

발리아는 슈덴을 살짝 바라보았다.

'팔 안 아픈 걸까?'

슈덴은 오른팔로 루드베키아를 안고 있었다. 다른 쪽 손으로는 서류를 들고 있었고, 붉은 눈동자는 문서에 고정된 채였다. 발리아뿐 아니라 저택 고용인들에게도 익숙한 풍경이었다. 발리아는 쓰고 있던 편지지로 다시 시선을 내렸다.

웃음이 나왔다.

안 그래도 슈덴은 보통 남자들보다 키가 크다. 기사라 그런지 체격이 좋은 건 두말할 것도 없었다. 그런 남자가 품에 소중히 안고 있는 딸아이가 너무 쪼끄맣게 보였다.

귀엽다는 뜻이다.

슈덴은 원래도 루드베키아를 애지중지했다. 하지만 요즘은 더했다. 딸과 거의 하루 종일을 붙어 있으니까. 발리아는 슈덴이 왜 저러는지 아주 잘 알고 있었다.

"마먀."

"아가씨가 마님을 찾습니다."

폴이 흐뭇하게 웃으면서 말했다. 발리아는 따라 웃으면서도 슈덴의 표정을 살필 수밖에 없었다. 왜냐하면 루드베키아의 저 말이 문제였기 때문이다.

'왜 아빠라고는 안 하는 걸까?'

루드베키아는 하루가 다르게 쑥쑥 자랐다. 다른 아기들과는 달리 굉장히 순한 편이라 돌보기도 편했다. 많이 먹고, 새근새근 자고, 뒤집기도 하고, 작은 허리를 지탱해 혼자 앉기도 하는 루드베키아.

당연히 말도 하게 되었다. 그 작은 입에 맺히는 올망졸망한 목소리가 얼마나 사랑스러운지. '먀먀'로 시작했던 루드베키아의 단어 수집은 하루하루 다양해졌다.

'그중에 왜 '아빠'라는 말만 없는 걸까?'

심지어 율리안을 우띠아라고 불러, 율리안을 북부로 장기 출장을 가게 했는데도. 아빠라는 말만 기다리던 슈덴은 그날 이후 루드베키아를 안아 들고 일했다. 아빠라는 말을 오죽 듣고 싶어 하는지.

하지만 딸아이는 만만찮았다. 별별 보좌관들의 이름을 다 부를 동안 아빠는 안중에도 없었다. 슈덴이 얼마나 서운해하고 있는지 발리아의 눈에는 다 보였다.

"마님."

타국으로 강제 출장을 떠난 보좌관의 수가 다섯 명을 넘어선 날이었다.

"군부 쪽 회의가 조금 길어질 모양입니다."

"그럼 여기서 기다려야겠네요."

발리아는 황태자비궁에 마련된 접빈실 중 한 곳에서 대기하고 있었다. 그녀의 곁에는 호위인 로빈과 또 다른 가르트 기사 셋, 루드베키아를 안고 있는 사라도 함께였다.

"루아."

발리아는 딸아이를 받아 든 후, 눈을 맞췄다.

"'아빠'라고 해 봐."

"먀먀."

"아빠."

"먀먀."

"으음……."

"아가씨가 강적이시네요."

뒤에 서 있던 로빈이 말했다. 사라가 고개를 끄덕여 동의했다. 이 작은 아가씨는 며칠 전 제노의 이름을 부르는 데 성공했다. 제노가 저택 출입 금지를 당한 이유였다.

통 아빠라는 말을 안 하는 루드베키아. 발리아가 로빈과 함께 고민할 때였다.

"가르트 공작 부인!"

익숙한 목소리가 들렸다. 발리아가 고개를 들어올렸다.

"여기에 계신다고 하여 실례를 무릅쓰고 왔습니다. 합석해도 괜찮을는지요?"

"당연하지요. 조엔 후작."

"감사합니다. 공작 부인."

발리아의 허락에 시종들이 얼른 의자를 빼 주었다. 조엔 후작은 발리아의 맞은편에 앉아서 웃었다.

"그간 격조하셨습니다. 공녀님도 안녕하셨는지요?"

"저희는 잘 지냈답니다. 오랜만에 뵙네요. 디아나는 같이 안 왔나요?"

"지금 막 저택에서 출발했다더군요."

황제의 적장손이 탄생한 지 벌써 몇 개월. 겔의 귀족들은 물론 타국에서도 사신을 보내 인사를 하러 왔다. 실제로 이 황태자비궁은 사람들로 들끓고 있었다. 접빈실 문만 열고 나가면 금세 시끌시끌했다.

"어머, 발리아!"

얼마 후 디아나까지 접빈실에 도착했다. 아들인 에르만과 함께였다. 발리아가 눈을 동그랗게 떴다.

"세상에. 에르만이 이렇게 자랐나요?"

"아이들은 금방금방 크잖아요."

발리아는 에르만을 딱 한 번 봤었다. 조엔 후작 부부가 축하 선물을 싸들고 가르트 공작저를 방문했을 때였다. 공교롭게 그 다음 날부터 발리아와 디아나가 번갈아가며 바빠졌다.

"공녀님. 에르만이에요. 에르만 조엔이에요."

디아나는 에르만의 작은 손을 흔들며 말했다. 뒤에 서 있던 로빈이 피식피식 웃었다. 보송보송 환한 은발에 새파란 눈을 가진 에르만은 꼭 작은 인형 같았다.

"루아가 에르만이 마음에 드나 봐요. 계속 보네요."

붉은 눈동자와 파란 눈동자가 서로에게 향해 있었다.

"에르만이 뭘 알고는 쳐다보는 걸까요?"

"아이들끼리 통하는 게 있지 않을까요?"

"그럴 수도 있나요?"

화기애애한 분위기는 3분도 이어지지 못했다.

"으아아아아아앙!"

루드베키아의 시선을 받던 에르만이 갑자기 왁 하고 울음을 터뜨린 것이다. 젊은 부모들은 바로 당황했다.

"갑자기 왜 울지?"

"에르만, 뚝. 뚝!"

디아나에게서 에르만을 받아 든 조엔 후작이 아기를 얼렀다. 하지만 에르만은 쉽게 울음을 그치지 않았다. 발리아는 물론, 사라와 조엔가의 하녀까지 달라붙어도 통 그치질 않았다. 디아나가 어쩔 줄 몰라 하며 말했다.

"아이참. 이러다가 공녀님도 우시면 어쩌죠?"

한 명이 울기 시작하면 곧 그 장소에 있는 모든 아기들이 울어 버린다. 이 접빈실에는 또래 공녀가 있었으며, 바깥에는 다른 귀족들의 아이들이 적잖게 있었다.

울음 퍼레이드가 일어나면 안 되는데? 시종들이 서둘러 나가 빈 접빈실을 하나 구해 왔다.

"조엔 후작님, 후작 부인. 다른 접빈실로 모시겠습니다."

"어서 가요, 칼리드!"

조엔 후작이 후다닥 시종을 따라 나갔다. 디아나는 발리아를 돌아보며 말했다.

"발리아, 나중에 편지할게요!"

"으아앙!"

"와아아앙!"

접빈실 바깥에서부터 아기 울음소리들이 요란하게 섞여 들리기 시작했다. 난리통이 따로 없었다.

"디아나! 손수건 떨어뜨렸어요!"

발리아는 디아나가 떨어뜨리고 간 손수건을 들고 따라 나갔다. 기사 세 명이 서둘러 마님을 좇아 걸음을 옮겼다. 와중에 로빈은 루드베키아를 안고 있었다. 마님을 따라 나가자니 바깥에서 들리는 울음소리들이 겁났다.

사라는 얼른 접빈실 문을 닫아 버렸다. 하녀장과 기사는 안도의 한숨을 내쉬었다.

"아가씨는 안 우셔서 정말 다행입니다."

이 난리법석 와중에도 루드베키아는 붉은색 눈을 똘망똘망 뜨고 있었다. 작은 공녀님은 로빈의 품에서 아주 편안해 보였다. 사라가 감탄했다.

"로빈 경은 아기를 능숙하게 잘 안으시네요."

"늦둥이 동생이 두 명이었거든요."

그때였다. 까르르 웃던 루드베키아가 뭐라고 옹알댔다.

"어어?"

로빈과 사라가 서로를 마주보았다.

"하녀장. 방금 저만 들었습니까?"

"저도 들었어요."

"아까 조엔 영식 이름이 에르만이었죠?"

"네……. 에르만이었죠."

방금 루드베키아가 옹알거린 말도 에르만이었다. 잠시 침묵이 흘렀다. 로빈이 물었다.

"각하가 조엔 후작가도 수도에서 쫓아내실 수 있을까요?"

"저야 잘 모르겠지만, 일단 마님이 무척 슬퍼하실 거예요. 조엔 후작 부인과 친하시잖아요."

"그럼 모르는 척하죠."

"좋아요."

사라와 로빈은 그대로 입을 다물기로 작당했다.

"하녀장. 아가씨는 나중에 어떤 분과 혼인할까요?"

"글쎄요? 각하와 마님이 후일 정하시겠지만……, 아무래도 나이 맞고 신분 적당한 공자들 중 하나를 골라 하시겠지요?"

나이 맞고 신분 적당한.

다시 말해 에르만 조엔도 가르트 공녀님의 신랑 후보 중 하나라는 뜻이다. 로빈도 사라도 똑같은 생각을 했지만, 굳이 입 밖으로 내지는 않았다. 그들이 왈가왈부할 이야기는 아니니까.

"이번에 태어난 황세손도 여아시잖아요."

젤에서는 황태자의 소생을 황세손이라고 불렀다. 황세손이 정식으로 황위 계승권을 부여 받게 되면 비로소 황태손으로 봉해지는 것이다.

중요한 건 남아가 아니라는 사실. 게다가 마님은 조엔 후작 부인과 막역한 사이다.

'역시 에르만 영식이 제일 가능성 있어.'

혼자 그렇게 생각하던 로빈이 근원적인 질문을 던졌다.

"근데 우리가 이런다고 각하께서 에르만 영식을 좋아하시기는 할까요?"

"전혀요."

"그렇죠?"

그래도 로빈과 사라는 굳이 말하지 않기로 했다. 저 멀리 타국으로 출장 간 보좌관만 몇이던가. 로빈은 루드베키아를 안아 들고 세뇌시키듯이 말했다.

"아가씨. 제 이름은 제노입니다. 제노예요."

"우으앙."

로빈은 수도에서 쫓겨나고 싶지 않았다. 제노 이름만 부르세요, 아가씨. 제발요.

🌿🌿 🌿🌿 🌿🌿

루드베키아는 아장아장 걷고 있었다. 젖살 통통한 뺨이 환했다.

"아빠!"

슈덴이 허리를 굽혀 아이를 안아 올렸다. 꼭 닮은 붉은 눈동자가 서로를 마주 보았다. 먼저 웃은 쪽은 슈덴이었다.

딸아이는 어느새 두 살이었다. 루드베키아가 무럭무럭 자라면서, 슈덴에게는 눈에 띄는 변화가 생겼다. 다름 아닌 표정 변화였다.

어린 딸이란 참 신기한 존재였다. 자신을 꼭 빼닮은 루드베키아를 키우면서, 슈덴은 본인을 향한 태생적인 혐오감을 조금씩 벗어 낼 수 있었다.

"아빠."

루드베키아는 작은 손으로 아래쪽을 가리켰다.

"샤론이도 안아죠."

"아."

슈덴이 시선을 내렸다.

발치에서 그를 올려다보고 있던 샤론이 자연스럽게 두 팔을 벌렸다.

샤론 올리비아 라겔뢰프. 슈덴은 허리를 숙여 이 작은 황세손을 안아 들었다.

"감샴미다."

오물거리는 입으로 인사는 참 잘 한다. 슈덴은 양팔로 두 꼬마를 안아 든 채 시선을 옮겼다.

지금 그가 두 아이와 있는 곳은 황태자궁이었다. 황궁의 그 어떤 곳보다도 꽃이 많이 피어 있는 화려한 정원.

항상 드나드는 사람으로 북적북적한 황태자궁이 오늘은 한가했다. 웬만한 사람들이 전부 황태자에게 가 있었던 탓이다. 물론 발리아 역시 마찬가지였다.

"이고 봐! 장미얌."

"와앙."

슈덴은 장미꽃을 사이좋게 입 안에 넣으려는 두 꼬마들을 제지했다. 오늘 아침, 하녀들이 루드베키아의 머리에 장식으로 달아 준 분홍색 장미꽃이었다.

언제 또 뺀 건지. 통통한 뺨에 묻은 침을 닦아 줘야 하는데 손이 모자랐다. 슈덴은 뒤에 서 있는 시종들에게 눈짓을 했다. 시종들이 손수건을 빼 들고 달려오던 때였다.

"가르트 공작 각하!"

저 멀리서 시종 하나가 후다닥 뛰어왔다. 얼굴만 봐도 짐작이 갔다. 슈덴이 물었다.

"황태자비궁에서 왔나."

"예! 가르트 공작 부인께서 전하라 하시기를."

루드베키아와 샤론은 어느새 손수건을 함께 오물거리고 있었다.

"비전하께서 아들을 낳으셨다고 합니다!"

"아들?"

"예! 황태자비궁으로 모실까요?"

"가 봐야겠지."

슈덴은 그때까지만 해도 새로 태어났다는 황세손에게 별 사감이 없었다.

그래.

그때까지만 해도.

❦ ❦ ❦

"······이제야 한숨 돌리겠어."

한바탕 시끄러웠던 황태자비궁은 밤이 다 되어서야 조용해졌다. 황제도, 귀족들도, 궁의들까지 모조리 돌아간 후였다. 구스토가 누워 있는 예리의 손을 잡았다. 잠시간 까무룩 잠들었다가 일어난 그녀는 구스토를 올려다보며 말했다.

"너 진짜 나한테 잘 해라."

"평생 모시고 살게."

"말로만?"

"어떻게 해야 믿을래?"

"내일 계약서 써. 나한테 조금이라도 소홀하면 모든 걸 때려치우고 성직자의 길을 걷겠다고 적어."

진지한 목소리에 구스토가 결국 웃었다.

"알겠어. 적을게."

예리는 구스토의 도움을 받아 일어나 앉았다. 그 사이 구스토의 눈짓을 받은 시녀가 종종걸음으로 나갔다. 얼마 걸리지 않아 시녀 몇이 침소로 들어왔다. 시녀가 안아 든 아기 포대기로 황태자 부부의 시선이 쏠렸다.

"궁의들이 신신당부를 하였습니다. 황세손님이 몸이 무척 약하시다고요."

"……잠깐 얼굴 보는 건 괜찮겠지."

구스토가 아기를 받아 들어 예리에게 보여 주었다. 건강하게 태어난 샤론과는 달리 둘째는 몸이 약했다. 예리는 조금 울 것 같은 얼굴로 아이를 받아 들었다.

"너무 작다. 우리 아기."

"그러게."

갓 태어난 핏덩이만 확인하고, 그 이후로는 겨를이 없었던 예리는 처음으로 아기의 낯을 확실히 보게 된다.

"어?"

예리가 몇 번 눈을 깜빡였다. 그녀가 고개를 홱 들어올렸다.

"우리 애 눈이 은회색이네? 왜 말 안 해 줬어?"

"그게 왜?"

"봐. 머리도 검은색이고!"

"……그러니까 그게 왜? 네 머리를 물려받은 거 아냐?"

"아니, 바보야! 내가 발리아 아기를 낳은 것 같잖아!"

구스토가 헛웃음을 지었다. '발리아'가 가르트 공작 부인의 이름임을 잘 아는 황태자비궁의 시녀들도 소리를 죽이고 웃었다. 그녀들의 주인은 다른 또래의 귀족들과는 달리, 묘하게 동화 같은 구석이 있었다.

어찌 되었든 어두운 분위기보다는 낫다. 구스토가 말했다.

"벌써 잊었어? 승하하신 내 모후 폐하께서 은회색 눈동자셨잖아."

"아, 맞다. 그랬지?"

발리아한테 신기하다고 펜던트 초상화까지 들고 가 보여 줘 놓고는 깜빡했다.

"그렇게 신기해?"

"닮았잖아."

그렇게 찍어낸 듯 닮은 것 같지는 않은데? 구스토는 턱을 갸웃했다. 예리가 원래 살았다던 곳의 영향일까?

'대부분 검은 머리에 검은 눈이라고 했었나. 아니면 갈색이라고.'

예리는 대륙에서 으레 하듯, 사람의 눈 색이나 머리색을 치밀하게 분류하질 않았다. 쨍한 레몬색 머리도, 옅은 밀짚색의 머리도 몽땅 금발로 쳐 주는 관대한 황태자비. 실은 구분을 잘 할 줄 모를 뿐이지만 뭐 어떻단 말인가.

"발리아를 닮았으니까 우리 아들도 건강할 거야."

호리호리하기만 한 가르트 공작 부인과 닮은 게 어떻게 건강함과 연결되는 걸까. 구스토는 물론 시녀들도 알지 못했지만 가만히 있었다. 예리는 아기의 이마에 입을 약하게 맞췄다. 그리고 짐짓 밝은 목소리로 말했다.

"우리 애 공녀랑 엄청 잘 어울리겠다. 그치."

"정략혼 아직도 포기 못했어?"

"뭐 내가 강요라도 한댔나. 그냥 둘이 잘 어울리겠다고 한 거지. 안 어울려?"

"아니. 잘 어울려."

"그렇지?"

그 당시만 해도 예리는 물론이고, 구스토도 몰랐다. 새로 태어난 이 황세손이 어떤 경로로 슈덴에게 찍히게 되는지.

어쩌면 몰라도 상관없기는 했을 터다. 공녀와 황세손은 서로 얼굴도 모르는 관계로까지 치닫게 되니까.

✶⟶⟶ ✶⟶⟶ ✶⟶⟶

날 맑은 어느 날이었다.

"각하."

손이 슈덴에게 고개를 숙였다.

"마님께서 한 시간 후쯤에 도착하실 것 같다고 전하라 하셨습니다."

"그럼 조금 더 있다가 가지."

"예."

슈덴은 황궁에 마련된 개인 집무실에 앉아 있었다. 오늘은 새로 태어난 황세손이 이름을 받은 특별한 날이라, 본래 예정되어 있던 모든 회의가 취소되었다. 오전 업무까지 없어진 건 아니라, 슈덴은 아침에 입궁을 했다.

"아가씨는 주무시는군요."

손이 평소보다 훨씬 작은 목소리로 말했다. 그의 말대로, 루드베키아는 저택에서부터 따라 온 하녀 품에 안겨 기절하듯 잠에 빠져 있다. 슈덴이 피식 웃었다.

오늘 슈덴은 딸을 데리고 입궁했다. 오늘따라 루드베키아가 일찍 일어나더니, 입궁하기 전 잠깐 들른 슈덴을 보고 세상 떠나갈 듯 울었다.

가지 마! 가지 마! 가지 마!

결국 슈덴은 루드베키아를 데리고 입궁했다. 어차피 오늘은 황세손에게 인사하기 위해 황궁에 와야 했다.

데려가겠다니까 좋아하던 것도 잠시, 가르트의 마차가 황궁 문턱을 넘기도 전에 루드베키아는 고대로 잠들었다.

슈덴은 잠든 딸을 하녀에게 넘기고 업무를 봤다. 근래 루드베키아는 아빠 품을 좋아해 잘 떨어지려고 하질 않았다.

시간이 적당히 지난 즈음에 슈덴이 서류철을 덮었다. 시계를 확인하고 집무실을 나서는 그의 뒤를 숀과 하녀가 쫓아갔다.

"확실히 먼젓번보다 사람이 많군."

대회의실이 있는 이 궁은 현재 한산한 편이었지만, 아침에 궁문에 들어오려던 마차만 몇 대였는지. 숀이 대답했다.

"예. 각 영지에서 올라온 귀족들이 많아, 수도의 좋은 숙소는 벌써 다 찼다고 합니다."

"흐음."

슈덴도 그 이야기를 들었다. 샤론이 태어났을 때보다 이 황세손의 탄생에 관심을 보이는 귀족들이 더 많았다. 이유야 알고 있었다.

구스토 외에 황위를 물려받을 동기는 거의 없다시피 한 지금. 굳건한 황위 후계자의 '아들'이니 당연히 황태손으로 봉해지려니 여기는 것이다. 특히 황실과는 연이 먼 귀족들, 그러니까 영지 붙박이 귀족들일수록 이렇게 생각하는 면이 강했다.

황가에 태어난 아이들의 숙명이긴 했다. 무엇보다 이번에 태어난 황세손의 몸이 유달리 약하다는 사실은 최고위급 귀족들만 아는 사실이었다.

후일 황제로 등극해도 오래 살지는 못할 터다.

표정은 어린 딸아이에 맞춰 많이 변했다지만, 머릿속까지 변하지는 않는다. 겔의 유일한 공작이니만큼 정치 쪽으로는 생각이 가는 게 당연했다.

그때였다.

"아이고! 가르트 공작 각하 아니십니까?"

"공녀님도 함께 오셨군요!"

잘 차려 입은 남자 두 명이 후다닥 달려와 아는 척을 했다. 옷차림을 보아하니 오등작 작위를 받은 귀족 후계자들 같았다. 손은 가르트 공작에게 먼저 말을 거는 모습을 보아, 그들이 수도 귀족은 아니리라 짐작했다. 손의 짐작대로, 그들은 어디 영지에서 올라온 무슨 백작 후계자들이라고 본인들을 소개했다.

"황태자비궁으로 가십니까?"

"이런 우연이 또 있을까요? 마침 저희도 그곳으로 가는 길입니다."

슈덴이 가볍게 고개를 까딱였다. 영지 신흥 세력들이 황궁으로 대거 올라오면서, 자연히 낯선 얼굴도 많아졌다. 그들의 공통점이라면 권력자에게 비빌 구석을 찾느라 바쁘다는 거였다. 하지만 슈덴은 그들을 알지 못했다.

관심이 없었으니까.

이 젊은 후계자들 역시 당연히 알고 있는 사실이었다. 특별히 중임을 맡지도, 그렇다고 능력이 눈에 띄게 뛰어나지도 않은 귀족들을 모조리 외우기에는 황궁에 사람이 너무 많았다.

이럴 때 필요한 건 줄! 줄만 잘 잡아도 귀족 사회에서의 입지가 아주 달라진다.

"공녀님이 이번 황세손님과 무척 잘 어울리시지 않습니까?"

"제 말이 그 말입니다."

"둘 다 어린데 너무 앞서가는군."

슈덴이 심드렁하게 대꾸했다. 황태자 부부가 아들을 낳으면서 루드베키아와 엮어 보려는 귀족은 한둘이 아니었다. 아부든 진심이든.

어쨌든 이 정도는 익숙했다.

"두 분 다 어리시긴 하다만, 그래도 어떻습니까?"

"맞습니다. 두 분 모두 보물처럼 귀하신 분들이니 서로 꼭 어울리지요."

여기서 끝냈더라면 그들은 슈덴에게 집안과 얼굴을 기억시키는 정도의 성공을 거뒀을 터다. 하지만 대부분의 사람들이 그러하듯, 이들도 적당한 정도를 몰랐다.

"훗날 젤의 황후로 가르트의 공녀님이라니. 말만 해도 최고입니다."

"말해 뭐합니까. 아주 기가 막히네요."

"황후?"

슈덴이 처음으로 웃었다. 이제나저제나 눈치만 살피던 남자들의 얼굴이 밝아졌다.

"시답잖은 농담을 하는군. 내 딸이 황후가 되면 가르트는 누가 이어받나."

젤 황실의 국법상 황제의 반려는 다른 오등작 작위를 겸할 수 없었다.

"별 걱정을 다 하십니다! 공작 각하께서 공작 부인과 사이가 좋다고 시골 영지에도 소문이 파다합니다."

"그럼요. 아들 하나 보시는 건 시간문제죠."

'있던 자리도 보존 못 하겠군.'

손은 속으로 생각했다. 그들은 초점을 아주 잘못 잡았다. 아부를 하고 싶었다면 최소한 사전 조사는 하고 와야 하질 않은가.

얼마 전 저들과 비슷한 말을 했던 멍청한 백작이 어떻게 쫓겨났는지 모르는 모양이다. 손의 기억대로라면 그 백작은 며칠 후 아예 본인의 영지로 내려갔다고 했다. 말이 내려갔다지 실은 도망이나 마찬가지였다.

슈덴이 물었다.

"백작가 후계자들이라고 하지 않나?"

"예. 각하! 그렇습니다!"

어디 어디 백작가라고 강조해서 말하는 목소리에 땡 잡았다는 기색이 역력했다. 손이 하녀에게 조금 떨어지자고 고갯짓을 했다. 잠든 루드베키아가 깰까 봐 보이는 배려였다.

하녀와 손의 걸음이 티가 날 정도로 느려졌다. 금세 거리가 벌려진 때였다.

"가르트에 불만이 있으면 내게 직접 말하는 게 낫질 않겠나. 반역죄로 함께 멸문당하고 싶지는 않은데 말이지."

싱글벙글하던 그들의 표정에 쩍 금이 갔다.

"각하? 반역이라니요!"

"무슨 말씀이십니까!"

식겁한 목소리가 흘러나왔다. 갑자기 왜 반역 이야기로 불똥이 튀는지 알 수가 없었다.

"황태손이 봉해지지도 않았는데 후일 황후를 들먹이는 이유를 모르겠군. 황제 폐하께서 윤허하신 일인가?"

"그건 아니지만……. 공녀님이 황세손님과 마침 나이도 맞고 하셔서……."

"나쁜 의도로 말씀드린 게 아닙니다, 각하!"

"아니라고?"

빈정거리던 목소리가 손바닥 뒤집히듯 바뀌었다.

"언제부터 겔의 황위를 백작 작위 이하가 사사로이 논할 수 있게 됐나."

"그, 그게……."

"주제 파악을 못 하는 것도 병이지."

듣는 이들의 안색에서 핏기를 싹 빼는 냉기 고인 목소리.

너무 나댔다. 섣부르고 생각 없는 아부가 단단히 역풍을 불러왔다고 모를 수가 없었다. 이들은 후에 아버지에게 눈물이 쏙 빠질 정도로 심하게 혼나고 만다. 멍청하게 놀린 혀로 후계자 위치까지 흔들리게 되지만, 그건 좀 더 나중에 일어나는 사사로운 비극이다.

❧ ❧ ❧

"먼저 모시겠습니다. 가르트 공작 각하, 공녀님."

슈덴과 루드베키아는 황세손이 잠들어 있는 방으로 안내되었다. 루드베키아는 황세손을 보고 눈을 반짝반짝 빛냈다.

"애기!"

친동생을 낯설어하고 갖다 버리라고 끊임없이 종알대는 샤론과는 달리, 루드베키아는 갓난아기가 마냥 신기한 모양이었다. 황세손의 뺨을 꼬집어 보려는 작은 손을 시녀들이 깜짝 놀라 달랬다.

이때까지만 해도 슈덴은 별 생각 없이 두 아이를 지켜보고 있었다. 황세손이 태어났으니, 황실 예법상 루드베키아가 인사는 드려야 했다.

그래 봤자 아기들인데 무슨 인사를 시킨다고. 황세손은 물론 루드베키아도 이날을 기억이나 하겠는가.

심드렁한 속내가 표정에 고스란히 나타났다. 슈덴은 법도에 맞는 시간만큼만 있다가 루드베키아를 데리고 나갈 생각이었다. 발리아는 티 파티 멤버였던 귀부인들과 마주쳐 인사를 나누는 중이었다.

조용조용했던 황세손의 방은 3분도 가지 못 해 시끄러워졌다.

"우응?"

루드베키아가 입술을 오물댔다. 황세손이 루드베키아의 손을 갑자기 꽉 잡아 버린 것이다. 황세손을 돌보고 있던 시녀들이 어머 하고 웃었다. 진짜 일은 다음 순간 터졌다.

"으아앙!"

황세손이 고막 찢을 기세로 울어대기 시작했다. 순한 편이라 잘 울지도 않는다고 시녀들이 하던 말이 무색할 정도였다. 심지어…….

"아이참. 왜 안 놓으시지?"

"황세손님. 잠시만 놔 주세요. 네?"

요람을 둘러싼 시녀들이 쩔쩔맸다. 슈덴은 어느새 자리에서 일어나 성큼 다가온 상태였다. 그가 눈썹을 치켜 올렸다.

'뭐야, 이 녀석.'

황세손이 루드베키아의 손을 놔 주질 않고 으앙으앙 울고 있었다. 그래봤자 갓난아기인데 손힘이 세 봤자 얼마나 셀까. 시녀들이 걱정하는 건 이 병약한 황세손의 몸 상태였다. 그래서 살살 손가락 하나를 떼어 내니 또 끈덕지게 달라붙었다.

보통 집착이 아니었지만, 분리는 어렵지 않았다.

루드베키아의 힘이 훨씬 셌기에.

"우아아아아아아앙!"

아기가 갑자기 손가락을 잡고 울어, 놀란 듯 보였던 루드베키아가 황세손을 홱 떨쳐 냈다. 난리가 났다.

"공녀님!"

"황세손님!"

여기까지는 해프닝이라고 쳤다. 진짜 문제는 이 다음이었다.

"으아아아아앙!"

"아니 왜 공녀님을 보면서 우는 것 같지……?"

정말로 이상한 광경이었다. 황세손은 루드베키아를 보면서 세상 떠나갈 듯 울어대는 한편, 그 와중에도 손은 또 루드베키아를 향해 열심히 꼬물대고 있었다. 시녀들은 당혹해하며 쩔쩔맸으며, 슈덴은.

'뭐 이런 놈이 다 있어.'

굉장히 불쾌해졌다.

왜 남의 딸을 보고 저렇게 울어 젖히나? 딸아이 손을 잡고 싶으면 저렇게 울지나 말던가.

시녀들이 둥가둥가 달랠 때까지 황세손은 울음을 그치지 않았다. 루드베키아도 기분이 나빠졌는지 슈덴의 품에 안겨 서럽게 울었다.

"아빠아……."

"그래, 루아. 이제 괜찮단다."

슈덴은 루드베키아를 달래 주었다. 물론 기분은 더러웠다. 아까 황후 운운하던 놈들도 그렇고, 기껏 데리고 왔더니 딸을 울려 버리는 황세손도 좋게 보일 리가 없었다.

이날 벌어진 일을 기점으로 슈덴은 누구도 생각지 못한 결정을 내리게 된다.

❋ ❋ ❋

"네? 루아를요?"

화장대에 앉아 있던 발리아가 뒤를 돌아보았다. 방금 목욕을 하고 나온 터라 머리카락 끝이 살짝 젖어 있었다.

"이젠 황궁에 안 데려가시겠다고요?"

"예."

"갑자기 왜……. 무슨 일 있으셨어요?"

발리아가 루드베키아를 보았을 때, 아이는 슈덴 품에서 색색 자고 있었다. 속눈썹 끝에 대롱대롱 매달렸던 눈물은 하녀가 조심조심 닦아 낸 후라서 전혀 몰랐다.

"황세손이 울었다고요?"

"세상 떠나가라 울더군요."

발리아가 고개를 갸웃했다. 그러더니 슈덴은 생각도 못한 말을 꺼냈다.

"슈. 루아랑 눈 마주친 아기들은 거의 다 우는 걸요?"

루드베키아는 전적이 화려했다.

"에르만도 울었고 샤론도 울었어요."

"……샤론도 말입니까?"

"네. 다른 아기도 한 네 명 울렸고요."

그 중에서 샤론이 그나마 가장 덜 운 아기였다. 두 번 정도 울더니 나중엔 친해져서 루드베키아와 잘 놀았다.

"왜 루아를 보면서 웁니까."

혼잣말 비슷한 질문에 의외로 대답이 돌아왔다.

"그야 당신 딸이니까 울겠죠."

"제 딸이라서?"

"참."

발리아가 빙그레 웃었다.

"당신은 모르신댔지."

"음?"

갑자기 수수께끼를 하는 기분이 이런 걸까. 슈덴은 그만치 발리아의 말을 이해할 수가 없었다.

"부인."

"네?"

"제가 뭘 모른다는 겁니까?"

몸을 돌려 슈덴을 바라보고 있던 발리아가 다시 거울 쪽으로 앉았다. 새침한 미소는 덤이었다.

"발리아?"

"맞춰 보세요. 그냥 알려 드리면 재미없잖아요."

"……."

단언컨대 이 광활한 제국을 탈탈 털어도 발리아처럼 슈덴을 갖고 노는 사람은 존재하지 않을 터였다. 그는 확언할 수 있었다.

발리아는 도톰한 수건으로 손을 닦았다. 화장대 거울을 통해 슈덴이 다가오는 게 아주 잘 눈에 들어왔지만, 그냥 안 보이는 척했다.

슈덴이 발리아의 바로 뒤에서 허리를 숙였다. 가운 걸친 어깨를 감싸 안은 후 정수리에 가볍게 입을 맞췄다. 막 감은 머리에서 좋은 향기가 났다. 슈덴은 발리아의 머리에 턱을 살짝 묻었다. 거울을 통해 서로의 눈이 마주쳤다.

"정말 모르겠는데 말씀해 주시지."

"음, 어떡하지."

애태우는 듯한 미소가 간지럽게까지 느껴진다. 발리아가 빙긋빙긋 웃었다.

"저번에 대신전에서요."

"대신전?"

루드베키아가 가장 먼저 울렸던 아기는 에르만 조엔이었다. 발리아도 그때 경황이 없어 미처 떠올리질 못했다.

"그때 들은 게 있거든요. 에덴한테서요."

"······에덴한테?"

"네."

발리아는 에덴의 이야기를 잘 꺼내지 않았다. 슈덴을 배려하는 것 같았다. 에덴이 그의 괴로운 기억임을 잘 알아서.

그래서일까. 발리아가 마지막으로 에덴 이야기를 한 건 루드베키아를 낳기도 전이었다. 가르트 성 근처에 그 아이의 무덤을 만들어 주고 싶다고 했던 게 전부였다. 뼛조각도 남아 있질 않은 작은 무덤이 해바라기 들판에 생겼다.

"당신이 꼬꼬마 시절 때 툭하면 동네 아이들을 울렸대요. 이상하게 당신 눈만 마주치면 우는 애들이 많았다고 그러던걸요."

"······전 기억이 안 나는데."

"그것도 에덴이 말해 줬어요. 당신은 정작 기억도 못하더라고. 참,

그때 카누트 백작도 기억하던데요? 나중에 한 번 만나서 물어보세요."

슈덴이 픽 웃었다. 그런 걸 묻겠다고 만나자니. 멱살이나 잡히지 않으면 다행일 터다.

"벌써 잊었겠지요. 오래 기억할 만한 일도 아니잖습니까."

"그렇게 생각하세요?"

햇볕 같은 미소가 다정하다.

"저는 아주 오래 기억할 건데."

"……그러십니까?"

"네."

슈덴은 물끄러미 은회색 눈동자를 바라보았다. 예리는 갓 태어난 황세손의 눈동자를, 죽은 전 황후의 눈동자를 발리아와 닮았다고 했지만 아니었다. 슈덴이 사랑하는 이 눈은 세상을 통틀어 하나밖에 없었다. 아무와도 닮지 않아 더 애틋한 이 새벽 같은 빛깔.

발리아는 화장대 의자에서 일어났다.

무슨 생각을 하는지, 말없이 자신을 바라보는 슈덴의 두 뺨을 잡았다. 그의 얼굴에 의문이 스쳤을 때였다. 발리아가 고개를 들어 올려 슈덴에게 입을 맞췄다.

발리아가 먼저 해 주는 키스는 아주 드물었다. 슈덴이 할 때처럼 묘하게 야한 입맞춤은 아니었지만 간질간질해 좋았다. 발리아의 키에 맞춰 허리를 숙이고 키스를 받던 슈덴. 그는 그녀가 입술을 떼려고 하자마자 양팔을 붙잡고 입안을 헤집었다.

"흣……."

조금씩 밀려난 발리아의 엉덩이가 화장대에 살짝 걸쳐졌다. 슈덴은 아예 그녀의 허리를 잡아 안아 화장대 위에 앉혔다. 밀려난 수건이 바닥으로 흘러 떨어졌다. 발리아는 하녀들이 두고 간 빗과 장미수 병이 굴러 떨어지는 소리가 신경 쓰였으나 오래 가진 못했다.

슈덴은 꼭 갈증을 느끼는 것 같았다. 발리아에게 깊게 입을 맞출 때마다 그랬다.

꼭 잡아먹힐 것 같은 느낌에 그녀가 자꾸만 밀착하는 그의 가슴을 짚었다. 그러나 슈덴은 발리아의 두 손을 깍지를 껴서 잡아 버렸다. 두 다리 사이로는 이미 무릎이 들어왔다. 어느새 당겨 풀어 버린 가운 허리끈. 헐렁하게 벌려진 발리아의 실크 가운이 스르르 미끄러져 어깨에 걸쳐졌다.

"흑!"

발리아가 깊숙이 파고드는 슈덴의 손을 막았다. 자극. 내뱉는 숨이 바로 뜨거워졌다. 어느새 젖은 손가락이 적나라했다. 슈덴은 발리아의 엉덩이를 잡고 허리를 감쌌다.

안아 올리는 손길. 발리아는 슈덴의 목에 팔을 둘렀다. 활짝 벌려진 두 다리가 그의 허벅지에 감겼다. 단단하게 곧추 선 페니스가 드러나기 무섭게 발리아의 다리 사이에 맞춰진다.

닫혀 있던 몸이 순식간에 열린다. 길을 낸 페니스가 습하고 깊숙한 안쪽까지 삽입되기 시작한다. 빠듯하게 채워지는 부피감에 금세 발리아의 숨이 턱 끝까지 차올랐다. 밀려날 여유도 호흡 그러 쉴 여유도 없었다.

"훗! 으응!"

슈덴이 쳐올릴 때마다 발리아의 몸이 정신없이 흔들렸으니까. 무섭도록 불거진 페니스가 거칠게 그녀를 찔러댔다. 지탱할 곳이 부족한 자세에서 오는 긴장감까지 발리아를 달뜨게 만들었다. 쾌감에 잔뜩 오므린 발끝이 근육으로 팽팽하게 당겨진 슈덴의 허벅지를 스쳤다.

거의 끝까지 빠져나갔던 페니스가 다시 퍽 하고 짓쳐 올린다. 저릿저릿한 신음 소리가 터졌다. 머리끝까지 아득해지는 기분이다. 다리를 모으고 싶은데 그러질 못해서.

신음을 토해 내며 눈을 꼭 감는 발리아는 슈덴의 망막에 찍힌 듯 새겨진다. 불로 지져버리는 것 같은 기분을 그녀가 평생 알기는 할까. 눈을 파낸다 해도 지워지지 않을 것 같은 이 느낌을.

허리를 감싸고 있던 슈덴의 한쪽 손이 발리아의 날개 뼈 쪽으로 올라갔다. 그녀의 등을 단단히 붙잡은 그가 그대로 가슴에 얼굴을 박았다. 말캉한 가슴을 삼키고 예민하게 선 정점을 입에 물고 빨았다.

"슈, 으흑! 잠시만……."

가슴을 정신없이 애무하는 감각까지 더해지자 간신히 붙잡고 있던 이성이 아예 무너져 내리는 것 같았다. 슈덴이 자신을 미친 듯이 욕망하는 모습이 너무 야하게 느껴졌다.

"제발, 아! 흑!"

눈앞이 까마득해졌다. 땀방울이 맺혔던 등줄기가 꿰인 것처럼 곤두세워졌다. 질척하게 젖어 있던 안에서 아예 액이 터지듯 흘러내려 슈덴의 허벅지를 적셨다. 그대로 힘이 빠져 늘어지려는 몸을 그가 감쌌다. 슈덴이 아직 건재하다는 건 안쪽을 꽉 채운 감각으로 충분히 알고 있었다.

절정에 오른 몸은 이어지는 움직임에 바들바들 떨렸다. 슈덴이 평소보다 거칠어진 목소리로 속삭였다.

"항상 혼자 먼저 느끼시면 어쩌지."

"흑……."

"제 건 어쩝니까. 발리아."

발리아의 허벅지가 제대로 감기지 못하고 자꾸 미끄러져, 슈덴은 아예 옆에 있던 탁자 위에 발리아를 눕혔다. 그녀의 다리를 잡아 누른 후 들어가는 힘이 거셌다.

옴짝달싹도 못하게 깔리는 느낌. 발리아의 신음에 흐느끼는 소리가 섞였다. 온몸이 뜨겁게 달아오르는 한편, 선득한 쾌감에 모골이 송연해졌다. 아무리 한껏 다리를 벌려도 모자란 것 같았다.

슈덴이 발리아의 가슴에 몸을 붙였다. 틈도 없이 붙어 움직이는 허리에 그녀의 다리가 마구 흔들렸다. 체온을 달아나지 않게 해 주던 실크 가운이 답답하게 느껴질 정도로 몸이 뜨거워졌다.

땀방울이 맺혀서, 발리아의 이마에도 머리카락이 달라붙었다. 슈덴도 마찬가지였다. 밀어붙이던 난폭한 움직임은 발리아가 심한 오르가즘을 다시 느끼고 난 후에야 겨우 멎었다.

정액이 울컥 쏟아졌다. 발리아의 안쪽에 뜨거운 게 그대로 퍼졌다. 말랑한 점막을 가득 뒤덮고도 넘친 정액이 찌걱대는 소리와 함께 발리아의 골을 타고 흘렀다.

"······발리아."

신음 섞인 탁한 목소리에 소름이 오스스 돋았다. 슈덴의 습관인 호명에 발리아 역시 습관처럼 반응했다. 그녀가 두 팔로 그의 목을 꼭 껴안았다. 슈덴이 발리아의 뺨에 뜨거운 입을 갖다 댔다.

사랑한다는 속삭임이 그녀의 귓가를 울렸다.

본궁. 집무실이었다. 황제는 차를 마시다 말고 물었다.

"램튼. 준비는 잘 되어 가나?"

"최선을 다해 준비하고 있습니다. 폐하."

황제가 말하는 준비. 바로 얼마 후 도착할 타국의 미혼 왕족들을 맞이할 준비였다.

"알고 있겠지만, 이번은 특별히 심혈을 기울여 준비해야 하네."

"여부가 있겠습니까."

특히 이번 초청은 의미가 남달랐다. 왜냐하면.

"마지막 초청이니만큼 특별히 화려하고, 완벽해야겠지. 짐은 유종의 미를 아주 좋아해."

이번 초청을 끝으로 겔 황궁에서는 왕족들을 초청하지 않을 예정이었다. 이 제도는 보완되어 몇 년 후 '아카데미'라는 이름으로 새롭게 탄생되지만, 공식화되는 것은 좀 더 나중의 일.

지금 확보를 하는 도중 슈덴 가르트가 황제와 수많은 귀족들을 당황시키는 일도 생기지만, 그것 역시 나중에나 생기는 일이다.

황제는 감상에 잠겨 말했다.

"몇 십 년간 이어진 전통이 짐의 치세에서 막을 내리다니. 감회가 새롭구나."

"폐하께서도 오래 숙려하고 내리신 선택이 아니십니까. 소인이 최선을 다하겠습니다."

"램튼, 자네만 믿겠네."

"황공하옵니다."

황제의 직속 시종장인 램튼은 사뭇 비장한 태도였다. 그는 황제의 차 시중을 끝내자마자 바로 시종들에게 진행 사항을 물었다.

"시종장님! 공주님들 처소에 장식해 둘 꽃이 모자랍니다."

"수량 파악을 다시 한 후 정리해서 보고해라. 오늘 안에 제출해야 한다."

"알겠습니다!"

황궁에 기거하는 수천 명의 사용인들이 눈 코 뜰 새 없이 바쁜 지금. 귀족 소회의는 다른 이유로 숨 가쁘게 바빴다. 거투르드 백작은 주름진 손으로 얼굴을 쓸어 넘겼다.

"예전엔 이 정도는 아니었는데 전쟁입니다, 전쟁이에요."

퇴근 시간? 예전에 훌쩍 넘겼다. 이 늦은 밤. 궁문은 닫힌 지 오래라 미처 퇴궁하지 못한 귀족들은 꼼짝없이 황궁에서 자고 가야 했다.

소회의 귀족들은 익숙했다. 벌써 일주일째였으니까. 아홉 명의 주요 귀족들은 정확히 일주일째 집에 들어가지 못하고 있었다.

"황실 친위대는 신분 상승을 할 수 있는 좋은 기회니까요."

이번에 새로 생긴 황궁 무력 집단, 친위대. 간부로 지원한 귀족들이 너무 많아 추리는 것도 일이었다. 조엔 후작은 슈덴을 보며 말했다.

"솔직히 말해 공작 각하가 한 명쯤은 책임지셔야 한다고 봅니다."

조엔 후작의 말은 농담조였지만 뼈가 있었다. 친위대라는 안건을 처음 기획한 곳은 군부. 그리고 군부의 총책임자는 슈덴이다.

"책임이라."

슈덴이 짧게 웃었다.

"가르트 기사라도 하나 내놓으면 됩니까."

"공작 각하도 농담을 다 하시는군요."

옆에 있던 로건 후작이 진지하게 말했다.

"가르트 기사가 뭐가 부족해서 적을 옮기겠습니까?"

대접이나 녹봉의 문제가 아니었다. 무릇 기사란 명예를 중시했다. 황제의 근위대조차 가르트 기사단을 로망이라고 여기는 마당에, 친위대에 입단하겠다는 기사가 잘도 나오겠다.

다들 비슷하게 생각했지만, 사실 슈덴은 꽤 진심이었다.

'제노를 보낼까 했는데.'

당연히 강제로. 슈덴이 머릿속으로 무슨 생각을 하고 있는지 귀족들은 몰랐다.

어쨌든 슈덴은 조엔 후작의 농담을 받아칠 만큼 기분이 괜찮은 편이었다. 고작 일주일 강행군 회의를 했다고 지치기에는 그의 체력이 남달랐다.

더군다나 모레면 귀족 소회의가 임시로 파하질 않던가. 그날이면 발리아도 저택에 돌아와 있을 터였다. 그녀는 작년에도, 재작년에도 이즈음엔 가르트 영지에 내려갔다 왔다. 발리아와 루드베키아를 볼 생각에 슈덴의 표정은 좋았다.

그래.

좋았다.

새벽 1시에 방으로 갑자기 찾아 온 불청객만 아니었다면.

"정말……, 정말 죄송합니다. 가르트 공작 각하."

보바가튼 백작이 쩔쩔맸다.

슈덴은 상체를 앞으로 조금 숙였다. 느슨하게 벌어져 있던 가운이 조금 더 흘러내려 근육으로 꽉 짜인 가슴이 은근하게 드러난다. 잠들려다가 급하게 일어났음을 반증하는 차림새였다.

보바가튼 백작은 소리 내서 울고 싶었다.

'우리 가문은 이제 망하는 걸까?'

산에서 데굴데굴 구르면서 봐도, 슈덴의 기분이 매우 좋지 않다는 걸 알 수 있을 터다. 공작의 격에 맞춰 황궁 사용인들이 우아하게 꾸며 둔 이 넓은 방. 어째서인지 전과 달리 값비싼 꽃까지 가득했지만 그걸 의아하게 여길 정신은 백작에게 없었다. 보바가튼 백작이 급하게 가져 온 서류를 읽는 슈덴의 눈빛은 아주 차가웠다.

"백작."

슈덴은 서류에 시선을 고정한 채로 물었다.

"분명 이 일정은 미뤄진 걸로 아는데."

대체 왜 그대로인지.

"드, 드릴 말씀이 없습니다. 제가 시찰 일정을 착각하는 바람에 그만……."

"착각할 게 따로 있지."

슈덴의 목소리가 사형 선고처럼 들려 보바가튼 백작은 울 뻔했다.

원래 귀족 소회의에서는 정기적으로 국경선 시찰을 다녀왔다. 소회의 소속 귀족 전부가 가는 게 아니라, 몇 명씩 조를 짜서 순서대로 가는 행사였다.

이번에는 슈덴과 조엔 후작이 시찰을 갈 차례였다. 원래는 왕족 초청 환영 무도회 이후로 미뤄졌을 시찰인데, 담당이었던 보바가튼 백작의 실수로 일정이 미처 조정되질 않았다.

한마디로 슈덴은 모레 아침 당장 떠나야 한다는 소리였다.

본인의 실수를 알자마자 보바가튼 백작은 서둘러 슈덴이 묵고 있는 방으로 뛰어왔다. 뛸 수밖에 없었다.

"이건 미룰 수도 없겠군."

"죄송합니다……."

"조엔 후작에게는 알렸습니까?"

"아까 사람을 보냈습니다. 각하께 먼저 말씀 올리고 제가 직접 가려고 합니다만……."

슈덴은 대답이 없었다. 보바가튼 백작의 다리가 떨렸다.

"가, 각하. 이건 제가 꼭 개인적으로 보상을 해 드리겠습니다."

"보상?"

그제야 슈덴이 고개를 들었다. 그의 낯에 미미한 흥미가 떠올랐다.

"어떤 걸로 보상하겠다는 건지 들어나 봅시다."

"뭐, 뭐든지 각하가 원하는 게 있으시다면……!"

"내가 원하는 거라."

한 가지 원하는 게 있긴 한데. 슈덴이 물었다.

"이번 무도회에서 백작이 왕자 몇 명과 춤을 춰 주면 좋겠는데."

"왕자……, 예……?"

"되겠습니까?"

"그게……."

보바가튼 백작은 얼빠진 표정이었다. 이 공작이 당최 무슨 말을 하는지 이해를 할 수 없었다. 슈덴도 그다지 진지하게 한 말은 아닌 것 같았다. 그는 더 말을 이어 가지도 않았다. 그저 무심한 표정으로 옆을 가리켰다.

"됐으니까 나가는 길에 저거나 갖다 버리십시오."

저거?

보바가튼 백작이 바로 시선을 옮겼다. 그의 눈에 들어온 것은 탁자 위에 장식된 예쁜 꽃이었다.

"꽃……, 꽃 말씀이십니까?"

다시 문서로 시선을 내린 슈덴이 고개를 가볍게 끄덕였다. 보바가튼 백작은 얼떨떨했지만 일단 까라는 대로 까자 싶어서 꽃병을 챙겼다. 향긋한 꽃향기가 코끝을 간질였다. 이 싱싱하고 좋은 꽃을 왜 갖다 버리라는지 알 수가 없었지만 물을 용기는 안 났다.

보바가튼 백작은 세 번 더 허리를 굽히고 문을 나섰다.

슈덴은 서류 마지막 장까지 넘기고서야 시선을 뗐다. 목을 까딱인 후에는 줄을 잡아당겨 시종을 불렀다. 급하게 잡힌 일정에 저택에 들를 시간도 빠듯했다. 시찰을 다녀오려면 최소한 2주는 걸렸다.

"그럼, 가르트 공작 부인께는 이렇게 말씀 전하겠습니다. 각하."

"나가 봐."

"안녕히 주무십시오."

시종일관 공손한 태도를 유지하는 시종의 품에는 꽃병들이 들려 있었다. 갓 피어난 풍성한 꽃이 한가득 꽂힌 꽃병들이었는데, 슈덴이 전부 들고 나가라고 했다.

금세 조용해진 방.

슈덴은 문서를 탁탁 정리해 테이블 위에 올려 두었다. 그는 양손을 깍지 껴 머리 뒤에 대고 침대에 누웠다. 당장 잡힌 일정을 되짚어 보는데 문득 이마가 찌푸려졌다. 은은한 향기를 뒤늦게 인지한 탓이다. 머리 위 벽에 장식된 비단 주머니가 향기의 출처였다. 안에 포푸리를 채워 놓은 비단 주머니에는 꽃 자수가 솜씨 좋게 놓여 있었다.

'갖다 버릴까.'

그러니까, 저 빌어먹을 꽃만 봐도 짜증이 났다.

왕족 환영 무도회가 발표된 이후. 가르트의 안주인, 발리아 앞으로 엄청난 양의 편지가 쏟아졌다. 내용이야 간단했다.

〈이 무도회에서 저와 함께 춤을 춰 주십시오.〉

　당연하게도, 파트너의 지위는 높을수록 좋았다. 원래 왕자들은 환영 무도회의 춤 파트너로 황녀를 선호했다. 하지만 현재 겔의 황궁은 텅 텅 비어 있었다. 황녀? 한 명도 남아 있질 않았다.

　황태자비는 황후만큼이나 정치적인 입지를 가지고 있으니 신중하게 편지를 보내야 했다. 자연스레 파트너 물색은 황족에서 귀족들로 넘 어갔다. 가장 먼저 눈에 들어오는 이는 당연히도 발리아였다.

　이 드넓은 겔에서, 왕자들과 춤을 출 수 있는 공작 계급의 여자가 고작 한 명뿐이라니? 왕자는 수십인데 공작 부인은 하나. 이쯤 되면 자존심 문제였다. 작은 산을 이루는 편지는 고용인들 선에서 감당할 수 없는 수준이었다.

　그러나 의외로, 발리아는 3분 만에 파트너들을 골랐다. 별 고민도 하지 않았다. 승리자들은 셀마가 시집 간 피오레 왕국 출신의 왕자들 이었다.

　사실 슈텐은 아직도 그 일을 생각하면 헛웃음이 나왔다. 피오레 왕 국의 왕자들 숫자? 두셋도 아니고 무려 일곱 명이나 됐다.

　심지어 그 왕자들이 전부 직계란다. 어디 방계도 아니고. 발리아는 한 타임씩 파트너를 바꿔서 춤을 춰도 일곱 번이나 춰야 한다. 그 정 도면 3일 동안 열리는 무도회 내내 발리아는 바쁠 터였다.

　그래도 여기까지는 그래, 별 문제 없었다. 무도회라는 게 원래 그런 목적이니까. 슈텐은 어쨌든 발리아의 첫 춤과 마지막 춤을 출 남자라 서 괜찮았다.

　[공작 부인. 이 꽃들은 저희 왕자님들이 보내신 겁니다.]

그래서 슈덴은 왕국에서 온 시종의 개소리도 관대하게 넘어갔다.

[저희 왕자님들의 이름은 전부 꽃에서 따왔지요. 공작 부인에게 감사의 표시로 선물을 드리고 싶다고 하셨습니다.]

값비싼 보존 마법까지 걸어서 공물처럼 싣고 온 꽃들은 저택 여기저기에 장식되었다. 귀하고 가격이 나가는 꽃임에도 양이 너무 많아서 별채까지 온통 꽃밭이 되었다.

솔직히 말하자면 왕자란 놈들은 원래 이렇게 하나같이 여우 새끼처럼 구는 건가 싶을 정도였다. 감사의 뜻이라고 포장까지 하고.

하지만 슈덴은 너그러이 넘어가 주었다. 이 빌어먹을 개수작까지.

어디까지나 모두 '무도회에 자신이 참석한다'는 전제하에 가졌던 여유였는데.

첫 춤은 벌써 물 건너갔다. 무도회가 열릴 때 슈덴은 아예 수도에 없었다. 일정이 이렇게 빡세게 당겨졌는데 무도회가 파할 때까지 돌아올 수 있을지도 모르겠다.

왕자들을 싹 다 납치해 어디에 처박아 놔도, 다른 놈들이 발리아에게 춤을 추자고 들이대겠지.

천장을 노려보던 슈덴은 한참 후에야 눈을 감았다.

✻✻✻ ✻✻✻ ✻✻✻

"……각하."

조엔 후작은 믿을 수 없다는 표정이었다.

"이게 정말로 되는 일정입니까?"

"안 될 건 뭡니까."

"……."

조엔 후작은 간결하게 작성된 문서를 다시 읽었다. 지금이 혹시 전시인가 착각이 될 정도로 빡센 일정표였다. 숙박은 최소한으로 말은 계속 갈아타면서. 조금이라도 불필요하다 싶은 동선은 싹 다 잘라 내고.

'대체 왜 이렇게까지 해야 하는 거지?'

조엔 후작의 의문은 귀환 예정 날짜를 보고 어느 정도 해소되었다. 이렇게 미친 듯이 달리면 아슬아슬하게 무도회 마지막 날에 수도에 도착할 수 있다.

그리고 조엔 후작에게는 좋은 계산법이 있었다. 저 젊은 공작이 기이한 일을 벌인다 싶으면 일단 가르트 공작 부인과 엮어서 생각하면 됐다. 그러면 대부분 해답이 나왔다.

'이번 무도회가 특별하긴 하지.'

황제는 공언했다. 이번이 마지막 왕족 환영 무도회라고. 몇 십 년간 이어진 전통의 끝이니, 다들 기념이라고 득시글댈 것이다. 특히나 에드가 7세는 번복을 잘 하지 않는 성정이니, 이번 대에는 다시 부활하지 않을 무도회였다.

게다가 어디 겔의 귀족들만 참석하나. 조엔 저택에도 각국의 왕자들이 보낸 편지가 한 보따리였다. 후작 부인인 디아나에게도 이토록 열렬한데, 공작 부인에게는 얼마나 쏟아졌을지 가늠도 안 됐다.

'하지만 이날 도착해도 밤일 텐데? 공작 부인한테 파트너가 있으면 어쩌려고?'

허 참. 이러다가 황궁에서 싸움이 나는 건 아니겠지. 물론 원래 무도회는 치정 싸움이 특히 많이 나지만, 그것도 어린놈들이 대다수였다. 전부 젊은 혈기와 질투에 못 이겨서 상대 멱살을 잡고 난리가 나는 건데.

조엔 후작은 슈덴이 그렇게 미친 짓을 하지는 않을 거라고 생각했다. 그러고 나니 본인 역시 슬쩍 걱정이 됐다.

"이날 어찌어찌 도착해도 안사람과 춤이나 출 수 있을지 모르겠습니다."

무도회가 끝나기 전에 황궁에 돌아올 수 있을지도 확실하지가 않아서, 디아나더러 기다려 달라고도 못 했다.

만약에 일찍 도착했는데, 디아나는 이미 파트너가 있다면? 아내와 다른 남자가 기념비적인 마지막 무도회의 춤을 추는 모습을 멀리서 바라만 봐야 하는 걸까? 이럴 수가. 세상에서 제일 궁상맞고 슬퍼 보일 터다.

그때 조엔 후작은 하얀 장갑을 받았다.

"……각하? 이걸 왜 주십니까? 혹시 던지라는 뜻은 아니시죠?"

"장갑 용도가 그거 말고 또 있습니까."

조엔 후작은 당황스러웠다.

"아니, 이걸 저한테 주시면……, 각하께서는 어쩌시……."

문관 출신 예부 신료 조엔 후작이 말하다 말고 입을 다무는 경우는 흔하지 않다. 하지만 조엔 후작의 눈에 들어온 광경은 정말 할 말을 잃게 만들었다.

'……무슨 장갑을 저렇게 많이 챙긴 거지?'

조엔 후작은 웃어야 하는지 울어야 하는지 모르는 얼굴로 장갑을 받아 들었다. 그나저나, 이렇게 철두철미하게 준비를 했는데도 제시간에 도착 못 하면 어쩌나.

조엔 후작의 걱정은 기우로 돌아갔다.

"각하, 후작님! 도착했습니다!"

늦은 밤. 기존 예상 시일 16일. 실제로 걸린 시일은 9일.

와중에도 해야 할 시찰은 빠짐없이 다 했다. 이 정도면 거의 날아갔다 온 수준이었다. 슈덴이 먼저 마차에서 훌쩍 내렸다.

"각하. 이쪽으로 먼저 모시겠습니다."

무도회에 그냥 들어갈 수는 없다. 옷을 갈아입고 준비를 해서 입장하려면 시간이 걸렸다. 슈덴의 뒤를 따라 조엔 후작이 비틀거리며 내렸다. 심한 멀미를 겪은 조엔 후작의 얼굴은 몹시도 창백한 상태였다. 시종이 얼른 달라붙었다.

"후작님, 괜찮으십니까?"

"괜찮……, 우욱!"

"후작님!"

조엔 후작은 결국 신성한 황궁에 토하고 나서야 정신을 차릴 수 있었다.

❧❧❧ ❧❧❧ ❧❧❧

아주 득시글거리는군.

슈덴이 대연회홀에 들어서자마자 처음 내뱉은 감상이었다. 무슨 사람이 이렇게 많은지. 공기가 다 더울 지경이었다. 와인을 마시고 취한 귀족들도 엄청나게 많았다.

낯선 얼굴이 절반, 대충이나마 기억나는 얼굴이 절반. 슈덴은 걸음을 옮기면서 한 사람을 찾았다.

쉽게 찾을 수는 없었다. 슈덴을 알아보고 인사하기 위해 기회를 노리는 귀족들만 수십. 슈덴이 이마를 슬쩍 찌푸렸을 때였다.

"공작 각하?"

익숙한 목소리가 그를 불렀다. 슈덴이 뒤를 돌아보았다.

"못 오실 줄 알았는데 오셨군요!"

디아나였다.

친분이란 이런 무도회에서 참 좋은 패였다. 디아나는 종종걸음으로 걸어와 고개를 살짝 숙였다. 그녀에게 마주 인사를 한 슈덴이 바로 시선을 옮겼다. 디아나의 주변을 살피는 눈. 그 의미를 잘 짐작하고 있는 디아나는 웃으면서 말했다.

"발리아는 좀 걷고 싶다고 정원으로 나갔어요."

"정원? 언제 나갔습니까?"

"가만 보자, 나간 지 얼마 되지 않았네요."

디아나는 대연회홀에 걸린 거대한 수정 시계를 보고 알려 주었다. 바로 돌아 나가려던 슈덴은 예의상 디아나에게 고맙다고 했다. 그녀가 아니었으면 내내 홀만 뒤지고 있을 뻔했다.

"어머, 별 말씀을요. 어서 가서 발리아를 데려오세요. 요 며칠 발리아가 긴 곡은 다 넘기고, 짧은 춤만 췄거든요. 마지막 춤은 같이 추셔야죠?"

"조엔 후작 부인."

슈덴이 이마를 약간 찌푸렸다. 왜 발리아가 짧은 춤만 췄는지 이해가 가지 않아서였다.

"혹시 내 아내가 몸이 안 좋기라도 합니까?"

"어머? 각하, 그런 건 아니랍니다."

밝게 웃은 디아나는 아까 슈덴이 했던 것처럼, 그의 주변을 살펴보았다.

"그나저나 각하, 혹시 제 남편은 같이 오지 않았나요?"

"아. 조엔 후작도 같이 왔습니다."

"어디에 있나요?"

"저쪽으로 가면 있을 겁니다."

슈덴이 턱짓으로 왼쪽 문을 가리켰다. 디아나의 얼굴이 화색을 띠었다. 가볍게 인사를 한 두 남녀는 나란히 서로의 배우자를 찾아 떠났다.

"칼리드!"

"디아나?"

먼저 찾아낸 사람은 디아나였다. 그녀는 함박웃음을 지으며 조엔 후작을 반겼다.

엉망이던 그의 몰골은 시종 여럿이 달라붙은 덕에 겨우겨우 말쑥해져 있었다. 그나마도 아직 완벽하질 못했다. 시종이 조엔 후작의 옷매무새를 정리해 주고 있었으니까.

"봐요. 타이가 비뚤어졌어요."

디아나는 칼리드의 타이를 제대로 매 주었다.

"어머, 칼리드. 이게 뭐예요? 웬 장갑을 여벌로……."

"아 참."

칼리드는 물었다. 혹시 마지막 춤 상대가 정해졌느냐고.

"그것 때문에 장갑을 챙겨온 거예요? 칼리드 당신, 공작 각하랑 같이 시찰하고 오더니 물이라도 든 거예요?"

"……물이라니. 딱히 반박은 못 하겠군요."

체념하듯 말한 칼리드가 다시 물었다.

"그래서, 디아나. 누구랑 춤을 추기로 했는지 내게 말해 주겠소?"

디아나는 두 뺨이 빨갛게 변할 때까지 웃었다.

❀₩ ❀₩ ❀₩

슈덴이 향한 곳은 2층 테라스였다.

자리 잘 안 나는 테라스가 마침 비어 있기도 했고, 테라스에서 정원을 둘러보면 좀 더 빨리 발리아를 찾을 수 있을 것 같아서였다. 슈덴은 그녀를 찾는 순간 테라스에서 훌쩍 뛰어내릴 생각이었다.

슈덴이 테라스로 들어서자 바깥에 시립해 있던 시종이 문을 닫고 커튼을 내려 주었다.

날은 늦었는데 정원은 밝았다. 마법 수정구를 아낌없이 켜 놓았고, 커다란 보름달도 떠 있던 터라 낮처럼 환했다.

달빛은 맑고 바람은 선선한 여름날의 밤.

슈덴의 시선이 계속 움직였다. 시간이 시간인지라 넓은 정원엔 사람이 적지 않았다. 기척을 느끼고 얼굴을 확인하고. 열 번도 넘게 반복되던 행동이 어느 순간 멈췄다.

그 익숙한 뒷모습.

발리아였다. 그녀는 테라스와 반대 방향으로 걸어가고 있었다.

'어? 응?'

슈덴이 대리석 난간을 잡은 것보다 한 박자 빠르게, 가르트의 기사가 슈덴을 발견했다. 기사가 시선을 느끼고 뒤를 돌아본 건 아니었다. 그냥 습관처럼 주변을 획획 살피다가 테라스를 보았다.

'······각하?'

잘못 본 줄 알고 눈을 깜빡이던 기사는 헛! 하고 고개를 꾸벅 숙였다.

"경?"

기사가 난데없이 뒤쪽을 향해 인사를 하자 발리아는 의아해졌다. 그녀가 기사를 따라서 뒤를 돌아보았다.

"왜 그래요?"

아무도 없는데? 기사가 얼른 테라스를 가리켰다. 발리아의 시선이 위쪽을 향했다.

"어?"

발리아의 얼굴이 환해졌다.

"슈!"

생각지도 못한 만남에 기쁜 것도 잠시, 발리아는 금세 기겁을 했다.

'저 사람, 설마 지금 뛰어 내리려는 거야?'

아무리 그래도 2층인데? 뛰어 내리려는 모습에 망설임이라곤 전혀 없었다. 발리아는 당황해서 소리쳤다.

"슈! 거기 계셔도 돼요!"

혹시라도 슈덴이 그대로 뛰어내릴까 봐 발리아를 바로 드레스 자락을 잡아 들었다. 그리고 재빠른 다람쥐처럼 슈덴이 있는 테라스로 향했다. 연무장을 뛰는 기사들처럼 달리진 않았지만, 굽 있는 구두를 신은 귀부인치고는 걷는 속도가 참 빨랐다. 두 명의 가르트 기사들이 발리아를 후다닥 따라왔다.

애초에 그렇게 먼 거리가 아니었다. 발리아는 금세 테라스 바로 아래에 도착할 수 있었다. 그녀는 고개를 한껏 들어 올렸다.

"거기서 뛰어내리려고 하시면 어떡해요?"

오랜만에 만난 아내에게 듣는 첫 마디는 타박. 그마저도 이상하게 그녀답다. 슈덴은 어쩐지 웃음이 나왔다.

"이쪽으로 내려가는 게 빠르잖습니까."

"세상에, 위험하잖아요."

"이 정도는 괜찮습니다."

"진짜 당신……."

발리아가 콧잔등을 잔뜩 찡그렸다. 정말 이 정도는 아무 것도 아닌데. 하지만 아내가 저렇게 말하니 못 들은 척 뛰어내릴 수가 없었다.

결국 슈덴은 대리석 난간에 상체를 기대고, 얼굴을 숙여 발리아를 바라보았다.

기사들은 눈치껏 멀리멀리 멀어진 상태였다. 비단 그 두 명뿐만 아니라, 그림자처럼 발리아를 호위하는 다른 두 명의 기사도 함께. 총 네 명의 가르트 기사들은 주인 부부의 재회를 방해하지 않으려고 멀찍이 떨어졌다.

그래서 이 테라스엔 그와 그녀가 전부였다.

"슈."

먼저 입을 연 건 발리아였다.

"언제 돌아오신 거예요?"

이마를 잔뜩 찌푸리고 있을 땐 언제고. 발리아는 어느새 웃고 있었다. 그녀를 응시하는 슈덴의 입매에도 웃음기가 옅게 떠올랐다.

"방금 전에 왔습니다."

"일은 잘 끝내고 오셨어요?"

"물론이지요."

대화를 나누는 와중에도 서로를 마주 보는 시선은 떨어지질 않았다. 향하는 미소도 물론.

대리석 난간에 팔꿈치를 얹고, 팔을 세운 슈덴은 손등 위에 턱을 가볍게 괬다. 사실 바로 앞에서 발리아의 손을 잡고 허리를 끌어안는 게 가장 하고 싶은 일이었지만, 이렇게 보는 것도 나쁘지 않게 여겨졌다.

"이렇게 보는 당신도 너무 예쁘시군."

"그 말 몇 번째 하는지 알고는 계신 거죠?"

"예쁘신 걸 예쁘다고 하지 뭐라고 합니까."

어떻게 저런 말을 저렇게 아무렇지 않게 할까?

뻔뻔하다고 생각은 드는데, 자꾸 기분은 좋아져서 문제였다. 결국 발리아는 소리를 내서 웃어 버렸다. 이상할 정도로 기분이 고조됐다.

늦은 여름, 시원한 바람. 달밤. 귓가를 간지럽히는 음악 소리.

"슬슬 홀로 갈까요?"

"아."

닫힌 창문으로 희미하게 들리는 선율이 끝을 향하고 있었다. 슈덴도 알았다. 그러나 홀로 들어가기 전 선행해야 할 말이 있었다. 슈덴이 막 입을 떼려고 했을 때였다.

"있죠, 슈."

발리아가 먼저 말을 꺼냈다.

"들어가기 전에 드릴 말씀이 있는데요."

미소와 함께 꺼내는 말에 슈덴이 약간 주춤했다. 혹시 그녀가 웃으면서 이따 춤을 출 파트너에 대해 이야기할까 봐 불안해졌다.

"아까 말씀을 못 드렸는데, 내년 봄에 저택에 손님이 찾아올 것 같아요."

발리아가 꺼내는 말은 전혀 예상치 못한 이야기였다. 슈덴이 이마를 슬쩍 찌푸렸다.

갑자기 웬 손님 이야기일까. 게다가 지금은 늦여름이다. 내년 봄이면 반년은 넘게 남았다. 의아한 것과는 달리 슈덴은 의외로 쉽게 답을 도출했다.

"영지 가신이라도 초대하셨습니까?"

발리아가 바로 며칠 전까지 가르트 영지에 있었으니까. 그녀는 바로 고개를 도리도리 저었다.

"아뇨. 지금 여기에 같이 있어요."

"……음?"

발리아와 대화를 하는 내내 가까이 접근한 이는 없었다. 누가 여기에 있다는 거냐고. 슈덴이 막 물어보려고 했을 때였다.

머금은 미소가 깊어졌다.

"여기에."

슈덴이 대리석 난간에 기대고 있던 몸을 스르르 일으켰다.

"여기에 있어요."

붉은 눈동자가 홀린 듯 발리아의 손을 따라 움직였다.

짧은 춤만 췄다고 하고. 평소처럼 달리지도 않았고.

내년 봄에는 손님이 온다고 했고.

그리고 가느다란 손이 살며시 덮은 배. 순식간에 알아듣고 만다.

"전혀 모르셨죠? 제가 당신 놀라게 해 드리려고……, 슈?"

웃음기 어렸던 뺨은 잠시. 슈덴은 금세 발리아를 당황시킨다.

그것도 아주 심하게.

'설마 뛰어내리려는 건 아니겠……, 헉!'

뒤도 보지 않고 뛰어내리는 저 남자. 소리 내 말릴 틈도 없었다. 발리아는 눈 깜짝할 새 제 앞에 선 슈덴을 얼떨떨한 눈으로 바라보았다. 사람 하나가 순식간에 테라스에서 훌쩍 뛰어내렸는데, 놀라 뒷걸음도 못 쳤다.

슈덴이 어느새 발리아의 손을 붙잡았으니까.

"당신 정말……."

화는 제대로 내지도 못했다. 그럴 수밖에 없었다. 붉은 눈동자에서 물씬 묻어나는 감정이 발리아를 자꾸만 들뜨게 했다.

임신이라는 말에 뭐 하나 묻지도 않고 뛰어내려 와 놓고는, 정작 아무 말도 못하고 있었으니까.

그래. 이 남자는 지금 제대로 놀랐다.

"슈. 계속 이렇게 서 계실 거예요?"

놀리는 듯한 목소리를 듣고서야 슈덴이 겨우 고개를 들었다. 바로 앞에서 그의 얼굴을 본 발리아는 입술 안쪽을 꼭 깨물었다. 아니면 저도 모르게 웃음을 터뜨릴 것만 같았다. 대체 이 남잔 왜 이렇게 긴장한 걸까. 벌써 두 번째 임신인데도.

"얼마나 됐습니까?"

"이제 한 달 조금 넘었대요."

"……한 달?"

"네. 주치의가 얼마나 놀랐는지 몰라요."

슈덴은 다른 의미로 놀랐다. 그 역시 전혀 몰랐다. 그래서 소회의 시작하기 전날 밤까지만 해도 발리아를 분명.

그는 바들바들 떨리던 그녀의 다리가 생각나 슬쩍 불안해졌다. 저택에 돌아가자마자 주치의를 불러야겠군.

슈텐이 무슨 생각을 하는지 발리아는 전혀 짐작하지 못하고 있었다.

"일단 홀에 돌아가요. 좀 있으면 끝나겠어요."

"그러지요."

순순히 대답해 놓고, 정작 슈텐은 발리아를 에스코트하지 않았다. 그녀의 두 팔을 제 목에 둘러 감은 그가 허리를 약간 숙였다. 발리아의 뺨에 슈텐의 입매가 부드럽게 스친 순간이었다. 그녀의 발이 그대로 달랑 들렸다.

갑작스럽게 안기게 됐지만 발리아는 이젠 놀라지도 않았다. 익숙했다. 그녀가 처음 아이를 가졌을 때도 슈텐은 이랬으니까. 이 남자는 자신이 품 안에 잡혀 있어야 안심을 하는 것 같았다.

"이러고 안에 들어가시려고요?"

"문 앞에서 내려 드리겠습니다."

"어……."

"안 됩니까?"

"아뇨……? 괜찮아요."

슈텐의 표정이 부드러워졌다. 안고 걷는 사람은 당신이면서. 왜 그는 자신의 허락에 이토록 기꺼워하나. 발리아는 이럴 때마다 묘한 충동에 휩싸인다. 그에게 입을 맞추고 싶다는 충동.

이 남자도 매번 이런 감정을 느낄까? 발리아는 내심 궁금해졌다.

발리아가 무슨 생각을 하고 있는지 슈텐은 모른다. 그는 그녀를 안아 든 채로 걸음을 옮기다가, 문득 생각난 듯한 어조로 물었다.

"그런데 정말 춤을 추셔도 됩니까?"

아니, 사실은 문득 생각난 척한 것이다.

"그럼요. 주치의가 된다고 했는걸요."

"······누구랑 춤을 추시기에?"

슈덴은 품에 있는 장갑을 한껏 의식했다. 생각지도 못 한 임신 이야기에 한 대 맞은 것 같았던 정신은 벌써 수복된 지 오래였다.

"네? 당연히 당신이죠."

발리아는 외려 슈덴의 질문이 이상한 듯했다.

"슈. 설마 다른 사람이랑 춤 약속 잡으신 거예요?"

설마. 슈덴은 발리아의 선택을 받든 받지 못하든 다른 여자와 춤을 출 생각이 전혀 없었다. 그저 아내와 춤을 출 상대 놈을 뚫어져라 노려보려고 했을 뿐. 솔직히 이야기하자면 실제로도 그놈의 뒤통수를 물리적으로 뚫어 버리고 싶을 정도였다.

슈덴은 본인 역시 무도회에서 춤을 한 번은 춰야 한다는 사실은 완전히 무시하고 있었다. 사교계 매너? 그딴 걸 신경 쓸 겨를이 있을까?

"저 일부러 왕자님들하고도 약속 안 잡았단 말이에요."

발리아의 말 한 마디에 얼음 녹듯 변하는 기분은 스스로가 생각해도 웃겼다.

"제가 늦었으면 어쩌려고 그러셨습니까."

"아무튼 늦지 않게 오셨잖아요?"

새침한 반문에 슈덴도 어쩐지 웃고 말았다. 한편으로는 손가락이 꿈틀거렸다. 발리아를 뼈가 으스러질 때까지 껴안고 싶은 욕심 반, 조심스럽게 다뤄야 한다는 이성 반.

하긴, 슈덴은 발리아와 있을 때면 항상 똑같은 구조의 갈등에 시달렸다. 가장 많이 시달리는 건 역시 침대 위.

"발리아."

"네."

"안 되는 건 아는데."

"네?"

"혹시 키스해도 됩니까?"

안 될 줄 알면서도 그냥 한 번 물어나 봤다. 발리아는 무도회에서 입술 화장이 망가지는 걸 싫어했으니까.

"오늘 플뢰르 안 데려왔어요."

역시나. 발리아는 단호했다. 아무래도 그녀에게 디자이너를 몇 명 더 붙이는 게 좋겠다. 슈덴이 어쩔 수 없이 고개를 들었을 때였다.

"그래도 약하게 하면 될 것 같아요."

"음?"

"저 좀 보세요."

슈덴의 양 뺨을 가볍게 감싸는 따뜻한 손. 발리아는 그에게 안겨 있는 그대로, 목을 조금 빼며 말했다.

"움직이시면 안 돼요."

금세 맞닿는 부드러운 입술. 슈덴을 잡아 세울 수 있는 건 그리 많지 않다. 발리아가 아니고서야. 슈덴은 잠시간 그 자리에 가만히 서서 입맞춤을 받았다.

물론 부족해 보이기는 했다. 발리아의 팔을 잡고 있는 슈덴의 손에는 힘이 들어가고 있었으니까. 키스가 이어지는 내내, 그는 한 번도 먼저 파고들지 않았다. '약하게 하면 된다'는 말과 '움직이면 안 된다'는 말을 잊지 않았는지.

산뜻한 입맞춤은 오래지 않아 끝이 났다. 발리아가 고개를 조금 들어 올리자, 슈덴의 입술이 아쉬운 듯 따라온다.

이 남자가 이런 모습도 가지고 있다는 걸 다른 사람들이 알까?

모르겠지. 발리아 혼자만 알아도 좋았다. 그녀는 슈덴의 목에 다시 팔을 감으며 조금 웃었다. 발리아의 배가 맞닿으려고 하자 그가 움찔 당황하는 게 느껴진다.

슈덴은 둘째에게도 셋째에게도 다정한 아빠가 되어 줄 것 같았다. 그런 생각이 들었다.

어렸던 레오에게도, 에덴에게도 그랬던 것처럼.

❉⁓❉ ❉⁓❉ ❉⁓❉

"조엔 후. 그만 좀 웃지 그러나?"

황제의 말에 조엔 후작이 바로 표정 관리를 했다.

"알겠습니다, 폐하."

황제는 조엔 후작을 흘겨보았다.

"후는 이 상황이 재밌지?"

"솔직히 말씀드려도 되겠는지요?"

"정직이야말로 신하의 으뜸 된 미덕이 아니겠는가?"

"그렇지요. 소신이 잠시 잊고 있었습니다."

과연 대대로 명문가인 조엔의 가주답게 후작은 아주 예의가 발랐다.

"아주 재밌습니다. 폐하."

누가 이렇게 진술해도 된다고 했던가. 신하란 모름지기 군주에게 숨기는 게 없어야 한다는 도리를 조엔 후작은 참 잘도 지켰다.

"빨리 묘수나 내 보게, 후. 짐이 어떻게 해야 가르트 공작 부인만 따로 만나 이야기를 나눌 수 있겠는가?"

전처럼 하사품을 내리겠다고 하면, 분명 가르트 공작이 따라올 텐데.

황제는 슈덴이 없는 곳에서 발리아하고만 아주 살짝 이야기를 나누고 싶었다.

그렇다고 이유도 없이 공작 부인만 단독으로 황궁까지 불러내기도 좀. 너무 속이 보이질 않는가. 군주로서의 체면이 있는데!

"폐하."

곰곰이 생각하던 조엔 후작이 입을 열었다.

"우연찮게 만나는 건 어떠십니까?"

"짐과 공작 부인의 행동 경로가 전혀 겹치질 않는데, 어떻게 그게 가능한가? 연회라도 열라는 건가?"

큰 무도회를 연 지 얼마 되지 않았는데. 재정 낭비였다.

"그런 뜻이 아닙니다. 폐하."

"아니면?"

"가르트 공작 부인과 황태자비 전하 두 분의 친분이 깊은 걸로 압니다."

조엔 후작은 진지하게 말했다.

"폐하께서 비전하에게 외국의 귀한 찻잎을 하사하시면서 지나가듯 말씀하십시오. '이 찻잎은 임산부에게 특히 좋다더라.'라고요. 비전하의 성격상 분명 공작 부인을 떠올리실 겁니다."

황제에게 하사 받은 물품을 타인에게 다시 선물할 수는 없다. 군주 모독죄를 짓고 싶은 게 아니라면.

"그러면 비전하께서 궁으로 공작 부인을 불러내 함께 티타임을 갖지 않으시겠습니까? 거기에 가르트 공작이 낄 일은 없을 테고요."

이보다 더 괜찮은 수는 없을 듯했다. 황제는 감탄하는 목소리로 말했다.

"자네의 묘수는 과연 일품이군."

"황공하옵니다. 폐하."

조엔 후작이 이렇게 기를 써서 황제와 합작하는 데에는 이유가 있었다.

"램튼. 아까 그 문서 다시 가져와 보게."

"여기 있습니다, 폐하."

황제는 램튼이 가져온 문서를 다시 펼쳐 보았다. 바로 오늘 아침, 슈덴 가르트가 황제에게 직접 올린 문서였다. 선명한 글씨를 읽은 황제가 고개를 절레절레 저었다.

❀❀❀ ❀❀❀ ❀❀❀

"발리아, 차 어때요?"

예리가 눈을 반짝반짝 빛내며 물었다. 발리아가 빙긋 웃으며 대답했다.

"맛있어요."

"그렇죠? 게다가 몸에도 좋대요."

발리아한테는 말하지 않았지만, 지금 마시고 있는 이 차는 황제가 아주 어렵게 구해 온 거라고 했다. 양이 너무 적어서 구스토도 받질 못했다고.

하지만 예리는 신경 쓰지 않았다. 불만 있으면 구스토보고 너도 애 낳아 보라고 말할 생각이었다. 구스토는 건강한데 자신과 발리아는 연약하니까.

"공녀님, 그건 아직 무거우실……."

루드베키아가 기사를 돌아보았다.

"안 무거오."

샤론이 따라서 돌아보았다.

"안 무겁다자나."

"죄송합니다!"

티 테이블 옆에서는 루드베키아가 샤론과 막대기를 휘두르며 놀고
있었다. 두 꼬꼬마의 주변에는 값비싼 인형과 장난감이 여럿 흩어져
있었다. 하지만 인형은 갖고 노는 데 한계가 있고, 그 나이에는 몸을
움직이는 놀이를 더 좋아하는 법이다.

창공은 푸르고 구름도 한 점 없는 맑은 날. 황실 정원사들이 온 힘
을 다해 가꾼 황태자비궁의 정원. 사랑스럽고 나풀나풀한 옷을 입고
막대기를 휘두르는 공녀와 황세손의 모습은 어쩐지 그림처럼 보였다.

"경! 공녀님 좀 잡아 주십시오! 넘어지시겠습니다!"

"공녀님!"

실제로 화가가 열심히 소리를 지르며 스케치를 하고 있었다. 1초도
가만히 있지 못하고 망아지처럼 뛰어다니는 꼬마들을 화폭에 담아내
는 솜씨가 대단했다.

발리아는 아이들을 보다가, 기사들에게로 시선을 옮겼다. 지금 이
정원에 있는 기사들은 황실 친위대 소속 기사들이었다. 황태자비에게
새로 배정된, 과거에는 없었던 새로운 황실 기사단에 발리아는 꽤 흥
미를 가졌다.

발리아가 자주 쳐다보자, 젊은 기사는 긴장해 어깨에 각을 세웠다.
미미하게 오른 홍조며 잔뜩 의식하는 태도로 보건대 아무래도 로맨스
소설을 즐겁게 읽은 모양이다. 귀부인과 기사의 불같은 사랑 이야기는

대대로 최고의 고전 아니던가?

'제노가 있었으면 벌써 눈이 타올랐겠네.'

뒤에 서 있던 로빈은 어깨를 으쓱했다. 내내 가르트 영지에 처박혀 있던 제노는 아직까지도 수도로 돌아오지 못하고 있었다. 슈덴 때문이 아니었다. 슌의 결정이었다.

'제노 실력이 그렇게 늘었다고 하셨지?'

영지에서는 할 게 수련밖에 없다더니, 정말 종일 검만 휘두른 모양이다. 슌은 영지에 내려간 김에 제노를 보았다. 칭찬을 기대한 제노에게 슌은 말했다.

기왕 진일보한 실력 더 갈고 닦아서 수도로 오라고. 슌의 말에 제노가 얼마나 오열했을지 보지 않아도 상상이 갔다.

이렇게 오늘은 평범하고, 평화로운 티타임이 될 뻔했다.

갑자기 들이닥친 손님이 아니었다면.

"크흠. 편히 앉게나, 가르트 공작 부인."

"황공하옵니다. 폐하."

자타공인 제국 최대 거물, 황제가 돌연 황태자비궁 정원에 발걸음을 했다. 편하게 온 것도 아니다. 허겁지겁 달려온 티가 나서 발리아는 턱을 갸웃할 수밖에 없었다.

"그래, 공작 부인. 몸은 좀 괜찮나?"

"괜찮습니다. 폐하."

"불편한 데는 없고?"

발리아는 의아해하며 대답했다.

"없습니다. 폐하의 은덕으로 평안합니다."

"다행이군, 다행이야."

황제는 그제야 안심한 듯 겨우 찻잔을 들었다.

"짐은 자네가 어디 크게 아픈 줄 알았다네."

"네?"

어리둥절한 표정을 짓는 발리아에게 황제가 친절하게 설명해 주었다.

"가르트 공이 얼마나 걱정이 많은지 몰라. 엊그제는 아예 휴가가 아니라 휴직을 신청했다네. 공이 자네 회임에 아주 두 발을 동동 굴려."

'……휴직?'

발리아는 생전 처음 듣는 소리였다.

'아닌데. 휴가를 받았다고만 들었는데……?'

그녀가 해산할 즈음부터 긴 휴가를 받았다고 했다. 분명 발리아는 그렇게 들었다.

"덕분에 군부며 귀족 소회의며 아주 바빠졌다네. 가르트 공 같은 주요 인사가 3년을 넘게 휙 빠져 버리게 됐으니 난리도 아주 난리가 아니야."

발리아는 겉으로는 차분한 신색을 유지하고 있었지만, 머리는 빙글빙글 돌아가고 있었다. 혼란스러웠다.

"자네가 약해 보이긴 하지. 공이 어찌나 걱정이 많은지 몰라."

황제는 허허허 웃었다. 휴직이라는 말에 기함을 했긴 했다. 이젠 설득도 먹히질 않았다. 저번처럼 새로 태어날 아이에게 칭호를 주겠노라 제안했는데, 됐단다. 첫 아이가 서운해할지도 모른다나, 어쩐다나.

할 말을 잃은 황제에게 슈덴은 휴직 신청서부터 수리해 달라고 재차 독촉했다.

"짐이 보위에 오르고, 휴직을 신청한 고위 귀족은 가르트 공이 정녕

처음이었지만……, 그리 나쁘지는 않다네. 많은 경험은 곧 군주의 미덕
이니라."

황제는 큼큼 헛기침을 했다.

"일단은 휴가로 처리해 두겠지만, 공작이 정 마음을 바꾸지 않는다
면 휴직을 받아들여 줘야겠지. 정 마음을 바꾸지 않는다면 말이야."

"……."

이 떠보는 듯한 말들은 조엔 후작과 머리를 맞대고 고심한 결과였다.

그들의 눈물겨운 노력은 과연 빛을 발할까? 황제는 가르트 공작 부
인의 속내를 가늠해 보고 싶었지만 그녀는 늘 그랬듯 얌전한 무표정
을 고수하고 있었다.

✵⸙ ✵⸙ ✵⸙

"슈."

슈덴이 발리아에게 거짓말을 했나. 아니다. 그는 그녀에게 거짓말을
한 적은 없었다. 정확히 표현하자면, 의도적으로 진실 하나를 누락한
정도에 불과하질 않은가. 더군다나 발리아의 남편은 뻔뻔하기까지 했
다.

"아무리 그래도 휴직을 하시면 어떡해요? 그런 귀족들이 없었다잖
아요."

"부인."

"네?"

"겔에서 제가 선례가 된 게 적지 않으니 괜찮습니다."

"……."

발리아는 어이가 없었다. 한편으로는 깨달았다. 슈텐은 정말로 휴직을 신청할 생각이었던 모양이다. 그러니까 대체 왜? 가르트에는 아기를 키워 주고 돌봐 줄 고용인들만 수십인데.

"발리아, 오해하시는 것 같은데."

"네?"

"제가 걱정하는 건 당신입니다."

"……저요? 저를 왜요?"

발리아는 어리둥절한 목소리로 되물었다. 주치의가 과보호 수준으로 돌보고 있는데다가, 그녀는 원래부터 건강 체질이었다. 루드베키아도 순산했다고 산파들이 입을 모아 말하질 않았던가. 슈텐이 뭘 걱정하는지 도무지 알 수가 없었다.

모르는 게 당연했다. 발리아는 듣지 못한 이야기였으니까.

[다들 이 정도는 겪으면서 아이를 낳습니다.]

슈텐은 아직도 그때의 분노를 잊지 못했다. 산실에는 들어가지도 못하게 하고, 발리아가 저렇게 비명을 질러 대는데 다들 겪는 일이라며 태평하게 지껄이고. 나중에 하는 말도 가관이었다. 첫아이치고는 굉장히 순산한 축이라고?

장난하나 싶었다.

슈텐은 이번에는 아예 자리를 지키고 있을 생각이었다. 처음엔 무시하고 들어설까 했는데, 슬쩍 걱정은 됐다. 산파들이 앙심을 품고 발리아의 순조로운 해산을 방해하면 어쩌나. 원래 거치는 게 없는 성격이었지만, 그녀와 관련된 건 어쩔 수가 없었다.

결국 슈텐은 한 가지 결론에 도달했다. 발리아에게 하루 종일 붙어있으면 되겠다고. 막고 있는 걸 억지로 뚫고 들어가는 것보다야 원래 그 자리에 있는 게 더 낫지 않겠는가. 나가서 기다려 달라는 부탁이야 무시하면 그만이고.

슈덴은 이런 잡다한 이야기는 생략했다. 그저 간결하게만 말했다. 이번에 아이를 낳을 땐 바로 옆에 있어 주겠다고.

'……굳이 그럴 필욘 없는데.'

사실 발리아는, 혹 슈덴의 머리를 쥐어뜯어 버릴까 봐 걱정이 컸다. 하지만 남모를 속사정을 품고 있는 슈덴은 철회할 생각이 없었다. 실랑이도 오래 가지 않았다. 발리아는 슈덴의 생각을 되돌릴 수 없다는 사실을 알아챘다.

"제가 당신 머리라도 뜯으면 어쩌려고 그러시는 거예요?"

"상관없습니다. 멱살을 잡으셔도 되고."

"……진심이세요?"

"아닌 말을 당신한테 왜 합니까?"

"세상에……."

발리아는 다른 방법을 강구해야 한다는 걸 깨달았다.

✿⸙ ✿⸙ ✿⸙

다음 날이었다.

루드베키아는 정원에 엎어져 그림책을 읽고 있었다. 글자는 아주 조금 적힌 대신에, 색색의 그림이 잔뜩 그려져 있는 동화책. 루드베키아가 아주 좋아하는 보물 중 하나였다.

"아가씨. 이건 눈입니다. 눈. 아주 많이 쌓이면 아무도 꼼짝을 못 하죠."

로빈이 상냥하게 설명을 해 주었지만, 루드베키아는 별로 관심이 없는 듯했다. 왜 꼬꼬마의 취미 생활을 하녀도 아니고 하인도 아니고 다름 아닌 기사들이 지키고 서 있느냐. 루드베키아의 유별난 활동성 때문이었다.

"엇, 아가씨!"

로빈이 깜짝 놀라 재빨리 움직였다. 가르트 기사의 대검에 관심을 보이는 루드베키아를 막기 위해서였다. 두껍고 커다란 대검은 아이 하나쯤은 충분히 깔아뭉갤 정도로 무거웠다. 그랬는데.

"루아, 위험하잖아."

생각지도 못한 손이 대검을 잡아 세웠다. 정말 생각지도 못한 손. 발리아는 대검을 툭 쳐서 무너뜨리고 싶어 칭얼대는 루드베키아를 품에 안고서, 다른 손으로 대검을 받치고 말했다.

"경. 루아가 큰 검을 너무 좋아하네요. 저쪽으로 치워요."

"죄, 죄송합니다!"

기사는 얼빠진 표정으로도 우렁차게 대답했다. 묵직한 대검을 받아 들고 후다닥 뛰어갔지만, 표정에 어린 당황함은 쉽게 가시질 않았다. 대검을 직접 들어 본 적이 없는 고용인들은 그러려니 했지만, 기사들은 아니었다. 저건 저렇게 쉽게 들 수 있는 무게가 아닌데?

로빈도 당황스러운 나머지 칼을 찾았다.

"어, 어르신……."

뭔가 이상하지 않으세요? 로빈의 눈빛 전달에 칼 역시 진지한 표정을 지었다. 그는 팔짱을 끼고 주의 깊게 한곳을 보고 있었다. 시선이 향하는 곳은 역시 아가씨를 안고 계신 마님. 같은 생각을 하시는 게 틀림없다.

"로빈 경."

"예!"

"우리 루아가 검을 좋아하는 걸 보니 커서 훌륭한 기사가 되겠지?"

"예?"

로빈은 순간 귀를 의심했다. 칼이 보고 있는 게 발리아가 아니라 루드베키아였다는 사실을 로빈은 전혀 알지 못했다.

그러니까, 지금 중요한 건 아가씨의 장래가 아니라!

"주치의를 불러야 하지 않을까요?"

"엥? 경 어디 아픈가?"

"아니요. 제가 아니라……."

'마님 팔이요. 마님 팔이 괜찮겠냐고요!'

로빈의 소리 없는 아우성을 칼은 전혀 모르는 것 같았다. 그는 아무렇지 않게 나서서 발리아에게 말했다.

"발리아! 루아 이리 주거라. 내가 안고 있으마."

"그러실래요?"

로빈을 빼고 모두가 여상하고 평화로웠다. 로빈은 몇 번 더 입을 달싹이다가 결국 포기했다. 마님은 물론 어르신조차 가만히 계시니 이 상황을 느끼는 본인이 이상하게 느껴졌다.

"경! 이리 좀 와 보게!"

로빈은 어쩐지 힘이 빠져 터덜터덜 걸어갔다. 어린 기사의 속을 알아주는 사람은 적어도 이 정원에 없다. 발리아는 하녀가 가져온 차를 마시면서 웃다가, 문득 책을 내려다보았다. 루드베키아가 보다가 만 책이었다.

동화책에는 눈이 잔뜩 내려 성에 갇힌 용이 꼼짝도 못 하고 있는 그림이 그려져 있었다. 겔에서는 보기 힘든 폭설. 발리아는 이후로도 동화책에서 한참 시선을 떼지 못했다.

❦❦❦ ❦❦❦ ❦❦❦

폴은 근래 들어 무언가 이상하다는 걸 느끼고 있었다.

원인은 다름 아닌 마님.

'마님께서 왜 저러시는 걸까?'

원래 가문의 안주인이 회임 등으로 내정을 살피지 못하게 되면, 집사가 그 역할을 대신 수행한다. 가르트에서는 총집사장인 폴이 그랬다. 이미 한 차례 경험이 있어서 수월하게 인계가 되고 있었는데.

그랬는데.

"폴."

"예, 마님."

공작 부인의 집무실. 발리아는 책상에 쌓인 서류들을 훑으며 물었다.

"이게 전부 가르트 소유인 게 맞나?"

"맞습니다. 이쪽에 있는 건 최북단에 위치한……."

총집사장의 본분에 맞게 상세히 설명을 하면서도 의아했다. 요 며칠 들어 마님이 부쩍 '별장'에 관심을 보였기 때문이다. 새로운 별장을 매입하려는 건 아니었다. 발리아는 가르트가 기존에 소유하고 있는 별장들의 위치를 살피고 있었다.

발리아는 그 중에서도 북쪽에 있는 별장들에 관심을 보였다. 북쪽도 그냥 북쪽이 아니었다. 최북단에 이르러서, 겨울이면 엄청난 폭설이 내려 출입이 마비되는 지독한 위치들만 골라 보고 있었다.

우스운 건 이런 말도 안 되는 위치에도, 가르트 소유의 별장이 끝도 없이 자리하고 있다는 점이었다.

설마 이런 곳에도 있을까 싶어서 찾아보면 반드시 있었다. 이렇게 건물이 많으면 관리가 소홀할 법도 한데, 아니었다. 문서조차도 정확하고 빈틈이 없었다. 어찌나 꼼꼼했는지 별장 매매 시세가 매년 갱신되어 기록될 정도였다.

그중에서도 유독 매매 예상가가 높은 별장이 하나 있었다.

"폴. 이 별장은 왜 이렇게 비싼 거지? 다른 별장 네 개는 합친 가격이네."

"아, 마님. 그 별장은 요새용으로 지어진 걸 개조해서 그렇습니다."

"요새를 개조했다고? 그게 가능한가?"

"아주 예전에는 북부 왕국의 소유였다고 알고 있습니다."

가르트에서 매입하여 별장으로 뜯어고쳤다. 왕국에서도 꽤 공을 들여 만든 요새라 마법으로 된 온갖 보안이 이중 삼중으로 걸려 있었다. 군대가 몰려와 침공해도 끄떡없을 거라는 폴의 설명에 발리아의 귀가 쫑긋했다.

마침 임대한 사람도 없이 비어 있고. 눈이 내리기 시작하면 들어오지도 나가지도 못 하고. 더군다나 아주 안전하기까지 하고.

딱 원하던 조건들이었다.

"폴. 이 별장에 사람을 보내서 정리를 좀 해 줘."

"어떤 용도의 정리를 말씀하시는 것인지요?"

"내가 한 달 정도 머물려고 해."

"마님께서요?"

갑작스러운 여행 이야기였지만 폴은 곧 침착함을 되찾았다.

"마님, 언제 떠나실 생각이십니까? 이곳은 무척 추우니까 아무래도 이번 주 내로……."

"아니야. 늦은 겨울에서 봄 사이에 떠날 생각이니까."

"그 즈음이면……, 혹 마님께서 해산할 즈음을 말씀하시는 겁니까?"

발리아가 고개를 끄덕였다. 대답을 들을수록 폴은 점점 더 미궁에 빠지는 기분이었다.

"……마님."

하지만 설렁설렁 넘어갈 수는 없는 문제! 폴은 조심스럽게 물었다.

"혹시 각하와 여행이라도 가시는 것인지요?"

도리도리 젓는 고개.

"아니시면……."

"나 혼자 갈 예정이야. 각하께는 절대 알리지 말고."

폴의 머리가 바쁘게 굴러갔다.

귀족 중에서도 고위 귀족이 존재하는 것처럼, 고용인들 중에서도 특별히 계급이 높은 고용인들이 있었다. 총집사장은 당당히 그 최고봉에 위치한다. 그들은 귀족의 생리에도 무척이나 빠삭했다.

출산을 하러 저택을 떠나는 귀부인들이 없는 건 아니다. 많은 숫자는 아니지만, 꾸준히 있었다. 하지만 그럴 경우 대부분 영지의 성, 또는 친정으로 향하곤 했다. 아니면 기후가 온화한 남부라든지.

춥디추워 얼어 죽는 사람도 나오는 북부로 가는 경우가 있기는 할까?

무엇보다.

'각하께는 알리지 말라고?'

바로 견적이 나왔다.

'두 분이 싸우신 게 틀림없군.'

가출. 임신한 마님의 가출!

몰래 떠나시겠다고 하는 것만 봐도 알 수 있었다. 원체 사이가 좋아 싸운 적도 거의 없는 부부였지만, 항상 마음이 같을 수는 없는 노릇이니까. 언제 두 분이 언성을 높였는지는 모르겠지만 폴은 모든 상황 파악을 끝냈다.

싸웠을 때는 오히려 잠깐 떨어져 있는 게 좋았다. 애틋함이라는 감정은 실로 강력하질 않은가.

"제가 다 준비해 놓겠습니다. 마님."

폴은 마님의 완벽한 가출을 위해 성심껏 돕기로 했다.

⁂ ⁂ ⁂

임신 후 가출.

이렇게 거창한 계획을 세워 놓았지만, 원래 성격이 어딜 가는 건 아니다. 발리아는 무작정 떠나기보다는 먼저 슈덴을 설득해 보기로 했다. 황제와 조엔 후작이 간절히 바라던 대로였다.

"슈. 있잖아요."

"예, 발리아."

슈덴은 발리아의 배에 향유를 발라 주고 있었다. 하루 세 번이나, 거기에 한 번도 빠지질 않았다.

"폐하께서, 일단은 긴 휴가로 처리해 놓는다고 그러시던데요."

황태자비의 둘도 없는 단짝이며, 조엔 후작 부인과도 친분이 깊디 깊은 발리아는 정계가 돌아가는 방향도 잘 알았다. 제국의 유일한 공작이 3년이나 쉬어 버리는 게 정말로 옳은 일인가? 황제가 괜히 칼리드와 머리를 맞대고 고심한 게 아니다.

"저 정말 괜찮은데 복직하시는 게 어때요? 휴가 상태면 복귀 절차도 간단하잖아요."

"발리아."

슈덴이 고개를 들어 올려 눈을 맞췄다.

"황궁에 일이 그렇게 많지 않습니다."

그 뻔뻔한 거짓말에 발리아는 기가 찼다.

"저 옛날에 호위 시녀로 일했었다 말했잖아요. 잊으신 거예요?"

거짓말도 그런 거짓말을. 슈덴은 피식 웃으며 다시 시선을 내렸다.

"아이도 키워야 하잖습니까."

"저택에 돌봐 줄 사람만 백 명이 넘어요, 슈."

"그래도 제가 키우는 게 낫지 않습니까?"

"……."

황제도, 칼리드도 간과한 게 있었으니 슈덴이 비단 무력으로만 무패의 기사로만 불린 게 아니라는 사실이었다. 언젠가 있었던 동부와의 전쟁 전에는 거의 모든 협상 테이블에 본인이 직접 앉질 않았나.

발리아는 슈덴을 도통 어떻게 설득해야 하는지 감이 오질 않았다. 오지 않을뿐더러 본인이 서서히 설득당하고 있었다. 슈덴은 눈을 조금 내리깔고 있었다. 그의 시선은 발리아의 부른 배에 고정된 채, 손은 향유를 덧바르고 있다. 황금색 속눈썹 사이로 보이는 붉은 눈동자가 발리아를 홀린다.

"부인이 자꾸 가라고 떠미시니 서운하군."

"아니, 그런 게 아니라……."

"혹시 이제 제가 질리시는 겁니까?"

"아니에요!"

슈덴이 슬며시 웃었다. 그가 느긋하게 말했다.

"아니시면 됐습니다."

"진짜 당신……."

발리아는 결국 두 손으로 얼굴을 가렸다. 어쩌면 좋지?

'이 사람 솔직히 너무 잘생겼어.'

저렇게 잘생긴 얼굴로 눈앞에서 속삭이니 마음이 자꾸 갈대처럼 흔들렸다. 미인계가 이런 걸까?

'그냥 휴직하라고 그럴까? 휴직 좀 한다고 큰일이 나진 않을 텐데…….'

전쟁 중도 아니고. 슈덴이 3년쯤 쉬어도 괜찮지 않을까? 발리아가 고심하는 사이었다. 그와 그녀 둘만 있던 침실 문이 열렸다. 루드베키아가 고용인에게 안겨 들어왔다.

"엄먀!"

루드베키아가 발리아를 향해 아장아장 걸어 왔다. 고대로 발리아에게 폭 안기려는 딸아이를 슈덴이 인형처럼 가볍게 들어 올렸다.

"엄마 피곤하시니까 아빠하고 놀자."

엄마 아니면 아빠. 둘 중에 한 명만 유달리 좋아해 돌보기가 힘든 아가들도 있다고 했다. 다행히 루드베키아는 그러진 않았다. 슈덴의 팔에 매달리던 루드베키아가 물었다.

"아빠. 입더시가 모야?"

"입더시?"

발리아가 눈을 깜빡였다.

"루아, 혹시 입덧 말하는 거야?"

"응!"

"……입덧?"

슈덴의 표정이 약간 굳었다. 그렇잖아도 이 남자는 이번도 어김없이 입덧을 했다. 그나마 처음보다는 입덧이 훨씬 덜해, 뺨이 약간 헬쑥해진 정도였지만.

아마 주치의나 고용인들이 오다가다 말한 걸 들은 모양이다. 루드베키아는 칼이 진지하게 했던 말도 그대로 전해 주었다.

"아빠가 애기 낳는 줄 알아떼."

"……."

발리아는 결국 풋 하고 웃음을 터뜨렸다. 슈덴이 말문을 잃은 걸 보면서도 웃음을 참을 수가 없었다.

"아빠 토하지 말구 이고 모고."

루드베키아가 젖병을 소중하게 내밀었다. 슈덴은 헛웃음을 지으며 젖병을 받아 들었다. 빨리 먹어 보라고 성화인 딸아이와 난감해하는 남편. 발리아는 침대 헤드에 등을 기대고 이 모든 정경을 바라보았다.

평화롭다. 마음에 폭신폭신한 털실이 감기는 기분이었다.

'그냥 휴직하라고 그럴까.'

제국의 황제와 조엔 후작, 기타 귀족 소회의의 인원들에게는 마지막 구명줄이었던 공작 부인의 변심 아닌 변심.

그러나 다행인지 불행인지, 발리아의 변심은 오래가지 못했다.

"······거투르드 백작. 괜찮은 건가요?"

"저는 괜찮습니다, 가르트 공작 부인. 쿨럭쿨럭쿨럭!"

나이 든 거투르드 백작이 숨이 넘어갈 듯 기침을 했다.

가르트 저택이었다. 슈덴이 실은 긴 휴가로 처리된 휴직 상태라고는 하나, 그가 원체 맡고 있던 중임이 많았다. 게다가 귀족 소회의까지.

군부 쪽 일과 소회의의 일 중 겹치는 게 있었다. 거투르드 백작이 슈덴과 논의를 하기 위해 직접 문서들을 들고 저택으로 왔다. 하필 슈덴이 연무장에 나간 시간인지라, 백작은 발리아와 함께 차를 마셨다.

안면이 있던 사이라 둘은 어색하지 않게 이야기도 나누었다. 게다가 거투르드 백작은 발리아에게 할 말이 아주 많았다.

"소회의에 새로 들어왔던 백작이 또 낙향을 선택했지 뭡니까. 공작 부인."

"······그래요?"

귀족 사회라는 게 그렇다. 사교계와 정계, 재계는 밀접하게 얽혀 있었다. 재계는 철저히 자본 위주니 그렇다 쳤다. 정계도 나쁘지 않았다. 황제의 계획적인 인재 배치 아래, 겉으로는 평화로워 보였으니까. 속으로는 질투가 난무한다고 쳐도.

문제는 사교계였다. 살얼음판도 이런 살얼음판이 없었다. 드레스와 슈트의 유행이 하루마다 바뀔 지경이었다. 드레스 코드를 일부러 다르게 알려 주어 웃음을 사게 하는 유치한 짓까지 생겨났다. 비슷비슷한 세력들만이 남았으니 당연한 결과일까? 백작위급 이하들의 전쟁이었다.

샤론을 낳고 사교계에 복귀할 생각이었던 예리는 몸이 약한 둘째 때문에 그러질 못했다. 공교롭게도 디아나도 발리아도 임신 중이었고.

황녀? 없다. 황후? 없다. 후궁? 에드가 7세의 후궁들은 암묵적인 규칙이라도 있는지 사교계에 모습을 잘 드러내지 않았다.

로건 후작 부인은 또 어떠한가. 그녀는 원래부터 사교계 싸움을 선호하지 않는 성격이었다. 무도회에 잘 나가지도 않았다.

주제 파악 못 하는 것들을 자근자근 밟아 주겠다던 야망은 오직 예리에게만 있었다. 예리의 야망 실현이 뒤로 밀리면서 한층 난장판이 된 수도 사교계를 어쩌면 좋을까.

이번에 낙향을 선택한 백작은 아내가 이 살벌한 사교계에 적응을 하지 못한 게 이유라고 했다. 심한 텃세와 기 싸움에 연약한 백작 부인이 병을 얻어 버려 아예 영지로 돌아가 버렸다는 게 거투르드 백작의 설명이었다.

"이게 벌써 두 명째입니다, 공작 부인. 여기에 가르트 공작 각하마저 안 계시니……."

귀족 소회의의 최고령자 거투르드 백작이 아련하게 말했다. 선하고 푸근한 할아버지 같은 인상을 가져서일까. 백작은 상대방으로 하여금 안쓰러움을 자아내게 했다. 그리고 실제로도 거투르드 백작은 고된 일정에 죽어 가고 있었다.

"하지만 각하의 마음은 십분 이해합니다. 저도 퇴직할 즈음엔 영지에 내려가 아내와 함께 여생을 편안하게 사는 게 일생의 목표였습니다. 자꾸 제 퇴직이 밀리긴 하지만……, 할 일이 너무 많긴 하지만……, 이번엔 군부까지 또……."

"……."

정상적인 양심을 가진 사람이라면, 이런 말까지 듣고 건강한 가족을 그냥 쉽게 할 수가 없을 터였다. 슈덴은 고위 귀족 중에서도 가장 젊은 데다가 체력도 유달리 뛰어난데. 그에 반해 눈앞의 이 나이 많은 백작은 당장 급사라도 하지 않을까 걱정이 되는 지경이었다.

발리아가 물었다.

"거투르드 백작. 차 한 잔 더 들겠어요?"

"감사합니다, 공작 부인. 쿨럭……, 크흠……."

"……괜찮아요?"

"그럼요, 공작 부인. 괜찮습니다……. 쿨럭, 쿨러억!"

"……."

일부러 거투르드 백작을 골라, 시간대까지 맞춰 가르트 저택으로 보낸 조엔 후작의 눈물겨운 계획이 빛을 발하는 순간이었다.

❦　❦　❦

"그런데 총집사장님. 뭔가 좀 이상하지 않으십니까?"

주치의는 고개를 갸웃했다.

"마님께서 각하와 싸우셨다면 당장 떠나셔야지 굳이 산달에 가실 이유가 뭡니까? 게다가 싸우셨다고 보기에는 두 분이……."

가르트 공작 부부가 싸움을 한 사이라면, 세상 부부들은 모두 철천 지원수일 게 틀림없다. 게다가 이번에도 각하께서는 입덧을 대신하지 않으셨는가. 황제는 또 귀신같이 이 소식을 알고 후다닥 약재를 보내왔다.

주치의가 보기에도 정말 귀하고 좋은 약재인데, 정작 탕약을 마시는 슈덴은 표정이 영 좋지 못했다. 황제가 동봉해 온 편지를 읽고 난 후에 특히 그랬는데, 주치의는 편지에 적혀 있을 내용을 도무지 짐작할 수가 없었다.

어쨌든 주치의의 말은 폴도 동의했다. 당연히 두 분이 싸우신 줄 알았는데, 당장 그날 저녁에 착각임을 알았다. 바보가 아니고서야, 마님을 바라보는 각하의 눈빛을 오해할 수가 없었다.

그렇다면 답은 하나로 귀결되었다.

"마님께서 다 뜻이 있으시지 않겠나?"

"하긴 맞습니다. 마님께서 이유 없이 그러시진 않겠죠."

세상에서 가장 큰 무기는 신뢰가 아닐까? 발리아는 결혼한 이후로 특별히 무리한 행동을 한 적이 없었다. 이런 이미지도 차곡차곡 쌓이면 도움이 되는 날이 온다. 예를 들면 지금처럼.

아무리 뜬금없는 행동을 해도 뭔가 이유가 있겠거니, 하고 고용인들이 무작정 신뢰하는 수준이 된다는 건 저택 내에서 발리아의 뜻을 막을 사람은 없다는 소리와 일맥상통했다.

"아무튼 자네, 잘 준비하게. 각하께서 휴가를 얻으셔서 항상 저택에 계시니, 마님께서 로드 워프를 타고 가실 수 있는 날은 단 하루뿐일세."

'······이게 이렇게나 비장하게 준비를 할 일인가?'

솔직히 말하자면 주치의는 도통 이해를 할 수가 없었다. 그리고 더 걱정이 되는 건.

'나는 같이 떠난다니까 그렇다 쳐도, 총집사장님은 뭘 믿고 저렇게······.'

저택으로 다시 돌아왔을 때 과연 폴이 살아는 있을까?

그리고 대망의 아침이 밝았다.

방문 앞에 앉아 꾸벅꾸벅 졸고 있던 하녀는 문득 인기척을 느꼈다. 고개를 든 하녀가 자리에서 벌떡 일어났다.

"마님?"

"루아는?"

"아, 아가씨는 아직 주무시고 계세요."

"그래?"

"들어가 보시겠어요?"

"응."

하녀가 바로 문을 열어 주었다. 어둑어둑해 햇볕도 잘 들지 않는 새벽. 원래 4층에 있던 루드베키아의 방은 2층으로 옮겨진 상태였다. 발리아의 배가 불러 계단을 오르락내리락하기가 힘들어서였다.

방에는 다른 고용인 두 명도 함께 있었다. 방으로 들어오는 불빛을 보고 부스스 일어난 그녀들은 발리아를 확인하고 눈을 동그랗게 떴다. 루드베키아에게 속닥거릴 말이 있었던 발리아는 고용인들을 눈짓으로 내보냈다.

원래도 조용했지만 한층 고요해진 방. 발리아는 아기 침대 쪽으로 고개를 살짝 숙였다.

"루아. 아빠랑 잘 놀고 있어."

꼬꼬마를 데려가는 건 현실적으로 어려웠다. 저택에는 루드베키아를 금이야 옥이야 돌보는 칼도 있었고 폴도 있었으며 사라도 있다. 게다가 슈덴도 있질 않은가?

이 남자는 딸을 아주 잘 돌봤다. 어떻게 저렇게 아가를 잘 돌보는지 신기할 정도였다. 자신보다 훨씬 육아에 소질이 있는 남편. 슈덴이라면 루드베키아를 아주 잘 돌보고 있을 터였다.

"루아."

한 번 잠들면 업어 가도 모르게 자는 루드베키아라서, 발리아는 자그맣게 속삭일 수 있었다.

"엄마가 올 때 선물 사 올게."

"무슨 선물까지 사 온다고 그러십니까."

발리아의 어깨가 움찔 떨렸다. 그녀가 뒤를 돌아보는 것보다 팔을 감싸 안는 손이 조금 더 빨랐다. 슈덴이었다.

"……언제 오셨어요?"

"방금 왔습니다."

"기척 좀 내시지."

"당신이 놀라실까 봐."

귓가에 묻어오는 체온이 따뜻했다. 피부에 닿는 슈덴의 손에는 물기가 약간 남아 있어 부드럽게 느껴졌다.

"새벽 일찍부터 어딜 가셨나 했더니 여기 계셨습니까."

"당신이 욕탕에 있다고 해서요. 루아 보면서 기다리려고 했어요."

항상 발리아보다 슈덴이 먼저 일어났다. 오늘도 마찬가지였다. 그나마 발리아가 일찍 일어나기는 해서, 슈덴이 욕탕에 있다는 말은 전해 들었다.

"기다리지 말고 욕탕에 들어오지 그러셨습니까."

"네?"

발리아가 눈을 동그랗게 떴다. 그녀가 몸을 돌렸다. 두 시선이 마주

쳤다. 막 씻고 나온 슈덴은 물기에 젖어 평소보다 나른해 보였다. 아,
이런.

"지금 애 앞에서 무슨 말을 하시는 거예요?"

"아."

슈덴의 시선이 아기 침대를 향했다. 루드베키아는 여전히 세상모르
고 잠들어 있었다. 슈덴이 슬쩍 웃었다.

"그럼 나가서······."

"나가서 말하는 것도 안 돼요!"

소리 한껏 죽인 질타에 슈덴은 결국 고개를 숙이고 웃었다. 그는 발
리아의 손을 잡고 방을 함께 나왔다. 인사하는 고용인들을 뒤로 물리
며 슈덴이 물었다.

"왜 이렇게 일찍 일어나셨습니까?"

해도 안 뜬 새벽. 발리아는 태연하게 대답했다.

"기대돼서요. 매사냥은 오랜만에 보잖아요."

물론 사기였다. 발리아가 말하는 매사냥은 있지도 않았다. 북부로
가려면 준비가 필요한데, 슈덴이 항시 있으니 속이기가 어려웠다. 그
래서 매사냥을 보러 간다고 거짓말을 했다. 나름의 방책이었다.

사이좋다 못 해 꿀이 떨어지는 아내가 도주를 계획하고 있다고, 상
식적으로 어떤 남편이 그런 생각을 하겠는가? 없는 말을 해 가면서
까지.

일단 슈덴은 그 범주에 들지 않았다. 그렇기에 그는 발리아의 말에
의심을 가져 본 적이 없었다.

"슈, 일찍 가 봐야 한다고 하셨잖아요."

"당신 얼굴 보고 갈 시간은 됩니다."

슈덴은 오늘 황궁에 나가야 했다. 휴가를 빙자한 휴직 신청서가 수리된 후로는 처음 가는 황궁이었다. 국가적 중대사로 분류되는 회의 때문이었는데, 아무리 슈덴이어도 빠지기 애매했다. 게다가 발리아도 다녀오라고 말하고.

더군다나 휴직 때문에 발리아가 한 번 화를 낸 적도 있질 않은가. 슈덴은 순순히 아내의 말을 따랐다. 옳다구나 싶었던 건 황제였다. 에드가 7세는 이 기회를 틈 타 슈덴을 아주 기이이이이일게 붙잡아 둘 생각이었다.

"오늘 가서 글피 저녁쯤에 오시죠?"

그래서 결정된 게 글피였다.

"예. 그렇기는 한데."

확인차 물어본 말에 돌아오는 대답이 간지러웠다.

"제가 보고 싶으시면 사람을 보내십시오. 오늘 밤에라도 올 테니까."

"……오늘 밤이요? 일은 어쩌시고요?"

"빨리하면 됩니다."

대체 얼마나 빨리하면 그게 가능할까? 하긴, 가르트 공작이 시찰 일정을 얼마나 당겼는지 아직도 사교계에서는 이야기가 돌았다. 이 남자라면 정말 가능할 것 같았다.

"……괜찮으니까 천천히 오세요."

아마 거투르드 백작의 죽어 가는 모습을 보지 못했더라면, 발리아는 결국 북부로 가지 못했을 게 뻔했다. 슈덴만 발리아에게 유독 약해지는 게 아니었다. 발리아도 슈덴에겐 약해지는 면이 있었다.

하지만 슈덴이 발리아의 말을 듣질 않으니 도리가 있나. 몇 개월째 설득을 했는데 들어먹질 않는다.

한 번은 정말 화가 나서 저리 가시라고 했더니 저리 가는 척하고 발리아의 주변을 하루 종일 맴돌더라, 세상에.

이 방법 말고 뭐가 더 있는지 그녀는 도무지 알 수가 없었다.

'이 사람이 매사냥을 그렇게 좋아했나?'

슈덴은 의아함을 느끼고 있었다. 발리아가 선호하는 건 덜 복작이는 티 파티. 혹은 두셋이 갖는 티타임.

매사냥은 겔의 귀족들이 줄곧 즐겨 온 고상한 취미였다. 물론 발리아에게는 해당 사항이 없었다. 리사 왕국은 중립국으로, 오래 전부터 평온한 분위기를 유지했다.

그래서일까. 리사의 사람들은 선천적으로 평화롭고 정적인 성격이 많았다. 발리아도 리사 출신이라 마찬가지였다. 그런 아내가 왜 매사냥을 고대한다고 말할까. 이렇게 일찍 일어나면서까지.

괜찮은 매라도 선물할까. 가죽은 좋아하지 않는다던 발리아가 사냥매는 좋아해 줄까.

슈덴의 생각은 오래가지 못했다.

❦ ❦ ❦

"안녕하세요, 가르트 공작 각하. 오랜만에 뵙습니다."

슈덴에게 반갑게 인사를 해 오는 백작 부인. 그녀는 디아나의 티 파티 멤버였다. 당연히 발리아와도 교분이 있었다. 규모 있는 연회마다 곧잘 아내와 이야기를 나누는 모습을 본 기억이 났다.

그래. 문제는 이게 아니었다.

"황궁엔 어쩐 일입니까?"

"아, 바깥사람 때문에 잠깐 들렀답니다."

바깥사람이라니. 슈덴은 이해가 가지 않았다. 뭔가를 두고 와서 갖다 달라고 부탁을 한 모양인데, 평소에는 그렇다 쳐도 오늘 같은 날은 고용인을 시키는 게 맞질 않나. 이 귀부인의 남편이 알았다면 무척 억울해했을 오해였다.

"지금 외곽 숲으로 출발하면 늦지 않습니까?"

"숲이라니요?"

"음?"

백작 부인과 슈덴의 얼굴에 동시에 의문이 떠올랐다. 백작 부인이 먼저 웃으면서 말했다.

"각하, 혹시 다른 분과 오해하신 게 아닐까요? 저는 오늘 숲에 가질 않는답니다. 남편과 며칠 전부터 잡아 놓은 약속이 있는걸요."

순간 슈덴의 머리가 빠르게 굴러갔다. 그가 지나가는 듯한 목소리로 물었다.

"슬슬 매를 날리는 귀족들이 많아질 때 아닙니까. 백작 부인도 좋은 매를 가지고 있다고 들었는데."

"각하께서 그리 말씀해 주시다니 영광이네요. 아시다시피 저는 조엔 후작 부인의 티 파티 멤버라서요. 추위 타는 분들이 많으셔서 완연한 봄에나 다 함께 매사냥을 보러 가기로 했답니다."

완연한 봄. 그러니까 오늘은 절대로 아니다.

"……알려 줘서 고맙군요. 먼저 가 보겠습니다."

"무얼요. 살펴 가세요. 가르트 공작 각하."

하지만 분명히, 발리아는 이 티 파티의 고정 멤버인데. 겔 사교계의 생리를 슈덴이 모를 리가 없었다.

뭔가 이상했다.

❦ ❦ ❦

'마님께서는 잘 가고 계시겠군.'

모든 계획이 순조로웠다. 폴은 평화롭게 서류를 정리했다. 오늘 마님의 마차에는 주치의와 믿음직한 하녀가 한 명 동행했다. 아주 힘도 세고 건장하고 똑똑하기까지 해서 폴이 특별히 눈여겨본 아이였다.

말이 북부로 떠나는 거지, 발리아는 그 사이 여행도 좀 하고 싶어 했다. 하긴 누구라도 그러지 않을까. 발리아는 둘째를 임신한 이후 저택에서만 내내 지냈다. 황궁에나 몇 번 들른 게 전부였다. 아무리 그녀가 정적인 걸 좋아한다 해도 슬슬 갑갑할 만도 했다. 기왕 나가는 것 로드 워프가 웅장하게 설치된 곳은 둘러봐도 좋을 테다.

마차에서 내려 구경을 하는 것까진 못하겠지만. 배가 많이 불러 어쩔 수 없었다. 그래도 발리아는 새로운 경치를 눈에 담는 것만으로도 만족하기로 했다.

그래서 일부러 로드 워프 경로도 여유 있게 짰다. 아주 비싼 돈을 들여 별장 앞마당에 임시로 설치한 로드 워프의 유효 기간은 글피 아침. 발리아는 3박 4일 여행을 하고 별장에 콕 틀어박혀 해산을 준비할 생각이었다.

사실 폴은 작금의 이 상황이 무척 신기했다. 귀족가의 집사라면 한 번쯤은 생각해 보았을 드라마틱한 상황이질 않은가? 물론 생각만. 실제로 일어날 확률은 적었다. 하지만 적잖은 사람들이 하나쯤은 갖고 있질 않은가. 본인의 직업과 관련된 이상한 로망을.

'지금쯤 서부에 도착하셨겠어.'

와중에도 폴이 가장 걱정했던 건 당연히 마님의 안위. 발리아가 머물 모든 숙소는 이미 그날 하루를 통째로 빌려 놓았다. 심지어 각 나라마다 믿음직한 호위를 고용해 배치해 놓았다. 과연 폴은 훌륭한 총집사장이었다.

"총집사장님!"

그때 급하게 들려오는 목소리가 있었다.

"왜 그러나?"

"총집사장님! 각하께서 지금 귀택하신답니다!"

"뭐? 지금 오신다고?"

"예! 방금 황궁에서 사람이 왔습니다."

폴이 눈을 둥글게 떴다. 분명히 각하께서는 글피 저녁에 귀택하기로 일정이 잡혀 있었다. 그런데 왜 갑자기 이 날, 이 시간에 돌아오신다는 거지? 무언가 이유가 있다. 총집사장의 예리한 직감이 발동한다.

생각은 짧았고 행동은 빨랐다. 폴이 얼른 뛰어나갔다.

"자네!"

"예? 예?"

폴은 가장 신뢰하는 부집사에게 종이와 휘갈겨 쓴 쪽지 한 장을 덥석 쥐여 주었다. 그리고 아주 급박한 목소리로 말했다.

"당장 여기로 출발하게! 가서 마님께 이 쪽지를 보여 드려."

"마님이요? 마님은 후원에 계시지 않……."

폴이 버럭 외쳤다.

"빨리 뛰어!"

"지금 갑니다!"

부집사는 엉덩이 걷어차인 듯한 모양새로 후다닥 외투를 챙겼다.

"누가 불러도 멈추지 말게나!"

"예에? 예!"

부집사가 바람처럼 마구간으로 달려갔다. 도무지 영문을 알지 못하겠다는 표정이었다. 부집사를 떠나보낸 폴은 조마조마한 심정으로 홀로 내려갔다. 슈덴이 돌아온다는 소식을 들은 고용인들이 홀에 나란히 시립해 있었다.

약간의 시간이 흘렀다. 이윽고 문이 열렸다.

"각하를 뵙습니다."

"각하를 뵙습니다."

폴은 사라와 함께 가장 앞에서 허리를 꾸벅 숙였다. 그가 고개를 들기도 전이었다. 슈덴이 줄지어 시립한 고용인들을 그대로 지나쳐 2층으로 올라갔다. 척 봐도 각하의 분위기가 심상치 않았다. 무서웠다. 고용인들은 서로 눈치를 살피기 시작할 때였다.

슈덴이 1층 홀로 다시 내려오기까지는 얼마 걸리지 않았다.

"폴."

살인 예고를 방불케 한다. 이렇게 싸늘한 목소리는 실로 오랜만이었다.

"발리아는 어디 있지."

그러니까, 각하께서 혼인하시기 전에나 들었던…….

"대답 안 하나."

폴이 침을 꿀꺽 삼켰다.

"조엔 후, 가르트 공이 퇴궁했다네."

시름시름 앓고 있던 조엔 후작이 헉 하고 되물었다.

"드디어 갔습니까?"

"그래."

"가르트 저택으로 돌아간 겁니까?"

"아니. 북부로 갔어."

"······."

조엔 후작이 말을 잃었다. 황제는 허허허 웃었다. 사실 웃는 게 웃는 게 아니었다. 황제는 방금 전 떠난 남자의 모습을 다시 한번 반추해 보았다.

옛날 기억을 물씬 피어오르게 하는 얼굴이었다.

전쟁 직후의 슈텐. 황제는 딱 한 번 그 모습을 본 적이 있었다.

붉은 눈동자가 핏빛으로 보일 수도 있다는 걸 황제는 그날 처음 알았다. 얼굴에 튄 핏자국은 닦아 낸 모양이나 갑옷에 튄 핏자국까지는 깨끗이 없애질 못했다. 지니고 있던 모든 무기는 황제를 알현하기 전 반납했으나, 그만으로 살인의 흔적이 사라지는 게 아니다. 갈무리가 덜 되어 조금씩 느껴지는 그 짐승 같은 기세.

슈텐은 항상 의전을 완벽히 갖추고 황궁에 입성했다. 그래서 겔의 어떤 귀족도 슈텐이 전장에 있을 모습을 상상하지 못한다. 황제도 그랬으니까.

어쨌든 그런 모습을 본 건 그때가 처음이자 마지막이었다. 겔이 더 이상 전쟁에 참전하지 않으면서, 이젠 볼 일 없으리라 여겼는데.

"짐도 참 오랜만에 보는 얼굴이었어. 조엔 후, 다리 풀린 건 좀 괜찮고?"

"폐하께 이런 꼴을 보여 드리니 창피합니다."

사실 조엔 후작은 누워 있었다. 다리가 풀려서 걷질 못했다. 황제를 앞에 두고 신하가 침대에 누워 있는 꼬락서니. 민망함도 잠시뿐이다.

아니 진짜 일어날 수가 없는데 어쩌겠는가?

"폐하께서 가르트 공작에게 의전 준비 시간을 항상 충분히 주신 이유를 알았습니다."

문관 백 명 중 백 명이 다 기절할 게 틀림없었다. 황제는 다정하게 말했다.

"그래. 후, 알았으면 짐에게 한층 충성하게나."

"소신 최선을 다해 보필하겠습니다. 폐하."

군주와 신하가 이상한 덕담을 나누는 와중이었다. 램튼이 들어와 허리를 숙였다.

"폐하. 방금 가르트의 마차가 로드 워프를 탔다고 합니다."

"정말 빠르군. 퇴궁한 지 20분도 안 됐잖은가?"

날아서 갔나?

"폐하. 혹시 몇 년 전 있었던 소데트 반란군 진압을 기억하시는지요?"

"……짐이 어찌 그 일을 잊겠나?"

슈덴이 소후작인 시절이었다. 서부에서도 가장 번화한 왕국에서 반란이 일어난 적이 있었다. 몇 대 전 맺은 조약을 지키기 위해 겔에서는 왕실에 증원을 보냈다.

낙관적인 전쟁은 아니었다. 파발꾼이 중간에 반란군에게 사살당했으니까. 귀족파로 이루어진 반란군은 머리가 좋았다. 당연히 겔의 막사에는 큰 혼선이 빚어졌다. 까딱 손만 잘못 놀려도 제국 군사들이 전멸하는 위급한 상황이었다.

반란군은 군사적 우위를 점한 상태로, 겔에 협상을 제안했다. 그들이 원하는 인물은 다름 아닌 슈덴. 반란군들은 슈덴 가르트가 본인들의 막사로 직접 올 것을 요구했다. 황제에게 소식이 먼저 전해졌더라면, 한 마디로 거절했을 뻔뻔한 요구였다.

"그런데 가르트 공작은 갔지."

"예, 갔죠."

간 것까진 그래, 좋았다. 진짜 역사가 뒤바뀐 건 그날 저녁이었다.

말이 협상이지 실상은 속 긁는 이야기뿐이었다. 당연히 예견되는 상황인데 슈덴은 왜 갔을까. 아니, 갔다고 해도 일단 그런 걸 요구받았으면 협상을 물리고 얌전히 돌아왔어야지. 그래서 원군이나 기다렸어야지.

"짐은 솔직히 그때 가르트 공이 미친 줄 알았다네."

"폐하, 심려치 마시옵소서. 당시 겔의 모든 군인이 그렇게 생각했습니다."

"그렇지?"

뒤에 서 있던 램튼은 저도 모르게 고개를 끄덕였다.

"미치지 않고서야 어떻게 그 자리에서 수장의 목을 그대로 꺾어 버리냐는 말일세."

대체 무슨 생각이었으면 적진 막사에서, 그것도 심장부에서! 적군 수장의 목을 잡아 꺾어 버릴 수 있을까? 경악해 달려드는 반란군 부사령관의 검을 빼앗고 안쪽에서부터 쑥대밭을 만드는 게 상식적으로 세울 만한 계획인가?

"폐하. 사실 저는 공작 부인이 가르트 공작의 성격을 너무 닮아 가는 것 같아 두렵습니다."

그냥 휴직을 무르라고 설득만 해 주길 바랐는데······.

"북부로 훌쩍 사라져 버리다니요! 이게 일반적인 귀족이 떠올릴 만한 생각입니까?"

"아니지."

소데트에서 슈덴의 행동과, 지금 공작 부인의 행동이 뭐가 다른지 조엔 후작은 알 수가 없었다.

"하지만 짐이 보기엔 가르트 공이 더 심한 것 같네. 램튼, 아까 뭐라고 했지?"

"북부로 떠났던 마법사들이 방금 전 귀환했다고 합니다."

북부에 임시로 로드 워프를 설치했다던 마법사들이 돌아왔다.

마법사들이 가르트 공작 부인에게 개인 의뢰를 받았었다고는 황제도 아까 전에야 알았다. 그리고 황제가 알기로 그 지역은 눈이 한 번 쌓이면 옴짝달싹할 수 없었다.

로드 워프도 없어졌는데 거길 어떻게 뚫고 간단 말이야?

꽃꽃꽃 꽃꽃꽃 꽃꽃꽃

"아이고, 나리. 여기부터는 절대 더 못 들어갑니다."

마을에서부터 따라 온 마부가 쩔쩔맸다. 웃돈에 웃돈, 거기에 웃돈을 또 준대서 혹해서 따라왔더니. 뭐 어디까지 들어가자는 건지 알 수가 없었다.

"가다가 얼어 죽습니다. 진짜입니다 나리!"

척 봐도 귀족 같은 남자는 대답이 없었다. 거기에 안색에도 변화가 없었다. 붉은 눈동자는 그저 물끄러미 앞을 바라만 보고 있을 뿐.

"나리?"

마부는 발을 동동 굴렸다. 그가 고개를 획 돌렸다. 사실 마부는 이 키 크고 체격 좋은 남자보다는 옆에 붙어 있는 사람이 더 편했다.

"율리안 님이라고 하셨죠? 수행인이면 나리 좀 설득해 보십쇼!"

냉기가 풀풀 피어오르는 슈덴과는 달리, 율리안의 얼굴은 허옇게 질려 있었다. 척 봐도 안쪽으로 들어가고 싶지 않아 하는 게 보였다. 마부의 공략은 얼추 맞았다. 그 누구보다 빠르게 머리를 굴린 율리안 이 와다다다 쏟아 냈다.

"각하 아무리 그래도 여기서 몇 십 년을 산 마부가 저보다 잘 알지 않겠습니까 이건 아무리 생각해도 말이 안 되는 일입니다 저 폭설을 보세요 저걸 뚫고 들어가다가 정말 눈사람이 되어서 변사체로 발견되실 거예요 그랬다가는 마님도 못 보시고 아가씨도 못 보세요 그런 비극이 또 어디 있습니까 각하 제발 진정하세요 머리를 식히세요 지금이라도 돌아가셔서 아가씨와 함께 마님을 기다리시는 게 가장 현명한 결정이 아니시겠어요 마님께서 화내시면 그것도 또 문제잖아요 가뜩이나 회임하신 분인데 기분을 잘 맞춰 드려야죠 그리고 애초에 여길 아무 장비도 없이 들어가시겠다는 게 말이 안 되는……."

"율리안."

슈덴이 처음으로 입을 열었다.

"네 말이 맞군."

시선은 여전히 쏟아지는 폭설에 고정된 채.

"예? 정말이십니까? 각하?"

율리안의 말이 슈덴의 마음을 움직였다!

"돌아가지."

슈덴은 함박눈 가득 쌓인 길에서 눈을 뗐다. 몸을 돌린 그가 마차에
올라탔다.

율리안은 두 손으로 입을 막았다. 얼떨떨하면서도 환호성을 지르고
싶었다. 그래! 각하께서도 최소한의 이성을 갖고 계시는 분이다!

"어서 출발하세요! 각하께서 마음 바꾸시기 전에요!"

"예!"

율리안이 호다닥 올라타고 마부도 허겁지겁 마부석에 앉았다. 눈길
을 올라왔던 마차가 마을로 다시 되돌아갔다.

※ ※ ※

발리아는 뜨개질을 하고 있었다.

"어때? 한 달 안에는 다 만들겠지?"

"그럼요, 마님."

아기가 태어나면 씌워 줄 모자를 뜨고 있는데 잘 하고 있는 건지를
모르겠다. 발리아는 모자를 두 개 만들 생각이었다. 한참 뜨개질로 씨
름하던 발리아가 고개를 들었다.

이렇게 눈이 많이 내리는 건 처음 봤다. 겔에서도 이 정도 폭설은
본 적이 없는데. 겨울을 풍경화로 그려 낸다면 딱 이런 모습이겠지.
리사는 계절이 온화해 눈이 드문 왕국이었다. 그래서 발리아는 눈이
이렇게까지 오는 하늘이 신기했다.

사실 로드 워프를 타면서 본 타국들이 다 신기했다. 발리아는 본격적으로 여행을 해 본 적이 한 번도 없었다. 마음 같아선 더 여유 있게 둘러보고 싶었는데.

"마님. 차 한 잔 더 하시겠습니까?"

"응."

부집사가 공손한 태도로 따뜻한 차를 따랐다. 얼떨결에 폴에게 쫓기거나 영문도 모르고 겔 제국에서부터 말을 달려 온 부집사였다. 몇 시간 만에 서 있는 땅이 한 다섯 번 바뀌었다.

"혹시 각하는 뵙고 왔니?"

"아니요, 마님. 급하게 나오느라 뵙질 못했습니다."

"그래?"

발리아는 눈동자를 굴렸다.

'지금쯤이면 편지도 읽었겠지?'

발리아는 슈덴이 편지를 벌써 읽었으리라고 예감했다. 폴을 위한 편지도 물론 따로 써 두고 왔다. 주치의는 그 말을 듣고서야 안심했다.

그래, 아무리 충성심 깊은 폴이라도 목숨 아까운 줄은 알 터다. 분명 마님이 쓰신 편지를 품 안에 고이 갖고 있었겠지. 그러다가 각하께서 가만두지 않으시려고 할 때 방패처럼 착 내밀었을 터다.

주치의는 보지도 못 한 장면이 잘도 상상이 갔다.

"루아는 뭐 하고 있을까?"

"각하께서 놀아 주고 계시지 않을까요?"

"그렇겠지?"

발리아는 웃었다. 이런 상황을 만든 사람치고는 참 평화로웠다.

조엔 후작은 발리아가 슈덴을 닮아 간다고 말했지만, 아니었다. 애초에 발리아가 어떻게 슈덴과 결혼하게 되었는가? 수상쩍고 괴이쩍은 공녀 선발에 응하면서부터이질 않은가. 미래를 알기 전에도 발리아는 이 공녀 선발에 지원하려고 했었다. 칼이 칼같이 반대하긴 했지만.

그래. 이건 원래 그녀의 성격이다.

게다가 발리아가 이렇게까지 했으니 슈덴은 휴직을 무르지 않고는 못 배길 터다.

또 아내가 어디로 훌쩍 가 버리는 것보단 나을 테니까.

물론 이 과감한 선택의 후유증으로 조엔 후작의 다리는 풀리고 가르트 저택은 뒤집어졌지만. 큰 것을 얻기 위해선 때론 작은 것을 희생할 줄도 알아야 했다.

"마님. 안 추우세요?"

"응. 괜찮아."

비싼 별장이라 값어치를 톡톡히 했다. 무슨 마법적 처리가 된 건지, 건물 밖은 그리도 추운데 안은 온기가 돌았다. 더군다나 폴은 저택 안에도 값비싼 마법 실용품을 꽉꽉 채워 놓았다. 침실은 따뜻하고 아늑해 잠들기 좋았다.

"안녕히 주무세요, 마님."

"너도 잘 자렴."

저택에서부터 발리아와 마차를 타고 따라온 하녀는 불을 끄고 나갔다. 달빛처럼 은은한 마법 수정구 하나만이 침실을 비추었다.

“아무래도 내일 산파들이 오는 건 어렵겠습니다.”

주치의의 말에 고용인들이 고개를 끄덕였다. 어느 정도 예상한 일이었다.

별장은 완벽했다. 식량과 약재는 몇 달을 사용해도 될 만큼 채워져 있었다. 그뿐만이 아니었다. 저택에서 폴이 몰래몰래 보내 놓은 고용인들과 요리사들도 있었다. 여기에 실력 하나만은 수준급인 주치의까지 있으니까.

공교롭게도 산파들만 없었다. 일정이 갑자기 급하게 당겨지면서, 임시로 설치했던 로드 워프도 없어졌기 때문이다. 내일 로드 워프를 이용해 별장으로 들어오기로 했던 산파들은 절대 오지 못하리라. 이렇게 눈이 많이 오는데.

“설사 겨울 곰이 살고 있대도 여기까지 오진 못할 겁니다.”

“그렇겠죠?”

마님의 출산을 도울 산파들이 없다. 그러나 문제 될 건 없었다. 주치의는 방금 전, 진심으로 폴의 한 치 앞을 내다보는 안배에 감탄했다.

[이런 걸 보면 총집사장님이 참 철저하신 것 같아요. 저 말고도 별장에 온 하녀들이 전부 아이를 받아 본 적이 있거든요.]

발리아의 마차에 동행했던 하녀가 알려 주었다. 역시 대귀족 가문의 총집사장은 아무나 하는 게 아니다.

이미 일의 분배를 모두 끝낸 고용인들은 잠들러 가기 전 도란도란 이야기를 나누었다. 그들도 눈 내리는 별장에 온 건 처음이라 잔뜩 들떠 있었다. 놀러 온 것 같아 즐거웠다.

이어지던 이야기는 설산에 산다는 유령에 이르러 마무리가 되었다.

사람 홀리는 외모를 가졌는데, 사랑하는 사람을 찾아 밤새 설산을 떠돌아다닌다는 유령.

눈 많이 오는 나라에서는 한 번은 들을 수 있는 흔한 이야기였지만, 고용인들은 담이 약했다.

"별장에 유령이 나타나면 어쩌죠?"

혼자 유령 안 믿는 주치의가 안심시켜 주었다.

"신께서 보우하사 절대 나타나지 않을 겁니다."

"그렇죠? 그런데 왜 아까부터 자꾸 한기가 드는 기분일까요?"

"그야 여긴 겨울 별장이니……, 히익!"

쨍그랑! 주치의가 들고 있던 작은 유리 저울이 떨어져 산산조각이 났다. 그 자리에 있던 모든 고용인들이 얼음장처럼 굳었다.

정말로 유령에 홀리기라도 한 것처럼 그들이 스르르 일어났다.

"……각하?"

나타났다.

그러니까, 이 자리엔 절대 있어서는 안 되는 바로 그 남자가.

＊＊＊ ＊＊＊ ＊＊＊

"흑, 흑흑, 흐윽……."

"……그만 좀 우십시오."

"하지만 주치의 선생! 정말로 죽을 뻔했단 말입니다!"

빽 소리를 지른 율리안이 다시 오열했다.

그래, 슈덴은 혼자 별장에 들어선 게 아니었다. 각하께서 설산 유령처럼 나타났을 때, 그 자리에 있던 모든 고용인들이 얼마나 놀라고 굳었는가? 그 와중에 주치의만 알았다. 슈덴 뒤에서 웬 남자 하나가 엉금엉금 기어 들어오고 있음을.

율리안이었다.

겨울날 버려진 도토리처럼 불쌍하게 찌그러져 있던 수석 보좌관.

"각하께서는 미치셨어요……, 미치셨다고요……."

율리안이 두 손으로 얼굴을 가리고 중얼거렸다. 반쯤 제정신이 아닌 것 같았다. 너무나 이해가 가는 반응이라 고용인들은 못 들은 척해 주기로 했다. 지금 율리안의 꼴이 그만큼 정상이 아니었으니까.

"어휴……."

총명해 보이던 눈썹에는 눈이 하얗게 내려앉아 있었다. 뺨은 얼었으며, 손발도 차가웠다. 이게 냉동 사체가 아니라면 대체 뭐가 냉동 사체일까? 거기에 안색은 또 어찌나 새파랗던지.

사람 홀리는 외모까지는 아니라 설산의 유령은 되지 못했지만, 그래도 비슷하게 취급해 줄 수 있을 정도였다.

"자, 보좌관님. 수프 좀 드세요."

"감사합니다, 감사합니다."

율리안은 따끈한 닭고기 수프를 몇 숟갈 뜨면서부터 차차 진정했다. 요리사가 얼른 주방으로 가서 끓여 온 수프였다. 닭고기로 육수를 내고 감자와 당근, 양파를 볶아 내 만든 뜨거운 수프. 율리안은 허겁지겁 수프를 입에 밀어 넣었다.

"각하, 끄흑, 께서는요?"

"목욕을 하러 가셨습니다."

"예? 마님을 곧장 보러 가지 않으시고요?"

율리안은 거의 반 기절해 있던 터라, 슈덴이 언제 사라졌는지 알지 못했다. 주치의가 친절하게 설명해 주었다.

"부집사님이 간곡히 만류했지요. 찬 기운은 임산부에게 좋지 않으니까요."

"아……."

율리안의 눈에 또 그렁그렁 눈물이 차올랐다.

"저한테도 찬 기운은 좋지 않다고 말씀드릴 땐 들은 척도 안 하시더니……. 하긴요. 저랑 마님은 아주 다르지요. 다르긴 한데……."

수프를 휘젓는 스푼이 씁쓸하다. 주치의는 안쓰러운 눈빛으로 율리안의 안색을 살폈다. 먹여야 할 탕약 약재를 가늠하는 모습이었다.

"그런데 보좌관 님. 여기까진 정말 어떻게 오신 거예요?"

다른 하녀가 물었다. 사실 그들이 가장 궁금히 여긴 점이었다. 여긴 그야말로 요새였다. 산파들은 물론이요 겨울 곰도 차마 들어오지 못할 겨울 산의 별장. 각하께서는 유령도 아니시면서 대체 어떻게 올라오신 걸까?

"제 입이 방정이었어요."

율리안은 몇 시간 전 있었던 대화를 상기했다.

[그리고 애초에 여길 아무 장비도 없이 들어가시겠다는 게 말이 안 되는…….]

각하를 설득한 줄 알았는데, 아니었다. 슈덴이 마차에 오른 건 제국으로 돌아가자는 뜻이 아니라 가르트 마차에서 꺼낼 물건이 있다는 뜻이었음을, 정말 그때까진 상상도 하지 못했다. 슈덴이 율리안의 말에서 '방법'을 찾아냈을 줄이야!

아니 그게 방법이기는 해? 그게 장비이기는 하냐고!

"……그러니까 저걸로 눈을 녹이면서 올라 오셨다고요?"

"예……."

별장 문가에는 성인 팔뚝만 한 마법 도구가 덩그러니 버려져 있었다. 불 좀 피워 본 사람이라면 누구나 알 마법 도구였다. 나뭇가지에 불을 붙이는 용도인데, 노숙을 할 때 주로 사용했다. 웬만한 마차에는 필수품으로 구비되어 있었다. 당연히 가르트 마차에도 최고급품으로 갖춰져 있었고.

하지만 그래 봤자 나무에나 불붙이는 용도. 과일 잼 바르는 무딘 나이프를 들고 드래곤 멱살을 따러 가는 거랑 뭐가 다른지! 율리안은 도통 알 수가 없었다.

"저 진짜 각하께서 농담하시는 줄 알았습니다……. 진짜로요……."

"……."

하하하 웃으면서 따라 올라왔더니 진짜 올라가시더라. 율리안은 걸음걸음 눈길을 내딛으면서 이 모든 게 사실은 꿈일 거라고 세뇌를 했다. 꿈이 아니고서야, 대체 눈앞의 상황을 어떻게 제정신으로 받아들인단 말인가?

"그나마, 정말 그나마 각하께서 절 버리고 가진 않으시더라고요……. 정말……."

감동해야 하는 거겠죠?

율리안의 말을 듣던 고용인들의 표정이 오묘해졌다. 율리안은 어쩐지 울컥해졌다. 분명 다들 머릿속으로 같은 생각을 하고 있을 터다. 각하께서 미치셨다고. 차마 입 밖으로 내진 못하겠지만.

하지만 율리안은 달랐다. 그는 당당하게 외칠 수 있었다.

사람이 뭐든지 적당히 해야 괜찮지 마님한테 미치셔서 이런 미친 짓을 아무렇지 않게 저지르신다고! 애꿎은 보좌관 목숨 하나 앗아

가서야 속이 풀리시겠냐고!

율리안이 입을 크게 벌렸다!

"목욕하고 싶네요!"

그러나 율리안의 담도 여기까지였다. 하녀가 욕탕으로 안내하겠다며 일어섰다. 삶과 죽음의 경계를 넘나들며 죽겠구나 싶었던 것도 지나간 일.

율리안은 뜨거운 김이 모락모락 올라오는 욕탕을 보자 감격해서 약간 울 뻔했다.

"……저기 지금 뭐하시는 거예요?"

하녀가 율리안의 옷을 벗겨 내고 있었다.

"보좌관님 왼손 곱으신 거 아니에요? 혼자 벗기 힘드실 텐데요?"

"아, 이건 추위 때문에 일시적으로……, 저기요! 어디까지 벗기려는 거예요!"

율리안이 식겁해서 하녀의 손을 쳐냈다.

"씻으시려면 다 벗어야죠?"

"하인들 있잖아요! 하인들 불러줘요!"

발리아를 직접 수행했던 힘 센 하녀가 상냥한 어조로 말했다.

"하인들은 다 각하 목욕 시중들러 갔어요."

"악! 내가 벗을게요! 내가 벗는다고요! 벗기지 마요!"

얼마 후였다. 율리안은 나무 욕조 안에서 기절해 둥둥 떠다녔다. 주치의는 흡족한 얼굴로 하녀를 칭찬했다.

"정말 잘 했습니다. 보좌관님이 쓴 약을 원체 못 먹어서 이렇게 해야 했어요. 총집사장님이 언젠가 알려 주신 적이 있지요."

"역시 총집사장님은 대단하세요."

"정말로 한 치 앞을 내다보시는 것 같습니다."

하녀는 기절한 율리안의 입에 탕약을 한 숟갈씩 흘려 넣으면서 뿌듯하게 웃었다.

✻✺✻ ✻✺✻ ✻✺✻

발리아가 어렴풋이 눈을 떴을 때에는 한밤중이었다.

배가 많이 부르면, 잘 때도 편하게 누울 수가 없었다. 발리아는 긴 베개 비슷한 걸 끌어안고 옆으로 비스듬히 누워 잠을 청했다. 깔린 시트는 푹신하고, 덮고 있는 이불도 목화솜을 가득 채워 넣어 포근했다.

하지만 북부는 북부인지라. 그것도 겨울이 매섭고 내리는 폭설이 어마어마하다는 최북단. 침실을 따뜻하게 하려고 고용인들은 화로를 갖다 놓았다. 자연히 공기가 건조해졌다. 발리아는 목이 몹시 말랐다.

"물……."

발리아가 졸린 눈으로 손을 뻗어 협탁을 더듬었다. 여기 즈음에 줄이 있었던 것 같은데. 원래 가르트 저택이었으면 눈 감고도 잡아당겼을 줄이 잡히질 않았다. 별장이라 위치가 달랐다.

잠기운 그득그득한 눈만 깜빡이던 어느 순간이었다. 발리아가 느리게 눈을 떴을 때, 마법처럼 유리잔이 앞에 있었다.

레몬 향이 진하게 났다. 늘 마시던 것처럼, 레몬 즙을 섞은 차가운 물인가 보다. 사람이 잠에 깊게 취해 있으면 사리 구분이 안 가는 법. 게다가 아이를 가지면 잠이 그렇게 많이 왔다.

발리아는 꿈결에 서성이는 듯 몽롱하게 잔을 잡았다. 깊게 생각할 것도 없이 물을 마셨다. 꿈인 줄 알았는데 마른 속을 적시는 시원한 물은 진짜였다. 코끝에 가득 스미는 레몬 향기도 진짜였고. 깨닫는 순간 정신이 들었다.

'……내가 줄을 잡아당겼나?'

하녀는 또 언제 들어왔고? 아니, 근데 하녀가 눈앞에 없는데? 그러면 이 유리잔은 누가 내민 거지? 발리아의 머릿속으로 의문이 스쳐 갔다. 잠기운이 거짓말처럼 사라진 그 찰나였다. 발리아가 고개를 홱 돌렸다.

그리고 그 순간.

"……."

툭.

발리아가 들고 있던 잔이 아래로 떨어졌다. 빈 잔이 카펫 위를 데구르르 굴러가는 소리가 아주 비현실적으로 들렸다.

'꿈인가?'

순간적으로 스친 생각을 와장창 깨부수는 선명한 그 목소리.

"부인."

"……."

그녀가 입에 머금고 있던 물을 그대로 뱉었다. 슈덴이 낮게 혀를 찼다. 그가 협탁 위에 놓여 있던 얇은 수건을 잡았다. 발리아의 젖은 턱과 가슴을 부드럽게 닦아 준 슈덴이 말했다.

"옷은 갈아입으셔야겠군요."

"어……."

"번거로우면 그냥 주무셔도 좋고."

"아니……."

"하녀를 부르는 게 낫겠습니까?"

"……아니, 슈!"

"음?"

세상에! 현실감이 원래 이렇게 뒤늦게 드는 건가? 발리아는 정말로 형용할 수 없는 눈으로 슈덴을 바라보았다. 말도 안 돼! 그녀의 손이 그의 얼굴을 향했다. 슈덴은 발리아가 만지면 만지는 대로 가만히 있었다. 그저 선연한 붉은색 눈동자.

꿈이 아니야.

"당신……, 당신 왜 여기에 있어요?"

믿을 수 없다는 목소리. 슈덴의 입꼬리가 그제야 슬쩍 올라간다. 그가 수건을 내려놓았다. 두 손을 들어 제 뺨을 만지고 있는 발리아의 손등을 가만히 포갰다.

"제가 드릴 말씀을 당신이 먼저 하시는군."

슈덴의 목소리가 평소와는 달랐다. 발리아의 손등을 덮고 있던 단단한 손이 조금씩 내려온다 싶더니, 어느새 그녀는 두 손목이 잡힌 상태였다. 발리아가 서서히 당황하기 시작했다.

"편지는 잘 봤습니다. 발리아."

"……"

"그렇다고 이렇게 멀리까진 나오지 않으셨어도 됐을 텐데."

"……"

이렇게 멀리 나와도 결국 아내를 찾으러 온 남자가 할 만한 말은 아니었다. 하지만 발리아는 정신이 없었다. 여기가 알고 보니 최북단 별장이 아니었던 걸까? 왜 이 남자가 눈앞에 있는 걸까?

"거투르드 백작이 왜 그 시간에 왔나 했더니."

조엔 후작은 문관이다. 대대로 그 가문이 그랬다. 하지만 전쟁이 단순히 살인의 향연이던가. 겔에게 수많은 승리를 선사해 주었던 전략은 누구의 머리에서 나왔던가. 추측은 정확했고 조엔 후작은 다리가 풀렸다.

"백작이 당신과 그런 대화를 나눴을 줄 제가 알았겠습니까."

"……네?"

그 말에 문득 정신이 들었다. 발리아는 거투르드 백작 얘기는 편지에 한 마디도 하지 않았다. 그런데 어떻게 슈덴이 아는 건가. 물어보고 싶었지만 그럴 상황은 아니었다. 슈덴의 눈빛이 어찌나 짙었는지 그대로 잡아먹힐 것 같은 기분만 자꾸 들었다.

"슈. 있잖……."

발리아의 말은 끝까지 이어지지 못했다. 슈덴이 고개를 숙여 왔으니까. 기울인 턱, 슈덴이 발리아의 입 안을 파고들었다. 파고드는 모든 것이 뜨겁다. 이 남자가 지나간 곳마다 홧홧하다. 눈앞이 아득해졌다.

회임한 이후로는, 그러니까 더 이상 정사를 가지지 못하게 된 이후로는 정말 오랜만에 쏟아지는 진득한 키스였다. 젖은 소리가 야하게 들려 등줄기가 오싹해질 정도였다.

갈증이 나서 바닷물을 마시면 목이 더 마르다고 했는데. 슈덴에게 발리아와의 키스가 꼭 그랬다. 하면 할수록 목이 말라 허덕이는 기분이었다. 발리아가 얕은 신음 소리를 흘렸다. 파르르 떨리는 속눈썹마저도 달밤의 그림자처럼 유혹적인 걸 그녀가 알까.

모르겠지. 당장이라도 발리아를 눕힐 것만 같은데, 그런 입맞춤을 하면서도 슈덴의 두 손은 움직이질 않았다. 그저 발리아의 양 손목을 잡고만 있는 채였다. 그마저도 그녀가 조금만 세게 빼내면 빼내질 정도로.

"발리아."

물기 젖은 접촉의 흔적이 남은 목소리였다.

"평생 절 안 보실 생각이셨습니까?"

"아니요……?"

"아니시면."

도망친 아내와 아내를 찾아 설산을 올라온 남자는 서로를 마주 보고 있었다.

"뒷감당은 어쩌시려고 이렇게 훌쩍 나왔습니까."

목소리는 낮고 내용마저 냉정한데 정작 발리아를 향하는 시선은 그러질 못했다. 눈을 감지 않는 이상 영영 그 눈빛을 숨기지 못할 텐데. 바로 앞에서, 호흡마저 야트막하게 얽히는 거리.

발리아는 시선을 조금 내리깔았다. 사실 이 묘한 분위기와는 달리, 정작 그녀는 무슨 말을 해야 맞는 건지 감을 잡지 못하고 있었다. 슈덴과 다시 대면할 때는 한 달 후라고 철석같이 생각하고 있었다. 그야말로 꿈결처럼 나타난 남편에게 무슨 말을 해야 할까. 사람이 놀라면 할 수 있는 말도 잘 찾질 못하는 법이다.

고심하는 발리아를 대신해 슈덴이 되물었다.

"제가 어디 나가지도 못 하게 하면 어쩌시려고."

"……사실 처음에 그 걱정을 하긴 했어요."

"하셨다고?"

발리아가 눈치를 보며 고개를 살며시 끄덕였다. 그녀는 정말로 다른 걸 걱정하진 않았다. 하지만 슈덴이 말했던 건 비슷하게나마 염려가 되었다. 이 남자가 이젠 자길 못 믿겠다며 어딜 가든 따라다니면 어떡하지?

"그렇게 잘 알면서 여기까지 오셨습니까?"

"음……."

불같이 화를 내지는 않았지만 역시, 평소와는 달랐다. 빈틈이 없었다. 사실 발리아는 슈덴의 이런 모습이 낯설지는 않았다. 그녀에게는 여러 모로 다정한 기억밖에 없는 남자였지만, 실상 결혼 전의 그는…….

외려 이 정도면 이 남자의 기준으로 봄이나 마찬가지라고. 발리아의 눈은 꽤 객관적인 편이었다. 그녀가 눈동자를 빙그르 굴렸다.

"사실 몇 달 동안 생각을 해 봤는데요."

"음?"

"당신이 그럴 것 같진 않더라고요."

"……대체 제 뭘 믿고 그렇게 확신을 하십니까?"

발리아가 눈을 동그랗게 떴다.

"남편이잖아요. 당연히 믿죠. 전 세상에서 당신을 제일 믿어요."

대답이 참 산뜻하다. 너무 산뜻해서, 슈덴은 하마터면 헛웃음이 나올 뻔했다. 아마 평소였다면 웃었겠지. 하지만 지금은 분위기가 받쳐주질 못했다.

믿는다는 사람이 그렇게 훌쩍 떠나 버리나.

슈덴이 대답도 없이 물끄러미 바라만 보자, 발리아가 조심스럽게 물었다.

"슈. 화 많이 나셨어요?"

화가 났냐고, 글쎄. 솔직히 잘 모르겠다. 슈덴의 이런 속내를 아마 폴이 알았더라면. 아니 고용인들이나 조엔 후작이 알게 되었더라면. 억울해서 입을 멍하니 벌렸겠지. 화가 났다는 것도 아니면서 사람을 그렇게 얼려 죽일 듯 바라봐?

하지만 정말로. 화가 났다기보다는 발리아가 없어져서 가슴이 철렁 내려앉았는데. 화 비슷한 게 났을지언정 그뿐이었다. 잠들어 있는 발리아를 보는 순간 그런 종류의 모든 감정이 녹아 사라지는 걸 어떡할까. 손바닥 위에 떨어져 버린 눈송이 같았다.

슈덴이 한숨을 내쉬었다. 몸을 숙여 발리아의 어깨에 이마를 대고 싶은데 그녀의 부른 배가 신경 쓰였다.

"발리아."

그의 손이 여전히 잡고 있던 발리아의 손목을 타고 올라왔다. 부드러운 손등이 단단한 손에 폭 감싸였다. 슈덴은 발리아의 두 손바닥을 제 뺨에 갖다 댔다. 따뜻하다.

"안 그럴 테니까 다신 이렇게 좀 떠나지 마십시오."

어쨌든 발리아의 선택은 옳았다.

"제가 미치는 모습을 보고 싶으시면 그러셔도 되겠지만."

"……그렇게까지 놀라셨어요?"

"정말 모르셔서 묻는 겁니까?"

"으음……."

아내가 임신한 이후 어디를 어디까지 만져도 좋은지 아직도 완벽히 감이 오지 않는 슈덴이었다. 발리아는 알까. 슈덴이 냉기를 풀풀 피우는 와중에도 주치의에게 물어봤다는 것을. 만삭한 아내한텐 얼마나 깊게 키스를 해도 되는 건지?

"그런데 슈. 정말 저 어디 갈 때마다 따라다니실 생각하셨어요?"

"하긴 했습니다."

"정말요?"

사실 더한 것도 생각했다. 율리안의 표현을 빌리자면 개고생을 하면서 올라온 설산인데. 정작 도착하고 나니, 이 고립된 별장이 슈덴의 마음에 은근히 들었다. 휴가를 얻어 발리아와 몇 달을 함께 있는 것도 그리 나쁘지 않을 것 같긴 했지만.

"제가 할 수나 있겠습니까. 당신이 싫어하실 게 뻔한데."

못 하겠지. 평생 못 할 거다. 발리아는 루드베키아에 관한 걸 몇 개 묻다가, 참 하면서 입을 열었다.

"슈, 별장까지 어떻게 오신 거예요?"

몇 분 후, 율리안은 깜짝 휴가를 얻게 되었다. "기사도 아닌 사람한테 그 고생을 하게 만들었다고요?"라고 깜짝 놀라 되묻는 아내에게 슈덴이 변명을 했으니까. 보상 명목으로 휴가를 줄 생각이었다고. 물론 급작스레 수립된 계획이었지만 발리아가 알 턱이 있나.

휴가 이야기를 들은 율리안은 멍멍이처럼 신이 나서 발을 굴렀다. 꼬리가 있으면 흔들 것 같은 모습이었다.

***** ***** *****

발리아는 턱으로 두 손을 괴고 슈덴을 바라보았다. 그는 고개를 숙이고 서류를 읽고 있었다. 율리안이 괜히 따라온 게 아니다. 한 달이나 이 별장에 박히는 동안 해야 할 일들이 있어서. 문서를 바로 갖다주진 못하겠지만 쌓인 것들을 죄다 처리하고 가는 게 좋지 않겠는가.

서류를 읽는 와중에도 시선이 느껴졌다.

슈덴의 시선은 내려가 있는데 입꼬리는 슬쩍 올라가 있었다. 결혼한 이후로도 자주 있는 일이었지. 발리아는 슈덴의 얼굴에 자주 홀렸다.

말 그대로 흘렸다. 넋 놓고 바라보는 아내를 모르는 척하다가 깜짝 놀라게 하는 건 슈덴의 취미 아닌 취미였다.

하지만 지금은 아이를 가졌으니. 그렇게 하면 안 되겠지. 어젯밤에도 그랬다. 발리아가 유령처럼 등장한 슈덴을 보고 물을 뱉는 순간 걱정이 먼저 됐으니까. 둘의 이야기가 끝나자마자 주치의가 침실로 온 이유가 여기 있었다.

슈덴은 일부러 느리게 고개를 들었다. 발리아가 놀라지 않게끔. 그런데 평소와는 달랐다. 슈덴을 응시하는 발리아의 눈이 반짝반짝 빛나고 있었다.

"발리아."

"네."

기다렸다는 듯 돌아오는 대답. 슈덴은 의아해졌다.

"뭐하십니까?"

"태교해요."

"태교?"

발리아가 빙긋 웃었다. 끄덕이는 고개를 따라 긴 머리카락이 살랑거렸다.

"……제 얼굴 보는 게 태교랑 무슨 상관입니까?"

"상관이 아주 많은걸요."

발리아의 눈빛에 생기가 가득했다.

"주치의가 그랬는데, 좋아하는 걸 많이 보래요."

이 겨울 별장에는 수도의 저택만큼 책이 많이 없었다. 종이가 무거워 마차로 실어 나르는 것에도 한계가 있었고.

주치의는 참 섬세했다. 혹여 발리아가 책을 다 읽어 버리고, 눈 쌓인 창밖을 마냥 바라보는 것도 지겨워할지 모른다 염려했다. 그래서 마님이 평소 좋아하시는 꽃을 침실에 갖다 두었는데, 발리아는 이것보단 슈덴 얼굴 보는 게 좋았다.

꽃보다 꽃 같은 잘생긴 남편이 있는데 왜.

"그래서 절 보시는 겁니까?"

"네. 저 당신 얼굴 많이 좋아하거든요."

"듣기 좋은 말씀만 하시는군."

슈덴이 픽 웃었다. 어쨌든 뭐, 발리아가 자신을 봐 준다니 나쁘진 않았다. 그는 그녀가 보는 대로 내버려두었다. 잠깐 보다 말겠지, 싶었는데 발리아는 정말 오래오래 슈덴의 얼굴을 감상했다.

고개를 들 때마다 마주치는 눈이 좋기는 했지만. 빙그레 웃어주는 모습도.

그날 밤이었다.

별장에서도 슈덴의 일과는 별로 달라지진 않았다. 밖에 나가지 못한다는 점을 제외하곤 거의 똑같았다. 슈덴은 발리아의 몸에 향유를 발라 주고 있었다.

정말 커져 조심조심해야 하는 배. 만삭의 아내를 보면 신기한 한편 걱정이 지워지질 않는다. 어떻게 저렇게 배가 불러지는지 당혹스러울 지경이었다. 벌써 두 번째 겪는 건데, 볼 때마다 더 커져 있는 기분이 들었다. 착각이겠지만.

향유 병을 닫는데 문득 베개 옆에 보이는 게 있다. 슈덴이 손을 뻗었다. 발리아가 눈을 동그랗게 떴다.

"아, 치우는 걸 깜빡했네요."

해산할 때까지 완성하는 게 목표인 아기 모자. 아까 잠깐 잡았다가 놓았던 걸 잊고 있었다. 슈텐이 물었다.

"제 겁니까?"

"네? 아뇨?"

아직 만든 지 얼마 되지 않아 오해한 모양이다. 발리아는 보들보들한 미완성품을 들어 올리며 말했다.

"이거 아기 모자예요."

"제 건 아니군."

"당연히……."

별 생각 없이 대답하려던 발리아는 재빨리 답을 바꿨다.

"이거 다 뜨면 당신 것도 뜨려고 했어요."

급조된 대답인 게 너무 티가 나는데도, 슈텐은 피식 웃었다.

"제가 털실 모자를 쓸 일이 뭐가 있다고. 괜찮습니다."

"참, 그러네요. 그럼 그냥 안 뜰게요."

"부인."

슈텐이 털실을 만지작거렸다.

"그래도 만들어 주시면 쓰고는 다니겠습니다."

"……진심이세요?"

"예."

발리아는 웃고 싶은 걸 겨우 참았다. 뒤에 있던 하녀들도 입을 꾹 다물었다. 아니면 웃음이 나올 것 같아서. 발리아는 탓하고 싶은 마음도 들지 않았다. 정말로, 대체 어느 성인 귀족이 털실로 된 모자를 쓰고 다녀.

리사에서도 그런 귀족을 본 일이 없고 겔에서도 마찬가지였다. 발리아는 슈텐에게 털실로 어떤 걸 짜 줘야 하는지 고민했다.

"실이 죄다 검은색이군요."

"아, 이거요."

발리아가 빙긋 웃었다.

"당신이 저번에 아기가 태어나면 검은 머리였으면 좋겠다고 했잖아요."

"그래서 검은색 털실만 가져오신 겁니까?"

"네. 모자 씌워서 보여 드리려고 했는데."

슈덴이 산실에 들어오겠다니 다 틀렸다. 아마 기진맥진해 있을 발리아보다도 먼저 아이의 한 줌 머리카락을 보겠지. 그녀는 이제 슈덴을 설득하는 것도 포기했다.

그래, 이건 다 그가 자초한 일이다. 본인이 머리를 쥐어뜯어도 된댔으니 설사 자신한테 머리를 잡혀도 이 남자는 후회해서는 안 된다.

"마님. 탕약 드실 시간입니다."

"아, 응."

주치의가 탕약 그릇을 들고 들어왔다. 발리아는 뜨개질거리를 내려놓았다. 몸을 보하는 탕약은 맛이 쓰고 떫어서 혀가 아플 지경이었는데, 임신했을 때 마시는 탕약들은 새콤달콤해서 먹을 만했다.

임신하면 입맛이 무척 예민해진다. 탕약이 너무 쓰면 외려 토해 버릴 가능성도 있어서, 주치의가 신경을 많이 썼다. 발리아는 탕약을 호로록 마셨다.

"맥을 좀 짚겠습니다."

늘 그랬듯 주치의는 발리아의 맥을 짚었다. 세상에서 제일 심각하고 진중한 얼굴로. 약간의 시간이 흘렀다. 주치의는 손을 뗐다.

"다 됐나?"

"예, 마님."

주치의는 항상 똑같다. 이상이 없을 땐 별 말이 없었다. 때마침 하녀가 무어라고 말을 걸어왔다. 발리아가 시선을 옮겼다. 주치의는 이마를 한껏 찌푸렸다. 원체 심각한 얼굴이라 티도 안 났지만.

하지만 이 자리에 독심술사가 있었다면 알았을 터다. 주치의의 얼굴 저변에 묘한 불안감이 떠돌고 있다는 사실을. 불확실한 가능성에서 기인한 불안감.

'끙……'

주치의는 속으로 신음을 삼켰다.

⁂ ⁂ ⁂

설산 별장의 주치의가 고생하는 만큼, 엄청나게 고생하는 인물이 한 명 더 있었다. 바로 가르트 저택에 머무르고 있는 칼이었다.

"하라부지. 엄먀 언제 와?"

헉. 순간 칼을 비롯해 함께 있던 모든 고용인들의 동작이 멈췄다. 아주 미세하긴 했지만. 아가씨가 마님과 각하를 떠올리지 않으시게끔 최선을 다해서 놀아 드리고 있는데!

심지어 칼은 매일매일 현란한 메이스 기술을 선보여 루드베키아의 혼을 쏙 빼놓는 투혼도 발휘했다.

이 눈물 나는 노력에 힘입어 루드베키아는 아침에 눈 떠서 밤에 잠들 때까지 신나게 놀았다. 얼마나 신나게 놀았으면 엄마와 아빠의 부재를 까맣게 잊을 정도였다.

이대로, 이대로 일주일 정도만 더 버티면……!

"아빠는 언제 와?"

하지만 고용인들의 기대는 박살이 났다. 폴과 사라, 그리고 칼이 아주 맹렬한 눈빛을 주고받았다. 총집사장! 하녀장! 그리고 용병 출신 증조부!

"하하하, 루아!"

칼이 먼저 호탕하게 웃었다.

"할아비랑 정원에 꽃 보러 갈까?"

"그래요, 그래요. 아가씨가 좋아하시는 봄꽃이 잔뜩 피었답니다."

"시러! 엄마 내나!"

우리가 안 숨겼어요……!

하지만 어른 된 입장에서 아무리 억울해도 아이에게 하소연할 수는 없는 법. 사라는 침착하게 기지를 발휘했다.

"아가씨, 두 분은 열 밤만 자면 돌아오실 거예요."

실제로 발리아와 슈덴이 돌아오기까지 열흘이 채 남지 않았다.

"열 밤 자면은 와?"

"그럼요. 오실 때 아가씨 선물을 잔뜩 사 온다고 하셨어요."

"선물!"

어리긴 어려서 루드베키아의 낯에 금세 기대감이 떠올랐다. 폴도 얼른 거들었다.

"아가씨가 갖고 싶으신 걸 다 사 오시겠다고 하셨습니다."

"그래, 루아. 뭐가 갖고 싶으냐? 할아비도 당장 연락해서 몽땅 사 오라 그러마!"

"움움, 루아는……."

사라가 귀를 쫑긋 세웠다. 아가씨가 갖고 싶다고 말하는 걸 당장 공수해 놓을 생각이었다. 루드베키아는 방금까지 읽던 그림책을 짚으며 말했다.

"루아는 이고 가질래! 왕국 사 오라구 해!"

"……예?"

"왕국……요? 나라를 말씀하시는 건가요……?"

"웅!"

황제 폐하께 칭호를 하사받은 공녀님답게 배포도 컸다. 너무 커서 문제였다. 폴과 사라가 쩔쩔맸다. 둘의 시선이 자연히 칼에게 향했다. 어떻게 좀 해 보시라는 눈빛에 칼도 당황했다. 나더러 어쩌란 말인가?

루드베키아가 칭얼댔다.

"안 사 와?"

"아냐. 사 올 거다. 그래, 꼭 사 오라고 그러마!"

"정말로?"

"……크흠. 루아. 할아비가 언제 거짓말하는 거 봤더냐?"

"와!"

'아니 어쩌시려고 그런 거짓말을…….'

불안해서 쳐다보는 폴과 사라. 칼은 관록으로 모른 척했다.

'알아서 하겠지.'

칼은 모든 걸 슈덴에게 떠넘기기로 했다.

❦❦❦ ❦❦❦ ❦❦❦

같은 시각, 슈덴은 발리아의 곁에서 털실을 잡아 주고 있었다.

아기 모자는 진작 다 짰다. 남은 건 빈말로 행했던 약속 지키기인데.

발리아는 슈덴이 뻔뻔한 편이라고 생각했지만, 사실 그녀도 그랬다. 정말 뻔뻔하게 털실로 모자를 떴다. 슈덴에게 선물해 주겠다고. 옆에 있던 고용인들은 마님과 각하가 이상하게 닮았다고 생각했다. 율리안이 특히 그렇게 생각했다.

어차피 겨울 별장에선 특별히 할 일이 없었다. 책을 전부 읽어 버리는 것도 아깝고. 뜨개질은 시간 때우기에 그만이었다. 발리아는 며칠 걸리지 않아 모자를 만들 수 있었다. 모양은 아기들한테 씌우는 것처럼 단순했지만, 색깔만은 특별히 붉은색으로 골랐다.

발리아가 왜 굳이 붉은색 털실을 골랐는지 슈덴은 잘 알았다. 잘 알아서 피식 웃었다.

완성한 걸 심지어 슈덴에게 씌우기까지 했다. 그다음에 발리아가 얼떨떨한 표정을 짓긴 했지만.

"별로입니까?"

"아뇨……? 잘 어울리시네요?"

왜지? 당연히 이상할 줄 알았는데?

'너무 잘생겨서 그런가?'

"그럼 자랑하고 다녀야겠군요."

"네? 안 돼요!"

"왜 안 됩니까?"

"아니, 당연히…….

저런 모자를 자랑을 해? 심지어 표정을 보니 정말 진심 같다. 발리아는 아찔해져서 슈덴에게 손을 내밀었다.

"다시 주세요."

붉은 눈동자가 발리아의 손을 내려다보았다. 모자를 벗어 줄 거라고 생각했는데. 발리아의 손 위로 내려앉은 건 슈덴의 손이었다. 그가 그녀의 손을 잡고 여유롭게 말했다.

"싫습니다."

"……네?"

"저한테 주신 거잖습니까."

"당연히 농담이었죠!"

"그러십니까."

슈덴이 슬쩍 웃었다. 장난기 감도는 목소리와 달리 표정은 느긋했다.

"전 농담이 아니었는데."

"세상에, 아내한테 다른 것도 아니고 털실 모자를 뺏어 가는 남편이 어디 있어요?"

"뺏어 가다니요. 선물해 주셨잖습니까, 부인."

"그럼……, 그럼 다른 거 만들어 드릴게요."

"괜찮습니다."

"그게 정말 마음에 드세요?"

"예. 아주 드는데."

"……진심으로 하는 말씀 아니시죠?"

"제가 언제 당신한테 거짓말 하는 거 보셨습니까."

"……."

발리아는 어이가 없어졌다. 슈덴이 놀리는 걸 아는데, 알면서도 저 모자를 쉽게 되찾지 못할 것 같은 직감이 강하게 들었다. 한참 옥신각신하던 발리아는 한참 후에야 모자를 돌려받을 수 있었다. 물론 그냥 받은 건 아니었다.

"슈. 손목 좀 내밀어 보세요."

"이건 진짜 주시는 겁니까?"

"약속하셨어요. 어디 가서 자랑은 하시면 안 돼요."

"제 눈엔 좋아 보이는데."

"……저 진짜 영지로 내려가서 칩거할 거예요."

슈덴이 피식 웃었다.

"저도 내려가면 되는데, 발리아."

"……."

무슨 말을 할 수가 없다. 이 남자는 자신이 털실 덩어리를 던져 줘도 좋다고 해 주지 않을까? 발리아는 좋아해야 하는 건지 아닌지 고심하며 열심히 모자를 풀어헤쳤다. 일부러 얼기설기 짜서인지 어렵지 않게 풀 수 있었다. 게다가 발리아는 힘이 남다르질 않은가?

며칠 후, 늦은 밤이었다.

슈덴의 손목에는 붉은 털실로 짠 손목 덮개가 감겨 있었다.

✿ ✿ ✿

눈 내리는 겨울처럼 평화로운 별장. 주치의는 임시로 만들어 둔 약제실에서 홀로 고심하고 있었다. 오늘 아침에도 짚었던 마님의 맥이 문제였다.

'확실하지가 않아서 답답하군. 하지만 분명히…….'

그때였다.

쾅! 나무 판때기가 부서지는 듯한 소리와 함께 문이 거칠게 열렸다. 발리아와 함께 있던 힘 센 하녀였다.

"주치의 선생! 큰일 났어요!"

하녀가 저렇게 외칠 일이라면 단 하나밖에 없다. 마님의 출산! 한밤 중에 달려 나가도 괜찮을 정도로 만반의 준비를 하고 있던 주치의가 재빨리 일어났다.

'손이 모자라, 손이!'

부집사가 허겁지겁 뛰어다녔다. 이미 예상은 했지만 산파가 없어서 그런지 손이 많이 부족했다. 주방에서는 쉴 새 없이 뜨거운 물이 끓여 졌고, 하인들이 들고 날랐다. 그나마 2층 저택이 아니라 동선이 짧은 게 다행이었다. 하녀들은 산파들을 대신해 침실에 들어가 있었다.

"뜨거운 물수건 더 필요해요!"

"가져옵니다! 잠시만요!"

얼마나 급했으면 육체노동 안 하기로 수하들에게 소문 난 율리안까 지 물통을 옮기고 있었다. 비 맞은 강아지처럼 침실 앞에서 낑낑대는 율리안을 하녀가 잡아와 물 날라 오라 시켰는데, 명색이 수석 보좌관 인 그는 끽 소리도 못 냈다.

"주치의 선생!"

"예!"

주치의는 계속해서 안절부절못하고 있었다. 하녀들도 전문 산파는 아니라 능숙하진 못했다. 그래도 어느 정도 손들이 맞기는 한데. 침실 공기가 더웠다. 슈덴은 별장의 모두가 예상한 대로 침실에 들어와 있 었다.

미치겠군.

슈덴이 가장 먼저 했던 생각이었다.

비명은 이제 타성처럼 들릴 지경이었다. 벌써 몇 시간째인지 모를 정도다. 땀이 송골송골 맺힌 이마며 일그러뜨린 입술도. 발리아가 걱정했던 것처럼, 차라리 슈덴의 머리를 쥐어뜯기라도 해 주면 나을 텐데.

아내는 그럴 힘도 나지 않아 보인다. 밖에서 막연히 소리를 들을 때와 직접 보는 건 하늘과 땅 차이였다.

이렇게 힘들어하는데 대체 왜 옆에 있어 주지도 못하게 한 거지? 3년 전의 산파들에게 또 화가 치밀었다. 산파들에게 향했던 분노는 순리처럼 주치의에게 향했다. 산모의 고통을 줄이는 약 같은 걸 만들지 않고 뭘 했느냐고.

그러다가 마지막으로 분노가 향한 곳은 본인이었다. 슈덴은 결심했다. 다시는 아이 같은 걸 낳지 않기로. 속 편하게 이딴 결정이나 내리고 있는 본인한테 또 한 번 짜증이 났다.

슈덴은 평소처럼 느긋하고 여유롭게 있지도 못했다. 계속 해서 발리아의 상태를 주의 깊게 살피던 그는 문득 의아함을 느꼈다. 하녀들이 심하게 당황해하고 있었다.

"왜 그러지?"

"각하, 그게……."

가장 아이를 받아 본 경험이 많아, 임시로 선두가 된 하녀가 입을 연 순간이었다. 그녀가 용수철처럼 튕겨 올랐다. 다급한 목소리가 터졌다.

"주치의 선생!"

해산이 끝난 침실. 내내 안에 들어가지 못했던 율리안은 약제실로 향했다. 약제실은 별장의 다른 곳들과는 달리 온도가 낮았다. 용이하게 약초를 보관하기 위해 서늘했고, 조금 어둡기도 했다. 주치의가 그곳에서 홀로 탕약을 달이고 있었다.

율리안이 느리게 걸어가 의자에 앉았다. 그리고 천천히 입을 열었다.

"……주치의 선생."

아무런 힘이 없는 목소리. 기력이 없어서인지, 조금 침울하게까지 들렸다. 율리안의 음성을 들은 주치의도 굳이 뒤를 돌아보지 않았다. 그저 손을 뻗어 다른 약재를 찾기 시작했다.

"주치의 선생이 가르트 저택에 막 들어왔을 때가 생각나네요."

벌써 몇 년 전의 일이다. 긴 회상.

"저는 각하의 충실한 보좌관이에요. 지금도 그랬지만 그때도 그랬죠. 그래서 각하께는 무조건 최고만이 어울린다고 생각했어요. 각하의 건강을 전담할 주치의도 마찬가지고요."

"……"

"선생은 아마 모를 거예요. 아주 뛰어난 의술을 가지고 있으면서, 아직 다른 가문에 속하지 않은 의사를 찾으려고. 내가 얼마나 제국을 뒤지고 다녔는지."

힘없는 목소리 탓일까. 아니면 서늘하고 어두운 약제실 탓일까. 하지만 주치의는 알았다. 율리안이, 이 보좌관이 자신을 탓하고 있음을.

"죄송합니다."

그래서 주치의는 그리 쉽게 입을 열 수 있었다.

"오늘 제가, 보좌관님의 기대에 부응하지 못했습니다."

"……"

율리안은 자리에서 일어났다. 평소와는 달리 다리가 휘청거렸다.

"주치의 선생이 내 기대에 부응해 주지 못한 건 오늘이 처음이었어요. 그리고 마지막이겠죠. 마지막이어야 하고요."

주춤거리는 발걸음이 어느새 주치의의 바로 등 뒤에 멈춘다. 율리안의 얼굴에 음영이 졌다. 그가 진지하게 물었다.

"주치의 선생."

"예, 보좌관님."

"왜 쌍둥이인 걸 예견 못 했죠?"

"……예상은 했습니다."

"그럼 말을 했어야죠! 각하랑 마님께서 얼마나 놀라셨는지 알아요?"

나도 놀랐다고요! 나도!

율리안의 외침에 주치의는 바로 억울한 표정을 지었다.

"맥만 짚어서 쌍둥이를 알아내는 게 얼마나 어려운지 알고는 있습니까?"

"아, 그러니까 그런 거 다 아시라고 제가 최고로 찾아온 거 아니냐고요."

힘 빠진 목소리로 말은 잘도 한다. 주치의는 절레절레 고개를 저었다. 쉬지 않고 물통을 옮기느라 다리까지 풀렸으면서 어떻게 여기까지 와서 말하는 것 좀 봐라.

언젠가 총집사장님이 그러셨지. 수석 보좌관은 물에 빠져도 입만 동동 떠다닐 거라고.

"자, 하나도 안 쓰니까 좀 드십시오."

주치의는 율리안의 목소리를 듣는 순간 새로 끓였던 탕약을 내밀었다. 고된 노동에 죽어 가는 몸을 보해 주는 탕약이었다. 율리안이 억지로 탕약을 마셨다. 안 써도 약은 싫었다. 하지만 그냥 마셨다. 사실 율리안이 약제실에 온 건 목적이 있어서였으니까.

"선생, 이 탕약 가져가면 되는 거죠?"

"저 혼자 들고 갈 수 있습니다."

쌍둥이는 보고 싶은데, 해산 끝난 산실에 들어가기가 참 뭐 해서. 말로 율리안을 당할 수가 없었던 주치의는 결국 그러라고 했다.

"마님. 탕약 가져왔습니다!"

침실에 울려 퍼지는 율리안의 목소리가 밝았다. 침실에 들어오자마자 그의 눈은 갓 태어났다는 쌍둥이들을 찾았다.

✿ ✿ ✿

슈덴의 시선은 쌍둥이에 붙박여 있었다.

발리아는 슈덴을 보고 조금 웃었다. 진통이 이어지는 내내 곁에서 떨어지지 못하던 남자가, 이젠 쌍둥이한테서 눈을 못 돌리고 있다. 발리아가 손을 뻗자 하녀가 얼른 아기를 넘겨주었다. 목욕을 막 끝낸 아기는 새근새근 자고 있다. 둘 다 안아 보고 싶은데, 몸이 녹초라 그럴 기력이 없었다.

"각하."

그래서 남은 아기 한 명은 슈덴의 품으로 넘어왔다. 체격 건장한 남자가 안고 있는 쪼끄만 아기 포대기는 언제 봐도 재미있다. 하녀들이 조잘조잘 이야기했다.

"마님, 어찌나 순한지 목욕할 때도 전혀 울지 않으셨어요."

"그래? 또 안 우니?"

루드베키아도 아기치고는 그렇게 안 울던데. 이 집안 아가들의 내력인가? 발리아의 질문을 알아들은 하녀들도 어느새 웃고 있었다.

"첫째 아가씨를 쏙 빼닮으셨다니까요."

"맞아요, 아가씨랑 도련님 두 분 다요."

하나는 여자아이고, 하나는 남자아이라고. 발리아의 품에 안겨 있는 아기는 막내였다.

막내딸. 아기를 들여다보는 발리아의 미소가 깊어진다. 그녀가 아가의 머리 쪽으로 손을 뻗었다. 둥글고 보들보들한 머리에는 검은색 털실 모자가 씌워져 있었다. 발리아가 별장에서 열심히 만든 모자였다.

"슈, 어떡해요?"

품에 안은 아가를 뚫어지라 보고 있던 슈덴이 고개를 들었다. 눈이 마주쳤다.

"뭐가 말입니까?"

아기의 털실 모자를 조심조심 벗기면서 발리아가 웃었다.

"이번에도 둘 다 금발이잖아요."

어쩌면, 한 치의 오차도 없이 '또' 금발일까. 슈덴은 이마를 살짝 찌푸렸다.

"좀 이상합니다."

"뭐가요?"

"분명 당신이 낳았는데 왜 전부 절 닮은 겁니까?"

"그러니까요. 심지어 눈도 또 붉은색이네요."

그래. 슈덴은 이 부분이 매우 마음에 들지 않았다. 한 명쯤은 발리아를 닮을 수도 있지 않은가. 무슨 이렇게 찍어낸 듯이 자신을 닮았는지.

하지만 그건 슈덴의 사정이고. 정작 발리아는 슈덴을 꼭 닮은 금발이 좋았다. 당연히 그 붉은 눈도 좋았다. 게다가 마음의 준비도 어느 정도 해 놓은 상태였다.

슈덴은 거의 출입을 하지 않는 저택의 초상화실. 오히려 발리아가 들어가 본 횟수가 더 많을 터다. 긴 벽을 따라 걸려 있는 값비싼 초상화들.

그림으로 보는 역대 가르트 가주들의 얼굴은 전부 비슷했다. 한결같이 금발에 푸른 눈을 가지고 있었으니까. 오직 슈덴만이 유일하게 붉은색 눈이었다.

'그래도 계속 낳다 보면 한 명쯤은……'

한 명 정도는 발리아를 닮은 아기가 나오지 않을까?

'하지만 너무 아픈데.'

아기를 낳는 게 얼마나 힘든 일인지. 발리아는 고민했다. 그녀는 아직 모르고 있었다. 슈덴이 '더 이상 아기를 갖지 않겠다'라고 결심했다는 사실을.

옆에 서 있던 하녀들은 하녀들대로 다른 생각을 하고 있었다. 그녀들은 쌍둥이를 목욕시키면서 소곤거렸다. 셋째 아가씨가 마님이랑 아주 닮았다고. 아기를 받아 본 적 있는 하녀들이라 알 수 있는 사실이었다.

물론 입 밖으론 안 꺼냈다. 자고로 고용인이라 하면 말을 조심해야 하니까. 어쨌든 하녀들의 눈은 틀리지 않았다.

슈덴과 판박이인 루드베키아, 슈덴을 아주 많이 닮은 둘째 아들. 그리고 발리아를 똑 닮은 셋째 딸.

아기의 얼굴은 시간이 갈수록 뚜렷해지니까, 얼마 후에는 두 분도 아실 터다. 아마 마님보다는 각하가 먼저.

'일단 지금은 모르실 거야.'

왜냐하면 각하께서 또다시 마님께 시선을 고정시키고 있으니까.

"각하, 마님."

게다가 가르트의 하녀들이 누구인가. 두 분의 분위기가 잡힐 것 같으면, 마치 그림자처럼 스스슥 사라질 줄 알았다. 마님께서 수줍어하지 않으시게끔 마땅한 이유도 댈 줄 알았다.

"아가씨랑 도련님을 슬슬 재워 드려야 할 것 같아요."

"아, 그래. 데려가 재우렴."

이 모든 게 총집사장과 하녀장에게 본받은 기술이었다. 물론 어디 가서 눈치는 빠지지 않는 율리안도 함께 사라졌다. 들고 왔던 탕약은 이미 각하께 넘긴 상태였다. 쌍둥이를 따라 졸졸 따라가는 걸음이 들떠 있다.

"……."

둘만 남은 침실. 발리아는 탕약을 식히고 있는 슈덴을 물끄러미 바라보았다.

"슈."

"예, 발리아."

"하나도 안 뜨거운데 왜 그렇게……, 식히세요?"

누가 보면 주치의가 발리아에게 펄펄 끓어오르는 용암이라도 올린 줄 알겠다. 슈덴이 신경 써서 탕약을 식혀 주는 건 좋은데, 좋은 것도 정도가 있지. 이러다가 탕약 한 그릇을 30분 동안 마시겠다.

"저한테 주세요. 제가 마실게요."

"직접 드시겠다고?"

"네."

슈덴은 슈덴대로 이마를 약간 찡그렸다.

"드시다가 데이면 어쩌시려고. 그냥 제가 드리겠습니다."

"······그 정도에 안 데여요, 슈."

"부인."

"빨리 주세요."

늘 그랬지만, 슈덴은 발리아를 당해 낼 수가 없다. 결국 그는 그녀에게 탕약 그릇을 건네주었다. 정말 마지못한 손길로.

그렇게 건네받은 탕약 그릇은 참 따뜻했다. 이게 뜨겁다고? 세수를 해도 될 정도인데? 발리아는 감질나게 한 숟갈씩 마셨던 탕약을 호로록 마셨다. 신맛이 나는 시원한 차로 입가심을 한 후였다.

내내 발리아를 살피고 있던 슈덴이 입을 열었다.

"발리아."

"네."

"이제 아이는 더 낳지 맙시다."

"······네?"

"제가 낳을 게 아니면 안 낳는 게 좋겠습니다."

"어······."

슈덴이 왜 이렇게 말하는지 묻지 않아도 알 수 있었다. 그를 바라보는 발리아의 입매에 조금씩 장난스러운 미소가 떠오르기 시작했다.

"음, 그러니까 슈."

발리아가 슈덴의 손을 만지작거리며 말했다.

"잠자리는 앞으로 갖지 말자는 말씀이시죠?"

"······그 뜻이 아니라, 제가 약이라도 먹겠다는 말입니다."

"그러면 번거롭잖아요."

발리아는 산뜻한 목소리로 되물었다.

"그냥 잠자리를 안 가지면 되지 않아요?"

"······부인."

"네, 슈."

"······."

슈덴이 난감한 표정으로 발리아를 바라본다. 결국 그녀가 웃음을 터뜨렸다. 발리아는 손을 들어 슈덴의 뺨을 만졌다. 곧장 서늘한 온기가 부드러운 손등을 감싸듯 덮었다. 발리아가 나지막하게 속삭였다.

"저 당신 그렇게 당황하는 모습 처음 봤어요."

출산의 고통은 표현하기 힘들 만큼 끔찍했다. 주변 신경 쓸 겨를도 없다. 없는데도 진통이 이어지는 내내 곁에 있는 남자라서 가끔 보였다.

어쩌다가 한 번씩 보게 된 슈덴의 표정은 한결같았다. 저 남자가 저런 표정을 지을 줄도 아나 싶어서 신기했다. 오래 지속되진 못했지만. 그만큼 아팠으니까.

"머리는 쥐어뜯지도 않으시던데."

"······슈. 저한테 혹시 쥐어뜯기고 싶으신 거예요? 아니, 음. 이 말도 좀 이상한데······."

발리아가 이마를 찌푸리자, 슈덴이 조금 웃었다. 그로서는 거의 하루 만에 겨우 웃는 것이었다. 발리아가 진통을 호소한 이후 슈덴은 한 번도 웃질 못했다.

어쨌든 아기 더 갖지 말자는 말은 진심인 모양이다. 발리아는 그런 기미를 읽었다.

슬슬 주무시는 게 좋겠다고, 슈덴이 베개를 편하게 만들어 주었다. 폭신한 베개에 머리를 기대고, 이불 덮어 주는 그를 바라보던 발리아가 눈을 깜빡였다.

정말로 이번이 마지막 아이라고 친다면. 그리고 그 아이가 신기하게도 딱 셋째인 점을 생각한다면.

문득 떠오르는 이름이 있었다.

"슈."

지나가듯 들었던 그 짧은 이름이 왜 갑자기 떠오른 걸까.

"있잖아요. 저 막내한테 짓고 싶은 이름이 있어요."

"이름?"

"네. 갑자기 생각난 건데…… 왜 잊고 있었지?"

어떤 거냐고 물으려던 슈덴은 눈썹을 슬쩍 올렸다. 혹시 레오가 또 선수 쳐서, 아내한테 이름을 갖다준 건 아니겠지. 불현듯 든 생각이지만, 아주 가능성이 높았다.

그래서 슈덴은, 어떤 이름이냐고 묻는 대신 다른 것부터 물었다.

"혹시 누가 지어 준 이름입니까?"

"응?"

발리아가 눈을 동그랗게 떴다.

"어떻게 아셨어요?"

슈덴이 바로 불쾌한 목소리로 되물었다.

"또 카누트 백작입니까?"

그 자식은 남의 아내한테 편지 보내지 말라고 했는데 언제 또 보냈는지.

"네?"

발리아가 아하하 웃었다.

"아니에요. 저한테 이름 지어 줄 사람이 카누트 백작밖에 없는 줄 아세요?"

"……아니시면 됐습니다."

슈덴은 동부로 사람 보내려던 계획을 취소했다. 침실 불을 직접 끈 그가 발리아의 곁에 앉았다.

수정구 하나만이 부드러운 빛을 내뿜는 침실. 발리아의 이마에 흐트러진 머리카락을 넘겨 주는 손길이 부드럽다. 손은 굳은살로 가득한데, 왜 이렇게 간지러울까.

"그럼 누가 지어 준 겁니까?"

스쳐 가는 사람은 많다. 발리아와 친분이 있는 사람이 많으니까. 황태자비, 조엔 후작 부인, 혹은 저택에 있을 칼이라든지. 슈덴의 생각이 닿는 사람들은 거기까지였다.

"사실 정식으로 지어 준 건 아니고, 툭 던져 준 이름이긴 한데……."

그래서 그는 미처 예상하지 못했다.

"다시 생각해 보니까 좋은 이름 같아요."

발리아가 웃었다.

"에덴이 작명에 소질이 있더라고요."

✻✻✻ ✻✻✻ ✻✻✻

쌍둥이 아가들의 방은 슈덴과 발리아의 침실과 멀지 않다. 아기 침대가 하나뿐이긴 했지만, 넓은 크기라 두 명을 눕히기에도 무리가 없었다.

율리안은 쌍둥이에게 관심이 많았다. 갓 태어난 쌍둥이는 정말 신기했다. 그래서 잠들기 전까지 쌍둥이를 보려고 이 방에 있었다. 그가 난처해진 것은 얼마 후였다.

"예? 또 마시라고요?"

"네. 주치의 선생이 보내셨어요."

율리안은 한숨을 푹푹 내쉬었다. 안 먹고 싶은데 탕약을 가져오는 사람이 하녀였다.

별장에 막 왔던 날, 율리안의 뒤통수를 거하게 쳐 기절시킨 힘세고 건장한 하녀. 울며 겨자 먹기로 마실 수밖에 없었다.

"빨리 좀 드세요. 무슨 약을 그렇게 못 드세요?"

"아, 그게 너무 써서……."

저도 모르게 변명하고 있던 율리안이 퍼뜩 정신을 차렸다. 잠깐 잊고 있었다. 율리안은 가르트의 수석 보좌관이다. 이 하녀한테 맞아 기절하는 바람에 긴장하고 있었지만, 따지고 보면 그가 고용인에게 설설 길 이유가 없었다.

내가 너무 겁을 먹고 있었어. 깨달은 즉시 율리안은 허리를 바로 세웠다.

"좀 무례한 것 같네요."

"네? 저요?"

"그래요. 내가 저택 실권은 없지만 고용인 한 명 쯤은 영지로 보내 버릴 수 있거든요?"

율리안은 팔짱을 끼고 물었다.

"대답해요. 그쪽 이름이 뭐예요?"

"로라요."

"좋아요. 로라."

율리안은 쌍둥이들에 대고 속삭였다.

"아가씨, 도련님. 두 분 중 누구라도 좋으니 한 번만 제 이름 불러
주세요. 제 이름은 로라랍니다."

"......."

"로라예요. 로오라아."

뭐야 저 사람. 로라는 이상한 눈으로 율리안을 바라보았다.

✦✦✦ ✦✦✦ ✦✦✦

제국으로 돌아가기 전 날, 슈덴은 아기 침대 앞에 앉아 있었다.

음, 그러니까 그냥 앉아 있는 건 아니었다. 저 건장한 남자가 아기
침대 쪽으로 몸을 숙이고 있었다. 아기 침대가 수프 그릇이라면 그대
로 푹 빠져 버릴 것 같은 자세였다. 잠든 쌍둥이를 한참 내려다보는
붉은 눈동자가 어찌나 진중한지.

"슈."

발리아는 뜨개질을 하다 말고 웃었다.

"뭐하세요?"

"발리아."

슈덴이 숙이고 있던 상체를 들어 올렸다. 그가 발리아를 돌아보며
말했다.

"막내가 당신이랑 좀 닮은 것 같습니다."

"막내요? 어디가요?"

"눈하고 입이 당신을 닮은 것 같은데."

"음……. 눈이랑 입이요?"

꽤 오랫동안 아기들 얼굴을 들여다보고 한 말이니까. 잠깐 믿을 법도 하지만.

"슈, 루아 보면서도 그 얘기 하신 거 알죠?"

"루아도 당신하고 닮았잖습니까?"

"……어딜 봐서요?"

슈덴의 말에는 신뢰가 없다. 루드베키아가 갓난아기일 때도 그는 이런 말을 했었다. 몇 번씩이나. 덕분에 발리아도 '그런가? 나랑도 좀 닮았나?' 싶었던 적이 있었다.

하지만 딸아이가 쑥쑥 자라고 알았다. 루드베키아는 슈덴의 미니어처라는 사실을.

"안 닮았습니까?"

"전혀 안 닮았어요."

"흐음."

그래서 발리아는 가끔씩 슈덴이 되어 보고 싶었다. 이 남자의 눈으로 보는 아기들은 좀 다른 걸까? 작고 맑은 아기들의 낯 어디에서든 발리아가 한 줌씩 비치는 걸까. 이상하다. 발리아의 눈에는 오직 슈덴의 흔적들만 보이는데.

그로부터 시간이 조금 더 흐른, 어느 순간이었다.

"발리아."

꾸벅꾸벅 졸고 있던 발리아가 움찔 놀랐다. 그녀가 고개를 들었다. 슈덴이 바로 앞에서 자신을 응시하고 있었다. 허리를 숙인 그가 발리아의 손을 잡았다. 그녀의 손에 들려 있던 털실을 가져간 슈덴이 말했다.

"피곤하신 것 같은데 자러 갑시다."

발리아가 고개를 도리도리 저었다. 그녀가 팔을 뻗어 다시 뜨개질 거리를 가져갔다.

"저 이거 다 떠야 해요."

"음?"

"루아 줄 거란 말이에요."

발리아는 겨울 별장에 틀어박혀 털실 모자를 두 개 만들었다. 하나는 태어날 아기한테, 하나는 저택에 있을 루드베키아에게.

그런데 태어난 아이가 쌍둥이라면? 일단 두 개를 나란히 쌍둥이에게 씌워 주었다. 갓난아기한테는 크기가 조금 컸지만, 하녀들이 솜씨 좋게 남는 부분을 잡아 주었다.

사실 털실 모자는 간단하다. 손 빠른 고용인에게 맡기면 하루도 걸리지 않아 뚝딱 만들어 내겠지. 하지만 동생들한텐 직접 만든 모자를 줬는데, 루드베키아에겐 고용인이 만든 모자를 줘도 되는 걸까?

"당신도 맏이잖아요. 동생들한테만 준다고 생각해 보세요. 안 서운하시겠어요?"

"……무슨 그런 걸로 서운하겠습니까."

"분명히 서운하다니까요. 만들어 줘야 해요."

동생이 있었음에도 슈덴은 떨떠름했다. 정작 동생이 없는 발리아가 확고한 태도를 보였다. 뜨개질을 다시 열심히 시작한 것도 잠시, 몰려오는 졸음이 컸다. 출산이 얼마나 체력을 깎아 먹는 일이던가. 발리아는 해산하고 일주일도 되지 않은 상태였다.

어느 순간이었다. 발리아의 손에서 털실이 툭 하고 떨어졌다.

"발리아."

슈덴이 혀를 찼다.

"지금이라도 들어가서 주무시는 게 낫지 않습니까?"

"저 안 잤어요."

"안 주무셨다고?"

"네."

바닥을 도로록 굴러가는 털실을 잡으며, 발리아는 뻔뻔하게 거짓말을 했다. 슈덴이 헛웃음을 지었다. 저렇게 꾸벅꾸벅 졸다가 앞쪽으로 푹 쓰러지면 어쩌려고. 어쩔까 싶었던 슈덴은 일단 발리아가 뜨개질을 하는 모습을 지켜보았다.

발리아는 털실 모자를 만드는데 집중하고 슈덴은 아내에게 집중한 채, 10분 정도가 지났을 무렵이었다.

슈덴이 소파에서 일어났다. 그가 말없이 발리아에게로 몸을 숙였다. 그녀가 의아한 표정을 지었다.

"슈, 왜 그러……."

꺅 하는 소리와 함께 몸이 덜렁 들렸다. 아내를 손쉽게 안아 든 슈덴이 다시 소파에 몸을 묻었다. 눈 깜빡할 새 슈덴의 품에 안긴 발리아가 어리둥절한 표정을 지었다.

"슈?"

"눈 좀 붙이십시오. 세 시간 있다가 깨워 드릴 테니까."

"여기서 이러고요?"

"불편하시면 업어 드릴 수도 있습니다."

"절 업으시겠다고요?"

"그것도 불편하십니까?"

"……아니, 슈. 제가 무슨 아이인 줄 아세요?"

슈덴이 짧게 웃었다. 그는 고개를 들어 담요를 가져오라고 일렀다. 벽 쪽에 조용히 앉아 있던 하녀가 얼른 일어서 담요를 내왔다. 길고 보들보들한 담요는 촉감이 좋았다. 발리아의 목 부분부터 발끝까지 담요를 덮어 주는 하녀의 손길은 신속하고 야물었다.

얼떨떨한 것도 오래가지 않는다.

아까부터 몰려왔던 잠기운이 짙었다. 게다가 슈덴의 품은 넓고 단단해서 안정감이 있었다. 등을 받쳐 주는 팔도 편안했고. 이 남자는 얼굴과 몸으로만 자신을 유혹하는 줄 알았는데, 이런 식으로도 유혹을 하는구나 싶었다.

정말 쓰임새가 많은 남자다. 발리아는 몰려오는 수마를 이기지 못했다.

"저 그럼 조금만 잘 테니까 세 시간만 있다가 깨워 주세요."

"알겠습니다. 부인."

슈덴의 가슴에 얼굴을 기댄 것도 잠시, 발리아는 금세 잠에 빠져 버렸다.

한참 조용했다. 무슨 생각을 하는지 발리아의 잠든 얼굴만 들여다보고 있던 슈덴이 시선을 옮겼다. 그의 손이 잡은 건 미완성품이었다. 굳은살 박인 손바닥에 감기는 털실이 폭신하다. 아직 반 정도밖에 완성이 되지 않은 작은 털실 모자.

[저 이거 다 떠야 해요.]

슈덴이 자그마한 털실 모자를 이리저리 돌려 보았다.

"흐음."

율리안은 졸린 눈을 비볐다. 부스럭대는 소리에 잠이 깬 것이다.

"주치의 선생. 뭐해요?"

"이런, 보좌관님. 제가 깨웠습니까?"

"뭐 어차피 일어나야 할 때이긴 한데……. 으응?"

주치의는 다 싼 짐을 다시 풀고 있었다. 당장 몇 시간 후에 마법사들이 찾아오기로 예정되어 있다. 눈이 그친 지도 벌써 일주일째. 드디어 겔 제국으로 돌아가는 날이다. 고용인들은 이미 짐 정리도 완벽하게 끝내 놓은 상태였다.

"뭐 찾아요? 당장 쓸 약재는 빼 놨다면서요."

"하나를 더 써야 할 것 같아서 찾고 있었습니다."

"뭔데요? 누가 아파요?"

"아픈 건 아니고, 마님께서 밤을 새신 것 같아서요."

"예? 마님이 밤을 새셔요?"

주치의가 고개를 주억거렸다. 해도 채 뜨지 않은 새벽, 밤새 아기님들은 건강하셨나 보러 가는 게 주치의의 일과였다. 작은 아가씨와 도련님은 세상모르고 잠들어 있고, 교대한 하녀들도 꾸벅꾸벅 졸고 있는 평화로운 방.

주치의는 조용조용 들어갔다가 문득 탁자를 보았다. 눈길을 끄는 게 있었다.

'저건…….'

마님께서 탕약을 마실 때도 쉬지 않고 뜨던 털실 모자다. 모르는 고용인이 없었다.

'저녁때까지만 해도 겨우 반절만 만들어져 있었는데. 밤을 새신 건가?'

주치의는 마님의 완벽한 건강 상태를 위해 낮이고 밤이고 노력했다. 밤을 새서 겨우 완성하신 것 같으니, 탕약에 약재를 추가해야겠다고 마음먹었다.

"아휴, 주치의 선생."

율리안이 고개를 설레설레 저었다. 왜 새벽부터 짐을 뒤지고 있나 했더니.

"그거 각하가 만드신 거예요."

"예?"

"내가 이 두 눈으로 똑똑히 봤죠. 잠든 마님을 품에 안으시고, 몇 시간 동안. 예."

주치의는 어리둥절한 표정을 지었다.

"보좌관님. 각하 취미가 뜨개질이셨습니까?"

"내참. 뜨개질이겠어요?"

율리안은 이 시야 좁은 주치의를 위해 친절히 설명해 주기로 마음먹었다.

"잘 들어요, 주치의 선생. 우리 각하 취미는 마님이시고 특기도 마님이세요."

"아……."

"이해 가죠?"

"예. 아주 갑니다."

저택으로 돌아가자마자 각하 드실 피임약을 만들어 올려야 하는 주치의는 깊게 이해했다.

이듬해에도 봄은 찾아온다.

정원마다 봄꽃이 가득했다. 가르트 저택도 예외가 아니었다. 특히 아가들이 태어난 이후 심는 꽃 종류가 한층 많아졌다. 겔의 그림 유행 때문이었다. 아기를 화폭에 담을 때는 생동감 있는 봄꽃을 함께 그리는 게 유행이었다.

꼭 그림 유행이 아니더라도, 꽃이 만발한 정원은 좋다. 기분이 절로 들뜨는 이 봄날의 정경. 발리아는 황궁에 막 다녀오는 참이었다. 생각보다 티 파티가 늦게 끝났다.

"마님. 각하께서는 정원에 계십니다. 아, 어르신이랑 아가씨들, 그리고 도련님도 같이 계십니다."

"다 같이 정원에 있다고?"

"예. 가 보시렵니까?"

"응."

발리아가 임신 후 가출을 하면서, 슈덴은 휴직을 물렸다. 재미있는 건 황제도 한 발 물러났다. 아예 슈덴에게 매년 일정 기간 휴가를 주겠다고 못을 박았다. 가르트 공작이 최북단으로 훌쩍 떠나 버렸던 그 경험이 황제에게도 참 신선했나 보다.

언젠가 슈덴이 말했지. 휴직하면 발리아 곁에 있을 거고 아기들을 돌볼 거라고.

결론부터 말하자면 발리아는 속았다. 휴직을 안 해도 슈덴은 발리아 옆에 있었고 아가들을 돌보았으니까. 다만 휴가 기간일 때는 그 시간이 아주 길어진다는 게 다를 뿐.

발리아는 걸음을 옮겨 정원 쪽으로 향했다.

'시끄러울 줄 알았는데.'

평소처럼 시끌벅적 우당탕탕 하는 소리가 들릴 줄 알았는데, 의외로 정원에서는 별달리 큰 소리가 들리지 않았다. 무슨 일이라도 있는 걸까? 살짝 들었던 걱정은 정원을 직접 보는 순간 눈 녹듯이 사라지고 만다.

"네 남편 정말 육아에 소질 있구나."

발리아가 화들짝 놀라 뒤를 돌아보았다. 칼이 어느새 뒤에 와 있었다.

"할아버지, 기척 좀 내세요!"

"애 좀 보게? 나는 기척 분명히 냈어. 네가 남편 보느라 푹 빠져서 못 들은 게지."

"……제가 언제 그랬어요?"

"할아비가 정곡을 찔렀지?"

발리아는 헛기침을 했다. 그녀가 모른 척 시선을 돌리자 칼이 으하하 웃었다.

칼의 말은 맞다. 늘 맞아서 문제지. 발리아의 입매에는 어느새 웃음기가 감돌고 있었다.

왜 조용하나 했더니, 세 아이들이 전부 슈덴에게 옹기종기 달라붙어 있었다. 아직 잘 걷지 못하는 쌍둥이는 그렇다 치고, 루드베키아는 아주 날아다니는데.

이 사랑스러운 공녀님의 두 눈은 슈덴의 손에 딱 꽂혀 있었다.

"뭘 만드는 거예요?"

"화관 만든단다."

"화관이요? 아, 그러네요."

그러고 보니까 슈덴의 머리 위에 화관이 하나 올라가 있었다.

"아까 루아가 그림책 보면서 만들어 달라고 조르지 뭐냐."

발리아가 열심히 만들고 슈덴도 따라서 만들었던 털실 모자는 뒷전이 된 지 오래다. 세 아기들은 공평하게 털실 모자에 관심을 끊었다. 오래전에.

꽃이 많이 핀 봄날 정원.

슈덴은 앉아 있고 세 아기들은 아빠를 둘러싸고 있고. 쪼끄만 손에 하나씩 꽃을 쥐고 있는 모습마저 사랑스럽다. 슈덴이 꽃을 엮다 말고 아기들에게 뭐라고 속삭인다. 표정이 부드러웠다. 어쩐지 마음이 충만해져, 발리아는 가만히 그 자리에 서 있었다.

먼저 고개를 든 건 슈덴이었다.

붉은 눈동자가 발리아를 향하는 순간, 아기들이 따라서 고개를 옮겼다.

"엄마!"

루드베키아가 호다닥 달려온다. 리오도 이덴도 발리아한테 오려고 아장아장 걸어왔다. 잡을 게 없으면 제대로 못 걷는 쌍둥이들이라 하녀들이 잡아 줘야 했다.

특히 막내인 이덴은 아직 잘 걷질 못했다. 아장아장 몇 걸음 걷다가 폭 넘어졌지만, 별로 아프진 않은 모양이다. "꺄!" 하면서 다시 일어섰으니까.

아가들이 어떻게 된 게 하나같이 잘 울지를 않았다. 발리아는 이럴 때마다 많이 신기했다.

'내가 어떻게 저런 애들을 낳았지?'

발리아는 루드베키아를 안아 들고, 리오도 안아 들었다. 품에 꼭 껴안은 아가가 둘이나 되어 하녀들은 잠깐 걱정했다. 무겁지 않으시냐고 묻고 싶었지만 마님의 표정이 아주 산뜻했다.

이런 장면이 수도 없이 반복되었는데도, 가르트의 고용인들은 한결같았다. 한결같이 마님이 연약하다고 오해했다.

"이덴."

슈덴은 넘어질 듯 말 듯 불안정하게 걷는 이덴을 아예 품에 안아 들었다. 루드베키아도 그렇게 '아빠'를 늦게 불러 주더니, 리오와 이덴은 더했다. 둘 다 슈덴을 똑같은 발음으로 불렀다.

"뮤."

"……."

누구한테 영향을 받은 애칭인지 모르는 사람이 있을까? 처음 이덴이 그 말을 했을 때 발리아는 귀를 의심했다.

이덴의 쪼끄만 손은 꼬물꼬물 움직이고 있었다. 작은 손이 닿은 곳은 슈덴의 오른쪽 손목이었다. 정확히는 오른쪽에 차고 있던 붉은 털실 손목 덮개. 어린 손이 본능처럼 덮개를 잡아당기려는 걸 슈덴은 기가 막히게 알았다.

"이덴."

슈덴은 이덴을 고쳐 안았다. 그리고 아주 자연스럽게 손목 덮개를 소매 쪽으로 밀어 올렸다. 아기들 주의를 환기시키는 건 손쉬웠다. 심지어 타이밍도 좋았다.

"뮤."

"이덴이 내려죠."

가까이 온 루드베키아와 리오가 이덴을 내려 달라고 보챘으니까. 발밑에서 두 아이는 쉬지 않고 입을 오물거렸다. 슈덴이 이덴을 정원 위에 내려놓았다. 똑같은 눈동자 색을 가진 셋은 정말 잘 놀았다.

"슈."

발리아가 붉은빛 감도는 금발 위로 손을 뻗었다. 화관이 올라간 머리가 재밌다.

"왕자님이신가요?"

"아."

슈덴이 피식 웃었다. 그는 머리 위에 있던 화관을 손으로 잡아 내렸다. 아가들 화관 세 개를 나란히 수작업하기 전, 가장 먼저 만들어 보았던 화관이다. 아이들이 자꾸 손을 뻗어 당기려고 해서 아예 머리 위에 턱 올려놨었지.

"부인 드릴까 하고 만든 겁니다."

분홍색 화관이 긴 머리에 햇볕처럼 내려앉는다. 그녀의 눈동자가 빙그르 굴러갔다. 발리아는 손으로 머리 위 화관을 더듬었다. 생생한 꽃잎이 살랑거리는 감촉이 그렇게 좋았다.

"당신 재능 있으시네요."

"마음에 드십니까?"

"네. 아주 마음에 들어요."

"마음에 드신다니 다행이군."

슈덴이 발리아의 손을 잡았다. 세 아가들은 벌써 저 멀리 가 있다. 하나같이 환한 금발들이라 반짝반짝하다. 문득 슈덴은 정원을 둘러보았다. 꽃은 수도 없이 펴 있고, 봄은 언제나 돌아오고.

새삼스럽게도.

"부인."

"네."

"발리아."

아이들을 보고 있던 발리아가 한 손으로 화관을 잡은 채 시선을 옮겼다.

"왜 부르세요?"

"발리아."

슈덴이 웃었다.

"그냥 불러 봤습니다."

은회색 눈동자

그러니까, 루드베키아가 갓 네 살이 되었을 때 있었던 이야기다.

황궁에서는 유례없이 중요한 대회의가 진행되고 있었다.

"……따라서, 짐은 이렇게 결정하였음을 알리는 바네."

기백 여명에 달하는 신료들을 모두 소집한 대회의실. 황제의 말이 끝남과 동시에 대회의실에는 아주 무거운 침묵이 내려앉았다. 호흡 몇 번 삼킨 시간이었다. 누군가가 세차게 입을 열었다.

"폐하! 소신은 절대 찬성할 수 없습니다!"

역대 겔의 황제들은 주요한 정무를 이 대회의실에서 처리해 왔다. 다시 말해 이 대회의실에서 거론되는 주제는 국가적 대사라는 뜻이다. 따라서 품격 있는 귀족들이 우아하고 고상하게 의견을 나눠야 하는 데……

"신 또한 무조건 반대합니다!"

현실은 새벽녘 어시장처럼 난리판이었다. 귀청 떨어지는 요란스러운 발의들. 황제가 난데없이 꺼낸 말이 그만치 충격적인 까닭이다.

"어떻게 황세손님을 타국으로 보낸단 말입니까?"

"대관절, 아직 어리시질 않습니까!"

황제는 보좌에 앉은 채로 이마를 짚었다. 당최 무슨 말을 할 수가 있어야지. 시끄러워 죽겠다.

"폐하!"

"황제 폐하!"

황제의 침묵에도 아랑곳 않고 대회의실은 점점 아수라장이 되어 갔다. 연거푸 한숨을 내쉰 황제가 결국 팔걸이를 쾅쾅 두드렸다.

"조용! 조용! 다들 조용하게!"

귀족들이 한 번에 입을 다물었다. 난장판 같았던 대회의실이 순식간에 적막해졌다.

"그대들의 반응을 이해하지 못하는 건 아니네."

황제의 목소리에는 흔들림이 없었다.

"그러나 짐은 이 문제에 결코 한 발자국도 양보할 수 없음을 분명히 하겠다!"

"폐하!"

"오늘부로 블라흐 리몬 라겔뢰프는 신성국의 대신전으로 가게 될 것이다!"

블라흐 리몬 라겔뢰프.

황제의 두 번째 황세손이자, 적장손 샤론 올리비아 라겔뢰프의 동복 남동생.

황제는 이 블라흐를 돌연 신성국으로 보내겠다고 공표했다. 전례 없는 일이었다. 용렬한 반대에도 황제는 뜻을 굽히지 않았다.

에드가 7세는 귀족들을 노려보면서 엄중하게 입을 열었다.

"이견이 있는 이는 한 사람씩 나와서 고하라!"

※※※ ※※※ ※※※

"이게 대체 무슨 날벼락이란 말입니까?"

"제 말이 그렇습니다."

"신성국에서 압력을 가한 게 틀림없어요."

"백작은 신성국이 무슨 속세의 왕국인 줄 압니까?"

"흠? 말씀에 가시가 돋히셨습니다?"

회의가 파한 이후에도 대회의실은 시끄러웠다. 반대하는 목소리는 극심했지만, 겔은 기본적으로 황권이 강한 나라였다. 황제가 전에 없이 강하게 밀어붙이는데 계속 반대표를 던지는 것도 부담스러웠다.

"가르트 공작 각……."

"지금 말씀 붙이는 건 무리일 것 같은데요. 후작님."

조엔 후작은 슈덴에게 물어볼 게 있었다. 그러나 슈덴의 주변으로 몰린 귀족들이 너무 많았다. 원형으로 된, 보기만 해도 기가 탁 질리는 인간 무리.

하지만 조엔 후작이 누구인가. 디아나의 남편이다. 그는 아주 굳세었다.

"잠깐 실례 좀 합시다!"

"어어어?"

"조엔 후작님!"

슈덴의 옆에서 득실대던 귀족들을 물리고 독점하는 솜씨가 한두 번 해 본 게 아니었다. 귀족들은 순식간에 멀어지는 슈덴과 조엔 후작을 잡지도 못하고 바라보았다. 너무 얼떨결이라 미처 잡을 생각도 못 했다.

"각하."

만족할 만큼 멀어진 조엔 후작이 목소리를 낮추고 물었다.

"혹시 황제 폐하께 사전에 뭐라고 귀띔이라도 들으신 게 있습니까?"

"그런 게 있겠습니까."

"없으신데 왜 찬성을 하셨습니까?"

무심한 낯이 조엔 후작을 돌아보았다. 슈덴이 되물었다.

"그러는 후작은 왜 찬성을 했습니까."

"다 아시면서 굳이 물어보십니까?"

비단 슈덴과 조엔 후작뿐만이 아니었다. 고위 귀족들, 그리고 황궁에서 오래 일한 귀족들은 이상하게 입을 다물고 있었다. 반대하는 목소리가 쏟아지는 상황과 대조적이었다.

황제를 오랜 시간 보좌했던 귀족들은 알았다. 에드가 7세는 성격과는 달리 굉장히 논리적으로 일을 처리했다.

다른 일도 아니고 직계 황세손을 타국으로 보내는 일이다. 이렇게 큰일을 명확한 사유 없이 황권으로 밀어붙이는 건 본인의 성격과 어울리지 않는다는 말이다.

무언가 이유가 있다.

대부분의 고위 귀족들이 짐작했듯이 조엔 후작도 그리 예상했다.

여기까지 생각이 닿고 나니까, 솔직히 말해 황제가 좀 안 돼 보였다.

'이것 참. 반역 전이었으면 폐하가 이렇게 골머리를 앓진 않으셨을 텐데.'

아달베르크의 반역 이후 입성한 신흥 귀족들이 이 황궁에 얼마나 많은가? 만약 반역 전의 황궁을 차지했던 귀족들이었다면, 대강 눈치를 채었을 터다. 구렁이 담 넘어가듯 은근슬쩍 동의도 해 줬겠지. 그만큼 황제와 보낸 시간이 길었으니까.

조엔 후작은 찬성을 해 주고 싶었다. 모르긴 몰라도 황제에게 속사정이 있을 거라고 여겼다.

'하지만 다짜고짜 찬성했다가는 반대 폭격이 쏟아지겠지. 더군다나 신흥 귀족들이 아주 말이 많은데.'

반역 전부터 고위 귀족인 조엔 후작이 찬성했다가는, 뒤에서 별별 뒷말이 다 나올 터였다. 황제 폐하가 조엔 후작에게만 귀띔해 주신 게 틀림없다면서. 로건 후작과 같은 원로 귀족들을 흘긋 살펴보니, 비슷한 연유로 고심하는 눈치였다.

"그때 각하가 딱 거수하신 것 아닙니까. 말씀도 한 마디만 하셨지요?"

[신은 찬성하겠습니다.]

조엔 후작이 겪기를, 그렇게 간소한 의견 개진은 생전 처음이었다. 찬성하는 이유? 없다. 뒷말? 신경도 안 쓴다.

[소신 역시 찬성합니다, 폐하!]

당황한 반대파들이 입술을 달싹이는 사이, 조엔 후작이 재빠르게 얽어 탔다. 보통 이럴 때는 처음 손 든 사람이 욕을 다 먹으니까. 조엔 후작에게 슈덴은 세상에서 제일 든든한 성벽이었다. 슈덴 본인은 전혀 모르고 있는 역할이지만 상관있으랴.

어차피 알아도 별로 신경을 안 쓸 테니까.

❊❊❊ ❊❊❊ ❊❊❊

비슷한 시각이었다. 황제는 막 알현실로 들어섰다.

"바이나나 대신관. 오래 기다리셨소?"

"아닙니다. 폐하."

황제는 자리에 앉아 바이나나에게 차를 권했다. 그들은 예의상 서로 차를 한 모금씩 마셨다. 바이나나가 먼저 물었다.

"일은 잘 처리하셨는지요?"

"물론. 말끔히 끝냈소."

제국의 황제와 신성국의 대신관이 나누기에는 퍽 수상한 대화였다. 듣기만 했을 땐 꼭 도둑들의 모의처럼 들리니. 심지어 이 알현실에는 다른 사용인들도 없었다. 황제의 시종장인 램튼만이 남아 조용히 차 시중을 들었다.

"바이나나 대신관."

황제가 입을 열었다.

"블라흐가 신성국으로 가는 건 더 이상 비밀이 아니오. 녀석의 몸이 병약하다는 것도 적지 않은 귀족들이 알고 있지. 소문이 퍼지는 속도를 고려하면 적어도 세 달 안에 대부분의 귀족들이 알게 될 것이오."

바이나나가 말을 받았다.

"하지만 그 이유에 대해서는 철저히 비밀이겠지요?"

"그렇소."

황제가 침중한 어조로 대답했다.

어쩌다 상황이 이렇게 되었나. 시작은 궁의의 말이었다.

[폐하. 아뢰옵기 황공하오나, 황세손님의 상태가 몹시 이상합니다.]

그 정도로 블라흐의 상태가 의아했다.

예리가 블라흐를 임신하고 있을 때에는 전혀 문제가 없었다. 황태자비의 회임에 달라붙었던 궁의만 일곱, 그 누구도 곧 태어날 아기씨의 건강을 의심하지 않았다. 예리는 항시 튼튼했으며, 회임한 내내 이상 증세라곤 전혀 없었으니까.

그런데 막상 태어난 아이는 시름시름 앓는 연유가 무엇이란 말인가? 궁의들은 서로의 머리를 쥐어뜯어 보았지만 도저히 원인을 알아낼 수가 없었다. 황제가 화까지 버럭 냈지만 도무지 방도가 나오질 않았다.

이렇게 허약했던 블라흐의 몸 상태가 최악을 찍은 건 얼마 전이었다. 이 조그마한 아기는 거의 급사할 뻔했다. 아무런 연유도 없이. 부리나케 제국으로 달려온 대신관 중 바이나나가 있다는 게 천운이었다. 오직 그녀만이 블라흐의 증세를 알아보았다.

"성녀님에게는 잘 말씀을 드렸소?"

"물론이지요. 많이 슬퍼하셨습니다. 폐하. 노파심에 다시 말씀드리지만……."

"알고 있소. 성녀님의 잘못이 아니라는 사실 정도는."

황제가 한숨을 내쉬었다.

"그저 블라흐의 운이 좋지 않았을 뿐이지. 친동기인 샤론은 멀쩡하지 않소? 다른 곳도 아니고, 대신전에서 몇 년만 지내면 해결될 문제라니 짐 또한 더 이상 근심하지 않겠소."

"과연 천자다운 배포십니다."

"대신관이 그리 말해 주니 고맙구려."

황제는 부디 블라흐를 잘 돌보아 달라고 부탁했다.

❀❀❀ ❀❀❀ ❀❀❀

"성녀님. 너무 심려치 마세요. 황세손님은 필시 건강해지실 겁니다."

필레몬의 위로에 예리가 고개를 끄덕였다. 마음은 아프지만 어쩔 수가 없는 선택. 필레몬은 블라흐에게서 시선을 떼지 못하는 예리에게 말했다.

"바람이 차니 이만 들어가 보십시오."

"떠나는 건 보고 갈게요."

"하지만……, 예. 알겠습니다."

며칠간 마음고생을 많이 한 예리는, 어깨가 조금 말라 있었다. 그녀를 위로해 주기 위해 구스토가 입을 열었다.

"예리……."

"비전하."

거의 동시에 나온 목소리. 구스토의 목소리는 묻혔고, 발리아의 목소리는 또렷이 들렸다. 예리의 시선은 당연히 발리아 쪽으로 향했다.

"황세손님은 괜찮으실 거예요."

"그렇죠? 건강해서 돌아오겠죠?"

"당연하죠. 아주 건강해지실 거예요."

예리가 훌쩍였다. 이 배웅 자리에 있는 고위 귀족은 발리아와 루드베키아가 유일했다.

황세손의 건강 상태는 아직까지 대외비였다. 따라서 이 작별 역시 비공개로 진행되었다. 예리는 아무것도 묻지 않고 기꺼이 나와 준 발리아의 어깨에 얼굴을 묻었다.

"울지 마세요, 전하."

발리아가 울먹이는 예리의 등을 토닥여 주었다. 마치 이 장소에 둘만 있는 것 같았다. 차마 누구도 끼어들 생각을 하지 못했다.

"……."

구스토도 마찬가지였다. 그는 눈치 없이 행동할 수가 없었다.

그럼 샤론이라도 안아 주자.

샤론은 루드베키아와 함께 요안의 품에 안겨 있었다. 젖살 통통한 샤론의 얼굴은 온통 눈물 자국이었다. 뭣도 모르면서, 엄마가 우니까 따라 울어 버리더라.

"샤론……."

"샤료나."

구스토는 또 묻혔다. 이번에는 루드베키아였다. 이 어린 공녀는 작은 고사리 손으로 샤론을 곰 인형처럼 끌어안았다. 쪼ㄲ만 아이가 동갑내기 꼬꼬마를 보듬어 주는 어른스러운 장면.

"……."

이번에도 차마 끼어들 수가 없었다. 눈치가 있다면. 겔 제국의 황태자는 떠나는 마차 쪽으로 시선을 옮겼다.

갈 곳 잃은 손이 몹시 쓸쓸해 보였다.

"야호!"

제노는 신나게 짐을 싸고 있었다.

오늘은 그에게 있어 아주 역사적인 날이었다. 드디어 가르트 영지를 떠나게 되는 날이었으니까! 수도에서 쫓겨 왔던 게 벌써 몇 년 전이었더라? 여러 일이 겹쳐 영지에서 영영 살 줄 알았는데, 숀이 로빈을 보내왔다.

이제 그만 수도로 올라오라고!

"선배님, 근데요."

옆에서 당근 주스를 마시고 있던 로빈이 대답했다.

"왜?"

"왜 선배님은 결혼을 안 해요?"

"……뭐?"

뜬금없는 말에 로빈이 시선을 옮겼다. 제노가 고개를 갸웃하고 있었다.

"아니, 말하다 보니까 좀 이상한데. 왜 우리 기사단은 결혼하는 사람이 없어요?"

제노가 이 기사단에 들어온 지 얼마나 되었는데. 이미 기혼이었던 기사들을 제외하면, 결혼하는 기사들이 거의 없었다. 아예 없는 건 아니었지만, 일반적인 기사들의 혼인 연령을 고려했을 때 결혼 소식이 정말 드물었다.

'왜지?'

가르트 기사들은 사실 결혼 시장에서 안 좋은 취급을 받는 걸까? 제노의 눈빛 하나하나에서 의문이 뚝뚝 묻어났다.

"멍청아."

로빈이 한숨을 내쉬었다. 그는 당근 주스가 든 컵을 내려놓았다. 입 안이 달았다. 가르트 영지는 제국 최대의 곡창 지역이다. 기후는 온화하고 토양은 비옥해, 수확하는 뿌리채소들마저 실하고 달았다. 당근을 갈아서 마셔도 맛이 괜찮았다.

그런데 이렇게 좋은 걸 잘 먹고 마신 쟤는 왜 저 모양일까? 로빈이 타박했다.

"단장님이 결혼을 안 하시는데 어떻게 결혼을 해?"

"예? 단장님이 왜요?"

"순서가 있잖아, 순서가!"

"아……!"

제노는 그제야 깨달은 표정을 지었다.

어쩐지, 되짚어 보니 숀이 계속 미혼이었다. 로빈은 고개를 설레설레 저었다. 모든 가르트 기사들이 암묵적으로 알고 있는 사실인데. 몇 년째 혼자만 모르고 있었다는 것도 재주라면 재주다.

'저 바보 녀석.'

며칠 후였다. 바보 녀석 제노는 수도에 상경하자마자 연무장으로 먼저 향했다. 가르트에는 신입 기사들이 증원되었다. 막내 탈출! 분위기 있는 선배가 되고 싶었던 제노는 멋있는 척 무게를 잡으면서 말했다.

"그러니까, 너희도 피앙세가 있으면 상처 주지 말고 먼저 정리해."

제노는 우수에 찬 눈으로 먼 곳을 바라보았다.

"단장님께서 미혼이시니……, 누구도 먼저 결혼을 할 수 없으니까."

"오……."

"알겠지?"

"예!"

가르트 기사단엔 그런 법이 대놓고 있는 모양이다. 숀 단장님이 결혼하시는 게 먼저라고! 어깨에 기합이 잔뜩 들어간 신입들은 우렁차게 대답했다.

"단장님이 먼저 결혼하실 때까지 절대 연인을 만나지 않겠습니다!"

"만나지 않겠습니다!"

"좋아! 과연 가르트 기사단에 어울리는 기백이다!"

"감사합니다!"

"똑똑한 녀석들이니 내가 친히 대련을 해 주지!"

"영광입니다, 선배님!"

제노는 바로 목검을 꺼냈다. 수도에서 쫓겨나, 가르트 영지에서 지내는 내내 수련밖에 할 게 없었다. 부쩍 진일보한 실력은 과연 가르트 기사단의 명성에 어울렸다. 신입들은 어느새 진지하게 제노의 검을 받았다.

멋있게 검술 편달을 해 주던 것도 10여 분.

"잘못했습니다, 단장님."

숀에게 호출당한 제노는 쪼그라들었다. 하지만 그는 생각보다 운이 좋았다.

"제노 경?"

이 목소리는? 제노의 청각이 기민하게 반응하는 것과 동시에, 숀이 고개를 숙였다.

"오셨습니까, 마님."

헉. 제노는 홱 고개를 돌렸다. 어느새 온 걸까? 발리아가 가까이로 걸어오고 있었다.

"마님……!"

거의 몇 년 만에 재회하는 아련한 옛사랑. 감정은 정리했지만 추억까지 사라지는 건 아니다.

제노에게 발리아는 더 이상 가슴 아픈 연모의 대상은 아니다. 하지만 유일한 레이디라는 점은 변화가 없었다. 한때 이상형을 관통했던 짝사랑이라는 점 역시. 제노는 마음이 벅차올라 눈물이 날 것 같았다.

"잘 지냈어요? 영지를 계속 지켰다고 들었는데요."

"예. 마님. 가르트를 위해 이 제노, 온몸을 바쳐 성을 수호했습니다."

"고생 많았어요."

"고생이라니, 절대 아닙니다! 기사의 숭고한 의무인걸요."

발리아 앞에서만 유감없이 발휘되는 내숭도 여전했다. 제노는 울듯이 웃느라 발밑으로 접근하는 꼬꼬마를 미처 알아채지 못했다. 발리아가 먼저 시선을 옮기고야 알았다. 발밑에서 신기한 듯 제노를 올려다보고 있는 금발 아가.

"아가씨?"

"우웅?"

루드베키아였다. 제노는 눈을 휘둥그레 떴다.

"언제 이렇게 장성하셨습니까? 갓난아기일 때가 엊그제 같은데……."

포대기에 싸여 있던 작은 아기가 두 발로 걸어 다니는 게 너무 신기했다. 제노는 얼빠진 얼굴로 루드베키아를 보느라, 이어지는 손의 말을 반쯤 흘려들었다. 그저 "예, 예." 하고 고개만 끄덕였다.

아주 크나큰 실책이었다. 제노는 어느 순간 루드베키아의 검 수련 상대가 되어 있었다. 정말 한순간이었다. 발리아는 곁에서 고개를 갸웃했다.

"로빈 경, 정말 괜찮을까요?"

"그럼요, 마님. 제노의 검은 쓸 만하니까 걱정하지 마세요."

제노가 여전히 정신을 놓고 있는 사이 로빈이 옆에서 대신 단언해 주었다. 제노는 루드베키아와 마주 보고 나서야 겨우 정신을 차렸다. 여전히 얼떨떨했지만 그도 잠시. 손에 꼭 맞는 작은 목검을 들고 있는 아가씨는 솔직히 너무 귀여웠다.

"하하! 아가씨 검이 아파 봤자 얼마나 아프겠습니까!"

제노는 호기롭게 외쳤다. 그는 뛰어난 기사답게 맷집도 좋았다. 마음껏 검을 휘둘러 보시라는 말에 루드베키아는 바로 호다닥 달려들었다.

"악! 아파요! 악! 악! 아가씨!"

"루아 칼 아파?"

루드베키아가 놀라서 눈을 동그랗게 떴다. 로빈은 옆에서 상냥하게 말했다.

"아가씨, 저거 다 엄살이랍니다."

"엄살이 모야?"

"아가씨 마음껏 때리셔도 안 아프다는 말이에요."

"징짜로?"

"그럼요. 아가씨."

"응!"

아이일수록 사람을 판단하는 눈이 정확하다고 했던가? 루드베키아는 제노보다는 로빈이 더 믿음직하다고 생각한 모양이다.

더군다나 말려 주는 사람도 없었다. 발리아는 진즉 천막에 올라가 숀과 이야기를 나누고 있었고, 다른 기사들은 구경만 했다.

저 작은 아가씨가 휘두르는 검이 아파 봤자 얼마나 아프다고. 제노 녀석 영지에 내려갔다 오더니 엄살만 잔뜩 늘었다고 웃었다.

"야, 미안해……."

"됐어요! 선배가 옆에서 아가씨 응원했잖아요!"

제노는 베개에 얼굴을 파묻고 흐느꼈다. 로빈은 뺨을 긁적였다. 진짜 엄살인 줄 알았는데, 못 걷겠다고 자빠져 버리길래 확인하니 몸 여기저기가 벌겠다.

가르트 기사를 누가 이렇게 팰 수 있겠는가? 기사단의 주인인 공작 각하도 그러진 않으실 텐데.

"음, 있잖아. 이런 말 하면 위로가 될까? 아가씨가 기사들 중에 네가 제일 좋대. 마님한테 재잘거리시더라."

제노의 흐느낌이 약간 잦아들었다. 그가 슬그머니 고개를 들었다.

"봐봐. 너 울지 말라고 사탕도 주고 가셨어."

"사탕……요?"

"자, 이거 단장님도 딱 두 개 받아 보신 거야. 난 한 개."

진짜 아기들이 먹는 말랑한 사탕이 한 줌 내밀어진다.

"참나. 제가 고작 사탕 가지고 마음을 풀 줄 알았다면 맞다고 전해 주세요."

제노는 어느새 싱글벙글 웃고 있었다.

온 대륙을 통틀어 겔 제국만큼 지대가 비싼 곳이 또 있을까?

특히 황궁이 거한 수도는 땅값이 상상을 초월했다. 상업이 발달한 동부도 비할 바가 못 되었다. 온갖 부가 몰리고, 유행을 선도하는 곳. 이 값비싼 수도의 외곽에는 거대한 숲이 위치하고 있었다.

지금으로부터 정확히 11년 전이었다. 가르트에서 돌연 외곽 숲의 일부를 사들였다.

일부라고는 하지만, 실로 엄청난 넓이였다. 지대를 감안한다면 대체 얼마만큼의 황금을 지불했는지 감히 상상하기가 두려울 정도였다.

이 말도 안 되는 매입 때문에, 사교계에는 한때 여러 소문이 퍼졌다. 가르트 공작이 어린 딸의 생일 선물로 숲을 구입했다는 말이 가장 유력했다.

말도 안 되지. 기껏 한 살이 될까 말까 한 공녀의 생일 선물로 숲을?

어찌 보면 당연하게도 호사가들의 착각이었다. 얼마 후 가르트에서 친분 있는 귀족들을 숲으로 초청했으니까. 매사냥을 주최하는 모습을 보고 다들 납득했다. 가르트에서는 사교 목적으로 숲을 구매한 거라고.

가르트의 어마어마한 재력을 감안했을 때 이해가 가는 규모였다. 사실 한 살배기한테 숲 선물이라니 말이 안 되긴 했으니까. 사교계를 떠돌던 이야기는 그렇게 정리되었다.

어쨌든 숲은 가르트의 소유였다.

사유지가 된 거대한 숲은 관리가 아주 잘 이루어졌다. 몇 년이 지나자 귀족들의 인기 외출지가 되었다.

입장료를 따로 받는 건 아니지만, 귀족들이 체면을 얼마나 중요하게 여기던가? 수행인들이 감사 명목으로 슬쩍 건네는 자잘한 금붙이들은 숲 관리 비용을 충당하고도 훨씬 남았다.

이렇게 많은 귀족들이 제한 없이 드나들고 있다지만, 변하지 않는 사실이 있었다.

이 숲의 주인은 루드베키아 가르트라는 사실.

"아가씨! 혼자 다니지 좀 마세요!"

제노가 헐레벌떡 따라온다. 갓 열두 살이 된 루드베키아는 얼굴에 커다란 철갑 투구를 뒤집어쓰고 있었다. 제노가 구해 온 투구였다. 이 철갑 투구로 얼굴을 가리고 루드베키아는 곧잘 숲을 돌아다녔다.

"제노, 저기."

루드베키아는 손끝으로 뒤를 가리켰다.

"왜 그러세요? 엇?"

귀족으로 보이는 남자 하나가 꽃나무에서 막 떨어지고 있었다. "어헉!" 하는 짧은 소리와 함께 제노가 얼른 뛰어갔다.

"이런, 기절했습니다! 피도 나네요?"

추락한 충격으로 머리가 깨져 피가 났다. 제노는 얼른 남자를 들쳐멨다. 루드베키아한테 허락을 받자마자 제노는 쏜살같이 남자를 업고 뛰었다. 아주 옛날에는 수습 신관이었다더니, 다친 사람을 그냥 두고 보질 못했다.

루드베키아는 제노가 사라진 곳을 보다가 문득 고개를 돌렸다. 투구를 쓴 머리 위로 분홍색 꽃잎이 와스스 떨어졌기 때문이다. 루드베키아가 시선을 위로 올렸다.

"……."

풍성하게 핀 꽃잎 사이, 웬 또래 아이가 숨듯이 앉아 있었다. 길고 검은 머리카락이 흘러내렸다. 성별을 짐작할 수가 없었다. 언제부터인지, 겔에서는 성별 상관없이 아이의 머리를 길게 기르는 게 유행이 되어 있었으니까.

"저기……."

겁먹은 목소리를 듣고서야 저 아이가 소년임을 알 수 있었다. 루드베키아는 말없이 두 팔을 내밀었다. 이 품으로 뛰어 내리라는 포즈에 약간의 망설임도 없다. 소년은 조금 당황했다.

"……."

하지만 팔만 쭉 내밀었을 뿐 루드베키아는 강요를 하지도, 성을 내지도 않았다. 그저 뛰어 내려도 좋다는 듯 물끄러미 올려다보고 있을 뿐.

소년의 고민은 길지 않았다. 아이는 나무를 타고 조심조심 내려왔다. 반 정도 내려왔을 때쯤이었다.

소년이 발을 헛디뎠다.

"으앗!"

짧은 비명과 함께 소년이 떨어져 내렸다. 숲 바닥에 구를 거라고 생각했는데, 의외로 소년이 추락한 곳은 루드베키아의 품이었다.

"조심해. 다치잖아."

"아……. 네. 저기, 도와 주셔서 감사……."

소년의 말은 끝까지 이어지지 못했다. 루드베키아가 소년의 얼굴을 빤히 들여다보고 있었으니까. 그것도 지척에서.

이상한 건, 이 쏟아지는 시선을 피할 수가 없다는 점이었다.

긴장해서일까?

아니면 낯선 상황에 놀라서?

소년은 잔뜩 당황해 마른침만 꿀꺽 삼켰다. 여전히 두 눈은 마주친 상태였다. 투구로 가려진 얼굴 안은 짐작도 가질 않았다.

"너 눈동자가 은회색이네."

뜬금없는 말이었다. 소년은 얼떨떨했지만 일단 대답했다.

"네……. 은회색이죠……."

루드베키아가 처음으로 싱긋 웃었다. 투구로 가려져 있어 보이진 않았지만. 그래도 소년은 한 가지 사실을 알 수 있었다. 저 안쪽의 눈동자 색깔이 붉은색이라는 사실을.

"좋네."

"……네?"

루드베키아가 소년의 눈가로 손을 뻗었다. 움찔 놀란 것도 잠시, 눈두덩을 건드리는 손길이 정말 다정했다. 처음으로 루드베키아의 목소리가 부드러워졌다.

"나 은회색 좋아하거든."

헉. 순간 소년의 심장이 세차게 뛰었다. 바야흐로 블라흐 리몬 라겔 뢰프의 첫사랑 서막인 셈이었다.

"……."

블라흐는 침대에 가만히 앉아 있었다.

지금 이 어린 황세손의 머리에는 리본이 올라오는 참이었다. 아주 커다랗고 앙증맞은 리본.

물론 셀 제국의 귀족들은 성별 가리지 않고 아이의 머리를 길게

기른다. 하지만 열 살짜리 소년의 머리에 저런 리본을 다는 경우는
없었다.

"괜찮은가?"

"……."

지금 이 황세손의 머리에 리본을 달고 있는 사람은 샤론이었다.
샤론 올리비아 라겔뢰프. 황태자 부부의 장녀이자, 에드가 7세의 적
장손.

사실 이 정도 신분은 되어야 감히 황세손 머리에 유치찬란한 리본
을 달아 볼 수 있는 거다. 샤론은 블라흐에게 거울을 보여 주며 물
었다.

"어때? 블라흐."

거울 속에 비친 모습은 너무 어여뻐서, 소년 자신이 봐도 당황스러
웠다. 블라흐가 물었다.

"……지금 제가 뭐라고 해야 해요?"

"이럴 때는 '누님의 뛰어나신 실력에 눈이 멀 것 같습니다.'라고 해
야 해."

"누님의 뛰어나신 실력에 눈이 멀 것 같아요."

"좋아."

샤론이 의기양양하게 웃었다. 사실 블라흐는 굉장히 예쁘게 생긴
소년이었다. 평화로운 대신전에서, 신관들에게 둘러싸여 8년을 머물
다가 와서 그런지 특유의 정갈하고 청초한 분위기가 물씬 묻어났다.
말끔한 은회색 눈동자와 잘 어울리는 우윳빛 살갗도 그렇고.

"블라흐, 이거 마셔 봐."

샤론은 생강과 꿀, 레몬을 넣고 차갑게 식힌 음료를 내밀었다.

"이게 뭔데요? 맛있어요?"

"나도 안 먹어 봤어. 내 친구가 만들어 본 거라고 아까 보내 줬는데."

"친구요?"

"응. 맛있으면 나 주고 맛없으면 너 마셔."

"……."

헛웃음과 함께 음료를 마셔 본 블라흐가 순간 손을 움찔 떨었다.

"어때?"

대답 없이 잔을 내려놓은 블라흐가 그대로 토했다.

우웩.

"블라흐?"

"꺄악! 블라흐 님!"

시종들이 수건이며 대야를 들고 허겁지겁 달려왔다. 샤론은 수건을 건네받아 블라흐의 얼굴을 닦아 주었다.

유년기를 떨어져 지낸 이 남매가 이토록 잘 지내는 이유는 예리와 구스토의 정성 덕분이었다.

한 제국의 황태자와 황태자비이니만큼, 할 일이 산재해 있음에도 불구하고 그들은 노력을 게을리하지 않았다. 한 달에 한 번씩은 반드시 샤론을 데리고 대신전에 다녀왔다. 물론 번갈아 가면서.

덕분에 블라흐가 황궁으로 완전히 귀환하게 된 오늘도 역시, 둘은 사이좋게 놀 수 있었다. 물론 노는 시간이 길지는 않았다.

특히나 블라흐는 며칠 동안 바빴다. 황제를 알현하고, 가족들이 처음으로 다 같이 모여 멋진 식사도 했다. 특히 새 옷들을 맞추느라 피곤했다. 사흘 후 예정된 연회에 입을 사랑스럽고 깜찍한 슈트가 필요했기 때문이다.

이렇듯 녹초가 된 블라흐였지만, 투지만은 빛나고 있었다. 이유가 있었다.

[나 은회색 좋아하거든.]

떠올리자마자 심장이 또 쾅쾅 뛰었다.

"으아."

블라흐는 금실이 수놓아진 이불을 홱 올려 얼굴을 가렸다. 이 어린 소년은 아직 루드베키아의 정체를 몰랐다. 이름도 몰랐다. 물어볼 용기를 짜내기도 전에 루드베키아가 뒤도 안 돌아보고 떠났기 때문이다.

하지만 한 가지는 짐작할 수 있었다. 투구를 뒤집어쓴 소녀는 분명 귀족일 터다.

애초에 블라흐가 그 숲에 놀러 갔던 이유가 무엇이던가. 블라흐를 수행하던 신관이 추천해서가 아니던가? 겔 수도에는 귀족들이 아주 좋아하는 드넓고 멋진 숲이 있다고 하면서.

그 외에는 잘 모르겠다. 고위급 귀족은 아닐 게 틀림없다.

왜냐하면 소녀는 수행인도 없이 혼자 숲을 돌아다니고 있었으니까. 거기다가 요상한 철갑 투구를 뒤집어쓰고. 루드베키아의 옷에 달린 보석 단추를 보고 고위급 귀족임을 파악하기엔 블라흐가 너무 어렸다. 고작 열 살이니까.

'남작 영애? 자작 영애? 아니면 백작 영애일까⋯⋯?'

어찌 되었든 그 소녀가 모레 있을 연회에 참석할 건 확실했다. 구스토가 얼마나 다정하게 말했던가. 사랑하는 너를 위해 아주 멋진 파티를 열어 줄 거라고. 그동안 그 흔한 생일 파티도 제대로 해 주지 못 한 부모 마음이 어떨지.

줄곧 대신전에서 자란 블라흐는 연회가 처음이다. 생전 처음 겪어 보는 파티에 대한 기대감, 그리고 의문의 소녀를 향한 두근거림.

블라흐는 한참 잠을 이루지 못했다.

*** *** ***

"블라흐 님. 인사 올립니다. 저는 칼리드 조엔 후작입니다."

"안녕하세요? 블라흐 리몬 라겔뢰프입니다."

어리디어린 황세손의 인사에 조엔 후작이 빙그레 웃었다.

"모국으로의 귀환을 진심을 다해 축하드립니다."

"감사합니다. 조엔 후작님."

황실 소속 예부에서 심한 다툼이 일어난 적이 있었다. 몇 년 전이었다. 실상이야 세력 다툼이었지만, 대놓고 드러낼 수는 없는 노릇. 예부에서는 몇몇 고루한 예법 수정안을 가지고 격렬하게 싸웠다.

이 피 터지는 과정에서 애매했던 호칭이나 말투 몇 개가 정리되었다. 그중 하나가 어린 황족과 고위 귀족 사이의 예법이었다. 이때 이후부터 황족은 나이에 따라 후작위급 이상의 고위 귀족에게 공대를 할 수 있게 되었다.

"블라흐 님. 지고하신 황제 폐하께서 소신에게 명령을 내리신 바, 부족하지만 제 아들을 말동무로 붙여 드리려고 왔습니다."

조엔 후작의 옆에는 블라흐 또래의 소년이 예의 바르게 서 있었다.

"에르만 조엔입니다."

은발에 푸른 눈을 가진 에르만은 무척 싹싹했다. 반듯한 한편 지적인 느낌이 묻어나고, 그러면서도 상냥해 보이는 이 소년은 친화력이 아주 뛰어났다. 황제가 괜히 에르만을 콕 짚어 블라흐에게 붙여 주라고 한 게 아니었다.

"블라흐 님. 기도실로 가실 시간입니다."

"벌써 그렇게 됐네? 나갈게."

오늘도 어김없이 찾아온 신관. 황궁으로 돌아온 이후로도 블라흐는 하루에 세 번 꼬박꼬박 기도실로 향했다. 오늘은 에르만도 쪼르르 따라왔다.

"블라흐 님은 기도를 좋아하시는군요?"

성녀님도 하루에 한 번만 기도를 올린다고 들었는데. 이 황세손님은 그간 대신전에서 지내셨다니 유독 신실하신가 싶었다.

"기도요?"

블라흐가 음, 하면서 천장을 한 번 바라보았다. 어린 황세손은 에르만을 돌아보며 빙긋 웃었다.

"비밀인데, 사실 별로 좋아하진 않아요."

"네? 그럼 왜……, 아."

자기 아버지인 칼리드를 닮아 눈치 하나는 수준급인 에르만이 알아서 말을 돌렸다.

"의무감으로 하시는 거군요? 하긴 저도 그런 식으로 하는 공부가 많죠."

블라흐는 가까이 다가오는 신관들을 바라보며 웃었다.

＊＊＊＊＊＊＊＊＊

그로부터 며칠 후였다. 해는 완전히 떨어지고, 밤은 어두워 사위가 캄캄한 시간. 내리는 달빛이 유독 부드럽게 느껴져 사람들은 걸어가다 말고 하늘에 잠깐 시선을 빼앗겼다. 오늘은 황궁에서 연회가 열리는 날이었다.

"안녕하세요. 안드레아 백작가의……."

"오늘 이렇게 또……."

대연회홀에는 사람이 정말 많았다. 이렇게 많은 사람들이, 심지어 화려하게 차려입고 모인 모습은 정말 처음이었다. 블라흐의 눈이 핑핑 돌아갔다.

"황태자 전하. 가르트 공작 각하와 공작 부인이 오셨습니다."

"어서 모셔 오게."

"예, 전하."

시종이 물러갔다. 구스토와 예리가 뭐라고 이야기하면서 서로 웃었다. 그들의 시선이 블라흐에게 닿았지만, 정작 소년은 모르고 있었다. 어쨌든 블라흐는 기분이 좋았다. 흐르는 선율은 사랑스럽고 사람들은 모두 들떴고.

게다가 목적도 있어서 두근거렸다.

'붉은색 눈동자는 아주 드무니까, 금방 찾을 수 있을 거야.'

블라흐의 기대는 몇 분 후 산산조각이 났다.

"발리아!"

예리가 환하게 웃으면서 반기는 가르트 공작 부인.

"어때요? 발리아랑 정말 닮았죠?"

아하하 웃는 공작 부인은 정말로 블라흐와 닮아 보였다. 눈동자색과 머리 색깔은 차치하고서라도, 흐르는 분위기가 비슷하다면 비슷했다.

혹시 공작 부인도 자신처럼 신전에서 지내셨던 걸까? 블라흐는 잠시 그런 생각을 했다.

"황세손님이시군요."

진짜 문제는 자신을 바라보고 있는 가르트 공작이었다.

아니, 가르트 공작뿐만 아니라 줄줄이 따라온 금발 꼬꼬마 셋. 한 명은 칭호를 하사받은 공녀님이시라는데, 그런 건 모르겠고 너무 당황스러웠다.

'왜 다 눈이 붉은색이지?'

어떻게 다섯 명 중 네 명이 붉은색 눈동자야?

블라흐는 일생일대의 혼란에 빠졌다. 사실 겔 제국엔 붉은색 눈이 흔한 걸까? 자기가 신전에서만 자라 뭘 모르는 거였을까? 블라흐는 심한 고민에 빠져 자신을 향해 있는 슈텐의 눈빛이 묘하다는 걸 미처 알지 못했다.

'어떡하지? 난 얼굴도 모르는데!'

기억나는 건 철갑 투구 사이로 보이던 붉은색 눈동자 조금. 그마저도 정확히 기억이 나지 않았다. 붉은색이라는 걸 알아본 것만으로도 눈썰미가 대단했다. 블라흐가 정확히 기억하고 있던 건 오직 하나였다.

목소리.

"루아. 황세손님께 인사드리렴."

블라흐는 절대로 저 중에 한 명이 숲속의 소녀일 거라고 생각지 않았다. 왜냐하면 이들은 공작가의 자제들이니까! 고위 귀족들의 정점. 남작 영애도, 자작 영애도, 백작 영애도 아닌!

"인사드립니다. 황세손님."

아닌······.

"루드베키아 가르트 공녀입니다."

아닌?

"······."

머리를 한 대 엄청 세게 맞으면 이런 기분일까? 블라흐는 넋 놓은 듯 루드베키아를 바라보았다. 이어지는 쌍둥이의 인사는 물론이고 다른 사람들의 목소리도 안 들리는 건 당연한 일이었다.

블라흐가 정신을 차린 건 한참 후였다. 루드베키아가 슬슬 무리를 이탈할 낌새를 보이면서부터. 어른들은 벌써 다른 이야기를 나누고 있었다. 쌍둥이들은 너무 어려 진즉 사용인들에게 안겨 아가들 재우는 휴게실로 데려갔다.

"······공녀님. 어디 가세요?"

루드베키아가 블라흐를 돌아보았다. 붉은색 눈동자가 놀랍도록 심드렁하다.

"산책 가."

블라흐는 너무 긴장한 나머지 루드베키아의 말이 굉장히 짧아졌다는 걸 미처 눈치채지 못했다.

"저, 같이 가도 돼요?"

"같이?"

루드베키아가 반문했다.

"내가 왜 너랑 같이 가야 하는데?"

정말이지 머리가 핑핑 도는 것 같았다. 왜 갑자기 저렇게 차갑지? 아니, 다시 돌이켜 보니 숲에서도 그다지 태도가 살갑진 않았다. 원래 성격인가 보다.

'같이 가고 싶은데…….'

블라흐가 머뭇거렸다. 그래도 황세손이라고, 루드베키아는 배려를 해서 훌쩍 떠나진 않았다. 사실 블라흐를 배려했다기보다는 어릴 때부터 친근한 사이인 예리를 배려한 것이다.

루드베키아가 잠시 머물러 주고 있을 시간, 백작가 영식 한 명이 눈치를 보며 다가왔다. 뺨이 잔뜩 상기된 게 누가 봐도 루드베키아에게 반한 소년이었다.

심지어 이 소년은 블라흐보다도 용기가 있었다. 어리고 서툴지만 마음을 슬쩍 꺼내 보이기까지 했으니까.

하지만 루드베키아는 전혀 감흥을 받지 않은 표정이다.

"미안한데, 난 좋아하는 사람 있어. 커서 결혼도 할 거야."

"그 축복 받은 분이 대체 누구신가요? 역시 가르트 공작 각하인가요?"

어린 백작 영식은 두 주먹을 불끈 쥐었다. 가르트 공작은 두말 할 것 없이 이맘때 소년들의 우상이었다. 이 영식이 괜히 기사 수업을 열심히 받는 게 아니다. 가르트 공작을 이상향 삼아 열심히 따라하고 있다고 어필하려는데.

"아니."

'설마?'

블라흐가 헉 하고 입을 가렸다. 기대감에 부풀어 오른 가슴이 제멋대로 쿵쾅거렸다. 목에 숨기듯 걸고 있는 신성한 목걸이에까지 첫사랑의 진동이 전해지는 것 같았다.

"그럼……, 그분이 누구신데요?"

백작 영식의 눈빛도 조금씩 떨리고 있다는 걸 알까? 루드베키아는 무표정한 얼굴을 고수한 채 말했다.

"우리 엄마."

"……."

어렸을 때는 꽤 진심으로 떼도 썼던 이야기였다.

❧❦❧ ❧❦❧ ❧❦❧

루드베키아가 사라지고, 그 뒤를 졸졸 쫓아 블라흐도 떠났다. 연회의 주역이 어느새 사라졌지만 연회는 계속된다.

새로운 음악이 연주되었다. 가르트 공작 부부를 따라 모였던 귀족들도 흩어졌다. 이 복잡한 홀에서 둘만 잠깐 있을 수 있는 시간은 아주 귀했다.

발리아는 슈덴을 보면서 웃었다.

"슈."

"예, 발리아."

"루아가 숲에서 도와줬다던 아이가 황세손님 맞겠죠?"

루드베키아는 발리아의 품에 안겨서 하루에 있었던 이야기를 조잘거리는 걸 좋아했다.

그날도 마찬가지였다. 나무에서 떨어지는 소년 하나를 받았는데, 엄마랑 닮아서 신기했다고.

가르트의 사유지인 드넓은 숲에는 울타리가 쳐져 있었다. 그냥 울타리가 아니라, 간단한 마법이 걸린 울타리였다. 입구를 통해 들어오지 않으면 경보 마법이 실행됐다. 귀족들이 그 숲을 즐겨 찾는 이유에는 높은 안전성 보장도 있었다.

입구를 통해 입장하니 드나드는 사람들의 이름과 신분도 기록됐다. 발리아는 혹시나 싶어서 기록 장부를 살펴보았다. 명단에는 블라흐의 긴 이름이 정자로 또박또박 기록되어 있었다.

"직접 보니까 저랑 정말 닮은 것 같아요."

"……눈 색깔만 조금 비슷한 정도 아닙니까."

"그래요? 전 왜 그렇게 닮아 보였지?"

발리아가 빙긋빙긋 웃었다. 그녀를 응시하는 슈덴의 표정은 늘 그랬듯 부드러웠지만, 머릿속은 아주 빠르게 돌아가고 있었다.

사실 슈덴은 블라흐가 굉장히 마음에 들지 않았다. 그 꼬마가 갓 태어났을 때를 아직 기억하고 있었다. 어린 루드베키아의 손을 꼭 잡더니 으앙 하고 울음을 터뜨리질 않았던가. 어지간해선 잘 안 우는 루드베키아도 그날 울었고.

저 어린 녀석이 루드베키아를 또 울리면 어쩌지. 황세손이라고 아이가 기도 못 펴고 끌려 다니면 어떡하나.

발리아의 곁에 항상 기사들이 따라다니듯, 루드베키아도 기사들이 번갈아 가며 호위했다. 지금도 제노가 곁에 붙어 있을 테니까, 별일은 없을 터다. 얼마 전 가르트 기사단 부단장으로 승격한 제노는 객관적으로 검술이 아주 뛰어났다.

슈덴이 그런 생각을 하고 있을 무렵, 발리아는 다른 고민을 하고 있었다.

'루아가 황세손이 좋다고 하면 어쩌지? 에르만도 루아를 좋아하는 눈치던데.'

샤론을 제외한다면, 에르만은 루드베키아와 가장 가까운 친구였다. 역시 대대로 문관 가문인 조엔 가의 장남이다 보니 머리가 아주 좋왔다. 루드베키아에게 마음 표하는 도련님들이 줄줄이 퇴짜 맞고 우는 걸 보고, 가장 친한 친구 자리부터 꿰차야겠다고 계획했다.

하지만 그래 봤자 아이는 아이. 발리아는 에르만이 루드베키아를 좋아한다는 걸 어느 정도 눈치챈 상태였다.

"어머, 발리아! 여기 있었어요? 한참 찾았어요!"

칼리드와 함께 나타난 디아나가 환하게 웃는다. 옆에는 에르만도 함께였다.

"그간 무탈하셨습니까? 공작 부인."

이 에르만은 정말이지 처세술이 뛰어났다. 발리아는 마치 어른처럼 깍듯이 인사하는 에르만을 보며 웃었다.

심지어 이 소년은 누구의 마음을 공략해야 하는지 잘 알고 있었다. 푸른색 눈동자가 슈덴을 향해 반짝거렸다.

"각하. 저번에 리오랑 이덴이랑 놀러 갔다가 궁금한 게 생겼는데요."

쌍둥이까지 벌써 자기편으로 포섭해 놨다. 아주 여우가 따로 없었다.

그래서 가르트 공녀님은 과연 누굴 좋아하게 될까?

❀❀❀ ❀❀❀ ❀❀❀

루드베키아는 인형 같은 외모를 가지고 있었다. 곱실거리는 금발은 눈부셨고, 보석처럼 박힌 붉은색 눈동자는 선명했다. 황금색 속눈썹이 풍성하고 길어, 가만히 눈을 깜빡이고 있으면 발리아조차 고개를 갸웃할 지경이었다.

'정말 내가 어떻게 이런 애를 낳았지?'

흔히 표현하는 것처럼, 미래가 기대되는 수준이 아니었다. 미래가 두렵다는 수식어가 어울릴 지경이었다. 비단 가르트 공녀라는 지위를 제하고라도, 루드베키아의 외양에 뿅 간 어린 도련님들이 많았다.

"고, 공녀님. 어디 가세요? 저도 같이 가고 싶습니다!"

그러나 그들은 미처 몰랐다.

"발목 잘리고 싶어?"

루드베키아가 상상 이상으로 싸늘하다는 것.

"……네?"

"따라오지 마."

저런, 저런. 제노는 역시나 싫었다.

"발목……?"

충격 받은 백작가의 어린 도련님이 금세 울음을 터뜨릴 듯했지만, 붉은색 눈동자는 뒤도 돌아보질 않았다.

'아니 대체 어디서 저런 말투를 배워 오신 거지?'

범인은 칼이었지만 아무도 몰랐다. 사실 칼도 루드베키아가 이 정도로 받아들이는 속도가 빠를 줄 몰랐을 터다. 칼의 교육에 기사들의 기선 제압을 답습하고, 거기에 천성이 끼치는 영향도 컸다.

'분명 처음 검을 배우실 때만 해도 세상에서 제일 귀여우셨는데.'

고작 열두 살, 루드베키아의 귀여움은 이제 슈덴과 발리아만이 독점한다. 밖에선 싸늘함의 극치인데 엄마 앞에서는 봄바람처럼 살랑거렸다.

하긴, 특별한 반응은 아니다. 가르트의 성을 단 금발들은 전부 비슷한 행태를 보이고 있었으니까.

그나마 어린 쌍둥이들은 제외였지만, 더 크면 또 모를 일이다.

"아가씨. 웬 꼬마 도련님 하나가 따라 오시는데요."

"내버려 둬. 오다 말겠지."

'내버려 두라고? 웬일이시지?'

제노는 졸졸졸 따라오는 블라흐를 흘긋 보았다. 저 작은 소년이 돌아온 황세손이라는 사실은 들었다.

하지만 루드베키아가 굳이 신분을 생각해서 배려를 하는 인물이었던가? 절대 아니다. 제노는 그저 '우리 아가씨가 왜 저러시는 걸까?' 하면서 루드베키아의 뒤를 쫓았다.

"앗!"

문제는 블라흐가 발을 헛디뎌 넘어지면서 시작됐다. 넘어지는 건 괜찮았다. 바닥에 쓸린 무릎이 아팠지만 블라흐에게 이 정돈 아무것도 아니었다. 다만……

"공녀님?"

가쁜하게 손목을 잡아 세워 주는 힘. 루드베키아는 블라흐를 보며 이마를 살짝 찌푸리고 있었다.

넘어져 다친 소년! 망설이지 않고 일으켜 주는 소녀! 심지어 한 명은 짝사랑 중이다. 이럴 때 나올 법한 말은 역시 다쳤냐는 둥, 아프지 않냐는 둥 다정한 말일 터다.

"왜 따라와?"

"네?"

블라흐의 기대는 일 초도 가지 못했다.

"왜 따라오냐고. 따라오지 말라고 말했을 텐데, 분명."

"그게……."

솔직히 이럴 때마다, 제노는 루드베키아가 슈덴의 미니어처라는 사실을 실감하곤 했다. 과연 가르트의 후계자로 손색이 없다.

"나는 황세손이 귀를 먹었다는 이야긴 들어 본 적이 없는데."

너무 손색이 없는 나머지 어린 소년들은 금세 울음을 터뜨리고 만다.

'......황세손님도 우실 것 같은데? 이거 뭐야. 달래 드려야 하나?'

그리고 역시나. 블라흐도 생각지 못한 차갑고 무서운 말에 놀란 듯 눈동자가 그렁그렁해졌다. 그대로 울어 버릴 것 같았다. 하지만 수많은 영식들에게 그랬듯이, 루드베키아는 뒤도 안 돌아보고 가겠지.

제노의 예상과 달리 루드베키아는 당황했다.

"......아니, 울지 마."

심지어! 손수건을 꺼내 주기까지 했다!

눈물이 뚝뚝 떨어지는 뺨을 닦아 주는 손길. 블라흐는 놀라서 눈을 동그랗게 떴다. 루드베키아는 한숨을 내쉬었다.

"제노."

"옛, 아가씨."

"황세손님이 진정하실 때까지 네가 모시고 있어."

"예? 예. 알겠습니다."

루드베키아는 손수건을 블라흐에게 넘긴 채 일어났다. 소년이 얼떨떨한 사이, 공녀님은 훌쩍 떠나 버렸다. 제노는 머쓱한 표정을 지었다. 블라흐는 루드베키아의 뒷모습을 멍하니 바라보다가 입을 열었다.

"경?"

"예, 황세손님."

"공녀님이 저한테 왜 손수건을 주신 걸까요?"

사실 블라흐 본인은 잘 몰랐지만, 이 어린 소년에게는 특유의 평화로움과 사랑스러움이 있었다. 타인의 경계를 무너뜨리는 듯한. 그래서 듣기 좋은 말로 포장해 주기가 그랬다. 괜히 상처받을까 봐. 제노는 곤란한 듯 웃었다.

"솔직히 말씀드려도 괜찮으실지요?"

"네에."

"황세손님이 저희 마님이랑 많이 닮으셔서 그런 것 같습니다."

"아, 역시……"

"별 의미 두시지 마세요."

"……"

제노는 말문을 잃어버린 황세손의 머리를 쓰다듬어 주고 싶었다. 정말로 크게 상처 받은 건지 블라흐는 한동안 말이 없었다. 신관들이 기도실 가실 시간이라며 찾아올 때까지 손수건을 꼭 쥔 채 가만히 있었다.

❈❈❈ ❈❈❈ ❈❈❈

"……으윽, 피곤해."

어제 밤늦게까지 대연회홀을 쏘다닌 예리는 잠이 모자랐다. 아니 어쩌겠는가? 주제파악을 못 하고 건방지게 기어오르는 귀족들이 눈에 띄어 거슬리는데.

아무리 예리가 그간 사교계에 모습을 드문드문 드러냈다고는 하나, 감히? 이 홀의 진정한 주인이 누구인지 알려 주려면 자근자근 밟아 줘야 했다.

아직 완벽하진 않았지만, 그래도 무도회가 파할 즈음엔 그 뻣뻣한 목이 좀 부드러워졌더라. 블라흐도 이제 완전히 궁으로 돌아온 바, 예리는 이제 대놓고 전면에 나서서 사교계를 손봐야겠다고 마음먹고 있었다.

"비전하. 오수라도 드시는 게 어떨까요?"

"그럴까?"

습관대로 아침 일찍 일어나긴 했는데, 졸렸다.

"두 시간 정도만 주무시면 한결 가뿐하실 거예요."

"응. 안젤라. 그래야겠다."

예리는 시녀들을 내보냈다. 소파에 담요를 덮고 기댄 후, 책을 꺼내 들었다. 빨리 잠들고 싶을 때 읽는 책이었다. 예리가 어느새 꾸벅꾸벅 졸 무렵이었다.

문득 인기척이 느껴졌다. 뭐지 싶어서 고개를 들었던 예리가 황당한 표정을 지었다.

블라흐가 예리 앞에서 열심히 절을 하고 있었다.

"……너 지금 뭐하니?"

"저를 가르트 공작 부인과 닮게 낳아 주셔서 감사합니다."

이건 또 무슨 뚱딴지같은 말인가?

"가르트 공녀님이 공작 부인과 결혼하고 싶으시대요."

"루아랑……, 발리아?"

"네! 제가 공작 부인이랑 닮았으니 저도 가능성이 있지 않을까요?"

혼란스러운 것도 잠시였다. 금세 한 가지 생각이 예리의 머리를 관통했다.

"블라흐."

"네?"

"너 루아 정말 많이 좋아하는구나?"

"……."

순간 블라흐가 당황해서 한 걸음 물러섰다. 한 대 맞은 듯 놀란 눈치였다. 두 손으로 입가를 가린 소년의 얼굴이 발갛게 달아오르고 있었다.

예리는 순간 깨달았다. 몇 년간 꿈꿔 왔던 그것! 발리아와 사돈을 맺을 수 있을 것 같아!

잠마저 다 깼다. 예리는 책을 던지듯 내려놓고 블라흐에게 가까이 걸어갔다. 쪼그리고 앉아 어린 아들과 시선을 맞춘 예리가 다정하게 말했다.

"엄마랑 아빠는 정말 찬성이야."

구스토는 모르는 이야기다.

"꼭 루아 마음을 사로잡으렴. 블라흐."

"……어떻게 사로잡아요?"

"그건……."

사실 예리도 잘 모르겠다. 그녀는 곤란한 질문을 능숙하게 회피했다.

"참. 블라흐. 승하하신 네 조모님께서 은회색 눈동자셨단다."

"정말요?"

"그럼. 정말이지. 감사하면 그분 초상화에 가서 절하는 건 어떠니?"

이 말은 당연히 농담이었다. 농담이었는데.

"비, 비전하."

얼마 후 도도도 들어온 안젤라가 퍽 걱정스러운 목소리로 말했다.

"블라흐 님이 갑자기 황후 폐하 초상화 앞에서 절을 하시는데……."

미치신 게 아닐까요! 예리는 안젤라가 꿀꺽 삼킨 말을 알아들을 수 있었다.

"……내가 농담을 좀 해서 그래. 괜찮아."

생각보다 심하잖아? 예리는 고개를 절레절레 저었다.

*** *** ***

평화로운 오후였다.

황궁의 널찍한 유리창 너머로 비가 후두두 떨어졌다. 바람은 시원한데 실내는 포근하다.

에르만과 블라흐는 나란히 앉아 있었다. 폭신한 쿠션이 여럿 깔린 소파 위에서 에르만은 책을 읽고 있었고, 블라흐는 책을 보고만 있었다.

이 어린 소년의 정신은 다른 곳에 팔려 있었다.

"있잖아요, 에르만."

블라흐가 입을 연 건 책장이 꽤 넘어간 후였다. 에르만이 고개를 들어 올렸다.

"예, 블라흐 님."

"겔에서는 레이디에게 마음을 표할 때 가죽을 선물해 준다면서요?"

"아. 맞습니다."

"정말로 직접 사냥을 해야 해요?"

"보통은요. 안 되면 온몸을 굴려 토끼라도 잡아 와야 해요. 하지만 토끼는 솔직히 좀 그렇고, 최소한 사슴은 잡아 온답니다."

"사슴이요?"

"예. 정말 좋은 건 곰이나 범이지만요. 위험한 맹수들 있잖아요."

"맹수들……. 에르만도 사냥해 봤어요?"

"전 아직 어리잖아요. 머리도 자르기 전이니까 사냥터도 못 들어가죠."

에르만의 반짝거리는 은발은 블라흐만큼 길었다. 언제부턴가 겔에서는 재미있는 관례가 생겼다. 통상적으로 귀족들은 열다섯에 사교계에 데뷔한다. 이때 내내 길렀던 소년의 머리를 싹둑 잘라 주었다. 나름대로 어른 취급을 받기 시작하는 첫 단계였다.

"이런 걸 물으시는 걸 보니까, 블라흐 님."

그리고 블라흐는 물어볼 상대를 잘못 골랐다.

"좋아하는 분이 계시는군요?"

블라흐의 어깨가 움찔 떨렸다. 에르만의 푸른색 두 눈이 흥미로 반짝였다. 남의 짝사랑 이야기는 재밌다. 특히 그게 요즘 귀족들의 이목이 죄 쏠린 황세손이라면. 하지만 에르만은 똑똑했다. 다짜고짜 캐묻기보다는 말을 돌렸다.

"겔의 귀족들은 천성적으로 가죽을 좋아한답니다. 취향도 정말 다양해요. 블라흐 님이 직접 사냥을 하러 가실 거라면……."

그러니까 취향이 궁금하면 그 사람이 누군지 내게 말해라. 열심히 도와줄 테니까. 딱 그런 의미였다. 하지만 의외로, 블라흐는 한숨을 푹 내쉬었다.

"저는 사냥을 할 수 없어요."

"네? 사냥을 하실 수 없다니요?"

어리둥절한 반문. 블라흐가 아쉬움이 뚝뚝 묻어나는 목소리로 말했다.

"직접 잡은 가죽만 선물할 수 있는 줄은 몰랐어요, 참. 그러고 보니까 에르만은 좋아하는 사람이 있나요?"

"전 공……, 아니."

하마터면 공녀를 얘기할 뻔한 에르만이 혀를 확 깨물었다.

"공? 공주요?"

이들은 서로가 똑같은 소녀를 좋아하고 있다는 사실을 아직 몰랐다. 대체 어느 나라 공주냐, 공주 아니다. 그러는 그쪽은 왜 사냥을 못 한다는 거냐, 비밀이다 등으로 옥신각신하던 두 소년은 신관들이 찾아오고서야 조용해졌다.

"기도실 가실 시간입니다."

오늘도 어김없이 정해진 시간. 블라흐는 바로 일어났고, 에르만도 졸졸 따라갔다. 황세손의 말동무로 붙여진 후 에르만은 한 가지 사실을 알았다. 블라흐는 기도실의 가장 심장부에 매번 출입하고 있었다. 귀족들도 출입이 제한된 곳이었다.

"전 여기서 기도 올리고 있겠습니다. 블라흐 님."

"금방 올게요."

블라흐는 안쪽으로 들어갔다. 철컹 하고 무거운 문이 닫혔다. 여기까지 따라 들어오는 신관도 오직 한 명이었다. 바이나나가 직접 골라 파견한 고위 신관.

그는 익숙하게 보관해 두었던 작은 상자를 열었다. 상자 안에는 푸른 벨벳에 감싸인 목걸이가 하나 들어 있었다.

"여기 있습니다. 블라흐 님."

"고마워요."

블라흐는 목에 걸고 있던 목걸이를 빼냈다. 상자 속에 있는 목걸이와 똑같은 디자인이었다. 그러나 다른 점이 있었으니, 블라흐가 걸고 있는 펜던트에서는 황금빛이 잔잔하게 감돌고 있다는 사실이었다.

블라흐는 목걸이를 고위 신관에게 건네주고, 상자 속에 있는 목걸이를 새로 목에 걸었다. 남들 눈에 띄지 않게 잘 숨기는 것도 잊지 않았다. 황금빛은커녕 작은 빛 무리도 없던 펜던트가 블라흐의 몸에 닿자마자 조금씩 빛나기 시작했다.

"매번 번거로우시죠? 블라흐 님."

고위 신관의 목소리에는 안쓰러움이 묻어나고 있었다. 블라흐는 의젓하게 대답했다.

"괜찮아요. 바이나나 대신관님이 그러셨잖아요. 성인이 되면 이러지 않아도 될 거라고. 그때면 제 몸에 있는 신성력이 약해질 거라고 하셨어요."

"그렇지요. 언제나 씩씩하신 모습이 보기 좋습니다."

고위 신관은 목걸이를 상자에 담으며 말했다.

"그래도 이제는 하루에 세 번 정도만 성물을 갈면 되니까 다행입니다. 블라흐 님이 갓 신성국에 오셨을 때는 정말이지……."

얼마나 기이했던가. 마치 물을 너무 많이 먹여 터지기 직전의 물체 같았다. 신성력이 어린 몸에서 끊임없이 차올라 생명까지 꺼덕거리던 그 모습. 대신관의 증표와 엇비슷한 성물들을 모조리 긁어 와 몇 날 며칠을 블라흐 몸에 대고 있어야 했다.

그렇게 신성력을 빼냈지만, 일시적인 처방이었다. 더군다나 신성력 탓인지 당시 블라흐는 몸도 약했다. 그나마 블라흐가 자랄수록 신성력이 차오르는 속도가 현저히 줄어들었다. 건강도 거의 되찾았고.

"성년이 되실 때까지는 항상 이렇게 목걸이를 갈아 주셔야 해요. 블라흐 님. 아니면 몸에 큰 무리가 갑니다."

"네. 알고 있어요."

블라흐는 황금빛 감도는 목걸이를 응시했다. 신성력이 웬만한 대신관들보다 몇 배는 강해서일까. 블라흐는 고위 신관들에게 적용되는 모든 은총을 똑같이 받았다. 어떤 짐승도 블라흐에게 감히 덤벼들지 않았다. 그래서 블라흐 역시 고위 신관들의 금기를 어길 수 없었다.

예컨대 직접 동물의 숨을 끊지 못하는 점. 한 번도 이 사실에 불만을 가진 적이 없었는데, 지금은 좀 슬펐다.

우울해지려는 은회색 눈동자가 문득 반짝 빛났다.

"아, 성인이 되면!"

"예?"

"신관님. 저 이만 가 볼게요!"

"블라흐 님?"

고위 신관은 어리둥절한 표정으로 블라흐의 뒷모습을 바라보았다.

✿⸝⸝⸝ ✿⸝⸝⸝ ✿⸝⸝⸝

플뢰르는 어깨를 으쓱했다.

"역시, 공작 부인 따님이시라 가죽을 좋아하지 않으시네요."

발리아가 웃음을 터뜨렸다. 플뢰르는 한탄을 하는 것도 잊지 않았다.

"공녀님이 그러시니까 아가씨도 도련님도 똑같이 가죽은 싫다고 하시지 뭐예요?"

"그런가?"

"그렇다니까요. 얼마나 안타까운지 몰라요."

원래 루드베키아는 가죽에 별다른 호불호가 없었다. 오히려 커다란 곰 가죽을 보고 눈을 휘둥그레 뜨면 떴지.

하지만 저택으로 선물이라며 오는 가죽이 어디 그 한 벌이겠는가. 루드베키아는 자기 몸뚱이만 한 은빛 여우 꼬리털을 두 손에 꼬옥 쥐고 발리아한테 달려왔다.

[엄마! 이거 엄마 목도리 해요!]

딸이 좋은 거라고 갖다 주니 싫다고 하기도 뭐하고. 웃으면서 고맙다고 하니까 루드베키아는 시시때때로 예쁜 가죽을 골라 선물이라고 가져왔다. 그러다가 알게 되었다.

엄마가 사실은 가죽을 좋아하지 않는다는 사실을!

그 전날까지만 해도 여우 털로 만든 망토를 잘만 두르고 다녔으면서, 루드베키아의 취향은 한순간에 바뀌었다. 첫째가 그러니 둘째랑 셋째도 쪼르르 따라 했다. 이제 이 집에서 가죽을 그나마 입는 가르트는 슈덴밖에 없다.

'그 사람을 가죽으로 돌돌 말아 볼까?'

그런 이야기를 꺼냈다간 슈덴이 어떤 반응을 보일까? 헛웃음을 지을까? 하지만 따뜻한 가죽으로 잘 말은 남편을 폭 껴안아 보는 것도 나쁘지 않은 경험이지 않을까? 발리아는 아직 귀가하지 않은 슈덴을 생각하며 자리에서 일어났다.

"4층으로 가자."

"네, 마님."

일단 사랑스러운 금발 아가들부터 보러 가야겠다.

비슷한 시각, 황궁에서는 기묘한 분위기가 흐르고 있었다.

"짐의 제안이 어떤가?"

황제의 질문에 대답하는 귀족은 없었다. 하긴, 이 정도는 예상한 범위였다.

"자네들도 생각이 필요하겠지. 서로 의견을 나눠 보게나. 시간을 줄터이니."

아카데미 건립. 에드가 7세가 귀족들에게 꺼낸 사안이었다. 오래전부터 전통처럼 내려오던 왕족 초청이 폐지가 된 게 벌써 몇 년 전인지 모른다. 급한 일이 아니었고, 또 아주 혁신적인 개편이 필요해 시간이 오래 걸렸다.

겔은 본래부터 야심이 많은 나라다. 괜히 대륙의 패권을 거머쥔 게 아니다. 그렇기에 겔은 왕족 초청을 포기할 생각이 전혀 없었다. 제국의 문화를 효과적으로 전파할 수 있는 방법이었으니까.

하지만 기존의 것은 폐단이 적지 않았다. 불러낼 수 있는 게 왕족에 국한된다는 사실, 그리고 오래 머무르게 할 수 없다는 게 큰 단점이었다.

이런 저런 점을 보완해 새롭게 만든 수단이 아카데미였다. 다만 타국의 왕족들에게 다짜고짜 겔에서 학문을 익히라 강요할 수는 없었다.

그래서 황제는 아예 제국 바깥에 아카데미 건물을 세울 예정이었다. 이 아카데미에는 겔의 귀족들과 황족들을 앞서 보낼 생각이었다. 아카데미의 명성을 쌓아 올리는 게 먼저였기 때문이다. 굳이 강제하지 않아도, 각국에서 유력한 인사들을 아카데미에 보내고 싶을 정도로.

그러기 위해선 웅장한 건물을 세워야 하고, 뛰어난 명사들도 쉼 없이 모집해야 했다. 제반 비용과 부대 비용을 무시할 수가 없었다. 이 비용을 부담시키기 위해, 황제는 아카데미 지분을 귀족들에게 '팔기로' 결정했다.

"각하. 지분을 구입하실 겁니까?"

"글쎄요. 별로 흥미가 생기지는 않는군요."

"그렇지요?"

조엔 후작도 슈덴의 말에 십분 동의했다. 비단 그 둘뿐만이 아니라, 거의 대부분의 귀족들이 아리송한 표정이었다. 지금까지 자녀들의 교육은 가정교사가 전담했는데, 무슨 아카데미?

더 생각할 시간을 주겠다는 에드가 7세의 말과 함께, 대회의는 끝이 났다. 물론 대회의가 끝이 난다고 해서 모든 일과가 마무리되진 않는다. 특히 군부에서 처리할 일이 적지 않아서, 슈덴은 늦은 저녁이 되어서야 마지막 서류를 확인할 수 있었다.

꽃꽃꽃   꽃꽃꽃   꽃꽃꽃

슈덴이 저택에 막 도착했을 때에는 이미 밤이었다.

"각하, 아가씨들과 도련님은 벌써 주무시러 가셨습니다."

덕분에 슈덴은 또 아가들 잠든 낯만 확인하고 왔다. 벌써 며칠째인지 모른다. 그나마 모레부터 군부 일정이 끝이 나서 망정이지. 결혼 직후, 신혼 휴가도 반납했던 슈덴 가르트는 이제 어디에도 존재하지 않는다. 죽었다.

"슈, 안 피곤하세요?"

그나마 아내 목소리라도 들을 수 있어서 다행이다.

"요즘 계속 늦으셨잖아요. 바로 주무실래요?"

"이야기 좀 하다 자도 됩니다."

"정말요?"

"제가 부인한테 언제 농담하는 거 보셨습니까."

"음……. 그건 그렇네요."

슈텐은 발리아를 보며 웃었다. 그녀의 입가에도 미소가 엷게 퍼졌다. 아늑한 침실. 발리아는 슈텐이 목욕을 하고 나올 때까지 기다렸다. 식사는 황궁에서 간단히 했다고 하고. 남는 건 둘이 이야기를 나누는 시간이다.

발리아는 침대 헤드에 등을 기댔다. 곁에 앉은 슈텐을 보면서 아까 있었던 이야기를 꺼냈다. 아이들이 하나같이 가죽은 싫다고 해서 플뢰르가 곤혹스러워 했다고. 슈텐이 발리아의 손을 만지작거렸다.

"아이들이 다 당신 취향을 닮는군요."

벌써 10년도 전의 일이다. 당시의 슈텐까지 당황시켰던 아내의 옷감 취향. 이젠 루드베키아와 이덴에게 가죽을 선물하려는 놈들이 고생하겠지만, 그것까진 그가 알 바 아니었다.

발리아가 미소를 지으며 말했다.

"그래서 당신이 여름에도 가죽을 입으셔야겠어요."

슈텐이 피식 웃었다.

"여름에 입어 드리면 됩니까?"

"네. 가죽이 많이 쌓여 있으니까 어쩔 수가 없네요."

"진심으로 하는 말씀이시고?"

"제가 언제 당신한테 농담하는 거 보셨어요?"

"흐음."

슈덴이 턱을 슬쩍 기울였다.

"본 적 없는 것 같군요."

"그렇죠?"

발리아는 어느새 빙긋빙긋 웃고 있었다. 슈덴은 그녀가 저렇게 웃을 때마다 가끔씩 궁금해졌다. 누군가를 사랑하면 그 사람을 닮아 간다는데, 제 표정에도 발리아가 조금씩 묻어나고 있을까. 알 수 없는 일이다.

"발리아."

"네?"

"오늘 황제 폐하가 이상한 제안을 하셨습니다."

에드가 7세가 말할 때는 획기적인 제안. 슈덴이 발리아에게 전해 줄 때는 이상한 제안.

그는 진심으로 이 아카데미 건립을 이상하다고 생각하고 있었다. 어떻게 아이들을 타국으로 보내 교육하라는 말인가? 그동안 못 보는 건 누가 감수를 하고?

"무슨 제안인데요?"

❦ ❦ ❦

"램튼."

"예, 폐하."

황제는 램튼이 따라 주는 찻물을 보면서 책상을 톡톡 두드렸다.

"지분 사겠다는 이가 참으로 적어."

"폐하께서 이미 예상하신 바 아니십니까."

"그렇기야 하지."

수익을 내준다고 약속하는 사업이 아니었다. 따지고 보면 기부에 가깝지 않은가. 겔의 귀족들은 매년 어느 정도의 금화를 기부금으로 내놓곤 했다. 정기적인 기부는 귀족들에게 있어서 일종의 교양이자 덕목이었다. 체면치레적인 면도 없잖아 있고.

"그런데 또 기부를 하라고 하니, 선뜻 낼 귀족이 어디 있겠는가?"

아예 안 팔린 건 아니었지만, 턱없이 모자랐다. 이대로는 안 된다. 황제는 좀 더 야성적인 방법으로 나서기로 했다. 원래부터 겔의 천자는 뜻하는 바를 이루기 위해 갖은 방안을 모색하지 않았던가?

"부유한 귀족들의 주머니부터 터는 게 이상적이겠지. 램튼?"

"예, 폐하. 가르트 공작을 위시해 일곱 명이 알현실에서 대기하고 있습니다."

"좋군, 좋아."

한 명씩 불러내면 체면이 안 살았다. 황제는 일대다로 압박을 넣을 생각으로, 돈 많은 수도 귀족들을 여럿 불러냈다. 찻잔을 비운 에드가 7세는 자리에서 일어났다.

"황제 폐하께 인사 올립니다."

"인사 올립니다."

"모두 일어나게."

"황공하옵니다."

알현실에는 일곱 명의 수도 귀족들이 기다리고 있었다. 황제는 그들에게 자리를 권했다. 사용인들이 따라 내는 차에서 김이 모락모락 피어오른다.

"짐이 자네들을 부른 이유는 짐작하고 있겠지."

"폐하. 혹, 아카데미 때문이십니까?"

"그렇다."

황제가 손짓하자 뒤에 서 있던 램튼이 시종들에게 눈짓을 했다. 그들은 앉아 있는 귀족들에게 문서를 돌렸다. 아카데미와 관련된 내용이었다.

"잘 읽어 보고 신중한 선택을 하길 바라네."

귀족들은 슬며시 눈치를 보았다. 여기 불려 온 귀족들은 겔에서도 손꼽히는 부자들이었다. 당연히 큰 상단을 보유하고 있거나, 큰 규모의 중계무역 등을 업으로 삼고 있었다.

지분을 팔겠다는 황제의 의지가 불타오르고 있으니 상인의 감으로 모를 수가 없었다.

"폐하. 그렇다면 뒤랑에서 지분을 사겠습니다."

"뒤랑 백이 얼마나 제시할지 짐이 심히 궁금하구나. 1할은 당연히 가져갈 배짱이겠지?"

"……폐하. 신에게 시간을 좀 더 주시옵소서."

"좋네. 짐은 아주 한가하니 거리낄 것도 없지."

이건 아주 긴 싸움이 될 예정이었다. 황제는 오늘은 물론 내일 일정까지 모조리 비워 두었다. 안 되면 탈진하게 만들어서라도 지분을 팔 생각이었다. 조엔 후작의 묘안에서 힌트를 얻은 멋진 방법이었다.

"그대들에게 일과가 있다면 먼저 퇴궁해도 좋다. 짐은 계속 여기 있겠지만."

"……."

"아주 종일 있을 예정이지. 흠흠."

“…….”

황제가 저러는데 어떤 간 큰 귀족이 홀라당 나갈 수 있을까? 결국 모두의 눈이 다시금 문서에 고정된다. 오늘 에드가 7세의 목표는 최소 2할. 금액이 하도 커서, 일곱 명으로 그 정도면 아주 선방이었다.

나머지는 작위 순으로 불러서 쪼아 댈 예정이었다. 이 이상 팔 수 있을 거란 기대는 하지도 않았다.

차가 조금 식었을 즈음이었다.

“어때. 구미가 좀 당기나? 오, 아니지. 짐이 성급했어. 한 명씩 물어보도록 하겠네.”

“…….”

눈치와 압박을 함께 주는 솜씨가 예사롭지 않다. 황제는 뻔뻔하게 슈덴에게 먼저 시선을 돌렸다.

“가르트 공? 사겠나?”

“사겠습니다. 폐하.”

이 정도야 예상 범주다. 황제가 이렇게까지 하는데 어떻게 안 사니 못 사니 하겠는가? 관건은 지금부터다. 가르트에서는 과연 얼마를 사 갈까?

“그 전에 폐하, 먼저 여쭈어 볼 게 있습니다.”

“말해 보게.”

“한 가문에서 얼마만큼의 지분을 보유할 수 있습니까?”

“통상적으로 계산했다네. 4할이지.”

황제는 농담조로 물었다.

“왜, 전부 사기라도 할 생각인가?”

“사겠습니다.”

"그래……, 그래?"

순간 귀를 의심한 건 황제뿐만이 아닐 터. 귀족들은 얼빠진 표정으로 슈덴을 바라보았다. 문서 맨 뒷장에 서명을 하는 슈덴의 손이 비현실적으로 보이는 건 착각일까? 황제는 당혹감을 겨우 감추고, 슈덴이 올린 문서를 보았다.

서명도 진짜. 4할도 진짜.

"폐하."

말하는 가르트 공작도 진짜.

"가르트에선 최대 지분을 보유했으니, 신은 퇴궁해도 되겠습니까?"

"……그래, 그래. 가르트 공. 가도 좋다."

"신 물러가겠습니다."

미련 없이 알현실을 나서는 뒷모습. 황제마저 말문을 잃고 멀어지는 슈덴을 바라보았다.

이 아카데미가 실은 금광 사업인 걸까. 왜 저만큼이나 사 버리는 걸까. 황제가 다시 입을 열 때까지, 그 어떤 귀족도 차마 말소리를 내지 못했다.

۞ ۞ ۞

문이 열렸다. 1층 홀에서 이제나저제나 기다리던 이덴이 반색하며 뛰어갔다.

"아빠!"

슈와 발리아의 막내딸은 금발에 붉은색 눈동자를 가졌지만, 생김새가 가장 발리아와 닮았다. 슈덴이 부드럽게 웃었다. 오랜만에 보는 딸아이는 아빠가 많이 반가운지 다리를 꼭 부둥켜안았다.

"각하, 마님께서는 큰아가씨와 도련님과 함께 연무장에 가셨습니다."

어느새 다가온 폴이 덧붙였다.

"두 시간 후에 귀택하실 예정입니다."

"두 시간 후라."

슈텐은 허리를 숙여 이덴을 안아 들었다.

"엄마 돌아오실 때까지 기다리자. 이덴."

"좋아요!"

이덴이 헤헤 웃었다. 꼬꼬마가 혼자 연무장에 가지 않은 이유는 알고 있었다. 이덴은 검에 전혀 관심이 없었다. 올해 아홉 살이 된 이 사랑스러운 막내딸은 꼬꼬마들의 사교계를 더 좋아했다. 슈텐도 발리아도 사교계에 크게 관심이 없는데 굉장히 특이했다.

"아빠. 엄마가 그러셨는데요."

이덴은 슈텐과 함께 정원을 걸으며 재잘거렸다.

"저랑 언니랑 리오랑 다 같이 외국에서 공부해야 할지도 모른대요."

그래. 슈텐이 아카데미 지분을 최대치까지 구입한 이유. 발리아가 아카데미에 크게 흥미를 보였기 때문이다.

루드베키아의 이름도 어떻게 짓게 되었더라? 슈텐은 자신이 발리아를 이기지 못한다는 걸 잘 알고 있었다. 아이들이 아카데미로 가게 될 게 거의 확실시되어 보이니까, 아예 최대 주주로 있는 게 좋겠다 싶었다.

"아빠."

이덴이 쪼끄마한 손을 흔들며 물었다.

"아카데미라는 곳에 레오도 와요?"

다섯 살 생일 때 레오를 만난 이후, 쌍둥이들은 그를 아주 친근하게 부르곤 했다. 호칭만 들으면 거의 뭐 동갑내기 친구였다. 하긴, 이름 허락해 준 건 그놈이니까 어쩌겠는가. 본인 행동은 본인이 감수해야지.

어쨌든 아카데미가 번성한다면 레오도 볼 수 있을 터였다. 아들이 있으니까. 레오와 결혼한 왕녀는 동부 국왕이 아끼는 동복동생이다. 아카데미가 명성을 떨치면 분명 아들을 아카데미로 보낼 터였다.

"전 레오가 아주아주 보고 싶어요. 아빠도 그렇죠?"

이덴의 붉은 눈동자는 슈덴을 닮았다. 슈덴의 눈은 형제인 레오를 닮았고, 레오는 에덴을 닮았지.

그래서 이덴의 눈은 에덴을 닮은 걸까.

슈덴은 딸과 시선을 맞췄다. 한 줌, 흩뿌려지는 미소가 따뜻하다. 슈덴이 다정하게 대답했다.

"물론이지, 이덴."

❋⟶ ❋⟶ ❋⟶

해가 한 번 바뀌었다. 늦은 저녁이었다.

"리오. 힘들지 않니?"

발리아가 묻자 리오가 고개를 도리도리 저었다. 꼬마 도련님들이 입는 은빛 슈트를 예쁘게 차려입은 리오는 무척 귀여웠다. 이곳은 조엔 후작가의 저택. 디아나가 큰 규모로 연 저녁 티 파티에 발리아가 빠질 수는 없었다.

"오늘 오전만 해도 연무장에 다녀왔잖니. 저녁이라 졸릴 텐데."

"전혀 졸리지 않습니다. 어머니."

이덴과 동갑인데 말투는 루드베키아보다 더 애늙은이였다. 발리아가 빙그레 웃었다. 리오의 눈에는 졸음기가 드문드문 묻어나고 있는데.

"누나처럼 집에서 자지 그랬어."

"하지만 이덴이······."

"이덴이 걱정 돼?"

"네, 어머니. 많이 걱정됩니다."

"괜찮을 텐데. 이덴이 친구가 얼마나 많은지 알잖니."

친화력이 하늘을 찌르는 이덴은 친구도 아주 많았다. 아직 어려서 추종자가 있는 건 아니었지만, 어쨌든 그 나이대 영애 중 최고봉일 터였다. 나이가 들면 사교계에서 어지간한 영향력을 행사하지 않을까 싶을 정도였다.

"엄마랑 휴게실에서 조금만 잘까?"

굉장한 유혹이었다. 리오의 눈이 세차게 흔들렸다. 아침 일찍부터 누나를 따라 연무장에 쫄래쫄래 쫓아간 소년은 잠이 절실했다.

"엄마도 발이 아파서 좀 쉬고 싶어. 같이 휴게실 갈까?"

"발이 아프시다고요?"

리오의 눈이 동그래졌다. 귀여운 얼굴과는 달리 흘러나오는 목소리는 아주 진지했다.

"귀부인을 에스코트해 드리는 게 신사의 도리라고 배웠습니다."

그리고 정중하게 내미는 쪼끄마한 손.

"가시죠, 어머니."

발리아는 터지려는 웃음을 참고 리오의 손을 잡았다. 열 살 꼬마는 아직 키가 작아 보폭도 발리아에 비해 좁았다. 종종종 걸어가는 모습이

참새 같다.

'이덴은 괜찮을까?

발리아와 함께 휴게실로 가면서도 리오는 몇 번이고 그런 생각을 했다. 누나가 있는 것도 아니고, 그렇다고 아빠가 같이 있는 것도 아닌데.

리오가 이토록 걱정하는 이유는 이덴의 '진짜 성격' 때문이었다. 엄마랑 아빠는 잘 모르시는 게 틀림없는 그 성격.

그리고 리오의 걱정은 현실적이었다.

"가르트 공작 영애께서는 오늘도 무척 어여쁘시군요."

이덴은 뒤를 돌아보았다. 익숙한 얼굴이었다. 어디 백작가 도련님이라는데, 루드베키아한테 몇 번 달라붙다가 울고 떠났던 기억이 났다. 장차 사교계의 왕이 되겠다는 원대한 꿈을 품고 있는 이덴은 예의 바르게 웃어 주었다.

"고맙습니다."

아직 데뷔도 안 한 꼬꼬마들이다. 사교계에 동경을 느껴서 따라는 해도, 암투라든지 기세 싸움 같은 건 하지도 못했다. 그냥 엄마를 따라온 것뿐이니까.

그저 신선하고 달콤한 주스, 탱글탱글한 크림 푸딩과 부드럽고 폭신한 케이크. 초콜릿이며 호두, 아몬드, 말린 과일을 듬뿍 넣어 구워 낸 쿠키. 바삭한 타르트와 노릇노릇한 파이 등에 감동할 뿐이었다. 자기들끼리 노는 데 푹 빠지는 건 덤이었다.

이 화기애애한 분위기에 힘입어 이덴과 백작가 도련님도 꽤 신나게 몇 마디를 나누었다.

"이덴 영애께서는 정말이지 친절하시군요."

이 어린 도련님은 진심으로 감동했다. 루드베키아와 이덴은 달라도 너무 달랐다.

"공녀님도 영애처럼 부드러우셨으면 얼마나 좋을까요? 공녀님은 정말이지 너무 차갑고 딱딱하신 게 흠이잖아요. 영애처럼 잘 웃으시는 것도 아니라 얼굴이 아까울 정……."

"뭐라고 이 자식아?"

"예……, 예?"

순간 뒤바뀐 이덴의 말투에 영식이 당황했다.

"네가 감히 내 언니를 모욕해?"

"아, 아니 영애! 그, 그게 아니라……."

이덴의 눈이 이글이글 타올랐다. 소녀는 부채를 탁 쳐서 접었다. 그리고 자그마한 손에 끼고 있던 흰 장갑을 이로 물어 당겨 쫙 빼 버렸다.

팩! 작은 리본이 앙증맞게 달린 장갑이 도련님 얼굴에 처박힌다. 순식간에 주변이 웅성웅성해졌다. 장갑으로 뺨을 맞은 영식은 도무지 정신을 차릴 수가 없었다.

"따라 나와. 결투를 신청한다."

"네? 영애? 영애!"

그날, 발리아는 두 동강이 난 목검과 실려 간 영식을 보고 나서야 리오가 걱정한 게 무엇인지를 알게 되었다.

그 와중에 이덴은 맞은 곳도 없어 보였다. 백작가 영식이 봐준 건가 했는데 집사 말을 들어 보니까 그건 또 아니란다.

"이덴."

"네에, 엄마."

발리아 앞에서는 다시 순한 양이었다. 너무 심하게 후려 패서 혼날까 봐 겁먹은 것도 있었다.

"어디서 이런 걸 배웠니?"

"칼 할아버지한테 배웠어요."

"……할아버지?"

지금은 저택에 없는 칼의 짓이었다. 발리아는 리오를 돌아보며 물었다.

"리오. 혹시 너도 할아버지한테 이런 걸 배웠니?"

"아뇨, 어머니."

리오가 유순하게 대답했다.

"저는 멱살 잘 잡는 법을 배웠습니다."

"……"

이 대단한 용병은 알까. 본인이 지고한 공작가에 지대한 영향을 끼쳤다는 사실을. 발리아는 작년 봄부터 저택에 없는 칼을 떠올리며 다시 물었다.

"다른 건 뭐 배웠어?"

"음음, 무례한 놈, 아니 사람이 있으면 말부터 까라고, 아니 놓으라고 하셨고……."

언젠가 발리아가 배운 것과 크게 다를 게 없다. 마지막으로 대륙 여행을 다녀오겠다며 떠난 칼은 석 달 후에나 돌아온다. 이번 여행이 진짜 끝이라고, 다녀오면 이젠 저택에서 편히 노후를 보내겠다고 발리아와 약속도 했는데.

이어지는 리오와 이덴의 말을 듣던 발리아는 결국 웃어 버렸다. 어쩐지, 칼이 많이 보고 싶어졌다.

달이 멋지게 뜬 밤이었다. 샤론은 루드베키아의 어깨에 머리를 기 댔다.

"이렇게 둘만 나오는 것도 좋다."

"그러게."

멀리서 희미한 선율이 들려왔다. 대연회홀에서는 데뷔탕트 무대가 한참 치러지고 있을 터다. 열다섯을 맞은 레이디와 귀공자들이 정식 으로 사교계에 데뷔하는 날.

루드베키아도 오늘을 위해 얼마나 열심히 준비했는지 모른다.

그렇다. 오늘은 루드베키아의 데뷔탕트 날이었다.

"루아, 그거 알아?"

"뭘?"

"오늘 네가 제일 예뻤어."

루드베키아가 픽 웃었다. 샤론이 억울한 목소리로 외쳤다.

"나 진심으로 하는 말이야!"

"알아. 항상 그렇게 말하잖아."

한때 발리아가 고개를 갸웃할 정도로 인형 같았던 소녀. 루드베키 아는 나이를 먹을수록 시선을 떼지 못할 정도로 아름답게 성장하고 있었다. 포악한 악력과 거친 검술, 싸늘한 태도와는 달리 외양만은 눈 이 부셨다. 누가 봐도 가르트 공작의 딸이었다.

두 소녀는 한동안 말이 없었다.

예술적으로 가꾸어진 황궁의 정원. 앉기 편하게 재단해 놓은 조각 위에서 루드베키아와 샤론은 밤하늘만 바라보았다. 바람이 불어올 때마다 드레스 끝에 달린 얇은 레이스 자락이 조금씩 흔들렸다.

편안한 침묵. 청명한 공기에서는 흐드러지게 핀 여름 장미 향기가 묻어나는 것 같았다.

"루아."

정적을 깨고 들려오는 이름. 루드베키아가 대답했다.

"응."

"루이스 변경백 알지?"

"알지. 황실 친위대 부단장이잖아."

루드베키아가 눈을 깜빡거렸다. 긴 속눈썹이 부채처럼 살랑거린다.

"그리고 네 호위이기도 하고."

"맞아. 내 호위지."

루이스 변경백은 아달베르크의 반역 이후 새로 수도로 올라온 거의 마지막 귀족이었다. 변경백이 수도에 진출하는 경우는 흔치 않아서, 황제가 파격적으로 친위대 부단장 자리를 제안하기도 했다.

"그 남자는 왜?"

"변경백이 요즘 재미있는 이야기를 해."

"무슨 이야기인데?"

"나랑 자기 조카랑 잘 어울릴 것 같다고 그래. 결혼하라 이거지."

"결혼?"

루드베키아가 이마를 찡그렸다. 루이스 변경백은 꽤 과묵하며, 굉장히 충성스러운 성격이었다. 그렇게 속 보이게 구는 행동은 전혀 안 어울리는데.

"갑자기 왜?"

"글쎄……? 루이스 변경백은 사정이 좀 복잡해서 그런가?"

루이스 변경백은 어린 시절 부모를 여의였다. 아직 미성년이었던 변경백을 돌봐 주고 가문을 이끌어 준 것은 그의 작은아버지인 빅샷 자작이었다.

"지금은 백작이지. 아카데미 건축 건을 완벽하게 끝냈는데, 보상 대신 폐하께 작위를 달라고 청했나 봐."

"아."

루드베키아가 알겠다는 듯 정리했다.

"그러니까, 두 가문의 지지를 얻고 싶으면 빅샷 백작의 아들과 결혼하라 이거구나."

"응. 결혼을 해야 안전하다고 생각하는 거겠지. 나한텐 힘 있는 내척의 뒷받침이 반드시 필요할 거라고 여기나 봐."

"샤론."

루드베키아가 허리를 조금 폈다. 내내 루드베키아의 어깨에 고개를 기대고 있던 샤론이 자세를 바로 했다. 두 소녀의 시선이 마주쳤다.

"너한테 강력한 내척이 필요해?"

현 황제 에드가 7세는 치세 내내 외척의 간섭을 경계했다. 샤론이 황제가 된다면 그 반대로, 내척이 힘을 키우지 않게끔 경계해야겠지.

"내가 가르트의 후계자인 이상, 가르트는 언제나 네 편이 될 거야."

"언제나?"

"그래. 난 네 기사니까. 영원히 그럴 거라고 약속할게."

루드베키아는 샤론의 손을 잡았다. 이 공녀님이 먼저 손을 잡아 주는 타인은 정말이지 드물었다.

"그러니까, 샤론. 걱정하지 마."

루드베키아의 말은 한 마디 한 마디가 모두 진심이었다. 갓 데뷔탕트를 치렀다고는 하나 소녀는 제국의 유일한 공작가의 후계자. 그 약속의 무게가 결코 가벼울 리 없었다.

"루아."

그래서 샤론은 천천히 입을 열었다.

"언젠가 너를 내 검으로 부르게 되는 날에."

제국의 모든 기사는 기본적으로 황제의 검이다. 이 말은 일종의 은유였다. 샤론이 황위에 등극하게 되는 그 날을 뜻하는 은유.

"그때 가장 먼저 너를 부를게. 항상 제일 앞서 루드베키아 가르트를 부를 거야. 네가 죽든 내가 죽든 누구 하나가 죽을 때까지 그러겠다고 맹세할게."

루드베키아가 한 쪽 눈썹을 살짝 올렸다.

"샤론, 너무 거창해. 난 약속만 한 거지, 맹세까지는 안 했어."

"당연하지. 아직 후계자지 가주는 아니잖아."

"음…… 아. 아니면."

곰곰이 생각하던 루드베키아가 턱을 갸웃했다.

"혈서라도 써 줄까?"

"아니! 필요 없어!"

샤론이 식겁했다. 종이에만 베여도 얼마나 아픈데 혈서라니? 루드베키아는 너무 거침이 없는 게 유일한 단점이었다. 모르는 어른이 보았다면 "대체 얼마나 험난한 인생을 살아왔기에 어린 것이 이토록!" 하고 안쓰러워할 지경인데.

실상 엄마 아빠 사랑 잘 받으면서 평탄하게 잘 자란 공녀님이면서. 근데 성격은 당최 왜 이런 건지. 황세손은 심한 의문에 빠져야만 했다.

“가르트 공작 각하. 그간 잘 지내셨습니까?”

조엔 후작과 이야기를 나누고 있던 슈덴이 뒤를 돌아보았다. 붉은 눈동자가 익숙한 얼굴을 눈에 담았다.

“오랜만이군. 루이스 후작.”

“오늘 변경백에서 후작으로 봉해졌다고요. 축하합니다.”

“감사합니다. 조엔 후작님.”

“……같은 작위끼리 무슨 존칭입니까? 그냥 후작이라고 부르십시오.”

“입에 잘 안 붙습니다.”

루이스 후작. 어제까지만 해도 변경백이었던 이 남자는 후계자 시절부터 슈덴과 인연이 꽤나 깊었다. 여러 전투에서 같은 부대에 배치됐으며, 또 마지막으로 치렀던 동부 전쟁에서는 슈덴의 직속 부사령관으로 임명된 적도 있었다.

“각하. 이번 아카데미 완공식에 공녀님과 함께 가신다고요.”

슈덴이 고개를 끄덕였다. 조엔 후작이 참, 하면서 말했다.

“루이스 후작도 행렬에 참여한다고 들었습니다.”

“예, 공작 각하가 간다고 하시기에 저도 따랐습니다.”

“후작, 너무 대놓고 말하는 거 아닙니까?”

조엔 후작은 헛웃음을 지었다. 가르트 영지 가신도 아니면서. 귀족들에게는 당연히 자부심이 있었다. 아무리 아부를 하고 싶어도 이렇게 대놓고 말하는 경우는 없었다. 어디 밀실이 아니고서야!

“저는 각하를 따르는 게 좋습니다.”

"후작이 아직도 내 부사령관인 줄 아는가?"

"한 번 군인은 영원히 군인이질 않습니까?"

충성심 넘치는 말. 실로 뭇 군인들의 귀감이 될 법한 말이었다. 대대로 문관 가문이라 군인들에게 은근한 환상이 있는 조엔 후작은 조금 감동했다.

"하지만 각하의 말씀은 잘 알아들었습니다."

"알아들었으면 됐군."

슈덴이 턱짓으로 뒤를 가리켰다.

"가 보지."

루이스 후작이 슈덴에게 말을 걸면서 이제나저제나 기다리는 귀족들이 한 무더기였다. 조엔 후작은 속으로 '호오?' 하고 관심을 가졌다. 무뚝뚝한 군인이라 사교성은 없을 것 같았는데, 실제로는 또 다른 모양이었다.

'독특한 성격이기는 해.'

조엔 후작이 평가하는 사이 루이스 후작이 고개를 숙였다.

"다음에 다시 인사드리겠습니다."

슈덴이 가볍게 루이스 후작의 팔을 두드렸다. 무뎠던 루이스 후작의 얼굴에 약한 미소가 그려졌다가 사라졌다.

❉❉❉ ❉❉❉ ❉❉❉

"블라흐 님. 괜찮으세요?"

"괜찮아요."

"피곤해 보이는데요."

"밤을 새웠거든요."

에르만이 헛웃음을 지었다. 소년의 은발은 뒷목을 살짝 덮을 정도로 짧았다. 길게 흔들리던 머리를 열다섯이 되는 날 싹둑 잘랐으니까. 처음에는 드러난 목이 어색했는데, 이젠 다 적응이 된 상태였다.

"블라흐 님은 아카데미에서 머리를 자르실 수도 있겠네요."

그들은 한 대의 마차를 함께 타고 가고 있는 중이었다. 블라흐와 에르만이 탄 마차 앞뒤로 행렬이 엄청나게 길었다.

겔 제국에 있어서는 역사적인 날이었다. 몇 년간 엄청난 공과 돈을 들인 아카데미가 드디어 완공된 날이었기 때문이다.

"음. 그건 그런데요."

블라흐는 고개를 갸웃했다.

"아카데미에는 어머니가 오시기 힘들 텐데 누구한테 잘라 달라고 하죠?"

소년의 길었던 머리를 잘라 주는 행동에는 상징적인 의미가 강했다. 보통은 모친이 잘라 주는데, 황태자 부부는 아카데미 출입이 어려웠다.

그럼 생각나는 사람은 한 명이지.

블라흐는 바로 마차 창문을 열었다. 가르트의 문양이 새겨진 마차가 바로 눈에 들어왔다. 날씨가 좋아서인지, 이 마차 역시 창문을 열어 놓고 있었다.

당연히 그 안에는 루드베키아가 타고 있을 텐데. 블라흐는 시선을 움직였다.

아니, 움직이려고 했다.

두 뺨이 턱 잡히지 않았더라면.

"……."

에르만이 두 손으로 블라흐의 양 뺨을 터뜨릴 듯 잡고 있었다. 딱 봐도 루드베키아에게 눈길을 주지 못하게 하려는 속셈이었다. 블라흐는 눈동자만 굴리며 물었다.

"으르믄 즈금 므흐스는 그즈.(에르만 지금 뭐 하시는 거죠.)"

"블라흐 님."

에르만은 블라흐의 얼굴을 잡고 진지하게 말했다.

"루아한테 잘라 달라고 말씀할 생각이시라면 접어 두시길 간청 드립니다."

서로가 한 명을 짝사랑하는데 얼마나 오래 모를 수 있겠는가? 각자가 좋아하는 소녀의 정체를 안 그날, 황세손과 조엔 소후작은 깊은 충격에 빠졌다.

"……."

블라흐가 뺨이 잡힌 채로 뭐라고 웅얼거렸다. 에르만이 환하게 웃었다.

"네. 황세손님. 부족하지만 제가 직접 잘라 드리겠습니다."

에르만의 푸른색 눈이 어찌나 상냥하던지. 말로 표현할 수가 없었다. 둘이 한참 투닥거리는 사이 마차는 아카데미가 세워진 왕국으로 진입했다.

❀❀❀ ❀❀❀ ❀❀❀

"오시느라 정말 고생 많으셨습니다. 황태자 전하, 가르트 공작 각하."

사실 그렇게 고생하지는 않았다. 이 아카데미 사업에 들어온 논이

얼마였던가? 겔 제국과 이어지는 직통 로드 워프도 몇 년 전에 설치
된 상태였다.

아카데미 건립은 당초 황제의 예상보다도 훨씬 순조롭게, 그리고
풍요롭게 진행되었다. 따지고 보면 전부 슈텐 가르트 때문이었다.

가르트에서 4할의 지분을 덜컥 사 버렸다. 거상들 입장에선 눈이
돌아갈 수밖에 없었다. 가르트가 재계에 미치는 영향이 오죽 컸던가?

이건 단순히 기부가 아니다. 장기적인 사업, 그것도 아주 금광 사업
이 될 게 틀림없다. 이렇게 예측하는 귀족들이 수두룩했다.

자연히 여기저기서 큰돈이 몰려들었다. 완공 시일은 어마어마하게
단축되었고, 로드 워프는 수십 개가 설치되었다. 제국에 돈 좀 있다는
귀족들이 이만큼 돈을 쏟아부었다. 적잖은 왕국에서도 큰 흥미를 보
였다.

덕분에 오늘 있을 아카데미 완공식에도 수많은 타국의 귀족과 왕족
들이 왔다. 완공식 행사는 고작 반나절 정도인데. 슈텐은 최대 주주
자격으로 참석했고, 구스토는 겔의 황족을 대표해서 참석했다.

"가르트 공녀님. 이쪽으로 모시겠습니다."

어느새 저녁. 자리에 앉아 심드렁하게 박수만 치던 루드베키아는
몸을 일으켰다. 예식 진행 순서에 대해선 벌써 알고 있었다.

"황세손님하고 조엔 소후작은?"

"먼저 가서 기다리고 계십니다."

아카데미 본관 건물 뒤편에는 거대한 공터가 있었다. 공터에는 소
규모의 기도실들이 총 세 개 만들어져 있었다. 순전히 나무로만 쌓아
올린 기도실. 이곳에서 제문을 읽은 후, 신전에서 받아 온 불씨를 건
물에 붙였다.

목조 기도실이 활활 타오르면 비로소 완공식이 끝났다.

이것 때문에 루드베키아가 온 것이다.

제국에는 수많은 귀족이 있었지만, 고위 귀족 자녀들 중 나이 맞는 아이는 무척 적었다. 엄격히 따져 보면 루드베키아와 에르만이 전부였다. 황세손인 블라흐가 제문을 읽는데, 그냥 귀족을 옆에 둘 수는 없는 노릇이 아닌가.

"공녀님. 기도가 끝나시면 종을 울려 주세요."

"그래."

기도실에는 사용인이 따라 들어올 수 없었다. 루드베키아의 뒤에서부터 문이 닫혔다. 바깥에서 본 것보다 훨씬 넓었다. 구조도 단순하지 않았고. 가장 안쪽 제단에서는 블라흐와 에르만이 벌써 무릎을 꿇고 앉아 있었다.

"에르……."

루드베키아가 막 제단 앞에 발을 디뎠다. 일순 소녀가 이마를 찌푸렸다. 뭔가 이상하다는 생각이 들었다.

'카펫이…….'

카펫이 미묘하게 이상했다. 제단 앞에 깔린, 블라흐와 에르만이 무릎을 꿇고 있는 붉고 두꺼우며 푹신해 보이는 직물. 루드베키아의 걸음을 따라 이 융단 끝부분들이 기묘하게 들뜨고 있었다. 귓가를 파고드는 삐걱거리는 소리까지.

"이상해."

속으로 하던 생각이 중얼거림으로 튀어나오는 줄도 몰랐다. 루드베키아는 어느새 두 소년의 목덜미 쪽으로 손을 뻗고 있었다.

"공녀님?"

그야말로 본능에 가까운 행동이었다. 루드베키아가 두 소년의 옷깃을 낚아챈 찰나였다. 블라흐와 에르만이 뒤를 돌아본 바로 그 순간.

"헉!"

우지끈! 나무가 부서지는 소리가 들린 것과 동시에.

마치 거짓말처럼 셋이 딛고 있던 바닥이 부서졌다. 발을 뺄 여유도 몸을 피할 틈도 없었다. 고작 눈 깜빡할 사이에 그들의 몸은 완전히 추락하고 있었다. 붉은 카펫을 위시해 덜 자란 몸뚱이들이 끝도 없이 떨어져 내렸다.

'이대로 부딪히면 죽을 거야.'

급박한 찰나에도 사고할 수 있다니, 기사 훈련 덕분일까. 바닥이 없어진 그 순간, 붉은 눈동자는 놀라지도 않고 기민하게 굴러갔다. 루드베키아의 두 손에는 여전히 소년들의 목덜미가 잡혀 있었다. 고민할 틈도 없었다.

"잡아."

루드베키아가 입술을 깨문 채로 소리쳤다.

"카펫 잡아!"

아무도 기절하지 않았다는 게 불행 중 다행이었다. 뭐가 뭔지 물을 시간도 없었다. 블라흐와 에르만이 두꺼운 카펫을 그러잡은 그 순간, 루드베키아가 둘의 목덜미를 놓았다. 몸과 몸이 부딪히는 사고는 반드시 피해야 했다.

'부딪힌다.'

시간이 촉박했다. 충격을 카펫이 어느 정도 흡수해 줄 테니, 둘은 잘하면 목숨을 건질 터다.

그러니 남은 건 루드베키아. 공녀님은 팔을 뻗어 아슬아슬하게 카펫 끝을 잡았다. 그리고 막 몸을 돌린 그 직후, 루드베키아는 눈을 꼭 감았다.

나머지는 순전히 운이었다. 카펫이 얼마만큼 효과를 보일지 모르겠다. 이렇게까지 했는데 머리가 깨져 버린다면……. 곧 엄습할 강력한 고통을 예감하며 루드베키아가 손끝을 그러모은 순간이었다.

풍덩! 차가운 물살이 온몸을 때렸다.

'물?'

상황 판단은 빨랐다. 수면 위, 그것도 두꺼운 카펫에 감싸여 떨어진 덕에 기적적으로 충격이 적었다. 루드베키아는 곧바로 눈을 떴다. 그들은 물고기처럼 가라앉고 있었다. 맑지 못한 시야로 두 소년이 그림자처럼 보였다.

기절해 있으면 머리채를 잡고 올라가려고 했는데, 블라흐도 에르만도 제정신이었다.

"헉, 헉……."

간신히 헤엄을 쳐서 수면 밖으로 빠져나온 그들은 숨을 몰아쉬었다. 루드베키아는 소매로 젖은 얼굴을 닦아 내며 위를 올려다보았다. 빛이 희미하게 나는 구멍이 까마득하게 보였다. 그들이 방금까지 서 있었던 기도실이 틀림없었다.

"기어서 올라가는 건 무리겠네."

지하는 아주 넓고 광활했지만, 천장까지 올라갈 수 있을 만한 수단이 전혀 보이질 않았다. 주변을 둘러보던 에르만은 문득 이마를 찌푸렸다.

"큰일이네요."

"뭐가요?"

"보세요, 블라흐 님. 물이 차오르고 있어요. 웅덩이에서."

에르만의 말에 블라흐와 루드베키아의 시선이 움직였다. 소후작의 말이 맞았다. 어느새 차오른 걸까? 맑은 수면은 각진 선을 넘어오고 있었다.

꿀렁꿀렁 솟아나는 물의 양이 얼마나 많은지, 순식간에 루드베키아의 구두 밑이 젖었다. 공녀님은 물러날 생각도 하지 않고 눈썹부터 살짝 올렸다.

'어디인지 알겠어.'

슈텐은 아카데미 건의 최대 주주였다. 당연히 아카데미 도안도 가르트 저택으로 전해졌다.

저택 외로 반출만 금했기 때문에 루드베키아도 도안을 볼 수 있었다. 이렇게 커다란 건설물은 처음이라 신기해서 종일 본 게 도움이 될 줄이야.

원활한 식수 공급과 주변의 아름다운 호수 정경을 유지하기 위해, 아카데미에서는 큰돈을 들여 공사를 했다. 마법 처리가 되어 있는 이곳은 정해진 시간에 맞추어 멀리 있는 거대한 강에서부터 물을 끌어 올렸다.

한 시간만 있으면, 그들의 키를 훌쩍 뛰어넘은 곳까지 물이 차오를 터다. 그리고 그들이 제문을 모두 읽기까지 소요되는 시간은 두 시간. 다시 말해 그 전까지는 누구도 기도실에 들어오지 않는다는 소리였다.

그나마 지하는 복층으로 설계돼 있었다. 물이 차오르는 기준선보다 조금 더 높은 곳이 있었다. 아무래도 비상용으로 만들어 둔 것 같았다.

평범한 상황이었더라면, 저기에 올라가 살 수 있었겠지.

그래, 평범한 상황이었다면. 루드베키아는 그때까지 손에 끼고 있던 장갑을 벗었다.

"내가 발을 올린 순간 삐걱거리는 소리가 났어."

"······아카데미가 부실 공사를 한 거라면 차라리 다행이겠는데."

혼잣말처럼 중얼거린 에르만이 끝이 안 보이는 지하를 둘러보았다. 정말이지, 뭐가 나타나도 이상하지 않을 만큼 어둡고 광활했다.

"그건 너무 낙관적인 생각이겠지."

하필이면 셋이 모두 제단에 올라와 있을 때, 그것도 서 있던 그 부분들만 절묘하게 부서져 내린 이 상황이.

"루아."

누가 꾸미지 않고서야 이런 우연이 가능할까?

"넌 어떻게 생각해?"

"생각하고 말 것도 없어."

루드베키아는 물에 푹 젖은 장갑을 바닥에 던졌다. 말려서 다시 쓸 수 있을 줄 알았는데, 아주 무른 생각이었다.

"왼쪽으로 쭉 가자. 도안에선 분명 그쪽에 출입문이 있었어."

그렇게 작게 속삭이면서, 정작 루드베키아는 움직이지 않았다. 시선은 여전히 짙푸른 어둠 속에 고정한 채였다.

"루아?"

에르만이 의문을 담아 부른 직후였다. 루드베키아의 손이 블라흐 쪽으로 향하고 있었다. 정확히 이야기하자면 블라흐의 허리. 소후작과 황세손의 표정이 비슷하게 변했다.

"······저, 공녀님?"

특히 블라흐의 동공이 심하게 흔들렸다. 이 공녀님이 왜 갑자기 허리로 손을 뻗는가? 황세손을 잔뜩 긴장하게 한 그 접촉.

"블라흐."

"네?"

그러나 루드베키아의 손이 향한 곳은 다름 아닌 검집이었다. 블라흐의 허리에 차고 있던 얇고 날씬한 검.

"뒤로 가."

스릉. 검이 뽑히는 소리와 함께 블라흐의 어깨가 잡혔다. 그 순간이었다. 휙! 루드베키아가 블라흐의 몸을 뒤로 잡아당겼다. 정신을 차리기도 전에 굉음 같은 소리가 울렸다. 검과 검이 부딪히는 소리, 날붙이가 마주치는 그 날카로운 소리.

순식간이었다. 블라흐의 어깨를 가르려고 했던 남자가 한순간 갈피를 잃었다. 쩽 하고 울리는 악력에 부딪힌 찰나 손이 마비된 것 같았다.

루드베키아는 남자의 급소를 향해 검을 찔러 넣었다. 아주 약간의 망설임이 있었지만 그뿐이었다.

"크윽!"

숨넘어가는 비명. 남자의 자세가 무너지자마자 루드베키아가 발로 배를 걷어찼다. 남자의 몸에 박혔던 검이 그대로 튀어 나오면서 피가 엉망으로 튀었다. 동료가 눈 깜짝할 사이에 생을 달리하자 욕설이 터져 나왔다.

"젠장!"

루드베키아에게 덤벼드는 남자들의 눈이 시뻘겠다. 총 다섯 명. 먼저 정신을 차린 건 에르만이었다. 소후작은 죽은 남자의 몸에서 검을 빼서 들었다.

"블라흐 님."

에르만은 신중하게 말했다.

"전 루아만큼 검을 잘 다루진 못합니다. 감안하고 계세요."

"저는······."

"괜찮습니다. 검이 두 개밖에 없으니까요. 일단 살아남는 게 제일 먼저예요. 아까 루아가 말한 곳으로 움직이세요."

"······네."

에르만이 괜히 루드베키아의 친한 친구 자리를 꿰찬 게 아니다. 어설프게 돕다가는 이도 저도 아닌 게 됐다. 오히려 루아의 발목을 잡았으면 잡았지. 그랬다간 짝사랑하는 공녀님이 아주 싸늘하게 노려볼지도 몰랐다.

[블라흐. 루아가 검 쓰는 거 봤니?]

[못 봤어요. 누님은 보셨어요?]

[응. 나야 어릴 때부터 쭉 봤지. 보면 정말로 눈을 떼기 힘들 거야.]

샤론이 했던 말이 생각났다. 조금도 틀리지 않았던 그 말.

루드베키아가 가져간 블라흐의 검은 의장용이었다. 검집은 화려했으며 날은 희었고 얇았다. 그런 검으로 근육을 갈라내고 힘줄을 끊어낸다. 상대에게 끔찍한 충격을 준 검을 거둬들이는 행동까지도 군더더기가 없었다. 상대는 여러 명인데 밀리는 기색조차 전무했다.

아마 루드베키아가 들고 있는 게 의장용 검이 아니었더라면, 진즉 저들은 다 죽었을 게 분명했다.

그 압도적인 차이. 남자들은 어느새 거의 쓰러진 상태였다.

'이놈들이 끝이면 정말 다행이겠지만······.'

그사이 에르만은 주의 깊게 주변을 살폈다. 불행 중 다행으로 다른 인기척이 들리진 않았지만, 여기는 무척 넓었다. 멀리 있어서 알아채지 못하는 수도 있었다. 에르만이 막 왼쪽으로 시선을 옮긴 직후였다.

"에르만!"

블라흐가 소리쳤다. 바로 지척으로 단검이 날아오고 있었다. 시퍼런 칼날 끝은 정확히 에르만을 향하고 있었다. 눈 깜빡할 새보다 단검이 박힐 시간이 빨랐다. 에르만이 입술을 질끈 깨물었다.

챙! 그러나 단검은 그대로 포물선을 그리며 날아갔다.

"너흰 정말 손이 많이 가는구나."

루드베키아가 어느새 바로 앞에 있었다. 소녀는 뺨에 묻은 피를 소매로 닦아 냈다. 붉은색 눈동자는 여전히 주변을 노려보고 있었다.

"내 동생들보다 더 심해."

눈앞에서 단검을 맞을 뻔해 가슴이 심하게 쿵쾅거렸다. 에르만은 아무 말도 할 수가 없었다. 겨우 고맙다는 말을 꺼냈다. 루드베키아는 무심하게 말했다.

"바로 가자. 여기서 나가야 해."

물은 어느새 발목까지 차올랐다. 퐁퐁 솟아오르는 물소리가 두렵게 느껴질 정도였다.

"검을 하나 가져가야겠어."

의장용 검은 벌써 너덜너덜했다. 이런 건 몽둥이로도 쓸 수 없었다. 루드베키아는 죽은 남자들 사이로 걸음을 옮겼다. 블라흐도 하나 가져갈 생각에 얼른 따라붙었다.

"공……."

블라흐의 두 눈이 커졌다. 죽은 듯 쓰러져 있던 남자가 은밀하게 단검을 들어 올리고 있었다. 아니, 이미 루드베키아를 향해 휘둘러지고 있었다. 조심하시라고 외쳐야 하는데 입이 떨어지지 않았다.

"블라흐 님!"

루드베키아의 시선이 멎었다. 눈앞에서 일그러지는 은회색 눈동자가 두려울 정도로 선명했다. 호흡 한 번 간신히 내쉴 법한 짧은 시간이 지나고, 블라흐가 휘청거렸다. 루드베키아는 곧장 검을 주워 들어 남자의 목을 꿰뚫어 버렸다.

"……너."

그 싸늘한 공녀님이 저런 표정을 짓는 건 처음 봐서. 블라흐는 어쩐지 웃고 싶은 기분이 들었다. 바람을 털어 버리듯 웃고 싶은 느낌. 독이라도 바른 건지 다리는 서서히 마비되고 있었다.

"전 괜찮아요."

죽기 전 유언이었다.

유언처럼 들렸다.

자신을 응시하는 둘의 표정이 딱 그랬으니까. 블라흐는 한숨처럼 웃었다. 황세손의 손이 독 때문에 조금씩 떨렸다. 블라흐는 다리에 손바닥을 갖다 댔다. 한순간 폭죽이 터지듯 흰빛이 터졌다.

잠시 침묵이 흘렀다. 루드베키아가 의구심 섞인 목소리로 물었다.

"너 신관이었어?"

에르만이 눈을 동그랗게 떴다.

"신관…… 이면 결혼 못 하시지 않아요?"

"신관 아니에요!"

블라흐가 버럭 성을 냈다.

"아니셨군요."

에르만의 얼굴에 아쉽다는 기색이 선명히 떠올랐다. 이 깜찍한 소후작은 루드베키아가 돌아보기 직전 표정을 말끔하게 갈무리했다. 심지어 바로 상냥한 미소를 띠는 게 보통 내숭이 아니었다. 상황만 아니었으면 에르만과 블라흐는 벌써 투닥투닥 다퉜으리라.

'······사실 다투는 것보단 자고 싶지만.'

블라흐의 신성력은 성녀인 예리처럼 완벽하지 않았다. 상처는 어찌어찌 치유해도 통증은 여전해 식은땀이 났다. 그래도 안 죽은 걸 다행으로 여겨야겠지.

'쓰러지기 전에 도착한 것도 다행이고.'

지하의 넓이에 반해 문은 작았다. 성인 남성 한 명이 허리를 구부려야 들어갈 수 있을 정도였다. 그리고 무척 단단한 철문이라 여간해선 열리지 않을 듯싶었다.

"여긴 거대한 저수지라서 그런가 봐."

에르만은 문 옆에 있는 손잡이를 잡아당겼다. 철문이 열리기 시작했다. 굼벵이처럼 아주 느린 속도이긴 하지만. 아카데미 전체에 대체 돈을 얼마나 발라 댄 건지 가늠하기도 어려웠다. 루드베키아는 나지막하게 한숨을 내쉬었다.

"루아, 왜 그래?"

"검 꺼내."

말이 끝나는 것과 동시에 검이 날아왔다. 챙! 루드베키아는 능숙하게 검을 쳐냈다. 문은 이제 겨우 두 뼘 정도가 열렸다. 끼익, 하는 육중한 소리. 루드베키아는 앞쪽에 시선을 고정한 채 에르만에게 속삭였다.

"네가 먼저 나가야 해."

"알겠어."

"나가면 블라흐부터 지켜. 넌 내가 지켜 줄 테니까."

"……응."

에르만도, 루드베키아도 알고 있었다. 블라흐의 상태가 좋지 못함을. 신성력을 써서 상처를 치유했지만 고통은 느끼는 모양이었다. 걷는 속도는 조금씩 느려졌으며 때로는 눈을 꾹 감았으니까.

애써 감추는 기색이 역력해, 둘 다 모르는 척을 해 주었다. 그저 걸음을 천천히 옮겨 보폭을 맞춰 주는 배려를 하며.

챙! 검이 한 번 더 부딪혔다. 남자들은 이들의 실력을 정확히 파악하고 있는 게 틀림없었다. 시퍼런 날붙이들이 모조리 루드베키아를 향하고 있었으니까.

"크악!"

검이 궤적을 그릴 때마다 피가 분수처럼 튀었다. 뼈 사이사이의 근육을 미묘하게 가르고 들어가 급소를 정확히 꿰뚫는 기술은 눈앞에서 보고도 믿기 어려울 정도였다. 파도가 굽이치는 것처럼 치렁치렁한 금발에 붉은 피가 후드득 튀었다.

'이상해.'

남자들은 에르만 쪽은 아예 쳐다보지도 않았다. 살기 어린 눈빛들은 의아할 정도로 자주 블라흐를 향했다. 이상하다. 루드베키아는 바로 남자를 발로 걷어찼다.

끼익. 쾅.

그사이 문은 완전히 열렸다. 에르만은 루드베키아의 말을 착실히 따라 문 밖으로 먼저 나갔다. 문이 열린 것을 본 남자들의 눈이 그대로 뒤집혔다.

"잡아! 절대 놓치면 안 된다!"

루드베키아를 상대하기 위한 한 명을 제외하곤 전부 문 쪽을 향해서 뛰어갔다. 루드베키아가 곧바로 남자의 배에 칼을 꽂았다. 몸을 돌려 뛰어가려 했지만 해치워야 하는 수가 적지 않았다.

"문부터 닫아라!"

남자들은 머리가 좋았다. 비명 같은 소리와 함께 한 명이 손잡이를 거칠게 잡아당겼다.

끼익! 작지만 육중한 철문은 열렸던 속도만큼 느리게 닫히기 시작했다. 에르만이 헉 하고 숨을 들이켰다. 소년은 곧장 안으로 돌아오려고 했으나 쉽지 않았다. 남자 한 명이 아예 검을 휘두르며 막았기 때문이다. 입구는 조그마해서 보폭도 자유롭지 못했다.

"블라흐 님!"

쾅! 황세손은 아슬아슬하게 검을 막아 냈다. 손목이 찡 하고 저려와 하마터면 비명을 지를 뻔했다. 블라흐는 새삼 루드베키아의 실력이 얼마나 뛰어난지 절절히 실감했다. 이들은 어중이떠중이들이 아니었다. 그런 놈들과 호각을 겨루고 기어이 목숨까지 끊어 버리는 루드베키아는 과연 대단했다.

일곱 명이었던 남자들이 고작 절반 남았다. 그 짧은 시간에. 그러나 이 숨 막히는 싸움에서 살아남았다는 사실은 개중에서도 가장 뛰어나다는 뜻.

다시 말해 그들은 주제 파악에 빨랐다. 루드베키아를 다치게는 할 수 있어도 죽이지는 못한다는 사실을 직감적으로 깨달은 것이다.

피가 엉망으로 튀고 시체들이 나뒹구는 이 지옥 같은 지하에서, 가르트의 공녀는 잘 빗어 내렸던 머리칼이 헝클어지고 단정했던 옷자락이 더럽혀졌을 뿐 크게 다친 구석도 없어 보였다.

그들은 냉정하게 상황을 판단했다. 이판사판이었다.

가장 왼쪽에 서 있던 남자가 등에 메고 있던 무거운 철퇴를 꺼내 잡았다. 루드베키아의 시선이 한층 신중해진 때였다.

"제장!"

남자가 시뻘게진 눈으로 달려든 곳은 전혀 예상치 못한 곳이었다. 블라흐도 루드베키아도 아니었다. 철퇴는 문손잡이를 완전히 박살내 버렸다.

미쳤군.

내내 무표정했던 루드베키아의 얼굴에 처음으로 금이 갔다. 그 와 중에도 철문은 착실히 닫히고 있었다.

"크억!"

에르만은 기어이 남자의 팔뚝을 찌르는 데 성공했다. 본인 역시 무 사하진 못했으나, 한 번의 일격이 꽤 큰 타격을 준 모양이다. 하지만 문 안으로 달려 들어오려던 에르만은 뜻을 이루지 못했다. 남자가 비 틀거리면서도 검을 휘둘렀기 때문이다.

손속 잔인한 칼날에 팔이 스쳤다. 피가 붉게 흘렀다. 그 분명한 상 처를 무시하고 에르만은 기어이 안으로 들어가려 했다. 보통 집념이 아니었다.

"미친 자식!"

남자가 욕설을 내뱉었다. 그가 발로 에르만의 가슴팍을 난폭하게 걷어차는 것과 거의 동시에.

"커헉!"

등에 검이 꽂혔다. 뒤를 돌아보기도 전에 남자가 피를 뿜어내며 허

물어졌다.

갈비뼈가 부러지는 듯한 고통에 몸을 웅크리면서도, 에르만의 시선은 닫히는 문을 향한 채였다.

한 뼘. 겨우 한 뼘 남았다. 좁디좁은 문틈 사이로 루드베키아의 환한 금발이 보인 것만 같았다.

끼익, 철커덩.

무겁고 투박한 철문이 완전히 닫혔다.

철문 너머로 남자들의 비명과 블라흐의 이름을 외치듯 부르는 루드베키아의 목소리가 엉망으로 섞여 들렸다. 에르만은 숨을 몰아쉬며 간신히 일어났다. 정말로 뼈가 부러진 건지 뭔지 입술을 하얗게 깨물어야 할 만큼 아팠다. 철문으로 달려간 에르만이 문을 사정없이 두드렸다.

"루아, 루아! 루아! 대답 좀 해! 루아!"

"……안 죽었어. 진정 좀 해."

철문 너머로 나지막한 목소리가 들렸다. 순간 온몸에 힘이 쭉 빠질 만큼 짙은 안도감이 들었다.

"루아, 괜찮아?"

"괜찮아."

"그놈들은?"

"다 죽었어. 산 녀석은 없는 것 같아."

"블라흐 님은?"

"에르만."

루드베키아가 물었다.

"밖에 손잡이 없지?"

"……없어."

"그럴 줄 알았어. 열쇠가 있어야 열 수 있겠지."

루드베키아는 얼굴에 튄 핏방울을 닦아 내며 한숨을 내쉬었다. 안쪽 손잡이는 완전히 꺾였다. 에르만이 철문에 얼굴을 바짝 붙인 채로 말했다.

"그래도 완전히 부서진 건 아니었잖아. 잡아당겨 보자, 루아. 아카데미에 들인 돈이 얼만지 네가 제일 잘 알잖아. 어떻게 하면 열릴 수도 있어. 응? 루아."

"그래, 잘 하면 열리겠지."

루드베키아가 한숨을 섞어 말했다.

"그러니까 난 이 손잡이를 부숴 버릴 거야."

에르만은 순간 귀를 의심했다. 환청이 들리는 건가 싶었다.

"잘 들어, 에르만. 넌 지금부터 곧장 여기서 나가."

"……너 지금 무슨 말 하는 거야?"

"아까 그놈들이 하는 말 들었지. 놓치면 안 된다고 한 거."

"……응. 들었어."

에르만은 조엔 가의 후계자다. 두뇌는 비상했고 머리는 누구보다 빠르게 굴러갔다. 남자들은 문이 열리자마자 미친개처럼 달려들었다. 다시 말해 이 지하가 최후의 보루라는 뜻. 루드베키아를 위시한 이들이 지하 밖으로 나간다면 곤란해진다는 말이기도 했다.

"밖으로 가는 길에 지키는 놈들은 없을 거야. 당장 여기 위에 있는 사람들만 몇 백 명인지 알잖아. 많은 살수를 뿌려 놓을 순 없어."

"그래. 그러니까 같이 나가면 되잖아?"

루드베키아가 싸늘하게 대답했다.

"모르는 척하지 마."

"……루아."

"이 안에는 분명 패거리들이 더 있어. 없을 수가 없어. 밖에선 문을 여닫는 장치가 없는데 이대로 문을 열고 나가면 분명히 아득바득 쫓아오겠지. 여기서 아카데미 건물까지 가는데 30분은 훌쩍 넘게 걸려."

"내 몸은 내가 지킬 수 있어."

"우습네. 그 팔로?"

"……."

"내가 못 본 줄 알았어?"

에르만이 입을 꾹 다물었다. 루드베키아와 대화하는 도중에도 팔에서는 피가 계속 흘렀다. 뼈도 부러진 게 분명해 벌써 욱신욱신 부어오르고 있었다.

"나더러 짐을 둘이나 짊어지라는 건 아니겠지."

말투는 차가웠지만 결국 루드베키아는 현실을 이야기하고 있었다.

"그리고 에르만. 낮은 확률이겠지만, 나가다가 다른 패거리들은 만날 수도 있어."

"……응."

"그땐 너도 빅샷 백작과 한패라고 말해."

"빅샷 백작?"

"그래."

루드베키아가 시선을 옆으로 옮겼다. 의식을 잃은 블라흐가 벽에 기대 앉아 있었다. 눈을 감고 죽은 듯이. 문득 샤론이 생각났다. 데뷔탕트 밤, 그 애가 말해 준 이야기도.

"샤론이 전에 그랬어."

이어지는 설명은 정말이지 간결하고 짧았다. 그러나 에르만은 루드베키아의 말을 한 번도 끊지 않았으며 한 번도 되묻지 않았다. 충분히 알아들었으니까.

"그런 거라면 내가 안에 있어도 되잖아. 네가 가. 블라흐 님도 내가 지키고 있을게."

"에르만. 너보단 내 검술이 낫고."

아니, 비교도 안 된다.

"블라흐는 지금 상태가 그리……, 좋지 않아."

어쩌면 업고 뛰어야 할지도 모르는데.

"그러니까 빨리 가."

루드베키아의 말은 많은 게 생략되었지만 에르만은 함의를 전부 알아들을 수 있었다.

"루아."

다만 떨리는 목소리만은 어쩔 수가 없었다.

"만약에, 정말 만약에. 내가 시간 안에 못 돌아오면?"

물이 차오르거나, 혹은 다른 검에 맞거나. 어떤 불운한 수로 인해 네가 잘못되면 어떡하느냐고. 에르만은 진심으로 불안해하고 있었다.

"내가 선택한 거잖아. 후회 안 하니까 걱정 마."

"……그럼 나는?"

루드베키아는 순간 말문을 잃었다.

"내가 널 구하지 못하고, 황세손님을 구하지 못하면. 혼자 살아남은 나는?"

에르만은 어느새 눈물을 뚝뚝 흘리고 있었다.

"이렇게 오랫동안 좋아한 널 두고, 나 혼자 가라고?"

"⋯⋯."

말도 안 된다. 루드베키아는 지독히 이타적인 한편 끔찍하게도 이기적이었다.

"나만 살아남으면, 그래. 내 삶에 무슨 의미가 남는데?"

울음이 섞여 목소리가 엉망이었다. 이렇게 엉망이니까 고백도 이따 위로 하지. 주변에선 똑똑하다고 치켜세워 주지만 실제론 멍청하고 한심하기만 한 놈이라고.

에르만이 입술을 꾹 깨물었다. 아주 오랫동안 꾹꾹 담아 온 진심이 흘러나왔다.

"어릴 때부터 쭉 널 좋아했어. 한 번도 아닌 적이 없었고."

"⋯⋯."

"대답해 주지 않을 걸 알지만, 내 진심이 그래."

"⋯⋯에르만."

얼마나 오랫동안 짝사랑했는데. 네가 희한하게 가죽을 싫어한다는 사실도 알고, 그게 공작 부인 영향을 받아 그런 거라는 사실도 아는데. 고백해 오는 도련님들을 몇이나 울렸는지도 어떤 날씨를 사랑하는지도 다 알고 있어서.

"그러니까, 루아."

그렇게 오래 마음에 담아 와서.

"오늘부터 난 네 친구로 살게."

엄숙한 맹세도 잠시였다.

"⋯⋯라고 말해야 하는데."

에르만은 결국 울면서 웃었다.

"역시 안 되겠다."

마음을 억지로 접을 수 있었다면, 이렇게 오래 한 사람을 좋아하지도 않았겠지. 에르만은 소매로 눈가를 눌렀다.

"돌아올게. 꼭 돌아올게, 루아."

"……기다리고 있을게."

겨우 뱉어 낸 대답. 저 싸늘한 공녀님이 평생 이렇게 고민한 일이 있었을까.

에르만은 젖은 얼굴로 엷게나마 웃었다. 허리에 검을 차고, 피가 흐르는 오른팔을 왼손으로 잡은 채 소후작은 달리기 시작했다.

✦ ✦ ✦

깊은 곳에서부터 차오른 물은 어느새 정강이를 적실 정도였다. 수면 근처에서 몸을 뒤집고 죽어 있는 여러 구의 시체들.

"……다 죽었군."

기술은 깔끔한데 힘은 어마어마했다. 시체에 남은 칼자국들을 확인한 남자는 걸음을 옮겼다.

✦ ✦ ✦

블라흐의 의식은 천천히 돌아왔다. 가장 먼저 들린 건 첨벙첨벙하는 소리. 바로 눈을 뜰 수가 없었다. 몸은 축축 늘어져 무거웠고, 머리는 뜨끈했다. 고열이야 자주 겪어 봐서 익숙한데.

'왜 목이 이렇게 꺾인 기분이지…….'

꿈결에 있듯 몽롱했던 감각이 서서히 현실감을 되찾는다.

가장 먼저 보인 건 금발이었다.

금발? 환하고 풍성한 금발에는 여기저기 핏자국이 묻어 있었다. 핏자국……. 공녀님?

"헉!"

블라흐가 벌떡 얼굴을 들어 올렸다. 한 박자 늦게야 자신이 루드베키아의 등에 짐짝처럼 업혀 있음을 알았다. 바로 무신경한 목소리가 들려왔다.

"깼어? 다 와 가."

"아니, 저 제 발로 걸을 수 있어요. 걸어갈게요."

"귀찮게 하지 말고 가만히 있어."

블라흐는 바로 입을 다물었다. 이렇게 불편할 수가 없었다. 편하게 목을 숙이자니 뺨이 닿을 것 같고. 블라흐는 잔뜩 굳어서 호흡마저 조심스럽게 내쉬었다. 그 와중에 찰랑거리는 맑은 수면이 보였다. 물은 어느새 루드베키아의 허벅지까지 올라와 있었다.

'언제부터 기절한 거지.'

덩치 큰 남자가 에르만의 가슴팍을 걷어찬 건 기억이 났다. 루드베키아가 그 남자의 등에 칼을 꽂던 것도. 순간 드러난 빈틈에 검이 하나 급하게 날아왔다. 블라흐는 이성적으로 판단할 시간도 없었다. 거의 본능처럼 달려가서…….

"공녀님. 에르만은요?"

"아까 먼저 올라갔어."

"그렇군요……."

블라흐는 다른 건 묻지 않았다. 설마 죽지는 않았겠지? 불안했지만 그냥 입을 다물었다.

꽤 오래 기절해 있었던 모양인지, 얼마 지나지 않아 둘은 지하 복층에 도착했다.

"감사합니다."

블라흐는 얼른 루드베키아의 등에서 내려왔다. 따지고 보면 블라흐의 키가 더 큰데 어떻게 저렇게 잘 업고 왔을까? 기사들은 성별 상관없이 다 이렇게 힘이 센 걸까.

누구한테 업혀 본 적이 거의 없는 블라흐는 알 수가 없었다. 그때 문득 눈에 들어오는 게 있었다. 루드베키아의 치마가 거의 다 젖어 있었다. 블라흐는 바로 겉옷을 벗었다.

"뭐해?"

"덮으세요."

의장용 겉옷은 의장용 검보다 몇 배는 더 쓸모 있었다. 길이는 길어서 넉넉했고, 겉감은 벨벳으로 되어 있었다. 따뜻했다. 루드베키아는 겉옷을 다리에 덮었다. 그리고 멀찍이 떨어져 앉는 블라흐에게 물었다.

"넌 안 추워?"

"전 괜찮아요."

"괜찮다는 말만 반복하는 건 버릇이야?"

"……네?"

"이리 와. 지금 네 안색이 병잔데 무슨."

얼떨결에 블라흐는 루드베키아의 옆에 바짝 붙게 됐다. 황세손은 잔뜩 굳었지만 공녀는 아무렇지도 않은 낯이었다. 블라흐는 긴장을 푸느라 오히려 긴장해야 했다.

"공녀님."

블라흐는 어색함을 깨기 위해 아무 말이나 던졌다.

"혹시 다른 남자들이 에르만을 쫓아가면 어쩌죠?"

"걱정할 필요 없어."

루드베키아는 여상한 어조로 말했다.

"내가 문손잡이를 박살냈거든."

"……아. 그러면 진짜 못 쫓아가겠네요. 잘 하셨어요."

"잘 했다고?"

루드베키아가 픽 하고 웃었다. 피가 말라붙은 금발을 귀 뒤로 넘긴 소녀가 혼잣말처럼 중얼거렸다.

"솔직히 말하자면 나가고 싶어서 부쉈어."

"……네? 나가고 싶어서요?"

루드베키아가 고개를 끄덕였다.

"엄마가 보고 싶거든. 아빠도 보고 싶고, 이덴이랑 리오도 보고 싶어."

"……."

"당장이라도 여기서 나가고 싶어서 부순 거야. 아니면 결국 어떻게든 손잡이를 잡아당겼을 것 같아서."

루드베키아가 옆을 돌아보았다.

"그래서 너한테 좀 미안해."

"저한테요?"

"너도 나가고 싶었을 거 아냐. 그 상황을 후회하는 건 아니지만."

"미안해하지 않으셔도 돼요. 여기서 기다려도 되니까요."

"되긴 뭐가 돼."

"네?"

루드베키아는 대답도 없이 손을 뻗었다. 손바닥이 블라흐의 뺨을 건드렸다.

말도 안 되는 고열이 느껴져 루드베키아의 표정마저 약간 변했다.

"대답해. 너 왜 이렇게 몸이 뜨거워."

"그게, 긴장해서……."

"어느 누가 긴장했다고 몸이 불덩이가 되는데?"

"……."

"똑바로 대답해. 널 구해 준 사람한테 거짓말 하지 말고."

몸이 이렇게 뜨거운 줄 알았으면, 아까 그냥 같이 나갔어야 했다. 말은 차가웠지만 루드베키아는 블라흐를 걱정하고 있었다.

"공녀님."

그래서 블라흐는 결국 입을 열어야만 했다. 소년은 습관처럼 목에 걸고 있는 성물을 만지작거렸다. 샘물처럼 차오르는 신성력을 담아내는 자그마한 펜던트.

펜던트는 이미 담을 수 있는 최대한의 신성력을 담았다. 블라흐의 손끝까지 퍼진 신성력은 조금씩 육체에 부담을 주고 있었다. 몸이 뜨겁게 달아오르다 못해 펄펄 끓는 이유가 이 때문이었다.

루드베키아가 이마를 찌푸렸다.

"그러면 어떻게 되는데?"

"신성력이 한계까지 차오르고 나면……, 잠이 들어요."

"……잠?"

"네. 깊은 잠에요."

그러다가 죽는 거라고.

생략된 말까지 충분히 알아들을 수 있었다. 안다고 이해가 가는 건 아니었지만. 루드베키아는 도무지 이 황세손의 심리를 헤아릴 수가 없었다.

루드베키아는 예리와 친했다. 발리아와 예리가 세상 둘도 없는 친구니까 당연한 수순이었다. 황태자비는 상냥했다. 루드베키아가 어렸을 적 무릎에 앉히고 재미있는 이야기도 곧잘 해 주었다. 신성력에 관한 이야기도 있었다.

타인의 상처를 치유할 때 신성력은 반드시 소모된다고 했다. 하지만 본인한테 쓰는 신성력은 예외라고 했다. 소모되는 양이 극히 적다고.

다시 말해 블라흐는 루드베키아 대신 다칠 필요가 없었다. 오히려 루드베키아가 다치는 게 훨씬 나았을 터다. 블라흐가 신성력을 써 주면 되었을 테니까. 블라흐가 옅은 미소와 함께 고개를 저었다.

"저는 어머니처럼 신성력을 잘 쓰지 못해요. 그래서 고통까지 없애진 못한답니다."

"그럼 너는?"

"전 괜찮아요. 이 정도로 안 죽어요."

"아니. 블라흐."

루드베키아는 블라흐를 물끄러미 바라보았다.

"난 너한테 아프지 않으냐고 물었어."

블라흐가 눈을 내리깔고 웃었다. 어린 나이에 유례없이 강한 신성력은 감당하기 힘들었다. 육체적 고통은 항상 따라왔다. 아주 어릴 때야 아프다고 칭얼댔지, 일찍 철이 들고 나서는 아프다는 말은 아예 입에 담지도 않았다.

그래서 괜찮다고 말하면 됐는데.

"아프지 않은 건 아니지만, 견딜 만은 해요."

"아프다는 거구나."

"……네."

블라흐는 한 박자 늦게 대답했다.

"조금요."

"그러다 죽는 거고."

이번엔 대답이 돌아오지 않았다. 루드베키아도 딱히 답을 바라고 한 말은 아니었다. 침묵.

블라흐는 시선을 옮겼다. 차오르는 물을 말없이 바라보는데, 문득 스릉 하는 소리가 들렸다. 블라흐가 다시 고개를 돌렸다가 깜짝 놀랐다.

"공녀님?"

루드베키아가 검을 들어 올리고 있었다. 그러더니 망설임도 없이 팔을 슥 긁어 버렸다. 블라흐가 대경해서 손을 잡았다.

"미치셨어요? 지금 뭐 하시는 거예요!"

"회복시켜."

"네?"

"이러면 신성력이 소모될 거 아냐."

"……아니."

너무 당황스러워 헛웃음이 나왔다. 바람이 빠진 풍선이 된 기분이었다. 블라흐는 대체 이 공녀님 머릿속을 알 수가 없었다.

"대체 이게 무슨……. 안 아프세요?"

"아파."

루드베키아가 무표정한 얼굴로 말했다.

"그래도 네가 죽는 것보단 낫겠지."

살갗에서 피가 배어나 뚝뚝 떨어졌다. 블라흐는 복잡한 얼굴로 손을 뻗었다. 흰빛이 부드럽게 퍼져 루드베키아에게로 스며들었다. 눈 깜짝할 새 상처가 회복되었다. 루드베키아는 곧장 다시 팔을 그었다. 피가 또 투둑 하고 떨어졌다.

자신을 위해서 팔까지 그어 주는 이유가 뭘까. 블라흐의 안색은 조금씩 좋아졌으나 눈빛에 어린 감정만은 갈수록 짙어져 까마득하게까지 보였다.

루드베키아가 세 번째 팔을 그었을 때였다. 익숙하게 터져 나오는 신성한 하얀빛.

"……저, 공녀님."

"왜?"

왜 이렇게까지 해 주느냐고 묻고 싶었는데. 말이 목울대에서 턱 걸리고 만다. 하고픈 말을 대신해서 오래전부터 감춰 왔던 소망 아닌 소망이 툭 비집고 튀어나왔다.

"이름으로 불러도 돼요?"

붉은 눈동자가 블라흐를 흘긋 바라보았다. 의외로 선선한 허락이 떨어졌다.

"부르고 싶으면."

벌써 몇 번째 팔을 긋는지 모르겠다. 블라흐는 망설임도 없이 검을 들어 올리는 루드베키아의 손을 잡아 말렸다.

"저 이제 좀 괜찮아요."

"……아프면 말해."

"네. 알겠어요."

"말해야 해."

"그럴게요."

루드베키아는 나지막하게 한숨을 내쉬었다. 검집에 다시 검을 넣고. 둘은 다시 조용해졌다.

바닥은 어느새 거대한 호수가 되어 있었다. 그럼에도 부족한지 물은 계속해서 차올랐다.

저 어마어마한 물이 숨을 집어삼킬지도 모르는데. 자꾸 시선을 빼앗겼다. 불꽃에 피부가 녹아 버리는 걸 알면서도, 유령처럼 홀려 버리듯이.

물은 차오르고, 어디에서 검을 든 적들이 나타날지도 모르고.

그러나 지금 당장은 한적하게 느껴질 정도로 고요했다. 동시에 기이하리만큼 따뜻하게 느껴지는 체온.

"루아."

블라흐는 느리게 입을 열었다.

"저 잠들 것 같아요."

"때려 줄까?"

"때리진 마시고, 이야기라도 해 주시면 안 돼요?"

"……넌 내가 네 보모로 보이니?"

"전 대신전에서 자라서 보모가 없어요."

루드베키아는 어이가 없어졌다. 평소에 예의가 바르다 못해 수줍음까지 잔뜩 타는 그 황세손이 맞나 싶었다.

아무래도 고열에 들뜬 시간이 길어져서 속에 있는 말이 막 나오는 것 같았다. 사람이 죽을 때를 앞두면 헛소리를 많이 한다고, 칼한테 들었던 기억이 나니까.

어쨌든 소년의 손은 너무 뜨거워서. 심장이 덜컹 내려앉을 만큼 불덩이여서.

루드베키아도 어울리지 않는 친절을 베풀 수가 있었다.

"예전에……, 엄마한테 물어본 게 있어. 아빠한테 어쩌다가 반하셨냐고."

"공작 부인께요?"

"그래."

"어쩌다가 반하셨대요?"

"처음부터 호감이 생기셨대. 아빠가 너무 잘생기셔서."

블라흐는 웃음 섞인 기침을 토해 냈다. 고열 때문에 머리가 어질어질한데도 깊게 이해할 수 있었다.

"정말 잘생기시긴 하셨죠."

"응. 그러다가 정말로 반한 날이 있었는데."

비가 아주 많이 쏟아지던 날이라고 들었다. 우산을 미처 갖고 나가지 못해서, 빗속에서 나무 밑에 앉아 있는데.

눈을 뜨니까 거짓말처럼 네 아빠가 그 자리에 있었다고. 한 손에는 우산을 들고 데리러 왔다고 말하던 목소리가 꿈처럼 느껴졌다고. 그때 정말이지 눈을 뗄 수 없었다고 소곤거리는 엄마 목소리가 너무 좋았다.

물론 엄마 목소리가 좋았던 거다. 금발 아가들은 비 맞고도 잘만 뛰어다녀서, 그 분위기를 제대로 상상하지 못했다.

"공작 각하께서는 어쩌다가 부인께 반하셨는데요?"

"안 물어봤는데."

"네? 왜요?"

"엄마가 그냥 서 계시는데 아빠가 반하셨겠지."

"……아, 네."

이 공녀님이 엄마랑 결혼하고 싶다고 하셨던 걸 잠깐 잊고 있었다. 루드베키아는 무릎을 세우고 턱을 묻었다.

"어쨌든, 비가 많이 오는 날이라고 하셨으니까. 그날도 지금처럼 물기가 많은 날이었겠지."

"루아도 이런 곳에선 누구한테 반할 수도 있으시겠네요."

"그럴지도 모르지."

성의 없이 긍정한 루드베키아가 덧붙였다.

"앞으론 쓸데없이 내 앞에 나서지 마."

"알겠어요."

에르만의 늑골을 부술 듯 걷어차던 놈을 처치하던 짧은 때. 아주 잠깐이지만 빈틈이 드러났다. 적들은 이 허점을 놓치지 않았다. 팔 하나 내줘야겠다고 예감한 순간, 또 거짓말처럼 검은 머리가 앞을 가로막았다.

이상했다.

루드베키아는 본인보다 강한 사람들에게 받는 보호에는 익숙했다. 당장 슈덴부터 그랬다. 숀도, 제노도, 로빈도. 가르트엔 이외에도 얼마나 많은 기사들이 있는가.

하지만 블라흐는 아니지 않은가. 이 황세손은 루드베키아보다 훨씬 약했다. 이렇게 약해서 지켜 줘야만 할 것 같은 소년이 자꾸만 자신을 대신해 찔리고 꿰뚫리니까.

"예전에 루아를 처음 만났을 때 그런 생각도 했어요."

왜 감정은 멋대로 커져서 걷잡을 수가 없게 되는 걸까.

"신께서 루아를 제 운명으로 정해 주신 게 아닐까, 하고."

물소리가 고요했다.

"루아."

블라흐는 열에 달뜬 눈을 조용히 감았다.

"제가 루아를 잊을 수 있을까요?"

루드베키아는 말이 없었다. 그저 호흡 두 번, 눈짓 몇 번. 그리고 심장이 여러 번 뛰었을 때 나지막하게 입을 열었을 뿐이다.

"잠들지 마."

"네……."

"잠들면 안 돼."

블라흐의 낯에 물그림자 같은 미소가 떠올랐다.

"걱정 안 끼칠게요. 루아."

목소리에 졸린 기운이 가득했다. 블라흐는 어느새 느리게 잠이 들고. 루드베키아는 웅크려 잠든 소년의 몸에 겉옷을 뒤집어 덮어 주었다. 블라흐가 벗어 주었던 그 옷이었다. 그리고 조용히 검을 들고 일어났다.

지하에 추락하고 몇 번째 쉬는지 모르는 한숨이 흘러나왔다. 루드베키아가 뒤를 돌아보았다. 꽤 익숙한 남자가 검을 들고 걸어오고 있었다.

"경."

루드베키아의 목소리가 싸늘했다.

"아니, 슈타우펜 루이스 후작. 블라흐를 죽일 건가요."

"공녀님."

"아니면 날 죽이러 온 건가?"

슈덴의 부사령관이었던 남자. 루이스 후작이 눈앞에 멈춰 섰다.

✿﹏✿ ✿﹏✿ ✿﹏✿

슈덴은 무심한 얼굴로 앉아 있었다. 제문을 읽는 시간은 신성했다. 그 시간 동안 여흥을 즐긴다거나 술을 마시는 행위는 지탄받았다. 그 래서 많은 귀족들이 아카데미 내부를 구경하거나, 혹은 숲을 산책하 느라 뿔뿔이 흩어졌다. 슈덴과 구스토는 최고위급 귀빈이라 자리를 지키고 있었다. 근처에선 적잖은 왕족들이 앉아 정숙하게 담소를 나 누었다.

웅성거리는 소리가 들린 건 꽤 시간이 지난 후였다.

소란이 시작된 곳은 저 먼 말석부터였다. 슈덴은 구스토와 함께 가 장 상석에 앉아 있었다. 아이들이 떠드는 거라고 지레짐작했던 소란 은 쉬이 가라앉지 않았다. 가라앉지 않을 뿐더러 점차 커졌으며 순식 간에 가까워졌다.

마치 지평선에서부터 파도가 밀려오는 것 같았다. 이젠 상석에 앉 아 있던 왕족과 귀족들마저 뒤를 돌아보았다.

반응 자체는 각각이었으나 근원은 같았다. 경악.

슈덴은 개중에서도 거의 마지막이었다. 그가 아우성의 진원지를 확 인한 그 순간이었다. 열에 들떴던 블라흐가 웃음 섞인 기침을 토해 내 게 했던 수려한 얼굴이 얼음처럼 굳었다.

에르만이었다.

부축해 주겠다는 이들을 모두 물리고, 소후작이 비틀비틀 걸어오고 있었다. 에르만이 지나간 곳마다 핏자국이 뚝뚝 떨어졌다. 본래는 단정했을 차림이 엉망이었고 상처와 핏자국이 가득했다.

"……각하."

바로 앞에 선 슈텐을 본 에르만은 꼭 울 것 같은 표정을 했다. 여기 자리하고 있는 누구도 믿을 수가 없었다. 그래서 직접 이 앞까지 걸어왔다. 철철 흘린 피로 눈앞이 어지러운 한편 말도 안 되는 안도감이 들었다.

"루아는?"

그래서일까. 슈텐에게 대답하던 에르만은 어느새 울고 있었다.

※   ※   ※

"공녀님."

루이스 후작은 느리지만 확실히 루드베키아에게 접근하고 있었다.

"그런 질문을 하시는 걸 보니, 벌써 배후를 짐작하신 것 같군요."

루드베키아는 대답하지 않았다. 소녀의 표정은 얼음처럼 차가웠고, 후작의 낯도 별반 다르지 않았다. 겨울 그림자 같은 냉기가 두 기사 사이에 깔렸다.

"어떤 인물을 짐작하셨는지 여쭈어도 되겠습니까?"

"빅샷 백작."

루이스 후작의 표정에 미미한 그림자가 깔렸다. 그는 아무런 긍정도, 부정도 하지 않았지만.

"한 가지만 더 여쭈어 보고 싶군요."

이어지는 질문은 확답과 다르지 않았다.

"어떻게 알게 되셨는지요?"

"경이 샤론에게 혼인을 주선했다고 들었어. 빅샷 백작의 아들을 샤론에게 갖다 댔다고."

고작 한 번의 질문. 그사이에 루드베키아는 하대를 하고 있었다. 루이스 후작은 그 무례 아닌 무례를 지적하지 않았다. 그럴 만한 상황도 아니었고.

"그 이야기 하나로 배후를 추론하신 겁니까?"

"온전히 내 공은 아니야."

샤론의 의심이 아니었더라면, 루드베키아도 미처 예측하지 못했을 터다.

"내 주군이 될 사람은 머리가 좋거든."

"샤론 황세손님의 영특함은 저 역시 익히 알지요."

"그래, 익히 알겠지."

제노와 로빈이 루드베키아를 잘 파악하고 있듯이.

"경은 샤론의 호위 기사니까."

그래서 루드베키아는 이 후작이 한층 역겹게 느껴졌다.

"이딴 배반이나 하라고 샤론이 경을 신임했던 줄 알아?"

"공녀님."

우두커니 서 있던 루이스 후작이 입을 열었다.

"감히 공녀님의 말씀을 부인하는 결례를 저지르고 싶지는 않지만, 한 가지는 정정해 드리고 싶습니다."

그 말과 함께, 루이스 후작의 시선이 먼 곳을 향했다. 루드베키아의 등 뒤. 굳이 고개를 돌려 확인할 필요도 없었다. 루드베키아의 뒤에 있는 사람은 오직 블라흐 한 명뿐이었으니까.

"엄밀히 따지자면 이 일은 배신은 아닙니다. 샤론 황세손님에게 도움이 될 테니까요."

도움. 루이스 후작이 말하고자 하는 바는 더 듣지 않아도 짐작할 수 있었다. 냉담한 시선을 정면으로 받으면서도 후작은 말을 이어 나갔다.

"블라흐 황세손님은 없어지시는 게 샤론 황세손님께 도움이 됩니다."

"샤론이 블라흐를 얼마나 아끼는지 굳이 말을 해 줘야 아나?"

"역사적으로 우애 좋은 친동기의 배반은 수도 없이 많았습니다. 공녀님의 마음은 십분 이해하나, 주군 되실 분에게 위험 요소를 안겨 주는 건 올바른 자세가 아닙니다."

"경이 이렇게 건방진 줄 몰랐어."

조롱조의 목소리는 한겨울처럼 차가웠다.

"샤론이 경에게 그런 결정권까지 주었나?"

루이스 후작은 대답이 없었다. 그저 말없이 루드베키아를 바라볼 뿐이었다. 와중에도 걸음은 끊이지 않아 그들의 거리는 한층 가까워져 있었다. 검을 내서 조금만 달려들면 팔을 베어 버릴 수도 있을 거리.

턱. 후작이 먼저 검 손잡이를 잡았다. 비교도 안 되는 속도로 루드베키아의 검이 뽑혔다. 은빛이어야 할 칼날이 핏자국으로 얼룩덜룩했다. 당연했다. 루드베키아는 지하에서 수많은 남자들을 베어 내야 했으니까.

'그런데 왜……'

왜 루이스 후작의 검 역시 저렇게 피투성이일까. 의문 하나가 화살처럼 머리를 스쳐 간다. 동시에 타성처럼 루드베키아의 검이 후작의 팔을 노렸다. 그대로 피부를 꿰뚫고 살갗을 갈라내려던 직전.

루드베키아가 돌연 검을 멈췄다.

"경."

갈라진 소맷자락이 형편없이 나풀거린다. 그 사이로 맺힌 피가 붉게 방울졌다. 루드베키아는 싸늘한 목소리로 물었다.

"방금 왜 피하지 않은 거지?"

슈타우펜 루이스는 본래 제국의 변경백이다. 한때는 슈덴의 부사령관으로 전쟁도 적잖게 참여했다. 루드베키아는 태어나기 전까지의 일까지는 잘 모른다. 그렇지만 루이스 후작이 뛰어난 기사라는 사실은 알고 있었다.

"공격할 마음도 없어 보이는군."

검을 맞댄 그 순간 절절히 알았다.

"이번엔 다른 속임수인가? 나는 돌아가는 걸 별로 선호하지 않아."

"공녀님."

루이스 후작은 예의 그 무표정한 얼굴로 말했다.

"아까 제게 물어 보셨지요. 황세손님을 죽일 거냐고."

[슈타우펜 루이스 후작. 블라흐를 죽일 건가요.]

"당신을 해칠 거냐고도 물어 보셨습니다."

[아니면 날 죽이러 온 건가?]

루드베키아의 표정이 조금씩 변하기 시작했다. 깊은 불신과 일말의 혼란, 그리고 그림자 같은 의문. 그래, 자신은 분명 그런 질문을 했다. 그 두 가지의 질문에 루이스 후작은 분명.

"저는 공녀님께 아무런 대답도 드리지 않았습니다."

"……."

"이게 제 답입니다."

챙그랑. 루드베키아는 발 앞에 버려진 검을 보았다. 적잖은 피가 말라붙은 검. 오래된 것도 아니다. 아주 최근의 전투 흔적이다. 마치 루드베키아의 것처럼…….

순간 기묘한 가정이 확신이 되어 스치고 지나갔다.

"나를 노린 것치고는 살수가 적다 싶었는데, 경이 해치운 건가."

루이스 후작이 처음으로 조금 웃었다. 루드베키아는 당황스러워졌다. 이마저도 함정인지, 아니면 진심인지 도저히 구분을 할 수 없었다.

"……왜지?"

하지만 정말로 후작의 몸엔 작은 날붙이 하나 숨어 있지 않아서.

"공녀님."

루이스 후작은 블라흐 쪽으로 걸음을 옮겼다.

"제 숙부님, 빅샷 백작은 단 한 번도 참전을 해 본 적이 없습니다. 그래서 공작 각하의 무서움을 잘 모르시지요."

뚜벅.

"예. 숙부님은 전쟁터에 한 번도 나가 본 적이 없으시기에."

뚜벅.

"총사령관을 향한 제 충정도 전혀 모르시지요."

뚜벅.

"제가 감히 각하의 따님을 해칠 수 있겠습니까?"

루이스 후작은 블라흐를 한쪽 어깨에 들쳐 멨다. 그럼에도 루드베키아는 여전히 후작을 불신하고 있었다.

"난 아직 경을 믿지 못 해. 이마저도 빅샷 백작과 미리 모의한 걸 수도 있으니까. 내가 과하다고 생각하나?"

"각하와 함께 전장을 누볐던 어떤 군인도 과하다고 생각지 않을 겁니다.”

아이러니하게도 그 말에 짙었던 의심이 조금씩 사그라졌다. 아니, 후작이 오른팔을 내놓으려고 했을 때부터 의심은 점차 걷히고 있었는지도 몰랐다.

루이스 후작은 별 사견을 덧붙이지 않았지만 루드베키아는 어느 정도 짐작은 하고 있었다. 처음부터 해명하지 않고 팔을 내놓으려 했던 것은 후작 나름대로의 속죄였다는 걸. 숙부가 감히 공녀의 목숨을 노린 것에 대한.

‘빅샷 백작은 당연히 머리가 날아가겠지만.’

루이스 후작도 이 사실을 잘 알고 있는 듯 했다. 그러나 어떤 말로도 선처를 구하지는 않았다. 하긴, 선처로 해결될 일도 아니었다. 그리고 루드베키아는 본인이 먼저 빅샷 백작의 멱을 따 버리고 싶을 정도였다.

“숙부님의 선택은 본인이 하신 겁니다. 책임은 선택한 사람이 지는 것이고.”

말은 길었으나 실상은 혼잣말에 가까웠다. 루드베키아는 가만히 있었다. 잠시간의 침묵이 흘렀던 그때였다.

쩽! 한동안 고요했던 지하에 귀가 찢어지는 듯한 굉음이 울렸다. 직후, 엄청난 양의 물이 급격하게 소용돌이쳤다. 루이스 후작이 입구 쪽을 바라보며 중얼거렸다.

“각하께서 오셨군요.”

슈텐을 위시한 기사들이 지하로 향하고, 에르만은 비척비척 따라가려다가 잡혔다.

"에르만."

"황태자 전하."

구스토의 얼굴은 잔뜩 굳어 있었다. 이미 황실 기사들이 빅샷 백작을 잡기 위해 움직였다. 아카데미 어딘가에 있을 테니 잡는 건 시간문제였다.

"가르트 공작이 갔으니 안심해라. 너는 치료부터 받아야 해."

"두 분이 안전한지만 확인하게 해 주세요."

피를 철철 흘리면서 죽자 사자 올라온 소년의 부탁을 어떻게 거절할 수 있을까? 결국 기사 한 명이 에르만을 업었다. 피를 많이 흘려 창백한 얼굴. 휴식이 간절한 상황에서조차 에르만은 끊임없이 의심하고 있었다.

'이 정도로 끝날까? 정말로?'

황실과 가르트의 눈을 피해 이만한 함정을 계획한 빅샷 백작의 집념. 먹잇감들의 숨통을 확실히 끊기 위해 대체 몇 가지의 계획을 준비했던가.

'그럴 리가 없어. 겨우 이 정도로 끝나면 본인이 가장 먼저 덜미를 잡히잖아.'

아카데미 시공자는 빅샷 백작이었다. 분명 무언가 더 계획을 세워 놓았을 게 뻔했다. 본인은 유유히 빠져나가고 남에게 이 사고를 뒤집어씌울 수 있는.

정말 불현듯 이상한 생각이 들었다. 기사의 등에 업혀 있던 에르만은 뒤를 돌아보았다. 아니, 그뿐만이 아니라 근처에 있던 모두가 한 곳을 보고 있었다.

"불······."

에르만이 중얼거리는 것과 동시에 비명이 터졌다.

"불이야!"

"불이 났어! 기도실에 불이 붙었어!"

의식은 중단됐는데, 왜? 붙잡고 물어볼 사람도 없었다. 목재로 만든 기도실에 어느새 불이 활활 타오르고 있었다. 에르만이 추락했던 그 기도실은 물론이요, 마련되어 있는 모든 기도실이 타올랐다.

"이게 대체 무슨······."

기사는 안심시키듯이 말했다.

"소후작님. 걱정하지 마세요. 아카데미는 마법 수도를 쓰잖습니까. 금세 물을 조달해 올 겁니다."

기사의 말에 대답이라도 하듯, 묵직한 소리가 지하에서부터 울렸다. 에르만은 거짓말처럼 알 수 있었다. 이건 그냥 물이 수도관을 따라 움직이는 소리가 아니었다. 엄청난 양의 물이 올라오는 소리였다.

평소였으면 모를까, 지금 이런 소리가 나면 안 됐다.

왜 하필 지금 불이 났을까. 왜 이렇게 무섭게 물이 차오르는 걸까. 멍하니 가라앉아 있던 눈동자에 순간 현실감이 턱 차올랐다.

"아직 나오지 않았을 텐데······."

루드베키아도, 블라흐도.

❧❧❧ ❧❧❧ ❧❧❧

"이것도 빅샷 백작의 짓이겠네."

루드베키아는 발목을 적시는 물을 보며 중얼거렸다. 지하의 상황은 훨씬 심각했다. 거대한 양동이로 물을 퍼 올리는 것만 같았다. 무섭게 솟아오른 물은 눈 깜짝할 새 복층을 점령했다. 열린 입구를 통해 빠져나가고 있는 물의 양도 상당할 텐데, 실로 엄청난 속도였다.

"경, 여기서 빠져나갈 타개책은 있나?"

"송구하지만 떠오르는 게 없습니다."

"참 이상하군."

루드베키아는 이마를 약간 찌푸렸다. 내내 들던 의문이었다.

"왜 경은 혼자 날 구하러 온 거지?"

상황을 보건대 루이스 후작은 빅샷 백작의 음모를 아주 늦게 안 것 같았다. 하지만 여기까지 뛰어오기 전, 슈덴에게 말 한 자락 하고 올 여유는 있었을 거 아닌가.

'아니, 그 전에 내가 죽었을 수도 있긴 했겠지만.'

그래도. 루드베키아가 후작을 완전히 믿지 못하는 이유가 이것 때문이었다. 훨씬 안전하고 편리한 방법을 택하고 굳이 혼자 온 이유를 알지 못해서.

"이런 말씀을 드리면 비웃으실지도 모르겠습니다만."

루이스 후작은 여전한 무표정이었다. 하지만 목소리에서 묻어나는 쓸쓸함만은 감추지 못했다.

"그래도 마지막까지 아닐 거라고 믿고 싶었습니다."

숙부님이 설마 이렇게까지 하지는 않았으리라고.

"제가 오해했을 뿐이라고 다독이고 있었습니다."

지하에서 익숙한 얼굴들을 마주하던 그 순간까지.

"숙부님의 심복들이 검을 들고 돌아다니는 걸 보기 전까지는요."

그들은 당연히도 루이스 후작이 자신들을 도우러 온 줄 알았다. 그래서 후작이 검을 꺼내 휘두르는 그 순간까지 전혀 의심하지 않았다.

그래서 루이스 후작의 검에는 핏자국이 가득했다. 루드베키아는 냉담하게 대꾸했다.

"이유 한 번 감상적이야. 경이 뛰어난 군인이라고 들었는데 틀렸다는 걸 잘 알게 됐어."

말투 하나하나가 슈덴과 판박이였다. 후작은 상황도 잊고 조금쯤 웃고 싶은 기분이 들었다. 마지막으로 슈덴과 함께 전쟁에 나갔을 때가 10년도 전의 일인데.

"공녀님이 원하신다면 지금이라도 오른팔을 자르겠습니다."

"필요 없어."

루드베키아는 이마를 찌푸렸다.

"경. 잊고 있는 모양인데, 나는 가르트의 후계자야. 이만한 손해를 그냥 넘기지도 못하고 넘길 생각도 없어. 고작 오른팔 하나로 넘어가기엔 내 목숨 값이 비싸."

나가면 가만 두지 않겠다는 협박이었다. 루이스 후작은 옅은 미소와 함께 대답했다.

"각오하고 있겠습니다."

"그래, 그러려면 일단."

이 대화 몇 마디 사이 물은 정강이까지 출렁였다.

"살아남아야겠지."

루드베키아는 이대로 죽어 줄 생각이 전혀 없었다. 아빠도 보고 싶었고 엄마도 너무 보고 싶었다. 보고 싶은 사람이 어디 한둘일까. 루드베키아는 블라흐의 겉옷을 검으로 쭉 길게 찢었다. 옷감이 좀 더 촘촘했으면 좋았을 텐데. 그래도 찢어 낸 겉옷은 아쉬운 대로 끈이 되었다.

"휩쓸리지 않고 조금만 기다리면 되겠지. 아빠가 오실 테니까."

"여기 걸고 묶어야겠습니다."

루이스 후작은 끈의 끝을 둥글게 매듭지었다. 그리고 벽에 달린 마법등에 묶었다. 황궁이나 귀족가에서 쓰는 게 아닌, 저렴한 품질의 마법등이긴 했지만 기본적인 가격대가 있다. 그 견고함은 마법사들이 직접 보증할 수 있었다.

나머지 끈으로 루드베키아와 후작의 몸을 각기 묶었다. 마법등이 벽에 높게 달려 있어서 끈 길이가 많이 소모됐다. 블라흐의 몸에까지 묶을 여유분이 없었다.

루드베키아는 최대한 끈을 바짝 당겼다. 어떻게든 블라흐까지 묶어 보려고 하는데 후작의 목소리가 들렸다.

"공녀님. 제가 숙부님의 의견에 동의하는 게 한 가지 있습니다."

루이스 후작의 시선이 흘긋 블라흐를 향했다. 여전히 죽은 듯 잠들어 있어 루드베키아를 조금씩 불안하게 만드는 이 소년에게.

"블라흐 황세손님은 위험합니다. 몸에 있는 피를 다 빼지 않는 이상 젤의 황위를 이을 자격이 있으니까요."

끈을 꽉꽉 잡아당기던 루드베키아가 고개를 들어 올렸다.

"뭘 말하고 싶은 거지?"

"저는 철저히 샤론 황세손님의 입장에서 말씀드리는 겁니다. 이분이 없어지면 샤론 황세손님의 자리는 그만큼 견고해지겠지요. 어쩌면 역사상 유일한 황위 계승자로 순탄하게 보위에 오르시게 될 지도 모르지요."

"그래서, 지금 블라흐를 죽이자는 건가?"

"저는 말씀만 드린 겁니다."

루드베키아는 잠시 블라흐를 바라보았다. 소년의 눈은 꼭 감겨 있고 저 안에는 은회색 눈동자가 있고. 열은 뜨겁고 잠든 시간은 길어진 것 같은데.

"내 샤론은 이런 치졸한 짓 없이도 가장 강력한 황권을 쥐게 될 거야."

"자신이 있으시군요."

"그래. 아까도 말하지 않았나?"

루드베키아는 무표정한 얼굴로 말했다.

"나는 가르트 소공작이니까."

제국 유일 공작 가문의 승계자라서 할 수 있는 말. 루이스 후작은 더 이상 이견을 달지 않기로 했다. 공기처럼 스산하게 깔리는 물소리. 그리고 자꾸만 블라흐를 흘긋흘긋 바라보는 붉은색 눈동자.

"공녀님, 블라흐 황세손님에 대한 처우에 혹시."

루이스 후작은 문득 궁금해졌다.

"감정적인 문제도 섞여 있습니까?"

오늘따라 제 감정에 대해 묻는 사람이 많다. 루드베키아는 잠든 블라흐에게 시선을 잠시간 고정했다.

[루아.]

네가 잠들고 시간이 얼마나 지났더라.

[제가 루아를 잊을 수 있을까요?]

모르겠다. 이 지하에서 시간이 어떻게 지나갔는지도.

"감정적인 문제라."

약간의 침묵. 물끄러미 블라흐를 응시하던 루드베키아가 불현듯 두 손을 뻗었다.

"앤 내가 데리고 있는 게 좋겠어."

루드베키아는 그리 말하며 후작으로부터 순식간에 블라흐를 빼앗았다. 루드베키아는 본인보다 키가 큰 소년을 손쉽게 품에 안았다. 로맨틱한 포옹은 절대 아니었다. 뭐라고 해야 할까, 마치 짐짝을 껴안는 것처럼 성의 없는 모양새에 가까웠다. 루이스 후작이 만류했다.

"블라흐 황세손님은 제가 업고 있는 게 낫습니다."

"경이 중간에 갖다 버리지 않을 거라는 확신은 못 하겠거든."

블라흐는 여전히 깨어나지 않았다. 귓가에 닿은 목에서 맥박이 희미하게나마 느껴졌다. 사람 형태의 뜨거운 불덩이를 안고 있는 기분이었다.

'아빠가 오실 때까지 얘가 살아 있을까.'

죽으면 죽는다고 귓가에 속삭일까 하다가 그만두었다.

'난 살아 있을까?'

물이 솟구치는 속도는 갈수록 빨라져 이제는 가슴께까지 올라왔다. 그냥 차오르기만 해도 난감한데, 거세게 소용돌이치니 발 딛고 서 있는 것도 힘들 지경이었다.

루드베키아는 블라흐를 최대한 강하게 끌어안았다.

"공녀님."

물은 이제 목 바로 밑.

"최대한 오래 숨을 참으셔야 합니다."

피가 말라 붙은 금발이 수면 위를 부유했다.

"그리고, 숨을 참는 것만큼 휩쓸려 가는 걸 경계하셔야 합니다."

마침내 코를 막고 머리 위까지 올라간 수면. 숨을 참지 못하는 것보다 끈이 찢어지거나 풀리는 상황이 오는 게 더 두려웠다. 이만한 물살에 휩쓸려 벽에라도 부딪히면 절대 무사하지 못할 테니까.

눈동자에 물이 닿아 따가웠다. 숨을 참은 채로 고개를 돌리던 루드베키아가 눈썹을 살짝 올렸다.

흐름이 바뀌었다.

익사의 위기를 안겨 주던 물이 급격하게 빠져나가고 있었다.

"죽었습니다."

기사의 짧은 보고. 에르만은 핏기 없는 입술을 깨물었다.

'혹시나 했더니 정말이었어.'

푸른 눈동자가 자꾸만 땅으로 꺼지려고 했다. 돈을 어마어마하게 처바른 아카데미는 지하의 마감재에도 특별한 처리가 된 강철을 사용했다. 물이 벽을 때리며 솟구치는 소리는 예민한 사람들의 귀에는 두렵게까지 들릴 정도였다.

어쩌면 이것도 빅샷 백작이 노린 걸까. 도대체가 알 수 없었다.

'원래라면 지금도 제문을 읽고 있어야 해.'

당시 기도실에는 루드베키아와 블라흐, 그리고 에르만만 있었다. 그들이 추락한 사고는 오직 셋만이 아는 일. 다른 사람들이 알 리가 없었다.

당연히 다른 기도실에는 의식이 거행되고 있었겠지. 제문을 읽는 도중에 의미 불명의 불이 붙었다. 본래라면 기도실 안에 사람들이 있으니 급하게 진화를 하려고 했을 터였다.

어려운 일은 아니었다. 운 좋게도, 바로 밑에 거대한 물 저장고가 있으니까. 심지어 온갖 마법을 다 발라 놓아 물을 조달하기도 쉬웠다. 정상적으로 손잡이들을 조작했다면 수도관은 적절한 양의 물을 날라 와 금세 불을 껐을 터였다.

"이 조작은 대화재 때에나 쓰이는 겁니다."

"대화재에?"

아카데미의 수도관을 담당하는 관리인들은 벌써 변사체가 되어 있었다. 이들도 한통속이었다가 배반을 당해 죽은 건지, 아니면 정체불명의 범인이 관리인들을 해치고 조작을 했는지는 알 수 없었다. 혹은 목에 칼을 들이대고 협박했을지도 모른다.

마지막엔 이렇게 죽였지만.

"소후작님의 추측이 옳았습니다. 관리인들에 대한 것조차 안개에 낀 듯 알 수가 없는데."

에르만을 업고 있던 기사가 그리 말했다.

"본래라면 누가 범인으로 몰릴지도 도무지 알 수 없었겠군요……."

의도적으로 대화재 때에나 쓰는 물까지 걷어 올린 사건이다. 오늘 이 아카데미 완공식에는 젤의 귀족들만 참석한 게 아니다. 수많은 타국의 왕족과 귀족들이 모여 있었다. 용의자는 너무 많았고 그들 모두에게 공평한 의심이 쏟아졌을 게 자명했다.

"하필이면 추락한 지점에 왜 호수가 있나 했더니."

에르만이 중얼거렸다. 처음부터 빅샷 백작은 그들을 익사시킬 작정이었던 모양이다. 아마 남자들에게 붙잡혔어도 물에 고개를 처박고 죽었겠지. 과연 이 정도 치밀함이니까 황실과 가르트의 눈을 피할 수 있었던 것이다.

그리고 어쩌면, 이 방법까지도 빅샷 백작의 계획에 있었는지 모른다.

"그러면 안 돼요."

에르만이 피가 엉망으로 말라붙은 손을 뻗었다. 피멍이 들어 퉁퉁 부은 손가락이 수도관을 조작하는 손잡이를 잡았다.

"조엔 소후작님?"

급하게 달려와 최대한 빠르게 물을 빼내고 있던 보조 관리인들이 당황했다. 뭐가 안 된다는 건지 기사조차 이해를 하지 못하고 있었다.

"이렇게 급하게 물을 빼면 안 돼요. 지하 구조 때문에 큰 소용돌이가 생겨서 안에 있는 사람들이 전부 휩쓸립니다."

"헉! 죄송합니다!"

보조 관리인들이 허둥지둥 손을 움직였다. 그래, 다들 이럴 것이다. 큰 사고가 생겼으니 급하게 물을 빼려 할 테지. 조급함은 이렇게 실수를 낳았다.

"이 속도면 이제 괜찮습니다."

에르만은 한숨과 함께 기사의 등에 얼굴을 묻었다.

"경. 황태자 전하께로 갑시다. 지금쯤이면 분명 빅샷 백작이 잡혔을 테니까요."

"예, 알겠습니다."

기사는 걸음을 옮기면서 진심으로 감탄했다.

"조엔 가가 대대로 문관 가문인 건 알고 있었습니다만, 소후작님은 정말로 총명하시군요. 관리인들도 몹시 당황하는데 홀로 침착하셨습니다."

"……침착이요?"

에르만의 손은 덜덜 떨리고 있었다. 기사는 한 박자 늦게야 소년이 울고 있음을 알았다.

"경, 지금 전 지하로 뛰어가고 싶습니다."

항상 상냥하고 다정했던 푸른색 눈동자가 평소와 달랐다.

"그러지 않는 건 빅샷 백작을 산 채로 물어뜯어 버리고 싶어서예요."

✦⋆⋆⋆⋆ ✦⋆⋆⋆⋆ ✦⋆⋆⋆⋆

"이쪽입니다! 이곳에 눕히시면 됩니다!"

아카데미 소속 의사들과 사용인들은 몹시 분주했다. 오늘은 경사스러운 완공식인데, 이토록 의무실이 들썩일 줄이야! 아카데미의 그 누가 예상을 했겠는가?

"각하! 공녀님은 여기에 내려놔 주십시오!"

환자들이 눕는 침대 하나가 순식간에 정리되었다. 슈덴은 성큼성큼 걸음을 옮겼다. 그는 지하에서부터 쭉 안아 데리고 온 딸아이를 지정된 침대에 내려놓았다. 의사들이 재빨리 달라붙었다.

"아이 몸은 어떤가?"

"예, 각하. 큰 내상은 다행히 없으신데······, 뭐에 다리를 세게 부딪히신 것 같습니다."

"다리를?"

슈덴이 눈썹을 일그러뜨렸다.

"부러진 건가?"

"아닙니다. 각하. 금이 간 정도십니다. 1, 2주 정도를 푹 쉬면 아무실 겁니다."

"잘 부탁하지."

"여부가 있겠습니까?"

다쳐서 기절하듯 잠든 딸아이 곁에 있어 주고 싶었다. 하지만 단순한 사고가 아니라 그럴 수가 없었다. 슈덴은 바로 구스토 쪽으로 가봐야 했다.

그럼에도 아이는 걱정이 돼서, 그는 잠시 루드베키아를 살펴보았다. 이마 부근에 흐트러진 머리카락을 한 번 쓸어 넘겨주는 손길이 부드럽고 다정했다.

다리에 금이 갈 정도로 부딪혔으면 굉장히 아팠을 텐데. 그런데도 루드베키아는 구하러 온 슈덴을 보자마자 눈부터 크게 떴다.

[아빠!]

아빠가 자신을 구하러 올 거라고 한 치의 의심도 없이 믿었던 듯한 표정이었다.

심지어 앞에는 거추장스러운 황세손까지 달고. 슈덴은 루드베키아에게 죽은 듯 안겨 있는 블라흐를 잡았다. 그리고 뒤에 따라오던 기사에게 짐짝처럼 넘겼다.

[루아.]

슈덴은 다른 건 묻지 않았다. 지친 게 눈에 보이는 딸에게 그저 하나만 물었을 뿐이다.

어디 다치지 않았냐고.

루드베키아는 다리를 좀 다쳤다고 말했다. 심한 건 아닌데 잘 못 걷겠다고. 슈덴은 품에 딸아이를 안고 한숨 푹 자라고 얼렀다.

"딸아이가 깨면 내게 곧장 사람을 보내도록."

"물론 그러겠습니다. 각하. 염려 마십시오."

루드베키아가 일어나기 전에 모든 걸 정리할 생각이었다.

❊⸙❊　❊⸙❊　❊⸙❊

"빅샷 백작."

"저, 전하……."

빅샷 백작. 아카데미 완공을 성공적으로 끝낸 대가로 백작이 된 남자.

그는 제국 황실 기사들에게 포박된 상태였다. 무릎은 꿇렸고 몸은 덜덜 떨리고 있었다. 처음엔 격렬히 반항했다. 모르는 일이라고, 대체 왜 이러냐고 있는 대로 난리를 피웠다.

그 앞에 시체 여러 구가 대령되었다.

빅샷 백작의 얼굴이 얼마나 파리해졌는지. 전부 본인의 수하들이 었다. 도저히 잡아뗄 수도 없었다. 하나같이 백작의 수족이나 마찬가지인 이들이었기 때문이다.

"이제야 그 입을 좀 다무는군."

처음부터 아주 치밀하게 세웠던 계획이다. 위험 부담은 컸지만, 가장 신임하는 수하들을 쓸 수밖에 없었다. 원래라면 아이들을 익사시킨 후 유유히 빠져나오려고 했지만, 백작의 모든 계획은 뒤틀어졌다.

"조엔 소후작님. 정말로 여기에 계속 계실 겁니까?"

에르만을 업고 있던 기사가 물었다. 기사는 슬슬 걱정이 되는 참이었다.

"몸이 많이 뜨거우십니다."

"알아요. 그런데 조금만 더 있을게요."

에르만은 기사의 등에 업힌 채로 대답했다. 심하게 다친 팔은 의사가 달려와 긴급 조치를 해 주었지만, 말 그대로 조치일 뿐. 지금 에르만은 제대로 누워 정성 들인 치료를 받아야 했다. 그러질 못하고 있으니 다친 몸에서 열이 나기 시작했다.

"경. 내가 언제쯤 빅샷 백작을 때릴 수 있을까요?"

"심문이 순조롭기는 한데, 적어도 30분은 걸릴 것 같습니다."

"30분……."

에르만은 기사의 어깨에 턱을 묻었다. 몸은 축축 처지는데 시선만은 빅샷 백작에게 고정된 채였다. 이글거리는 푸른색 눈동자. 그러나 문제가 있다면 소년의 상태였다.

"소후작님. 부디 직설적인 충언을 이해해 주십시오. 현재 몸 상태로 짐작컨대, 30분이 지나기 전에 소후작님은 분명 기절을 하실 겁니다. 정말로 많이 다치지 않으셨습니까."

"기절이요……."

"예. 그러니 당장은 쉬시는 게 좋겠습니다."

"알겠어요. 그럼 지금 들어가서 때리고 오겠습니다."

"예?"

갑자기 이건 또 무슨 말인가? 기사는 본인의 귀를 의심했다.

"잠시만 내려 주세요. 경. 진짜 한 대만 치고 올 테니까요."

"예? 아, 안 됩니다! 소후작님……!"

말려도 소용없었다. 에르만이 눈 깜짝할 사이에 기사의 등에서 내려왔다. 기사는 에르만의 팔을 급하게 붙잡다가 알았다. 업고 있을 땐 그저 '열이 오르고 있다'라고만 느꼈는데, 실제로 지금 이 소후작은 펄펄 끓어오르는 불덩이였다.

그야말로 열에 맞이 가서 제정신이 아닌 상황.

"소후작님……!"

황태자 전하가 심문 중이시라 크게 소리를 낼 수가 없었다. 그렇다고 비틀비틀 걸어가는 소후작을 냅다 잡아챌 수도 없고. 이게 대체 무슨 상황인가. 기사는 전전긍긍했다. 차라리 앞으로 쓰러지는 척, 에르만의 다리를 붙잡을까 했던 그때.

"기사 말 좀 듣지 그러나."

마치 구원처럼 에르만을 막아 주는 손길이 있었다. 살짝 제정신이 아니던 푸른색 눈동자가 뒤를 돌아보았다.

"각하?"

언제 온 걸까? 슈덴이 제 어깨를 강하게 잡고 있었다. 심지어 그는 기사에게 에르만을 넘겼다. 그것도 아주 손쉽게.

"의사한테 먼저 가는 게 좋겠군. 열이 심해."

"아니, 저, 각하. 정말로 백작을 한 대만 치고 싶습……."

"경. 모셔라."

"옙, 각하!"

슈덴은 할 말만 하고 안쪽으로 뚜벅뚜벅 걸어가 버렸다. 따라갈 틈도 없었다. 기사가 옳다구나 하고 에르만을 들쳐 멨기 때문에.

크게 다친 소년이 반항해 봤자 얼마나 할 수 있겠는가. 결국 에르만은 기사에게 붙잡혀 옴짝달싹도 할 수 없는 처지가 되었다. 고열로 붉어진 낯에 아쉬움이 진하게 피어올랐다. 그 와중에도 시선은 안쪽에 고정되어 있다.

구스토와 무어라 이야기를 나눈 슈덴이 빅샷 백작 쪽으로 걸어간다.

이 모든 장면을 흐린 눈으로 지켜보면서, 에르만은 했던 말을 도돌이 표처럼 반복했다.

"진짜 한 대만 치면 되는……."

퍽. 귓가에 둔탁하게 박혀 오는 소리. 동시에 주먹으로 뺨을 후려 쳐 맞은 빅샷 백작이 보였다. 에르만의 말이 뚝 끊겼다. 안쪽에서도 잠깐 말이 멎은 것 같았다. 에르만을 들쳐 메고 있던 기사조차 말문을 잃었다.

그들은 멍하니 서 있었다. 슈덴이 손등에 튄 피를 닦고, 이쪽으로 다시 걸어올 때까지.

"이제 좀 됐나?"

말없이 있던 에르만이 고개를 끄덕였다. 살짝 홀린 것 같기도 했고 정신이 반쯤 나간 것 같기도 했다.

아니, 둘 다인가? 기사는 도무지 알 수가 없었다.

"그럼 가서 쉬지. 고생했다."

슈덴이 에르만의 머리를 툭 쓰다듬었다. 무성의한 손짓임에도 이상하지. 이유를 알 수 없게 긴장이 풀렸다. 에르만이 조금이나마 웃은 직후였다.

"이게 무슨 일이람! 소후작님은 이쪽에 눕혀 주세요!"

결국 기절한 에르만은 급하게 실려 갔다.

※ ※ ※

그리하여 셋 모두 겔 제국으로 실려 와, 침대 신세를 지게 되었다.

"엄마아."

이덴은 눈물이 그렁그렁해져서 물었다.

"언니 많이 아파요? 다리 많이 다쳤어요?"

루드베키아는 저택에 도착하기도 전에 잠이 들었다. 주치의가 달라 붙은 건 덤이었다. 이덴은 언니가 아주 많이 걱정되었지만 잠든 사람을 깨우고 싶진 않았다.

"아니야, 이덴. 뼈에 조금 금이 갔을 뿐이란다."

"금이요? 금이라고요?"

슈덴을 꼭 닮은 붉은 눈동자가 충격을 받아 굳었다. 고작 다리에 금 간 걸로도 이렇게 놀라 버리는 나이다. 슈덴과 발리아는 쌍둥이에게 소식을 걸러 전해 주었다. 빅샷 백작이 아이들을 익사시키려고 했다는 건 알려주지 않았다.

조엔 후작가는 물론 황실도 많은 충격을 받았다. 그중에서 가장 심하게 분노한 집안을 꼽으라면 역시 가르트였다. 이 공작가의 사랑스러운 막내딸, 이덴이 특히 부들부들 떨었다. 어떻게 감히 우리 언니를?

이덴은 도저히 참을 수가 없었다.

하룻밤을 꼬박 새 버린 소녀는 다음 날, 득달같이 황궁으로 달려갔다. 이 행동력 좋은 소녀는 엄청난 선택을 하고 오는데, 그 과감함이 실로 범접하기 힘든 지경이었다.

"……뭐라고?"

"빅샷 백작과의 비공개 면담을 신청하고 왔다고."

태연한 이덴의 대답. 리오는 순간 귀를 의심했다. 아니 그래, 겔의 국법은 치죄에 엄중한 편이었다. 피해자의 직계 가족은 언제라도 가해자에게 면담을 신청할 수 있었다.

하지만 빅샷 백작은 특수한 경우라 예외였다. 자세한 사정까지는 몰라도, 황세손인 블라흐까지 해치려고 했다고 들었다. 그래서 역모 모의로 멸문까지 확정된 죄수였다. 쉽게 비공개 면담을 허락받을 수는 없었을 텐데.

그런 면에서 이덴은 과연 대단했다. 언니 다리에 금 갔다는 말을 듣고 충격을 받았던 어린 소녀가, 가르트 공작 영애라는 지위와 신분을 십분 사용했다. 나이를 감안하면 정말이지 보통 수완이 아니었다. 리오는 쌍둥이면서 이렇게 성격이 다른 이덴이 참 신기했다.

"빅샷 백작이 역모 사형수인 건 알고 있지? 어머니한테 말씀드렸어? 아버지한테는?"

이덴이 눈을 동그랗게 떴다.

"엄마랑 아빠가 걱정하실 텐데 어떻게 말씀드려?"

이게 대체 무슨 말이야. 리오는 어이가 없었지만 일단 좋게 설득했다.

"지금이라도 말씀부터 드리고 가. 아니면 많이 놀라실 거야."

"엄마 아빠가 걱정하셔서 못 가면 네가 책임질 거야?"

"아니……."

리오는 결국 얼굴을 쓸어 넘겼다. 난감했다. 쌍둥이인 이덴은 성격이 명확했다. 한번 분노하면 반드시 복수했다. 이덴 몰래 어머니와 아버지께 알려 드렸다간 굉장히 화를 낼 게 뻔했다.

"다음부턴 꼭 두 분께 말씀드리기야."

"알겠어. 너무 걱정하지 마."

리오는 이덴을 따라가며 한숨을 내쉬었다. 다행이라고 해야 할까. 둘은 황궁에 매우 익숙했다. 어릴 적부터 제집처럼 드나든 까닭이다.

"이쪽으로 모시겠습니다. 가르트 공작 영애, 영식."

시종의 안내를 따라 리오와 이덴이 걸음을 옮겼다. 이때까지만 해도 리오는 전혀 몰랐다. 이덴이 뭘 계획하고 있었는지.

"이야기가 끝나시면 저를 불러 주십시오."

"아니야. 금방 나갈 예정이야."

"아, 그러십니까?"

간수는 공손하게 문을 열었다. 이렇게 어린 영애가 사형수와의 비공개 면담을 청하는 일은 드물다.

하지만 가르트의 영애가 아니던가. 간수는 이 공작 영애가 빅샷 백작의 뺨을 때리려고 왔다고 생각했다. 혹은 잔에 담긴 찬물을 뿌리거나, 그도 아니면 우아한 조롱.

흔하진 않았지만, 가벼운 고문까지 하는 경우도 있었다.

대역죄를 저질러 멸문이 확정된 사형수의 말로였다. 죽이지만 않는다면 무슨 짓을 해도 조용히 넘어가는 게 관례였다.

"빅샷 백작?"

사형이 완전히 확정되어, 삶에 걸릴 것 없는 빅샷 백작은 날카롭게 물었다.

"뭡니까?"

빅샷 백작의 몰골은 대단히 깨끗한 편이었다. 루이스 후작 때문이었다. 비록 빅샷 백작의 죄를 직접 증언했다지만 둘은 혈연관계다. 루이스 후작이 이 역모로 인해 후작 작위를 반납하고, 영지로 내려가겠다고는 말했지만 어쨌든 변경백이란 점은 유효했다.

이덴은 이런 눈치에서 자유로울 수 있는 몇 안 되는 신분이었고.

"……이덴? 그거 혹시 메이스야?"

분노하면 눈에 보이는 게 없는 불같은 성격이었다.

간수는 리오의 목소리를 듣고서야, 이덴이 웬 메이스를 망토 뒤에서 꺼냈다는 사실을 깨달았다. 일반 메이스와 다른 게 있다면 나무로 만들어져 있다는 점이랄까. 연습용 목검 같았다.

그러니까, 대상에게 강한 충격은 줄 수 있으면서도 절대 죽일 염려는 없는.

"가르트 공작 영⋯⋯."

퍽! 이덴이 빅샷 백작의 머리를 날려 버리듯 세게 후려쳤다.

✷～✷ ✷～✷ ✷～✷

"잘못했어요."

역모 사형수에게 몰래 비공개 면담을 하러 간 죄로 이덴은 혼이 조금 났다.

하지만 혼을 내는 사람이나 듣는 사람이나 별로 심각하지는 않았다. 발리아는 앞으론 엄마한테 꼭 말하고 가야 한다 당부했고, 이덴은 열심히 고개를 끄덕였다. 손가락까지 걸고 발리아와 약속했다.

와중에 리오는 잠깐 고민했다.

이덴이 메이스로 백작의 머리를 냅다 후려친 걸 말씀드려야 하나, 가만히 있어야 하나. 검 수련도 안 하면서 힘은 또 어찌나 세던지. 빅샷 백작은 한 방에 기절해 나가떨어졌으니까. 어디서 그런 나무 메이스를 구해 왔는지도 모를 일이다.

'이덴이 많이 혼나면 어떡하지?'

게다가 어머니께 말씀드렸다고 자기 멱살을 잡으면 어떡하지? 이덴의 불같은 성격은 때론 루드베키아도 감당이 힘들었다.

예외는 오직 엄마와 아빠. 리오는 쌍둥이라 가족들 중에서도 가장 만만한 위치였다. 잘못하면 먹살이 잡혀서 종일 털릴 게 뻔했다.

"리오."

"예?"

한참 고민하다 보니 말할 타이밍도 놓쳤다.

"엄마랑 산책 같이 할까?"

"아, 네! 제가 에스코트해 드리겠습니다."

결국 발리아 손을 잡고 정원으로 함께 나갔다. 이런저런 이야기를 나누다 보니까 이덴에 대한 건 잠깐 잊고 말았다. 이덴의 일에 대해 다시 생각이 난 건 밤이 되고 나서였다. 가족끼리 저녁을 다 먹고, 잠자리에 든 후.

'어떡하지?'

리오는 이부자리에 누워 천장을 바라보았다. 입을 다물자니 이 일을 도화선으로 이덴이 타락이라도 하면 어쩐단 말인가? 어머니 아버지께 매사 비밀을 만들고 결국 약이나 도박에 심하게 빠져 인생을 말아먹기라도 한다면…….

쌍둥이의 비행을 절대 바라지 않는 소년은 고민했다. 아주 한참 고민했다. 얼마나 고민했으면 이틀이나 날밤을 꼬박 지새워 버릴 정도였다.

"리오? 어제도 잠 설쳤다며. 무슨 고민이라도 있어?"

"어머니, 아버지. 드릴 말씀이 있습니다."

리오는 수면 부족으로 죽기 직전이 되고 나서야, 모든 걸 털어놓기로 결심했다.

운을 때는 그 직전까지 리오는 전혀 몰랐다. 빅샷 백작을 보고 온 당일 저녁, 이미 이덴이 슈덴에게 빅샷 백작 머리를 메이스로 날려 버렸다고 재잘대고 칭찬까지 받아갔다는 사실을.

재능을 보인다는 이유로, 후에 이덴이 발리아의 메이스를 물려받는 사실까지.

✻✻✻ ✻✻✻ ✻✻✻

"으음……."

발리아는 아랫입술을 꼭 물고 있었다.

언뜻 보기엔 기분이 상해서 이러는 것처럼 보이지만, 실상은 정반대였다. 발리아는 지금 자꾸 웃음이 나와서 참을 수가 없었다. 그런데 쉽게 웃을 수 없는 상황이라 애써 내리누르는 중이었다.

폴은 마님이 왜 저러시는지 잘 알고 있었다. 그는 점잖은 목소리로 물었다.

"마님, 차 한잔하시겠습니까?"

"그래, 좋지."

폴이 차를 따랐다. 날씨가 부쩍 더워져 고용인들은 얼음차를 내왔다. 옅은 주홍빛이 도는 시원한 홍차. 발리아는 찻잔을 들어 한 모금 마셨다.

활짝 열어 둔 창밖에서 바람이 부드럽게 불어왔다. 나뭇잎이 쏴 하고 바람에 쓸리는 소리가 좋다.

오늘 가르트 저택은 조용했다. 슈덴은 황궁에서 아직 돌아오지 않았다. 그는 요즘 확인해야 할 일이 늘었다. 아카데미 때문이었다. 그

널찍했던 부지가 임시 폐쇄가 되어 버렸다. 겔에서부터 대규모 인력이 파견돼 정밀 점검에 들어갔다.

그래서 아카데미 개교도 미루어졌다. 루드베키아는 몇 달 더 집에 머무르게 되었다. 다른 학생들도 마찬가지였다.

한참 전에 환자 신세를 벗어났기에 루드베키아는 지극히 건강했다. 소녀는 지금 집에 없었다. 방금 전에 외곽 숲으로 떠났으니까.

리오는 수도 연무장에 가느라 집을 비웠으며, 이덴은 친애하는 백작 영애의 저택에 놀러갔다. 작은 티 파티를 즐기기 위해서였다.

이렇게 한 명 한 명 일정이 있었지만, 전부 저녁 전에는 들어올 것이리라. 웬만큼 바쁜 게 아니라면 저녁은 가족이 다 함께 먹는 게 일종의 불문율이었다.

이유야 뭐 당연히 마님이 좋아하시니까.

이 저택의 고용인들은 아주 잘 알고 있었다. 가르트의 금발들은 작으나 크나 남편이나 자식들이나 하나같이 마님의 말을 참 잘 들으셨다.

'얼마나 잘 들으시면, 첫째 아가씨께서도……'

폴은 찻주전자를 내려놓으며, 슬며시 탁자 위를 보았다. 척 보기에도 매우 비싸 보이는 접시가 있었다.

황실에 집기를 납품하는 장인이 혼을 쏟아 만든 것이다. 청아한 하얀색 바탕 위에, 세련된 분홍색과 말끔한 황금색으로 그려진 꽃이 우아했다.

웬만한 귀족들도 쉽게 구하지 못하는 고가의 도자기 그릇이다. 고급 요리를 담아내야 어울릴 그릇에는 알록달록한 밀가루 덩어리들이 담겨 있었다.

이게 어디 그냥 덩어리들이던가. 가르트의 요리사들로 하여금 엄청난 기시감을 느끼게 했던 바로 그 덩어리인데!

"발리아."

오늘따라 저택에 일찍 돌아온 슈덴도 그랬다. 형태 요상한 덩어리들을 본 붉은색 눈동자가 흥미로운 빛을 띠었다.

"웬 쿠키입니까. 당신이 만드신 겁니까?"

그래. 그들이 결혼하고 얼마 지나지 않았을 때였다. 발리아가 몰래 굽고 슈덴이 몰래 가져갔던 그 비밀스러운 쿠키들. 그 맛과 모양이 얼마나 인상적이었는지! 10여 년이 훌쩍 지난 지금도 슈덴은 생생히 기억을 하고 있었다.

"저 주시려고?"

슈덴이 그리 묻자마자 발리아는 결국 웃음을 터뜨렸다. 도저히 참을 수가 없었다.

"슈. 당신이 보기에도 제가 만든 것 같죠?"

"……아닙니까?"

"아니에요. 루아가 구운 거예요."

이건 또 무슨 말인가. 슈덴은 약간의 당황스러움을 담아 쿠키 하나를 집어 살폈다. 아무리 봐도 발리아와 구웠던 쿠키와 빼다 닮았다.

슈덴은 딸아이의 요리 솜씨에 대해서 잘 몰랐다. 루드베키아는 요리를 잘 안 했다. 흥미도 전혀 없었고, 어릴 적에 만들었던 생강 주스를 먹고 샤론의 안색이 새파래졌기 때문이다.

발리아가 빙그레 웃었다.

"루아가 아까 저한테 와서 칭얼댔어요."

"칭얼댔다고?"

슈덴이 피식 웃었다. 그는 발리아의 곁에 앉으며 물었다.

"루아가 뭐라고 칭얼댔습니까?"

"애가 이 과자를 잔뜩 들고 와서 말하는데……."

루드베키아는 발리아에게서 악력을 물려받았다. 그리고 동시에, 저주스러운 요리 솜씨까지 그대로 물려받았다. 발리아는 루드베키아가 가져온 이 쿠키들을 보는 순간 실감했다.

'정말 내 딸이네.'

자기 손에 저주가 걸린 게 틀림없다고, 우울하게 말하는 루드베키아가 어찌나 귀엽던지. 발리아가 예전에 했던 고민과 똑같았다.

[루아. 엄마가 예전에 네 아빠한테 과자를 구워 드리려고 했거든?]

[과자요?]

발리아의 품에 폭 안겨 있던 루드베키아가 고개를 들었다. 소녀의 기억으로, 엄마가 아빠한테 과자를 구워 준 적은 한 번도 없었다. 반대는 몇 번 있었다. 너무 어릴 때라 기억엔 없지만 루드베키아는 슈덴이 만들어 본 이유식을 두어 번 먹은 적도 있었다.

[그런데 칼 할아버지가 어딜 가도 요리는 절대 하지 말라고 그러셨어. 그래서 엄마가 생각한 게…….]

✢✦✢ ✢✦✢ ✢✦✢

슈덴은 헛웃음을 지었다.

[저 당신한테 가죽 선물해 드리려고 했었거든요.]

발리아가 힘이 세다는 건 알고 있다. 웬 메이스를 한 손으로 획획 휘둘러 보다가, 자신을 보고 깜짝 놀라 굳어 버리던 모습이 아직도 머리에 남아 있었으니까.

그렇다고 해서 사냥을 하려고 했던가. 정말로 상상 이상이다. 슈덴은 아직도 발리아가 가끔씩 이렇게 신기했다.

"아빠."

루드베키아가 슈덴을 올려다보았다. 길게 파도치는 금발을 정수리 위로 높게 묶은 소녀는 사냥복 차림이었다. 발리아 말을 듣고 사냥을 하러 나온 게 벌써 이틀. 원하던 사냥감들은 다 잡았다. 루드베키아는 무척 진지한 표정으로 말했다.

"저 아무래도 엄마랑 결혼해야 할 것 같아요."

슈덴이 고개를 숙이고 웃었다. 그러니까 딸아이가 다섯 살 때 즈음이었던가? 귀족 아이들은 그 즈음 되어서 초빙된 가정교사에게 교육을 받는다. 읽던 책에서 결혼 이야기가 나왔던 모양이다.

[아빠!]

루드베키아는 책을 들고 슈덴한테 와서 재잘거렸다. 엄마랑 결혼할 거라고.

"여섯 살 땐 포기하겠다며?"

"그땐 엄마가 청혼을 거절하셨단 말이에요."

"지금은 받아 주신대?"

"아니요."

"그런데 갑자기 왜 결혼을 하겠다고 그래."

루드베키아가 이마를 살며시 찌푸렸다.

"이거 비밀인데, 아빠만 알고 계신다고 약속해 주세요."

"음?"

그제야 루드베키아가 진짜로 하려던 말이 결혼이 아님을 알았다.

슈덴이 한쪽 무릎을 굽히고 앉아 아이와 시선을 맞췄다.

"저 에르만이랑 블라흐한테 각각 고백을 받았어요. 아카데미 지하에서요."

"……아카데미에서?"

이건 또 무슨 말인가. 슈덴은 갑자기 짜증이 확 났다. 남의 딸이 생사를 오락가락할 때, 이 어린놈들은 여유롭게 고백이나 해대? 사실과는 전혀 다른 분노가 슈덴의 머릿속을 무럭무럭 채웠다. 루드베키아는 모르는 상태였지만.

"있죠, 아빠."

사실 소녀는 원체 많은 소년들에게서 고백을 받았다. 싸늘하게 무시하는 걸로 답을 대신했던지라, 이렇게 입에 올리는 게 처음이었다. 어떤 의미로든 두 사람이 루드베키아에게 조금은 특별하게 다가왔다는 방증이기도 했다.

"저 블라흐를 이 숲에서 만났거든요."

"……황세손을?"

"네. 그런데 블라흐가 엄마랑 많이 닮았잖아요."

슈덴은 아직도 이 의견에 동의하기 힘들었다. 발리아조차 그렇게 말하는데 그의 눈엔 전혀 아니었다. 슈덴에겐 발리아가 발리아 하나뿐이라서 잘.

그래서 대답을 안 했는데, 루드베키아는 침묵이 긍정이라고 여긴 모양이다.

"블라흐가 엄마를 안 닮았으면 어떨까 하고 생각해 봤는데, 그럼 그냥 에르만이랑 비슷한 정도예요."

덕분에 루드베키아는 진실로 혼란스러워하고 있었다.

소녀는 블라흐가 신경이 쓰였다. 그런데 아무리 되짚어 봐도 그 이유가 엄마랑 닮아서인 것 같았다. 만약에 그 소년이 엄마를 닮지 않았더라면 신경이 쓰이긴커녕 눈길이나 줬을까?

"사실 샤론이 남자였으면 벌써 샤론한테 청혼했을 것 같은데……."

루드베키아의 이런 마음을 잘 알기에, 두 소년의 짝사랑도 여전히 진행 중인 것이다.

하기야 셋의 나이가 많이 어리질 않은가. 벌써부터 사랑이다 뭐다를 결정하기에는. 얼마 후 아카데미에 가서 함께 지내다 보면, 감정이 어떤 식으로 발전될지도 모르지만.

아마 이번 아카데미에 다녀오면 루드베키아도 마음을 정하지 않을까. 물론 두 녀석 다 벌써 슈덴 마음엔 안 들었지만.

"아빠는 엄마를 왜 좋아하시는 거예요? 엄마가 누굴 닮아서예요?"

"설마. 네 어머니랑 닮은 사람은 아무도 없었어."

발리아와 닮은 사람이 어디 있던가. 기억을 아무리 뒤집고 탈탈 털어도 그녀만이 뚝 떨어진 처음인데.

"그럼 언제부터 좋아하시게 된 건데요?"

또 설명하기 난감한 질문이다. 슈덴은 발리아에게 어떤 날을 기점으로 확 반해 버린 게 아니었다. 그저 비처럼 젖어 들다가 어느 순간 마음을 자각한 게 전분데.

굳이 따지자면 그 이슬비가 슈덴의 마음을 거스르지 않을 만큼, 한편으로는 흠뻑 젖게 할 만큼이었다는 게 특별했지만. 이걸 어린 딸한테 어떻게 설명을 해 준단 말인가?

"저 알 것 같아요."

잠시간 대답이 없는 아빠를 보며 루드베키아는 확신했다.

"엄마가 그냥 서 계시는데 좋아하신 거죠?"

슈텐은 결국 웃고 말았다. 하지만 틀린 말은 또 아닌 것도 같다. 발리아가 물끄러미 자신을 볼 때부터 그랬을지도 모른다. 그 은회색 눈동자가 새벽처럼 보인다고 생각했을 때부터.

"맞죠? 아빠."

불변의 진리를 기술하는 문장처럼. 꼭 그런 대답이 흘러나온다.

"그래, 루아."

에덴Eden

발리아는 눈앞에 선 소년을 멀뚱히 바라보았다. 이상했다.

'이거 꿈인가……?'

만개한 해바라기를 닮은 환한 금발. 그 나이대의 활기가 담긴 붉은 색 눈동자. 후일 성장하면 여자들 꽤나 울리겠구나 싶은 균형 잡힌 이목구비까지. 틀림없이 슈덴이었다. 발리아가 사랑하는 남자. 그녀의 남편.

'……그런데 왜 저렇게 어리지?'

그러니까 이 이야기는, 발리아가 슈덴의 기억 속으로 떨어졌던 때의 이야기다.

발리아가 길지 않은 삶을 살아오면서, 가장 많이 불러본 이름은 단연 슈덴이다. 정확히는 슈. 사랑하는 남자의 애칭.

"……슈?"

기껏 해야 열서너 살이나 되었을까? 어린 슈덴은 살짝 당황하는 눈치였다. 제 이름은 '슈'가 아니었다. '슈덴'이지. 그나마도 며칠 전부터 들이닥친 친조부라는 날카로운 귀족 나리는 자꾸 그를 '슈덴 가르트'라고 불렀지만.

아무튼 이 소년에게 익숙한 이름은 '슈덴'이었다. 이 낯선 애는 왜 또 제 이름을 마음대로 바꿔 부르는 건지. 슈덴은 모르는 척 길을 돌아가는 것을 택했다.

발리아는 당연히 슈덴의 뒤를 따라갔다. 졸졸졸 따라가면서도 참 의아했다.

'여긴 어디지?'

꿈에서도 본 적이 없는 곳이다. 바닷가 특유의 소금기 냄새가 났고, 수천 송이의 해바라기가 지천에 풍성했다. 가르트 성 후원에 있는 해바라기 들판은 아닌 것 같았다. 그 들판은 정원사들의 손길이 곳곳에 남아 있었으니까. 확연히 구분이 갈 정도로.

무엇보다 슈덴이 어렸다. 말도 안 되게.

'꿈이겠지……?'

놀랍고 당황스러운 것과는 별개로, 발리아는 이 '꿈'이 무척 마음에 들었다. 슈덴은 어릴 적 초상화가 한 장도 없었다. 막연히 유년기의 모습을 상상만 해 보았는데, 이토록 생생하게 눈앞에 등장하다니!

'이런 꿈이라면 매일 꿔도 좋겠어.'

슈덴의 뒤를 졸래졸래 쫓는 발리아는 점점 신이 나기 시작했다.

환한 금발도 좋지만, 역시 얼굴이 더 보고 싶다. 발리아가 걷는 속
도를 조금 높였던 때였다.

"앗!"

발을 헛디뎌 버린 발리아가 철퍼덕 넘어져 버렸다. 흙바닥에 쓸린
무릎이 까지고 피가 났다. 발리아가 이마를 찡그렸다.

"아파……."

아파? 저도 모르게 내뱉은 말이 저절로 복기된다. 아프다고?

'꿈이라면 아플 수가 없잖아.'

발리아는 이제 멍해지기 시작했다. 이게 꿈이 아니라면, 발리아가
또 과거로 되돌아왔다는 소리밖에 더 되겠는가?

'……설마 내가 또 죽은 걸까?'

말도 안 돼. 발리아는 첫 죽음을 생생하게 기억하고 있었다. 엘반의
검에 찔려 죽었을 때와, 아벨 왕국 왕자의 보좌관에게 찔렸을 때는 느
낌 자체가 달랐다.

전자가 깊은 바다로 추락하는 느낌이었다면, 후자는 그저 얕은 개
울에 몸을 적시는 기분이었다.

무엇보다 정말 죽은 거라면, 슈덴은? 그 자리에 살아남아 있을 슈
덴은? 죽은 발리아를 눈앞에서 봐야 했던 슈덴은…….

"못 일어날 정도로 다쳤어?"

발리아가 멍하니 고개를 들었다. 슈덴이 어느새 제 앞으로 다가와
한쪽 무릎을 꿇고 있었다.

아직 어린 슈덴은, 자길 쫓아오다가 자빠져 일어나지 못하는 어린
애를 그냥 두고 가지는 못하는 성격이었나 보다.

이 남자를 혼자 두고 왔다고? 눈물이 왈칵 솟아올랐다.

"슈……."

발리아가 결국 울음을 터뜨렸다. 무릎은 깨져 피를 철철 흘리면서, 어린 소녀는 소년의 목에 팔을 감고 울었다.

"……."

슈덴은 슈덴대로 당황스러웠다. 초면인 소녀가 갑자기 서럽게 울면서 매달리는데. 심지어 울음 중간중간 제 이름 비슷한 걸 불러 대질 않나. 어찌 해야 하는지 알 수가 없었다.

슈덴은 발리아에게 안긴 채로 한동안 꼼짝을 하지 못했다. 손조차 까딱하질 못했다.

"……."

그리하여 발리아는 어느새 슈덴의 집에 도착해 있었다. 해바라기 들판에서 어촌 마을을 거쳐 여기까지. 그 와중에도 이게 단순한 꿈이 아닐 거라는 확신은 깊어졌다.

일전에 손에게 들은 적이 있었으니까. 슈덴은 어릴 적 어촌에서 자랐다고.

꿈이 이렇게 생생하고 세세할 수는 없다.

"……슈덴. 애는 누구야?"

"처음 보는 얼굴인데?"

슈덴의 등에 업혀서 온 발리아는 고개를 들었다.

두 명의 소년이 붉은색 눈동자를 깜빡거리고 있었다.

"수상해."

발리아가 이 집에 들어오고 벌써 다섯 번째 들은 말이었다. 에덴이라고, 예쁜 이름을 가진 소년은 잔뜩 경계하는 목소리로 물었다.

"너 이름이 뭐라고 했지?"

"발리아."

"성은 없어?"

"너희는?"

"우린 성 없어."

"그래?"

발리아가 미소를 지었다.

"나도 없어. 그냥 발리아야."

"흠. 그렇단 말이지."

발리아는 미소를 짓다가도 윽 하면서 이마를 찌푸렸다. 에덴이 눈을 크게 떴다.

"레오! 약도 제대로 못 발라 줘? 바보야?"

"조용히 해!"

레오는 발리아의 깨진 무릎에 약초 짓이긴 것을 발라주고 있었다. 발라주는 내내 "으악으악!" 외치며 온 인상을 찡그린 건 덤. 어째 본인이 더 아파하는 표정이었다.

발리아가 레오의 이름을 처음 들었을 때 얼마나 놀랐던가.

'레오 카누트······.'

분명히 그 카누트 자작이었다. 얼굴도 닮았으며 이름도 똑같았으니까.

정말이지 상상도 못했다. 설마 저 남자가 슈덴의 형제였을 줄이야. 상황이 이러니까 자꾸 헷갈리는 거다.

지금 이 상황이 꿈인지, 현실인지.

하긴 알아도 당장 할 수 있는 게 없긴 했다. 발리아는 먼저 적응부터 하기로 했다. 그녀는 고개를 들어 낡은 집을 둘러보았다.

'여기가 이 사람이 살던 곳이구나.'

슈텐의 등에 업혀 오면서 마을도 눈에 담을 수 있었다. 척 보기에도 가난한 어촌이었다. 사람이 살지 않는 을씨년스러운 빈집이 많았으며, 돌아다니는 사람도 매우 적었다. 슈텐의 집은 이런 어촌에서도 가장 먼 구석에 위치해 있었다.

그럼에도 기이하게 식량은 넉넉한 모양이었다. 지금의 발리아는 몰랐지만, 슈텐을 찾아 온 가르트 후작이 일부러 준 것들이었다. 밀가루라든지, 감자라든지.

요리는 전부 슈텐이 했다. 그래 봤자 간소한 식사였지만, 발리아는 얌냠얌냠 잘 먹었다.

발리아는 태생적으로 식사를 잘 가리지 않았다. 가르트의 안주인이 되면서 값비싼 진미만 먹었다지만, 기본적으로 음식을 가리지 않았다. 왜냐하면 뭐든지 발리아가 한 요리보다는 맛있었으니까.

조직이 단단한 빵과 삶아서 으깬 감자. 그리고 차가운 물.

이토록 소박한 저녁을 아주 잘 먹는 모습. 세 소년들의 경계 아닌 경계도 슬슬 허물어졌다. 특히 가장 경계하고 있던 에덴이 그랬다. 에덴은 갑자기 슈텐의 등에 업혀 온 발리아가, 그 무슨 후작이라던 귀족 나리가 보낸 꼬나풀이라고 여겼던 것이다.

"발리아!"

하지만 귀족이란 사람이 저렇게 잘 먹을 순 없겠지? 에덴은 누구보다 빠르게 경계를 풀었고 아주 친절해졌다.

"담요가 하나뿐인데 괜찮나? 짚 깔아 줄까?"

"응. 고마워."

가난한 어촌은 불을 켜 밤을 밝힐 만한 여력이 없다. 해가 지자마자 금세 어두워졌다. 발리아는 에덴이 깔아 준 담요 위에 누웠다. 눈을 뜨고 있는데도 사방이 깜깜해 꼭 눈을 감고 있는 것 같았다.

주위가 어두운 것과 조용한 것은 별개의 문제였다. 특히 레오는 침묵을 못 견뎌 했다. 소년은 자리에 누운 채로 곧장 입을 열었다.

"야, 슈덴. 오늘도 나리가 뭐라고 했냐?"

"글쎄. 늘 하는 말 하던데?"

"진짜 되게 끈질기네. 대체 언제 돌아갈 거래?"

에덴이 엑 하면서 끼어들었다.

"레오 또 울려고 그러지?"

"안 울었다고!"

"훌쩍거려 놓고는! 다 봤거든!"

이 소년들과 고요함은 양립할 수 없는 모양이다. 마치 얼음과 불꽃처럼. 발리아는 셋의 대화가 잘 이해가 가지는 않았지만, 재미는 있었다. 그래서 누운 채로 웃었다. 처음에야 슈덴 때문에 엉엉 울었지만 종일 울 수는 없는 노릇.

그리고 솔직히 말하자면 현실감이 전혀 들지 않았다.

뭐라고 해야 할까, 체온에 맞춘 따뜻한 물속에서 편안히 부유하는 기분이었다. 발리아는 이미 신의 기적을 겪지 않았던가. 그때와는 감각 자체가 달랐다. 확연한 현실이었으며 모든 게 확고했다. 지금처럼 묘하게 꿈속을 헤매는 느낌이 아니라.

한바탕 울고 나니까 오히려 더 깊게 생각을 할 수 있었다. 무엇보다 발리아의 감이 말하고 있었다. 과거로 돌아왔던 예전과 지금은 무언가가 다르다고.

'그래. 아무것도 확실하지 않잖아.'

'공녀'인 발리아는 누구보다 신의 기적에 익숙했다. 어쩌면 대신관들보다 익숙하고 덤덤할지 몰랐다. 덕택에 이렇게까지 차분할 수 있었다.

"레오, 그래서 말인데 내일은······."

······그리고 정말로 나쁘지 않았다.

예컨대 슈덴. 비록 발리아에게야 다정하다지만, 그는 기본적으로 싸늘했으며 어딘지 모르게 무료했다. 그 남자가 이렇게 평범한 소년일 적이 있으리라고 누가 상상이나 해 봤을까.

"레오 진짜 시끄럽다. 손님도 있는데. 그치?"

에덴이 어휴 한숨을 내쉬면서 발리아에게 말을 걸어왔다. 둘은 바로 옆자리에 누워 있었던 터라 거리가 가까웠다.

"우리밖에 없을 땐 원래 이래. 엄마가 당분간 집에 없거든."

"어디 가셨는데?"

"우리 엄마 원래 집에 잘 안 들어와. 바쁘거든. 우리랑 놀아 주는 것보다 술 먹는 걸 더 좋아하기도 하고."

"그렇구나."

사실 발리아는 이 에덴이라는 아이가 제일 신기했고 생소했다. 사랑받은 티가 여실히 나는, 표정 하나하나가 밝고 사랑스러운 막내.

슈덴도, 레오도 에덴을 무척 사랑하고 있다는 게 느껴질 정도였다. 문제라면, 발리아는 단 한 번도 이 소년에 대해 들어본 적이 없다는 거지만. 이유야 대충 짐작 가는 게 있었다.

[그러니까, 전 후작님이 마을 사람들을 전부 죽이신 거네요.]

언젠가 숀이 말해 주지 않았던가? 전(前) 가르트 후작이 슈덴을 데려가기 위해 어촌 사람들을 몰살시켰다고.

'그럼 이 아이도 죽는 걸까?'

생각하는 것만으로도 마음에 돌이 얹힌 듯 무거워졌다. 과거로 되돌아온 게 아닐 거라고 확신하면서도, 자꾸 그런 생각이 들었다. 혹시 이번에는 이 에덴을 살리라고 신께서 시간을 움직여 주신 게 아닐까 하고.

발리아는 도무지 알 수가 없었다. 다만 이 예측이 틀리지 않는다면, 부디 참극이 일어나는 시간이 먼 미래이기를 바랐다.

"······발리아, 자?"

에덴의 목소리가 꿈결처럼 들렸다. 발리아는 어느새 잠에 빠졌다.

✶✶✶ ✶✶✶ ✶✶✶

"······또 나만 두고 갔어······!"

다음 날 아침이었다. 에덴의 충격 받은 목소리를 듣고서야 발리아는 잠에서 깼다. 눈을 뜨니 집이 텅 비어 있었다. 에덴만 절망적인 표정을 짓고 있었고.

"에덴?"

"발리아!"

에덴은 발리아한테 와락 안겨 징징대기 시작했다.

"나만 두고 갔어! 나도 사냥할 줄 아는데! 하나도 안 위험하다고 몇 번이나 말했는데! 같이 가자고 약속해 놓고 어떻게 이래! 슈덴도

레오도 바보야! 문이랑 창문이랑 다 걸어 잠그고 못 들어오게 할 거
야!"

잔뜩 골이 난 귀여운 소년. 지상에 강림한 아기 천사 같은 얼굴로
에덴은 씩씩댔다.

발리아는 웃음을 삼켰다. 어차피 슈덴이 레오와 나갔다면, 그녀는
에덴과 함께 종일 놀아 주어도 좋으리라. 외동이었던 발리아는 꼭 동
생이 생긴 것 같은 느낌이 들었다.

"해바라기 꺾으려고?"

"응! 잠시만. 나 단검 챙겨 왔어!"

에덴은 허리에 달고 있던 단검을 빼내려고 손을 움직였다. 이 어촌
에 가득 핀 해바라기들은 줄기가 유독 굵고 튼튼했다. 품종이 다른 건
지, 아니면 환경 때문인지. 에덴은 아직 어려 악력도 약하질 않은가.
줄기를 꺾어 내는 것보다는 단검으로 잘라 내는 게 편했다.

"에덴, 이거면 돼?"

"응?"

에덴이 고개를 들기도 전이었다. 똑 하는 소리와 함께 에덴 얼굴보
다 큰 해바라기가 사뿐 내려왔다.

"……."

에덴은 말문을 잃었다. 아무 도구도 없이 저 굵은 줄기를 꺾어 뜯어
내다니? 슈덴이나 레오만 하던 일이다.

"더 꺾어 줄까?"

평화로운 목소리였다. 에덴은 눈 깜빡할 사이에 해바라기 꽃 두 송
이를 받았다. 꽃송이가 워낙 커서 그런지, 커다란 꽃다발을 한 아름
안은 기분이었다. 샛노란 꽃잎들은 햇볕처럼 밝고 환했다.

에덴의 마음에도 그런 빛이 스며든 모양이다.

새벽으로 새파랗던 하늘에 붉은색이 점점이 떠오를 즈음, 에덴은 발리아를 거의 완전히 신뢰하게 되었다. 음습하고 무서워 보이는 가르트 후작 때문에 가시를 잔뜩 세우긴 했지만, 에덴은 기본적으로 심성이 맑고 순진했다.

하나밖에 없는 밀짚모자까지 발리아에게 양보하고, 에덴은 종종 걸었다.

"에덴."

"응? 왜?"

"넌 왜 내가 어디서 왔는지 안 물어 봐?"

"발리아가 별로 대답하기 싫어하는 것 같아서."

"……그래?"

"혹시 아니야? 말하고 싶으면 말해도 돼. 나 듣는 것도 잘 해. 엄마 이야기는 몇 시간씩 들어야 했거든."

"그렇구나."

"응."

"만약에 내가 수상한 사람이면 어쩌려고 그래."

"진짜 수상한 사람은 그렇게 말 안 한댔어. 슈덴이 그랬단 말야."

그렇게 말하는 에덴의 통통한 뺨에는 볼우물이 패여 있었다. 소년은 이토록 천진난만해서. 사랑 잔뜩 받고 자란 시골 막내가 남을 의심해 봤자 얼마나 할 수 있었을까. 게다가 발리아는 여러 모로 딱 에덴의 이상향이었다.

덕분에 이 어린 소년은 아주 신중하게 고민해 보아야 할 인생의 중대사마저 하루 만에 결정하기까지에 이른다.

"발리아, 발리아."

"응?"

"나중에 나랑 결혼하지 않을래?"

"……응? 결혼?"

"응!"

에덴이 뜬금없이 청혼부터 하게 된 데에는 타당한 배경이 있었다. 에덴, 레오, 슈텐의 어머니는 창부였다. 아직 어린 에덴도 어렴풋이 알고 있었다.

그들의 모친은 객관적으로 바람직한 양육자는 아니었다. 아니었지만, 적어도 셋을 버리지는 않았다. 욕을 하거나 때리지도 않았고, 너희를 낳지 말았어야 했다고 저주하지도 않았다. 에덴의 머릿속에서 모친은 좋은 사람인 편이었다.

술을 많이 마시긴 했지만 아이들을 보며 자주 웃기도 해 주었고. 만취하면 가끔씩 턱을 괴고 물끄러미 에덴을 바라보았다. 그리고는 웃으면서 술주정을 부렸다.

너는 나중에 마음에 드는 여자가 생기면 꼭 결혼부터 하라고. 나중에 데리러 온다는 둥 달콤한 말로 고생시키지 말고.

사실 에덴은 알고 있었다. 그 말이 자신을 향한 게 아님을. 에덴은 귀여운 막내였지만 생각이 얕지는 않았다. 그저 모르는 척하고 있었을 뿐이지. 동시에 많이 어렸던지라 모친의 충고 같은 주정을 조금은 단순하고 평면적으로 받아들였다.

"난 발리아가 진짜 좋아."

발리아는 이 어촌에서는 극히 드문 또래인데다가, 예쁘장했고, 형들보다도 어른스러웠으며, 목소리도 다정했다. 특이하게도 형들처럼

힘이 세서 엄청 멋있기까지 했고. 게다가 이 마을 근방에 비슷한 나
이대의 소녀가 또 있기는 하던가?

"지금은 없지만 어른이 되면 반짝거리는 반지도 사다 줄게. 약속할
게!"

에덴은 발리아가 정말이지 마음에 꼭 들었다.

"에덴, 미안하지만⋯⋯."

발리아는 눈을 깜빡거렸다.

"청혼은 거절할게. 난 슈를 좋아하거든."

"슈? 슈덴? 형 말이야?"

"응. 슈덴."

발리아의 입가에 부드러운 미소가 어렸다.

"슈덴이 좋아, 나는."

"왜? 왜 슈덴을 좋아하는 거야!"

절망하는 에덴을 보면서 발리아는 키득키득 웃었다.

"발리아! 이 꽃 예쁘지?"

슈덴과 레오는 저녁에야 돌아온다고 해서. 대신 발리아와 에덴은
아주 많은 대화를 했다. 이 작은 꼬꼬마가 미래에 대한 계획을 아주
많이 세워 놓았다는 것도 이때 알게 되었다. 예컨대 나중에 꼭 쌍둥이
아빠가 될 거라든지.

'귀여워.'

하긴, 발리아도 어릴 때는 무조건 커서 쌍둥이를 낳을 거라고 생각
했다. 어린아이들은 다 비슷하게 꿈을 꾸는 모양이다.

"쌍둥이 이름도 생각해 봤다? 하나는 리오로 짓고 하나는 이덴이라
고 지을 거야."

"리오는 레오한테서 따온 거야?"

"응, 맞아!"

"그럼 이덴은 에덴 네 이름에서 따온 거고?"

"뭐? 아니야. 발리아."

에덴이 내내 혼자만 알던 비밀을 속닥였다.

"이덴은 슈덴한테서 따 온 이름이란 말이야."

"아……. 그러네. 비슷해."

발리아가 웃었다. 그녀는 몰랐지만, 이건 에덴 나름대로의 깜찍한 복수였다. 발리아의 마음을 빼앗아 간(슈덴 본인이야 전혀 모르지만) 형을 향한 복수.

에덴은 후일 쌍둥이를 낳으면, 동생 이름을 이덴이라고 지을 거라고 말했다.

"슈덴 이름을 막내에 붙여 놓으면 놀라겠지? 그치?"

형을 아주 많이많이 사랑하는 에덴이다. 그래서 이게 이 소년이 생각해 낼 수 있는 최대한의 복수였다.

처음엔 강아지 이름을 슈덴이라고 지을까 하다가 너무한 것 같아서 취소하긴 했지만. 속사정까지 모르는 발리아는 그저 에덴이 귀엽기만 했다.

이덴이란 이름은 슈덴보단 에덴을 더 많이 닮았는데.

낙원이 담긴 듯한 이름을, 에덴은 그대로 따라가는 것 같았다. 푸른 하늘 아래 끝없이 펼쳐진 해바라기 들판처럼. 서정적인 풍경화로 그려낸 듯 평화롭기만 해, 발리아는 꼭 따뜻한 불을 쬐는 기분이 들었다.

'어떻게 해야 할까?'

에덴을 살리려면 뭘 해야 하는지. 손에게 들었던 이야기가 있지만, 자세한 방법이나 사건까지는 전해 듣지 못했다.

'야반도주라도 할까?'

발리아가 진지하게 고민하는 사이, 하늘은 밝아져 어느새 다음 날. 그녀는 식기가 달라졌다는 사실을 알았다. 원래는 가난한 평민들이 쓸 법한 낡은 나무 식기였는데, 갑자기 비싼 도자기 그릇이 되어 있었다.

"슈덴, 이게 뭐야?"

"나리 보좌관이 가져왔어. 앞으로 이걸로 쓰래."

"참내. 이번에도 또 귀족의 품격이 어쩌고 하면서 갖다 줬겠네. 저번에도 필요 없다고 하니까 불러서 종일 괴롭히더니. 진짜 이상해. 변태 아냐? 난 그냥 있던 거 쓸래!"

"그건 벌써 전부 가져갔어. 그릇이고 포크고 컵이고 이것밖에 없는 걸."

"아, 진짜 하여간."

레오가 툴툴댔다. 슈덴을 회유하려고 식량을 갖다 주고 옷도 주고 별 짓을 다 하던 가르트 후작이다. 이렇게 비싸 보이는 식기를 부러 갖다 준 속내도 빤히 보였다.

"발리아는 이거 써."

"고마워."

에덴이 내민 식기는 개중에서도 특별히 우아해 보이는 우윳빛 도자기였다. 딱 봐도 소녀를 위한 디자인이라서, 발리아는 은근히 기분이 나빠졌다.

고위 귀족의 치밀함이야 가르트의 안주인이었던 자신이 가장 잘 알고 있다. 일부러 소녀를 겨냥한 듯한 식기를 보냈다니, 자신이 여기에 들어온 걸 이미 알고 있다는 소리였다.

'역시 내일 밤에 도망가야겠어.'

발리아는 계획이 빨랐다. 내일 밤에라도 이 비싼 도자기 그릇을 들고 에덴과 리사 왕국으로 도망가야겠다. 중간에 그릇을 팔아서 여비로 쓰면 충분히 도착할 수 있을 터였다. 그리고 공녀 선발 편지가 올 때까지 에덴과 조용조용 숨어서 살 생각이었다.

이게 꿈인지, 현실인지 알 수가 없어서.

"슈."

가르트 후작의 부름을 받고 나가려던 슈덴이 뒤를 돌아보았다. 볼 때마다 미소가 나오는 어린 슈덴. 발리아는 그와 많은 대화를 하지 못한 게 아쉬웠다.

"조심히 다녀 와."

슈덴의 목을 끌어안고 뺨에 키스를 하고 싶은데, 둘은 아무 사이도 아니었다. 그런데도 갑자기 스킨십을 했다간 무슨 말을 들을까? 게다가 어쩌다 보니 슈덴보다 에덴과 훨씬 친해진 상태였고.

"금방 올 거야."

이 한 마디로도 발리아는 만족했다. 즐거웠다. 당장은 안온했고. 레오와 에덴과 함께 해바라기 들판에 놀러가 해가 질 때까지 돌아다니다가. 슈덴과 함께 다 같이 귀가했을 때까지도.

다음 날 발리아는 평소보다 늦게 잠에서 깼다. 평소와 공기가 조금 다르다는 생각이 들었다.

'다 들판으로 놀러 갔나?'

발리아는 고개를 갸웃했다. 식탁에는 또 발리아 몫의 식사는 차려져 있었다. 아마 슈덴이 차렸을 것이다. 이 집에서 식사는 거의 슈덴 담당 같았으니까.

도자기 식기는 여전히 우아하고 어여뻤지만 식욕이 돌지가 않았다. 발리아는 대충 먹고 치워 버렸다. 이 어여쁜 식기에 해독제가 발려 있다는 사실은 조금 후에나 알게 되었다.

정확히는 10여 분 후. 갑자기 집으로 들이닥친 후작의 사병으로 인해.

문 밖으로 나가는 순간 발리아의 시선이 충격으로 멎었다. 얼마 되지는 않았으나, 분명 어제까지만 해도 건강히 살아 있던 사람들이 전부 피를 토하고 죽어 있었다. 살아남은 이가 전혀 보이질 않아.

발리아를 보자마자 후작의 보좌관은 웃음을 지었다.

경멸조의 웃음인 한편, 어린아이가 나락에 빠지는 건 생생히 구경하고 싶은 모양이었다. 보좌관은 발리아 또래의 아이들이 알아듣기 쉽게끔 아주 친절히 설명해 주었다.

"에덴……."

발리아는 제 목소리가 어떻게 들리는지도 알 수 없었다.

"……이거 꿈이겠지?"

가르트 후작은 처음부터 슈덴의 형제 중 하나를 노리고 있었다. 아이라면 도저히 거부할 수 없는 달콤한 케이크를, 크기마저도 완벽히 계산해 슈덴에게 주었으니까. 그런데 갑자기 웬 소녀가 슈덴의 등에 업혀 왔다.

흥미가 당겼다. 이 소녀가 살아 있으면 더 재미있는 그림이 나올 것 같았다. 슈덴의 목줄을 더 효과적으로 틀어쥘 수 있을 거라고 여겼다. 후작은 일부러 멋진 식기를 보냈다. 발리아가 쓸 법한 식기에는 특별히 해독제를 발라서.

"이게 무슨 꿈일까 대체……."

에덴이 죽는다. 죽어 가고 있다. 눈과 코와 입과 귀에서 피를 흘리면서 부르는 말마다 대답이 몹시 느렸다. 안색은 핏기가 없이 파리했고 호흡은…….

"……울지 마."

그런 낯으로, 죽어 가는 얼굴로 자신을 보면서 웃는다. 아니, 그걸 웃음이라고 할 수 있을까. 죽음을 앞둔 사람의 마지막 인사가 아닐까. 에덴은 본인의 죽음을 누구보다 잘 인지하고 있었다.

발리아는 에덴에게 말했다. 더 이상 아무 말도 않고 있으라고. 하지만 에덴은 아주 옅게 고개만 저었다.

누나한테 해 주고 싶은 말이 있어.

"슈덴한텐 아까 말했는데, 발리아한테는 말을 못 했네."

그 작은 손에 어린 게 온기인지, 아니면 식어 가는 냉기인지도 구분할 수가 없었다.

"발리아."

유언처럼 에덴이 속삭였다.

"행복하면 좋겠어."

"……."

은회색 눈동자에 눈물이 고인다 싶더니 삽시간에 후드득 떨어졌다. 숨 들이쉬는 대로, 눈 깜빡이는 대로 울음이 터져서 도저히 말을 이어 갈 수가 없었다. 울고 있는데 또 눈물이 쏟아질 것 같았다.

속눈썹이 젖고 뺨이 젖고 턱 끝까지 젖었다. 울음처럼 에덴을 불렀다. 대답이 돌아오지 않았다. 발리아는 곧 돌아올 대답을 기다렸다.

아니, 돌아오지 않는다면 쥐어짜서라도 그 애의 목소리를 들어야 해서.

매달리듯 손을 뻗었다.

잡히는 손은 아직도 이렇게 따뜻하기만 한데 왜 너는 대답이 없어. 눈물이 가리던 시야는 실제로도 좁아지고 있었다. 발리아는 느리게 그 사실을 깨달았다.

이상한 환상이었다. 기이하게도 불꽃에 가장자리가 전부 타오르는 것처럼. 본능적인 불안감이 들었다. 발리아는 고개를 흔들었다. 잠기는 수면에서 헤쳐 나와, 숨을 쉬려는 사람처럼.

그럼에도 불꽃은 계속해서 가장자리를 태웠다. 그토록 좁아지는 시야. 도망가듯 시선을 움직인 그때였다. 심장이 뚝 하고 멎어 버리는 것 같았다.

왜 그 소년은 울지도 못하면서 울 듯한 얼굴로 서 있나. 차라리 본인이 죽어 버렸으면 좋겠다는 낯으로 서 있나. 발리아는 마치 부고를 읊듯 그의 이름을 불렀다.

"……슈."

왜 당신은 그런 표정을 짓고 있나. 에덴을 망연히 응시하는 붉은 눈동자에는, 평생 볼 수 없었던 감정들로 그득했다. 할 수만 있다면 본인의 손목을 물어뜯어서라도 죽어 버릴 것 같은 그 죄악감은 대체.

당신 잘못이 아니라고. 미처 전하지 못한 말은 후일 현실의 슈덴에게 직접 속삭이게 된다.

발리아의 시야가 그대로 점멸했다.

슈덴은 밀짚모자를 내려놓았다. 이 모자는 에덴의 유품이었다.

언젠가 어촌에서 떠난 이후, 단 한 번도 흘려 본 적이 없던 낡은 밀짚모자. 어촌에 사는 사람들이라면 다 한 개씩은 갖고 있었을 흔한 디자인이다.

그리고 에덴의 단검. 날이 상하고 오래 되어 쓰지도 못할 작은 단검이었다.

에덴은 자주 이 단검으로 해바라기를 잘라 꺾어 왔다. 아홉 살 소년은 많이 어려서 손에 힘이 없었다. 좀 더 나이가 들었다면 아마 맨손으로도 해바라기를 꺾을 수 있었겠지.

슈덴은 집무실 책상 첫 번째 서랍을 열었다. 온갖 서류로 꽉꽉 차있는 집무실에서, 이곳만은 작은 성역처럼 한가로웠다. 단검도, 밀짚모자도.

그리고 작은 보석함 하나까지.

발리아가 이 보석함을 알게 되는 것은 한참 후의 일이다. 그러니까, 아이들이 전부 아카데미로 떠난 날. 시끄러웠던 집이 조용해지고 고용인들이 발을 동동 굴린 날.

"마님……!"

새끼들이 가득 차 있던 둥지가 텅 비면 부모 새는 깊은 허전함을 느낀다고 했다. 주치의가 그랬다. 다들 마님을 무척 걱정했다. 슈덴도 분명 훌륭한 양육자인데 그의 걱정을 하는 사람은 별로 없었다.

고용인들의 염려와 걱정은 언제나 연약해 보이는 마님을 향해 쏠려있어서. 저택에 완전히 귀환한 칼조차 그랬다. 발리아가 우울해할까봐 몹시 염려했다.

"발리아가 우울해하면 어쩐단 말이오?"

"걱정 마십시오. 어르신. 제가 이미 특단의 조치를 취해 두었습니다."

이렇게 저택이 바쁜 와중에, 홀로 한가로운 사람이 있다면 발리아다. 그녀는 주치의의 놀라운 과보호가 이제 아무렇지도 않았다.

슈덴 가르트의 신부가 된 게 언제 적의 일인데. 아주 거대하게만 보였던 저택도 이제는 그저 가족들과 머무는 집이 된 지 오래고. 발리아는 슈덴의 책상 첫 번째 서랍을 보았다가, 고개를 갸웃했다.

"어?"

딸깍 하고 열어 본 후에는 웃음이 터져 나왔다. 잊고 있었던 게 새록새록 생각이 났다.

"슈, 이거 아직도 가지고 있었어요?"

작은 루비 커프스링크였다. 발리아가 언젠가 슈덴에게 달아 주었던. 특별히 귀물도 아니었다. 신전에서 귀족들에게 무료로 나눠 주지 않았던가?

"예전에 잃어버린 줄 알았어요."

"그걸 어떻게 잃어버립니까. 당신이 준 건데."

"음, 그건 그렇죠."

하긴. 이러는 발리아도 슈덴이 고백과 함께 선물해 주었던 보석 꽃다발을 아직도 잘 쓰고 있었다.

'아니, 잘은 아닌가?'

장인 위베르가 혼을 다해 만든 보석 꽃다발이다. 특히 다이아몬드들을 그냥 썩히기 아까워서 장신구로 만들어 달고 다녔다. 드레스에도 물론 장식으로 붙이고 다녔고. 다이아몬드 장식이 붙은 드레스는 특별한 날에나 입기는 했지만.

그 날도 그랬다. 샤론 올리비아 라겔뢰프가 황태손으로 공식적으로 책봉된 날이었다. 큰 연회가 열렸다. 발리아는 플뢰르에게 드레스 주문을 넣었다. 한때 겔 사교계를 강타했던 레이스는 이제 한 물 간 유행이 되었지만, 그래도 플뢰르의 감각과 명성은 여전했다.

열정도 여전해 공작 부인을 가장 멋진 귀부인으로 만들겠다고 눈을 불태웠다. 풍성한 드레스에 꼼꼼히 달아 놓은 다이아몬드들. 슬프게도 발리아는 이 날 다이아몬드 한 알을 잃어버렸다.

옷에 단 보석을 잃어버리는 일이야, 자주는 아니어도 가끔 있었다. 귀족들이 아주 속 쓰려 하는 날이었다. 발리아도 그랬다. 10년 넘게 완전했던 보석 꽃다발에서, 다이아몬드 한 개가 없어지니까 이상하게 눈에 많이 띄었다.

하지만 어쩌겠는가. 그 큰 연회장을 뒤집고 다닐 수도 없고.

다행이라고 해야 할지, 샤론의 책봉식은 아카데미 방학에 열렸다. 세 아이들이 모처럼 돌아와 저택이 아주 들썩였다. 발리아가 잠시 다이아몬드 분실 사건을 잊을 만큼.

그러고 한참 큰 연회가 없어서 오래 깜빡하고 있었다. 발리아가 다시 보석 꽃다발을 확인하게 된 건 몇 주가 지난 후였다.

"응?"

이상했다. 다이아몬드가 완전히 채워져 있었다. 채워지다 못 해 한 층 더 풍성해진 기분이었다. 이게 무슨 일이지? 잃어버렸던 보석이 제 발로 걸어 들어 왔을 리는 없고.

발리아는 혹시나 싶었다. 다음 무도회를 다녀오면서, 보석 서너 알을 일부러 꽃다발에 달아 놓지 않고 다른 곳에 보관했다.

정확히 1주일 후였다. 발리아는 또다시 마법처럼 원상 복구된 꽃다발을 보고 확신했다. 이 저택에서 이럴 수 있는 사람은 오직 한 명밖에 없지 않은가?

"대체 당신, 언제부터 이러신 거예요?"

범인이야 당연히 슈덴.

발리아와 함께 나이가 들어가는 이 남자.

"부인이 보석을 하도 안 잃어버리셔서 저번이 처음이었습니다."

"……슈. 제 착각일까요? 왜 그렇게 아쉬운 듯이 말씀하시는 거예요?"

"그야."

슈덴이 발리아를 보며 웃었다. 이제 그의 미소는 이토록 편안하다.

"전 부인께서 새 보석이 필요하신 게 좋으니 말입니다."

"네? 왜요?"

"그래야 제가 매번 당신에게 새 보석을 사다 드릴 수 있잖습니까?"

"……진심이세요?"

"제가 부인께 진심이 아닌 말을 언제 했다고. 아직도 잘 못 믿으시는군."

함께 보낸 시간이 길었지만, 아직도 발리아는 슈덴을 완전히 알수가 없었다.

"슈. 그거 아세요? 저 가끔이긴 한데, 아직도 당신이 신기할 때가 있어요."

"음?"

아무리 그래도 멀쩡한 보석을 잃어버리라고 하는 건 낭비라고. 잔소리 비슷한 것도 오래 가지 못했다. 발리아는 결국 슈덴을 보고 웃었다.

사실 그녀는 모르고 있었겠지만, 장인 위베르는 이미 수제자에게 기술을 전수해 준 상태였다. 다이아몬드나 루비, 사파이어 등으로 꽃잎을 만드는 기술을.

[이건 가르트 공작이 관짝에 묻힐 때까지 우리 상점을 먹여 살릴 거다.]

심지어 안주하지도 않았다. 언제라도 슈덴 가르트 그 공작이 다른 보석 상점을 찾을지도 모르는 불안감에 열심히 연구했다. 나날이 화려해지고 섬세해지는 보석 커팅 기술.

덕분에 위베르는 정말로 대륙 곳곳에 명성을 뿌릴 만큼 유명해지지만, 이건 좀 더 미래의 일.

"슈. 이런 걸 왜 저한테 비밀로 하세요? 평생 모르고 살 뻔했잖아요."

슈덴이 웃었다. 그냥, 발리아가 알고 깜짝 놀라는 모습이 보고 싶었다고 하면. 그렇게 말하면 또 웃고 말겠지. 사랑한 시간이 길어 이젠 많은 부분을 미리 알 수 있었다.

"마님, 이대로 금고에 보관해 둘까요?"

"그래. 조심히 보관해 줘. 사라."

발리아가 혼인한 이후부터 줄곧 그녀를 도와 온 사라가 조심조심 보석 꽃다발을 넣어 두었다. 겔의 유행은 이제 새로운 물결을 타고 있었다. 지금은 크고 화려한 보석보다는, 작고 귀여운 보석으로 디자인 자체의 유려한 선을 강조하는 게 유행이었다.

어차피 유행은 돌고 도는 법. 또 언젠가는 이 보석 꽃다발을 꺼내 들 날이 오겠지.

"발리아."

"네?"

"이번에 휴가를 좀 길게 받았습니다."

"그래요?"

황제의 나이가 많아져서, 이제 대부분의 국정을 구스토가 보고 있었다. 구스토는 아직 경력이 적어 황제만큼 슈덴을 다루는데 능숙하진 못했다. 그래서 슈덴이 1년 휴가를 달라 청하면 반년으로밖에 깎질 못했다.

"이제 곧 가을이니, 영지에서 지내면 어떻겠습니까?"

"아, 그럴까요? 좋아요."

날은 아직도 늦여름. 조금 있으면 가르트 영지에는 해바라기가 만개하겠지. 그 언젠가 발리아가 보고 왔던 슈덴의 기억 속처럼.

그리고 그 만개한 해바라기 들판에는 작은 무덤이 자리하고 있을 터였다.

에덴의 무덤. 발리아와 슈덴이 한 번씩 보러 가던 그 유골 없는 조그마한 무덤.

"슈."

나이가 들어 피부에 맑은 주름이 져도, 성격에까지 주름이 지는 건 아니다. 발리아는 아직도 슈덴을 보면 여러 장난을 치고 싶을 때가 종종 있었다.

"우리 카누트 백작도 초대할까요?"

"……"

"백작 부인이랑, 또……, 아, 아니다. 조카들은 아카데미에 있죠. 참."

아카데미는 가르트의 자본에 힘입어 놀랍도록 발전했다. 이젠 전 대륙에서 기꺼이 귀한 핏줄을 보내 수학시키는 교육 기관이 되었다.

"슈?"

"……음."

"싫으세요?"

"……좋다고 말씀드렸습니다."

"다행이네요. 초대장 쓸게요."

발리아는 빙긋 웃으면서 편지지를 꺼내 들었다. 애초에 이길 수 없는 싸움이다. 슈덴은 순순히 발리아의 곁에 앉았다. 잉크병 뚜껑을 열고, 깃털 펜의 펜촉을 적셔 주는 손길은 무척 익숙했다.

"슈."

발리아는 문득 생각이 나서 물었다.

"당신은 언제까지 저한테 이렇게 잘해 주실 거예요?"

"글쎄요."

붉은 눈동자는 언제나 은회색 눈동자를 향해 있다.

"아마."

이 평화로움은 예전에 놓아야 했던 천국과 많이 닮아 있었다. 슈덴은 발리아를 보고 웃었다.

"아마 평생 그러지 않을까 싶습니다."

꿀이흐르는, 『슈공녀』 完.